U0498971

汉译世界文学名著丛书

弗罗斯特文集

［美］弗罗斯特 著

曹明伦 译

商务印书馆
The Commercial Press
创于1897

汉译世界文学名著丛书
出 版 说 明

　　1902 年，我馆筹组编译所之初，即广邀名家，如梁启超、林纾等，翻译出版外国文学名著，风靡一时；其后策划多种文学翻译系列丛书，如"说部丛书""林译小说丛书""世界文学名著""英汉对照名家小说选"等，接踵刊行，影响甚巨。从此，文学翻译成为我馆不可或缺的出版方向，百余年来，未尝间断。2021 年，正值"汉译世界学术名著丛书"出版 40 周年之际，我馆规划出版"汉译世界文学名著丛书"，赓续传统，立足当下，面向未来，为读者系统提供世界文学佳作。

　　本丛书的出版主旨，大凡有三：一是不论作品所出的民族、区域、国家、语言，不论体裁所属之诗歌、小说、戏剧、散文、传记，只要是历史上确有定评的经典，皆在本丛书收录之列，力求名作无遗，诸体皆备；二是不论译者的背景、资历、出身、年龄，只要其翻译质量合乎我馆要求，皆在本丛书收录之列，力求译笔精当，抉发文心；三是不论需要何种付出，我馆必以一贯之定力与努力，长期经营，积以时日，力求成就一套完整呈现世界文学经典全貌的汉译精品丛书。我们衷心期待各界朋友推荐佳作，携稿来归，批评指教，共襄盛举。

商务印书馆编辑部

2021 年 8 月

译者序

　　看到或听到弗罗斯特（Robert Lee Frost，1874—1963）这个名字，许多中国读者都会想到那个把日常语言写进诗篇的美国诗人，不少读者还会想到《牧场》《补墙》《未走之路》《摘苹果之后》和《雪夜林边停歇》这些在中学语文或大学文学课本中读过的诗篇。的确，自他39岁那年出版第一本诗集《少年的心愿》（1913）至今，在他生前身后的整整110年间，弗罗斯特一直都被人称为"新英格兰的田园诗人"，更被评论家们誉为"20世纪美国最优秀的诗人"、"美国诗人中最纯粹的诗人"、"美国最受爱戴的严肃诗人"和"美国诗歌新时代的领袖"。毋庸置疑，弗罗斯特是20世纪美国最有影响的一位诗人，也是美国有史以来最具民族性的诗人。他的诗在美国可谓家喻户晓，就像中国学童能随口背诵"床前明月光"一样，美国学生也能张口就背"Two roads diverged in a yellow wood"（金色的树林中有两条岔路）。弗罗斯特的诗歌承袭了传统诗歌的形式，内容则大多是新英格兰的自然景物和风土人情，但其中融入了他对宇宙人生的思考。他的诗语言朴实，节奏明快，意象鲜明，言近旨远，读来既是一种享受，又会让人从中受到启迪。

　　弗罗斯特自幼就喜欢文学，在念中学时就在学刊上发表过诗作，但他却是一位大器晚成的诗人。他的人生经历非常丰富，12岁时在鞋店干过活，15岁时在农场帮过工，17岁时到一家毛纺厂当工人，20岁时开始当小学教师，21岁时为两家地方报社当记者，23岁时考入哈佛大学（研修德语、拉丁语、希腊语、哲学和英语写作等课程），25岁时因妻子临产和母亲生病而离开哈佛并开始在祖父的资助下经营农场，32岁时开始在中学当兼职教师，37岁时受聘到州立师范学校任教，38岁时决心全身心投入创作并携家人到英国侨居。他41岁那年载誉返回美国后，先后在新罕布什尔州和佛蒙特州买下农场定居。虽然他经常外出演讲并担任过数所大学的"驻校诗人"和"文学顾问"，但他更多的时候是居住在乡村环境。他热爱乡村的生活，热爱身边那些勤劳而平凡的人。他的诗着意描写日常生活，描写日常生活中的人和物，抒发对人和大自然的热爱。因此，他的抒情诗读起来给人一种清新流畅、朴素自然的感觉，而读他的独白诗和对话诗，则会让读者恍若置身于英格兰乡野，听一位睿智的新英格兰农夫聊天。

弗罗斯特一共出版了11本诗集，按年代顺序依次是《少年的心愿》（1913）、《波士顿以北》（1914）、《山间低地》（1916）、《新罕布什尔》（1923）、《西流的小河》（1928）、《山外有山》（1936）、《见证树》（1942）《理性假面剧》（1945）、《绒毛绣线菊》（1947）、《仁慈假面剧》（1947）和《在林间空地》（1962）。加上散见于报刊、选集和朋友书信中的篇什，弗罗斯特一生写了长长短短共437首诗，计16033行。

除诗歌之外，弗罗斯特还写有若干小说、戏剧、随笔和大量讲演稿和书信，阅读这些散文体作品，有助于我们更全面地了解这位诗人，尤其是了解他的诗歌理念、艺术追求和政治倾向。弗罗斯特认为"诗永远都是语言的新生，诗就是那种使我们永不疲惫的东西，诗就是那种使世界永不衰老的东西"（《致罗伯特·P. T. 科芬》）；"一首诗就是在心有所悟之瞬间被抓住的一缕思绪"（《诗与学校》）；"诗是包含着一种思想的激情"（《始终如一的信念》）；"一首完美的诗应该是激情在其中找到了思想、思想在其中找到了言词的诗"（《几条定义》）；"英语诗歌实际上只有两种格律，即严谨的抑扬格和不严谨的抑扬格"（《诗运动的轨迹》）；"如果没有多年的格律诗功夫，自由诗会自由得一无是处"（《关于诗艺的对话》）。弗罗斯特还认为"音调是诗中最富有变化的部分，同时也是最重要的部分。没有音调，语言便会失去活力，诗也会失去生命"（《致锡德尼·考克斯》）；"我们必须冲破禁锢，到我们的日常用语中去搜寻尚未被写进书中的声调"（《致威廉·布雷斯韦特》）。他说："世间有两种现实主义者，一种拿出的土豆总是粘满了泥，以说明其土豆是真的，可另一种则要把土豆弄干净才感到满意。我倾向于第二种现实主义者。在我看来，艺术要为生活做的事就是净化生活，揭示生活"（《几条定义》）。他还说"每首诗在其本质上都是一个新的隐喻"（《始终如一的信念》）；"诗歌教育就是隐喻教育……诗始于普通的隐喻、巧妙的隐喻和'高雅'的隐喻，适于我们所拥有的最深刻的思想。诗为以此述彼提供了一条可行之路……诗人喜欢话里有话，指东说西"（《诗歌教育》）；"诗自有其运动轨迹。它始于欢欣，终于智慧"（《诗运动的轨迹》）。

若知道诗人关于"声调""音调"和"日常语言"的见解，

读者就不难理解他为何写出了那么多脍炙人口的对话诗和独白诗（如《雇工之死》《家庭墓地》《新罕布什尔》等），就不难理解为何读他的独白诗和对话诗会像听一位睿智的新英格兰农民聊天。

若了解他关于"以此述彼""指东说西"的追求，读者就更容易领悟他诗中那些隐喻或象征，如《补墙》中那堵总要倒塌的墙表现了诗人欲消除人与人之间隔阂的愿望，《未走之路》道出了诗人对人生道路选择的态度，《白桦树》暗示了人总想逃避现实但终究要回到现实的矛盾，《在阔叶林中》的枯叶新芽意味着人类社会新陈代谢的规律，《摘苹果之后》中的"睡眠"和《雪夜林边停歇》中的"安歇"则成了"死亡"的暗示。而正是这种暗示使读者自然而然地去探索他诗中所描述的难以言状的微妙关系，去寻找人与自然之间的关联，去评估一位摘苹果的人弥留之际的道德价值，去思索一片树叶、一株小草、一颗星星、一点流萤所包含的人生意义。

人们爱把弗罗斯特称为"新英格兰的田园诗人"，弗罗斯特也的确配得上这个称号，但若因此就以为他诗中只有新英格兰，他的诗都是田园牧歌，那就失之偏颇了。其实，弗罗斯特不仅写抒情诗、叙事诗，也写了不少针砭时弊的政治讽刺诗，诸如《复仇的人民》《平衡者》《致一位思想家》《路边小店》《培育土壤：一首政治田园诗》等等。诗人的政治倾向衍生于他对人性中善与恶的认识，他认为善性和恶性是与生俱来的，就像男性和女性、雄性和雌性，甚至民主党和共和党一样互为依存（参阅《人类的未来》）。他曾在接受采访时随口吟道："因善恶互相衬托形成对比／它们才天长地久永远延续"（《〈巴黎评论〉采访录》），他还在《尴尬境地》一诗中写道："虽说人世间有恶这种东西，/我却从不因此悲哀或欢喜。我知道恶不得不存在于人间，/因为人世间应该永远有善。而正是凭着两者互相对比/善与恶才这样久久地延续。"但弗罗斯特所担心的是："要是人类不当心，人类个体天生的恶性就有可能衍变成社会、经济和政治领域系统化的恶性。"[1]反对人类个体天生的恶性衍变成人类社会系统化的恶性，这也许就是弗罗斯特的政治倾向。

他曾当众宣称："我的许多诗里都有政治，就像刚才我朗读的那首[2]，充满了政治意味……要知道，我是故意使它有政治倾向，使它有更多的政治倾向（《谈铺张——一次演讲》）。"他曾回忆说："我对旧金山最早的一段记忆充满了政治色彩……那时我们是民主党人，而且是很狂热的一类（《一个诗人的童年》）。"在谈及罗斯福总统推行的"新政"时，弗罗斯特曾宣称"实际上我的确不拥护新政"（《〈巴黎评论〉采访录》），而他的《在富人的赌场》《平衡者》《不彻底的革命》等诗都是在讽刺罗斯福总统的新政。

由此可见，了解弗罗斯特的政治倾向和政治主张，有助于我们读懂他写的一些政治讽刺诗，而这部《弗罗斯特文集》中的许多篇什都可谓他那些讽刺诗的注疏。例如读他那首仅有两行

---

① Potter, James L. *Robert Frost Handbook*. University Park: Pennsylvania State UP, 1980, p.118.

② 指收入《在林间空地》（*In the Clearing*, 1962）中的《当非你莫属且形势需要时，你要想不当国王真是太难》（How Hard It Is to Keep from Being King When It's in You and in Situation）一诗，该诗共 280 行。

的《生命周期》："那老狗只回头狂吠而懒得起身，/我还记得它是小狗时很有精神。"一般读者都能读出这两行诗是在以狗喻人（以此述彼，指东说西），但多半都会以为诗人是在触景生情，发"人生苦短"之感慨。但若是你读到"让我们以白宫那位总统为例，要探究他意向之实现，我们可能得退回他还是个脚跟不稳的年轻政治家的时候……我们（今天）关心并担心的是：他的工作是在履行诺言还是在逢场作戏"（《始终如一的信念》），你也许就会恍然大悟。

本书收录弗罗斯特的散文体作品91篇，其中除3出戏剧、2篇发表在《劳伦斯中学校刊》的散文、4篇发表在《农场家禽报》上的小说，以及3则为女儿莱斯里写的童话之外，其余篇什（随笔、讲稿、序言、对其他作家的评述和公开声明）多半都与诗人的创作直接相关，从他大量书信中选入本书的书信更是主要论及诗歌本身和诗歌创作。因此，读读这部《弗罗斯特文集》，可有助于我们了解弗罗斯特的文学追求、诗歌理念和政治倾向，从而更加全面地了解这位诗人，更加深刻地理解和欣赏他的诗歌。

曹明伦

2022 年 10 月于成都公行道

目　录

戏剧作品

理性假面剧（1945）·····················3

仁慈假面剧（1947）·····················32

出路···81

在一家艺术品制造厂···················94

守护人······································111

讲稿、随笔、小说和书信

佩特拉古城及其环境···················157

一块已揭幕的反省纪念碑·············161

一片羽毛的问题························165

独一无二·································172

买配种公鸡的习惯·····················178

戴金斯的小小任性·····················182

童话三则·································190

　　小狗和土拨鼠·····················190

　　小狗和小鸟························191

　　聪明人·····························191

平克顿中学英语课程 ················ 197

致约翰·T. 巴特利特（1913.7.4）··········· 200

致约翰·T. 巴特利特（约 1913.11.5）········ 204

致锡德尼·考克斯（1914.1.19）·········· 208

致约翰·T. 巴特利特（1914.2.22）········ 211

致约翰·库诺斯（1914.7.8）············ 221

致锡德尼·考克斯（1914.12）·········· 223

致威廉·布雷思韦特（1915.3.22）········ 227

"会想象的耳朵" ················· 231

致沃尔特·P. 伊登（1915.9.18）········· 235

致路易斯·昂特迈耶（1917.1.1）········· 238

致雷吉斯·米绍（约 1918.1）·········· 240

未经推敲的词或挪用和远距离挪用 ········ 242

对阿默斯特学院校友会的讲话 ········· 248

几条定义 ··················· 252

致路易斯·昂特迈耶（1924.3.10）········ 253

序《恶名昭著的斯蒂芬·伯勒斯之回忆录》··· 258

《艺术作品选：达特茅斯诗歌卷》引言 ····· 263

赞珀西·麦凯 ················· 265

艾米·洛威尔的诗 ··············· 267

《出路》序言 ················· 269

致锡德尼·考克斯（约 1929.9.19）······· 270

致金博尔·弗拉库斯（1930.10.26）······· 273

诗歌教育 ··················· 275

致锡德尼·考克斯（约 1932.4.19）·············· 290

关于《白桦树》····································· 292

致威尔伯特·斯诺（约 1933.5.16）·············· 293

致莱斯利·弗罗斯特·弗朗西斯（1934）········ 296

致《我们喜欢的书》······························· 301

致《阿默斯特学生报》的信······················ 303

序罗宾逊的《贾斯帕王》························· 306

序萨拉·克莱格霍恩的《六十年》·············· 317

致路易斯·昂特迈耶（1936.11.25）············· 322

新英格兰怎么样啦？······························ 325

贫穷与诗·· 331

诗人在大学里的近亲······························ 343

致罗伯特·P.T. 科芬（约 1938.2.24）··········· 349

诗运动的轨迹····································· 353

获金质勋章之受奖词······························ 358

游览须知·· 360

序《此乃吾之精华》中的自选诗·············· 363

序《雇工之死》··································· 366

始终如一的信念··································· 367

在罗克代尔街犹太教堂的"布道"·············· 376

谈忠诚·· 381

一条想象的深谷··································· 390

序《世界诗歌精华》中的自选诗·············· 395

诗与学校·· 396

谈赫维·艾伦的诗 ··· 401

塔夫茨学院的读诗会 ··· 403

流传的歌谣 ··· 404

必备条件 ·· 407

致日本诗人 ··· 411

谈诗的理解 ··· 412

诗人得照顾好自己 ··· 429

美好的一天，精彩的一天 ·· 432

成熟不是目的 ·· 439

序锡德尼·考克斯的《荡白桦树的人》 ····················· 442

致韩国诗人 ··· 444

当今美国什么最令你担心？ ······································ 446

梅里尔·穆尔 ·· 447

美国政府诉埃兹拉·庞德案 ······································ 450

有感于被任命为国会图书馆顾问 ································· 452

这条路 ·· 455

序《波士顿以北》扩编版 ·· 458

多萝西·坎菲尔德 ·· 460

"最有意义的书" ··· 462

关于诗艺的对话 ·· 463

关于爱默生 ··· 474

人类的未来 ··· 485

人类的未来（未发表稿） ·· 488

《巴黎评论》采访录 ··· 493

一个诗人的童年 ·· 524

新英格兰的献礼 ·· 527

欧内斯特·海明威 ·· 530

关于《选择某种像星星的东西》 ···················· 531

威廉·福克纳 ··· 532

关于冷战 ·· 533

谈铺张——一次演讲 ··· 535

作者年表

作者年表 ·· 579

戏剧作品

理性假面剧
1945

最纯的沙漠中一片美丽的绿洲。

一个男人背靠棕榈树席地而坐。

他妻子躺在他身旁凝视着天空。

男人：

你没睡着吧？

妻子：

没有，我能听见你说话。怎么啦？

男人：

我刚才说那棵香树又着火了。

妻子：

你是说燃烧的荆棘？ [①]

男人：

我说圣诞树。

---

① 参阅《旧约·出埃及记》第 3 章第 2 节："……摩西看见荆棘在燃烧但却不被烧掉。"另参见《新约·使徒行传》第 7 章第 30 节："四十年后，在西奈山附近的旷野上，一位天使从燃烧的荆棘火焰中向摩西显现。"

妻子:

　　我不会感到惊讶。

男人:

　　　　　最奇怪的光!

妻子:

　　今天任何东西上都有种奇怪的光。

男人:

　　没药树发出的。闻到树脂焦味了吗?
　　希腊工匠们为阿历克塞皇帝①设计
　　制作的装饰品,那颗伯利恒之星,
　　那些石榴状饰物,还有各种鸟儿,
　　似乎全都和伊甸园一块儿在燃烧。
　　你听,镀金彩釉的夜莺正在歌唱。
　　没错,看呀,那棵树在剧烈晃动。
　　有个人被缠在它的树枝里面了。

妻子:

　　果然是有人被缠住。他出不来了!

男人:

　　他摆脱了! 他出来了!

妻子:

　　　　　他是上帝。

---

　　①　指拜占庭帝国皇帝阿历克塞一世（在位期 1081—1118），科穆宁王朝的创建者。

我是从布莱克的画中认识他的。^①

这会儿他在干什么?

男人:

     我想在搭宝座,

在我们的环礁旁。

妻子:

     拜占庭式的宝座。

 (宝座是事先制作的胶合板景片,

  上帝轻轻地拉动铁链将景片竖起,

  然后站在旁边支撑着它使其固定。)

也许是为了一场奥林匹克锦标赛,

或是为了爱情法庭^②。

男人:

     更像是为了皇家法庭——

或普通法庭,今天是最后审判日^③。

我坚信今天就是。正是为此我才

放弃了自己为自己作的多种评价

而来到这里静候一种正式的裁定。

---

 ① 英国诗人威廉·布莱克(1757—1827)亦是位版画家。他曾为自己的作品以及《旧约·约伯记》和但丁的《神曲》插图,图中多有上帝的形象。

 ② 一种由贵族绅士淑女组成的团体,据信存在于法国中世纪吟游诗人时代的普罗旺斯和朗格多克地区,专门裁决男女间风流韵事引发的纠葛。

 ③ 《圣经》中所说的世界末日,届时每个人都将接受上帝的审判。

允许自己被人赞美吧，我亲爱的，

就像沃勒说的那样。①

妻子：

　　　　　　　或不被赞美。你快过去

跟他说话，趁其他人还没来之前。

告诉他你是约伯，他也许记得你。

上帝：

噢，我记得你，约伯，我的受难者。

你现在好吗？我相信你已经康复，

没感到我给你的苦难留下的遗痛。②

约伯：

真是给我的，我喜欢你坦言承认。

原来我真是个遭受了迫害的名人。

不过我现在很好，只是有些时候

还会隐隐约约地觉得风湿病疼痛。

疼痛停止让人无比快乐。你也许

愿告诉我们那是否就像天堂之乐，

是否逃脱人世生活这巨大的痛苦

将会给人一种放松的感觉，一种

---

　　① 英国诗人埃德蒙·沃勒（1606—1687）在《去吧，可爱的玫瑰》一诗中叫一朵玫瑰去请求一名少女："来到阳光下，/ 允许自己被人追求，/ 用不着因被人赞美而害羞。"

　　② 上帝与撒旦打赌，为考验约伯的忠诚而无端降祸于他，约伯承受巨大痛苦仍保持信仰，这段在西方家喻户晓的故事见于《旧约·约伯记》。

打算要让人延续到永恒的感觉。

上帝：

　　会的，迟早会的。但先讲件大事。

　　一千年来我心头一直都牵挂着你，

　　总想有朝一日向你致谢，感谢你

　　曾帮我为所有人确立了那个原则：

　　在人该得和实际得到的祸福之间

　　不存在人类能推断出的任何联系。

　　美德可以失败，邪恶也可以获胜。

　　这是我俩提供的一个伟大的证明。

　　要是我早一点发现我需要的天道，

　　那我本应该早点说出。你本来也

　　可以想到，一开始就是肉身基督的

　　那一位应该有发号施令的权力。

　　我不得不等待像任何人子的圣子。

　　我早就应该向你表示这份歉意了，

　　为了在过去的那些日子里，你所

　　遭受的显然毫无意义的痛苦不幸。

　　但那就是这场考验的最关键之处，

　　在当时的情况下你不该理解这点。

　　为了有意义它不得不显得没意义。

　　现在一切都过去了。我毫不怀疑

　　你已经意识到你当时扮演的角色

是要让《申命记》^①的作者出出丑，

是要让宗教思想的思路有所改变。

我要感谢你，感谢你让我摆脱了

人类的道德准则对我的羁勒束缚。

起初唯一的自由意志是人的意志，

因为人能自由选择是行善或作恶。

但我没有选择，我只能依随他们，

给予他们所能理解的惩罚和奖赏——

除非我喜欢忍受失去他们的崇拜。

我过去只能扬清激浊，惩恶劝善。

你改变了这一切。你使我能自由

地统治。你是你的上帝的解放者，

我以上帝的身份擢升你为圣徒。

约伯：

你听，推雅推喇^②，我是圣徒了。

照我们的情况拯救具有追溯效力。

我们得救了，不管它还有啥意思。

约妻：

啊，在这么多年以后！

----

① 《申命记》是《圣经·旧约》之第5卷，全书共34章，汇集了摩西在以色
列人过约旦河进入巴勒斯坦时发布的律法和诫命。

② 推雅推喇，古希腊时期小亚细亚古城（今土耳其西部城市阿克希萨尔可见
其废墟）；《新约·启示录》第1章第11节和第2章第18—24节提及该城；弗罗
斯特在此诗中将推雅推喇作为约伯妻的名字。

约伯：

　　　　　　　　这是我妻子。

约妻：

　　如果你就是我心目中设想的上帝
　　（我是从布莱克的画中认识你的）。

上帝：

　　人们告诉我我一直占据最高位置。

约妻：

　　——那我倒要向你提出一项抗议。
　　我想要问问你，这是否合乎情理：
　　女预言家就应该被当作女巫烧死，
　　而男预言家们却往往会获得荣誉。

约伯：

　　除了在他们自己国家，推雅推喇。

上帝：

　　你是女巫吗？

约妻：

　　　　　　　　不是。

上帝：

　　　　　　　当过女巫吗？

约伯：

　　有时她以为她当过，而且往往会
　　因此紧张。但她实际上从没当过——
　　据我所知，她不曾在真正意义上
　　预言过任何一件碰巧发生过的事。

约妻：

隐多珥的那个女巫 ① 是我的朋友。

上帝：

你不能说她的情况就那么得糟糕。

我注意到当她呼唤撒母耳的时候，

那先知的灵魂也只得从冥界上来。

由此可见，女巫比先知还更厉害。

约妻：

但她因耍巫术被烧死了。

上帝：

这在我的

记事本上没有记载。

约妻：

唔，她真被烧死了。

而我偏偏想要知道烧死她的道理。

上帝：

你是在要我正好可以不给的东西，

我们刚才对这一点已经达成共识。②

（宝座倒地，但上帝将它扶起。

---

① 《旧约·撒母耳记上》第 28 章第 7—14 节记载：扫罗王欲向撒母耳的灵魂咨询退非利士人之策，命隐多珥的女巫招撒母耳之魂，并"指着永生的耶和华起誓"说该女巫不会因行此巫术而受惩罚。

② 指"在人该得和实际得到的祸福之间不存在人类能推断出的任何联系"。

这次他将它锁定并离开了它。）

刚才的半个小时她都在什么地方？
她想知道为什么现在还有不公正。
我就直话直说吧：天道就是如此，
而我不得不承认它就像是麦克白。
我们不妨追溯一下世界开始之时，
从西割之死的事中去寻找正义。[①]

约伯：

哦，主哟，让我们别去追溯什么。

上帝：

是因为你妻子的过去不堪回首吗？
夫人，在那关键时刻你做了什么？
你当时想怂恿你丈夫说些什么？[②]

约妻：

好，咱们把话说明白。我不在乎。
当时我陪着约伯，也许还指望过你。
约伯一边刮着脓疮一边努力回忆[③]

---

① 据《旧约·列王纪上》第16章第34节记载，希伊勒在修建耶利哥城的城门时失去了他的幼子西割；重建耶利哥城者将受到上帝诅咒，这在《旧约·约书亚记》第6章第26节已有预言。

② 约伯的妻子在约伯受难时曾对他说："你还要坚持你的信仰吗？你干吗不诅咒上帝然后一死了之？"（《旧约·约伯记》第2章第9节）

③ 《旧约·约伯记》第2章第7—8节载："于是撒旦从上帝面前退去，开始让约伯浑身上下长满脓疮。约伯在一堆垃圾中坐下来，拾起一块碎陶片刮身上的脓血。"

他曾为穷人做了什么或没做什么。
考验总是要看我们怎样对待穷人。
在某些方面，那时候国家对穷人
不像今天救济院对穷人这般苛刻。
这又是件该列入你工作事项的事。
约伯没干过坏事，可怜的无辜者。
我告诉他别刮了，那疮越刮越糟。
如果我说过一遍，那我会说千遍，
别刮了！这时，如同他体无完肤，
他的帐篷也全都被风撕成了碎片，
我每晚拾些碎片做一顶狗窝帐篷
为他蔽体但又避免碰着他伤着他。
我尽了妻子的责任。我应该操心！
可看上去你能做的，就是当渴望
公道的人要求公道时发一顿脾气。
当然，在高深莫测的个别事物中
压根儿就不存在什么普遍的公道。
只有一个男人曾认为有这种公道。
但你不会找到想当柏拉图的女人。
然而肯定还有许许多多零零星星
乱七八糟不成体系的天理公道，
你把它们施予守信者也对你无害。
你认为世人同意你可以不讲道理。
想按你的意愿行事。可我不曾

与任何人达成任何共识。

约伯：

好啦，好啦，
你睡你的觉吧。上帝肯定在等待
一些结果和消息。

约妻：

我是认真的。
上帝已有万岁，可会预言的女人
几乎还是全被烧死，男人却不会。

约伯：

上帝和你我一样也需要有时间来
解决问题。改革者没有看到这点。
她就快入睡，就快入睡。我发现
只有肢体运动才能使她保持清醒。
念念书给她听，她马上就会睡着。

上帝：

她真漂亮。

约伯：

是的，她刚才正在说
她觉得她比出生时年轻了一千岁。

上帝：

那几乎是对的。我也许已经说过。
当时间被发现是种能像任何空间
一样被翻来倒去的空间范围之时，

你们就开始越活越年轻，是吧？

约伯：

是的，我俩一下就注意到了这点。
但是，上帝，我也有个问题要问。
（我妻子往往爱抢在我前面发问）
关于公道这个问题我需要点帮助，
以免到该弄清楚时我还弄不清楚
我到底该同意放弃哪些天理公道。
我非常容易附和推雅推喇的观点。
上帝知道——准确地说是你知道
　　（愿上帝饶恕我）
我已放弃了为我遭的罪讨个说法，
可即便是这样我也有个问题要问，
当然是悄悄问。这里除她没别人，
而她是个妇道人家，对什么概念、
理念、原则、原理统统不感兴趣。

上帝：

她对什么感兴趣呢，约伯？

约伯：

　　　　　　　　女巫们的权利。
在这点上就迁就她吧，不然她会
更加怀疑你不是男女平等主义者。
她总认为你对女人怀有刻骨仇恨。

吉卜林祈祷时称你为"主人之主"[①]，

而她很想知道，要是有人祈祷时

称你为"女主人之主"你接不接受。

上帝：

我被她给迷住了。

约伯：

这我看得出来。

但说我的问题吧。你所说的我俩

确立的东西给我留下了深刻印象。

就涉及我俩，你和我。

上帝：

要我让你明白？

你要是像哥伦布那样，没能看出

你的成就之价值，那可就太糟了。

约伯：

你说我的成就。

上帝：

我俩共同探索出来的。

我会为它显示出来的任何独创性

而称赞你。我的专长是思想体系，

或者说形而上学；长期以来世人

指责在一个不变的地方停滞不前，

然而科学不停地在自我新陈代谢。

看我们已把《创世记》中流行的

科学落下有多远。但其中的智慧

仍与我当初所说的完全一模一样。

新奇性无疑依然具有一种吸引力。

约伯：

这么说是谁先想到什么非常重要？

上帝：

我对创造者的名字历来一丝不苟。

我发现凭恰当的名字我就能思考。

约妻：

上帝，是谁创造了人间？

约伯：

唉，还没睡着？

上帝：

它显示出来的任何独创性都具有

魔鬼的性质。他创造了地狱，创造了

是所有独创性之源的错误前提，

还创造了沃尔西也许说过的那种

曾经使天使堕落的罪孽。① 至于

---

① 在莎剧《亨利八世》第 3 幕第 2 场第 440—441 行中，红衣主教沃尔西告
诫其仆人克劳威尔："抛弃野心吧！／天使就因那种罪孽而堕落……"

人间嘛，是我俩一起捣鼓出来的，

就像你丈夫约伯和我一起发现了

人类最必不可少的行为准则就是

要学会规规矩矩地服从不讲道理；

而且为人类自身之故也为我之故，

人不应该觉得做到以下这点很难，

那就是居然接受傻瓜笨蛋的命令，

在和平或战争时期，尤其是战时。

约伯：

所以人应该觉得接受战争并不难。

上帝：

你算明白了。我能告诉你的不多。

约伯：

真是妙极了。我是既高兴又幸运

能够和你一道参与任何一件事情。

照你这么说，那真是个伟大证明。

不过顺便说一句，有时候我纳闷

为什么这证明非得要我付出代价。

上帝：

这种事总得有什么人付出代价。

世人不可能把事理想透想明白，

所以得靠演员为他们演示清楚，

靠勇于献身勇于牺牲的演员——

靠我能够找到的最出色的演员。

这是你要的回答吗？

约伯：

> 不，因为我还要
> 问我的问题。我们总忽视原因。
> 但原因始终是我们关心的东西。
> 有欲望如马达，有欲望似刹车，
> 而我总认为原因就是导向装置。
> 似刹车的欲望不可能长期阻止
> 马达。显而易见我们必须行进。
> 而不论我们以何种方式向前走，
> 我们都最好先说说要去往哪里；
> 正如我们不论以何种方式交谈，
> 我们都最好让交谈有一点意思。
> 现在让我们就这么做。别因为
> 我允许你可以不给我一个说法
> 就以为我认为你整我没有原因。
> 过去我知道你有，但不是你正
> 给我的这个。你说这是我们俩
> 探索出来的。但你若恕我不恭，
> 在我听来这原因是你想出来的，
> 而且费了一番心思。在我看来
> 这是你在事后很久才想出来的。
> 除了你事后为神学家们编造的
> 所有那些牵强附会的托词借口，

我至少会给出一个事先的原因。
主哟，我和你一道对公众维持着
这个对谁都不负责任的门面。
但我们让公众看了什么？如今
观众已回家睡觉。戏已经演完。
这么多年之后，你又来安慰我。
我有求知欲。而且我是成年人，
我不是一个你用另一个"因为"
就能随随便便敷衍打发的孩子。
也许你最不愿让我相信，你所
有的神迹都不过是幸运的错误。
那应该是不相信上帝的无神论。
我的艺术家气质大声疾呼构思。
那种像魔鬼一样折磨人的计谋
似乎并不像你所为，而我当时
也试图认为可能是别人的主意。
但天下事事都有你在背后支持。
我当时没问，但这么多年之后，
似乎你已经可以让我高兴一下。
你当初为何伤害我？我不得不
直率地讨个说法——直截了当。

上帝：

我应该告诉你，约伯——

约伯：

没关系，

不想说就别说。我并不想知道。
但保守这个秘密有什么意思呢？
我就弄不明白，冷眼嘲笑世人
在他们永远也猜不出的可能性中
笨头笨脑地摸索，一个上帝
能得到什么乐趣和什么满足呢？
当托词深奥得让世人百思不得
其解的时候，那它很可能就是
其中并无什么奥秘的一番谎言。
我已开始认为所谓的深刻寓意
并不值得探求。若要深究事理，
你会发现其深处并不比其表面
有更多的东西。若深处有东西，
那也早已经就被希腊人掠走了。
我们不知身在何处或我们是谁。
我们互相不了解，也不了解你。
我们不知现在何时。不知，是吗？
谁说我们不知？谁让我们疑虑？
哦，我们非常清楚该走哪条路。
我是说我们似乎知道如何行动。
关于生儿育女的看法历来都有
种疑惑——在已经有儿女之后，
于是我们对此不知所措，除了
提醒儿女他们也许不该有儿女。
你本来可解此惑，你只消出来

直截了当毫不含糊地说上一句
是否人真有某个部分可以永生。
然而你保持沉默。任凭白痴们
因为被人迷惑之故而迷惑自己。
我已厌倦了这整个人为的迷惑。

约妻：

你不可能从上帝得到任何答案。

上帝：

我的王国，简直是造反！

约妻：

约伯没错。

你的王国，是呀，你人间的王国。
请告诉我这是何意。这有意义吗？
也许有一天这地球会像个大鸡蛋
似的裂开，从里边孵出一个天国，
一个所有来自坟墓的死者的天国。
君王发布的一个微不足道的声明
也许会终止这种异想天开的胡说，
而且能照料那个政党议事日程上
的二十四项自由中的二十项自由。
或只有四项？ ① 我额外的二十项

---

① 在 1941 年 1 月 6 日致国会的咨文中，富兰克林·罗斯福总统说："我们期待一个建立在四项人类基本自由之上的世界。"这四项自由指言论自由、宗教信仰自由、免除贫困的自由和免除恐惧的自由。

均是免除提出问题之必要的自由。

（我希望你知道二十问这种游戏）①

比如说，天下有"进步"这种事吗？

约伯说没有这种事，人世不可能

进步成一个易于拯救灵魂的地方。

它只会变成难以拯救灵魂的场所。

一个实验场所，世人可以在那儿

检验并发现自己是否有一点良知，

这应该说毫无意义。它完全可以

一下子变成天国并且胜过于天国。

上帝：

两人这么高声嚷嚷容易把我吵昏。

请一个一个地说。我先回答约伯。

我要告诉约伯我当初为何折磨他，

请你们务必相信这不会加重折磨。

约伯，那只是为了做给魔鬼看看，

完全就像第一章和第二章②所说。

（约伯来回踱了几步）你介意吗？

（上帝不安地盯着他）

约伯：

不，不，绝不会。

———————

① 玩"二十问"这种游戏的游戏者分为两方，一方向另一方提20个问题（可少于20），根据对方回答的"是"和"否"来猜出对方事先选定的一个词或一物。

② 指《旧约·约伯记》第1章和第2章。

你真有人情味儿。我原来期望的
超过了我所能理解的，而我现在
得到的几乎又少于我所能理解的。
但我并不介意。让我们由它去吧。
关键是这并不是我感兴趣的问题。
我坚持这点。但请说说混乱状态！
多么无序的一场混乱，推雅推喇？
但我认为我们觉得是混乱的东西
并不是混乱，而是形式中的形式，
大蛇的尾巴伸入其咽喉里，那是
无始无终的象征，也是万事万物
所行之道的象征，或者说是光线
如何回归其自我的象征，而这是
在引用那首西方世界最伟大的诗。①
不过我认为光线终将衰减为虚无，
由白变红至暗红，最后完全消失。

上帝：

约伯，你必须了解我激怒的原因。
魔鬼总来找我，我也会受到诱惑。
当时我几乎已没法容忍他竟嘲笑
人性之中我最最看重的那种东西。

---

① 参阅爱默生《乌列》一诗第 21—24 行："在自然中找不到界线；/ 单元和宇宙一片浑圆，/ 徒然射出的光线将返回，/ 邪恶将祝福，冰雪将燃烧。"

他认为他很聪明，能够使我相信
我的信徒和他的追随者在本质上
没什么不同。都是为了追名逐利。
这世上压根儿就没有过忘我无私，
即便说有过，那也不是一种美德。
公平也不是。你听说过公平原则。
它正在日益普及。他没人可指望，
那是他担心的事。我可以指望你。
我当时想迫使他承认这样的事实。
我把你交给他，但附有保证条款。①
我是关照你的。我相信在你生前
我已说得很清楚，我站在你一边
反对你那三位安慰者的错误议论：②
说什么你受苦是因为作恶的报应。
那简直是勃朗宁和清教徒的论调。

约伯：

上帝，请别说了。我现在没心情
听更多的解释。

---

① 上帝两度同意撒旦去考验约伯时都说过："好吧，我把他交给你，但切不可害他性命。"（见《旧约·约伯记》第1章第12节和第2章第6节）

② 《旧约·约伯记》第2章第11节至第32章第1节记述约伯的三位朋友来安慰他并同他一道悲伤，然后又对他进行劝告和指责，他们认为要是约伯没有犯罪，上帝就不会让他受苦。在《旧约·约伯记》第42章第7节中，上帝对这三个人说："你们对我的议论不如约伯所认识的真实。"

上帝：

> 我的意思是想说

你的安慰者们错了。

约伯：

> 噢，那个委员会！

上帝：

我看出你对委员会没有什么好感。
下次要是你被硬塞进一个委员会
去修订《祈祷书》，那请把这点
写进去，如果书里还没这点的话：
让我们摆脱委员会。这会提醒我。
我愿为你做任何合情合理的事情。

约伯：

是的，是的。

上帝：

> 你似乎不满意。

约伯：

> 我满意。

上帝：

你有心事。

约伯：

> 哦，我在想魔鬼撒旦。

你肯定记得他也参与了这件事情。
我们不能撇开他。

上帝：

　　　　　对，我们没必要撇开他。

　　我们太幸运了。

约伯：

　　　　　有朝一日我们三个

　　应该聚到一起好好地开个庆祝会。

上帝：

　　干吗不马上开？

约伯：

　　　　　缺撒旦我们没法开。

上帝：

　　那魔鬼从来都不会远在天边。

　　他也是每时每刻在周围游转。

　　他必须出场。他该为我而来，

　　从荒芜天空一头栽下到人间。

　　你自己演会儿吧，我的孩子。

　　我想这会儿我应该回到宝座。

　　我发现有他在场的时候，

　　我最好是永远都保持我的尊严。

　　　　（魔鬼上场，像只拍着云母翅膀的黄蜂。他抬起一
　　　　只手拂去他脸上一丝轻蔑的微笑。约伯妻坐起。）

约妻：

　　　　　啊，这下我们

全都到场了！包括我这个唯一要

扮演难缠的角色的剧中人物。

约伯：

我们把她弄醒了。

约妻：

我压根儿就没睡着。

我听见了你们说的——每一个字。

约伯：

我们说什么来着？

约妻：

你们说魔鬼要来。

约伯：

她一贯都爱声称她闭着眼没睡着。

我们还说了什么？

约妻：

这个嘛，你们

还说什么——（三男人哈哈大笑）

——什么魔鬼是上帝最好的灵感。

约伯：

好，很好。

约妻：

等着，我去拿柯达相机。

请你们二位稍稍靠拢一点儿好吗？

不——不，那不是微笑，是傻笑。

撒旦，你哪儿不舒服？你著名的
舌头呢？你这位昔日的雄辩大师？
你这会儿是在有教养的上流社会，
这儿善与恶乱七八糟地混在一起，
耳朵能听见各种似是而非的谬论，
仿佛除我们的风度外啥都不重要。
你看上去似乎不是相信就是害怕
被证明犯有比本身更重的伤害罪。
迄今为止什么也没被证明，因为
对我来说并没有这种打算，约伯
自己也不想去找一种方法来操心。

撒旦：

就像弥尔顿找来糊弄自己的方法，
关于他那双瞎眼。①

约妻：

　　啊，他说话了！他能说话！
再加把劲儿！让我尽情地听个够！
真像异教徒的神庙倒塌那般悦耳！
他在捉弄我们。喂，顺便问一句，
你身边没碰巧带着一个小苹果吗？
我在圣诞节市场上看见有一大筐。

----

① 弥尔顿在《失乐园》第 3 卷中写道，尽管失明已关闭了智慧的一个入口，但"天国的光明哟，你会 / 射入我的心灵，照亮整个心房 / 在那儿安上眼睛……我可看见并讲述 / 肉眼看不见的事物"。

你要亲手送我一个我会非常珍惜。

上帝：

别说风凉话了。他真不幸。教会
的疏忽和比喻的运用早已经使他
完全沦落成了他自己的一个影子。

约妻：

那正好说明他为什么这般透明，
一眼就能看透。可他要去哪儿？
我还以为这里要举行一番庆祝
活动。我们本可以玩字谜游戏。

上帝：

他还有他非得去处理不可的事情。
刚才约伯提到他，于是我让他来，
只是为了公正地对待他的真实性。

约妻：

我看他非常真实而且将永远真实。
请别走。留下吧，留下吧，直到
日暮黄昏，等一块儿演完这出剧，
我们将和你一道走。要是你现在
就走，有人将不会对你感到厌腻。
看哟，看哟，他压根儿没动步子！
他并不是真正在走，但他在离去。

约伯：

（正站在一旁为一些新想法发呆）

他被卷入了那种像墨西哥湾流般
流过这儿的趋势，不过那趋势里
只有沙没有水。它有一种与周围
沙漠迥然不同的速度；就在今天
我还被它给绊了一下并被它绊倒。

约妻：

哦，是的，那种趋势！快离开它！
别让它把你给卷走。我讨厌趋势。
你一旦被卷入一种趋势，它似乎
马上就加速。这儿，抓住我的手。

（他抓住了她的手，飞快地
跨了三步，像跳离自动扶梯。
那趋势——教堂中央走道上
一条又长又宽的剑麻地毯——
被舞台深处看不见的手驱动。）

我要你和我们一起在这宝座旁边——
我必须有你。这才是正确的安排。
这下有人会来点燃那燃烧的荆棘，
把那些镀金彩釉的人造鸟儿照亮。
我会认出那些鸟儿。希腊的工匠
为阿历克塞皇帝设计制作的饰品。
它们不会被人注意，这太糟糕了。
我也不会被人注意，这可更糟糕。

如果你们三位现在已商定好什么，

那与其都哭丧着脸倒不如笑一笑。

（《约伯记》第 43 章到此结束。）①

---

① 《旧约·约伯记》共有 42 章。

仁慈假面剧
1947

深夜。一家书店。店主的妻子
拉下门上的窗帘并锁上店门。
一名老顾客被锁在店内，他在
一个陈列架跟前同店主交谈。
店主妻刚一转身便有人猛烈地
敲门，猛烈的敲门声使她回到
门边，仿佛要用力抵住门似的。

杰西·贝尔 [①]：

你不能进来！（敲门声）已打烊了！

保罗：

晚了，太晚了，你现在不能进来。

杰西：

我们不可能没日没夜地卖东西。
他不肯走。

---

① 下文简称杰西。

基普尔 [①] ：

> 你用不着那么严厉。

把门稍稍开个缝看看是什么人。

杰西：

> 你来看，基普尔。或你来，保罗。
> 今晚我们已经是第二次犯糊涂了。
> 这些年迈的逃亡者往哪儿逃呢？
> 陌生人的可怜状往往更令我害怕
> 而不是令我感动。

保罗：

> 你可以进来。

逃亡者：

> （没戴帽子，伴着一阵雪花进店）
> 上帝在追我！

杰西：

> 你是想说魔鬼吧。

逃亡者：

> 不，是上帝。

杰西：

> 我从没听说过这种事。

---

① 基普尔之原文 Keeper 可指店主、守护人、恪守（教义）者等等，通常并不作为人名，诗人在此剧中将其用作人名有多重寓意（见下文）。

逃亡者：

　　你没听说过汤普森的《天堂猎犬》？①

保罗：

　　"我逃离了他，顺着白天和黑夜；

　　我逃离了他，顺着岁月的拱门。"②

基普尔：

　　这是家书店——不是什么避难所。

杰西：

　　我刚才还以为你说这是礼品店呢。

基普尔：

　　你别为这事不满，我就没有不满。

逃亡者：

　　嗯，我可以用本书。

基普尔：

　　　　　　　　什么书？

逃亡者：

　　　　　　　　　　《圣经》。

基普尔：

　　你是想查找如何摆脱上帝的方法？

　　这是人们用《圣经》的经常目的——

　　这也是本店没有《圣经》的原因。

---

①　汤普森（1859—1907），英国诗人，《天堂猎犬》是他最著名的诗篇。

②　《天堂猎犬》第1—2行。

我们不相信一般人居然会读这书。

让他去教堂寻找他的宗教信仰吧。

杰西：

基普尔，住口。你用不着理睬他。

他自以为懂宗教，只是图个好玩。

他妈让他叫基普尔就是想要责备

他的轻浮多变：我兄弟的守护人。①

她替他取这个名字并非为了古怪，

而是出于政治目的。她告诉过我。

她参加过布鲁克农场的冒险事业。②

基普尔：

上帝干吗追你？要拯救你的灵魂？

逃亡者：

不，要让我预言。

杰西：

而你偏偏不愿意？

逃亡者：

我进来后你们没注意到什么吗？

（你们听！）

---

① "我兄弟的守护人"语出《圣经》。该隐杀弟后，上帝问他"你兄弟亚伯在哪儿？"该隐答曰："我不知道，我岂是我兄弟的守护人？"（见《旧约·创世记》第4章第9节）

② "布鲁克农场"是由"超验俱乐部"于1841年在马萨诸塞州西罗克斯伯里附近建立的一个公社性质的团体，1843年前后曾一度成为空想社会主义在美国的中心，1847年解散。

基普尔：

听什么？那辆军车？

逃亡者：

唉，我要《圣经》并非为了查阅。

我只是想如果你们有一本在手边，

那我就可以向你们指出我的身份。

里边有个故事，你们也许已忘了，

是关于一头鲸。①

基普尔：

哦，你是说《白鲸》，

罗克维尔·肯特②写的，人人都在读。

放心吧，我会帮你找到你要的书。

杰西：

基普尔，闭嘴。他知道要什么书。

他说的是《圣经》。

逃亡者：

在这深更半夜

我真不想惊吓你们，让你们怀疑

我可能是个胆大妄为的江湖骗子。

---

① 《旧约·约拿书》第 1 章记载，上帝命希伯来先知约拿去尼尼微预言灾祸，约拿违命乘船逃走，上帝使海上风浪大作，水手将约拿抛入海中平息风浪，约拿被一头鲸吞下，在其腹中待了三天三夜。

② 《白鲸》的作者应是梅尔维尔（1819—1891）。罗克维尔·肯特（1882—1971）是美国画家，曾为《白鲸》画插图。

我是约拿斯·达夫——但愿这有用。

保罗：

你这等于是在说你是约拿·约拿，^①

哈，约拿·约拿——说两遍不妥。

逃亡者：

请别把我的命运背景当成歌来唱。

你怎么会知道用此法来伤我的心？

你是谁？

保罗：

你是谁？

约拿：

我认为你知道，

你好像挺会翻译人家的名字。

如果我的记忆还没完全丧失，

这回已经是我第七次被派来

对邪恶的城市预言灾难将至。

基普尔：

你有什么理由不喜欢城市呢？

约拿：

上帝知道。

我们自己的理由也足够，不是吗？

这充满了城市的时代应该被诅咒。

———————————

① Jonas（约拿斯）是希伯来语 Yonah 译成英语 Jonah（约拿）时的异体拼写。

基普尔：

嘿，你说话像是个农民党党员。

城市没什么不好，生活在城里

是为了受文明熏陶，熬夜读书，

通宵达旦唱歌跳舞，不是醒来

看日出，而是等着看太阳升起。

乡下的唯一用处是当你不想受

文明熏陶时可以有个地方避避。

你会了解我俩，我们开店是输家，

在城里也是输家，但我们有勇气，

我们不说摘不到的葡萄就是酸的。

我们怪自己。我们是输得起的人，

　你说是不是，杰西？

杰西：

我输不起，而且不想假装输得起。

应告诉你基普尔最喜欢读的东西

是家系记录簿，这对他才算公平。

当他对我来说变得太乡土气之时，

我就开始喝酒——至少要喝一杯。

（她端起空椅子上她自己的酒杯。）

保罗：

她要开始喝酒并看我们如何喜欢。

基普尔：

    杰西是个公共场所的独饮者。

    当她喝酒的时候，从不介意

    不给身边的任何人买杯酒喝。

杰西：

    因为我们穷。我丈夫不会谋生。

基普尔：

    你对任何一座城市都不喜欢吗？

约拿：

    是的，但纽约将作为一个典范。

基普尔：

    噢，你这会儿正好就在纽约——

    或者说正糟就在纽约。

约拿：

                我知道我在哪儿，

    这就是我今晚应宣布预言的地方。

    我租好了整个大厅，集合了所有

    听众，然后我藏在那道布景后面，

    那道注定并通知要用来发布预言

    的布景。我心中充满了预示预兆，

    但却没法让我的嘴吐出一个字眼。

    于是我让灯光照着空荡荡的舞台，

    逃到了这里，但你们却不欢迎我。

基普尔:

　　不，朋友，我们欢迎你并同情你。

　　你天公地道的义愤终于没有发作，

　　要不然你恐怕会遭到众人的围攻，

　　如果你必须说的是令人讨厌的话。

杰西:

　　你丧失了勇气。人生最可悲的事

　　就是生活中最美好的东西是勇气。

　　这是我的看法，好，弗拉德先生，

　　既然你这么提议，我想我愿举杯。①

约拿:

　　对不起，有人能听懂吗?

保罗:

　　　　　　　　我能听懂。

约拿:

　　其他人不懂。

保罗:

　　　　　　　　其实你也不完全懂。

约拿:

　　有什么我不懂? 这简直轻而易举。

---

　　① 　这两行引自美国诗人罗宾逊（1869—1935）的叙事诗《弗拉德先生的酒会》第 2 节，在此节末尾，伊本·弗拉德独立于秋月下，回应他自己提出的"为鸟儿干杯"的建议。

我留名于《圣经》，贯穿整个故事。

我不再相信上帝会实现他发出的

要降灾难来惩罚邪恶城市的威胁。①

我不可能相信上帝不宽厚不仁慈。

基普尔：

你不再相信上帝？这可真是罪过。

杰西：

你这淘气的小猫，你吃不到馅饼。②

保罗：

基普尔是唯一神教派③的那类信徒，

一位论派已用逐渐排除法将诸神

减少为三个，再由三个减为一个，

他老爱想干吗不减少到一个不剩，

除非把剩下的一个作为假想中的

天父，多少使人类皆兄弟合法化，

以便我们在罢工时能够万众一心。

基普尔：

现在我们是在听这位诠释家说话。

---

① 据《旧约·约拿书》第2—3章记载，约拿最终服从上帝的指派，预言了尼尼微将被毁灭，但由于尼尼微人全城悔罪，上帝又饶恕了那座城市，此举令约拿大为不悦。

② 此行引自童谣《三只小猫》。

③ 唯一神教派乃基督教一宗派，该派认为上帝只有一体，否认基督神性之存在和三位一体（圣父、圣子、圣灵为一体）的学说。

你不认识保罗，他也是圣经人物。

他就是那个曾用神学理论把基督

诠释得几乎没基督教精神的家伙。①

对他你可得当心。

保罗：

"当心我"是对的。

我要告诉你一些事，约拿斯·达夫。

我要使你的思想言行都合乎情理，

让可怜的你休息，流浪的犹太人。②

约拿：

我不是

流浪的犹太人——我是我说的人，

一名先知，这点有《圣经》为证。

保罗：

我从没说你不是。我认出你了。

你就是那个博学多才的逃亡者，

按我们的说法就是逃避现实者，

但你逃避的并非你以为的上帝，

而是他仁慈与公正之间的矛盾。

仁慈和公正从来就是一对矛盾。

可这里就是你结束逃避的地方。

---

① 《新约全书》中的许多篇什都出自保罗之手。

② 传说中在耶稣被钉死在十字架那天因打了耶稣而被罚要永远流浪的犹太人，也有传说是因他拒绝帮耶稣扛十字架。

我必须告诉你一些事，这将会

一劳永逸地解除你这种忧郁症。

我打算要让你明白，相对而言，

公正是多么不足挂齿无关紧要。

约拿：

我看得出你想要干什么：你想

剥夺我的动力，取消我的使命。

保罗：

我被授予权力免除你这项使命。

约拿：

你！你是谁？我刚才已问过你。

杰西：

他是我们的分析家。

约拿：

你们的分析家？

基普尔：

他照料我们书店的编年史。

杰西：

闭嘴，基普尔。

分析家是医生行当中最新的一种。[①]

他是我的医生。这就是你要问的——

———————————

① 分析家原文为 analyst，这个词在美国又指精神（或心理）分析医生。另英语中编年史一词 annals 与 analyst 近似。

我的医生。我有病。

约拿：

什么病？

杰西：

唉，我想什么病都有。

医生们说我的毛病就在于没恋爱。

我不爱我先前的那个医生。所以

我换了保罗——想试试另一个。

保罗：

杰西的毛病能否治愈，关键就

在于能否矫正她心目中爱这个

字眼的含义。她的治疗一开始

就不顺利，好像是从一开始就

找错了医家。

杰西：

我不爱保罗——迄今为止还不爱。

约拿：

爱上帝怎么样？

杰西：

你让我想耸肩。

我也不爱你，基普尔，你说是吧？

基普尔：

别一边说这话又一边把手搭在

我身上。真不害臊！把手拿开。

杰西：

　　我有病。乔有病。这世界也有病。

　　我要开始喝酒——至少喝上一杯。

约拿：

　　我名字不叫乔。我不喜欢她说的。

　　简直是格林尼治村酒会上的腔调——

　　大都市的腔调。我要从这儿出去。

　　我——定要——离去。（他引用得

　　　有板有眼）①

保罗：

　　哦，你不能走。今晚你得住这儿。

　　去锁上门，杰西。让我保管钥匙。

　　（他自己走到门边把钥匙拿到手）

约拿：

　　这么说我是名囚徒啰？

保罗：

　　　　　　　　　今晚你是。

　　我们认为你是被送到这儿来求助。

　　因此你将得到帮助。

约拿：

　　　　　　　　我要打破你的门。

　　我每次动身逃跑结果都一模一样。

————————

① 参见《在林间空地》第 2 首《离去！》第 5 节及其注释。

我登上第一条船。上帝掀起风暴。
水手中有人把我同风暴联系起来。
于是他们为了好运把我抛进海里，
或照你们说的，把我抛给那头鲸——
因我不合它胃口，于是被它吐出，
结果又回到我所置身的麻烦之中。
你们是现代人，所以你们想把我
抛入的鲸口将会是某座疯人院——
而由于我跟任何科学都不对胃口，
所以我说不定又会从那里被吐出。

杰西：

你这个容易被吞噬的可怜的人哟！

保罗：

但愿你能把手从你的头发中抽出
并镇静下来。清醒一点！我要让
你的双臂交叉成一个十字，让它
有两个端点支撑在地上，像苦路
上每个十字架（除最后一个）那样。①

约拿：

那有什么用呢？

保罗：

我会让你看到用处。

---

① 苦路十字架一般14座为一组，按序排列于教堂中或道路旁供人膜拜，每
座十字架上都有介绍耶稣受难经过的图画或塑像。

约拿：

　　我像她所说已经病了。兴致勃勃
　　地去发布预言，结果预言不应验，
　　这使我精疲力尽。（他坐了下来）

杰西：

　　你能详梦吗？我昨晚做了个梦：
　　有个人拿出一把弯弯的指甲剪
　　剪去了我的眼皮，结果我再也
　　不能对眼前发生的事闭眼不看。

约拿：

　　她遭受了某种损失，某种她没法
　　从上帝接受的损失——是什么呢？
　　乌托邦信仰、孩子、母亲的怨恨？

杰西：

　　你看上去睡眠不足。要是他答应
　　我们直接回家，我们可以不留他，
　　　　你们说呢？
　　你住在什么地方——是在城里吧？

约拿：

　　住在市郊公园的露天音乐台下。

杰西：

　　唷，有这种事。在这样的季节
　　那里的雪地上甚至不会有脚印。

保罗：

　　约拿，听你说不相信上帝不仁慈，

我感到非常高兴而不是感到悲哀。

这下你算站到了所有智慧的起点。

基普尔：

我能插话吗，保罗？——趁我们

还在谈宗教，还没进入哲学问题。

你穿的这件外套在这里惹人注目，

很适合你预言。我敢说你很在行。

难道可以说我们俘虏了一个先知

但却没听到任何预言就放他走吗？

让我们听听预言吧。在你心目中

什么样的毁灭将降临到这座城市，

（因为我猜想你要预言的是毁灭）

是叛乱，是瘟疫，还是遭到入侵？

约拿：

我心目中所想到的是一场大地震。

基普尔：

你确信是地震有何根据或基础？

约拿：

那是真正的地质学——基岩断层，

纽约城下面的基岩上有一条裂线，

上帝只消用手指轻轻一碰，便可

使基岩裂开一道万丈深渊，于是

天然裂缝将抹去人类的全部劣迹。

（他停住话头聆听）那是场风暴，

我们受到震撼，但那并不是地震。

我想到的另一种可能性是——

（他又停住话头聆听，他没说出的
话以手写形式从他眼前的幻灯
投射到门外上方空白处的幕布上，
就像伯沙撒的宴会上出现的情景。）①

——是巴别塔②，为写自己的书
每个人都创造出一种自己的语言，
一种把所有语言都糅合进一个人
独特的语无伦次荒谬透顶的语言。

（他重新说话，但又停下来聆听。
幕布上的字迹必须变化得非常快，
没有一目十行的本事便没法看清。）

对征收所得税的猜疑又会抬头，
对谁会从交易中获得最多利益
的质疑有可能发展成一种疯狂。

---

① 《旧约·但以理书》第5章记载：巴比伦伽勒底王伯沙撒在其王国被围攻
之时大宴群臣，饮酒时突然发现有人手在墙上写字。他请先知但以理解之，方知
王国末日已到，他的死期将至。

② 即传说中的通天塔。从前世人语言相通，诺亚的后代欲建通天塔与神交
往，上帝为此发怒，遂使建塔者各人操不同的语言，彼此不能沟通，无法合作，
结果塔未建成。参见《旧约·创世记》第11章。

暴民们会在街头拦住一个男人，

扯掉他的衣服好检查他的身体，

看他的皮肤上是不是开有口袋，

像钻石矿区的一名走私犯那样

偷藏着令他们喜出望外的钻石。

保罗：

我们都能看出你脑子里在想什么。

（我不会让基普尔把那叫作宗教。）

那是种危症，它被你染上，结果

预言也成了你想象中的一种弊病。

你是那么沉湎于爬上美丽的废墟

欣赏那些古董艺术品。你早忘了

人类该为之遭毁灭的是哪些罪孽。

约拿：

你冤枉我了。

基普尔：

那就请说出一种罪孽。

约拿：

我所想到的另一种可能性是——

杰西：

这下他又要陷入另一阵迷糊了。

基普尔：

你应坚持说地震，那有几分道理——

几分当我们明白时我们就将知道

我们会明白的道理。

保罗：

（郁郁不乐地在书店里来回踱步）

基普尔，你再说我可就要发火了。

基普尔：

不过如果我是你的话，先知先生，

我首先得更加确信我是奉命行事，

然后才开始履行这项棘手的使命：

不得不告诉纽约人他们注定要遭

一场老式的毁灭，像《约书亚记》

记载的约书亚毁灭耶利哥城一样。[①]

你不应该希望被那些夜总会嘲笑。

杰西：

或被纽约人嘲笑。

基普尔：

你最后一次

听见上帝说话是在什么时候——

我的意思是你从他那里接受命令？

约拿：

如果你们注意，我正在听他说话。

难道你们没听到一种声音。

基普尔：

风雨声！

---

① 参见《旧约·约书亚记》第 6 章。

那只是窗户在暴风雨中砰砰作响。

只是军车开过。一场战争在进行。

约拿：

作响的不是窗户。那是个陈列架。

是你们的古董在一个架子上作响。

杰西：

是你弄的。

约拿：

不是我。我怎么能呢？

杰西：

你在对我们的头脑要什么把戏。

约拿：

我没有。

你们没感觉到什么？

保罗：

别让我听这些。

（他强忍住厌恶朝一边转过身去。）

约拿：

你们所有的杰作名著① 都在崩塌！

———————————

① "杰作名著"是一项以读杰作名著为中心的教育计划，史称"巨著计划"，由美国教育家罗伯特·梅纳德·哈钦斯（1899—1977）在任芝加哥大学校长期间（1929—1951）提出，到1947年，以该计划为基础的成人教育课程在全美国设立。

你们知道上帝是个好妒忌的家伙!

他已写了一本书。别人不可再写。

他们那些书卷是怎样落在了地上!

基普尔:

只有一本!

约拿:

请别动。就让它翻开摊在那里。

当心别弄混了翻开那页。当心。

让我来看看。

杰西:

给我们读读它写的什么。

约拿:

嘿,你瞧!上帝不能教我说话。

像特鲁·托马斯惯常说的那样,

我的舌头属于我自己。[①]

基普尔:

如此说来

你是个精通托马斯主义的博恩。[②]

约拿:

你们谁来读吧。

---

① 参阅《打油诗人托马斯》第18节第1行。这是一首十五世纪的民谣,写一个叫"特鲁–托马斯"的男人。

② 亨利·乔治·博恩(1796—1884),伦敦的一名出版商,专门出版廉价版的神学、文学、哲学、科学著作以及传道书和拉丁、希腊经典作品的译本。

基普尔:

　　　　　　　　不，就你给我们读。

　　若那是预言，我们要看发生什么。

约拿:

　　什么也不会发生。情况就是这样。

　　上帝要我去预言一座城市的毁灭，

　　可是哟，不，这不是约拿做的事。

　　我不愿发出这种虚张声势的威胁。

　　他可以是上帝，但我只能是凡人，

　　所以我怕当着众人的面下不了台。

杰西:

　　这是你对我宣讲的对上帝的爱吗？

约拿:

　　我所言之中丝毫不缺对上帝的爱。

　　别这么傻乎乎的，夫人。对人类

　　来说，甚至他的缺点也可亲可爱。

　　我既爱他又怕他。但我为他担心。

　　我看不出这对他能够有什么好处，

　　我是说我觉察到的他的现代倾向:

　　他居然不再惩罚所有那些不坚强、

　　不谨慎、不节约、不勤勉的行为，

　　所有我们曾认为断不可做的坏事。

基普尔:

　　你知道是什么允许我们不谨慎吗？

那种曾造成你认为的危害的东西，

那种宣告现代仁慈已来临的东西

便是对火灾保险的发现。正因为

发现了失败造成的损失可以凭着

分摊到每一个人头上而忽略不计，

来世天国甚至从现在就已经开始。

保罗：

你那边是什么书？这是什么？

约拿：

别把书页弄混了。

保罗：

老达纳·莱尔，

他曾用科学使摩西五经保持一致。

约拿：

我从哪儿开始？从我最先看到的？

看起来这好像是开篇不久的一章。

杰西：

这书对他太大了。请帮他拿一下。

约拿：

你们谁来读吧。

基普尔：

不，你说过你读。

杰西：

快读吧，不然我们要开始害怕了。

约拿：

　　好吧，但请记住这并非正式预言。

　　"这座城市奇形怪状的钢铁骨架

　　会使摇摇晃晃的高屋顶互相碰撞，

　　使它们的混凝土垃圾凝结在街头。"

　　再往下边好像应该从这一段开始，

　　这座城市无可否认地是一种邪恶：

　　"哦，在不稳固的基岩上的城市，

　　如此有见识——但仍需要被告知

　　那种为你的高度增添尺寸的观念

　　最好是已经被迫在考虑你的深度。"

　　（整架书瀑布般落下）这又来了。

　　那怪异的建筑会倒塌，尘埃腾起。

　　（当尘埃落定之后，门外的布景

　　应该有某种显而易见的变化。）

杰西：

　　天哪，我的天哪！

基普尔：

　　　　　　　　杰西想老天垂怜。

　　向你的医生下跪吧。他会可怜你。

　　你干得不错，老伙计。不要泄气。

约拿：

　　不是那么回事。我并没发布预言。

这是上帝冲我来的，他试图把我
赶出隐藏之处。这就是全部情况。

基普尔：

它不过是对面的那家公共图书馆。
里边全是二手书。别激动，诸位，
对我们自己或者对任何人的末日
大惊小怪都是一种不合适的行为。

约拿：

这可不是我的那番话所造成的。

基普尔：

你们知道这也许是场小小的地震。
若是如此，明天的报纸会有报道。

保罗：

要是我们现在已玩够了亵渎神圣，
那我们可以回到刚才开始的地方。
我再说一遍：我非常高兴听你说
你不可能相信上帝不宽厚不仁慈。
但若上帝不仁慈，你想要他怎样？

约拿：

公正，我首先希望他能不偏不倚，
务必保证公平的战斗真正地公平。
然后当战斗明确无误地结束之后
谁胜谁负的问题不会有任何争论，
这时他方可像红十字会的救护车

一样进入战场行使指挥官的权力，

客客气气地让伤势过重的人离开，

再让其他人恢复健康好重新战斗。

保罗：

我也曾这么想。你让一切都安排

妥当，只是为了每天看它被毁坏。

可你应该是个仁慈方面的大权威。

我认为，《旧约》里关于你事迹的

那卷书应是第一篇明明白白地

用仁慈作为主题思想的文学作品。

你已经抢了福音书①的先，我说

你该为此自豪。公平对待公正后，

弥尔顿在他的五音步诗中又写道：

但仁慈自始至终都发最灿烂的光，②

你该注意到不仅至终而且要自始，

这可会毁了你那个救护车的比喻。

基普尔：

保罗只想说你太看重公正了。

有这种东西，谁也不会否认

它足以设置那种理想的陷阱，

---

① 指《新约》中叙述耶稣生平的四卷书，即《马太福音》《马可福音》《路加福音》和《约翰福音》。

② 弥尔顿《失乐园》第 3 卷第 132—134 行曰："……在仁慈与公正之中，/在整个天国与人间，我的荣耀都会闪现，/但仁慈自始至终都发出最灿烂的光。"

从那陷阱我们谁也没法逃脱，

除非我们都舍弃自己的青春，

把它留在我们身后的陷阱里。

约拿：

听，你们听！那是无产阶级！

顺着大街正在过来一场革命！

熄灯，我说，别让他们注意。

（他熄掉一盏，保罗熄掉另一盏。）

杰西：

你用不着这么嚷嚷，你这可怜虫。

我们不会有事的，你说呢，保罗？

这种轰动一时的事我们见得多了。

说来也真巧，但在你进屋的时候

我们谈论的话题正好是工人革命。

我们是革命者，或者说基普尔是。

保罗差点儿让可怜的基普尔无路

可走，他将不得不放弃他的政见

或成为一名基督徒。保罗，但愿

你再说一遍。我必须得把你的话

讲给来这儿的基普尔的朋友听听，

他们是一帮无足轻重的革命党人。

保罗会把道理讲清楚，

所以他们看上去会像基督徒。

他们多喜欢那样。保罗说保守者——
你来说吧，保罗。

保罗：

　　　　　　　你是说关于成功，
关于有钱人如何凭着自己的逻辑
把财富和权力集中到少数人手中？
由于革命会使有钱人变穷，所以
他们只看到不公正也就不足为奇。
然而那是一种故意的不公正行为。
那是他们被仁慈之心阻碍的公正。
基普尔正在引起的这场革命运动
不过是民众仁慈之心的一次暴发，
被严格的习俗抑制得太久的仁慈——
一种向往重新分配的神圣的冲动。
要真想实现人类平等，天下大同，
从而使所谓的社会精英不再出现，
使那些能够在法庭上可笑地玩弄
公正这个概念的指定的特殊人物
也能站在公正的立场上嘲笑富人，
那就需要指望公正是绝对的公正。
但我们说的超越了约拿的理解力，
或脱离了我们所知道的他的兴趣。
别扯得太远，还是把话说回来吧
世上的确有基普尔说的那种公正。

不过真正重要的东西是暴力形式——

那种使公正突然受阻的暴力形式。

我们的睡眠就是一个很好的例证。

结果因我们总是精神饱满地开始，

所以此时最好的想法便是最好的。

世上最神圣的东西就是突然中断。

要是你不得不看到你的公正受阻，

（你肯定会看到）你想看到哪种

情况，是被邪恶阻碍还是被仁慈？

基普尔：

我们的诗人还提供了另一种情况：

被命运阻碍。作为一个命运不济的

情人，我从这三者中选择命运。

约拿：

我想我的麻烦就在于这转折时期，

此时仁慈阻碍在我看来似乎就是

邪恶阻碍。

基普尔：

说得好，约拿。这正是我所说的。

譬如说吧，在给伊察人涤罪之时，

他们抓了我情人并把她投入井中。[①]

---

① “伊察人”是古代玛雅人的一支，曾生活在墨西哥尤卡坦半岛北部的哥琴伊察城（意为“伊察人”的井口）；他们有向“井神”献祭的习俗。

杰西:

　　如果他心中正想到的是前世的我，

　　我淹死的地方可不是一口井，而是

　　一个盛马姆齐白葡萄酒的大酒桶。①

约拿:

　　你干吗管自己叫命运不济的情人？

基普尔:

　　并非我的每句话都有轻蔑之意。

　　有那么些人不希望你了解他们，

　　但我希望你对我的了解是错的。

约拿:

　　刚才我注意到他企图证明你是

　　革命者——但你当然不可能是。

基普尔:

　　或者说至少不是普普通通的那种。

　　我曾发起的任何革命都只有一个

　　目的，那就是要促进人事的变动。

　　杰克逊的那句"失败者活该倒霉"②

---

①　据一部古老的编年史记载，克莱伦斯公爵乔治于 1478 年在伦敦塔被溺死于一桶马姆齐酒（一种性烈味甜的白葡萄酒）中；这种说法亦见于莎士比亚的《理查三世》第 1 幕第 4 场第 270 行。

②　"失败者活该倒霉"是个拉丁文警句，最早出自征服罗马的高卢人首领布伦努斯（公元前 4 世纪）之口，美国第 7 任总统安德鲁·杰克逊（在任期 1829—1837）开"政党分肥制"之先河，上任后大量撤换原任联邦官员，把政府公职委派给民主党支持者，面对辉格党的反对，杰克逊的拥护者纽约州参议员威廉·马西（1786—1857）引用了这句话予以反击。

或格里利的"驱除恶棍"都合我意。①

保罗：

你千万别被这种装腔作势糊弄，

从而老觉得自己比别人矮一截。

他俩是模仿杰西最喜欢的那位

诗人，（他的信条就是七种姿态）

他曾以他最喜欢的诗人思想家

的姿态，指责那位拿撒勒人②从

亚细亚带来了一团黑暗，从而

把暴力混入了雅典人的仁厚和

斯巴达人的克制。③希腊人对

暴力这个概念并不陌生。暴力

在他们的神话中早就存在于那

古老的混沌④，使诸神为各自的

势力范围卷入了混乱的纷争。

自亚历山大使世界希腊化以来，

暴力一直是种非常普通的东西。

---

① "驱除恶棍"是美国 1872 年大选期间由自由共和党总统候选人霍勒斯·格里利（1811—1872）提出的竞选口号（他在竞选失败后不久去世）。

② "那位拿撒勒人"指基督耶稣。拿撒勒今为以色列北部城市，位于历史上的加利利地区，相传耶稣曾在该城附近的萨福利亚村度过青少年时期。

③ 参阅爱尔兰诗人叶芝的《一出剧里的两支歌》第 2 节第 2—8 行："他走过那片空间，由此造成了 / 加利利人的骚乱；巴比伦的星光带来了 / 一团巨大而无形的黑暗；基督被杀时的血腥味 / 使柏拉图式的宽容和 / 多利安式的克制全都徒然。"

④ 参阅古希腊诗人赫西俄德的《神谱》第 115—116 行："最初产生的就是卡俄斯（混沌），其次便产生该亚（胸怀宽广的大地）……"

即便那是基督带来的也不新鲜。

基督说了番有道理但欠妥的话，

这使其他所有暴行都犹如儿戏：

以"宝训"为准对罪孽施以仁慈。①

奇怪的是以前咋没人想到这点。

那真令人愉快，它的根源是爱。

基普尔：

这下我们知道你接着要说什么了。

保罗：

你来说吧，基普尔，要是你已经

学好了你的功课。请别不好意思。

基普尔：

这是保罗永恒的话题。山顶宝训

不过是一个阴谋，其目的是确保

我们谁也达不到要求，②这样便

好把我们全都抛到那施恩座③前。

杰西：

对，保罗，有时你的确这么说。

---

① "宝训"（山顶宝训）是耶稣在加利利一座山上对门徒的一番训导，参见《新约·马太福音》第5—7章。

② 譬如"山顶宝训"要求信徒爱仇敌，为迫害自己的人祈祷（参见《新约·马太福音》第5章第44节），右脸挨打时最好把左脸也送上去（《马太福音》第5章第40节）等等。

③ 施恩座是上帝宽恕人类罪行的地方，参见《旧约·利未记》第16章第14—16节。

保罗：

　　你们全都读过山顶宝训。

　　现在我请你们再读一遍。

　　（他们把双手合拢作书状，

　　然后将其凑到眼前细读。）

基普尔和杰西：

　　我们在读。

保罗：

　　　　　　好，你们又读了一遍，

　　这次明白了什么？

杰西：

　　　　　　　　　还是不明不白。

基普尔：

　　一种美妙绝伦的不可能性。

保罗：

　　基普尔，我很高兴你认为它美妙。

基普尔：

　　一种叫人无法抗拒的不可能性。

　　一种没人配得上但又没人不想

　　试图去与之相配的崇高的美。

保罗：

　　如此说来我们是不可能与之相配，

　　但我们将不得不因不可能而悲叹。

仁慈仅仅是针对不值得仁慈的人，

而在上帝眼中我们都是这样的人。

      "哦，人世间的君王

      算什么，农夫算什么？

      在这儿全都一起挨饿，

      在这儿都渺小而可怜。"

我们在此一起失败，渺小而可怜。

失败是失败，然而成功也是失败。

世间没有解决这问题的更佳途径。

一个无论如何也没法达到的目的，

但你又不可能背过身去置之不理，

这就是你不得不接受的那个奥秘。

你接受它吗，约拿斯·达夫先生？

约拿:

你对此怎么说，我兄弟的守护人？

基普尔:

我得说我宁愿在森林中迷失方向

也不愿被发现身在教堂。

约拿:

                这对我没啥帮助。

基普尔:

保罗，我们争论时，我们的分歧

就在于我们接近基督的途径不同，

你更多的是通过罗马，而我更多

　　的是通过巴勒斯坦。

不过让我们认真对待保罗的给予。

他那种叫人无法抗拒的不可能性。

他那种没人配得上但又没人转身

离去或置之不理的崇高的美——

我这就转身离去。

保罗：

　　　　　　　　你这个异教徒！

基普尔：

没错，保罗，叫我异教徒吧。

好像这就是你想表达的意思。

关于成功，我不会欺骗自己，

说成功与失败具有同等价值。

它们可以证明的任何同等性

都是在同等地愚弄每一个人。

保罗：

可你呢，约拿，你的回答是什么？

约拿：

你问我是否看见远方那闪光的门，

我的回答是我几乎认为我已看见，

越过这道你们把我锁起来的大门，

越过狂风暴雨，再越过茫茫宇宙。

保罗：

嗯，现在漫游朝圣代替了逃亡，

你的亡命生涯变成了一种探寻。

基普尔：

别叫他让你看见一道太亮的门，

不然你会产生一种愚蠢的感觉。

当一阵争论的大潮汐扑来之时，

我这小小的淡水泉当然会被淹。

但当海潮不得不再次退去之时，

我可以指望我的源泉重新喷涌

而且不因海潮淹过而留下咸味。

真正的源泉不可能被污染。

约拿：

就这么回事。

你们说完了。放我走吧。我想

去那个你们让我看见的超越了

这个世界的地方。

替我打开门吧。

基普尔：

那不是出去的路。

约拿：

我弄不清方向了。

保罗：

这是替你准备的路。

约拿：

那不是我进来的门。

基普尔：

对，是另一道门。

你的出路已变成了一道地窖门。

（那扇黑洞洞的门自行敞开。）

约拿：

你的意思是要把我送下这地窖？

保罗：

你必须和每个人一样走下坡路。

基普尔：

你要走就走呗。

约拿：

谁送我，这是

谁的地窖，是你的还是保罗的？

基普尔：

是我的储藏窖。什么，那下边！

我的地牢牢卒们，来接我们呀。

——没有人回应。

在马丁 ① 来之前我们没多少办法。

别让我吓住你了。我只是开玩笑。

这是我的储藏窖，但并不属于我。

① 指16世纪欧洲宗教改革倡导者、基督教新教路德宗创始人马丁·路德（1483—1546）。

杰西早已经把它租给了这位保罗

作为他那场拯救人类运动的基地。

杰西：

有件事情是人人都承认的问题。

心想当今世界可能会缺乏信仰，

我就把这个空地窖提供给保罗，

看他能用它做点什么来使信仰

恢复。我只是有意无意地存有

奢望。不过我们所需要的还是

有什么可信仰，不是吗，保罗？

基普尔：

杰西说的可信仰的什么意思是

某种可使人为之而狂热的东西，

狂热者为了证明其信仰之正统，

可以凭杀戮异教徒来拯救他们，

不是在战场上，而是在地窖里。

对我来说那种方法已试过多次。

我想看这世界不用此法试一试。

杰西：

这世界似乎迫切需要一个弥赛亚①。

基普尔：

你没听新闻吗？我们已有了一个，

---

① "弥赛亚"对犹太人而言指他们盼望的复国救主，对基督教徒而言则指救世主耶稣，泛指救星。

卡尔·马克思，也是一个犹太人。

杰西:

灯，拿灯来!

基普尔:

　　　　呀，这儿可不缺灯，你

就是一盏灯——漫射过我的肩头，

再从出版物和世界的花台被反射，

以便我不致被强光照得头昏眼花。

如果连人的面孔也这般光辉灿烂，

亮得（像太阳一样）叫人不能直视，

那么真理的面孔该会有多么辉煌。

我们没被赋予这样的眼睛或才智

去同时看到所有的光，光亮之源——

看到那种不可能有反智慧的智慧。

当我们认可一个上帝的观点之时，

我们规定他应该是一个能够成为

许多人的许多上帝的上帝。他在

人世的教堂应该是座罗马万神殿①。

这是我们能停止战争的最大希望。

自己活也让人家活，自己信也让人家信。

---

　　① 罗马万神殿是一座供奉诸神的神庙，于公元前 27 年由时任罗马执政官的由阿格里帕下令修建，公元 120—124 年由哈德良重建，公元 609 年成为供奉所有殉教者的教堂，现称圣玛利亚·罗通多教堂，但其建筑仍以万神殿而闻名。据说从其圆顶射入的光像是一种"突然的启示"。

过去有人说次要的诸神只是一个

令人敬畏的上帝的诸种特征。故

圣人是上帝的白光折射出的色彩。

杰西：

咱们换个话题吧，我开始紧张了。

基普尔：

你要做的任何大事都会令人紧张。

但把这再说一遍并用心思量思量：

我们有全部对我们有好处的信仰。

若信仰过分狂热，我们就会重蹈

覆辙，把怀疑者投入地窖火炉中，

像烧沙得拉、米煞和亚伯尼歌。①

约拿：

你们在说些什么，地窖里的杀戮——

这般险恶？你们在对下边的什么

人说话？

基普尔：

我的朋友和存货管理人，杰弗斯

和奥尼尔②。他们使我失望。我

---

① 先知但以理的三个朋友，因拒绝敬拜巴比伦王尼布甲尼撒塑的金神像，被投入火炉中处死，但因他们信仰坚定，上帝使他们安然无恙、毫发无损地走出了火炉。参见《旧约·但以理书》第3章第12—27节。

② 指诗人罗宾逊·杰弗斯（1887—1962）和剧作家尤金·奥尼尔（1888—1953）。

又在逗你玩。下边没人在受折磨

除了一个也许自我宽恕的忏悔者。

约拿：

我听见一声呻吟，可能是他发的。

下边到底有什么？

保罗：

只有个地下密室，

在那密室里你必须忘我地躺在

一幅耶稣受难像前的湿菖蒲上，

那幅受难像是我叫一个信教的

阿兹特克印第安人画在墙上的。

约拿：

这么说没生命危险——对我来说？

他俩下去过吗？

保罗：

没有真心下去过。

如你所见，这是两个执拗的孩子。

他们的情况不那么简单。你不错。

约拿：

我是你的皈依者。你猜我怎么想。

我的麻烦一直就在于我的正义感，

而你说正义或公正其实并不重要。

保罗：

它对你来说还像以前那么重要吗？

约拿：

　　我承认，甚至在我今晚进来之前

　　公正之必要性就多少已经被削弱。

保罗：

　　这太好了！

约拿：

　　　　　　　　那是我需要深思的吗？

保罗：

　　什么也别深思。你得学会凝视。

　　凝视天国。那儿将会有一团光。

　　凝视上帝直到你的眼睛被灼伤。

约拿：

　　我看不见有楼梯。

基普尔：

　　　　　　　　　楼梯就在那儿。

保罗：

　　某种残存的障碍会阻挡你前进。

约拿：

　　如果你所言是真，如果在上帝

　　眼中，胜利和失败都是一回事，

　　那怎么解释我们人类的努力呢？

基普尔：

　　说得对，约拿。我一直都这么说。

约拿：

　　改天你得跟我讲讲。你所言极是。

不过你这朋友也不能被完全忽视。

基普尔：

我说我们会留住他，直到我们从
他口中榨出更多关于公正的天真，
就像从前那位法老榨塞克提一样，
为了大声疾呼公正，他每天都在
大门外让塞克提重重地挨顿鞭子，
直到法律学家们记下整整一本书，
用来散发给他那些官僚主义者。①

约拿：

我现在就走。可你用不着推我呀。

基普尔：

我这是在扶你，以免你因失望
而昏倒。因为你肯定已失望了。

（约拿刚跨上门槛，门矴的一声
撞在他脸上。这沉重的一击使他
倒在地板上。基普尔和保罗在他身边
跪下，杰西从椅子上站起来
想要过去，但基普尔挥手止住她）

---

① 这个故事见于《古埃及故事传说》第 1 卷：恶人堵路，逼农夫塞克提赶驴
绕玉米地而行，结果驴吃了一口玉米，恶人要塞克提以驴作赔偿，塞克提九次告
官，不仅挨打，而且每次都被要求详述案情，结果其诉状竟写了整整一卷莎草纸。

约拿：

　　我想我以前也许完全误解了上帝。

基普尔：

　　我们在很大程度上都会互相误解。

杰西：

　　这下我们完事了，保罗。他说什么？

约拿：

　　我本该警告你们，但我的正义感
　　对我来说曾几乎就是一切。当它
　　消失我也会消失，我当然会消失。
　　饶恕我吧。饶恕我曾以为我知道。

杰西：

　　他说什么？我听不见他说什么。

保罗：

　　他说请饶恕他曾一直寻求公正。

基普尔：

　　临死还说这话，真是个老派哲人，
　　若我能发明新词，真是个老阿呆。
　　我们喜欢你，你说是不是，保罗？

　　（保罗抓住他的手腕）

杰西：

　　　　　　（仍站在一边）

　　我们都开始渐渐地喜欢上你了。

保罗：

　　我们都喜欢上你了。（他大声重复，

　　但约拿没有丝毫听见这话的迹象）

基普尔：

　　先前是谁说太晚了你不能进来？

杰西：

　　不让他进来是因为他没说明来意！

基普尔：

　　（仍然跪着，屁股已挨到脚后跟）

　　但在大幕落下之前还有一件事情。

　　（大幕开始落下）请等会儿落幕——

　　保罗的意思，我希望死者能听见，

　　保罗，我想你的意思——

杰西：

　　　　　　　　你能站起来

　　让保罗告诉你他的意思是什么吗？

保罗：

　　你最好允许一个朋友试图说话。

杰西：

　　哦，这儿将会有一篇悼念演说，

　　而我们都是演说者。你干吗不站

　　起来说你认为你的医生是何意思？

　　别因跪着说教而磨坏了你的裤子。

　　省下裤子祈祷时磨吧。——怎么啦？

基普尔：

（他没站起来，但注视了她片刻）

夫人，在这种时候，这种情况下！

我不会冒昧地说出杰西该去何处。

但要是这位先知的衣钵传给了我，

那我就敢说她也许应该受到照顾。

我们把我们邪恶的敌人送下地狱，

同时把我们邪恶的朋友送入炼狱。

但杰西使某些事昭然，她是对的——

杰西：

（听到这体贴的话不禁大吃一惊）

这么说我是对的。

基普尔：

　　　　　　　在赞美勇气这点上。

根据推论勇气是来自心间，而且

它非常高贵。但恐惧则来自灵魂。

因此我感到害怕。（灯光暗淡下来。

地窖门突然大开又砰的一声关上）

保罗：

你感到害怕的恐惧实际上是畏惧

上帝最后对你的行为做出的判决。

那是被世人写过的对上帝的畏惧。

基普尔：

可我并不畏惧因罪孽而受到惩罚。

（我只能以犯罪来证明不怕惩罚）

我对地狱并不感到害怕，就像我

不怕监狱、疯人院和贫民院一样，

而这是这个国家立国的三大基础。

但是我实在非常害怕上帝会宣称

我一直都站在天使一边进行战斗。

这将由他来说，而不是由我来说。

由我来说这该是违背宗教原则的。

（有时我认为你太自信你也如此）

而且我能看出，我们行事之无常

是一种严厉的惩罚或残酷的行为，

这就等于不公正——除了上帝的

仁慈再没有什么能纠正的不公正。

我能看出这点，如果这就是你的

意思，如果我俩一致，来握个手。

保罗：

对，你终于从根子上找到了答案。

我们不得不继续在灵魂深处害怕，

怕我们的牺牲，我们必须奉献的

精华（不是糟粕也不是比较好的，

而是我们最好的，是我们的精华，

是我们像约拿一样献出的生命），

我们在战争与和平中献出的生命，

在上帝眼中会被发现不值得接受。

而且这会是唯一值得祈祷的祷词：

愿我的牺牲在上帝眼中值得接受。

基普尔：

让数不清的亡灵在黑暗中祈祷吧！

我的失败与约拿的没有什么不同。

我俩在内心深处都一直缺乏勇气，

缺乏勇气去克服灵魂深处的恐惧，

缺乏勇气去获取任何一点成就。

勇气是人需要并大量需要的东西，

因为藏得更深的恐惧是那么永恒。

如果我建议把他从地板上抬起来

放到你刚才命令他去的地方，在

耶稣受难像前，这也是出于同情，

好像我请求过再给我一次机会去

学会说（他边说边移到约拿脚旁）

只有仁慈才能使不公正变得公正。

剧　终

出　路

〔农舍中一间单身汉的厨房兼卧室，有一张已摆好晚餐餐
　具的餐桌。

〔有人在外敲门。阿萨·戈里尔趿着拖鞋走过去拔掉门
　闩。一个陌生人推开房门不请自入。

陌生人　（扫视一番之后）啊！这像是那么回事。我觉得你关门早
　　　　了点儿。你怕什么？

阿　萨　（用一种尖细的嗓音慢吞吞地说）啥也不怕，因为我啥也
　　　　没有——没有一样人家想要的东西。

陌生人　我想吃点你的晚餐。

阿　萨　请吧，要是它合你的口味。你看清那是什么了吗？

陌生人　（仔细看了看）这是什么？

阿　萨　啊，这是前些顿吃剩的土豆和菜豆，我把它们给热了热，
　　　　都有点儿混在一起了。

陌生人　我想也是。这屋里还有别的什么东西吗？那里边有什么？

阿　萨　那门早被钉死了。你进不去。这间屋就是我住的全部地
　　　　方。碗橱在这儿，如果你是在找它的话。里边是空的。

陌生人　（四下走动时碰翻了一把椅子）有面包吗？

阿　萨　（颤抖着）我不明白你干吗这样闯进别人家里，好像你是
　　　　这房子的主人似的。我从没遇见过这种事情。要是我真有面
　　　　包，你也不该是这么个讨法。

陌生人　闭嘴！我来这儿可是有正事。这么说应该把你看成穷光
　　　　蛋啰？

阿　萨　（不失尊严地）我是穷。

陌生人　你敢肯定就没有什么东西藏在床垫里面——或是藏在门
　　　　被钉上的那间屋里？哦，我来这儿并不是为杀人抢劫。至少
　　　　在让某件事发生之前我不会杀你。你在受到伤害之前也用不
　　　　着害怕。我只想说你穷也是这件事的内容之一，如果有人打
　　　　算做这件事的话。

阿　萨　听我说，这下你得告诉我你来我家干什么，不然就给我
　　　　出去。你说的话我一个字也听不懂。奥林死后这么些年，我
　　　　还从没遇上过这种事情。

陌生人　嘿，别跟我唠叨这些。我听说过你和你兄弟在这片树林
　　　　中隐居，你们互相帮着补裤子，互相帮着理发。听我说，老
　　　　伙计，我一点儿也不想叫你为难，但我得替我自己着想。我
　　　　经过这里，正处于困境，于是我想到顺便来看看你，看能不
　　　　能从你这儿找到一条出路。

阿　萨　这我可不知道了。即便对一个不是这么贸然闯入而且说
　　　　话这么不客气的人，我也不知道我能不能帮他做点什么。我
　　　　想你不可能经常打这儿经过——谁会经常路过这里呢？我不
　　　　记得以前曾见过你。不过你对我倒是有所了解？

陌生人　比你对我的了解稍稍多点儿。我只是去年冬天才来南边

的瀑布城，在城里的一家鞋厂干活。但我多次听人说起你。其实我今天也不完全是打这儿经过，是你的名声使我稍稍偏离了原路。你就像一个念头突然钻进了我的脑袋。

阿　萨　我这就去给你倒杯茶，趁它还没凉，我自己也想喝口茶定定神。下次你可得当心，到谁家都应该一开始就客客气气，这样你才能指望得到人家的好感……你茶里不加奶行吗？自牲口棚在九八年被烧掉之后，我兄弟和我就再也没养过奶牛。奥林兄弟就死于那场大火后的第二年。

陌生人　天哪，那你靠什么过日子——就只吃这种土豆泥？

阿　萨　这又来了！横加指责！我看不出这里边有什么让你如此大惊小怪。它哪点招惹你了？我要你吃它了吗？

陌生人　（困惑地来回踱了几步然后停下）土豆泥！没有。大伙儿都知道你每天只吃土豆泥过日子吗？

阿　萨　大伙都知道……

陌生人　该死！我的意思是说，要是你不吃土豆泥而改吃肉馅饼，人家不会怀疑吧？

阿　萨　怀疑……

陌生人　你就从来没有面包？

阿　萨　只要我烤就有，如果这屋里碰巧有面粉的话。

陌生人　你从哪儿弄钱买面粉呢？

阿　萨　我卖鸡蛋。

陌生人　哦，说到底是鸡蛋。除了鸡蛋啥也没有。天哪，这比我想象的还糟，比我指望的一星期二十美元还少，可这除了我没人会在乎。不过这倒让我注意到了一点：你有时候会去村里买东西，就是当母鸡下蛋的时候——那时候有蛋卖。看来你并非从来不买东西，也不是从来不跟人说话。

阿　萨　你这不是在可怜我吧，先生？

陌生人　可怜你？不！我是在可怜我自己。你喜欢这一切，而我不会喜欢。坐下来让我告诉你吧。我看得出你一直没用心听我说话。当你看见我在这儿时，我——我——好吧，我已不可能对任何别人耗费我的同情心，也不能替任何别人着想，而且我也不打算替别人着想。你可以相信这点。我被指控杀了一个人，眼下我正在潜逃。

〔阿萨双手捂面伏在桌子上发出呻吟。

陌生人　所以我拐到你这儿来寻求帮助。

阿　萨　哦，对这种事我可什么忙也帮不上。我从不曾有过麻烦，现在我也不想开始有麻烦。我是个喜欢清静的人。

陌生人　在这件事上我并没打算让你来选择。

阿　萨　哦，但你不可能把我拉扯进你的罪行。毕竟我从来没惹上过任何是非。

陌生人　这正好说明你……

阿　萨　你是想要我把你藏在这里。这简直没法想象！

陌生人　实际上我还没决定要你做什么哩。现在的情况是，我干了那桩事情，他们在追捕我，三天来我一直在乡下穿来绕去（不敢去乘火车），现在我遇上了你，并把你看作唯一的救星。我无论如何也要利用你，所以你最好从桌上把头抬起来，表现得像个男子汉——别像一块水淋淋的洗碗布。糟糕的是我至少在今天被人看见过一次，当时我正从树林里出来，正巧撞上一辆坐满女人的马车，我一时不够理智，没有假装没事似的继续往前走，而是躲躲闪闪地跑回了树林。这将告诉那些人我还没有走远。我得尽快想出办法，但不能想得太快。惊慌失措没什么好处。

阿　萨　　除了找地方藏起来我看不出你还有什么办法可想。我今晚就让你藏在这儿。要是我只能这样做，我也只好这样做了。

陌生人　　对，老伙计，你只能这样做，不然我会杀了你。杀一个像你这样不男不女的家伙也不会叫我罪加一等。把你加上也只能算是一项罪。再说啦，谁又能确知你不是一个穿着男人衣服的女人呢？……不过事情没这么简单。我不能只考虑今晚。今晚过了还有明晚。明晚我会在什么地方呢？明晚以后呢？我想让你看看这是不是一道难题。

阿　萨　　我会认为你该尽可能地远离这个地方。

陌生人　　很难说你懂这种事，但现在流行的是你应该尽可能藏在离犯罪现场最近的地方。

阿　萨　　哦，天哪，你该不是说你想永远缠住我，在我能为你提供的藏身处度过后半生吧？

陌生人　　有这可能。不管怎么说我已丢掉了切割房那份好工作。我不能回到那里，你说呢？我乐意让你在任何合理的程度上给我一点忠告。我正在考虑，要是事情像它可能的那样变得越来越糟，那我充当你会出现什么情况，我俩也许能达成协议轮流着做你，一个人躲在藏身处时，另一个人则出去伸展伸展双腿，满足一下看到村里人的欲望。这样做的危险是，多出的一个人总有被发现的可能。而且还会有许多危险。这办法绝对行不通。我只能过多地寄希望于你不出卖我。而且我俩还有可能为该轮到谁出去而发生争吵。再说轮流露面也差不多和一块儿出去同样危险。人们最终也许会看出差异，而他们对这种差异的唯一解释就是假定你是两个人，而不是一个人。

阿　萨　如果你认为有人在追捕你，那我们说话的声音越小越好。兴许这会儿他们就在这房子周围，正从窗户朝里瞧哩。那窗帘不过是一张棉布床单，当只有这边的光映上去时从外边就能看到屋里（他边说边把那床单的边角塞好）。但听我说，我突然想到，要是你能告诉我你并没犯这桩杀人罪——那我可能就不是在做什么错事了。

陌生人　我的确杀了人。这不容争辩。

阿　萨　当然——当然。不过请别告诉我。我还是不听为好。你刚才说的切割房就是你杀人的地方吗？

陌生人　你真是个怪人，不是吗？

阿　萨　我想我是。

陌生人　啊，对啦，我脑子里一直在想，你肯定就是波士顿一家报纸上写过的那人，我不久前曾读过那篇写遁世者生活的文章——就在我来瀑布城之前。记得有什么人像这样把纸笔拿在面前来拜访你吗？或者他只是躲得远远地把你写了一番，就像有些人描写北极那样？如果你真是他写的那个人，他可是借你的口把遁世隐居大肆渲染了一番。让我想想，他说你什么来着？——恋爱受挫？

阿　萨　你听说过那事，很有可能。

陌生人　我听说过一些事情。

阿　萨　关于这事，可以说那个恋爱受挫者就是奥林。他曾和一
　　　　个姑娘订了婚，可那姑娘让他等了不下十五年，然后却嫁给
　　　　了另一个男人，因为她不愿来住进这所房子，除非奥林同
　　　　我分家，或是买下我那份财产并把我赶走。但奥林不想赶我
　　　　走，我也不想离开他。

陌生人　如此说来，你并不是真正偏爱这种生活方式？我的意思
　　　　是说，你当初开始过这种生活并非出于选择，并非像一个人
　　　　宁愿进卫理公会而不愿进洗礼会或东正教教堂那样？

阿　萨　很难说我曾进行过选择。

陌生人　现在我想了解的是你怎样看待事物——如果你对事物有
　　　　看法的话。

阿　萨　比方说？

陌生人　嗯，比方说有女人来加入谈话，你会怎样看她们呢？你
　　　　会讨厌她们吗？

阿　萨　我几乎没有同女人说话的机会。

陌生人　那么要是你看见女人会如何反应呢？掉头跑开？就像我
　　　　今天看见那车女人时一样。

阿　萨　很难说我会不会跑开。我倒宁愿不面对面地遇上她们。

陌生人　很好，这点我们已经清楚了。你认为这世界很糟糕而且
　　　　一切都很荒唐吗？

阿　萨　考虑到所有那些凶杀谋杀和乌七八糟的事情，它当然不
　　　　像它应该的那样好。它真的很糟吗？你说。

陌生人　我曾在报上读到，有个住在像你这儿一样偏僻的农场上

的男人有一种古怪的宗教信仰，他相信每晚脱鞋上床时闻闻自己鞋里的气味便可恢复白天消耗掉的精力。还有一段文字说他没有小母牛是因为太阳"在他腿里"。"在他腿里"——真是疯话。你说呢？你看我对此已有所了解。那个人在夜里能看见有三座城市把光射向天空，作为一个畏惧上帝的人，他管它们叫"平原上的城市"①。在他看来，人们让城市越来越亮是想违背自然天道把夜晚变成白天。根据现在雷暴不断增加，电灯电线招来的雷击毁坏越来越多，你不难判断上帝对此事的态度。这完全合乎情理。不管怎么说，那老家伙只盼着某天夜里上帝降下场雷暴，让那些城市在蓝色的火焰中化为灰烬。

阿　萨　太可怕了！

陌生人　这事还没有发生呢。我想你脑子里也许有一两个这样的念头。但即使你有"你"也不会知道。

阿　萨　我肯定不赞成像闻自己的鞋味那样的教义。

陌生人　你听说过人家说你喜欢清纯无邪、如诗如画的树林、原野和野花吗？

阿　萨　很难说我听说过。

陌生人　我猜那只是十足白痴的一种怪癖，想来应该不难模仿。我原以为避世隐居的人自己总得有个什么说法。但我那样以

---

① 指被上帝诅咒并毁灭的罪恶之城所多玛、蛾摩拉（见《旧约·创世记》第19章第23—25节）和押玛、洗扁（见《旧约·申命记》第29章第23节），这些城邑均坐落在摩押平原（今约旦河平原），与琐珥城（又称比拉城）一道合称《圣经》时代的"平原五城"。

为可能是我不喜欢读文学作品的缘故。你并没有足以使隐居生活显得很有趣的想法。那个记者说你有，但他是在撒谎。我敢说他从没到过你方圆五英里的范围内，因为他害怕离你太近就会编不出那个故事。但使我困惑的是，当你进行自卫时对别人都说些什么，比方说有牧师来告诉你，说你没有权利过这种隐居生活。你通常是怎样打发他们的？

阿　萨　都好久没有人来打扰过我了，我差不多已经忘了曾说了些什么。

陌生人　我敢说你是忘了。

阿　萨　奥林懂得怎样叫那些人少管闲事。

陌生人　奥林跟你相比肯定是个人物……我想要是我能正确地理解这些表面现象——哦，还有一件事，同什么人有交往吗？

阿　萨　不，正如你也许会说的，不。

陌生人　给什么人写信吗？——对啦，你的笔迹！这么匆匆忙忙的，我肯定会忘掉什么。有笔吗？这儿有个铅笔头。写在那个纸板盒盖子上。什么位置都行。就写你的名字。写上两三遍——好吗？——既然它已不再值钱了。什么——你写的什么？阿谢·戈里尔。原来是这么回事：好像我记得就是阿谢·戈里尔。（一阵若有所思，然后他走到窗口撩起窗帘朝外张望）那片松树林是你的？

阿　萨　这太离谱了，先生，越来越对我刨根问底。你不该有时间来这么打扰我——如果你正在逃命——如果你真是你说的那种人。

陌生人　不必为我担心。你很富裕，你这个老滑头。你拥有那些木材，而你不愿动它们。装穷叫苦，嗯！你简直和下一个主人一样是个双面人。我早知道只要我努力，就一定能找到对付你的办法，从而使我白手起家。你想把那片树林留给谁？留给什么继承人？留给我？

阿　萨　你这些话是什么意思？

陌生人　我的意思是说我应该把你杀掉，让这一切都归我所有。

阿　萨　（失声道）我刚才不应该认为你像你看上去那样爱开玩笑。嘿嘿。

陌生人　阿谢，我认为你是个坏种，和其他所有成年男人一样不值得怜悯……至于我的年龄，我的体型，我要做的就是稍稍瘦一点，让腰弯一点，让嘴巴朝外噘一点，让眼睛朝下垂一点。听着，把桌子往后挪挪，照你刚才看见的我踱步的样子来回走走。这是命令，不是邀请。快走……我要感谢你脚上穿的玩意儿——是双拖鞋？我怎么知道它们不是我做的呢？我会把我的鞋送给你的。

阿　萨　哦，我不需要鞋。至少我通常都爱光着脚走路。我只在去取木柴时才趿上拖鞋。

陌生人　喔，木柴。你怎样取木柴？用手推车？

阿　萨　不，我拖它们进来，一次拖两根，一个腋下夹一根。我只砍那些枯死的树——

陌生人　（走到一根床柱前）这些是什么？换洗衣服？夹克衫？（将其与阿萨身上穿的衣服比较）外套？（又比较）看着我！（穿上夹克衫和外衣）点一盏灯。你干吗不点灯呢？

阿　萨　哦，我不愿点灯！我会让炉门开着。我可以多添些木柴。

再说这也该是我上床睡觉的时间了。

陌生人　今晚我会让你上床。但既然有人相陪，我打算让你比通常晚一点睡。现在请看着我（他开始在屋里走来走去。阿萨跌跌撞撞地为他让道）。细声细气地说话也并不困难（此后他说话多少带了点儿阿萨那种拖长了的尖细嗓音）。现在我希望你允许我教你做件事，你也许会觉得好玩，也许会被弄糊涂。我打算像你把土豆菜豆混起来那样把我俩也弄混，然后看你能不能分辨出我俩谁是谁。我要采用的方法是像这样拉着你的手和你一块儿旋转，直到我俩都头晕目眩地松开手倒在地上。别反抗，也别嚷嚷！我现在还不会伤害你——现在还不会。只是我必须让我们都有点兴奋，这样对你我就容易一些。等我们倒地之后，我希望你一定要等到能看清楚时再开口说话，并设法说出谁是他自己，谁是另外一个人。稍等一下。

阿　萨　饶了我吧。我现在知道你是谁了，你是从疯人院里逃出来的疯子。

陌生人　那你最好是顺着我一点（他把阿萨的手抬得更高，两眼盯着他。炉火燃得更旺，火光不均匀地映在他俩身上）。老伙计！

阿　萨　怎么啦？

陌生人　我正在想——

阿　萨　想什么？

陌生人　老伙计，你幸福吗？

阿　萨　哦！

陌生人　你幸福吗？你活着有什么目的吗？天哪，难道你就从没对自己提出过这样的问题——你可是拥有过那么多时间？我不该对你抱有这种希望。这得等我进入角色以后再来加以纠正。哦，好吧。

阿　萨　（失魂落魄地望着他身后的门）我从来就不愿意相信希望。

陌生人　这正是我要告诉你的！这恰好说明要是你不去拥抱生活，生活干吗要来拥抱你呢。我应该想到像你这种处境的人大概只能抱这种想法。我知道我应该想到。你也应该想到，要是你读过一家星期日周报想让你读的那么多的文章的话。但我不再有必要理解你的想法。来吧！一、二、三，转！转呀，该死的！别停下。加快……加快！

　　〔阿萨一边旋转一边呻吟。陌生人也发出呻吟。那双拖鞋从阿萨脚上脱落。过了一会儿他俩分开，双双倒在地板上呻吟。

第一个说话者　我知道。我没有失去记忆。你是那个杀人犯！

第二个　（歇斯底里地尖叫）我不是！（他想爬起来，但又重新倒下）

第一个　你就是！这下我再也不怕你了。你必须从这里滚开。上帝会给我对付一个恶棍的力量。

　　〔第二说话者一阵狂叫，身子往后一仰晕了过去。第一说话者冲他脑门狠狠击了一拳，然后把他拖过地板出了屋子。一时间屋里空无一人……

　　〔一声重重的敲门声。又是一声。房门被推开。门口探进几个脑袋。

一个声音　上床啦，阿谢？他的火还燃着。他不可能走远。喏，他回来了（那位独居者气喘吁吁地推开众人进到房里，走到桌后转过身来望着众人）。阿谢，我们在追一个人。你看见过他吗？

阿　萨　看见了又怎样？他来过又走了。

一个声音　走了多久？往哪儿走的？

阿　萨　走了不到五分钟。穿过树林走的。他正拉我出去想把我杀掉，这时听见你们过来，他便转身逃走。我追了一阵没追上，所以就回来了。他都干了些什么？

一个声音　你真没用，阿谢。

另一个声音　你怎么对待他的，使他想杀你？

阿　萨　你们该赶紧去追呀。（他用拳头猛敲桌子）

一个声音　应该留个人在这附近转悠，好随时照料一下阿谢。

　　　　〔他们一阵商议。门缓缓地被关上。那位独居者等众人一走便扯下脚上的袜子扔进火中，接着从地板上拾起那双鞋也扔进火中，然后他轻轻插上门闩，站在门后偷听。

某　人　（片刻之后，好像是再次经过时扯开嗓子喊道）晚安，阿谢！

独居者　（匆匆跳上床，以便将脸贴着枕头回答）晚安。

剧　终

在一家艺术品制造厂

〔一间库房般的雕塑室，从污秽不堪的大窗户透进微弱的
光线，街灯的灯光在四壁上映出一种波纹状图案。除一
字排开的三尊用布罩着的塑像外，室内几乎再看不见什
么。随着钥匙在锁孔里的转动声，一道门被打开，托尼
牵着布兰奇从黑洞洞的楼梯间进来。他丢掉燃尽的一根
火柴，重新划燃一根。

托　尼　站在这儿别动，等我找到煤气灯。这儿就有一盏——我
　　　　曾知道的最糟的一盏。(他划燃又一根火柴凑近墙头，最后
　　　　终于找到了那个煤气灯喷嘴)
布兰奇　(见火苗成一根蓝色的火柱嘶嘶作响)哦，这不行!
托　尼　还没修好。灯罩也不见了。晚上从来没人用这地方。(他
　　　　关小气阀使嘶嘶声减弱)
布兰奇　这儿真冷，托尼。
托　尼　那就把门关上。
布兰奇　我怕去关——那就看不见街上了。外边比里面还暖和些。

　　　　(她还是关上了门)

托　尼　(打开散热器但不见有动静)不管用。没热气出来。我想

除了该死的克赖尔，现在没人会睡在这幢楼里，他眼下是一文不名。你认识克赖尔。你当然认识。我都忘了。你替他那尊《守护基督遗体的马利亚》当过模特儿。

布兰奇　托尼！（她走向煤气灯喷嘴下靠墙的一把椅子）

托　尼　你还不得不让该死的皮斯利仰卧在你怀中，好让他的一根根肋骨突出。而皮斯利当时一边说话一边吸烟。

布兰奇　我讨厌那样。

托　尼　哈，这我们全都知道。但皮斯利并不讨厌那样。而且那几乎使你虔诚了一阵子。当时你天天都去望弥撒，酝酿创作情绪。

布兰奇　我总得想法子酝酿点情绪。但我讨厌那样。

托　尼　该死的是我现在还讨厌那样。该死。

布兰奇　我看你今晚对什么都特别讨厌。

托　尼　这你算说对了。至少我讨厌这种制造艺术品的方式。（他不停地来回走动，仿佛他是被关在一个笼子里，他和她之间隔着一道栅栏）

布兰奇　那你干吗拽着我走过半座城，深更半夜里来到这个鬼地方？

托　尼　为了让你拥有一段好时光呀，尽管我自己不能拥有。替别人的幸福着想是我的天性。

布兰奇　那么请你带我回家。

托　尼　等一会儿，布兰奇。（他走到三尊塑像中间那尊跟前揭开其罩布）

布兰奇　嘿，托尼，你犯什么毛病了？（她用力使他转过身来面对她）我可不愿再看见你这副模样。

托 尼 我没有毛病。

布兰奇 你生我的气了吗，就因为刚才我说模特儿应该得到所有
　　　　荣誉？

托 尼 荣誉！算了吧，你以为我会在乎谁得到荣誉？

布兰奇 托尼，出了什么事？

托 尼 我还真有点想告诉你。

布兰奇 那就告诉我吧。

托 尼 你看上去很通晓事理。但这是一件很难理解的事。

布兰奇 告诉我。

托 尼 不，我要让你自己想到这件事。你也许永远也想不明
　　　　白——其实我可能也想不明白。

布兰奇 那就带我回家。

托 尼 等我再最后看一眼我这尊《可知她的芳名》，趁她现在还
　　　　属于我，趁坎贝尔还没来把她据为己有。让我再看她一眼，
　　　　告诉她我对她怎样评价。

布兰奇 这么暗的光线你也看不清楚。

托 尼 （他往烟斗里填满烟丝并将其点燃，若有所思地站在那
　　　　尊塑像前面）布兰奇，我希望你也来看看——看我所看见
　　　　的——趁它还没被抹去。过来呀，亲爱的。（她顺从地走到
　　　　他身边）那个坎贝尔很快就会来，很快。那个坎贝尔就要来
　　　　了——明天。他将穿上他的工作衫。他将站在她跟前，像一
　　　　名拿着解剖刀的外科医生。他将把手伸向这堆黏土。稍稍修
　　　　饰一下，于是她就将具有坎贝尔风格。她就将具有民族风
　　　　格。她就将具有商品价值。她会变得身价百倍，以致她要是

在运输途中受到损坏，坎贝尔就会要求赔偿并得到十倍于一条生命赔偿的赔偿金。这可真比皮格马利翁[①]还划算。她将被赋予浪漫色彩。她将会被丢失。今晚她是我的。是我创造了她。她真可爱。

布兰奇　我想她就是伊夫琳·戴斯吧。跟她做爱呀。我才不在乎哩。她都被美化得叫人认不出来了。

托　尼　她在某种程度上是被美化了。她被改变了。我就希望如此。她被塑得比伊夫琳更真实——不是更漂亮。

布兰奇　哼，我早把这一切看透了。你们这种人的技巧，想证明你们对我们什么也不欠。

托　尼　哦，亲爱的，我们欠你们很多，但我们欠你们的不能具体到哪一件作品。

布兰奇　既然她这么可爱，你干吗不把她抱走，把她当成你自己的作品拿去展出？

托　尼　而且把她卖掉，然后用那笔钱来结婚。

布兰奇　或是去巴黎寻找更理想的模特儿。

托　尼　可我真想卖她吗？她难道不是太……？

布兰奇　美——你说出来呀。

托　尼　对，美，要是你明白我用这个字眼的意思就好了。你会说"美即真"[②]，但美也可以就是美。世上既有真之美，也有

---

① 皮格马利翁，希腊神话中的塞浦路斯国王，他爱上了自己用象牙雕刻的少女（伽拉忒亚），爱神阿佛洛狄忒见他感情深挚，便赋予雕像以生命并让她成了他的妻子。

② 语出济慈《希腊彩瓶颂》第49行。

美之美。

布兰奇　我倒想知道我有哪种美。

托　尼　后者是一种特殊的美，我们发现它独立于一般人在青春、健康、模特儿——

布兰奇　谢谢。

托　尼　珠宝、时装以及坎贝尔的雕塑中所见到的美。啊，坎贝尔总知道他真正想要什么——而且总会得到。他代表着某种我们不得不承认的东西。

布兰奇　我曾以为他是你们的业务经纪人——仅此而已——他把你们的灵感推向市场。你们创造出作品，他把作品卖掉。

托　尼　说到这点，我一直都表示同意那家伙的雕塑室计划。但是我撒谎了。我并不相信他所说的。我说我相信时其实我并不相信。凡是从这里出去的作品都令人绝望地变成了坎贝尔的，而我正是为这点不能原谅他。若照正常的出售方式，我毕竟可以卖掉我创作的任何作品。我不是个傻瓜，是吧？创作出作品让他来买是一回事，可创作出作品让他去倒卖却是另一回事！今晚之前我从没想到过这点。我想我是病了。

布兰奇　我倒觉得坎贝尔是在可怜你们。

托　尼　我猜他也是这么想的。他每天付我们十美元。与这座城市的大多数年轻艺术家相比，我们倒是少一些陷入贫困的危险。他把这地方称为他的"天才收容所"，或叫作什么"无名艺术家之家"。

布兰奇　托尼，如果你允许我说的话，一个男人最值得夸耀的特权就是下地狱也走自己的路。你现在是一个被人豢养的奴隶。

托　尼　我知道我应该自己去闯一条新路。她应该是我在这里的
　　　　最后一件作品。但我不知她是否会是最后一件。我将不得不
　　　　采取某种行动，不然就必须保持沉默，不是吗？

布兰奇　她是你最好的作品吗，托尼？

托　尼　看，布兰奇。（他猛地转向煤气灯）我知道。（他从一个
　　　　角落取出一堆报纸，开始把它们卷成纸柱并揉皱）

布兰奇　你想干什么？把她点燃？把她烧掉？

托　尼　（他在煤气灯上点燃一卷报纸，像举火炬似的举过头顶凑
　　　　近那尊黏土还没干的塑像）她太完美了——我永远也做不出
　　　　比她更好的塑像。

布兰奇　她旁边是什么？是别的什么人在这儿塑的什么吗？（她
　　　　边问边揭开另一块罩布）

托　尼　那是件报废的作品。别揭开遮脸的罩布。回到这边来。
　　　　（他从快燃尽的纸火炬上点燃另一卷报纸，把燃剩的那卷扔
　　　　在地上用脚踩灭）

布兰奇　我喜欢她，托尼。你管她叫什么？她是个女神吗？

托　尼　不。男子气概在不朽的神中达到其顶点，但女人味在凡
　　　　女身上才表现得最充分。男神比男人强，但女人比女神好。
　　　　这就是那些男神总不放过凡间女子的原因。她就是你。

布兰奇　再加上其他许多女人。

托　尼　哎，布兰奇，别事事都抬杠。如果女人在我们脑子里相
　　　　混，我们会很遗憾。这尊塑像的可爱之处百分之百是你。

布兰奇　（急切地）坎贝尔会把她怎么样？

托　尼　以他那种魔鬼般的灵巧，他用不着做太多的修饰。他只
　　　　消像国王治瘰疬一样轻轻触一下。[1]那轻轻一触就会使这塑
　　　　像完全成为他的。但我想知道我能不能看出他的手会落在哪
　　　　里。把那片嘴唇改动一下——你明白我说的哪里——这儿。
　　　　对，我敢说就是这儿——一想到这我就害怕。或是改一改眼
　　　　皮，让它们更相像。哦，我说不准。反正我留下的任何一点
　　　　瑕疵，在他手下都会变得完美。一般说来，他会把你从塑像
　　　　中完全抹掉。（他扔掉火炬，没有点燃另一支）

布兰奇　我们就没法阻止他吗？

托　尼　我们不能带着塑像逃走。它太笨重。我们有可能会被警
　　　　察盯上。

布兰奇　我明天去找坎贝尔，我会主动地拜倒在他脚下，所以他
　　　　不会以为我是去勾引他，我去这样向他请求：行行好吧，坎
　　　　贝尔先生！

托　尼　此前我一直都很想去求他饶了我，可他也许看不出会有
　　　　什么可饶恕的。

布兰奇　你应该认为一个杰出的人能够看出。

托　尼　坎贝尔能看出的只有美——在我看来是缺陷、是悲剧因
　　　　素的地方。

布兰奇　你知道有人怎么说吗？

托　尼　谁说什么了？

布兰奇　嗯，朗福德说意大利到处都是坎贝尔可以雇到的这种工

----

①　瘰疬即淋巴结核，旧时西方人迷信此症经国王触摸一下便可痊愈。

匠，虽然他们都比米开朗琪罗当年认为的好工匠更优秀，但他们却不了解更优秀的艺术家。

托　尼　布兰奇，你这是在乱弹琴。我知道朗福德是怎样说的，他说：只有艺术家才能看出艺术家与工匠之间的区别，而工匠却永远不能。朗福德此说当然是对的。

布兰奇　但这却有点难以解释——你明白我的意思吗？

托　尼　不。

布兰奇　它把艺术家的确定性与工匠的确定性相对。你怎么能确定哪种确定性是确定的呢？

托　尼　（打量了她好一阵）你能。

布兰奇　哈哈，就这些？

托　尼　就这些。（他专注地盯着那尊塑像）布兰奇，如果你的职业需要你知道个究竟，我可以告诉你怎样判断我是个真正的艺术家，而不只是一个工匠。你可以用所罗门国王判断谁是真正的母亲那个办法——威胁说要把孩子劈成两半。[①] 如我觉得这塑像仿佛就是我自己的血肉。莱文和罗布森之流可以站在一旁看人家随意处置他的作品。你损伤他们的作品不会使他们感到疼痛，就像你用剪刀剪他们的头发他们不觉得痛一样。但你会使我感到疼痛。所以你最好别告诉我该如何如何修改我的作品，更不用说你自己亲自动手。让你们的评判见鬼去吧！不管是你的还是其他任何人的。我创作出一件作品，你要么接受，要么走开。这就

----

① 参见《旧约·列王纪上》第 3 章第 16—27 节。

是你我之间的全部交往，布兰奇。我不是一个工匠，这一
点我是对的，而你错了。按我的行为方式我能断定你是错
了。我从不按推理和感觉做出判断。我总是以自己的行为
方式进行判断。

布兰奇　废话，亲爱的，你知道我知道你是个艺术家。我可不愿
像这样被你抛开。（她一边说一边往他身前凑，但他横移一
步避开了）

托　尼　你几乎是自己把自己抛开了。这事我越想越确信你是错的。

布兰奇　别说了。

托　尼　为了因讨好别人而得到的好处，我情愿对自己抱有适当
的怀疑，可到头来——

布兰奇　别说了！

托　尼　使你生气的是我对自己怀疑得还不够，还不足以满足你
母亲般的关怀。

布兰奇　是的，托尼，你的确信心不足。刚才在街上时我难道没
对你说，别带着你的怀疑来找我。那些怀疑是你的，不是我
的。对，先生，我最知你的根底。在你相信你自己之前我就
相信你了。

托　尼　哦，那我们在谈论什么？

布兰奇　我不知道，托尼。我想我俩都把先前的话题忘了，你说
是不是？

托　尼　不，咱俩谁也没忘。你刚才正在说——

布兰奇　不，我没说。

托　尼　——我的作品——

布兰奇　——被认为不同于克劳森 ① 的作品。（她揭起一块罩布）

托　尼　放下！我不允许你揭开那些罩布。让我们离开这些偶像
　　　　吧。它们全都是偶像。这就是它们这类艺术品的定义，偶像
　　　　崇拜——像异教徒似的机械地复制古老的艺术形式——生搬
　　　　硬套地复制美的形式。但说到艺术性从何而来：坎贝尔认为
　　　　来自他，你们模特儿认为来自你们，因为复制的是你们摆出
　　　　的姿势——至于我——我认为这该死的一切都来自报纸。人
　　　　们用星期日艺术专栏中那些艺术复制品和吹捧文章凭空虚构
　　　　出艺术家及其艺术。（他用卡尺量量布兰奇又量量塑像，以
　　　　验证塑像的比例）

布兰奇　我们摆姿势。你刚才可是亲口说这百分之百是我。

托　尼　（做了个认可的手势）你是我的贝雅特丽齐——我的
　　　　安·拉特利奇。不过为此你就得消失或者死去。②

布兰奇　你会发现杀死我比爱我更容易些。

托　尼　啊，多么伤感！

布兰奇　托尼，人家说你身上还有一种外国佬的味道，可我偏偏
　　　　为此而爱你。你说话用的字眼跟我们不同。而且你说话的意
　　　　思也跟我们理解的不一样。有一次也在这间黑屋里，你跟我

———————

　　① 大概指风景及肖像画家乔治·克劳森爵士（1852—1944），他曾是伦敦皇
家艺术学院教授，著有《艺术的目的和理想》（1906），绘画作品包括《回家路上
的拾穗人》《农夫的早餐》和《冬日小景》等。

　　② 贝雅特丽齐，但丁《神曲》中一位理想化的女性，她常以恋人、长姊和
慈母的形象出现，教诲、批评、鼓励并救助但丁。安·拉特利奇（1813—1835），
一名早逝的美国少女，亚伯拉罕·林肯在新塞勒姆租房居住时房东的女儿，人们
长期误传她曾与林肯订婚。

说坎贝尔是个罪犯。

托　尼　他是个开艺术品制造厂的罪犯。

布兰奇　哦，阴险的托尼！

托　尼　但我告诉你，你说我不是我作品的唯一创造者，这点你
　　　　说错了。两个人不能生下同一个孩子是条不证自明的公理。

布兰奇　嘿，我还以为生孩子非两个人不行呢。

托　尼　母亲。我是说母亲。两个母亲不能生下同一个孩子。现
　　　　在你给我听好。我得把这一点跟你讲讲清楚。

布兰奇　这没什么需要讲清楚的。

托　尼　你今晚说话一直露出破绽，好像你不知对一名艺术家该
　　　　说些什么似的。这可是对一位社会名流下的定义——一个不
　　　　知对艺术家该说些什么的人。只有一个人曾中肯地谈论过我
　　　　的艺术——但那些话是我教他说的。有时候我出于任性想惩
　　　　罚自己，我就教他说些不该说的话。听听从通用电气公司到
　　　　通用汽车公司那些老板们是怎样谈论艺术的吧。你读到过他
　　　　们中的一位在那所著名大学的毕业典礼上是怎样说莎士比亚
　　　　的吗？他说在我们这个时代，像莎士比亚那样伟大的人自然
　　　　会作为一个工业巨头取得成功，而不是作为一名诗人。他还
　　　　说多亏现在的执政党使这个国家够富裕，所以才能追求一点
　　　　精神价值。精神价值。

布兰奇　我读过那段话。当时他正在佛罗里达州为一座火箭发射
　　　　塔举行落成仪式。有些字眼该获得版权保护，以免被居心不
　　　　良的人滥用。我赞同你说的这些。

托　尼　唉，我真讨厌房地产经纪人用美这个字眼。

布兰奇　我们将不得不用法律来禁止他们使用，就像我们曾禁止他们喝酒那样。[①]

托　尼　他们每次使用这个字眼都是对缪斯的一次冒犯，至少是对美惠女神的冒犯。那帮该死的笨家伙。

布兰奇　你又说偏了。你在乎的并不是他们笨不笨，而是他们滥用那些对他们来说毫无意义的字眼。他们有他们自己的一套东西，可他们想伸过手来把我们的也拿去。

托　尼　美国的定义就是……

布兰奇　我看你今晚对什么都想下个定义。真正需要有个定义的是你自己。

托　尼　你给我下一个。你不能。

布兰奇　我总知道一点。我比你自己还清楚你到底怎么啦。

托　尼　你认为我怎么啦？

布兰奇　你觉得坎贝尔对作品的修饰是种盗窃行为。

托　尼　我试探着说这说那。我总得找某事或某人对我的痛苦负责。

布兰奇　要是我说出你怎么啦，你会给我什么呢？但你不会相信那是我的。

托　尼　是泳装美人说的。

布兰奇　让我猜两种可能。

托　尼　干吗要猜两种。

布兰奇　因为不止一种。首先，你对你作品过分的爱已到了尽头，你正在经受一种反应。这种耗精竭神的爱使你情绪低落。

---

① 美国于 1920 年至 1933 年曾实施过禁酒法。

托　尼　再猜。

布兰奇　其次，你太女人气了。这是你内心的情绪失控，产生于
　　　　女性害怕被利用的心理障碍。你正在变得粗鲁，像一个要担
　　　　负起丈夫职责的女人不得不变得粗鲁一样。你多少正在被人
　　　　接受。在某种程度上，我们才刚刚开始让这个世界接受我们。
　　　　有时我们必须要进一步的被接受。而这被认为是经受痛苦。

托　尼　听起来你一直在那篇小说中虚构的某种东西好像还真有
　　　　指望似的。它怎样实现呢？

布兰奇　它正在实现。

托　尼　拿我当原型，就像我用你做模特儿。公平交易。嗯？但
　　　　听我说，布兰奇，要是你愿意听忠告的话，在我看来，你的
　　　　文学抱负没有多大希望。为了你好，我希望它落空。不过你
　　　　怎么知道你刚才说的那些。

布兰奇　那是你说的。

托　尼　什么时候？

布兰奇　今晚和其他时候，甚至刚才。

托　尼　我没说过。

布兰奇　你等于是说了——因为你曾说你的毛病就是过分挑剔，
　　　　难以讨好。你老记不住，你说的事情太多。我的任务就是注
　　　　意听，等你说出正确的话，然后抓住你要你承认说过。你
　　　　知道吗，我并不认为你恨坎贝尔是因为他真把你的作品改
　　　　了多少。

托　尼　说他改我的作品纯粹是我的虚构。他几乎从来不碰这些
　　　　塑像。可我为什么撒谎呢？为什么要编造故事呢？不错！我

是想让我洗手不干了。

布兰奇　不管怎么说，与动你的作品相比，我注意到你更介意的
　　　　是他那些话。他口口声声把这些塑像说成是他的。

托　尼　天哪，他什么时候会开始说这尊塑像也是他的呢？但说
　　　　他那双手一无是处也没有用。真是全都拿去也不嫌多。

布兰奇　他拿去的方式就是剥夺你的所有权。

托　尼　不错，而且他这还仅仅是开始。我明白你刚才那番话了。
　　　　一名艺术家需要被公众接受，公众越多越好。但他会因公众
　　　　的误解而感到愤激。他得强忍住不要向公众表露他的怨愤。
　　　　我会相信你这番话。我想我会的。

布兰奇　这是你的话。既然你明白这点就好了，不是吗？（她试
　　　　图止住他不安地走动）

托　尼　天哪，我不知道。（他抬起一条弯曲的胳膊，仿佛示意什
　　　　么似的）

布兰奇　托尼，你想说什么？

托　尼　我正在经历变化。（他猛然从她身边跑开。没燃火炬的时
　　　　候，煤气灯光中他俩的身影模糊不清）

布兰奇　关于我？不！

托　尼　这就像蛇蜕皮——或像狼人重新变成人。（他打了个趔
　　　　趄，单腿跪下）

布兰奇　托尼！

托　尼　我什么地方痛得厉害。

布兰奇　我爱你，托尼。

托　尼　这世上没人能像我这样意识到对我的爱。

布兰奇　托尼，你让我感到害怕。（她一边说一边移到他与门之间）你干吗带我来这儿？

托　尼　我不会把你怎么样的。

布兰奇　托尼，振作起来。我要使你振作……

托　尼　我在这儿还有什么没做的呢——除了在这儿杀掉你——或是让你看着我自杀——一切都过去了。我将不再会孤独。我被永远剥夺了。我已变得平庸。我的与众不同将不会再来烦扰我。只是对我的作品（他几乎是哭着说）得有人找到适当的话说——找到适当的事做——而且要快，不然我没法再忍受这种焦虑。不过刚才太可怕了。

布兰奇　刚才你哪儿痛？

托　尼　不是心痛——肯定不是。也不是头痛（他摸了摸头）我不知痛处在哪里，也许在这条胳膊。

布兰奇　我刚才对你说错什么话了？

托　尼　我不知道。

布兰奇　但现在好点了吗？

托　尼　我想是的。那是一种狂怒——一种无以复加的狂怒。刚才我拿你出气了吗？（她回到他身边，他站起来并让她拥抱，不过他两眼盯着那尊塑像，不愿完全转过身来）那不是冲你来的。

布兰奇　这我知道。

托　尼　（沉默好一阵之后）我觉得它还没完全平息。

布兰奇　你觉得它很可怕？

托　尼　我只想让你明白这点，布兰奇。

布兰奇　好啦，好啦。（他猛地离开她去点又一支火炬）亲爱的，依我看你只好放弃这尊塑像，但拿定主意不让这种事再发生。以后你创作的每一件作品我们都留给自己。谁都不能碰一碰，谁也不能说三道四。

托　尼　告诉你吧，这我不能容忍。如果这尊塑像不得不被毁掉，至少我可以在坎贝尔之前自己动手，难道不是？

布兰奇　可我还以为我们曾断定那不是坎贝尔。

托　尼　不，我们没有断定，是吧？

布兰奇　我认为断定了。托尼，等一等。

托　尼　等你一拐过那墙角，我就是一名整形大师。让我们把这儿弄得更亮些。（他点燃又一支纸火炬）你拿着。举高点。我就是那个替美容香皂美容手术做广告的人。我会修整招风耳和朝天鼻。免费咨询。我该把她弄成啥模样。快告诉我，趁我还没做出什么会使我懊悔的事情。我要不要给她加点风味，就像你们作家给名词加形容词一样？我给她加点爱尔兰风味好吗，就像乔治·穆尔的朋友们替他的散文加上那种风味一样？

布兰奇　别说了，托尼，你这个外国佬。

托　尼　她父母都是爱尔兰人，所以她也是爱尔兰人。

布兰奇　你已经做到这点了。你已经做到了。

托　尼　你的口气就好像我没能在一天内重建耶路撒冷挣下一天的工钱似的。天下没有不能修复的东西。（她扔掉快燃尽的火炬）当心你的裙子。再点上一支。（他点燃一支递给她）拿着，等我把这事干完。我就是那个为使女儿不被君王强暴而把她杀死的罗马父亲。（他从口袋里掏出烟斗插进那尊塑像的嘴里，然后猛地打掉布兰奇手中的火炬）来，快走！（他俩朝门外冲去，但托尼又转回来熄掉煤气灯。布兰奇跌跌撞撞地下楼梯，她鞋跟叩击台阶的声音伴随着她的尖叫声。出去关上门后，托尼又再次冲进屋里扑向那尊塑像，观众可听见湿黏土发出砰的一声巨响。他大喊一声）谋杀。（然后开始往外跑，但在门边又气喘吁吁地转过身来，好像还会有更多的攻击和破坏似的）

剧　终

守护人

五场话剧

人物表

亨利·道，一个能说会道的乡下人，六十多岁

理查德·司各特，一名能言善辩的研究生

汤姆·蒂特科姆（别名夏克斯·蒂特科姆）教授，理查德的
老师，年龄比理查德稍长

丽达·罗比，一名在伐木区长大的少女，年龄与理查德相当

查尔斯·罗比，丽达之兄

苏格拉底·罗比，丽达和查尔斯的父亲（未出场）

塔格和吉尼，伐木工

众伐木工

第一场

〔房间内景，靠墙有一张木桌、一个大旅行箱和一个竖放的小箱子。房间有一道很宽的没刷油漆的护墙板。时间是傍晚时分。幕启时亨利·道（一个瘦小但结实的六十多岁的乡下人）和理查德·司各特（一个城里小伙子）正试图通过舞台后部的一道门把一个填充得太满的床垫推进房间。〕

亨 利　使点劲儿稳住。我俩这样推会使它鼓胀得更宽。你从上面爬过去，从那边往里拽。（理查德依计行事。亨利·道和床垫一起朝前跌进房间）先别管它，让我们慢慢来。你气都喘不过来了。不过就像你刚才所说，你要是能早点到这儿也许会好些。

教 授　（拿着毛毯和一篮子生活必需品进屋）别让他吓唬你，理查德。

亨 利　新到一个地方总会感到不放心，除非你睡觉之前能有机会四下里看看。你写信来租这房子时我就想把这告诉你。但我后来让汤姆·蒂特科姆给你回信，因为可以说是他使咱俩相识。据我所知，他曾是你的老师。

理查德　在某种程度上现在也是——你说呢，教授？

教 授　我说不准，理查德，我不知对你而言我现在是什么，因为你已成长为和我一样的平等主义者，我们都在追求全人类的幸福。

理查德　咱们暂时不谈这些大事，老师，如果你不想要我整夜都
　　　　睡不着的话。你的话就像一声声警报。

亨　利　你打算陪这小伙子在这儿过他的第一夜，是吧？

教　授　不，亨利，理查德会没事的。我现在得回家吃晚饭了。

理查德　你走之前我必须告诉你我为民主政体新下的一个定义，
　　　　趁我现在还记得。民主政体不过是又一种政府形式，一种上
　　　　层阶级认为它可以给予下层阶级同时又继续统治他们的政府
　　　　形式。

教　授　理查德，你现在激进得像一袋胡萝卜。在即将到来的革
　　　　命中，我将首先选你当那些长期失业者的青年领袖。

理查德　（当蒂特科姆教授出门时）当心你的措辞，如果你不想被
　　　　人听懂的话。

亨　利　我啥也没听见，而且即使我听见了，我也不会去告发你们。

教　授　（回到门口）还有件事，篮子里有个我妻子为你做的大
　　　　蛋糕，你可用它做个实验并一劳永逸地明白，你能把两者兼
　　　　得①的情况维持多久。我把你交给亨利了。遇到任何事都别
　　　　惊慌。你的工作已安排好等你去做。记住，科学研究要善于
　　　　利用一切机会。现在对你的全部期望就是取得了不起的成
　　　　果。哦，对啦，要是有什么事不对劲儿你别喊叫，我们都住
　　　　在几英里外的地方，听不见你的喊声。你要勇敢些，像我历

---

①　英谚 You cannot eat your cake and have it 之字面意思为"你不可能吃掉并
拥有同一块蛋糕"，喻"两者不可兼而得之"。

来所知道的那样棒。再见。

亨　利　其实这儿对你并没有什么危险。我可不愿瞎猜会有什么
　　　　事不对劲儿。不过你仍然应该知道你会遇上什么事，因为这
　　　　才是明智之举。这半山腰周围是一片旷野。我们差不多每年
　　　　都会遇上熊和野猫什么的。你想把你的床摆在哪个位置？

理查德　就摆在靠后那个角落，你看呢？

亨　利　要睡在这床上的是你。但如果那是我的话，我倒想把它
　　　　摆在这边抵住另一个房间的门，这样就等于给这道门上了一
　　　　把锁。

理查德　那就摆这边吧。不过你用不着吓唬我，因为你会发现我
　　　　什么都不怕。

亨　利　哞，我可一点儿都不想吓唬你。我只是希望别因为我的
　　　　疏忽而使你受到什么伤害。不妨告诉你吧，我这么便宜就把
　　　　房子租给你，原因之一就是我想让你来照看——照看——好
　　　　吧，我想说的是照看这所房子。

理查德　（把他抬着的床垫那头往下一搁）照看这所房子？

亨　利　对。哦，我并不是说我找不到人手。我选你而不选别人
　　　　是因——嗯，好吧——因为根据我所了解的情况，我认为你
　　　　不会把这座房子烧掉——就因为这个。我的意思是说你不会
　　　　有一大帮爱热闹的朋友来陪你喝酒。我认为你是个不大爱喝
　　　　酒的人。

理查德　我不大喝酒。

亨　利　好！我就知道我相信你没错。不过连苹果酒也不喝吗？
　　　　因为你要是喝的话，我可以请你喝一杯。我有些陈年苹果

酒，就在我们脚下的地窖里（他一边说一边跺了跺脚）。都好些年岁了——和你的年龄差不多，但愿你不是太重要的人物，不介意我这样刚一认识就开玩笑。

理查德 （亨利·道想拍拍他的肩，但他抽身避开了）我不喝，谢谢。（困惑地在床前站了一会儿之后）这垫子是不是塞得太胀了？（他边说边爬到床垫上）

亨 利 我故意为你塞那么胀的，这样就不能说你花的这 25 美分不值了。我想跟你说说这张床。前两夜你别指望在上面睡个好觉。也许需要三四个晚上才能渐渐适应。但无论如何你会适应的，你身子这头肯定会比脚那端更快被压实，这样会使你睡觉时脚比头高，解决这问题的诀窍是每天把床垫打个颠倒，直到你使它平得像块木板。

理查德 （摊开身子躺在床垫上）而且硬得像块木板。

亨 利 可到那时候你也变硬了，所以你不会注意到床硬。

理查德 那我白天把旅行箱压在上面行吗？

亨 利 不——行！我可不希望那样！你身体的重量不会使干草失去弹性。可你这口箱子却会把草压板实。里边都装些什么，这么沉？

理查德 全是书，道先生。

亨 利 难怪你看上去这么精瘦。现在请听我说，虽然我让你来这儿是照看我这里的一切，但这丝毫也不意味着你就不需要照顾好你自己——尤其是这又是你第一次住在野外——如我所认为的一样。我相信你不会没带上一件什么武器。

理查德 我碰巧带了支小手枪，不过我倒一直认为我没必要带它。

要是收拾行李时没把它落下的话，它应该就在这儿什么地方。呃？（一阵翻寻之后他从旅行箱里找出手枪放到地板上）

亨　利　嘘，你管这叫手枪？简直是个装饰品。这枪管是空心的吧？它真不是一件玩具？

理查德　我可不会小瞧它。我想它装有子弹。

亨　利　恐怕挨你一枪也就像被蜜蜂螫了一下。我本想提醒你的。不过如我所说，我现在考虑的是你。

理查德　你都担心些什么？

亨　利　我只是希望你多多当心，毕竟是独自住在这连医生也叫不来的半山腰。我是想要你当守护人，但你首先得保护好你自己。你现在必须成为你自己的保护人。在接下来发生的事情中，你能依靠的就只有你自己。

理查德　见鬼，道先生，这到底是怎么回事？不会是夏克斯·蒂特科姆在唆使你捣什么鬼吧？

亨　利　没什么要紧的事。只是这把手枪将会和你一样管用。听见什么声音吗？

理查德　我想我听见了马蹄声和大车的声音。

亨　利　肯定是我那匹马在下边蹬蹄子。

理查德　不——

丽　达　（出现在门口）亨利·道，你女儿要我给你捎个信儿，叫你回家。（她转身欲走）

亨　利　她在哪儿——

丽　达　我看见她在罗宾斯镇的铁匠铺里。

亨　利　是吗，我明天会回家的。多谢你捎信儿。

丽　达　反正我把信儿捎到了。（再次转身欲走）

亨　利　等一等，姑娘。你刚才从哪条路来——上山还是下山？我敢说你是从山上下来。有人派你来把我弄走。他们的又一个花招。可你来得太晚了。看看我请来的这位年轻人，今后我没法守夜时他会接替我的位置。这位是丽达·罗比小姐——这位是……

理查德　（朝前走了一两步）理查德·司各特。

亨　利　这下你们那帮人该认输了吧？

丽　达　呸！

亨　利　好好看看他，看呀！这样你回去就可以告诉他们他是否很胜任这件工作。他可是大学里的运动健将。

丽　达　亨利·道，你是个傻瓜。（她离去）

亨　利　我惹她生气了，因为我不相信她说我女儿要我回家。

理查德　（走到门边）她是谁？她干吗往山上走？我还以为过了这房子就没有人烟了。她是谁？她往哪儿去？（他高声道）说呀！

亨　利　嘿！你可别冲着那姑娘身后喊叫，要是你不想那帮人都来找你麻烦的话。她从山上来，现在正回山上去。她是在山上长大的。

理查德　可我一直以为我这儿就是路的尽头。夏克斯·蒂特科姆告诉我，你说过了这房子就只有松鼠跑的路，通往树梢。

亨　利　我已经开始渐渐学聪明了。我最好是现在就告诉你真实情况，免得你以后说我没警告过你。从山下到这座房子恰好是整整四英里。往下走一英里是艾弗里那家小店，当我离开女儿自己给自己放假时，一般都在那个地方。不过我女儿似乎需要我，不是吗？平时我一靠近酒桶她就会抱怨。告诉你吧，年轻人，我是个老派的酒鬼，一喝就喝得很厉害。但我反对有人说我喝酒误事。我曾在这座小房子养育了一大家人。而且把他们养得很好。不过这倒是真的，为了这些没从你看见的那条路运下山的老酒，我有时会溜回这儿一待就是一星期。这使我在众人面前丢脸。可我不能凡事都忍受，谁也不该要我忍受。（几乎是声泪俱下）

理查德　你应该跟我说说那个姑娘。

亨　利　那姑娘挺不错的。糟糕的是她所属于的那帮人，她应该替他们感到羞愧，可她并不。对此我得替她说句话，她维护她父亲和哥哥可算是有胆量。

理查德　你是说她的家人很糟糕？

亨　利　家人！那不是一个家庭。那是帮过去的伐木工，他们的伐木场早就没树可伐了。

理查德　他们不正派？

亨　利　这我不该说，因为我不知道。但据镇上的人说，曾有个卖安全别针的小贩上山误入了他们的营地，从此就再也不见踪影，但那帮人衣服上该有纽扣的地方都缀满了安全别针。山上几乎没女人替他们缝缝补补。

理查德　是群杀人犯，嗯？

亨　利　注意，我可没说这事就千真万确。即便你相信也没有必要这么说。

理查德　我开始看出点名堂了。夏克斯·蒂特科姆肯定不会认为他能把我弄到这儿来做一次犯罪调查。我猜想你与那帮人发生过冲突。

亨　利　他们是不喜欢我。但这跟你毫无关系。不过我还是想告诉你：你可以时不时练练你的枪法，让他们听见枪声，这对你不会有任何坏处。据我所知这不会吓住他们，但也许有助于使他们把你当作成年人来尊重。

理查德　你是说练习打靶？

亨　利　在你有空的时候。还有一句话也许对你有帮助，要是你居然开始同他们交谈（当然我希望并相信你不会），你可以给他们讲任何你可能在波士顿做出的英雄壮举，不管你的吹嘘有没有道理。我这并不是说我期待他们会成群结队地来找你。你觉得刚才听见什么动静吗？

理查德　也许是你的马。

亨　利　你随时都可能听到他们中的什么人在周围活动。他们是出名的夜猫子，因为白天他们没干多少活儿。

理查德　那姑娘是他们中唯一的女人吗？

亨　利　她哥哥查尔斯会照顾她。她父亲拥有那个锯木场。

理查德　她干活儿吗？

亨　利　她能像男人一样使用平头搬钩。据说她还会嚼烟草。

理查德　但她不嚼。

亨　利　她会的，如果她想到要嚼。

理查德　但这并不说明她要嚼。你也没说她要嚼。

亨　利　既然她不，很难说我该说她要。

理查德　我就说她不。她念过书吗？

亨　利　念过一阵子。我想要是他们没受过教育，你会看都不看他们一眼。

理查德　我并没那样想。我只是想弄明白，在这种环境中她的生活会是怎么回事。

亨　利　你真不想在我走之前陪我喝杯苹果酒？要是我再来一杯你不会介意吗？也许我会有一阵子不上山来——如果我能做到不来的话。（他点亮理查德那盏崭新的提灯，从屋里的一道门往下进了地窖。理查德留在屋里若有所思地摆弄那支手枪）

理查德　（在旅行箱上坐下来）嘿，道先生，道先生，你还在下面吗？哦，没事。我只是忽然想知道你情况怎样。你慢慢喝吧。那是你的酒。——这下怎么啦？你伤着了吗？站在那儿别动，我这就给你送火柴来。

亨　利　（举着已熄灭的提灯从地窖出来）我猜你刚才以为我嘴里含着酒桶龙头在下面睡着了，就像婴儿睡在母亲的怀里。我只在下边醉过一次，在潮湿的地窖里躺了整整一夜，结果引发了我在萨拉托加战役时染上的风湿病。我的麻烦是心太大了，我宁愿自己一口喝干地窖里的苹果酒，也不愿让那帮家伙尝到一滴。但有些事你不得不委托给别人。我意识到了这点。我既不可能把所有苹果酒全部喝光，也不可能老留在这儿守护它们；这就是我渐渐明白的道理，也是你住进这房子的原因。达到这个地步花了些时间，但不管是好是歹，现在我总可以在没有证人的情况下委托你来守护脚下的这些酒。你愿意接受这个委托吗？

理查德　我明天就离开，叫你傻眼。你和夏克斯·蒂特科姆不是认为自己挺聪明吗？

亨　利　其实蒂特科姆教授对此并不知情。你现在是因为生疏感而激动，脑子里充满了想象。《圣经》说"要表现得像个男子汉"①，我说别表现得像任何人。不要放弃。别当懦夫。海恩斯牧师说我的意思和《圣经》的意思一样。

理查德　（搡着他出门）你最好走吧。

亨　利　（迟钝地）我必须见鬼去吗？

理查德　我可没那样说。你最好是回家去见你女儿。

〔理查德一边留神倾听屋外的动静一边非常缓慢地脱下一只鞋，这时大幕降下。

第二场

〔一个多云但有月光的夜晚，理查德的小屋外，月光映出两扇遮暗的窗户和中间的一道门。（小屋位于舞台左边深远处）

两个偷偷摸摸的身影正在屋前来回爬动。其中一个退后一段距离（到舞台右前方），在一块尖石旁拼命地打手势叫另一个离开房子，但他没出声。他拎起一只空空的镀锌铁皮桶，随即又把它放下。两人站在尖石旁盯着那所房子。

---

①　参见《旧约·撒母耳记上》第4章第9节，《新约·哥林多前书》第16章第13节。

吉　尼　他肯定在屋里。他撕了张被单来做窗帘。

塔　格　我敢说他出去了。难道傍晚时我没看见他下山去艾弗里
　　　　的小店？

吉　尼　他肯定已经回来了。难道我没听见到九点钟时他还在打枪？

塔　格　别傻了！他在屋里会不点灯？

吉　尼　不点灯。

塔　格　见鬼！我从本顿来时他就没在打枪。

吉　尼　想必是枪管打热了暂时歇歇。他肯定在屋里。

塔　格　好吧，我这就去弄清他到底在不在屋里。你留在这儿。
　　　　（他蹑手蹑脚地溜到房子跟前，用石头沿木纹在外墙板上一
　　　　阵刮擦。屋里没有回应声，但窗口很快就亮出了灯光。塔格
　　　　退了回来）

吉　尼　我告诉过你。

塔　格　干得他妈的漂亮！亨利·道会认为他把我们给骗了，是吧？

吉　尼　我真希望我们上次离开地窖时拧开了所有的龙头，把他
　　　　那些苹果酒全都放干了。

塔　格　你要希望也希望点有谱的事。我只希望我们已弄到一桶
　　　　酒，从我说的那条通道。当心！（随着屋里一声沉闷的枪响，
　　　　他俩突然弯下身子躲到尖石后面挤作一堆）听，听见了吗？
　　　　那小白脸儿以为他在干什么？

吉　尼　战争已结束了！——不！还在打。至少他还不是在向我
　　　　们开火。我们还没挨枪子，别像挨了枪子儿似的这样趴下。

塔　格　他在打什么？

吉　尼　打靶呗。听那声音。像是一个旧炉盖。

塔　格　那么小一个玩意儿，他几乎不可能枪枪都打中。

吉　尼　那就是个炉门——从山下那所废弃的学校里捡来的。

塔　格　你知道我怎么想吗？他是在练习枪法——也许是在军队里学的一手。他打枪跟你我毫无关系。

吉　尼　谁说跟我们有关系啦？

塔　格　他练枪法真是不分白天黑夜，只要他碰巧醒着或想到要练。——他现在像是练完了，你看呢？

吉　尼　如果我觉得他子弹打光了，我就会冲进屋去将他活捉。

塔　格　你捉住他对你又有什么用处呢？

吉　尼　对他这种年龄的小伙子，你切莫凭相貌做出判断。

塔　格　我得再去替那房子呵呵痒。反正要呵得他睡不成觉，直到他不得不另找地方过夜。（他又溜过去像先前一样用石头刮墙板。理查德又开始打枪。塔格退回藏身处）这次他好些枪都没打中你说的炉盖或炉门。继续打吧，孩子，只要你觉得好玩。夜里的有些声音你能解释清楚，所以不害怕；但对你没法说清究竟的响动，你就只有硬着头皮给自己壮胆了。

吉　尼　这会儿又没动静了。

塔　格　我敢说他是被烟熏昏了，窗户关得那么紧。别给他时间喘息，我们得让他继续折腾。争取今晚就得手。你敢打赌说他不会明天一早就急着要回家吗？再给那房子呵呵痒。（他又溜过去像先前一样如法炮制了一番，但这次没有结果。他退了回来）你看是怎么回事，吉尼？他玩腻了？

吉　尼　他也许上床睡觉了，以为我们是寻食的豪猪在弄得屋角发响。

塔　格　像他那样的外地佬见过什么豪猪？你应该听到过丽达是
　　　　怎样说他的。

吉　尼　我听她说了。

塔　格　她说她最先看见他，所以他是她的。你看这样行不行，
　　　　我们过去在墙上猛敲一下，看他做何反应？

吉　尼　那你可得当心，塔格。我怀疑他一直躲在什么地方监视
　　　　我们。

塔　格　他熄灯的那会儿已有足够的时间意识到危险。照现在这
　　　　样他从屋里看不见我们。该你干点什么了。一直都是我在折
　　　　腾。你从这边过去猛敲一下。出了任何事都由我负责——哪
　　　　怕是把房子敲垮。

吉　尼　好吧。（他溜过去冲着房子猛敲了一下，震得窗户咯吱作
　　　　响，然后他嘻嘻笑着回来）

塔　格　闭嘴！他要听见你笑今晚就算白来了。我们不当真你也
　　　　甭想指望他会当真。（理查德又开始打枪）如你所说，他果
　　　　然在屋里，而且还活着。砰！砰！但我想他任何时候都可能
　　　　出来，哪怕是出来透透气。他迟早会憋不住的。（这时一块
　　　　窗玻璃哗啦一声被打破）哇！（他俩弯下腰往后退）唉，这
　　　　下再也不能放心大胆地来弄苹果酒了。

吉　尼　现在他会做什么？去捡哪些碎玻璃？

塔　格　当心！你拖着一只大脚去哪儿？（吉尼后退时一脚踩进
　　　　空桶，拖着它咣当咣当地退了几步。塔格在他身边躺下。两
　　　　人竭力忍住笑）这阵咣当声会使他怎么想？

吉　尼　打破了窗户——这下他该瞄准月亮消耗他的子弹了。

塔　格　罗比老爸回家来了。听那辆马车的嘎吱声就知道车上坐
　　　　的是他。（一声猫头鹰叫）听，是查尔斯。来得正是时候。
　　　　这下有救了！（他回以一声乌鸦叫）

查尔斯　你们干吗不弄到酒就回家？

塔　格　这与其说是来弄酒，不如说是来逗乐。

吉　尼　亨利·道弄了个波士顿小伙子来住在这屋里。

查尔斯　老爸叫你们别去动那些酒，除非你们既能弄到酒又不惊
　　　　动任何人。

吉　尼　不惊动任何人！老爸在下边吗？

塔　格　我看今晚我们最好饶他一回。

吉　尼　我正要提议去对着窗户破洞嘘两声吓唬吓唬他呢。

查尔斯　（起身离去）跟我走吧。

吉　尼　我们得去给那小伙子说声晚安。

塔　格　趴下！快趴下！他在朝外看。（理查德的头出现在窗帘与
　　　　窗玻璃之间）别动。（理查德缩了回去）

吉　尼　你就不该留神？躺着别动。

　　　　〔理查德穿着睡衣出现在门口，一手拎着提灯一手握着
　　　　枪。他茫然地四下张望了一阵，然后赤着脚战战兢兢地
　　　　走了出来，故作镇静地绕着房子走了一圈，最后又回到
　　　　门口。他步子迈得很大，但那种缓慢劲儿足以表明他在
　　　　竭力控制自己。（房子在舞台深远处，所以这个片段中的
　　　　理查德可用一个半人大的木偶代替）

塔　格　见鬼！要是查尔斯能看见就好了。

吉　尼　不过他不是冲着任何具体的人来的。我想那是波士顿人

的惯用伎俩，以此来消除他们想象的恐惧。

塔　格　他进去时比出来时动作更快。

吉　尼　而且他进去后还检查了一下门锁。不过他仍然表现得很
　　　　好。好啦，这下他感觉好些了。他吹灭了灯。我想他可以上
　　　　床睡觉了。

　　　〔塔格和吉尼站起身来拂了拂身上的尘土。塔格捧起空桶
　　　假装喝酒状。吉尼凑过去夺桶，口中嚷道："给人家也留
　　　一口。"他俩打闹着下台，此时幕布落下。

第三场

　　　〔上午晚些时候，理查德坐在小屋门口晒太阳。他的头发
　　　洗过梳过，但除此之外他身上再没有一丝上午的朝气。
　　　他耷拉着脑袋，胳膊肘压在双膝上，不时打个哈欠，揉
　　　揉眼睛。过了一会儿，仿佛是想驱散沉闷，他做了个不
　　　耐烦的手势，然后把身子探进屋去拿什么东西，只剩下
　　　两只脚露在门槛外。他拿出的原来是那支手枪，枪管上
　　　有划痕，枪口还插着一块玻璃碎片。他清理好枪管，对
　　　着光瞄了瞄，接着从口袋里掏出子弹装上，然后漠然地
　　　让握枪的手垂在身边。他举枪朝一只飞鸟瞄准了一阵，
　　　但没有开火。他终于起身从屋里取出个很大的黑色空瓶，
　　　将其置于院子里一块冒出地面的花岗石上，然后后退几
　　　步并举枪瞄准。但意料之中的枪声并没传来。他的食指

离开扳机后做了个扣扳机的动作。然后他愁容满面地掉头去看屋后的山。

丽　达　（在幕后一声惊呼）啊！——

理查德　（转身时可笑地打了个趔趄，差点儿朝握枪的一侧跌倒在地上）我都干了什么？

丽　达　（出场并放低了嗓音）你这个家伙！（他俩对视片刻）你以为你在干什么？（理查德看看瓶子又看看手枪）你差点儿打中我的脑袋，真是毛手毛脚！（理查德迷惑地一手指石头一手指大路的方向，同时拼命摇头，想说明两个方向完全不同）没用。你差点儿打中我了。

理查德　那肯定是子弹拐了个弯。事实上我并没开……

丽　达　可子弹开了。

理查德　事实上我并不认为我刚才开了火，是吧？但不管怎么说，要是我真开了火，我希望你别太在意。

丽　达　我非常在意！

理查德　可你看上去并不在意。

丽　达　（扑哧一笑）厚脸皮！听着，我哥要下山来找你谈谈。你俩可别打架。我是抢先一步来警告你的。（说话间她已绕到房子后面）

理查德　你看我该从哪边开火？（发现她不在，他茫然地开了两三枪。靶瓶完好无损。他大惑不解地走过去抓起瓶子在石头上将其砸碎）我看你碎不碎！

查尔斯　（从后台走来）有这么砸靶子的吗？你打不中靶子？（他一边说一边弯腰抽出些蓝草的嫩茎放进嘴里嚼）

理查德　对，可我都快累垮了。

查尔斯　我想知道你刚才是不是正在做试验，想看看你离靶子多
　　　　近也打不中。我跟我爸说我并不认为你开枪是想杀人。昨晚
　　　　有两个小伙子也听见你开枪，他们也认为你开枪并不是想杀
　　　　人。可你干吗一直打枪呢，如果我可以问问的话？

理查德　这个，你知道，道先生……

查尔斯　啊哈，你是说亨利？亨利跟你说起过我们？

理查德　他说你父亲在山上有个锯木场。

查尔斯　他还叫你要提防我们？

理查德　没有……没有……

查尔斯　说我们是群歹徒，是不是？好吧，让我来给你说说这个
　　　　亨利·道，其实他对我们一无所知，而且他还是一个骗子。
　　　　听我说，振作一点儿，把这玩意儿收起来。你用不着它。亨
　　　　利对你说了一大堆关于我们的坏话，你难道就看不出他是别
　　　　有用心？好吧，即使你现在看不出，以后也会明白的。

理查德　你们可能误会了，以为我老是打枪是冲着你们伐木场的
　　　　人。我并没有那个意思。

查尔斯　即便你有那意思我们也不会在意。

　　　　〔他盘腿在地上坐了下来。

理查德　刚才你妹妹来这儿说了点她的想法。

查尔斯　嗯，这我猜到了。丽达此前来过这儿？亨道说起过她吗？

理查德　说她的全是好话。

查尔斯　她恨他。

　　　　〔突然一阵尖厉刺耳的汽笛声从山上传来。查尔斯霍地站起。

查尔斯　该死！我真不敢相信"她"又把山上点着了。

理查德　你该不是想告诉我那个可爱的姑娘……

查尔斯　（看了理查德一眼，然后笑着大声说）锯木场——我说的
　　　　是锯木场……

理查德　真对不起。

查尔斯　你这个可怜的疯子！亨道都往你脑子里灌了些什么？或
　　　　是汤姆·蒂特科姆灌的？

理查德　那是场森林火灾吗？

查尔斯　那是在叫我。

理查德　我也可以去吗？我能帮上忙吗？

查尔斯　如果火势严重，汽笛还会鸣响，只要锅炉有足够的蒸汽。
　　　　但我还是去的好。（下）

　　　　〔理查德把上身探进屋去放那把手枪。他转过身来时发现
　　　　丽达正站在门边等他。

理查德　啊，你回来了？你刚才并没走？你一直在偷听你哥哥和
　　　　我谈话？

丽　达　我刚才躲得够远，你俩不大声嚷嚷我什么也听不见。我
　　　　们的锯木场起火了。

理查德　你哥刚才也这么说。你不担心吗？

丽　达　它并不是我不得不担心的第一场火。它会没事的。让那
　　　　些放火的人去把它扑灭吧。——听着，我不知道查尔斯给你
　　　　说了些什么，但我想要你告诉我的是：你以前知不知道你被
　　　　弄到这儿来是为了守护亨道的苹果酒？

理查德　你要我给你讲实话吗？我完全可以告诉你我来这儿的目

的。不管是我自己来的还是蒂特科姆教授把我弄来的，我来的目的都是要对你们进行一番社会调查。

丽　达　什么调查？

理查德　社会调查。

丽　达　社会调查？

理查德　对，一种对贫困阶层进行的社会调查，因为要对特权阶层进行调查会很困难。我需要这次调查结果来写篇论文，同时也帮助蒂特科姆教授出他的书。要是你想对富人进行社会调查，按照"谢尔曼法案"①你得去法院进行。

丽　达　汤姆·蒂特科姆干吗不自己做调查呢？起码他对我们很了解。他是我们的亲戚。

理查德　不会吧！他从没跟我说过这种事。

丽　达　他肯定是的。算起来他是我的远房表兄。我听我爸推算过。

理查德　哦，这下我会被那些老师说得分文不值。

丽　达　对我进行社会调查！你打算怎样做？

理查德　要是你不想随和些，我肯定没法做。哦，来吧，随和些。坐下待一会儿，如果你不打算去救火的话。让我来问你一些平常的问题。

丽　达　嗯，你这是什么意思？

理查德　我的意思就是让我们来谈谈。你和我！让我们忘掉其他所有的人。亨利·道对我来说不值一提。夏克斯·蒂特科姆也无关紧要。夏克斯是我们在大学里替他取的别名，因为他

---

① 指"谢尔曼反托拉斯法案"，1890 年通过。

最爱用这个词来揭露你从小到大都以为美好的每一样东西。①
现在前者把我弄来是为了保护他的酒不被你偷窃，后者把我
弄来是为了对你们进行一次社会调查。我在这儿是因为两个
错误。可别因此而对我有成见。

丽　达　要打掉你的傲气，两个错误比一个好。

理查德　请原谅我提到这事。可难道你没注意到浓烟。虽说这事
　　　应该与我不相干，但我看山上会有一场很大的火。

丽　达　哦，让火见鬼去吧!

理查德　对，既然火并没使你感到不安，我们就别去理它。现在
　　　来吧——坐下——让我们谈谈。

丽　达　（坐下）谈什么?

理查德　要是你觉得不想谈咱们就不谈。既然你不关心那场火，
　　　就让我俩静静地坐在这儿。不，我得告诉你一些事，不是对
　　　你进行调查，而是让你好好地了解我。我对政治感兴趣。我
　　　有个了不起的想法:（充满激情地）实际上我希望所有的男人
　　　和女人都是政治家，都去参加竞选谋求公职。我希望看到更
　　　多的公职，当然前提是有两倍于公职的候选人，这样每个公
　　　职就都有两个人竞选。

丽　达　现在的情况不正是这样的吗?

理查德　好姑娘! 你说得没错。这的确没什么新鲜的。但请等等，
　　　我还没开始呢。（口若悬河地）以前从没人替失败的候选人
　　　着想。而我希望看见政府为所有的候选人提供足够的保险，

---

① 英语 Shucks（夏克斯）有假货、骗局、无用之物、胡说八道等意思。

以保证那些失败者和他们的家庭在下一次选举之前能免于贫困和诱惑。照眼下这种情况，善良的人们不仅要冒得不到公职的危险，而且要冒被解职下岗的危险，而这往往是在他们生活很艰难的时候。这些在野者和下岗者会成为我们社会中最名副其实的穷人，而且也是社会的主要危害，因为他们为了得到公职或重新得到公职，往往都免不了要说谎行骗。换种说法，我提倡实行失业政治家保险。我真心诚意地认为，没得到公职的候选人应该得到薪金，比方说得到当选者工资之半数的薪金。你想到过这点吗？

丽　达　没有。我觉得这听起来就像是诗——我是指你说这番话的方式。

理查德　你喜欢诗吗？你曾——你现在去学校吗？你看上去这么年轻，该继续去学校。

丽　达　我会教书。我去年还在贝塞尔汉姆代过课呢。

理查德　看来这事完全误会了。不过没关系，只要我俩是朋友。为了朋友在一起有事做，今年夏天我给你读些诗怎么样？

丽　达　你是说你要为我写诗？我有一个想法，要是能找到合适的人，我希望能把它写成诗。那是关于我父亲。

理查德　你是说为他写一首生日祝词什么的？真对不起，我从来没写过那么重要的东西，再说自从我开始操心富人和穷人的问题，我已经好久没写过诗了。要是你真喜欢听，（充满激情地）我会不遗余力地在我的……

丽　达　只要我有支笔，我就可以把我想要说的写给你。

理查德　我亲爱的小姑娘，诗可不是这样写的。

丽　达　是这样写的，我亲爱的小男孩。我知道有个人就请人替
　　　　他写过一首哀悼诗并让它被编进了《苏格兰人》。当然他是
　　　　付了版面费的。你要知道，我父亲是个很特别的人。

理查德　哦？

丽　达　他就像所罗门，只是稍有不同。所罗门是等到已经拥有
　　　　了一切才转而蔑视身外之物，才开始说什么一切皆虚无①。我
　　　　父亲并没有等到拥有财产。他在此之前就已经把这点看穿。
　　　　我认为他比所罗门还伟大。他的名字叫苏格拉底。

理查德　听听她这番话。在一个漂亮的小脑瓜子里竟装着下层民
　　　　众的全部生活哲学。哎，要是我的技艺没荒疏的话，我倒真
　　　　想写下你这首诗。你应该自己把它写出来。我们差点儿在此
　　　　铸下大错。（他向她靠拢并把一只手摁在她手上）

丽　达　你可别笑话我。

理查德　绝不会的。我过去总认为民主的意思就是让人人都能免
　　　　费上大学受教育。我对天下每个人都抱有同样美好的愿望。
　　　　而这时候你来了，来夺走我的全部力量。你不应该叫丽达，
　　　　而应该叫德丽拉②。

丽　达　我的名字叫丽达。

理查德　从今天起就叫丽拉，不管前面加不加"德"这个贵族前

————————————

　　① 在《旧约·传道书》第1章第2节中所罗门有言道："虚无的虚无，一切
皆虚无。"

　　② 德丽拉（旧译大利拉），《圣经》中记载的出卖参孙的非利士女子，她诱
惑参孙说出了他的力量蕴于头发中的秘密，并趁参孙熟睡之机剪去了他的头发。
（参见《旧约·士师记》第16章）

缀①。但你不要觉得应对我的改变负多大的责任。你只是让我恢复了更真实的自我。我支持的当然应该是那些不该受穷的穷人，而不是那些活该受穷的穷人。我对情有可原的不良行为非常宽容，以致我开始觉得我应为没去当一名监狱看守而感到遗憾。我能设想渐渐喜欢上罪犯。

丽　　达　你还太年轻，不可能为任何事情感到过特别遗憾。

理查德　你认为我多大了？

丽　　达　显然还不够大，还不足以避免被亨利·道利用——不仅被他利用，而且还被你自己的老师利用。

理查德　一个想要我在这儿守护他的苹果酒，另一个想要我来调查你们。

丽　　达　而你以前对他们的企图却浑然不觉。你才真需要有个人来守护。

理查德　我不是已经有了一个？——你——现在？你会帮我跟那两个家伙算账。——你这不是要离开我吧？你已经决定你非得去救火吗？

丽　　达　教授的车来了。

理查德　你走之前吻我一下我会很乐意。

丽　　达　他会看见的。

理查德　他看见的事只会成为统计资料，而不会——

丽　　达　（急促地）我相信你的政治候选人保险计划。还有人认为它可行吗？

---

① "德"在旧时一般用于法国、西班牙等国贵族人名前。

理查德　迄今为止就我一个。现在再加上你。它难道不是个好主意？（充满激情地）等你有空的时候，我还会告诉你许多你会认为切实可行的好主意。比方说往一种植物上喷洒另一种植物汁，以此把昆虫搞得晕头转向，而且——（他送她离去时蒂特科姆教授在一旁等候。他那辆只闻其声的汽车停在观众看不见的院子尽头）

教　授　（朝丽达离去的方向亲切地点了点头）情况怎么样？我们听说山上起了大火，所以我赶来看看你是否还好。看来你在一个方面进展还不错。

理查德　对那场火我们不该做点什么吗？

教　授　我得说这场火对他们来说也是场大火。不过他们历来讨厌别人对他们的失火大惊小怪。听！什么声音？（远处传来慌乱的喊叫。丽达匆匆跑了回来）

理查德　出什么事了？

丽　达　你难道听不出他们在喊什么？

理查德和教授　（齐声重复喊叫声）大伙儿快撤。

丽　达　这说明山上有什么东西就要爆炸。

理查德　炸药？

丽　达　我想是锅炉。

教　授　何时？

丽　达　从现在起任何时候。但越早越好，免得提心吊胆。但愿上帝让每个人都有安全的躲避处。（她伸手抓住理查德的胳膊）

查尔斯　（上场）啊，你在这儿，妹妹。

丽　达　我在这儿。怎么啦？

查尔斯　我就想把你找到。

丽　达　爸在哪儿？

查尔斯　我让他坐在新营地的一个松树墩上。他没事。

理查德　你们几位也许认为你们都互相认识。但注意听我为你们
　　　　作一番互相介绍，这会使你们觉得彼此像陌生人。蒂特科
　　　　姆教授，这是丽达和查尔斯，来自那个最爱喝苹果酒的社
　　　　区，而你忘了告诉我他们是我在这山上时最近的邻居。丽达
　　　　小姐、查尔斯，这位是蒂特科姆教授，关于他最值得介绍的
　　　　就是他讨厌乡下。

丽　达　是乡下还是乡下人？

理查德　细细想来两者都是。好姑娘，多善于让人思考。但他特
　　　　别讨厌的是乡下佬这个措辞中的乡下。他恨所有的乡下佬乡
　　　　巴佬，真正的原因是乡下佬不同城市无产阶级一起投票，但
　　　　他声称是因为乡下人堕落。请给丽达和查尔斯讲你那个关
　　　　于亨利·道的故事。丽达和我一样，除了说亨利·道好，她
　　　　什么话都能听。这位教授的座右铭是：如果你想在社会学研
　　　　究上有所成就，你就得认真对待卑劣之徒。

教　授　不对！我的座右铭是：你不得不容忍任何你可以写进书
　　　　的人。好吧，我的故事与其说是关于亨利，不如说是关于亨
　　　　利的十二个孩子。亨利年轻时似乎穷得叮当响，但那并没妨
　　　　碍他妻子替他生下十二个孩子来帮他料理农场。那十二个孩
　　　　子分属十二个不同的民族，各自与当年在农场上干活的雇工
　　　　的民族相符。我已注意到他们中有些人还住在这一带。有个
　　　　看上去像是爱尔兰人，有个像荷兰人，有个像法裔加拿大

人，甚至还有个黑人。

理查德　这是个有趣的故事，但"啐"——我是说骗人，压根儿就没有这种事，你说是吧，查尔斯？

查尔斯　恐怕这是真的。

教　授　这会使你冷静点儿。

理查德　可你不会相信这故事吧，丽达？

丽　达　我从没听见有人否认过。

理查德　这当然就可以证明那是真的！又在愚弄人。对此肯定有一种合乎情理的解释。我开始认为，无耻的谎言便是这些人互相诋毁的工具。仇恨驱使他们进行无中生有的诽谤。你们应该听说过亨利给我讲的关于安全别针的故事，关于在你们的营地吃人肉的故事。

丽达和查尔斯　在我们的营地！

教　授　真难以置信！理查德的意思是说这是一种诗——田园诗在新罕布什尔已堕落成这种形式。现在是作为诗人的理查德在说话。

理查德　另一方面……

教　授　在什么的另一方面？

理查德　在亨利·道的另一方面。你难道没静下来想过，丽达的父亲被叫作老苏格，这使他有别于老酒鬼亨利·道。

教　授　我知道他的名字是苏格拉底——苏格拉底·罗比。但到底是什么使你如此激动？

理查德　而且他是个哲学家。也许叫那个名字使他成了一个神志清醒的哲学家。

教　授　因为神志清醒？

理查德　的确。这我让丽达来说。

丽　达　实际上我并没说他是个哲学家。我更想说的是他是个睿
　　　　智的老人。

理查德　不过说到流言蜚语，且让我告诉你我来这儿之后所听到
　　　　的最精彩的一段。我从最可靠的权威渠道得知你和丽达小姐
　　　　是表兄妹（现在请再互相打个招呼吧）。

教　授　非常权威并非常可靠。天哪，至少我肯定给你说过我与
　　　　亨利·道有亲戚关系。

理查德　没有。

教　授　不管是近亲还是远亲，我与这个镇区的每一个人都有亲
　　　　戚关系，所以我才觉得有资格以他们为资料写一部米德尔敦
　　　　个案史。

理查德　而你并不因他们的贫穷替他们感到羞愧，你只是好奇地
　　　　想知道贫穷对他们的心理状态有什么影响。

教　授　难道你不想知道？你似乎为此感到激动。

理查德　不要再从中找素材了。

教　授　这么说你不会欣赏我的另一个故事：有个小伙子抱着一
　　　　个姑娘，双手却在她身后用纸和笔悄悄记下她说的话。

理查德　从没听说过这般下流的事。

教　授　年轻人！我求你了，丽达小姐。帮帮忙吧，查尔斯！你
　　　　妹妹都对理查德说了些什么，叫他变得这么冲动。他以为只
　　　　有他一个人看到了穷人的优点。看在上帝分上，要是你认为
　　　　你能证明我们全都该照塔格和吉尼的样子生活，那你就担负

起使命加油干吧。

理查德　听我说，老师，查尔斯和丽达与此毫不相干。他们并不听你的。从此以后我也不再听你的了。你已经肯定失去了我这个追随者，这是件非常遗憾的事，因为你当教授就是为了有人听你的。

丽　达　（早已半转过身去看山上的浓烟）对，我就在用心听。我听见了你们说的每一个字。我知道理查德为什么生气。他认为你和亨利·道合计好了要愚弄他。

教　授　我就觉得是有什么话没说透。亨利·道同我合计——真见鬼！这事等我们心平气和时再谈。——现在亨利·道来了。先问问他看我们是不是合计过——

亨　利　嘿，起火了。锯木场烧起来了。

查尔斯　这我们早就知道了。

亨　利　那个锅炉要爆炸。

丽　达　你不高兴？

教　授　我们这么不尴不尬地站在台上干吗？是在等谁说话还是在等什么事发生？哦，我都忘了，是在等那个该死的锅炉爆炸。它干吗不按预定时间炸开呢？我们中有谁数下数也许会帮上忙。一、二、三，炸！它不理睬我。要是我认为这并不重要，就像你似乎对丽达表妹并不重要一样，你可别介意。让我们一起数数。开始！一——二——三。（只有他一人数。其他人都没加入）啐！我想大幕最好是降下来。你不能让观众老是等不到高潮。让我们把结局留到下一场吧。（大幕徐徐降下时他正在手忙脚乱地找火柴）要是半个世界都着了火而我却点不燃一支烟，那就太奇怪了。

第四场

〔理查德坐在一个低矮的木箱上正在读一本摊在桌上的
书，他的头靠近窗户。

查尔斯 （出现在门口）嗨，迪克①。

理查德 请进。（他站起身来）

丽 达 （出现在门口）想见朋友吗？忙吗？

理查德 啊，你俩都来了。进屋吧。

查尔斯 大伙儿都来了。（门外的众人突然开始说话）这屋子容得
下吗？

理查德 容不下也得容下，不然就把它挤破。大伙儿都进屋吧。
丽达，你来坐这个木箱——箱座归你。（五六名伐木工挤在
屋子中央等待主人安置）你们这些家伙——我只好请你们靠
墙坐在地板上了。

查尔斯 坐没有椅腿的椅子。

塔 格 罗比老爸要我向你辞谢。他还在为他的锯木场感到惋惜。
他说他无论如何也不再出来参加什么聚会了。

理查德 （最后坐下，尴尬地用双手抱着蜷曲的双腿）你们从哪条
路过来的？我刚才没听见任何动静。

塔 格 也许你没像前些时候那样注意地听。

吉 尼 （将他的帽子扔向塔格）闭嘴！

_____

① 理查德的昵称。

塔　格　（在又一阵尴尬的沉默之后）看在老天分上，总得有人说话呀。

查尔斯　你来说吧，塔格。

塔　格　但愿我肯定能喝上我屁股下面的苹果酒。（众人用脚蹭地
　　　　板表示赞成）

理查德　（从地板上站起来走到丽达身边在桌子上坐下）苹果酒！
　　　　当然！我的风度到哪儿去了？谁去弄酒？这种事我不在行。
　　　　谁知道酒放在哪里？我可不想找错了桶请你们喝醋。

吉　尼　塔格不用点灯也能找到酒桶。前些天晚上他就下山想来
　　　　弄点酒，可你不允许他弄。

理查德　没人来向我讨过酒。

吉　尼　塔格向你暗示了一个多钟头。

理查德　暗示！

　　　　〔众人大笑。理查德因没能领会这玩笑而显得有点尴尬。
　　　　丽达离开木箱走到他身边靠在桌子上。她跟他说着什么，
　　　　他不住地点头。在其后一段时间内他俩不时交谈几句。

查尔斯　去吧，塔格。

塔　格　我能用这个桶吗？要一桶酒才够喝哩，嘿，吉尼？

理查德　拿去吧。把水倒在门外就行了。你需要灯吗？

塔　格　（开始下地窖）有火柴就行。

理查德　恐怕我这里的杯子不够。

　　　　〔片刻犹豫之后，众人从各自的口袋里掏出各种质地的大
　　　　杯，砰的一声放到地板上。

理查德　（又高兴地把头一扬）你没带杯子吧，查尔斯。一两个杯
　　　　子我这儿还是有的。

查尔斯　（跪在地板上接住塔格递上来的酒桶。他先用自己的杯子舀了一杯，然后为众人倒酒）你们这群粗汉，现在碰碰杯讨个吉利，不然这杯酒也许会不合你们的口味。

理查德　可惜亨利·道没来与大伙儿增进友谊。

丽　达　还有汤姆·蒂特科姆。

众　人　来看你们俩在桌上的模样？看看你们吧。

　　　　〔众人互相碰杯，碰得酒花四溅。

亨　利　（进屋）啊，见鬼！

众　人　亨利，亨利，亨利！

亨　利　（像梦游者似的慢慢走到屋子中央，两眼骨碌碌地扫视坐在地板上的众人）你们把我的守屋人怎么啦？（他在坐在桌上的那两人跟前停住脚步）啊，见鬼！真是教训，我再也不会相信像你这样的家伙了。我想肯定是他们制服了你。或是这个姑娘迷住了你。不管怎么说，他们弄到酒了。我本来应该早点想到。

理查德　这些是我的朋友，道先生。我正在招待他。

亨　利　用我的酒！真该死！你是想吃里爬外？——我给了你那么多警告，你却仍然让他们进我的房子！我让你来这儿是为了什么？

丽　达　你一定暗示过他，亨利。可理查德·司各特听不懂暗示。

吉　尼　在这儿听不懂。他在波士顿也许能听懂。（众人鼓掌）他还没把这儿当家哩。

塔　格　亨利，你这个老爱拐弯抹角的家伙！

亨　利　我难道没告诉过你这是一群须严加提防的小偷？——好吧，你们也许不是小偷，但我清楚一件事，要是你们住在方圆一英里之内，我连一桶苹果酒也保不住。

理查德　不许侮辱我的朋友，道先生！

亨　利　真叫人吃惊，看来在这儿的一个星期没有白过。你已经
　　　　长大了。

塔　格　告诉你吧，亨利，你这次走后发生了许多事情。

查尔斯　迪克帮我们扑灭了那场火。

亨　利　哪场火？

查尔斯　大的那场——最近那场。

塔　格　他扑火时还损失了一件外套。

吉　尼　他想用外套灭火，结果却把外套点着了。

亨　利　他就干了这些？除了他自己他没救谁的命，是吧？你们
　　　　的锅炉终于炸了，不是吗？这下你们该怎么办？

查尔斯　也许会迁往湖边。

亨　利　我刚才一直在想，既然锯木场没了，这儿也没啥可留住
　　　　你们的了。

丽　达　你可别急着赶我们走，亨利·道。说不定我们会再拿起
　　　　锄头种地呢。

亨　利　我说，他们俩该不会已结婚了吧？我莫不是碰巧撞上了
　　　　一个婚礼？

丽　达　亨利·道！查尔斯！

亨　利　你们就没谁想用我的酒请我喝一杯吗？

吉　尼　（模仿着他的腔调）我非常乐意。

塔　格　你来晚了，亨利，请往后站。我们已喝掉了那么多酒，
　　　　这第二桶酒我们肯定要留着自己喝。

吉　尼　再说地窖夜里已照镇管会的命令关闭。不可能为这位
　　　　"禁酒部长"打开。

丽　达　一滴酒也不能给他喝，查尔斯，除非他向理查德申请。

塔　格　你要下地窖看看，也许一滴酒也找不到。我无论如何也
　　　　想不起我刚才取酒之后关上了酒桶龙头。到这会儿酒可能全
　　　　都渗进地里去了。你可没办法把它舔起来。

吉　尼　你这是活该，为吝惜一点苹果酒，竟让理查德来这儿冒
　　　　生命危险，要不是刚好有我们在这儿，很难说这小伙子现在
　　　　还有命没有。

塔　格　这是个卑鄙的阴谋，亨利。

亨　利　你们令我失望。给我滚出去。

　　　　〔数人站起来把亨利团团围住。

亨　利　（气急败坏地）我渴了！

吉　尼　渴了也用不着叫喊呀。

丽　达　喝水吧，亨利。

塔　格　对，喝水吧，亨利。你不能这么年轻就开始喝酒。

查尔斯　都起来，让我们送亨利去泉边喝水。

亨　利　喝你奶奶的水。（朝坐在桌上的理查德）你，你这个该死
　　　　的——

理查德　说实在的，道先生，你此前并没给我说清楚我将替你守
　　　　护这些苹果酒。你虽然说了那么多话，但不可能跟我说过这
　　　　事。而且就像你亲口所说，你女儿并不——

亨　利　你别把我女儿扯上。

查尔斯　来吧，亨利，你的好脾气不会允许你拒绝我们请客——

这次由我们做东。

亨　利　别碰我，塔格，不然我把你告上法庭。还有你，吉尼。

塔　格　你非来不可！磨磨蹭蹭也没用。

丽　达　亨利·道，对你来说只有喝水了。在此我有话要说，我差点儿都忘了。你女儿已把地窖里的每一桶酒都送给了我，而且她还不太肯接受我的感谢；所以酒是我的了。

七嘴八舌　这是什么时候的事？你干吗不告诉我们？亨利，你女儿说酒是我们的了。

丽　达　不，她说是我的。

塔　格　她的意思是说我们。

丽　达　不，因为我特意问过她。我问你说我就是指的我吧？酒是我的，现在我把它送给迪克——

查尔斯　酒是迪克的了。

理查德　我接受。

丽　达　——但有一个条件，迪克将保证一滴酒也不给亨利·道。

理查德　今晚？

丽　达　不，从今以后。

查尔斯　亨利，你看，我们是多么无能为力？

塔　格　喝你的水去吧。

亨　利　松手！我会自己出去。我不要谁拽。我也不会被你们按入水中。你们要我怎样？

众　人　（刺耳地）喝水！

查尔斯　（走在簇拥着亨利出门的人群后面）你也来，丽达？当心别让他们闹过了头？

丽　达　不，我们就留在这儿。

理查德　我担心他们会伤着他。

丽　达　那跟我们有什么关系？查尔斯会照顾他的。

　　　　〔屋里一阵安静，他俩晃动着各自的双腿。

丽　达　我给了你苹果酒，你给我什么？

理查德　你给我的也包括地窖里的醋吗？

丽　达　不，我不认为那些醋是我的。我不能把它给人。干吗问
　　　　这个？

理查德　要是你让我吃醋，你就别指望我会给你什么甜头吃。

丽　达　你！现在该轮到你问我想要什么了。

理查德　你想要我给你什么？

丽　达　我想你说过你可以为我写首诗。

理查德　我说的是要是我没迷上政治该多好，那样我就可以为你
　　　　写首诗。

丽　达　那么，既然你不愿用诗来换酒，我就要你那把手枪。反
　　　　正我也觉得那是把女人用的手枪。现在有我保护你，你不再
　　　　需要它了。

理查德　（从旅行箱里取出手枪放在她膝上）你要枪干什么？

丽　达　只是想缴你的械，减少你对邻居的威胁。

理查德　你怕我？

丽　达　你刚才说什么吃醋是想吓唬我吧？我不怕你，就像我不
　　　　怕这把枪一样。你难道不喜欢开火后枪口残留的火药味？

查尔斯　丽达——是我。不用担心。我只是回来给亨利取个杯子。
　　　　他不肯在泉边跪下，也不肯低头。他发誓说他绝不会。他像

根硬木桩似的站在那儿。他已答应喝水，条件是我们得允许他用杯子喝。不过他正在求我们别让他喝生水。这屋里有姜或胡椒吗？我们可以给他的水加点滋味。

理查德　有胡椒，但别往水里加。千万别对他太狠。

查尔斯　你用不着担心伤他的感情。他说他已经恨透你了。

理查德　那也许我应该留下这把枪。

查尔斯　嘿！枪里有子弹吗？

丽　达　理查德已把它给我了。我已经解除了他的武装。

查尔斯　当心。我一会儿就回来，等我打发掉亨利和那帮小子。我们不需要他们，我要把这些玩意儿（桶和杯子）搬出去，小伙子们可以在外边继续过酒瘾。

理查德　丽达——查尔斯，让亨利喝口酒吧。

查尔斯　（背着身子略为考虑之后）我告诉你们怎么着。我用这杯子盛上酒但不让他看见。然后我假装从泉中舀水。他肯定会以为喝进嘴里的是水。我们就等着看他会不会张嘴把酒吐出来或甚至把杯子弄翻。要是那样的话，他将后悔莫及。

丽　达　我们并不关心你要怎样愚弄他。去吧！

查尔斯　你们也来看看热闹吧。

丽　达　我们要去吗？（理查德拉起她的手，但当大幕落下时她还没被完全说服）

第五场

〔丽达和理查德来到泉边，正碰上亨利从人群中冲出朝他俩跑来。

丽达和理查德 怎么啦？

亨　利 （一副想呕吐的样子）酒——给我酒！让我过去。我要喝点什么除去嘴里的水味。

查尔斯 他以为是水喝多了。那东西的滋味使他很吃惊。都忘了自家的泉水该是什么味儿。丽达，他敢从你身边过去就给他一枪。他简直是疯了。（几个人围上来想抓住他）

亨　利 （捡起一大块石头）你们竟然不许一个人去喝他自己的苹果酒？

一个醉醺醺的声音 理查德的老师在哪儿？让我们把他也弄来，趁我们正干得起劲儿。

理查德 住手！亨利，听我说。你刚才喝的是苹果酒。别让这些家伙把你给骗了。他们让你喝的是苹果酒——你听见了吗？——是苹果酒。你不喜欢那味道是因为你不知道你喝的是什么。谁也不会喜欢那酒的烂苹果味儿，人们只是假装喜欢。我尝过那味道。

亨　利 （又蹦又跳地拼命挣扎）你尝过那味道！小子，你肯定是在说大棚里的酸牛奶吧？

吉　尼 放开他。他这么挣扎会受伤的。

塔　格 （冲着向房子跑去的亨利的背影喊道）亨利，你用不着假装被一口水呛成那模样。我们当中最好的人每年也都得用那种水洗一回澡。

教　授 （在众人说话时已登场）这说明我们并不喜欢任何东西，我们喜欢的只是东西的名分——不是吗，理查德？

同一个醉醺醺的声音　奇谈怪论。(严厉地)这位教授在嘲笑什么?

〔查尔斯把吉尼、塔格和另外两名伐木工召到一旁商议了
　一阵,然后领着他们从蒂特科姆教授身后围过来,最后
　突然冲到他跟前把他围在当中。蒂特科姆笑着挥拳击打
　他们,众人后退。

查尔斯　给他留点空间,伙计们。汤姆·蒂特科姆,我有话跟你
　　　说。你被指控正在写一本关于我们的书。

教　授　没有的事。我从没写过关于你们的书。

查尔斯　但你眼下就正在写,而且正是为了这个,这才在这儿四
　　　处听人说长道短,才把这个不谙世故的年轻学者骗来帮你搜
　　　集我们的情况。你别想抵赖。我们有充分的根据。

教　授　充分的根据不一定就是可靠的根据。

查尔斯　我们暂时不说根据。你先回答我:你在你的书中到底写
　　　没写我们中有个人是纵火犯?你想说谁是纵火犯?

教　授　我没提谁的名字。

查尔斯　你最好当心点。在写锅炉爆炸那天的大火时,你难道没
　　　写"让放火的人去灭火"这句话?你难道不明白这话的意思
　　　是说有人纵火?

教　授　嘿,查尔斯·罗比,你倒当起真来了。你非常清楚我那
　　　完全可能是指你们所有人和你们那个该死的旧锯木场。你们
　　　总是接连不断地让那锯木场失火。

查尔斯　好吧,你不曾帮我们灭过火,而且你还不让迪克来帮我
　　　们灭火。把这点也写进你书里去吧——为了我们大家,你要
　　　么隐瞒一切,要么写出一切。而且请把将要发生的事也写

进你的书，如果你有耐心等待的话。情况越糟对你的书越有
利，是不是？

理查德 没错，老师。真相应是你社会研究的唯一主题。

查尔斯 塔格，下去把我汽车后箱里的那根绳子取来。——你休
想开溜！但也不用太害怕。这不是私刑聚会。你不过要写一
本书，对你动私刑太过分了。这只是闹着玩儿，不过可以顺
便改造你的脑瓜子。既然你拿我们寻开心，那你就不能拒绝
我们也拿你逗逗乐子。吉尼，给他讲讲你在西部牧场学的那
种游戏。

吉　尼 这种游戏叫"半边牛"。这是他们准备扑灭草原大火的一
种方式。我们会教你怎样玩。

教　授 "苹果酒牛肉"①？

　　　〔众人大笑，就像在课堂上发现老师出错时那样。

吉　尼 你肯定是苹果酒喝多了。今天到处都是醉鬼。我是说
"半边牛"。他们顺着背脊从头到尾把刚杀的牛劈成两半——
就这样。（他在蒂特科姆背上比画）每一半有一条前腿和一
条后腿做把手，以便他们拖着血淋淋的半边牛绕着火的草场
跑上一周，他们认为这样可以灭火。但请听好，他们不必非
杀牛不可。他们也可以用一个活人来代替。

塔　格 （正好取绳归来）对，请听好，他们不必非杀牛不可。

教　授 （对理查德）叛徒！是你策划了这场闹剧？

---

　　① "半边牛"和"苹果酒牛肉"之原文分别是 Side o' Beef 和 Cider Beef，两
者发音相似。

塔　格　别乱动。

查尔斯　这意思是说没牛可以用人代替。我们的独立纪念日庆祝
　　　　活动已开始用一名志愿者来做祭品——或用两名志愿者，这
　　　　样就可以有竞争——竞赛。

理查德　我对这事一无所知。说实在的，你没必要认为我卷入了
　　　　这事。

查尔斯　这只是我们要拿你寻开心，作为你拿我们寻开心的回报。
　　　　你最好放松一点，好好地体验一番。

理查德　这可是你写书最好的许可证。

查尔斯　我们不会伤着你的。

吉　尼　准备好了吗？（他是说把草点燃）

查尔斯　还没哩，你这个白痴。蒂特科姆先生，我们不得不请你
　　　　侧身躺下，等我们把你的手脚捆好。

教　授　你们这样做会叫我脸面丢尽。

理查德　（和丽达一道上前）我开始明白了。丽达说这只是个戏
　　　　法，就像把划燃的火柴放进嘴里。

丽　达　或者像用裸露的手指捏熄蜡烛。

理查德　这是乡下人的玩笑。请别扫兴。

教　授　（无力地）叛徒！

亨　利　（看过地窖后又蹦又跳地高声嚷嚷着从后台冲出）我信任
　　　　过他，你也信任过他，可看看我们到头来得到了什么！你可
　　　　真是个能干的守护人。

理查德　我守护的是这些人的名声。我说老师，你也太小题大做
　　　　了。正如丽达所说，这也是为了科学。这可是能写进你大作

的民风民俗。

亨　利　（依然在乱蹦乱跳）教授，为了你的崇拜者，你不能让他
　　　们这样对待你。他们这样做是想玷污你的尊严。

吉　尼　（把亨利推开）你别在这儿瞎掺和，亨利·道。

亨　利　教授今天是喝了酒，不然他绝不会屈服。

吉　尼　亨利是不忍心看见任何人被愚弄，除非是被他愚弄。

亨　利　（继续手舞足蹈地乱蹦乱跳）嗬——嗬！

教　授　理查德·司各特，我要不在你的学生档案上记下这笔账，
　　　那我就太徇私情，太自由化了。（他侧身躺下）我是被胁迫的。

查尔斯　除了你这身漂亮的外套，再没有什么会受到损害。但一
　　　名教授整个夏天都穿不像话的工装，那他是在干吗呀。

　　　〔他们捆好他的双手和双脚，手脚绳结处都留了一小截绳
　　　子，分别由塔格和查尔斯拉着。

查尔斯　唉，但愿那个纵火嫌疑犯站出来坦白。

吉　尼　喂，教授，我知道你都说了我些什么。

查尔斯　按照惯例，在这种仪式开始时应发表一段有教育意义的
　　　演说。像理查德这样的笨蛋会试图用衣服或树枝去灭火，结
　　　果只会把火越扇越旺。聪明人灭火却会用竖着的木板，或者
　　　用劈成两半的牛，或者像现在这样用一个穿戴整齐的男人。
　　　不管他穿的是旧衣服还是崭新的外套。灭火成功的诀窍在于
　　　掌握好速度——既不能太快也不能太慢。太快会让火从人身
　　　下溜过去。太慢则会烧伤这个人。吉尼，等我一说点火你就
　　　把这片草点燃。点火！（干枯的肯塔基蓝草一点就着）让它
　　　燃开！（人群往后退）这边朝着房子，塔格。我们得保证亨

利的房子不被烧着。

亨　利　你们这群叫花子，要烧了我的房子就叫你们拿救济金来赔。我敢说教授这会儿也不知道自己是谁了。

查尔斯　丽达——得有人控制住亨利。他的歇斯底里会要了他的命。一——二——三，走，塔格。

〔人们让火自个儿朝前台蔓延。查尔斯和塔格拖着蒂特科姆教授在舞台后部灭火。亨利·道跟在教授身边神经质地蹦跳，理查德和丽达试图控制住他。

查尔斯　我们这出戏的主角是灭火者蒂特科姆教授。我们要是在烧毁锯木场的那次火中用他就好了。现在让手脚被捆住的他站起来接受观众的掌声。

丽　达　（挤到他哥哥和刚站起来的教授中间，一手拉着理查德）理查德说不宜把蒂特科姆教授叫作灭火者。为了这场他刚刚扑灭的小火，他已在他的学生们心中点燃了无数团叛逆之火。

亨　利　（替蒂特科姆教授拂去身上的尘土）烧着你了吗？

剧　终

讲稿、随笔、小说和书信

佩特拉古城 ① 及其环境

何珥山峰顶有一座圣陵，阿拉伯人说那圣陵中埋着犹太祭司亚伦的尸骨。② 何珥山天苍地莽，雄奇壮观，真配得上做那位古以色列雄辩家 ③ 的安息之地。圣陵俯瞰着以扫好战的子孙在山间修筑的那些堡垒要塞，俯瞰着当年犹太人费尽口舌请求也未能获准通过的那片土地。④

何珥山四面八方都是起伏的山峦。群山向北向西绵亘至大漠荒野，向南向东则伸延到目力所及之远方。

从何珥山看到的景色是一种恒久不变的壮丽，只有当悬崖峭壁高耸于头顶之时，当狂风暴雨气势汹汹地压向沟谷之时，你方可领略那里惊心动魄的壮观。这时那片山区会像一座漂浮的冰山。一切都在不停地变化。风雨大作时众山仿佛正被刮走，风息

① 佩特拉古城（公元前 9 年至公元 40 年）是约旦南部沙漠中一座神秘的历史古城，2007 年被评选为世界新七大奇迹之一，联合国教科文组织将其列为世界文化遗产之一。

② 参见《旧约·民数记》第 20 章第 23—29 节。

③ 指亚伦。上帝曾对亚伦之弟摩西说："我知道他能言善辩。"（见《旧约·出埃及记》第 4 章第 14 节）

④ 当摩西领以色列人出埃及时，以东人（以撒之长子以扫的后裔）拒绝让以色列人过其境（《旧约·民数记》第 20 章第 14—21 节）。

雨歇时群峰也摇摇欲坠。

但那片荒域最壮观的去处是在群山的中央，那里曾是一个兴旺之邦繁华的都城，如今是"坟墓之城"，是衰亡没落之都。去那里须绕到东南方找到该城古时的入口，这个通往当年的贸易中心的入口如今被叫作锡格峡谷。

根据许多游客使人越听越糊涂的讲述，你也许会以为佩特拉城是从平原兀然耸立至一千英尺，陡壁上像蜂巢似的排列着坟墓；但以东人、犹太人、希腊人和罗马人的佩特拉城之处所，却远比这更为怪异，更有传奇色彩。它匍匐在何珥山之南的群峰脚下。通向它的锡格峡谷在红色的峭壁间蜿蜒，峭壁高约七百英尺，在一些岩石断裂崩塌的地方，峭壁顶几乎碰在了一起，抬眼只能望见一线蓝天。

夏日里会有朦胧的日光照进峡谷。此时谷底的小河完全干枯，河床差不多被茂密的柽柳和繁花盛开的夹竹桃所遮掩。峭壁上会有灰白色的羊齿蕨垂下，悬崖上处处都爬满常春藤，无花果树寻求依附的根紧紧地抓住壁墙。

当你沿峡谷而行，漫步于曾铺满路面而今却因车轮碾压而残败的香蒲上时，你一定会有一种奇异的感觉。你也许会想到石器时代的穴居人，他们的家如今只是红色悬崖上黑洞洞的窟窿，然后你也许会想到古罗马时代，仿佛看见战车在经过长途跋涉之后正飞快地驶向它的终点，它的隆隆回声把苍鹰从悬崖上的巢中惊起。

那位希伯来先知曾多次预言过的眼前的这种荒凉看上去一定更加凄迷。

道路又变得狭窄，头顶出现一个巨大的穹拱，也许是当年的城门，或是凯旋门。

锡格峡谷继续蜿蜒，两旁峭壁上有挖凿的痕迹，那是用闪族语和拉丁语雕刻的铭文。峡谷忽然变宽转向，迎面出现一排粉红色的圆柱。正是这种衰亡和永存的混合（因为这些用来装饰古罗马建筑正面的圆柱，尤其是岩壁上那些铭文，几乎都完好无损，而城中其他建筑除一座外都已经成了废墟），正是野蛮状态和初级文明之混合，赋予了佩特拉城之美妙、奇异和怪诞。

当道路的前方意外地出现那座古剧场时，该城的又一特色便呈现在眼前。剧场的座位用红紫相间的石头凿成。我们已经注意到那些圆柱是粉红色，而远处的群山则呈白色。

古城周围的颜色几乎不可悉数，除紫红、猩红、玫瑰红、鹅黄、绛紫、碧蓝、深灰和浅灰色外，还有许多说不清的颜色，因为有位游客把一道峭壁比作桃花心木色，而另一位游客则把同一道峭壁比作波纹绸色。

古城的色彩是如此丰富，以致你也许会纳闷：当年的居民为何要叫它"红城"，而不把它叫作"彩虹之城"。

过了那座据说与塔斯卡卢姆①的剧场相似的剧场后，道路变得更宽，古城城区本身随即展现在群山的山脚下。群山环抱的那片开阔地由起伏的小山丘构成，表面全被残垣断壁所覆盖，四周的城墙大部分是几百英尺高的悬崖峭壁。

佩特拉历史中鲜为人知的东西便是这种最天然的情趣。从

———————————

① 塔斯卡卢姆，意大利古城，在罗马东南方向约 20 千米处。

不曾有过哪座堡垒像它一样难以攻克。城中的一切朦胧得像一道差不多快消失的彩虹，一个容易使人产生幻想的地方。可以这么说，我们的社会小说中表现的想象力就像从树梢向下飞行的飞鼠，但在这里，想象犹如来自青春之泉的小鸟可自由飞翔。

古城中有四个不同民族的遗迹。以东人拥有这座城市达数百年之久，在此期间他们从没被彻底征服过。犹太人攻占该城期间是一群雕刻师，但他们的刻刀是手中的利剑，他们的雕刻仅仅是破坏。在罗马统治时期，帕罗斯人曾把佩特拉作为他们的都城，峡谷里的石柱和城里残存的唯一建筑便是由他们建造。在那之后，阿拉伯人凿出了通上悬崖峭壁和山顶的石梯，并在峭壁凹陷处和悬崖顶上建了许多圣陵。

如今除峭壁上那些呈蜂巢状图案排列的墓穴外，一切都成废墟，古城已是一座死城。

《劳伦斯中学校刊》

马萨诸塞州劳伦斯市

1891 年 12 月号

一块已揭幕的反省纪念碑 [1]

一段对生者的颂词？我们会离去，隐身于幽暗的松树下，隐身于一种梦境般安宁的寂静，梦西风永不停息的单调的吹拂，梦蓝天在渐渐弯曲的树枝间显得昏昏欲睡，梦白纱般的晨雾被晨风撩起，雾纱白如纯洁的思绪——天地间最永恒的纪念碑。

从烈日烘烤的集市，从绿叶萋萋的草坪，从夏日里迎风起伏的树林，会竖起不计其数的大理石柱，石柱仿佛是用白雪无声无息地制成，全部出自那只只在孤独中获取荣耀的手。

真希望这大理石是一个圣坛，这小树林是一座神殿，献身者可以从这里再次去追求生活，追求名声！

那尊神——但请等等，那种匍匐在其基座下的用雕刻装饰的寂静，那种由此升入头顶枝丛的寂静，会书写，而以下便是她书写的：

世上有些人带着成熟的高贵走向死亡（那位让我们黏合其被海浪冲上岸的碎琴的诗人 [2]，便是他们中的一位），以致我们追忆

---

① 弗罗斯特在中学毕业典礼上致的告别词。

② 指古希腊色雷斯的诗人歌手俄耳甫斯，相传俄耳甫斯死后，其尸体和竖琴都被酒神的狂女们撕成碎片，抛入水中。后来缪斯女神收其尸葬于奥林匹斯山麓，宙斯将其琴化为了星座（天琴座）。

他们的过去是为了某种奇特的忧伤，某种别人不会感到的忧伤，尽管我们知道忧伤在任何时候都是一样。由于他们深邃而恬静的目光，他们似乎都像深谋远虑的梅林①。面对他们的人格之谜，我们会生出什么样的敬畏之情。这种生命是灵魂退思反省的产物——是辛劳后的休息，是探明了不幸之源后的安详。

这种高贵只有在其成熟的阶段才会使人格具有特性，而更宽容的未来将使人人都有机会拥有这种高贵、这种神圣的权利。到那个时候，当不再有人的生活是日复一日年复一年地与贫穷的搏斗之时，这种高贵将成为全世界所有平民的属性。

积极进取的生活具有双重性：理论与实践；思想与行动；具体到诗艺与治国之才，哲学与社会主义——不胜枚举。

领袖的产生不是在斗争行动之中，也不是在面对危机之时，而是在那一切结束之后，当心灵在长久的反省中敏锐地感到深深遗憾之时。对前一个行动的反躬自省便是对下一个行动的深谋远虑。

只有独处一隅长时间地同自己的思想对话，人们才可能忘掉社会习俗而按自己的方式生活，才可能形成那些被称为天才之英雄品质的习性，从而引导人类的进步。人类个体这种最大限度的升华就是人类生存的目的——这种升华不是观念的冲突，不是反抗之努力，而是一种从容的忘却，一种源于自我但有益于世界的生活。

这一切在理论上更是如此。从理论上讲，对天穹下漫漫长夜

---

① 中世纪传说中的一位术士和预言家，亚瑟王的助手。

的反省，对灵魂骚动的反省，以及对反省本身的反省，都显然是下次行动的组成部分，即其表现形式。行动的作用是第一位的，语言范畴仅仅居第二位。

诗人对事理的洞悉便是他的反省。那是改变了节奏的心跳，是与自然的交流。而他最伟大的思想往往产生于最末一行诗写成之际。

生活是一种反省。这世界将会多么美妙？这便是生活之反省。

但请再看一眼，这一切不过是那块白色大理石暗纹的光泽。大理石上的那个词是：反省。

此刻树荫下这阴暗的池塘悄无声音。有一根白色的手指封住了它的嘴唇。让这儿不再有涟漪荡漾的声音。

现在请听听我最近的一次反省。

对那些把今天定为一个坐标而且早些年就从这坐标画出了通往未来之生命轨迹的同学而言，这个时刻具有一种深远的意义。但此时此刻一切都尚未改变，任何想停下来歇息的人都会像在冬天的暴风雪中停下来一样，等待他的只有死亡。

对一个人的心灵而言，去攀登人类尚未攀上的最高峰之雄心壮志并无极限。有谁或有什么能限制我们的志向抱负呢？难道勇气会在上千次不顺心的比较之前就丧失？有一段时间，并排落下的流星和雨滴会以同样的力量撞击出产万物的大地。有时流星的撞击力也许显得比雨滴更大。但到头来谁能说清是什么对这世界的影响更大呢？是那些如科学家们所说带来了植物生命的流星，还是润育了植物生命的雨滴？

我们能让这世界充满的力量和个性是我们义不容辞应给予这个世界的东西。愿所有毕业同学希望无限，愿每一个毕业同学都拥有他能拥有的最美好的希望。

在座的诸位老校友，让我们在告别的钟声中宣告我们选定的路。

《劳伦斯中学校刊》

马萨诸塞州劳伦斯市

1892 年 6 月号

一片羽毛的问题

一位编辑如何从油锅跳进火坑

那位编辑坐在办公桌前。他整天都在写关于养鸡的文章，而自早上离开他位于郊区的家之后，他还没有听见过一声鸡叫，这使他感到厌烦。也许离他最近的活鸡是在法纳尔大厅市场[①]的家禽屠宰笼里。那是个大热天，他曾打开窗户透风，但透进屋的只有街上的嘈杂声和一家车马出租行的臭味。他在处理读者来信，一封封关于怎样治鸡痘和鸡虱的讨教信弄得他头昏脑涨，就在他快要受不住这份煎熬的时候，从野外传来了一声既清新又清晰的呼唤。

那只不过是又一封读者来信，但信中内容却很离奇。那信写道："虽说你一年要看许多家禽饲养场，但也许你碰巧没见过（我们认为你可能会有兴趣来见的）一个养鸡场，因为我们可以毫不夸张地说，这个养鸡场是严格遵循你的指导的结果。打它开

---

① 法纳尔大厅是美国富商彼得·法纳尔（1700—1743）建于波士顿的一座大型建筑，曾用作市场和会议厅。

办那天起，我妹妹玛莎就一直读你们的报纸，所以无论我们把梅诺卡鸡 ① 养成啥模样，她都把结果全部归功于你。你一直是我们唯一的老师，我们希望你来替我们评估一下，看这件事情对我们是否有利。我们听说你每天进城上下班都要从我们家附近经过。很想请你哪天拐个弯来看看我们，不知这请求是否太冒昧？"

这位编辑一直所担心的就是这个——有人居然严格遵循他的指导，这样当他们弄出的结果与指导说的不符时，该负责任的就是他的指导。但他曾告诫过饲养人，养鸡最重要的一点就是运用自己的判断。所以玛莎妹妹若果真一字不差地照他的指导行事，那她应该自己负责。他为她的梅诺卡鸡感到遗憾。他真想知道玛莎妹妹到底把梅诺卡鸡养成了啥模样——来航鸡？或仅仅是杂种鸡？他仍然觉得这事不能怪他，而且即使该由他负责，玛莎妹妹对此又能怎么办呢？

他对自己的这些想法一笑置之，同时他看了看钟并自言自语道："我不相信事情会有那么糟糕，但最好是去看看有多糟糕或有多可笑。干吗不现在就下班，趁今天下午就去看看她们，反正我这会儿正需要轻松轻松？我从没见过一个可以毫不夸张地说是严格遵循我指导的养鸡场，因此我不敢肯定去看这样一个养鸡场会得到多少乐趣，但与其让别的什么人去看，倒不如我自己去亲眼看看。"

当他找大衣帽子时，他试图想象出玛莎妹妹，那个养鸡的女人，他的忠实读者。他觉得自己了解那种人——"老处女，"

---

① 原产于西班牙梅诺卡岛的一种蛋用鸡，羽毛有黑、白、黄等色。

他心中暗想，"写信的那一个也是。头脑简单、容易轻信的那类，不然我才不会在快吃晚饭的时候在偏僻的郊外把自己交给她们去摆布哩。咦，要是那想见我的人是个养鸡不成倒蚀了本钱的男人呢——不过既然马上就可以知道个究竟，我干吗要东猜西想呢？"

在电车上他又把那封信掏出来两次，一次是核实地址，一次是温习信的内容。他认为这是他的职业顺便给他带来的一次好机会。他最喜欢的事就是参观家禽饲养场，而眼下的这次参观还有点冒险的味道。

"这么说是到了。"他一边说一边又核实了一遍信封上的地址，然后抬眼打量面前的一座被藤蔓覆盖的小屋。小屋四周差不多是一派乡村景色。不远处有一片黑森森的大树，满目皆是草场、菜园和果林。但你随处都可看到正在修建的房子，听见卸木板钉钉子的声音。市区的街道已延伸至此，不过显而易见，他找的那幢房子在有街道之前就已经在那儿了，因为房子的朝向没有考虑到街道的走向，多少显得有点儿不真实，仿佛要穿过它你才有望看到后面更真实的景象似的。

为防止万一遇到危险避之不及，他没有贸然越过那道栅栏，而是先站在栅栏外仔细观察，使自己确信房子周围一切都正常。果树生长得很好，鸡舍符合要求，鸡圈也没有毛病，而且要是他没看错的话，里边的鸡大概都是梅诺卡鸡——黑毛梅诺卡鸡。

他想当时差不多该是喂食的时间，他也许会撞上什么人从鸡舍里出来，这样他就可以来一次非正式的庭院访问，然后早早回家吃完饭好好休息。果然不出所料，当他正站在那里犹豫时，忽听鸡舍的门闩咔嗒作响，接着一个女人提着桶鸡蛋走了出来。他想那一定是玛莎妹妹本人（因为她看上去像），她手里那桶鸡蛋正好作为一个话题。

"那么这些都是梅诺卡鸡？"他说，"它们下蛋可不少。你们养了多少只？"他原本想说："那么你就是玛莎妹妹。"但幸运的是他忍住了，觉得那样开头也许太冒昧。看到那位女士惊愕的表情，他连忙补充道："我是《家禽报》的编辑。"

"哦，哦，是富尔顿先生。嘿——嘿，玛莎妹妹——你能到……"她突然停住话头，似乎拿不定主意是进屋还是进鸡舍。最后她决定进屋。"玛莎妹妹想先见见你。你进屋好吗？"

这么说他刚才是弄错了，眼前这位并不是玛莎妹妹。好吧，即便这不是错也应该是错，因为他仍然没法不把玛莎这个名字同眼前这个女人连在一起，直到进屋后他才发现另一个女人更应该拥有这个名字。

他的来访使那两位女士坐得端端正正。这种局促使她俩好半天没说一句话，让宝贵的时间白白流逝。为了帮她俩摆脱拘谨，也为了使自己感到自在，那位编辑想到了来点幽默。

"我刚才看到的那桶鸡蛋更多应归功于谁呢？你们俩中谁总是遵循我的指导呢？"这番打趣虽说有助于使那妹俩放松，但却使谈话有了一种严肃的意味。那封信的作者开口回答："你知道，玛莎妹妹通常不能做多少事，所以外边的活儿都由我干，但正是她对家禽博览会之类的事感兴趣。"

编辑先生以前对此当然一无所知，但现在他可以猜到：玛莎妹妹体弱多病，她对养鸡一事的参与程度就是透过窗户看看那些鸡。把她当成主要的养鸡人仅仅是对这两姐妹的推定。

这情况使编辑一时间张口结舌，过了好一阵他才试图想让谈话更愉快一些，于是他冒昧地谈起了刚才提到的博览会这个话题。

"是呀，"那封信的作者说，"我们至今都还没去参加过博览会，但要是我们今年的鸡不错，我们打算冬天去波士顿，或许去纽约，这倒使我想起了……玛莎……想起了那根羽毛。你来得正是时候，富尔顿先生，我想你可以帮我们解决那根羽毛的问题，我们最漂亮的那只小母鸡腿上有根羽毛。"

"拔掉它？"

"对，是只小母鸡。"[1]

"我的意思是说帮你们把那根毛拔掉。"

"不，请告诉我们这样做是否正当。"她满脸通红但神情严肃地回答。

他来参观养鸡场的初衷被变成了来看望玛莎妹妹，这已经出乎他的意料，而现在他又发现自己正面临一个非常微妙的道德问题，一个他迄今为止总是想方设法避开的问题。他的确常利用他主持的专栏让人们对拔羽毛的问题进行公开讨论，各抒己见，但你可以去问任何人他是否参加过这种讨论。虽说他还不至于怀疑自己是掉进了仇敌为他设置的一个圈套，但他仍然不喜欢眼下的处境。也许他不讲道理地对这两位严格遵循他指导的老处女怀有戒心。

---

[1]　原文 Pull it（拔掉它）和 pullet（小母鸡）发音相同。

他开始冥思苦想。玛莎看出了他的困境，开始帮他下台。"也许富尔顿先生并不想因替我们决定这种事而感到不安。我们对他的要求太过分了。"

编辑对她的一针见血报以一脸干笑。"哦，你们别，"他勇敢地说，"别以为什么事我都能帮你们。"不过他还是想敷衍敷衍，于是问道："梅诺卡鸡的腿上怎么会长出羽毛来呢？"

"我知道，是因为我们最好的一次配种。"

"去把它抱来吧，海伦。"玛莎说。

鸡被抱进屋，蜷缩在桌子中央。它显而易见是只漂亮的小母鸡。

"这难道不叫人遗憾？"海伦叹息道。

"恐怕叫人遗憾的是那种诱惑。"玛莎说，"我们以前有些小母鸡也是被一个缺陷毁掉，但我们并没有现在这种感觉。现在觉得遗憾是因为这瑕疵太容易除去。可人们应该面对他们自己受到的诱惑，不该请别人来替他们面对。"

"但诱惑意味着错了，而我们只是请富尔顿先生告诉我们这究竟是对是错。"

"我们知道这样做是错的。"

编辑很感激玛莎妹妹让他下台。"说实在的，"他说，"你们要是没请我来替你们决定就好了。不过我倒并不担心，离博览会开展还早着哩。这片羽毛也许会自己脱落。"

"可要是它不脱落呢？"海伦问，她简直没法宽慰。

"它也许会暴露出比腿上的羽毛更不易除去的缺陷。"

"哦，它不会的，"海伦坚持道，"它现在一切正常，而你知道地中海鸡^①的生长情况。"

他更加仔细地打量那片羽毛。他真想知道，要是他悄悄将其拔掉她们会不会感谢他。他不知道是什么阻止他拔掉那根羽毛，从而结束她们的困惑，除非那是一种担心，担心这样做会使自己在那两位很值得尊敬的女士心目中降低身份。

"好啦，"他说，"我看不出你们为何不能打消送它去参展的念头。"

两姐妹沮丧万分。他的来访对她们没有任何帮助。他很失望。他伸手去拉门柄。

"我得走了，可我还没看看你们的鸡场哩。也许下一次吧。"

然而这样或那样的事使他未能再去那里拜访。不过他经常想起那两姐妹，而且有次还在一篇题为《女人和家禽》的文章中间接提到她俩。在波士顿家禽博览会上，他专门去梅诺卡鸡展区看过他们那场道德之争的结果。那只小母鸡参展并被淘汰了。要是那些假正经不让它带着那片令人生厌的羽毛参展该有多好！除了那两个老处女，有谁会想到那种背时的做法呢？

《农场家禽报》
1903 年 7 月 15 日

---

① 指原产于地中海沿岸地区的鸡，包括来航鸡和梅诺卡鸡等。

独一无二

"你想知道我们那只母鸡的来头，"那位颇有见识的养鸡人说，"它真是独一无二——那只鸡使我们的爱好有所转移，为我们今天有利可图的鸡蛋生意打下了基础。"

"唔，我当时买它不为别的，就只为它的体形和毛色，压根儿就没考虑它下什么蛋——它也许会下纯金蛋，可我一点儿不在乎。它是博览会上的获奖鸡，但那并不是我买它的原因。我买它仅仅是因为我喜欢它。我有只与它配对的公鸡，一只你所见过的最神气的小公鸡，就是在这鸡场养大的，因为我当时一心想培育新品种，所以我花十二美元买下了那只母鸡。对一个谨慎的农民来说，这可真正是下了血本。那时候我比现在年轻五岁，但我的决定没错。就算换在今天我也同样要买。它是个好的开端。即便我们就在观赏品种的培育上打住，它也会是我们成功的保证，只是它没让我们打住。

"我还清楚地记得买它回来的那天。当时是十二月初，可天冷得像是在十二月份。在我搭好鸡圈之前，我暂时把它和另一只也是从博览会上买的母鸡放养在谷仓里。在那样的天气里把它养在谷仓并不合适，可它进谷仓还不到一小时，我那位雇工小伙子就进屋来告诉我：'那只母鸡又下了一个蛋。'"

"哪一只？"我问。

"'就是在回来时在车上把蛋下在筐里的那只——两只蛋一模一样。'"

"很快我就熟悉了那种鸡蛋，就像对我的名字一样熟悉。那种蛋呈淡褐色，表面光滑，有些粉红色的斑点。我可以让你看一个我们作为纪念品收藏的标本。

"我对自己说：'这真是只了不起的母鸡，它不让任何变故打乱它的产卵节奏。我真想知道它换毛时会不会停止下蛋。'我发誓我不相信它会停止，不过认真想想，我不能说它在换毛期间下过蛋，那种情况大概和换毛一样都是天生决定的。不过我并不要求它在换毛期也下蛋。不管怎么说，它下蛋之多已够令人吃惊。当时我总担心它会跟不上趟，或者说担心会出什么问题，而最后果然出了问题。它肚子里的蛋成形得越来越快，以致它不能及时一个个产下，结果成形蛋在它腹中互相挤压并且破裂，可以说它是死于一种难产。不过我这样讲得太快了。

"最初我们不知哪只母鸡下蛋最多。我告诉那个小伙子：'你特意注意一下，找出那只下蛋最多的鸡。'他说他分不清哪只是哪只。我说把它们从窝里抱出来，在它们的腿箍上编上数码。当时我们还没有什么自闭式产蛋箱①，那小伙子便是我们的第一个。后来所进行的事都有他的一份功劳。

"结果我们发现产蛋最多的是五号——就是那只获奖鸡，花

---

① 一种特制的产蛋箱（母鸡一入内箱门便会自动关闭），用以确定每只母鸡的产蛋数量。

了我十二美元的那只。我当时买它只为它的外观，压根儿没考虑它的产蛋量，可结果单是它下的蛋就值买它的钱。我并不是说它下的蛋卖了那么多钱，不过要是它多活些时候，就很难说它下的蛋能赚回多少钱；我说它值是因为那些蛋让我增长了见识。举个例说，它们让我认识到了品质最优良的鸡所下的蛋之重要性，虽然说人们买鸡时总会反复思量，但我看未必就能想到这点，而即便想到了这点也未必有什么好处。它下的蛋比另外那只母鸡下的蛋多得多，我想正是这种差别使我深切地体会到了这点。另一只鸡大约一星期下个蛋，那些蛋呈灰白色，表面粗糙，蛋壳很薄，而且全都奇形怪状，你简直没法挑来孵小鸡。尽管它外观挺不赖，可买它等于是白白扔钱。

"当然，最初我们只把五号下的蛋看成漂亮的小鸡。我很高兴它产下漂亮的鸡蛋，而且下得那么多，因为那意味着小鸡，很多很多的小鸡。但有天那小伙子跟我说的事让我开始了思考。他说：'我觉得五号连续三天下蛋，然后歇息一天。'

"'你能肯定？'我问他。

"'不，我只是觉得。'

"'好啦，别说任何你不能肯定的事情。去弄清楚。那儿有份日历，你可以在上面做记录。'

"于是墙上挂的一份火灾保险日历便成了我们的第一个产蛋量登记簿。

"那小伙子是对的，它每四天下三个蛋，过了一些日子后又变成每五天下四个蛋。我对自己说：'如果我们还有些和它一样高产的母鸡，那肯定就有一些产蛋极少的使产蛋量的平均数下降，因为我们认为，要是我们每天蛋的数量有鸡的只数的一半，那我们这一季就干得很不错了。看来肯定有些鸡一星期只下一个蛋，从而抵消了那些每星期下五六个蛋的鸡的成绩。显而易见，一个养鸡人也需要像菜农那样有台除草机，而养鸡人的除草机就是自闭式产蛋箱。'

"突然间我对自闭式产蛋箱有了种新的看法。以前我只是把它同调查产蛋情况和品系繁育联系在一起。其实它与那两件事并没有必然的联系。如果有可能延长鸡的产蛋期，一个人就无须滥用自闭式产蛋箱使他的鸡过度多产；而且他既没必要谎称产蛋调查结果，也没必要说出真实的产蛋数字，如果那数字高得像是谎言的话。在这种情况下他尽可以一声不吭。这儿也许有一年下三百个蛋的鸡，但我不想当宣布这个数字的人——在眼下这个阶段还不想宣布。要是你留心，你会注意到我说五号的产蛋量时是多么谨慎。我满足于宣称它每年可下蛋二百多，但你弄不清我说的二百多是多一个还是多一百个。

"我不知道我培育观赏鸡是不是获得了成功，也许永远都不知道，因为正是在此时我的兴趣被转移了。作为"剔除器"的自闭式产蛋箱对我有一种无可置疑的吸引力。我觉得培育观赏鸡相当冒险。观赏鸡的培育者是天生的，不是造就的，而我不能肯定我觉得自己是天生的观赏鸡培育者，正如牧师们所说感觉是种检验标准，如果你并不觉得仿佛你受到了召唤，那你就没有受到召唤。当时已经有许多培育观赏鸡的好手，他们很容易培育出也许价格便宜得我买得起的品种。而据我所知，那些完全倾心于自闭式产蛋箱的人却很少。

"现在你看出一只母鸡有什么用了。我们知道它每年下二百个蛋——就算二百吧。我们用不着相信任何人的话。这不会使你满足，但这已使我们满意。它给予我继续向前的信心，它给予我们计划未来的坚实基础，而这是在这个世上能得到的最实在的东西。近几年我们的鸡已达到约四百只，每只鸡每年的产蛋量已达到一百二十五个；如果用品种筛选或别的方法使它们都变成每年下二百个蛋的鸡，那就意味着每只鸡每年可获得一点五美元，而且多花不了什么工夫。除去饲养费用和批发售蛋的折扣，净利润刚好可翻上一番。

"看看我们今天这些鸡的外观，你也许会多少想象出五号当年的外形、个头儿和体质，因为这些鸡全都是五号的第五代和第六代。它们不仅仅是被培育成了蛋用鸡，而且还继承了五号作为观赏鸡的所有优点，那真是一笔划算的买卖。但我们不怕说我们相信蛋产量会增加——我们相信能培育出一年下二百个蛋的鸡。我不准备说这种鸡有多普通，但也许不会太普通。一年下二百个蛋的鸡有资格被称为一个新的品种，因为若没有这个新品种，我们当然不会有任何别的新东西，而作为一种蛋用鸡，新品种必须与老品种不同，必须具有显著的优越性。它既不会咯咯咯地叫个不停，也不会得意扬扬地炫耀其羽毛，更不会喋喋不休地谈论政治。它只能在自己的领域内获取成功。

"说到我们现在的四百只鸡，我得和说五号时那样同样小心谨慎。迄今为止，我们还没能让它们的产蛋量全都达到每年二百个，无论如何都还没达到，但有些鸡已超过二百。看看平均数你可能会大吃一惊——如果你相信的话。它们表现得非常不错——

非常。当然四百只鸡并不算多。我们的邻居戴维斯是个真正的养鸡能手。他大概有一千只鸡，养在一个三层鸡棚里，鸡棚地板上没有污物，有的全是鸡蛋。我们没法同他相比。但有时候我觉得戴维斯先生没有从前那么胖了，而且作为一个以养鸡为乐的人，他现在总是过多地谈论比利时长耳兔，还大谈特谈什么肉鸽和人参。"

《农场家禽报》

1903 年 9 月 1 日

买配种公鸡的习惯

那老先生取下叼着的烟斗，把嘴凑到我耳边用低得刚好能听清的声音问我："你怎么看亲缘交配，不管从什么角度？"

"跟我讨论这种事用不着压低嗓门，"我笑着说，"你怎么看呢？并没有法律禁止亲缘交配，不是吗？"

"可有自然规律。"他提醒道。

"我也许会冒险试试。"

"这么说你不怕？"

"哼！"

他两眼滴溜溜地盯住我，对我的大胆表示出真心佩服，但他摇了摇头。

"我真是说不上来，"他考虑了一阵后说，"人类近亲结婚会产生可怕的后果。你知道人们对这种事是怎么看的。你有时会听到些关于近亲结婚的可怕故事。"

"你也会听到同样多的不可怕的故事，而且更真实。"

"我跟你讲过吗，乔治·希尔一直让他的交趾鸡①进行亲缘交配，直到它们全都变得矮墩墩毛茸茸的，看上去颇具观赏性？可

---

① 一种原产于亚洲的家鸡，体大、羽毛松软而密实，腿生密毛。

有年用它们的蛋来孵化，结果一只小鸡也没孵出。"

"我想你跟我讲过这事，但我并不认为它证明了什么。出现这种情况有多种原因。"

"当然，那也许是因为别的什么原因。而且我对这事也许抱有偏见，但我实在说不准。别以为好像什么事我都会像你那样去感觉。"

当时我们正要去看他养的鸡，突然却扯上了这个严肃的话题。进鸡场时那些鸡正在自由活动，但由于快到喂食时间，许多鸡便围到了我们跟前。我们的思路又回到了它们身上。

"好吧，就是这些鸡，你看就这么副模样，"老人说着把手一挥，"我想你上次来看它们已是一两年前的事了。"

"这些鸡会有啥毛病？它们看上去都蛮漂亮的。"我断言道。

"你要看不出毛病，那我就不跟你说了。"

乍看上去，那群鸡全都一个模样，很难看出各自的特征。但我不得不说点什么。

"也许你是说它们的个头儿有差异。你有些鸡的毛色很白。"

"我的意思是说它们简直是千差万异。有的毛色很白，有的不那么白。有的个头儿很大，有的个头儿很小。事实是它们来自不同的家系。我还没有什么鸡称得上是个品种。"

我仔细观看，开始相信他说的多少是那么回事。

他盘腿坐到地上，用烟斗指点着对我说："你看那只，朝着这边的那只——同另一只尾巴对尾巴——正在啄食的那只。"

"对，我看见它了。"

"好吧，它就是我认为还看得过去的一种鸡——胸宽，尾长。鸡群中也许还有几只和它相像——不是完全相同——绝对不是——只是有点儿相像。我知道它们的来历。我非常熟悉它们，它们全都有一个共同的缺陷——凹形鸡冠——当然，公鸡比母鸡凹得更厉害——或者说更明显。几年前我从一个混蛋那儿买了只小公鸡，打那之后就不断出现它们这种情况。你再看那只——单独在一边走的那只。它腿上很可能长有粗粗的短毛，不过从这里你可能看不清。那是它那个品系的遗传趋势。但即使它腿上不长毛，即使另外那只鸡的冠不凹，即使它们的外观全都正常，它们也绝不是同一类，就像马戏团的动物不是同一类一样。"

我默默地听着这番自白。

老先生从地上站起来，朝着另外一只鸡扔了块小石子。"看那只鸡的模样，你倒可以认为它像那个混蛋育出的品种。那边还有一只，我可以告诉你是谁把它们育成这副模样——咦——好吧，那混蛋的名字我是再熟不过了——他就住在离这儿不远的米利奇镇——没关系，反正迟早会记起来的。你看我有这么多种鸡，另外还有其他种类，尤其是其他种类，可交配出来却既不是这种，又不是那种，也不是其他什么品种，好在它们全在这儿，我可以在这儿对它们进行研究比较。但我当然可以去博览会上比较研究，你说是不是？"

"不如在这里研究来得从容。"我安慰他说。

"对，这你算说对了。我已经有过一次机会来大大提高自己。现在谁也不能说我进行过亲缘交配。我可以让夏季流动评审团来这儿看看，看这像不像是有过亲缘交配的样子。可现在怎么办？都60岁的人了，可种种迹象表明我得准备重新开始——宰掉这群鸡，然后重新开始。我还能认为自己是个品种培育师？买配种公鸡的习惯到此为止。可我面临的问题是，下次我会进行亲缘交配吗？"

"碰碰运气吧——你干吗不碰碰运气？"

"这正是我要你指点的——你愿意给我出点主意吗？不管怎么说，我想你不会认为我会遇到比这更糟的结果吧？"

"你自己也并不这样认为，不是吗？别装模作样的了。"

"看来我好像也不会有更糟的结果。但我实在说不准。"

《农场家禽报》

1904 年 2 月 1 日

戴金斯的小小任性

——一则圣诞节的故事

戴金斯买那只鸡付了多少钱并不重要，重要的是那位卖鸡人莫明其妙地获得了这样一种印象：他的钱没付够——他本来应该多付些。卖鸡人没能否认戴金斯是照他开出的价付的钱。所以那钱要真的不够，他只能怪他自己。然而他却开始说他被人骗了——说他上了一个大当。他详细地描述那只鸡有多棒，甚至说要是戴金斯转手把它卖上五十美元他也不会感到惊讶。可以说当他回想起那只鸡时，他已在心中把它梳理打扮了一番。他已经使那只鸡比雪白还稍稍白一点，比匀称还稍稍更匀称一点。

实际上那真是一只好鸡，值得一个人为它倾囊倒袋。你没法替它打分，因为再有声望的评判员给出的任何高分都不足以代表它的身价。它真是大自然造就的尤物，可以使其他鸡都相形见绌。

要是把鸡卖给戴金斯的那个人一时走眼失口，索价竟低于五十美元，那他的确值得同情，可能够认定戴金斯该受指责的也只有他一个人。他把自己说成一个可怜的吃亏者，从早到晚逢人便讲另一个人的不端行为给他带来的不幸。但听他诉苦的人差不多全都遇到过这种为难的处境，都知道如何向他表示同情。其实他们都不大相信他那只鸡真有那么值钱——而这种怀疑使他说得越发起劲。

这故事的精彩之处就在于：卖鸡这家伙最初是在佛蒙特州的皮卡姆镇买到那只鸡的，当时他只花了一个半美元。我愿意为这个数字担保。所以他要是把那只鸡卖了五个美元，那他已做了一笔很不错的买卖。请注意，我没听到他到底卖了多少钱。当时我曾听到过好多种说法，但由于人们太喜欢撒谎，所以本故事的这个部分只好成为不解之谜。我不能为读者难以确信的任何事提供担保。

虽说戴金斯先生与这个卖鸡人以及他的烦恼相隔很远，但上述情况不知怎地还是传进了他的耳朵。他是通过他的代理人买到那只鸡的，而他的代理人发现那只鸡也纯粹出于偶然，当时他的马车正好打卖鸡人跟前经过。起初戴金斯先生并没过分探究那只鸡的来历和背景，因为对他来说，只要把它弄到手就算完事了。但有封来信引起了他的兴趣。那是封匿名信，写信人无疑是个与此事无关但又想拨弄是非的家伙。他告诉戴金斯先生那只鸡曾由他的一位隔壁邻居养大，它最初被卖出时的身价是一个半美元。戴金斯先生就此事询问了他的代理人。代理人此前也听到了类似说法。显而易见，在皮卡姆这个山区小镇，一直都在传播这类小道消息。戴金斯还听说，那只鸡按直系关系应属于戴金斯品系。这消息很可能会令他高兴。他想知道能不能找到最初那位养鸡人。他希望能让那可怜无知的家伙知道，让那以一个半美元就卖掉这样一只稀世珍禽的家伙知道，这只鸡到底能值多少钱，从而明白戴金斯品系是怎么回事。

"他一点也不怀疑他的所为？"他问。

"他不可能怀疑。"代理人回答。

"那个把鸡卖给你的家伙呢？"

"他倒有些想法，因为他正在为卖掉了这只鸡而懊悔不已。卖鸡之后我见过他。他正在到处胡说八道。"

"如此说来，这只鸡已引起了一点轰动。这就是人们所说的美丽而致命的礼物，是不是？"

代理人十分尴尬。戴金斯开始思考。

"听着，"他最后说，"我要你去找到鸡最初的主人，并把他给我带到纽约博览会来。把另外那个家伙也带来——把两人都带来。我想我可以支付这笔费用。告诉他们这是我的一个圣诞节安排——博览会离圣诞节够近，可以这样安排。这样也会让你容易些。我们要让他俩明白一两件事，我们还要让那位后悔者明白：他只比另一个家伙稍稍多懂一点。而且我认为我将向你证明点什么。这事对外人要只字不提，对他们俩也不要讲得太多。只说这是我的款待——安慰性的款待。这是命令。"

圣诞节后第一天或第二天的那个上午，戴金斯的代理人在天寒地冻的皮卡姆镇找到了那只鸡最初的主人。皮卡姆镇是新英格兰地区的一个独街镇，也就是说小镇只有一条街，这条街由北向南横卧在一道山脊下，那山脊像一把刀刃朝上的锋利的剃刀，小镇就紧贴着这把剃刀的刀背。当年规划铁路时小镇被漏掉，结果铁路从它右方大约八英里远的地方通过，而似乎正是这导致了小镇的衰败，它能延续到今天无疑是一种侥幸。镇上的许多老房子都摇摇欲坠，然而却没有一所新房子来替代它们。街旁高大的古树可使人联想到它们夏日会带来的浓荫，但在那样一个寒冷的冬日，它们只能使那位代理人悲叹能继续住在那里的人们之坚忍。

他在邮局兼杂货店打听他要找的人，结果被告知去树林里找。他在一片不久前刚被伐倒的树林中遇上了他，当时他正从那里往外拖原木，从他干的活儿来看，似乎他那年完全放弃了见到圣诞老人的机会。他向他发出了邀请，虽说没能说服他当场接受，但却成功地使他认为值得考虑。不管怎么说，他最后成功地带他离开了他的辛勤劳作，就像让一位辛辛纳图斯、普特南或帕克离开其辛勤劳作一样①。他把他拖原木的牛留在一堆树枝旁，由同他一块儿干活的人替他照料。

代理人离开小镇前与他共进午餐，餐桌上终于达成了协议。那家伙开始时有点局促不安，像是被人指控故意使用伪钞似的——只是在这种情况下应该说"伪鸡"。他怀疑对他的惩罚将采取一种恶作剧的形式。但他认定他对此能够应付，只要这件事不让他花一个子儿，而代理人放到他跟前的双程车票消除了他这种担心。

代理人没花多少工夫就找到了另一个家伙——他名叫德金，如果非写出他的名字的话。他认为对他的邀请是天经地义的事。"啊哈，"他高声嚷道，"他还知道是怎么回事。或许没有人想敲他的竹杠。那是生意，仅仅是生意。只是他以为……"当然，他不是个白痴。他第一眼看见那只鸡就知道是只好鸡。只是有时候他的脑袋瓜子转得不够快……不错，他很高兴能见到戴金斯先

---

①　比喻暂时离开本职工作。辛辛纳图斯（公元前519—前430）是古罗马共和国时期的英雄，公元前458年罗马被敌人包围，退隐务农的他临危受命保卫罗马。退敌十六天后便解甲归田，返回农庄。

生。他并不记仇。他可不是那种人。只是他认为……最重要的事情是他接受了那张车票。

纽约博览会，戴金斯正在尽主人之职。我说尽职的意思就是尽职。三天来他没让他那两位客人离开过他的视野，没让他俩安安稳稳地休息上半小时。他们的活动当然不局限于花园广场。但且容我不谈那些与博览会本身无关的事。他们逛丽都街和鲍厄里街与我有什么关系呢？我只消这么说够了：他让那两个乡巴佬度过了他们一生中最痛快的几天，他让他俩按他自己的享受方式玩了个够，全然不顾这一切都由他掏腰包，而且掏得不少。

戴金斯先生早就安排好了高潮性的结尾，他像个孩子似的盼望着那一天的到来。谁也不知道最后将会发生什么，他只是有一次私下里告诉他的代理人："那只鸡，那只鸡已经卖了，在安排这一切之前，我想你还不知道，不过要等博览会的最后一天才交货。我希望那个时候你能在场。"

还有一次他对卖鸡给他的那个人说："这么说你认为你那次本该得到五十美元。好吧，我们不会让那种错觉搅了我们的庆祝活动。以后会有时间来讨论这事。总会有办法来解决这种绅士们之间的问题。"

可那家伙虽说不喜欢他调侃的口吻，但却没感到有什么不对劲儿的地方。他和那只鸡最初的主人像新生儿一样毫无准备地进入了这出戏的最后一幕。他俩当时只顾尽情享乐，谁也没想到在他们主人心中，他们注定要证明一个道德真谛，或为一个故事增色添辉。当适合戴金斯安排的剧情那天到来之时，他俩像一对羊羔被领到了屠场。

在博览会行将闭幕前的最后时刻，戴金斯把客人拖到了一个有大量缎带装饰的笼子跟前。在整个博览会期间，他坚持一天数次把他们带到那里，为的是加强他们的感受，让他们记住他们受到盛情款待应该感谢谁。他站在那鸡笼跟前时很少说话。他发现默默地观看给人留下的印象更深。他的客人也总是默默无声地看看他又看看那只鸡，想到此时此刻此人的脑子中可能正在思考的大事，他们便会生出一种敬畏之情。

现在他是最后一次领他们到那儿。明天就要说再见了。人的喧嚣和鸡的啼叫都将消失。他告诉他们必须去最后看一眼他们曾白白丢掉的那只珍禽。但愿这对他俩都是个教训！

他们碰巧发现有个人比他们先到。那人对笼子里的鸡表现出了异乎寻常的兴趣，于是他们都退到一边，等那人完成他的仔细观察。当那人从他的笔记本上抬起头来时，他认出了戴金斯。他本来正打算离开，但又停了下来。他眼中也许闪过一丝逗乐的神情，但没人注意到。

"太棒了，"他挥手指着鸡笼说，"我想要那只鸡。"

"我想到过你会要，威尔逊，我送它来这儿时就想到了。它不正是你秋天里要找的那种鸡吗？我想到过你会要它的。"

"我的确要它。开个价吧？"

戴金斯活动了一下手指，仿佛他对开价已厌烦，已不抱希望。最后他并排伸出双手，每只手竖起一根手指。

代理人、德金和鸡最初的主人都变得脸色苍白。第一位认为他发疯了，第二位认为他是在卖假货，第三位则认为他对那只鸡的估价还不算太离谱。他们三个都以为那两根手指代表两美元。

"少点。"威尔逊先生说。

"你愿意给我一个半美元吗？"戴金斯笑着问。

"买这样一只鸡还讲什么多几块钱少几块钱？"威尔逊一边说一边去取钱。

"这位是收款人。"戴金斯突然把那只鸡最初的主人推到了前台。

"这只鸡是他的？"

"从某种意义上讲是的。他在离这儿几百英里外的地方把它养大，而且我认为他是在一次不正当的交易中失去它的。"说这话时他咄咄逼人地看了德金一眼。

"它该不是被偷了吧？"

"差不多是那么回事。他被人诱骗以一个半美元的价钱就把它卖了。"

威尔逊一听这话便犹豫了起来，但那只有一小会儿。他又看了看那只鸡。"好吧，"他说，"我没必要知道这些。买卖就是买卖。"

刚才被突然推到前台的养鸡人多少有点惊呆了，他一直机械地摊着一只手。这时戴金斯的手像虎钳一样抓住那只手并把它伸到威尔逊跟前，威尔逊则开始往那手掌上数钞票，直到差点儿因点错而数不下去，但结果还是数清了。那叠钞票一共是两百美元。在数钞票的整个期间，德金的嘴巴张得越来越大。

"要是我松手，"戴金斯对鸡最初的主人说，"我能相信你会把钱放到该放的地方，而不用什么该不该收钱的道理来烦我吗？记住这可是圣诞节，或者说刚过了圣诞节一星期。"

鸡最初的主人露出一丝苦笑，但没有表示反对。

"我能得到什么呢？"可怜的德金尖声问。

"你过了几天好日子，还得到了一个有益的教训，"戴金斯打了个响指，"如果你还有什么想要但似乎要不到的东西的话，那就用你的抱怨来补偿吧。"

戴金斯徐缓但有力地合上了鸡最初的主人托着钱的那只手掌，然后领着他顺过道向外走去。德金跟在他们身后，喉头发出呼噜呼噜的声音，听上去像是他嗓子哑了，但实际上是他想说话而说不出的神经冲动。

其他人也跟了上来，他们在大厅里引起了众人的注意。大伙儿以为是有人在偷笼子上的缎带时被便衣警察抓了。那只鸡最初的主人对身边发生的事几乎已没有感觉。他仿佛正在做梦，身边有一大群公鸡在啼鸣，那声音听上去像是不愿死的人临死前的号叫。戴金斯先生的声音在说："回山里去讲讲这事，叫他们别再养杂种鸡了。"

《农场家禽报》

1905 年 12 月 15 日

童话三则

小狗和土拨鼠

有天小狗把一只土拨鼠撵进了洞里，而且开始在它身后拼命地扒土想钻进去。

但土拨鼠的洞有两个洞口，它从另一个洞口钻出来直起身子说道："我看见你的尾巴了，小狗，我看见你的尾巴了！"

小狗冲过去又把它撵进了洞里，然后又开始在那里扒土。

于是土拨鼠又从先前那个洞口钻出来直起身子喊道："我看见你的尾巴了，小狗，我看见你的尾巴了！"

小狗气得发疯，但只好无可奈何地回家。

土拨鼠在他身后笑着说："再见，小狗。欢迎你再来。"

小狗回过头说："你给我住嘴——土拨鼠不会说话。"

于是土拨鼠说："狗也不会说话。"

千真万确：它们都不会说话。

小狗和小鸟

小狗在门廊上睡觉，忽然觉得有谁在扯它的毛，它跳起来四下张望，但什么也没看见。于是它重新躺下继续睡觉，可很快它觉得又被扯了一下。于是它进屋问莱斯利[①]是不是她干的。莱斯利说不是，这下小狗觉得莫名其妙。当它再次躺下来睡觉时它只闭了一只眼睛——就是这只——不，我想闭的是这只。

不一会儿它看见一只小鸟从那棵啄木鸟树上径直朝它飞来。

等它飞到眼前时它突然跳起来，小鸟一惊，落在了它的鼻子上。

"哎哟！"小鸟说，"真凉呀！"说完它从它鼻子上飞到了木柴箱里。

"你想干什么？"小狗问。

"扯毛来垫窝呀。"

"你干吗不用你自己的羽毛——你可满是羽毛。"

于是小鸟问："你的意思是说我是个枕头？"

聪明人

卡罗尔[②]同我们一一吻别，然后爬上那棵坚果树。他绕着粗

---

① 弗罗斯特大女儿的名字。

② 弗罗斯特儿子的名字。下文中的伊尔玛是他二女儿的名字，玛吉则是他对小女儿玛乔丽的爱称。

大的树干，攀着最结实的树枝，很快就爬到了我们看不见的高处。在我们想到问他何时回来之前，连他的声音也听不见了，所以我们除了等待没有别的办法。他去了很久之后都不见他有动静，甚至没有小树叶或坚果掉下来，于是我们开始感到纳闷儿，尤其是当天色渐渐黑下来的时候。我们担心他会借着朦胧的星光冒险爬下来，所以我们将不得不整夜在树下守候。

后来的情况是这样的。我们整夜轮流着守候他，可直到天亮也没见他下来。那天夜里很静，整棵大树上没有一片树叶晃动；当单独坐在树下时，我们每个人都曾竖起耳朵想听到那个小男孩的任何动静。我们认为他本来可以朝我们喊话，告诉我们是什么使他留在树上。可他似乎已经把我们给忘了。

第二天白天那棵树依然没任何动静，好像树上连个鸟窝都没有似的。我们把农场上的事丢在一边，牛奶没挤，杂草没锄，全都站在树下议论这件发生在我们头上的奇怪的事情。白天过去，又一个夜晚降临。

但在第三天快到黄昏的时候，大伙儿听到了一声惊呼，"他下来了！"玛吉已经看见了他，或者说看见了他正在树枝间找立足点的靴跟。他看上去真奇怪！他看上去变了。开始我们都朝前冲了三步，然后又往后退三步。他已经触到了地面，现在他转过身来眨了眨眼睛——他原来是个老人。他的胡子又长又白而且很尖，他的帽子又高又红而且也很尖，上面还布满了星星和新月。他穿着一件长及脚背的长斗篷，腋下夹着一本很大的书。他原地转了三圈，好像他想使自己头晕似的，但那只是在确定他的方位。然后他仿佛不知道我们在那儿似的，径直经过我们爬上小山穿过香蕨木，迈着坚定的步伐进了树林。哇！

他离去之前我们没说一句话，也没有动一动。现在我们开始议论起来。伊尔玛说他个头儿和卡罗尔一样小，但年龄太老了。莱斯利说："要长那么老他首先得长成大人的个头儿，如果他好好吃饭的话，那大概要花五年时间；然后他又得缩小到他原来的个头儿，而这也许需要五百年时间，因为缩小所需的时间比长大的多得多。"

玛吉主张去追他。

莱斯利说："从他走的方向来看，要是他一直走下去而不爬到另一棵树上去的话，那他将会在村子里出现；这样村里的人就会把他给我们送回来——如果他们能认出他是谁的话——说真的——他们认不出来，你们说呢？"

突然，玛吉和伊尔玛齐声惊呼："他又下来了！""树上又下来一个人！"我们不知道哪个是他。

这一个同刚才那个完全一样，胡子、帽子、斗篷和书都一丝不差。他用同样的动作慢慢地在原地转了三圈，以确定他身处的方位，然后他沿着刚才那人的脚印，开始朝香蕨木和树林走去。但这次我们不像刚才那样惊讶。我们恢复了发音能力并勉强说出了话。我们甚至试图冲到他面前挡住他的去路，但我们都不敢伸手去拉他，因为他太古怪了。他从我们身边擦过，很快就不见了踪影。

我们全都聚到那棵树下，翘首等着另一个老头儿下来。正当我们都快等得不耐烦的时候，史密斯先生打这儿经过，他勒住马头对我们谈起了天气。但你们可以想象，当另一个古怪的老头儿随时都有可能从树上下来之时，我们当然不希望史密斯先生在场，不然人们会怎么想我们的农场呢？于是我们想方设法不让他多说话，只用是或不是来回答他的问题，丝毫不发表我们自己的意见。这样我们终于及时地把他打发走了。实际上他离开时要是回头看看，他本来还是可以看见的，可我认为当时他正在因我们的不礼貌而有点生气。下来的第三个老头儿和前两个完全一样，我敢说你们会发现连他们帽子上星星和新月的数量都完全相同。他像前两位一样离开了我们。

当时的问题是：他们是卡罗尔吗？他们怎么可能是呢？这真是一个巨大的困惑。

但这个困惑没延续多久，因为当我们再一次抬起目光，我们立即就看见了真正的卡罗尔，他正在往下爬，身上穿着他上去时穿的那身衣服。最后他砰的一声跳到地上。

"你们见过我的帽子掉下来吗？"他问。

"没有，但我们看见了三个老头儿。"我们说。

"它应该掉下来了。我亲手往下丢的。你们能肯定没看见过它吗？"

"没有，但我们看见了三个老头儿。"

"哦，那几个家伙。"

"他们是谁？"

"三个无所不知的老家伙，我是在树上认识他们的。我去了多久？嘿，那顶帽子可真怪！我丢它下来就是想让你们知道我在上边没事儿。想必我是前天丢下来的。我可不想失去它。改天我再给你们讲那三个老头儿的事。现在我们来找找那顶帽子。"

"不，现在就告诉我们。那些老头儿在我们的坚果树上干什么？"

"他们想弄清天有多高。我上顶的时候他们正在那儿坐成一圈，胡子朝前帽尖朝后地抬头望天。每人膝盖上都摊着一本打开的书，手指都指着摊开的那页书的某个地方。我向他们问好，可他们都太认真，所以注意不到这种事，于是我试着提了一个问题。

"'你们在干什么？'

"这下每个人都突然盯住我，好像我是个新玩意儿似的，他们大张着嘴巴，眼睛滴溜溜地转。然后他们互相看了一眼。谁也没吭声。

"'你们在干什么？'我又问了一遍。

"在努力弄清一件事！'他们异口同声地回答，然后又翘起了脑袋。

"'什么？'没有回答。

"'我还以为像你们这样的老头儿什么事都知道哩。'我故意逗他们。

"'的确如此，的确如此。除了一件事外我们无所不知，要是你不来打扰我们，我们本来只需要几分钟就把那件事也弄清楚了。'

"'什么事？'

"'天有多高？'

"'噢，既然你们无所不知，我就问一个你们能回答我的问题吧。明天会发生什么事？'

"他们又全都把脸朝着天上。

"'既然你无所不知，明天会发生什么事呢？我来树顶就是

想弄清这个问题。'

"'我们不想跟你说话。'他们咕哝道,眼睛仍然盯着天空。

"但我坚持发问。'请告诉我明天会发生什么事?'这下他们中有一个坐不住了。我弄不清是哪一个,因为你根本没法把他们三个分清。他啪的一声合上书,站起身来下树去了。

"于是我又缠着另外两个问了一阵,但一句话也没有从他们口中得到,不过我能看出他们俩都忐忑不安,因为他们帽子上的流苏不住地抖动;最后他俩也气冲冲地先后离我而去。接着我就下来了。可最奇怪的事是我那顶帽子。"

1900 年—1908 年

平克顿中学英语课程

英语

本英语课程之总目标含两个部分：一是让本校学生受到名著佳作的影响，二是使他们习惯于欣赏优秀的语言。

英语一

阅读:《金银岛》、《鲁滨孙漂流记》（课外）、《桥头的贺雷修斯》、《邵莱布和罗斯托》、①《奥德赛》片段、《一千零一夜》片段、十个短篇小说（课内）。测验形式为朗读表达，而非理解评析。

作文：五十题，书面和口述；根据题目布置给予指导。讲评时内容和形式并重。

讨论：探讨题材，何为题材（从老师的实践中举出翔实例

---

① 《桥头的贺雷修斯》是英国诗人托马斯·巴宾顿·麦考利（1800—1859）所著诗集《古罗马叙事诗》中的一首。《邵莱布和罗斯托》是英国诗人马修·阿诺德（1822—1888）的一首叙事长诗。

证），何处可发现题材。

背诵：《英诗金库》①中的二十首诗；为以后学习英国文学史打下基础。

英语二

阅读：《天路历程》、《艾凡赫》、三十个短篇小说（课外）、《皆大欢喜》、《老水手行》、《加雷斯与莱内特》、《亚瑟王之死》、②《汉森作品集》选段（课内）。课堂讨论中逐渐减少老师的直接提问。

作文：五十题。

讨论：主要讨论写作技巧。

背诵：二十首指定的诗，为今后讨论文学艺术打下基础。

英语三

阅读：《织工马南》、《双城记》、《有七面三角墙的房子》、《肯纳尔沃思堡》③（课外），《尤利乌斯·恺撒》、《瓦尔登湖》片段（课内）；另自行选读司各特、狄更斯和霍桑的一部小说，或莎士比亚、马洛和谢里丹的一部戏剧，或华兹华斯、勃朗宁、丁尼生和吉卜林的若干抒情诗。

---

① 《英诗金库》全名为《英语最佳歌谣及抒情诗之金库》，由弗·特·帕尔格雷夫编，1861 年初版，1897 年修订再版，该书是弗罗斯特最喜欢的诗选集之一。

② 《加雷斯与莱内特》和《亚瑟王之死》是英国诗人阿尔弗雷德·丁尼生（1809—1892）的组诗《国王叙事诗》中的两首。

③ 瓦尔特·司各特（1771—1832）所著长篇历史小说（1821）。

作文：三十题。伍利的《写作手册》① 可用于题目的调整。

英语四

阅读：大学要求。本年度尤其重要的是大量重读前几年所读作品中的乐于记住的片段。

作文：三十题。

背诵：弥尔顿的若干诗。

下列作品中有些部分今年已在某些班级当堂读过，它们是：本·琼森的《沉默寡言的女人》、马克·吐温的《亚瑟王宫里的康涅狄格州美国佬》、吉尔伯特的《巴布歌谣》、哥尔德史密斯的《委曲求全》和梅特林克的《青鸟》。

《平克顿中学概览》

1910 年—1911 年

---

① 指埃德温·坎贝尔·伍利（1878—1916）所著《大学写作手册》。

致约翰·T. 巴特利特 [1]

亲爱的约翰：

你从《T.P. 周刊》[2] 引用的那些个姓名首写字母属于一个名叫巴克利[3]的家伙，而巴克利的解释是这样的：他最近在戴维·纳特出版公司出了本书，但是由他自费，而我上次出那本书该公司却承担了风险[4]。于是巴克利评论的那些其他人都是他自己的朋友或朋友的朋友，若不然就是那种会哄得大多数白痴掏钱的三流文人。听我这么说你也许会感到遗憾，但他们甚至连匠人都不是。当然，匠人也有两种：有能工巧匠，有蹩脚匠人。为了不惹麻烦，最好就把这种笨蛋称为手艺人吧。坦率地告诉你，我是当今最值得注意的一个匠人。这一点不久便会为人所知。我可能是当今唯一一个什么都写但就是不写过时的作诗理论[5]的人。你知

① 约翰·T. 巴特利特是弗罗斯特在德里的平克顿中学教书时（1906—1911）所喜欢的一名学生，他后来写过好几篇关于弗罗斯特的文章。

② 托马斯·鲍尔·奥康纳（1848—1929）创办的一家英国文学期刊。

③ 雷金纳德·巴克利，《T.P. 周刊》的助理编辑。

④ 弗罗斯特的第一本诗集《少年的心愿》于1913年4月在伦敦由戴维·纳特出版公司出版。

⑤ 我应该说作诗原理。——原注

道近代诗歌成绩斐然是基于这样一种假设：词句的音乐性是个使元音辅音和谐的问题。斯温伯恩和丁尼生都曾把主要目标放在谐音效果上。但他们的路子不对，或至少不是条康庄大道。他们在那条路上已走到了头。任何走那条路的其他人都只能步他们的后尘。而眼下多数人正在走那条路。在用英语写作的作家中，只有我一直有意地使自己从我也许会称为"意义之音"的那种东西中去获取音乐性。现在有可能获得没有意义之音的意义（如在许多被认为尚可接受但读起来却单调乏味的散文中），也有可能获得没有意义的意义之音（如在你说它什么都可以但就是不能说它单调乏味的《爱丽丝漫游奇境记》中）。要得到这种抽象的意义之音，最好是从一扇隔断单词的门后的声音之中。你可以问问自己，下列句子若没有使之意义具体化的单词，它们听起来会是怎么回事：

你是想告诉我你不会阅读？
我可没那么说过。
那好，读呀。
你又不是我的老师。

————

他会说时间太晚了
唉，天哪！
都怪这该死的英格索尔表。

————

一——二——三——走！

不中用！回来——回来。

哈斯拉姆，你快下去叫那些孩子离开铁路。

那些声音会由听得见的想象力唤起，它们肯定会确切而响亮，并且肯定会由上下文明确无误地指明其意义。读者肯定毫无困惑地就能使其语音语调适合那个句子。用来进行一般陈述的简单陈述句都是一个声调。但"吾主爱汝"这样的陈述句肯定不会被大量使用。因为它没有抑扬顿挫，违反了所有诗歌写作都该遵循的自然法则。这样的句子即便被写出也不会被读出。这下你可能明白了何为意义之音。它是我们语言的抽象的生命力。它是纯粹的声调——纯粹的形式。关注它胜于关注题材的人便是艺术家。但请记住，我们还只是在探讨诗的原始材料。对意义之音的敏感和热爱是一个作家的先决条件，不管这个作家是写散文还是写诗。但一个人若想成为诗人，那他就必须学会熟练地打破其无规则的重音与格律中有规则的节奏相交错的意义之音，从而获得语言的自然韵律。有些诗除了靠多音节词的重音装饰出来的韵律节奏之外便什么也没有，我们管这种诗叫打油诗。诗不应该是那样。意义之音也不仅仅是音韵。它是意义和音韵二者之结合。有价值的格律只有两三种。为使其有所变化，我们依靠的就是意义之音中之重音的无限变化。情感表达之可能性几乎全在于意义之音和单词重音的自然融合。一种精妙的融合。而这全都与你的散文有关，我的小伙子。只要你能够避免，千万别写出其表达不知采用何种语音语调的句子。

你来信的落款表明，自离开平克顿以来，我们已走了多远的路。我觉得你好像是《蒙特利尔明星报》的记者。天哪，我们真难得收到你的来信。

你挚爱的罗·弗

于白金汉郡比肯斯菲尔德

孟加拉小屋 [1]

1913 年 7 月 4 日

又及：在我能进一步探讨意义之音之前，也许你可以暂时不公开这场讨论。

---

[1]　弗罗斯特旅居英国时为他家的房子取的名称。

致约翰·T. 巴特利特

亲爱的约翰：

代我向德里 ① 的朋友问好这种事并无必要，千万别因为我而让这件无聊事使你感到任何紧张。一直听不到你的音讯，我已开始担心我请你去做的是件你力所不及或不愿去做的事情。你很可能并不喜欢我想惊动老家那些人的想法。很难说我会为此而责备你。那只不过是我一时的冲动。你完全有权利拒绝去做那事。我相信这并没有什么不好。我想可能的情况是：你曾努力想让我那篇写桦树街的文章发表，可你这番苦心受到了冷遇。这本来就不是你的过错，但你也许却一直为此耿耿于怀。这件事从头至尾都不重要——一点儿不重要。我当初就不该感情用事想到报复。不过德里的确有些人曾令我生气，其中有一两个甚至弄得我非常恼火，只想在宽恕他们之前使他们稍稍感到不安，我已经是够有人情味的了。

德里那些年的生活留给我的几乎就只有你们：你和玛格丽特 ②、我和埃莉诺在农场上生的三个孩子，还有就是我的第一本

---

① 指新罕布什尔州罗金厄姆县的德里镇。

② 巴特利特的妻子。

书，这本书的大部分是我去平克顿教书之前在农场上写的。至于我在教书时偶然相识的其他人，不管是喜欢还是讨厌，我现在都毫不在乎了。我不希望你越来越疏于写信。你应该按照这种假设行动，即我们将会跨越子午线再次相聚。我们当然会的。我总是在想，要是你愿意采取措施开始同伦敦的某家报纸联系，你迟早都会来这儿生活在作家诗人中间，而且会比我生活得更好，因为你懂得如何挣钱。考虑考虑这事吧。每次读到《不列颠哥伦比亚报》上一种风格独特的文章我都会想起你。

如果我现在就开始稍稍自吹自擂我作为一个诗人所取得的成就，你对我所说的用不着过于认真。请时时记住一个值得记住的事实：有一种叫"受到尊重"的成功，而这种成功是靠不住的。它是指一种由少数被认为懂行的评论家吹出来的成功。但若要真正达到以诗人的身份独立于世的境地，我必须走出这个圈子去面对成千上万买我书的普通读者。我也许没有能力做到这点，但我坚信这样做会有益处——在这一点上你不必为我担心。我想成为一个雅俗共赏的诗人。我不能像我的准朋友庞德那样，以成为那带高雅之士的鱼子酱而沾沾自喜。我想向外伸展，而如果这事凭细心思量便可做成，那我会伸出去的。我开始自吹前的自贬就到此为止。现在就让我稍稍自吹一番。

我认为，当不久前劳伦斯·比尼恩[1]邀我与桂冠诗人罗伯特·布里奇斯[2]共进午餐的时候，从某种意义上说我已经成名

---

① 劳伦斯·比尼恩（1869—1945），英国诗人。

② 罗伯特·布里奇斯（1844—1930），英国诗人，精通韵律学，1913 年被封为桂冠诗人，代表作有《短诗集》《美的契约》等。

了。那次邀请很能说明这点，因为比尼恩早就认定我那本书是本少有的好书，所以他热心地希望我能有机会认识那位诗坛的头面人物。于是我接受了邀请。这是我必须告诉你的给人印象最深的事。但同我发现特里维廉①兜里揣着我的书这件事相比，我真说不出到底哪件事更令我高兴。特里维廉以艺术资助人而闻名，他买我的书是因为某个据说很懂诗的人的推荐。但我能肯定地说，更令我高兴的事情是我得到了威尔弗里德·吉布森②和拉塞尔斯·阿伯克龙比③朋友般的关心。如果你能弄到一本Q④编的《牛津维多利亚时代诗选》或一本《乔治时代诗选》⑤，你便可知道他们是何人。他们不同于我那些偶然相识的朋友。如果我能处理掉这所房子，或者说等我处理掉这所房子，我就会搬到格洛斯特去住在他们附近。把他们引到我身边的是我的第二本书。此书的部分手稿一直在朋友间传阅，他们已经读过那些手稿。

我想这一切已够成功了，但还得加上一件事，那就是纳特夫人⑥出于对我事业的信心，没等我亲自去要求就已经预告了我

① 罗伯特·卡弗利·特里维廉（1872—1951），英国诗人及翻译家。

② 威尔弗里德·吉布森（1878—1962），英国诗人，曾以其一战经历写出的几首战争短诗（如《早餐》）轰动一时。

③ 拉塞尔斯·阿伯克龙比（1881—1938），英国诗人及评论家，曾任利兹大学诗学教授。

④ Q是阿瑟·奎勒-库奇爵士（1864—1944）的笔名，他是名记者和作家，曾编过多部文选，其中包括《牛津维多利亚时代诗选》和《牛津英国诗选》。

⑤ 《乔治时代诗选》（1911—1912）由爱德华·马什主编。《乔治时代诗选》共五卷，首卷出版于1912年，末卷出版于1922年。

⑥ M.L.纳特，戴维·纳特之子艾尔弗雷德·T.纳特的遗孀，她当时已继承了戴维·纳特出版公司。

第二本书的出版。所以我心中压根儿没有找出版商的焦虑。正如这里的那些小伙子所说，如果你的第一本书好得让你的出版商愿意为你出第二本，那就足以称为成功了。这本书将于明年二月发行。要是你给我写封像样的信并告诉我你的新地址，你将会在那时之前就收到几本。已摆脱那份该死的工作？没在那片土地上耕耘？写它更容易些吗？你以为我不会理解？

你和玛格丽特应该来看看我们居家用多么少的家具。这够舒适的了，但对过简朴生活来说也许是种经验。如果你能来访，我会提供一切。

你挚爱的罗布 [1]

仍于孟加拉小屋洞居

约 1913 年 11 月 5 日

---

① 罗伯特的昵称。

致锡德尼·考克斯 ①

亲爱的考克斯：

　　请允许我不想让你认为我与这里的大人物们交往密切，我打算以奎勒-库奇的选本作基础来开始我那些非常短的谈论。我还远远没有重要到像那位桂冠诗人之类的人物会来找我的地步。我现在要给你谈他仅仅是因为我碰巧与他同桌吃过一顿饭。我当时正在劳伦斯·比尼恩（参见《诗选》）家做客，这时候布里奇斯突然来了。我有权利告诉你国王在猫的眼中是副什么模样。②

　　他是个很有见地的好老头儿——你以为我要谈的是他的诗——也许是他的诗，但更多的是要谈谈他的见地。他爱谈论他最得意的两个理论：一是英语中的音节有固定的音量③，在读诗的时候不可忽视这点；二是他只消用四十、五十或六十个符号便可记下并永远保存词的音值。这两个理论一样糟糕，而且我认为几乎是由于同一谬误。一首诗中有活力的部分是以某种方式同语言风格和文句意义缠在一起的音调。这种音调只有在以前的谈话中一直听到它的人才能感觉。我们在古希腊诗或拉丁诗中就感觉

---

① 参见《作者年表》1911 年条。

② 语出英谚：猫也可以看看国王（A cat may look at a king）。

③ 语言学术语，指元音的长短。

不到音调，因为古希腊人和古罗马人说话的音调从来没传进过我们的耳朵。音调是诗中最富于变化的部分，同时也是最重要的部分。没有音调，语言便会失去活力，诗也会失去生命。重音、扬音和停顿与音调并存，它们不是元音和音节的内在体，它们总是自由地伴随着意义的变化而变化。元音有其重读，这点不可否认。但意义重音占先于其他任何重音，它可将后者压倒甚至抹去。我可以在不同的诗节中为你找出 come 这个词的不同用法，如分别用作全音符、半音符，或三分之一、四分之一、五分之一甚至六分之一音符。只要意义需要它就可以这样用。当人们不再懂得我们用来连接字词的音调时，他们就只好求助于那种我们也许会称为音节之绝对音量的重音，那种常常被我们用在一些毫无意义的诗节里的重音。而且心理学家居然能用某种我叫不上名的量器对其进行测量。于是英语诗读起来就会像我们现在读拉丁语诗一样，而我们的读法当然绝不是古罗马人当年读拉丁语诗的读法。为了科学意义上的精确，布里奇斯希望英诗现在就照那样读。因为我们的诗歌有时候必须像我们的语言那样毫无生气，所以布里奇斯希望我们现在就把它看成已死了一样。

我敢说，除非你先前就一直在听一门语言，不然你绝不可能声情并茂地读出用那门语言写的一个佳句。除非你先前就听过一个单词实实在在的发音，不然你绝不可能仅凭书写符号和变音符号就读出那个单词。言辞存在于口中而非存在于书里。你不可能将其固定，而且你也不想固定它们。你希望它们的声调适人适时适地。你希望它们有变化有差异。如果人人都这般博学，结果没人敢把 What 读成 Haow，那我将感到难过。看到伦敦的改革者在一条街的门牌上醒目地用了 Sosieti 这个字，我感到高兴。那两个 i 用得够糟。但那个 o 却令我喜欢。若我们必须精确，那是个长音 o 还是短音 o 呢？

布里奇斯希望现在就固定词的读音，因为他总看见它们变质的迹象。他以为字词只存在于人们读的印刷品中。他以为它们只是供眼睛看的。对他我只能说声：愚蠢的老人。他要不消磨时间就会写出好诗，而那该有多好。他一直是个真正的诗人，但你绝不可据《诗歌与戏剧》①12 月号中的东西来评判这点，他在那期刊物中持教书先生们那种不感情用事的态度，因为他们塞给我们过时无用的东西，一些像窗台上的死苍蝇一样的东西。

恐怕你得自己邮购你要的书，除非波士顿的舍曼·弗伦奇公司会为你们进口。你提到的量大得惊人的书连同邮费将花你四个美元。你不必去弄到一本你真觉得你可以扔掉的书。任何愚蠢的诺言都没有约束力。

你忠实的 R. 弗罗斯特

于白金汉郡比肯斯菲尔德

孟加拉小屋

1914 年 1 月 19 日

又及：权把此信中拼错的词都当作送你的礼物。若它们能稍稍改变你为师者凡事都不能出错的看法，那它们对你会有好处。

---

① 哈罗德·芒罗主编的《诗歌与戏剧》（1913—1914）发表过弗罗斯特的诗以及对他作品的评论。

致约翰·T. 巴特利特

亲爱的约翰：

我不想胡乱猜测，但我一定要了解情况。而且我也不打算等候太多的"蜜月"。

我觉得我似乎正在失去与你的联系，你的来信这么少，而且这么敷衍，如果不说是神秘莫测的话。迄今为止，对你的情况我了解的就是下面这些：某件事在九个月内将发生在你头上，而在它发生之前你不想告诉我。

你因亚历克斯·佩顿而损失了一大笔钱，不过你预计能从他那里弄回两百五十美元。要是我得知这笔钱你已到手，那我会感觉好一些。

你现在仍然每星期从《太阳报》挣点儿稿费，每星期还可从其他几家报纸挣到一点。至少你没告诉过我你没挣这些钱了。

你认为我不该知道你是否在为一两家农业报和一份月刊写稿。

你在那个糟糕的地方有些朋友，其中有位很有学识的记者，他对诗懂得比你多得多，于是你就让他告诉你什么是好诗什么不是。

从身体健康、朋友交往和挣钱谋生等方面来看，哥伦比亚地

区 ① 无论如何也是个糟糕的地方。

你这么年轻就去那儿，而且还带着个要养活的妻子，你并不在乎让我为你的安全担心（我担心的程度已达到你能让我达到的程度）。

你因为她在温哥华就对新闻业感到不满。（我真想知道那个被玛丽·多德抨击的《世界报》记者是不是也对新闻业感到不满？他就是你曾想抨击的某个人吗？）

你不喜欢你自己的文章。你对它们已感到厌倦。看来你一直都在走老路，所以文章的主题自然而然地毫无变化。

你现在身体不错，但哮喘病还没完全治愈。如果你现在生活得不比过去快活，那你的病很可能又会和过去一样。我弄不明白，你是不是觉得回新英格兰真会要你的命？那至少不会令你伤心，你说呢？

我了解到这些情况多少还得感谢玛格丽特。我想我已经写出了我所知道或我有权利猜到的一切。

我并不介意你厌倦你自己的作品。伊希斯就曾因厌倦了芸芸众生而去寻找诸神，但最后她又因厌倦了诸神而来寻找芸芸众生。② 倘若你身心之自由足以使你摆脱写作，或是使你改写某种不同或者说更好的东西，那你厌倦自己的作品就可谓颇有功效。

我很重视你正在写的或将要写的杂志文章。这是你摆脱束缚的一条路。撇开了为报纸撰文的一个诱因，你能够——一定会为

---

① 巴特利特当时住在加拿大不列颠哥伦比亚省的温哥华。

② 伊希斯，古埃及传说中司生育繁殖的女神。

杂志写出更好的文章。

我的看法是你的作品正在进步。你的文体已变紧凑。你将来需要防范的是新闻行话，就是那些除了记者谁也不用的字眼，尤其是习惯用语。约翰·库诺斯[1]已来英国写他的短篇小说，他是在《费城记事报》开始干这一行的，当时他的绰号叫"高尔基"。他今年三十岁。他最大的敌人将是他那种老爱把皮肤说成表皮的习惯。

我确实很喜欢你写的关于我的文章。你的文句通畅舒展，直截了当，互相照应得很好。你总会有些妙思而且能抓住它们。你千万不要丢掉这个优点。你必须找到某种途径向人们展示你具有首创精神和判断能力。你必须把一些新东西"装饰"成某份报纸的新专栏，甚至是全新的专栏。

正如我刚才就想说的那样，我确信你的文风会改进。请让我看一些你写的更重要的东西。如果你允许的话，我可以用笔一行一行地仔细批阅。我的某些批评也许会不恰当，但它们可以引起你的注意。它们不会对你有妨害，而且你也不会让它们使你感到不舒服。

对于诗歌和其他文学体裁，你能够而且将会懂得和别人一样多。你现在实际懂得的就多于你以为你懂得的，要是你我是在一个能长谈的地方，你马上就可以知道这点。

我想在此写下两三个基本原理，我希望你能时时思考斟酌，

---

① 约翰·库诺斯（1881—1966），美国作家及翻译家，出生于俄罗斯，10岁时（1891年）随父母移居美国，1912年至1930年侨居英国。

直到我们能有机会长谈。

我先给你为句子下一个新的定义：

句子本质上是一种可把其他叫作字词的声调串起来的声调。

你可以不要句子声调而把字词串在一起，就像你不要晾衣绳而凭着连接衣袖把衣服晾在两树之间一样——但那是一种糟糕的晾法。

串在句子声调上的字词数量不固定，但串得过多往往会出毛病。

句子声调是一些非常明确的存在（我这不是在鼓吹什么文学神秘主义）。它们和字词一样明确。把它们编汇进一本书并非没有可能，只是我目前尚不清楚按什么体系来分类编目。

句子声调被耳朵领会。它们由耳朵从本国语中搜集然后进入书中。书中的许多句子声调已为我们所熟悉。我想并不是作家创造了它们。最有独创性的作家也只是从谈话中活生生地捕捉到它们，它们总会在谈话中自然而然地产生。

如果一个人所有的字词都串在明确可辨的句子声调上，那他绝对是个作家。想象的声音、说话的语调肯定都明确无误地知道该如何在他写出的每一个句子中表现。

如果一个人的字词大量地串在一些更为动人的句子声调上，那他就是一个引人注目的作家。

再简单说说辨认：文学家的任务就是要让写出的东西能使读者说出这样的话，"哦，是的，我懂你的意思。"千万不能对他们说他们不懂的东西，只能讲一些他们懂得但却不曾想到说出来的东西。只能写他们明白的东西。

一堆残雪 [1]

在那个灌木丛还没修剪的墙角有一堆残雪，像一张被风刮走的报纸躺在那里。雪堆上污迹点点像是小小的铅字，像是我已忘记的某天的新闻，如果我真读过它的话。

这段文字并不好，只是其中有几个我可以称为辨认点的地方：墙角的一堆残雪——你知道那是啥模样。你也知道被风刮走的一张报纸是啥模样。你知道残雪堆上的污迹有多古怪，而且你尤其知道你从报上读到的东西多么容易过目就忘。

好，再谈谈句子声调。我们得寻找明显的声调，因为它们最便于讨论。第一个句子声调可以，但它太寻常而且有书面语味道；它完全从属于串在它上面的字词的意义。但第二个句子的效力有一半都在于那种非常特殊的声调，因为你肯定会用那种声调来说："我已忘记的某天的新闻——如果我真读过它的话"。你肯定会说：哦，是的，谁都知道那是怎么回事（有一个用来形容抑扬之音或强弱节奏的形容词，但我不想去搜寻它）。

在我集子里那几首最不成功的诗中，有一首就几乎是因为末节中一个突出的句子音调而被保留（《讨玫瑰》[2]）。

---

① 参阅弗罗斯特诗集《山间低地》中的《一堆残雪》。

② 这首诗在后来的一些《少年的心愿》版本中被删去。参见弗罗斯特诗集《集外诗》中的《讨玫瑰》。

也不十分在意她会怎样认为

再看《深秋来客》[1]。当我们说话的时候，你一下就知道怎样说下面这样的句子吗？

她以为我看不出秋的秀媚，
....

我并非昨天才学会领悟
....

但告诉她这点也于事无补

别去管那单调的节奏。你肯定会在最末一行中听到并辨认出为另一个句子伴奏的句子声调，告诉他这点也没用。

让我们再从散文和韵文中随便挑些例子来看看，因为我不希望你认为我仅仅把自己看成一个诗学专家。

我父亲过去常说——
你总是撒谎！
要是一只半母鸡下一个半蛋……
很久很久以前——
把它放在那儿，老兄！（把手伸过来）
我不会伤害你的，所以你用不着害怕。

---

① 参阅弗罗斯特诗集《少年的心愿》中的《深秋来客》。

假设亨利·霍恩[①]对一位名叫丽达的年轻女士说些唐突无礼的话，而此时丽达的哥哥查尔斯就在一旁保护她，那会出现什么结果呢？你能听出丽达分别叫他俩的名字时所用的两种不同的声调吗？"亨利·霍恩！查尔斯！"我的耳朵比我的嘴更能掌握这类声调。若光凭口语经验，我会离这种声调越来越远。

> 你可千万别跟一个男人说这种事！
> 他们就是这种人，你会发现他们是这种人
> 啊，见鬼！
> 除非我完全错了——
> 因此就妄想否认，妄想狡辩
> 一个当兵的竟会害怕！（发怵）
> 走吧，孩子，回家去吧。
> 我要做的就是一有可能就离开这里。
> 老来傻真是无可救药。

正是这样而非以别的方式，我们获得使写作和阅读趣味无穷的变化。此乃耳朵使然。耳朵是唯一真正的作家，也是唯一真正的读者。我知道有些人读书不去听句子声调，而且他们是读得最快的读者。我们管他们叫视读者。他们可以凭目光理解意义。但他们是糟糕的读者，因为他们总漏掉一个好作家置于其书中的最

---

① 弗罗斯特的五场话剧《守护人》中亨利·道这个角色之原型便是亨利·霍恩。参见《守护人》。

好的部分。

请记住，句子声调往往比字词表达的意思更多。在反语句中它甚至可让字词表达出与其本义相反的意思。

如果我并不认为这是我所知道的最重要的东西，那我就不会一股脑儿地把它都写在这里。我把它写出在一定程度上也是为了我自己，我想借此机会清理一下自己的想法，以便有朝一日（不会太久）写出我打算写的一两篇文章。

评判一首诗或一篇散文体作品，你都可以用同样的方法——用这种检验法——最管用的检验法。你可注意听句子声调。要是你发现其中有些不带书卷气，完全来自人们鲜活的口语，发现有些给人的印象深刻，而且它们全部都明确可辨，以致你不费什么工夫就能想起它们甚至列举出它们，那你就知道你已经发现了一个作家。

在我搁笔之前你也许希望听到我们的近况。

我们还住在比肯斯菲尔德，但正努力设法想比租约期提前六个月处理掉房子，以便搬到格洛斯特去住在威尔弗里德·吉布森和拉塞尔斯·阿伯克龙比附近（关于他俩可参见《牛津维多利亚时代诗选》）。

我的第二本书《波士顿以北》现在应该出来了。那位出版商老爱拖延。在她发行第二本书之前我将完成另一本书（这次是不折不扣的赌博）。这对我来说很难，因为我觉得现在正是搏一搏的时候，趁人们因我已出版的书对我还有点儿兴趣。

我估计第三本书会比第二本书遭到更严厉的批评——如果没别的原因，那就是因为我是美国人这一事实已经挑明。根据我寄给你的那本杂志上奥尔福德写的那篇恶意的评论，[①] 你便可知道这些英国人怎样看待我们。他开篇说他找不到足够的书来证明我们是否有什么文学，然后他便开始说我们压根儿就没有。我确信他会埋伏在什么地方等着我。而除他之外还有一些人已经盯上了我。

J.C. 史密斯（他编过一版莎士比亚和牛津文库中的几部经典）三月份将在一次爱丁堡文学交谊会之前的一天晚上会见一位名叫弗罗斯特的美国新诗人。

《诗刊》（芝加哥）二月号上刊载了那首被我叫作《规矩》的诗。我给你寄过那一期吗？如果没有，你可望在图书馆找到它。

我当然还没有收入。写诗挣不了几个钱——这一点我想你知道。我谈到散文体作品，但只要我能避免，我不会为了糊口就去写那种东西。当我现在考虑这事时，我觉得我宁可当农民也不愿为了钱而写作。

我们计划 1915 年 9 月回国。我还不知道将安顿在什么地方。你不妨什么时候返回新英格兰。我们总得想办法聚聚。

孩子们都很好，但由于他们已得知不可能在这里上学，他们可真叫埃莉诺够受的。埃莉诺今年的情况一直不好。为了挣钱养家，我可能不得不放弃更长远的计划。家人从未向我提过这种要求。事实是恰恰相反。

我真想知道你是否急于听到我们更多的消息，就像我急于听

---

① 约翰·奥尔福德在 1913 年 12 月号《诗歌与戏剧》上评论了 16 本美国诗集，弗罗斯特不在被评论的诗人之列。

到你们更多的音讯一样。

我们祝福你俩。愿上帝保佑我没有拼错字。

你挚爱的罗布

于英国白金汉郡比肯斯菲尔德孟加拉小屋

1914 年 2 月 22 日

致约翰·库诺斯

亲爱的库诺斯：

谢谢你为我报好消息。我刚读完许弗的那篇文章[①]，而且我喜欢文章中的每一个字。眼下有谁还能要求更多的呢？

我的诗体让人伤脑筋的程度似乎超出了我的预料——我想这是因为我长期以来已习惯了按我自己的方式思考的缘故。其实这种诗体很简单：它里边既有素体诗中预先设定的非常规则的重音和音步，又有口语语调中非常不规则的重音和节奏。能使它们进入一种紧张关系，我真是再高兴不过了。我喜欢把语调强拖过韵律并使其破碎，就像海浪先涌向铺满卵石的海滩，然后破碎在海滩上一样。就这么回事，但这绝非仅仅是比喻，尽管有人能就此大做文章。

为了节省开支，今年夏天我自己在干农活儿，若你能不辞路遥，我会高兴在这儿见到你。本月 20 日之后我会来伦敦待几天，届时如果方便，我会来看你。

---

① 指 1914 年 6 月 27 日《展望报》（伦敦）上的《罗伯特·弗罗斯特先生及其〈波士顿以北〉》一文，该文作者福特·马克多斯·福特（原名福特·赫尔曼·许弗）开始写作时曾署名为福特·马克多斯·许弗。

你不可以对一个穷光蛋这样谈论纽约，说不定什么时候他将不得不回到那里去生活。

你真诚的罗伯特·弗罗斯特

于莱德伯里、莱丁顿

小伊登斯农宅

1914 年 7 月 8 日

致锡德尼·考克斯

亲爱的考克斯:

我很高兴你准备和我以及另外一两个朋友一起干。托马斯认为他可以写本书,谈谈我对句子下的定义对文学批评意味着什么。我要不是一坐下来写作就会不知不觉地进入诗的状态,我可能也会写本书来谈谈它对教育意味着什么。大概要花上些时间才能让人们明白——因为他们是如此习惯于把句子看成一串有语法意义的单词。现在的问题是从何入手去抨击他们的偏见。对我来说,我差不多已决定了从句子声调入手,用实例说明除字词声调外把句子本身视为一种声调绝非仅仅是比喻。我将说明句子声调很少借助或无须借助字词的意义便可表达句子所要表达的全部意思。我将说明句子声调在反语句中可表达与字词意义完全相反的意思。如此这般,直到我确定文法上的句子与活生生的句子之间的差别。文法上的句子只是后者的附属品,其主要价值在于为后者提供线索。你可以在"你"和"你!"中辨认出句子声调。这种声调是那么响亮,要是你能像我这样听见它,你就不得不用不同的声调来说这两个"你"。正如一类鸟有各种各样的啼鸣,人类也有各种各样的声调。我们是带着这些声调来到这个世上,而不是在这世上创造了它们。我们感觉像是在创造,其实只不过是在选择归类。我们兴奋地用听觉的想象力把它们从上帝才知道的地方唤来。我们若非处于一种富于想象的状态，那再怎么努力去创造它们也没有用，它们不会出现。我们就只能写出那种名为庄重实则枯燥的散文体作品。由于这点在翻译作品中最为明显，尤其是在经典作品的译本中，所以托马斯认为他将以此为题来谈谈某部翻译得很有学术水准的贺拉斯的诗或卡图卢斯的诗，如果他碰巧要评论这样一部书的话。

我把这一切都和盘托出，因为我总想告诉你我们目前的情况。你想做什么就尽管去做吧。对你的帮助我只会感到欣喜若狂。我们将彻底动摇那种统一的、强调的、紧凑的修辞基础。

再说一句。我们已够重视注视的眼睛，现在我们该谈谈聆听的耳朵——使我们想到生动的句式的耳朵。

我们既写我们看见的事物，也写我们听见的声音。这样我们就可以凭想象力从生活中去获取我们的素材和技巧，这样我们的技巧就会变得和素材一样实在。

你肯定会想到各种各样的东西。畅所欲言地把它们都说出来吧。但希望你必须有耐心。这世上有许多受完了教育的人，他们当然会讨厌被人要求去学任何新的东西。

你不会被"美即真"①那句哗众取宠的空话所左右。在诗中或在激动之时，所用的每一个词多多少少都会"移位"——从它固有的位置上移开，或更浓艳，或更驯熟，或更新鲜。请看看济慈

① 语出济慈《希腊彩瓶颂》第49行。

在《夜莺颂》里是怎样对待 alien 这个词的。[①] 但当他使这个词在那行诗中韵味独特之时，这个词便成了他的——只在那行诗中是他的。他绝不可能再按那种特色用过这个词。只有二流诗人才会那样做。我可能是唯一一个没照他的用法使用过这个词的美国诗人。对，如果我想处理这个词，我肯定要去追溯它在花园堡[②]的普通用法。我不希望那些未经推敲的字词同那些已推敲得人人都惊呼是诗的字词一起使用。当然，有些人总希望诗人使用一种由于这种"推敲"过程而已渐渐同口语分家的特殊语言来写诗，而任何诗人所面临的最大挑战都是对付这些人。诗人必须始终乐于在创作的过程中去推敲他自己的用词，而绝不要为了给人以好印象而去依赖那些已被推敲好的词，即使它们是他自己的词汇。

说得够多了。我并不责怪你那位好朋友。我也不责怪那位受过教育的可怜姑娘，尽管她认为那本小书难读。"目录按语"是我干的一桩蠢事。它们毫无必要而且也不甚中肯。

我倒想特别感谢那位挑出《割草》的家伙。我想那无疑是我第一本书中最好的诗。我们这里的人都这样认为。替我谢谢哈奇[③]。别忘了。

也谢谢你正在为我做的一切。在这场游戏中我需要你这种

---

① 参见《夜莺颂》第 7 节第 7 行。

② 花园堡最初是纽约曼哈顿岛南端城防炮台上的一个堡垒，名叫克林顿堡；1823 年被改建成一座歌剧院兼娱乐厅，并更名为花园堡；在埃利斯岛启用前的 1855 至 1892 年间，该建筑曾被用作美国入境移民的一个检查站。第二次世界大战后成为克林顿堡国家纪念馆。

③ 克拉伦斯·哈奇是考克斯在达特茅斯学院教书时的一名学生。

帮助。

我真希望同你好好交谈一次或者三次。哪怕你选择谈战争。谈什么都行。我知道你准备在各方面都大展身手。你的主张值得听取，理由是你总会把它们付诸行动——如果没别的理由的话。但不会有别的理由比这更重要。一个人愿意以时间、金钱和生命作代价去实行的主张总会是神圣的，有价值的。随着我年龄增大，我不希望听到许多别的事情。

今晚写这封信已差点儿使我筋疲力尽。

请常来信为我鼓鼓劲儿。

你永远的朋友 R.F.

于英格兰格洛斯特郡雷顿迪莫克

1914 年 12 月

又及：下次来信不要再称我先生，不然后果自负。

致威廉·布雷思韦特①

亲爱的布雷思韦特先生：

　　我终于找到了这本我答应过要给你的我的第一本诗集。作为一个忙人，你也许不会讨厌我告诉你可读集子里哪些诗，如果你真打算读它的话。我总希望朋友们尽可能少受点罪，所以总是随书附上这份目录单：第1、2、4、7、9、14、20、22、23、25、26、34、41、42页（曾刊载于《晚抄报》），第45、46页（8—18行——我可以称它为我自己最早的诗——写于1892年），以及第49页。②若并不是非读不可，这些诗也可以不读，但无论如何也别读其余的诗。

　　这本集子里展示的是我十八岁以后那十年间的生活，那时候我觉得我非常喜欢偶像而不喜欢活人。写这些诗的时候我的生活完全由我自己支配，但并非总是很快活。集中的篇目安排是很久

---

　　① 布雷思韦特（1878—1962），美国诗人、编选家及评论家，他的书评文章曾发表于《波士顿晚抄报》《大西洋月刊》和《北美评论》。

　　② 这份目录单所列的诗依序是：《进入自我》《荒屋》《深秋来客》《黄昏漫步》《害怕风暴》《采花》《在一条山谷里》《梦中的痛苦》《被人忽视》《割草》《取水》《花丛》《造物主的笑声》《现在请关上窗户吧》《十月》《我的蝴蝶》和《不情愿》。

以后才做的，这时我已能怀着一种近乎理解的心情来回顾过去。

可以说我差不多在农场上生活了十年，但与其说我当时是个农民，不如说我是个逃避者——逃避这个似乎容不下我的世界。这种逃避完全是出于本能，但现在我能看出，我当时逃避是为了养精蓄锐，以待有实力同整个世界较量。其实我并没有永远逃离这个世界。甚至当我认为我讨厌人们的时候我也喜欢他们。

这么说也许显得荒谬（而且你千万不能引述我这种说法），但我猜想实际情况是：我对人产生有意识的兴趣一开始几乎仅仅在于他们的言语——在于我惯常称之为句子声调或意义之音的那种东西。不管这些声调是什么或不是什么（它们肯定不是单词元音和辅音的声调，甚至也不是单词本身的声调，而是另外什么东西，与之相比，单词主要是一种用来象征它们并把它们固定于出版物的符号），对，不管它们是什么，我从很年轻的时候起就开始倾听它们了。有天晚上在一次有趣的谈话之后，我非常慎重地面对了这样一个事实：有时候我们会在谈话中实实在在地触及那种只有最好的文学作品才能接近的东西，那时候我还不到二十岁。我们书面语言的症结不仅仅在于它坚持使用凝滞呆板的陈词（尽管上天知道这有多糟），还在于它读起来永远都是那种一成不变的滥调。我们必须冲破禁锢，到我们的日常用语中去搜寻尚未被写进书中的声调。我们写作时必须注意倾听说话的声音。我们必须想象说话的声音。

我说这些是要把我的经历引向我的第二本书（《波士顿以北》）。在大约十年前的某一天，我发现尽管我的生活与世隔绝，但我却并非与其他人没有联系。紧接着在写《雇工之死》时我又发现，我对邻居们感兴趣不仅仅是为了听他们说话的腔调——而且从来就是如此。我记得大约就是在那个时候，我开始怀疑我喜欢听他们闲聊仅仅是为了闲聊本身。于是我以拿破仑为例替自己辩解，就像最近一次晕船时我不得不以纳尔逊为例替自己辩解一样。

我喜欢闲聊的实在，喜欢闲聊的亲昵。注意，你能从这实在和亲昵中获取的东西便是一个艺术家能达到的最高目的。亲昵感可引起真情的激动。与生活通常所揭示的意义相比，一个故事为读者揭示的意义永远都必须更容易领会。意义是需要考虑的一个主要因素。但故事绝不能讲得像是主要为了意义。为了让故事听上去真实，其中的任何情节，哪怕是灵感所致写出的枝节，都必须讲得和它实际发生的情况一样。

我已不可原谅地把话扯远了。我不可能写出一部完整的自传，所以只好讲一些往事片段。关于我如何看待自己的成长过程和我的一些艺术见解，我已经把它们混为一谈。我想你不会直接引用我谈的任何东西。你肯定要掩饰一些涉及隐私的问题。这毕竟不同于一次面谈。我与你见过面，而我们现在正进一步地在加深了解。

还需任何我没想到为你的文章提供的东西你都可来信索要。也许你用得着一些日期和数据。

我四十年前生于旧金山。我父亲曾在那里当编辑。他死的时候我还很小。

我是在马萨诸塞州劳伦斯市上的中学，也是在那儿结的婚。

我那座农场在新罕布什尔州的德里。

在去英国之前的五年间，我先后在德里的平克顿中学教文学，在普利茅斯的州立师范学校教心理学。

在英国的头一两年，我目睹了伦敦两三个文学圈子中的许多事情，其后的一年我先后住在格洛斯特郡和赫里福德郡。我从不曾像在老英格兰时那样把我们的新英格兰看得这般清楚。

随信附上一页我的英国出版商印的广告单，这只是为了向你说明大洋那边对我作品的兴趣一定程度上是在于技巧方面，或者说在于素材融入技巧的地方。《晚抄报》（7月8日）的听众专栏引用了《民族报》上的那篇文章。[①]

情况就是这些。

我下次来波士顿时真有希望看到你写的什么东西吗？我希望我俩能单独在一起谈谈诗。

你真诚的罗伯特·弗罗斯特

于新罕布什尔利特尔顿乡邮免费信箱五号

1915 年 3 月 22 日

---

① 拉塞尔斯·阿伯克龙比写的《一个新的声音》一文于 1914 年 6 月 13 日发表在伦敦的《民族报》上。

"会想象的耳朵"

布朗先生[1]已提到了会注视的眼睛。现在我想请同学们注意一下会想象的耳朵所起的作用。当你们的注意力被诗人吸引的时候，你们往往只会看见异常生动的景象，往往只是去挑选那些看上去非常显眼的字词。但即便是对中学生的作文而言，用耳朵去寻找素材和结构也同样重要。你们听人说话当然会听到字词——可你们也会听到声调。问题是要把这些声调记下来，要再次想象它们，然后把它们写进你们的作文中。但你们中也许几乎没人想到过这样做的可能性和必要性。你们通常被告知要区分简单句、并列句和复合句，要区分长句和短句，要区分完整句和松散句，从而使句子结构有所变化，等等。"不是所有的句子都很短，都像美国最优秀的散文作家爱默生的文句那样。你们必须像斯蒂文森那样使你们的句子富于变化，等等。"这些教诲都漏了那个必不可少的要素。当我在学校教书的时候，我总想回避这种教诲，——而且在我自己的写作和教学中，我总想引进活生生的口语声调。因为某些句式依赖于声调是个不争的事实；——譬如说，请注意乡下人用"我想也是"这句话表示嘲讽、默认或怀

---

[1]　乔治·H.布朗当时是布朗及尼科尔斯学校的校长。

疑等时的不同声调。但重要的问题是，你能把这些声调写在纸上吗？你如何识别声调呢？根据上下文，根据在活生生的语言中得以表露的情绪。而你们认为有多少种声调在飞来飞去呢？有许许多多——许许多多还没被写进书里的声调。比较 T.E. 布朗①《致一只乌鸦》中的"哦，乌鸦，你是个什么样的孩子"和 W.B. 叶芝的"谁想象过美会像梦一般消逝"②。

我去过教堂，once（众人大笑）③——要是我告诉你们我唯一记得的事情，这听起来就更好笑了，因为我唯一记得的就是我点过数的那一长串"啊"声。那种重复令人生厌。我准确地知道什么时候会听到一声"啊"，而且我事先就知道那声"啊"会用什么声调。我们并不反对那种正确的重复——我们反对的只是声调机械的重复。只要你能让声音有点事做，重复并没有什么不好。所以写作文（不管是散文体还是诗体）需考虑的那个必不可少的要素就是语声的"动态"——即语音语调，声姿声态。把生活中的话语融入你们的写作技巧。这是避免语言单调乏味的唯一出路。

当我开始教书时，在我开始写作很久以后，我还不知道我和我的作品有什么毛病，也不知道别人的作品有什么毛病。我还清楚地记得我第一次为我的思想找到满意的表达方式时的那份喜悦。当时我高兴得忍不住哭了。那是我写蝴蝶那首小诗的第二节，当时我十八岁。我发现，人们说话的声调是一切有效的表达方式的基础——不仅是单词或短语的基础，也是句子的基础——

---

① 指英国诗人托马斯·爱德华·布朗（1830—1897）。

② 见《世界的玫瑰》第 1 行。

③ 因为原文 once 有"一次"和"曾经"等词义。

声调是展翅飞翔的有生命的东西——是语言中必不可少的部分。而我的诗就可以用这种活生生的语言中各种可辨的声调来朗读。如下面这首诗的第1节中就有五种声调。

牧场

我要出去清理牧场的泉源，	（轻松的、告知的声调）
我只是想耙去水中的枯叶，	（"只是"声调——保留）
（也许我会等到水变清冽）	（补充的、可能性）
我不会去太久——你也来吧。	（自由声调，使人放心）
	（转念一想，邀请）
	"对我来说挺不错"——
我要出去牵回那头小牛，	（同前，第二节中有悠
它站在母牛身旁，那么幼小，	闲自得的、劝诱的、
母亲舔它时它也偏偏倒倒。	使人放心的和邀
我不会去太久——你也来吧。	请的声调）

（以同样方式讲解《补墙》……）观看并倾听春天里那两个农民在旧石墙的两边把掉下的石块捡起来垒回墙上。注意声调，挑战和威胁的声调：

> 要放稳它们我俩不得不念句咒语：
> "好好待着吧，直到我们转过身去！"

说笑的声调："唉，这真像又一种室外游戏"。

习惯的对称声调："他那边种的松树，我这边栽的苹果。"

对另一个人的格言质疑的声调："篱笆牢实邻居情久长"和"可这儿没牛"。一边摇头一边说："我在垒墙之前就应该"，等等。——你们能看见他吗？你们能听见他吗？

所以，同学们，我对你们写作文提出的忠告就是："用耳朵去搜集句子，然后通过重新想象把它们写进作文。"……

在布朗及尼科尔斯中学的演讲

根据乔治·H.布朗的现场记录

1915 年 5 月 10 日

致沃尔特·P. 伊登 [①]

我亲爱的伊登：

　　既然你不肯来同我面谈，我当然就只好做我不得不做的事，给你写封信（附上这一乡村地区的地图）。请注意，我喜欢面谈而不喜欢写信并非完全是因为懒惰。我可不想隐瞒我曾经和任何人一样喜欢写信。而且我打算有朝一日重新拥有写信的乐趣——不然你也许会断言我就是那个小姑娘。现在我需要做的就是应付一些像 N.H. 多尔 [②] 那样的人，而且我将应付自如。（我希望多尔不是你的特殊朋友。我猜普尔 [③] 是的！）

　　霍威尔斯 [④] 做了你说的那件事，这真是太好了，不是吗？很久以前我母亲曾是俄亥俄州哥伦布市的一名小学教师，那时候霍

　　① 沃尔特·普里查德·伊登（1878—1957）是纽约的一名戏剧评论家，曾写过几本关于戏剧和新英格兰农村的书；他是弗罗斯特在弗朗科尼亚会见过的夏季客人之一。

　　② 内森·哈斯克尔·多尔（1852—1935），诗人、小说家、散文家、编辑及翻译家，曾翻译都德、托尔斯泰等人的作品。

　　③ 欧内斯特·普尔（1880—1950），小说家及社会改革者，生于芝加哥，长期住在纽约。

　　④ 威廉·霍威尔斯（1837—1920），美国小说家、评论家、美国现实主义文学的奠基人，曾主编《大西洋月刊》。

威尔斯就住在哥伦布，我听母亲说她曾在社交场合见过他一两次，在上个世纪的六十年代，哥伦布的社交活动非常红火。对我而言，他一直代表着某种高远的东西。所以当他做了你说的那件事，我觉得自己就像围着个什么圈子绕了一周似的。

在我取得的荣誉中，你没提《大西洋月刊》上那篇专门写我的文章，[①] 因此我猜想你并不喜欢该文。我不知道为什么。其他人对那篇文章似乎也故意视而不见。我不知道是怎么回事。

我感谢霍威尔斯和加尼特对我的素体诗几乎没进行刁难。我与那些写自由诗的人毫无共同之处。这里边没有什么令人苦恼的误解，就像认为我与他们有共同之处也没有误解一样（西部的一些评论家就一直认为我和写自由诗的没什么不同）。其实我并非那么标新立异——请相信我的话。我只是自己有兴趣冒险尝试利用声调来写诗，而要是你能根据其他诗人的创作进行判断，你会发现我利用的声调通常并不被认为适于诗歌。你可以在诗中随处发现那些表示壮观和甜蜜的句子声调。我的素体诗之所以令人紧张，其原因就在于我一直试图看到我能在诗中怎样利用自夸的声调、挪揄的声调、怀疑的声调（因为有这类声调）以及许许多多其他的声调。我所关心的只是捕捉那些尚未被写进书中的句子声调。请注意，我没说创造它们，只是说捕捉它们。没人能创造或增加句子声调。它们从来都存在——存在于人们的口中。它们是真正原始的东西，在字词出现之前它们就已存在。而且它们同任

---

① 指《大西洋月刊》1915 年 8 月号上刊载的《一个美国新诗人》一文，作者是爱德华·加尼特。

何眼睛看见的形象一样实在。最富创造性的想象力也只是它们的召唤者。但召唤它们还不够。它们只有被抛被拖被展示在有音步的诗行中时才可爱。这一点除了写自由诗的谁都知道。它是传统的东西。它虽没被写进教科书但人人都知道，不过在这个只知堆辞藻抠字眼的时代，人们恐怕早已把它给忘了。既然丁尼生……

我可能令你厌烦死了。

你说要去纽约。但愿我9月底能在纽约什么地方与你晤谈。你说的关于来斯托克布里奇的事非常诱人。但我今年秋天或冬天都不能离家，除非是外出办事。我这次要来纽约就是为了办事——我与我的出版商之间的急事。但要是我俩能找个清净处共进午餐就好了……

你永远的罗伯特·弗罗斯特
于新罕布什尔州弗朗科尼亚
1915年9月18日

致路易斯·昂特迈耶

亲爱的路易斯：

  你使我们美好的圣诞节更加美好。我们全家都深感荣幸。

  说到家庭，你那个我在这世界上最大的城市中见过一眼的机构多像我们自以为只有在乡村才能找到的家庭，因为那里的每个人似乎都认识其他每个人，如果不是每个人都与其他每个人和睦相处的话。我本该羡慕你在一座现代都市中拥有那样一个并不属于那城市的机构，因为它符合我们的全部理论学说，可惜我非常希望看到我们的理论学说被彻底驳倒。柏格森和法布尔令我喜欢的地方就在于他们用自己提出的直觉实例把我们的进化论弄得惶惑不安。^①要是你换种方式来陈述信条，或是举出一些很容易被列为信条的实例，你就会因为善于思考而备受赞誉，但真正有趣的是站在圈子外说些会使人想到信条但却不会成信条的东西——那种几乎要成为但却不会成为信条的东西。在这场游戏中我就很想这般诡秘，好让那些浅薄者觉得我完全平淡无奇。浅薄者会以

---

  ① 法国哲学家亨利·柏格森（1859—1941）在其《创造进化论》（1907）中阐述了与达尔文不同的进化观点；法国昆虫学家让·亨利·法布尔（1823—1915）对昆虫的观察结果亦有悖于达尔文的进化论。

为我根本没什么意思，不然就以为我的意思其实和他们习惯于解释的意思几乎没什么两样。好啦，好啦。

R.

又及：你的《小街》一诗使我对你有了更深的了解。这是纯正的诗，尤其是从"我看见他们在那儿"一直到结尾。你非常机敏，所以你必须当心别让你的同韵词骗了你。你可以让自己认为用那些同韵词不是为了押韵，但它们实际上是押韵的。洛威尔[①]就会因这种自欺欺人而葬送她自己。这次你的韵用得非常合理。请原谅我吹毛求疵。《小街》是首好诗。

下次来信请寄阿默斯特。

R.

1917 年 1 月 1 日

---

① 艾米·洛威尔（1874—1925），美国著名女诗人，20 世纪初期美国新诗运动的杰出代表，继庞德之后成为意象派诗歌运动领袖。

致雷吉斯·米绍 [①]

当我年轻的时候，就写作技巧而言，《莫纳德诺克山》中从"如今他们在灰褐色的野草中安眠"开始的那 22 行诗（我用不着为你这样一个爱默生专家抄下这些诗行）对我来说几乎比什么都更有意义；这意义不仅在于写口语化诗歌的技巧，而且在于写任何诗歌和散文体作品的技巧。我因人们滥用"口语"这个词而蒙受痛苦。任何文学作品，我不管它有多崇高、多抒情，或表面上同戏剧艺术相隔有多远，都必须达到《莫纳德诺克山》中这节诗的口语化程度。我坚信口语化是任何一首好诗的根，正如我坚信民族性是所有思想和艺术的根一样。只要这些根名副其实并扎在该扎的地方，你就尽可以让你的作品之树长得高耸入云，枝繁叶茂。人个性的一半是地域性，而且我正想冒昧地说另一半就是口语性。爱默生的《乌列》和《把一切献给爱》中那种崇高思想之美就充分地展现在我所说的那种口语中。其实帕尔格雷夫编的《英诗金库》中的所有抒情诗也都很口语化，不管它们的感情基

---

① 雷吉斯·米绍（1880—1939），1917 年至 1919 年曾任教于史密斯学院，弗罗斯特在阿默斯特与他相识。

调定得有多高。请品味一下赫里克的《咏黄水仙》。不过等我俩能坐到一起的时候，可以品味更多。

题写于《波士顿以北》赠书内

约 1918 年 1 月

未经推敲的词或挪用和远距离挪用

记笔记有两种方式：一是当某个人对你讲话时，二是在他讲完之后。当一个人正在讲话时我从来没法记笔记，但我知道有些人这样记笔记一直记得很好。今天上午我要对同学们讲话，简单地讲讲，而且我希望同学们试着全面领会我所讲的，等演讲会结束后再把它写下来，就像记者平时为报纸写报道那样——不要任何花里胡哨的引言，只需对我所讲的进行直截了当、毫无掺杂的报道。

我打算给这次演讲取个名字，事实上是两个名字。你们现在用不着过多地去注意它们，待会儿我会重复这两个名称，到那时你们的理解也许会更透彻。我取的第一个名称叫"未经推敲的词"，第二个叫"挪用和远距离挪用"。你们可能对这两个说法都不太明白。我不能把它们作为作文题目布置给你们。也许你们不明白我的意思，因为如果你们明白，那我就用不着讲了。

我们有两种语言：口头语言和书面语言，即被我们叫作大白话的日常语言和一种更文气、更精致、更讲究、更优雅的用来写书的语言。说到这第二种语言，我们经常听说某个人说话文绉绉的。我们反对任何人用这种文绉绉的英语说话，但我们并不反对有人用它来写作，相反我们还期待有人写出一种多少有点咬文嚼字的书卷气风格。至于我自己的写作，我压根儿用不着这种书卷气语言就能应付自如。前不久有个诗人访问了这一地区，当时他说我们的全部文学作品迟早都得屈尊于日常生活语言，我同意他的看法。威廉·巴特勒·叶芝说，我们所有的单词、短语和习语要想起作用，就必须采用日常口语的风格。

我们不得不屈尊于这种日常口语，首先我们不得不用一些普普通通但却实实在在的单词——街道、事务、生意以及夏天的工作，等等；但用口语时我们也肩负着一种责任，那就是提升我们平时使用的单词，赋予它们一种比喻的意义。对，你们不想用这个措辞——赋予这些单词一种诗意。我将举例说明我这是什么意思：就拿"柠檬"这个词来说吧，这是个引不起文学联想但却很有用的单词——一个你们在食品杂货店和厨房里用的字眼，它压根儿引不起任何文学联想；"桃子"是另外一个这样的单词，但同学们一直在用这两个字眼，并给了它们一种富有想象力的曲解，一种富有诗意的挪动——你们没把桃子留在树上或留在果篮里；你们也没能放过柠檬，你们非得把它给挪一挪。① 你们为什么需要挪动这些词呢？就说 pill 这个词吧（众笑）——你们放过它了吗？一个人可以是个 pill，一个棒球也可以是个 pill。② 有时候你们甚至连短语也挪动。你们打棒球时就有"蒙他一球"这个短语。我想我知道这个短语的出处，不过它并非出自我的作品。

---

① 在英语中柠檬又可指淡黄色、令人讨厌的人和物、相貌平平的姑娘等；桃子则可指漂亮妞儿或惹人喜爱的东西等。

② pill 一词本指药丸，但在俚语中则可指"讨厌的家伙""小球"等。

它的意思不就是"投出一个击球手压根儿击不中的球"吗？难道不是这意思？要是我说错了，请你们纠正。有人已给我解释了"Get his goat"①是什么意思，但我不喜欢那种解释。我不知道这个短语的出处。如今在世界的其他地方——那些一辈子都没看过一场棒球赛的女士，那些没法去追溯这些短语之出处的人们——正在把这些单词短语当作日常用语在使用。诗和其他文学作品中塞满了像"柠檬、桃子、药丸和蒙他一球"这样的单词和短语。

　　但这样的词语在习惯上能被允许用于写作吗？不。当一个人坐下来要写作的时候，他总会宣称他的目的是创新，而不是使用这些旧的单词短语。我讨厌那些只用现成字眼的人。我更喜欢有哪位同学能推敲出他自己的用词——把词或短语从它原来的地方挪到另一个地方。你们挪动过一个词吗？你们是满足于永远用旧词呢还是总想能推敲出新词？对啦，从字词原来的地方"挪动"它们就是你们教科书上说的使用喻类词格——隐喻、明喻、类比或讽喻——相当于你们使用"像"这个介词，"像个桃子"；他不是柠檬，但"像个柠檬"。前不久有个人说雪是"粗面粉"。我喜欢这个说法。它听起来新鲜；但它是个老说法，我曾在乡下听人说过，再用它就没有那么精彩了。前些天我听见有人早上打招呼时用了个新的说法来代替"早上好，过得怎么样？"——那无论如何也是个新的问候语——一个人走进车厢时对另一个人打招呼："你满意了吗？"可听见过这种问候？它难道不是一种挺不错的招呼？至少那人灵机一动就说出了一句令我喜欢的问候

---

　　①　"Get his goat"的含义是"惹他发火"，但其字面意思为"得到他的山羊"。

语——仿佛他俩曾有过一点小小的抱怨，现在一个人想知道另一个人是不是已感到满意。他已经把这句话从它固定的地方"挪用"到了一个用之有效的新地方，而且几乎挪得让人不知不觉。

他并没想要创新，但我知道有些人非常喜欢这样做，以致他们老是把字词"挪"得太远。他们总是挪过头。不过我看不出一个人在开始的时候为什么不可以挪过头——这能使他的语言新鲜。"你好，你好哇，你好吗？"——我们已厌倦了这些问候语，它们需要更新。喏，这儿有两种更新你语言的方法，一是靠"挪用"单词，二是借助类属词典。你们不知道类属词典为何物？好吧，那是一种同义词词典——牧师们爱使用，可怜的牧师！牧师们在一个教区待较长时间之后，便会开始疑心他们的教区居民对他们的布道用语逐渐生厌，于是他们就借助词典来使他们的布道听上去新鲜。但我想的主要是让你们对一些词进行借喻式的挪用。那些词存在于我们的日常语言中，管用，实在，毫不做作；我喜欢字词就是在这个方面——我对字词的兴趣就开始于此。我并不关心那种已经被人推敲并借用过的词。我从不去推敲它们。我看不出对它们还有什么可推敲的。布朗先生不会反对我开他个小小的玩笑。他告诉我说，昨天早晨他看见树上裹着冰，冰反射出清晨艳丽的色彩，这种灿烂的效果使他灵感突发，于是他就努力要往你们所掌握的词汇中再加进一个词，于是他就叫你们引用爱默生那篇著名的《对神学院毕业班的讲演》开篇第一句："在这朗朗灿灿的夏天，连呼吸也是一种愉悦的享受。"当然，听一个人这样开始他的讲演，每个人都会坐得端端正正地记笔记。毫无疑问，"朗朗灿灿"在这儿用得很好，比用"阳光灿烂"更显新颖；但你们不应该照猫画虎地用这个词。爱默生使这个用法成了他的，所以就由它去吧。

但你们可以照此方法挪用你们的新词。请比较一下 alien[①] 这个词的用法，alien 是个很实用的日常用词，你们都很熟悉它的意思——它一直都很普通，直到伟大的诗人济慈把它用在他的《夜莺颂》里：

> 这同一支歌也曾经
>
> 飘进露丝悲哀的心房，当她
>
> 眼含思乡泪伫立在异邦田野

"异邦"的这种用法令诗人们着迷，就像"桃子"和"柠檬"的用法让同学们着迷一样。现在诗人们修饰什么都用"异邦"。我已经听见有人说"异邦豆"。这意思似乎是说你可以把这个词用在任何你想有点诗意的地方，就像你们想听上去像个满口俚语新词的小伙子使用"桃子、柠檬和药丸"等词一样。

应布朗先生的要求，我现在要为你们朗诵一首我写的诗，我要为你们指出一两个我"挪用"的词——而且我要你们想想，我从哪儿把它们挪来，要把它们挪到哪儿去，我是不是已把它们挪动得太远。在这首名为《白桦树》的诗中，我同样要为你们展现一场冰暴的效果；白桦树的枝丫包裹在冰里：

---

① alien 一词有"外国的""异族的""陌生的""异己的"等意思。

在晴朗的冬日早晨，

在一场雨后，你肯定看见过它们

被冰凌压弯。当晨风开始吹拂时，

当风力使它们表面的珐琅 crazes[1]，

它们会咔嚓作响并变得色泽斑驳。

　　诗中还有其他我喜欢的字眼，但你们认为我是从哪儿把 craze 挪来的？（没人回答。弗罗斯特先生走向黑板，在上面画了个瓷器裂开的图形，那瓷器像是戴德姆[2]的陶器。）

若要你清除这样的一堆堆碎玻璃，

你会以为是天堂的 dome[3] 塌落人世。

　　我想知道你们是否认为我把 dome 这个词挪得太远？虽说用了"碎玻璃"，但 dome 不如另一个词好，不过我喜欢它……

在布朗及尼科尔斯中学的演讲

1918 年 3 月 13 日

---

①　craze 一词意为"使发疯"，同时也有"使（陶器、瓷器）表面产生裂纹、使裂开、使爆裂"等词义。

②　马萨诸塞州诺福克县之县城。

③　dome 有穹顶、苍穹等词义。

对阿默斯特学院校友会的讲话

也许我首先应该告诉大家，语言文学社大概还和你们在学院时一样在活动。我们没多大变化。它和过去一样在活动，我知道，尽管我去了学院——一方面是语言——我认为这两个词意味深长——一方面是语言，另一方面是文学。我们可以说语言代表学问，文学代表艺术。由于我们在这儿的工作，我们一方面仍然有像科学家和学者一样对书感兴趣的人，另一方面也有为了作者的真正意思而对书感兴趣的人；也就是说——我的意思是说（众笑）我自己对所有书都有那种感觉，即我不愿把它们用于作者不想让它们被用于的任何目的。

今天我也没什么重要的东西可讲。我只想照我的理解给大家说说这件事的真正意义。你们知道我近来一直忧心忡忡，都因为这没完没了的布尔什维克主义、工团主义、无政府主义和社会主义——我一直很担心一种古老的习俗，这种习俗就是贫穷（众笑）。我一直听见有人说他们正在铲除贫穷，正如他们可能会说："让我们上去拆除阿默斯特大厅。"因为他们不喜欢大厅的式样，那式样很丑陋。现在贫穷也许是一种应该铲除的东西。我说不准，因为作为一个作家，一个对年轻人的抱负持赞同态度的人，我对此有我的疑虑。要知道，在年轻人把他们铲除贫穷的志向付诸行动之前，作为一种避难之所，作为一种适合于青年天才的生活方式，贫穷一直都存在于这个世界。年轻的学者、诗人、画家、发明家和音乐家总能找到一个拉丁区^①，在那儿他可以体体面面地住进一个阁楼，或是找到一个巴比桑镇^②，在那儿他可以体体面面地住进一幢小屋；虽说总半饥半饱、衣衫破旧，但好歹总能凑合着应付，直到他捣鼓出点什么能向世人展示的东西。让贫穷被铲除，那这些年轻的诗人、学者和画家上哪儿去呢？我看留给他们的只有一个地方，那就是去上大学。（众笑）这将是他们唯一可去的地方，只有在大学，他们的兴趣志向才有发展的机会。

你们还记得老师们是什么时候开始谈论反对死记硬背的。那是个理性之日，当时他们开始说："让我们拥有一所让学生们独立思考的大学。"我说，好呀，那真不错。让我们拥有一所让学生独立思考的大学，但更重要的是拥有一所同学们可以进行自我设计的大学，一所他们天性中的信仰和欲望都能获得机会的大学。我喜欢想象这样的一所大学——一个有某种特点的人能获得一次机会的地方。我并不指望在我的班里培养出画家和音乐家。我并不培养他们，但我希望我能给他们一次机会；我希望我能给他们天性中的欲望一次机会。因此我尊重这个学院，因为它就类似一个济贫机构。也许它正在召唤一种巨大的力量发挥谦恭的作用。在你们眼中它也许就像这样。

---

① 拉丁区在巴黎城区塞纳河南岸，是大学生、学者和艺术家的荟萃之地。

② 巴比桑镇在巴黎附近，法国19世纪自然主义风景派画家柯罗和杜庇尼等人曾在该镇居住。

一个让兴趣和愿望获得机会的专业系是什么地方呢？对，它有几分像米克尔约翰先生[1]所描述的那种地方。所有的愿望在那儿挤出路。但这种拥挤最多是一种愿望的汇合，而不是一种愿望的冲突，因为年轻人的愿望和年长者的愿望都朝着同样的目标。系是由台下的学生和台上的老师共同组成。

说到这些，我很难不尤其想到我自己的英语系。在此我也许可以说，这个系并非从容研究哲学的去处，而是从容缅怀往事的地方；在这个系里，一个人做过的每件事或读过的每本书都将被融会贯通，彻底领会，从而化为一段记忆、一份价值、一个警句、一种表达方式，化为优雅的谈吐或优美的文笔。这样一个系必须按它特有的方式来管理。像学校其他系科一样，它首先必须有利于那些有兴趣志向的人，有利于那些知道自己的好恶和养成自己的好恶的人。我倒希望永远管理这个系，以便那些愿把握机会的人可以把握，而那些不愿把握机会的人，必须把握。（众笑）对那些不愿把握机会的人，我倒希望我手里有根什么鞭子，但对那些愿意把握机会的人，我则想尽可能地温文尔雅，只是站在一旁让他们去努力。我年轻时最讨厌的就是有人告诉我或命令我去做我本来就拿定主意要去做的事。（众笑）

对于选修我写作课的同学，我喜欢完全站在旁边。对于那些有热情的同学，我使用的唯一一条鞭子是乔治三世的母亲曾用来鞭策他的那条鞭子，"要成为国王，乔治，成为国王"。我喜

---

① 亚历山大·米克尔约翰（1872—1964），美国教育家，1912年至1924年任阿默斯特学院院长。

欢对他们说:"哦,要成为作家,成为作家;不然就成为一名读者。"要是他们来对我说:"请帮助我成为一名读者,请告诉我怎样成为一名读者。"那我会对他们说:"这事太难了,我没法告诉你们。去读书吧。"我想能使他们成为读者已令人满意了,但我总是忘记这点,老叫他们要成为作家。当然,这个系必须有两个目标,不是吗?一个是培养为数不会很多的美国作家,另一个是培养数量应该是非常多的美国读者;不管接受培养的是谁。我认为,在我这个群体中,其他系几乎也和我的系一样有许多工作要做——为培养出伟大的美国读者大众,培养出伟大的美国作家。

《阿默斯特学院校友会会议记录》

1919 年 11 月 7—9 日,1920 年

几条定义

"有时候我对言辞全盘怀疑，我问自己什么是它们的适当位置。如果它们不起点作用。如果它们不像最后通牒或喊杀声那样接近于行动，那么还不如不用它们。它们必须痛快淋漓，就像玩扑克时摊牌那样，绝不容对手翻悔。我为诗下的定义（如果我非定义不可的话），应该是：已经变成了行动的言辞。"

"诗是实际说话之语音语调的复制品。"

"世间有两种现实主义者：一种拿出的土豆总是沾满了泥，以说明他们的土豆是真的，可另一种则要把土豆弄干净才感到满意。我倾向于第二种现实主义者。在我看来，艺术要为生活做的事就是净化生活，揭示生活。"

"诗始于喉头的一阵哽咽，始于一丝怀乡之念，始于一缕相思之情。它是朝向表达的一种延伸，是想得到满足的一种努力。一首完美的诗应该是一首激情在其中找到了思想、思想在其中找到了言辞的诗。"

《弗罗斯特其人其诗》
1923 年

致路易斯·昂特迈耶

亲爱的路易斯：

　　自上次与你见面后我已得出了这个结论：文学作品的风格既可说明作者是如何看待自己，又能暗示他在说些什么。你若静下心来回味一下斯蒂文森的格调，你就会明白他只把自己看成一种消遣。用同样的方法看斯温伯恩，你会发现他把自己视为一个奇才。许多感觉敏锐者的风格已清清楚楚地表明，他们在自我保护方面往往掉以轻心。他们是那些讽刺作家。有些比较优秀的作家压根儿没风格，从而使我们没法了解他们如何看待自己。但知道这一点非常重要，因为这点可决定我们的好恶。长篇小说家似乎是唯一一类没有风格也可成名的作家，而这只是无须为长篇小说操心的又一个理由。但我并不满意就此抛开文如其人这句格言。在这种情况下，一个人的思想就会成为他风格的某种要素。他的行为也会。不过我应该压缩这个定义。他的思想就是他的思想。他的行为就是他的行为。他的风格是把他自己载向他思想行为的方式。请注意，如果他性格懦弱，那他所能做到的就将是只有思想而没有运载工具。风格对他来说就是一种奢望。那种思想的向前运动就只是围绕它自己在滑圈。爱默生有一种最高贵最谦逊的风格。与之相比，梭罗的风格自负，惠特曼的风格狂妄。卡莱尔看待他自己的方式简直要令我发火。朗费罗则用最温和的目光看待他自己。我想你并不知道他在《金色的传说》《基灵沃思的鸟》《西蒙·丹茨》或《奥塞雷》中的神奇表现。

我承认任何形式的幽默都表现出担心和自卑。讥讽简直就是一种提防。一种目光也是一种提防。它妨碍读者提出批评。惠蒂埃要是展现出一点风格，那他说不定比朗费罗还更伟大，因为他像个牧师似的被提高到了不容轻蔑的地位。自信比什么都好，若飘然得对任何人的质疑都不屑一顾那就最好。说到底这世界不是个玩笑。我们拿它开玩笑也只是为了避免同某人的一场争论，为了让某人明白我们知道他有他的难题，为了显得像是已注意倾听而且在没完没了的争论中公平地对待了他的一方，从而消消他的怒气。幽默是种最可爱的胆小。凭借幽默，我自己一直都能把一些正在与我作对的敌人挡在射程之外。

世上还有些我真不愿意与之打交道的人，那就是像约翰·古尔德·弗莱彻 [1] 之类的人；要是我能用那种他们想接受时便可接受的微笑永远把他们拒于我的生活之外，那该有多好。但弗莱彻冲破了我的防线。让我告诉你发生了什么。这事非常有趣。你说不定想把它转告给许布希 [2]，因为你和他非常熟悉。你可以一字不落地引用此信的这个部分。弗莱彻三个月前来信对我说："听说你又出了一部新作。我希望你能用你对亨利·霍尔特出版公司的影响帮我出本书。我这就把手稿给他们寄去。"我就此事找了林

---

① 弗莱彻（1886—1950），美国诗人，早期写意象诗，后来诗风有所变化，曾于 1933 年获普利策诗歌奖。

② 本杰明·许布希（1876—1964），美国出版商，曾创办《自由人》杂志。

肯·麦克维①。麦克维说他不想出弗莱彻的书，原因有二，而且都很简单：一是因为他的书没有销路，二是因为他讨厌弗莱彻写的那种东西。我说我不该为了得到一篇有利的书评或避免一篇不利的书评而要求他出那本书。显而易见，他本来可以出弗莱彻的书，并把赔的钱记在我那本书的广告费上。莫里斯·菲鲁斯基②了解这件事，所以《自由人》杂志上那篇不利于我的评论刚一出笼他就以最快的速度通知了我。基于两个我们不必去探究的问题，我得到那篇书评无疑是活该。但我不能原谅弗莱彻的低级庸俗——那简直堪与华盛顿的政客或纽约的生意人媲美。我难道没在《新罕布什尔》一诗中写过："怪不得有些时候诗人都不得不 / 显得比生意人还更像生意人"③？这都是因为他们太不敏感，而这又是因为他们一直过度地使用其感觉。那些不得不去谋求一种生计的人，除了在他们的职业方面，终将不可避免地变得完全麻木不仁。《自由人》在这事中扮演的角色使我觉得有趣。它正好说明，作为一种美国出版物，不管它自称有多么清高，都难免会受到敲诈并且走向堕落。说不定《自由人》这会儿正收到一篇篇关于华盛顿事态的最具权威的社论。与《自由人》那帮编辑和出版人有关的一切都到此为止。

---

① 林肯·麦克维（1890—1972），美国著名外交家，第一次世界大战时曾参加美国远征军赴欧参战，1920年至1923年曾在亨利·霍尔特出版公司工作。

② 莫里斯·菲鲁斯基（1894—1978），美国书商及图书收藏家，毕业于耶鲁大学，第一次世界大战时曾参加美国海军，20世纪20年代曾在马萨诸塞州坎布里奇经营书店（书店于1927年迁往康涅狄格州索尔兹伯里镇）。

③ 参见弗罗斯特《新罕布什尔》一诗第172—173行。

我还没打消今夏去法国和英国的念头。阿默斯特的情况令人伤心，恐怕我不得不承认这点。我希望从一艘驶向大海的船上看着它渐渐消失。我遇到的麻烦似乎是这世上常有的麻烦，想避免没有变傻但却变疯。但你是了解我的，路易斯。我总是随时准备着从甲板上跳下去，因为这艘船经不起风浪。但听我一句忠告，千万别跳船，除非船真的在下沉或者在燃烧。相对而言，所有的船都经不起风浪。

你没猜错。《文人》上那篇小说是莱斯利写的。但请更中肯些，而不要泛泛而谈。你绝不是从家庭相似认出它的。你有许多线索帮你辨认：你知道莱斯利在用假名写作，她专注于佛蒙特山中敲碎石的那种个人口吻，还有就是莱斯丽娅这个名字。你千万别再对她说她爱重复她父亲。这个指责对她今后的发展极其有害。由于我们的谨慎和她自己的明智，她在这方面已很能克制自己。现在是该她写出点诗歌和散文体作品的时候了。她一直在筹划开一家书店，但要是她开店是迫于我们对她写作的冷淡，那这项计划将是一个错误。我从来都不想采取任何措施去鼓励她创作。我的任何孩子要从事文学创作都应该是主动积极的行为。但我也不想过分或过久地去抑制她进行写作。我知道在这件事上你会支持我，就像在任何我重视的事情上你都支持我一样。我认为她的小说太诗化。这篇小说在发表之前我没见过。

我真希望能够见到你，听你讲你正在做的一切。我也希望琼[①]

---

① 琼·斯塔尔·昂特迈耶（1886—1970），诗人，她当时是路易斯·昂特迈耶的妻子，1926年与昂特迈耶离婚，多年后又复婚。

会越来越喜欢她的声音。我们想过来的原因之一就是想看你俩走出老窝。在我们从来没见过面的地方见面应该会很有趣，那也许预示着我们会在上帝太太①的一次天堂晚会上相聚。奥尔兹太太②是新院长的妻子，她经常举行晚会和晚宴——要是所需要的就是这些该有多好！

你挚爱的罗伯特

1924 年 3 月 10 日

---

① 上帝太太原文为 Mrs God's，与下文的 Mrs Olds（奥尔兹太太）音形近似，恐为后者之绰号或作者对后者的戏称。

② 马里恩·利兰·奥尔兹的丈夫乔治·丹尼尔·奥尔兹（1853—1931）曾任阿默斯特学院院长（1924—1927）。

序《恶名昭著的斯蒂芬·伯勒斯之回忆录》[①]

也许马萨诸塞州的佩勒姆镇从没出过任何别的东西，但对于《恶名昭著的斯蒂芬·伯勒斯之回忆录》这本好书的出版它却起了很大的作用，至少该书作者是在该镇开始他书中记载的犯罪生涯的。我喜欢把佩勒姆说成我的小镇，因为我曾在那里住过，或者说曾在那附近住过。但无论我在那儿住过与否，它都是那种我无论如何也想写一写的小镇，不过它只有一条横卧在山脊下的老街，没多少可写的，而且可写的东西也逐年减少。铁路玩了个不利于该镇的现代魔术，从远离它的山谷间穿过，接着树林开始朝它逼近，如今镇上只剩下伯勒斯当年非法布道的那座教堂、为数不多的一些房子（说不定其中就有那座他进行过葬礼布道的房子，而正是那次布道开始了他的毁灭），另外高坡上随处可见一块块茶盘大小的草地。

前不久我曾回那里去寻访伯勒斯的灵魂，而我见到的鬼魂不是一个，而是三个；他们是恶棍无赖伯勒斯、伪币制造者格莱齐

---

① 《恶名昭著的斯蒂芬·伯勒斯之回忆录》初版于 1811 年。斯蒂芬·伯勒斯（1765—1840）当过兵但开了小差，上过达特茅斯学院但中途辍学；他因假冒在职神父并剽窃布道文而"恶名昭著"，后来他去了加拿大，皈依天主教，在一些富裕的天主教徒家庭中成了一名受人尊敬的家庭教师。

尔·惠勒和造反者丹尼尔·谢斯，真是了不起的一群。这种地方总是让它们所有的伟人同时出现，仿佛他们既不是天生也不是自我造就，而是互相创造出来似的。我猜我看到那三个幽灵时，他们肯定正聚在一起谈论利安德家一次晚会被搅乱的事情。可怜的老谢斯！他被他自己的造反行为吓坏了，以致他一旦开始逃跑就难以停步，一直逃到了佛蒙特的桑德加特——你们要能想象出那有多远就好了——至少当时那地方是在美国的疆域之外。伯勒斯本来应该多给我们讲讲他在佩勒姆的那些朋友，尤其应该多讲讲格莱齐尔·惠勒，因为他热衷的那一行与炼金术有关，而且他说不定就是一个巫师。

我当时急切地问伯勒斯是否同意我的看法：他的主要特点就是虚伪。很多人都会从他身上清楚地看到我们熟悉的无赖恶棍的另一种样品。我愿意相信他已在这片土地上复活，成了我们天真之虚伪的一种典范。

我们以为凭着充当坏人，我们至少不会有当伪善者的危险。但我们真是那么回事吗？应该说我们坏人要保持体面和好人要保持体面一样充满危险。好人无论如何都得看上去像好人，这是他们身份的一个缺点。但坏人却必须显得和蔼可亲，讨人喜欢。当他们心中明明有一种使他们隐隐不快的紧张时，他们往往都必须装出宽宏大量的样子。这是施在他们身上的一道符咒。镇住他们的另一道符咒是：每当他们与好人发生公开冲突时，他们都必须设法证明他们比好人更好。读者可以看出这会导致什么结果。对，我担心虚伪的增长会变成邪恶，正如虚伪的减少会变成善良一样。

伯勒斯在佩勒姆布道时我还不会上教堂，当时也许有过他书中没写的激怒众人的情况，不过让他讲他的吧，我几乎看不出他的故事对他有什么不利。只要布道文内容正确，布道者精明能干，那前者是被偷来的以及后者未获圣职又有多大关系？严格地说，他是个冒名顶替者，可我认为我很倾向于对学校和教会中的违规行为采取宽容的态度。我记得麦基洗德就不是利未人，[①] 而许多大学教师也只有学士学位。请看看伯勒斯的第一次严重犯规，即他在斯普林菲尔德企图使用伪币。天下再没有比这更可饶恕的罪行了。只是在杂货店里花了一美元，而且那还是为了科学实验并为了不让一位可爱的女士伤心。至于他在被人用干草叉赶出来之后是什么使他又潜回佩勒姆镇的，我想他在这件事上对我们并不坦率。是利安德一家的友谊，是吗？是利安德先生和利安德太太的友谊吗？难道压根儿就不是那个富于想象的年轻人想挣轻松钱的梦想？这个可恶的伪君子，我们千万不能让他溜掉。

难道他就不能写点什么讲点什么？他一生中只对清教教义进行过两次迄今为止人人都还记得的背叛，一次是退回到多神教，另一次可以说是偏向天主教。他在第一次背叛时为多神教进行的辩护几乎就像弥尔顿借巫士科玛斯之口说的那句话："我们的灵魂中有更纯洁的火焰。"[②] 他反对在一个自由的国家把任何人关进

---

① 利未人是《圣经》中记载的雅各之子（亚伯拉罕之孙）利未的后裔。据《旧约·创世记》第 14 章第 18 节记载，麦基洗德是"撒冷王""至高神的祭司"，但《创世记》没有记载麦基洗德的家谱，因此人们对其身份有所疑惑，如《新约·希伯来书》第 7 章第 3 节就说："他无父，无母，无族谱，无生之始，无命之终……"

② 参见弥尔顿的诗剧《科玛斯》第 111 行；该剧主人公科玛斯亦是多神教一神（酒神巴克科斯和女巫喀耳刻的儿子）。

监狱，他赞成在一个自由的国家应自由铸币，他那番辩论是多么精彩啊！

我真希望已经得知他最终皈依天主教的原因。我能想象那些原因都是正当的。也许他厌倦了监狱外未知的自由，想像小时候那样重新成为一名品行端正的清教徒，但这次他找到了一个藏身处，在那里他可以不受知识分子的嘲笑。这条路可以自荐给现代清教徒（现代清教徒还剩下些什么呢）。

如果读者们允许，就请听我告诉你们这本回忆录该放在书架上哪个地方和为什么要将它放在那里。它应该同本杰明·富兰克林的书和乔纳森·爱德华兹①（阿伦·伯尔的外祖父）的书放在一起。富兰克林会使人想到作为一个年轻的民族我们在某些方面一直是怎么回事，爱德华兹则会在另一些方面提醒我们。当我们对我们并非不道德的罪恶有疑问的时候，当我们怀疑我们对罪恶是否已经厌腻得无法容忍的时候，伯勒斯便会起某种消除怀疑的作用。全世界都知道我们犯的罪已够多。比如说在那场难以言喻的盲目屠杀中犯下的同谋罪。但还有已失去天真的邪恶，那种自知其根源并会眨眼睛的邪恶，我们有可能一直都期望已在一个有开拓精神的国家种出了这么美的恶之花吗？答案是我们已有这种花，早在斯蒂芬·伯勒斯那时就有了（更不用说阿伦·伯尔那时）。它绝对不是一位出版商最近才从欧洲引进的舶来品。

与伯勒斯在逃跑途中混合各种配料的方法相比，近来还有

① 乔纳森·爱德华兹（1703—1758），美国基督教清教教派神学家及哲学家，著有《意志自由》等书。

任何东西更能嘲笑我们固有的偏见吗？他并非像一个白痴似的逃走，并非没考虑过他的将来，也并非是除了胯下之马便一无所有。他随身带着一袋从他父亲那儿偷来的布道书，带着一种对宗教信仰（作为固有属性的宗教信仰）的敬意，一种对他父亲（作为布道者的父亲）的敬意，那是一次深谋远虑的壮举。他懂得怎样打出回旋球，这样球可以出去，也可以回来。他证明了他身边那个社会中的一种世故的趣味，所以他本该找到像利安德一家那样的朋友分享他的笑话。

我应该为曾经漏掉了一本我欣赏的书而感到遗憾。我不得不感谢我的朋友 W.R. 布朗[①] 让我注意到了这本好书。

于佛蒙特州南夏福茨伯里

1924 年

---

① 沃伦·R. 布朗，阿默斯特镇的房地产经纪人。

《艺术作品选：达特茅斯诗歌卷》引言

　　春天时爱往地里瞧的人都会注意到豆种是怎样发芽。但诗人萌芽的方式并不怎么像地里的豆种，而是更像海上的水龙卷。他开始时必须变成一团云，一团他所读过的其他所有诗人的诗形成的云。这个过程不可避免。先是云从上往下朝海面延伸，接着是水雾从下往上朝云升腾，最后云和水相接，在天地间形成一根旋转的水柱。他从中吸起水雾的大海当然就是他书本之外的全部生活经历。

　　所以这种水龙卷有三种形态，而第一形态甚至是那种注定要在我们每个人心中早早死去的诗人通常呈现的形态。这种诗人伸向海面的云是由道森、叶芝、莫里斯、梅斯菲尔德或意象派诗人的作品形成，这种云常常伸到贴近海面的地方，但却只吸起少量水雾或压根儿吸不起水雾。若一个诗人绝对会像注定的那样在我们心中夭亡，那他也许就不值得在大学里或别的什么地方开始活跃。但你不可能过分去注意这世上会有哪些人将会被你忽视。我们也知道有这种情况，他到最后一刻也不愿放弃积云之源而代之以实践，而且继续活着写他的抒情诗，像兰多① 那样写到九十岁。

　　就在这本选集中，他将被发现幸存于这种水龙卷的第二形态

---

　　①　沃尔特·萨维奇·兰多（1775—1864），英国诗人及散文家。

中，甚至凭着几首诗和许多零散的诗行而进入第三形态。《遗产》《十四行》《我已造了一条船》和《流浪汉》等诗，虽说在同类诗中写得不错（如技巧完美等等），但都属于第一形态，坦率地说都是模仿之作。它们的意义在于提高阅读者的身价。但《信》《乡村日记》《给一个拯救者》以及这组诗中最好的《跳台滑雪者》至少都吸起了海水。它们的真实性代表了一种进步。它们表明了对要达到高处往往需经低处这一事实的承认。在像《睡眠之下》这样的诗中，那根云气和水雾连成的水柱已浑然一体。

考虑到美国中学和大学的一切都不利于诗歌，我们正开始善于同诗歌打交道。众所周知，诗人必须在十五岁到二十五岁之间形成他的个人风格，他保持那种风格的时间可长可短，但他必须在那个年龄段形成风格，否则就永远休想。我们的大中学管理一直都抱着那个几乎已明确的目的：即用别的事情让我们的年轻诗人忙个不停，直到他度过可能创作出点什么的危险期。学校的格言一直是：缪斯总爱找些惹麻烦的事让无所事事的人去做。没人会请求考虑，把诗歌列入正规课程，让它像社会学和橄榄球那样有专人指导。它必须继续是一种保持原汁原味的窃来之物。但实际上它似乎可以被稍稍纵容一下。拿我来说，我就赞成有些大学把诗歌艺术课的预期计划提前几年（这就像在五月份把钟表拨快一样），以便使我们的年轻诗人趁清晨露珠未干时就动身出发。要使美国的诗人数量与国会议员的数量成比例，提前这个计划也许正是我们需要做的。

1925 年 6 月

赞珀西·麦凯 [①]

    为了让这个世界成为一个更适合写诗的地方，珀西·麦凯已花了许多宝贵的时间。人人都知道他是怎样在全国各地奔走，就像他长着一对巨大的翅膀似的，为的是要让和他一样的诗人全都在大学里获得研究员职位。这只是他持续进行的这场总体运动的一部分，这场运动是为了加速那一天的来到，到那个时候，我们这个民族的生活，诗歌所需要的原始素材，已经在一天天脱离原始的原始素材，将最终变得不再原始，那时候无须这位艺术家的干预，诗歌也将自己喷涌而出。

    他像天使一样希望每一个诗人都生计无忧，过一种诗一般美好的生活，一种无须加工就将成诗的生活。正因为如此，他在许多人的心目中首先是个天使，然后才是个诗人。但他依然是个诗人，而且是一个最真诚的诗人。他已经历了三个不同的诗歌时期，永远的珀西·麦凯，无论他身边发生什么，他的天性都决定

---

    ① 珀西·麦凯（1875—1956），美国剧作家及诗人，曾帮助弗罗斯特获得密歇根大学驻校诗人的位置；他自己也曾于 1920 年获得迈阿密大学（俄亥俄州牛津）的研究员职位，其后他便开始了一场为艺术家谋利益的运动，这场运动的序曲是他发表在《论坛》杂志 1921 年 6 月号上的一篇文章，该文题为《大学用于创造性艺术的研究基金》。

了他不会有不应有的烦恼。

　　我不知道今天有多少人读他的诗，不知与过去相比今天读他的人是多了还是少了，但我相信与未来相比肯定是少了。——祝愿在他生命的后一个五十年中，他的读者至少是他前五十年的两倍。

珀西·麦凯五十岁生日酒会祝词

1925 年

艾米·洛威尔的诗

　　若以为要知道一首诗是否会流传，唯一的办法就是等着看它是否流传，那未免就有些荒唐可笑了。合格的读者在一首好诗撞击他心灵的一瞬间，便可断定他已受到了永恒的创伤——他永远都没法治愈那种创伤。这就是说，诗之永恒犹如爱之永恒，可以在顷刻间被感知，无须等待时间的检验。真正的好诗并非我们没有遗忘的诗，而是我们一看就知道我们永远都不可能把它忘掉的诗。这种诗里有一根倒刺和一种毒素，我们马上就得承认的倒刺和毒素。我是多么经常地从这代人的口中得知并从他们的目光中看出：艾米·洛威尔已把诗永远地留在了他们心中。

　　最使人兴奋的运动实际上不是发展与进步，而是扩张与收缩，是眼之睁闭、手之伸缩、心之急缓和脑之张弛。我们会伸展开双臂向宇宙做出虔敬的姿势。我们会合拢双臂紧紧地拥抱一个人。我们有时会去冒险探求，有时则会撤回来巩固我们的收获。这扣人心弦的节奏就在题材和形式之间。艾米·洛威尔在一个扩张时期脱颖而出，当时诗歌为了囊括更多的素材，膨胀得几乎到了自我爆炸的程度。那些手里只捧着茶杯的小可怜只会惊恐地在一旁观看。但她却挺身相助，使那个时期对于那些与艺术关系密切的人和许许多多关系不那么密切的人都成了一个为期十年的令人振奋的时期①。

读她的诗时我们眼眶的潮润并非是由于激动的泪水，而是由于清晨从她布局匀称的花园里采摘的鲜花上抖落的清凉、晶亮而多彩的露珠。她的意象主义主要在于表面上的意象。她把鲜花和任何东西都投入其中。她的诗永远是一种清楚而响亮的呼唤，呼唤人们的思想离开所看见的意象。

《基督教科学箴言报》
1925 年 5 月 16 日 ②

---

① 指美国"新诗运动"时期（1912—1922）。
② 艾米·洛威尔卒于 1925 年 5 月 12 日。

《出路》序言

任何文学作品实际上都富于戏剧性。它没有必要声明其体裁，但它是戏剧，不然就什么也不是。至少单独的抒情诗有可能遇上艰难的时候，但它可以开个头，它可一首一首地重叠起来，直到有人在一个场景——切时切地——把它们全都唱出或者讲出，这样它们就容易被人听见。问题是在何时何地由何人来讲。由一个在秋天的暴风雨中憧憬更美好的世界的梦幻家。由一个夜晚在窗楣下苦苦相思的情人。散文的情况也是这样。它可以设法独自支撑，也可以借助于其他散文作品，但它必须使自己被人听见，就像岛上的斯蒂文森或伦敦的兰姆所做的那样。

戏剧性是句子本质中必不可少的东西。若句子没有戏剧性，其差异就不足以吸引读者的注意力，无论其结构变化多精妙也不管用。能拯救句子的只有以某种方式缠住字词进入书页让想象的耳朵去倾听的语音语调。只有语音语调才能使诗歌免于单调的节奏，使散文体作品免于平铺直叙。

在真正动笔写剧本之前，我的创作一直都尽可能地接近戏剧性。所以（如我愿意相信的那样）我这次破例写剧也并没有远离我一直为之献身的领域。

《出路》，1929 年

致锡德尼·考克斯

亲爱的锡德尼：

等我全盘考虑你昨天在这儿提出的问题时，我也许要给你写两三封信——但也许不写。我这封信要谈的是一件我没能使自己与你当面谈的事情。你在课堂上提到我的时候太多了，告诉我这情况的人来自四面八方，他们有的带着那种我不喜欢的微笑，有的则带着一种不加掩饰的嘲笑。我相信，你常在达特茅斯讲我已使你受到了伤害。我倒想看看你在那门课中一两年完全不讲我情况会怎样——我不是说一下就完全不沾边，而只是说要不引人注目地慢慢淡化，这样就不会有人注意到这个疏漏，等到两年快过去时的某一天，某位有非凡洞察力的人也许会清醒过来惊呼："看呀！弗罗斯特在这门课中是怎么回事？"我看未必应该把我们的朋友、妻子、孩子，甚至我们自己都看作课堂上的谈资。你可能会不假思索地认为，与我有私交有利于你讲授当代文学。但我的看法与你正好相反，这对你的教学非常不利。举个例说，它使你对我的讲解不可能像你对威廉·罗斯·贝尼特夫人 ① 的讲解那样恰如其分。谁都知道谈及某些事情时不得不有所保留，对那

---

① 指美国诗人及小说家埃莉诺·怀特（1885—1928）。

些困惑于何事应有保留的人，我应该提出的建议是一开始不妨少谈自己的朋友、妻子、孩子和他自己。这应该是成熟的智慧之组成部分。诗可以从多种意义上来界定，而不是仅仅从一种意义上；它是有韵律的音步，但更重要的是它还是一个恰如其分的量，即我们能够说出并愿意说出的意思总量。最终评判我们所根据的就是我们知道该在何处戛然而止的那种敏锐感觉。神志健全的人懂得这点，我们艺术家应该比他们懂得更透。当今最大的谬误莫过于说艺术就是表达——一种把万事万物都讲深讲透的表达。我的诗写到花草和星星，但我不必使自己具有植物学家和天文学家的资格。我用不着把这些对象描写到纤悉无遗的程度。但愿在我能自称为艺术家之前，上帝别让我成为任何一门学科的专家，哪怕是心理学家。任何一点儿素材在艺术中都能得到充分的发挥。我从不拼命地去搜寻素材，绝不会为写一首诗去打听秘闻，为另一首又去刺探隐私，总之我从不侵犯任何神圣的领域。手上有点素材可写便是我全部的要求。我的目标是合理的形式——过去是，现在是，将来也永远会是——忠实于任何一点儿真实生活的形式。差不多任何一点儿都行。我当然不相信其他任何目标。我希望允许我盘腿坐在这堆老石头^①上把顽石凿成艺术品，我会为得到这种允许而战斗。即使我自己不亲自战斗，我部落的战士们也会为我而战，替我把反对者驱开，让我有自由活动的空间。我在课堂上有过的最美好的时刻之所以美好，仅仅是因

---

① 当时弗罗斯特住在佛蒙特州南夏福茨伯里农场上一座建于18世纪的房子里，那座房子名为"石屋"。

为它呈现的形式。我喜欢一种意外冲突形成，不管它形成得多么粗糙。那里边有种像是漫谈之类的东西，但它应该被看作是为探寻金矿的一次远征。我说这些也许一方面是为了使我不被误解，但一方面也是为了尽我所能帮你在思想上更进一步，如果不是在职位上更进一步的话。你应该意识到，在人们偶然发现你也许说过但并没说过的那些事中，你给人的印象最为深刻。而正是那些事会使人们用重新审视的目光对你另眼相看。你要想让人们夸你几句出言谨慎，那你就必须对许多事情都守口如瓶。同生活中其他方方面面一样，这言语之间也有一种令人丧气的消耗。但这没有关系，因为你不去理会它便会获得一种力量感。你在三缄其口之时会有许多感触。你已经为你的个人内涵增加了内容。对你的朋友你会更有吸引力，面对你的敌人你会更有阻击的力量。

你永远的朋友

罗伯特·弗罗斯特

（约）1929 年 9 月 19 日

致金博尔·弗拉库斯 [①]

我亲爱的弗拉库斯：

书已收到。我首先拜读了你的诗。这些诗挺不错，很有美感——这点确凿无疑。它们格调很高。你所向往的尽在其中。你希望这世界变得更美好，更富有诗意。你是那种诗人。我应该被列入另一类。我并不想看见世界、美国甚至纽约被变得更好。我希望它们就保持现在这模样，好让我在纸上创造诗意。我不要求它们有任何我自己不对它们进行的改善。大多数时候我都只是个自私的艺术家。我对素材没有任何抱怨。悲哀的缘由也只会是假如我不能把素材变成诗。我不想让这个世界变成对诗歌来说更安全或更舒适的地方。让它见鬼去吧。那是它自己的事情。让它为自己的写实主义去受煎熬吧。哦，不，别让它去见鬼。既然我在为艺术写诗，就让它保持自己的地位吧。我全部的渴望就是我自己成为一名完成者。我会中用吗？这是我想知道的事，也是我必须知道的一切。我不知哪种诗人更多，是你那种还是我这种。应该有一次普查来查明这个问题。这并不是说它会打扰我们。我

---

① 金博尔·弗拉库斯（1911—1972），美国诗人，当年与弗罗斯特通信时才19岁。

们可以越过分歧做朋友。你将受到我的关注。我们必须再见见面，谈谈诗，而且只谈诗。这封信的长度便是我对这本书感谢的程度。

你永远友好的罗伯特·弗罗斯特

于马萨诸塞州阿默斯特

1930 年 10 月 26 日

诗歌教育
——一段沉思的独白

我不打算在这次讲话中主张什么。我不是个爱提主张的人。我只想考虑一个问题，进行一番讲述。而且我准备讲的是其他学院，而不是阿默斯特学院。更准确地说，我将讲到的所有好现象均可视为与阿默斯特有关，而所有坏现象都是关于其他学院。

我知道所有那些把美国诗拒之门外的大学——所有那些大学。我知道所有那些把当代诗拒之门外的大学。

我曾听说有位牧师把他的女儿——他写诗的女儿——赶出家门去自谋生路，因为他宣称不应该再有人写书；上帝已写出了一本书，那就够了（我的朋友乔治·拉塞尔，"AE"①，就断言说他从没读到过乔叟以前的文学作品）。

那样做的确够谨慎的，而且你们也能为它找出个理由。它免除了诗歌必须被用来教给孩子们一点什么的责任。有时候我认为，诗在教学过程中不得不承担的责任对诗来说是太沉重了。

另外我还知道其他所有大学，它们虽然把古诗放进校门，但

①　指爱尔兰诗人乔治·威廉·拉塞尔（1867—1935），他的笔名"AE"起源于他第一本书扉页上 AEON（万古永存）之排印错误。

却设法剔除诗中所有的诗意，办法是把诗当作其他任何东西而偏偏不当作诗。这样做并不太难。我往往爱探究他们这样做的原因。原因可能是那些人做事都谨小慎微。教授们是些什么人，居然会试图去对付一种诗一般高深精妙的东西？他们是些什么人？这原因之中有一种具有男子汉气概的谨慎。

这就是解决问题的最佳通用手段：把所有诗都当作除诗之外的其他什么东西，把它当作句法、语言或科学。这样你甚至于涉足美国诗和当代诗也不会冒任何额外的风险。

他们这样做还有另一个原因，那就是他们首先都是些评分员。他们有评分的问题要考虑。好吧，站在这儿的我就是一名有多年教学经验的教师，可我从没抱怨过不得不给学生打分。我宁愿为任何学生的任何方面打分——为他们的相貌、举止、想法、正确性和准确性以及你们喜欢的任何方面——我宁愿用 A、B、C、D 来给他们打分而不用形容词。其实我们大家一直都在互相打分，互相评级，互相分等，让我们大家都各就各位，我看这谁也没法逃脱。我并非感情脆弱的人。可你不得不打分，而且你首先得为正确打分，为精确打分。但要是我准备给出一个分数，那分数只是我评分中最不重要的部分。真正重要的部分是分数之外的部分，是冒险由之开始的部分。

有人也一直在考虑把诗清除出课程表的另一种办法。这种办法比其他办法更仁慈一些，它既不废除诗歌，也不改变诗的性质，而只是让诗去和戏剧周运动会一道自得其乐，这样就一点儿不会丧失名誉，但这样也不会给予学分。任何想让自己的教学有点诗意的教师，不管他教的是英语、法语还是拉丁语、希腊语，都可带着他的课程和诗歌一道去那片蛮荒之地。一条明显的界线会被划出，一边标的是正确而严谨，另一边标的是文采华丽，而划在这另一边的人应该知道他们能指望得到的会是什么。一般人都承认正确严谨是唯一的正当模式，那些把精力集中于这种模式的课程当然更容易得到等级分；那些把精力分散在情趣和见解上的课程，通常得到的等级分都是个不明不白的 X。经调查，我发现没有哪位教师愿意截然地被划在那条线的任何一边，他们既不想当严谨派，也不想当华丽派。没人愿意承认他的教学不是在一定程度上讲究严谨。没人愿意承认他的教学不是在一定程度上注重情趣和热情。

　　一个人怎么会上完大学却连审美情趣和判断力都没被评过分呢？他的情况会怎么样？他的结果会是什么？他将不得不去读为大学毕业生开设的继续教育课程。他将不得不去上各种夜校。你们知道，现在人们正在为大学毕业生开办夜校。为什么呢？因为他们所受的教育尚不足以使他们进入当代文学的范畴。他们在图书馆和美术馆里对该喜欢什么不该喜欢什么还心中无数。他们读到一篇社论时不知道如何评判。他们面对一场政治运动时不知道如何识别。甚至当他们被隐喻、类比或寓言愚弄时也浑然不知。当然，隐喻正是我们要谈的。诗歌教育就是隐喻教育。

　　假设我们突然没有了想象、热情、灵感、首创性和独创性——可怕的假设。假设我们压根儿不为这些东西打分。我们仍然还有两种我们不得不关心的小东西，这就是审美情趣和判断力。美国人应该具有比审美情趣更多的判断力，但今天我们要谈的是审美情趣。它是诗歌（这门文科学院唯一的艺术）存在的原因。就我来说，我不应该害怕谈谈热情。有的热情像使人炫目的阳光，有的热情像震耳欲聋的呐喊，这是人们未受诗歌教育，而从诗歌之外获得的天然热情。它常见于我也许能称之为"夕阳赞叹"的时候。你们都会看西坠的落日，或看东升的朝阳，要是你起得够早的话，这时候你们会赞叹。这种赞叹除了"啊、哟"之类不会是别的。

但我想说的热情会通过智力的折射而投洒在一种有色彩的屏幕上，投射过程从夸张——或者说夸大其词——的一端到轻描淡写的另一端。它是由暗色线条和多种色彩编织的一道长带。这种热情是所有诗歌教育的一个目标。昨天我听到些关于维吉尔的精彩发言，其中大多数在我看来都是天然的热情，更像一种震耳欲聋的呐喊，大多数都是。但有段发言具有折射过程，某种从夸大其词到恰如其分再到轻描淡写的过程。它拥有一种热情穿过一种思想时的全部色彩。

我愿意抛弃其他任何热情而留下这种热情，这种受隐喻控制的热情。请允许我在此结束这个话题：受制于隐喻的热情，基本上受制于隐喻的热情。我不认为人人都懂得要慎用隐喻，不管是他自己的隐喻还是别人的，如果他没受过适当的诗歌教育，使用隐喻就得慎之又慎。

诗始于普通的隐喻、巧妙的隐喻和"高雅"的隐喻，适于我们所拥有的最深刻的思想。诗为以此述彼提供了一条可行之路。有人会问："你干吗要以此述彼而不直话直说呢？"我们从来不直话直说，不是吗？因为我们诗人都有太多的想象力。我们喜欢话里有话，指东说西，拐弯抹角——不管是出于胆怯还是出于别的什么本能。

近些年我一直想一步步地使隐喻成为全部思想。我不时发现有人同意我关于全部思维都有比喻性的看法，但他们认为数学思维应该除外，或者说科学思维应该除外。要我讲数学思维可能会很吃力，但要说科学思维就容易多了。

曾有一个时期，所有的希腊人都忙于互相告知宇宙是什么——或宇宙像什么。宇宙是三种元素，即空气、泥土和水（我们曾以为宇宙是九十种元素，现在我们认为只是一种）。宇宙是物质，另一个人说。宇宙是变化，第三个人说。但最恰当而且最有效的说法是毕达哥拉斯把宇宙比作数的说法。什么的数？回答是长度的数、重量的数、分秒的数，于是我们有了科学以及随科学而来的一切。这个隐喻一直有效而适用，只有当遇上精神心理学方面的问题或物理学中一些不合常规的方面才暂时失效。

前不久我们这儿来过一位客人，一位著名的科学家，他给予这个世界的最新论断是：你越是精确地知道一物在何处，你越是没法精确地说出它的运动有多快。你们无须重温芝诺"飞矢不动"那个悖论 ① 便可看出情况为什么会是这样。当你同时把数引入空间范畴和时间范畴之时，你就在犯混喻 ② 的毛病，

----

① 古希腊哲学家芝诺的"飞矢不动"论证是一种诡辩式论证。他认为一支飞箭在一定时间内经过许多点，箭在每一点上时都必然停留在该点。因此箭是静止的；把许多静止的点集合起来仍然是静止的。如果说它在动，那就等于说它同时在这一点上又不在这一点上，但这是矛盾，因此是不可能的。

② 混喻，语言学术语，指两个或两个以上互不协调互不相容的隐喻之结合，通常被视为修辞大忌。

事情就是这样，你当然会陷入困境。它们不相容，混不到一块儿去。

让我再来看两三个现在被人用来谋生的隐喻。我刚才已谈到了这种流行隐喻中的一个，一个同时用于高等数学和高等物理的迷人的混喻：你越是精确地知道一物在何处，你越是没法精确地说出它的运动有多快。当然，万事万物都在运动。现在说万事万物都是个进程。又是一个隐喻。他们说一件事是个进程。你们相信它是吗？不完全相信。我认为它差不多是一个进程。不过我喜欢把一件事比作一个进程。

我还注意到这同一位科学家说的另一句话。"空间在物质附近像是有点儿弯曲。"这不是一个很好的比喻吗？我觉得它简直非常迷人——说空间在物质附近像是有点儿弯曲。"有点像。"

另一个有趣的比喻是从——那本书叫什么来着？——这会儿我说不出书名了，但那书中有个隐喻。它的目的是要恢复你们对自由意志的想法。它想把意志之自由还给你们。对啦，它在一张唱片上。你知道你说不出一个班毕业十年之后哪些人会死去，但你能说出实际上有多少人会死去。喏，这位科学家就正是这样谈到飞向并撞向一道屏蔽的物质粒子的：你说不出哪些粒子会飞来，但你大体上能说出在一定时间内会有一定量的粒子撞来。要知道，这说明单个的粒子可以自由地飞来。我曾就此事专门问过玻尔[①]，他回答说，"没错，是那么回事。它愿意来的时候就能来，单个粒子的活动不可预测。但大量粒子的活动却不是这样。这种

---

① 玻尔（1885—1962），丹麦物理学家，1922年诺贝尔物理学奖获得者。

活动你能预测。"他这样说，"这就给了单个原子以自由，但原子成团是其必然。"

在我们这个时代，还有一个一直使我们感兴趣并替我们进行全部思考的隐喻，这就是进化之隐喻。你们不妨去查查进化这个词的拉丁词源。这隐喻仅仅是象征生长的植物或者说生长的东西。很久以前就有人很高明地说过：整个宇宙，万事万物之总和，就像一种正在生长的东西。就这么回事。我知道有朝一日这隐喻将不再管用，但迄今为止它在所到之处都没失灵。我承认这是个非常高明的隐喻，不过我已厌透了有类文章大谈什么糖果的进化，当然，或谈电梯的进化——这样进化，那样进化。什么都是进化，为了解放自己我只好说我对这个隐喻缺乏研究，所以我对它不太感兴趣。

我想要说明的是：如果你对隐喻并不精通，如果你在这方面不曾受过适当的诗歌教育，那么你在任何方面都可能出错。因为你对比喻的意义不能应付自如。你不了解隐喻的力量所在和弱点所在。你不知道你能指望驾驭它多久，不知道何时它会和你一道失控。你可能在科学方面出错。你可能在历史方面出错。就说历史方面吧——为了说明在历史方面也和在其他方面一样——昨天我听某人说埃涅阿斯应该被喻为乔治·华盛顿。（听这措辞"被喻为"！）他是那类民族英雄，中产阶级的男人，从没想过要当英雄，一心只想创造未来，一心只想他的孩子，他的后代。到此为止这还算一个不错的比喻，而且你们知道到此为止已走了多远。可接着他又补充说，奥德修斯应该被喻为西奥多·罗斯福。我并不认为这个比喻很好。某人在探望临死

前的吉本 ① 时说：他照旧是同一个吉本，依然能和他相提并论。

若从道德的观点来看把我们引入眼下处境的道路，这世界算完了。这是因为一种比喻意义上的坡度。这里有一种思想——从比喻的意义上说——有一种你们可能会说是妓院流行病的思想。它始终存在，并不时以某种神秘的方式变成世界性瘟疫。它何以这样做呢？就是靠使用道德创造出来维护道德的所有好字眼。它首先使用诚实、真诚、真挚这些字眼；学会它们并使用它们。"为了诚实，让我们看看我们是什么样的人。"你们知道。然后它又找到欢乐这个字眼。"让我们为了欢乐，尽管欢乐是我们清教徒祖先的大敌……让我们为了欢乐，尽管它是禁绝欢乐的清教徒的大敌……"你们明白。"让我们"为了什么什么。然后是"为了健康……"健康是又一个好字眼，是弗洛伊德学派爱用的隐喻，精神健康。我们所知道的最起码的情况是，这种思想已把我们全都引入困境。我想我们也许会谴责艺术家，因为他们是靠隐喻扩展的大人物。戏剧也应该受到谴责，因为它始终是两个社会（下层社会和上层社会）之间真正的中间形态——但愿我这么说不是对戏剧抱有个人偏见。

我讲这一切只是要说明魔鬼也能引用《圣经》，而这句话的意思又仅仅是，魔鬼为了达到其目的，可以像任何人一样引用你随口说出的好话。用不着担心我的道德观。我今天在这儿并不想

---

① 爱德华·吉本（1737—1794），英国历史学家，《罗马帝国衰亡史》的作者，卒于 1794 年 1 月 16 日；"某人"指吉本的朋友、英国政治家约翰·贝克·霍尔罗伊德（1735—1821）。

主张什么。我并不在乎这世界是好是坏——任何时候都不在乎。

现在请允许我让你们看一个出毛病的比喻。

不久前有个人对我说："我轻而易举就能把宇宙想象成一台机器，一台机械装置。"

我问："你的意思是说宇宙像一台机器？"

他说："不。我认为它是一种……好吧，它像是……"

"我认为你的意思是说宇宙像一台机器。"

"好吧。就算是那么回事。"

于是我问他："你见过什么机器没有供脚踩的踏板，没有供手握的操纵杆，或没有供指头按的键钮吗？"

他回答说："没有——没见过。"

我说："那好。宇宙是像那样吗？"

他说："不。我的意思是说它像一台机器，只是……"

"它不同于一台机器。"我说。

他想把那个比喻就用到那个份儿上，不想再更进一步。而我们也全都这样。所有比喻到某个时候都会失效。这正是它的美妙之处。这种美妙是比喻中不确定的东西，你同它打过再久的交道也不知道它何时会离去。你不知道你能从它那里获得多少，也不知道它何时会停止给予。它是一种非常活跃的东西。它就像生命本身。

打我记事儿起我就一直听说，而且从我开始教书后也一直听说：老师必须教会学生思考。有次在一所很大的学校里，我看见一位老师一边四处走动一边用手指敲着学生的脑袋说"思考"。那时候思考正成为时尚。这种时尚迄今还没完全过时。

现在我们仍然要求大学里的小伙子们学会思考，这和上世纪九十年代的要求一样，但我们很少告诉他们思考意味着什么，很少告诉他们思考就是把这件事和那件事联系在一起，很少告诉他们思考仅仅是用一件事来说明另一件事。告诉他们这点就是让他们的脚踏上了一架梯子的第一级，而这架梯子的另一头可刺破青天。

　　用一件事说明另一件事的最伟大的尝试是哲学上企图用精神说明物质、用物质说明精神、使二者最终统一的尝试。那也是迄今为止遭到失败的最伟大的尝试。我们在哲学方面未达到目的。但用精神来说明物质和用物质来说明精神是诗的最高境界，是所有思想的最高境界，是所有富于想象的思想的最高境界。我们不应该仅仅因为一个人试图用物质来阐释精神就把他叫作物质主义者，仿佛那是一种罪恶似的。物质主义并非用物质来阐释一切的企图。真正的物质主义者——不管是诗人、教师、科学家、政治家或政客——是那种陷入物质之中而没获得隐喻来使之成形成序的人，是那种迷路的人。

　　我们要人们思考，却又不告诉他们什么是思考。有人说我们用不着教他们怎样思考，因为他渐渐地就会思考。我们可以教给他们一些句型，这样只要他们有任何想法，他们就会知道如何把想法写出。但这种说法非常荒谬。凡要写作就要有想法。学习写作就是要学会拥有想法。

　　首先是小小的隐喻……学一些普通的隐喻。我宁愿要我自己赖以生存的普通的隐喻，也不要其他人那些非凡的隐喻。

　　我记得有个小伙子说，"他是那种会被自己的盾牌伤着的人。"当然，这隐喻也许微不足道，但对性格描写却很起作用。它具有诗的魅力。"他是那种会被自己的盾牌伤着的人。"

这盾牌使我想起了——请允许我多说几句——这盾牌使我想起了《奥德赛》某一卷中写到的那面倒置的盾牌。那卷书讲述了历史记录中最漫长的一次游泳。我记不得游了多久——好几天，是吧？——但最后当奥德修斯游近费阿刻斯人住的那座岛屿时，他看见那岛"像一面倒置的盾牌"在地平线上冒出。[①]

这卷书中还有一个更好的比喻。最后奥德修斯游到了岛岸，爬上了海滩，准备在两株枝叶交错的橄榄树下过夜，这时诗中写道，犹如在一座很难生火的孤零零的农舍——我的引用并不准确——在火一旦熄灭就很难再生火的地方，人们为保存火种总是在过夜时把它埋入余烬，奥德修斯就像那样把自己埋入枯叶并进入梦乡。[②]从这儿你获得某种向你展示性格的东西，那是奥德修斯自己的东西。"火种"。奥德修斯就那样把火种埋在心底。于是你感到了他高贵的天性。

但与我们诗人赖以为生的隐喻相比，这些隐喻还较为一般。它们有其魅力，短暂的魅力。但可以说它们是迈向伟大、庄严、永恒之思想的最初几步。

诗中给予我们最好教益的隐喻全都具有这种思想性。它也许会显得无须心灵去畅想遐思，但它却是心灵所达到的最遥远的地

---

① 弗罗斯特显然记混了奥德修斯十七个昼夜的航行和两天两夜的游泳，他是在木筏倾覆前望见费阿刻斯人住的那座岛屿的，木筏倾覆后他游了两天两夜才到达岸边。见《奥德赛》各中、英文版本约第 280—390 行。

② 参见《奥德赛》第 5 卷末节。

方。千百年来最宝贵的积累就是我们逐渐积累的高贵的隐喻。

我想补充一点，对诗的体验属于任何接近诗歌的人。接近诗歌有两条途径。一是通过写诗。有人会认为我希望人们写诗，可我并不希望；换句话说，我未必希望。我只希望那些想写诗的人写诗。我从不鼓励任何不想写诗的人写诗，而且我也并非总是鼓励那些想写诗的人。那应该是一个人自己操心的事。如他们所说，写诗是一种非常艰苦的生活。

（我刚去过西部的一座城市，一座满城都是诗人的城市，一座被他们造得适于诗人们安居乐业的城市。整座城市是那么可爱，你无须将其诉诸笔端便可使之成诗：对你来说那简直就是现成的诗。不过，我也说不准——如果把在那城里写的诗拿到城外来读，它们可能就不像是诗，而像是你喝醉酒后开的玩笑，你只有在又喝醉酒时才能欣赏它们。）

但正如我所说，幸运的是还有另一条途径可接近诗歌，那就是通过读诗，但不是当作语言、历史或任何别的东西来读，而是当作诗来读。要了解一个读诗的人有多接近诗，这对教师来说是件难事。我怎么会知道一位读济慈的人是否已接近济慈了呢？要知道这点对我来说很难。整整一年来我一直在和一群小伙子们讨论一些诗人，但我对他们是否已在方方面面都接近了那些诗人却没有把握。有时候他们的一篇评论可告诉我这点。一篇评论就是他们全年的得分；只能这样——那就是我了解到的我想要了解的情况。那就够了，只要那篇评论还像话，只要它足够接近。我想一个学生在一年中也许要写上二十篇不得要领的评论才能写出一篇像样的评论。他的得分应该依据那篇像样的。

接近——一切都依据你最后有多接近，你的得分应依据你的接近，而不是依据别的什么东西。而这点又只能凭偶然的评论来进行判断，而不是通过问答的方式。仅仅是凭着这种偶然，你方可在某一天知道某个人与诗歌有多接近。

与诗够接近的人比其他任何人都更懂得信念的含义，即便是在当今的宗教信仰方面。我们知道有两三种信念与宗教无关。其中之一是人在十五岁到二十五岁时的自我信念。一个年轻人对自我的了解比他能向人证明的更多。他拥有别人都不愿承认为是知识的知识。在他的知识中，他拥有一种相信它自己一定会实现、一定会被承认的东西。

另有一种与此相似的信念，即对另外一个人的信念，一种被相信一定会实现的两人关系。那是我们在小说中爱谈论的话题，爱的信念。充斥在小说中的理想破灭实际上就是因为对这种信念不再抱幻想。这种信念当然也会破灭。

还有就是一种文学信念。每一首诗被写成，每一篇小说被写成，靠的都不是技巧，而是信念。一种美，一种莫可名状的东西，某一事物的一点魅力，往往都是被作者感觉而非被他确知。有个众所周知的笑话，一个总惹我生气的笑话，说什么作家总是先写出结尾，然后才让内容逐渐向结尾发展；说他们总让一连串的后果都朝向一个他们觉得挺不错的警句，把一切都安排得像个陷阱才开始收尾。不，写作压根儿就不该是那么回事。凡接近过艺术的人都能看出有两类作品，一类是作者凭技巧写出，另一类则是作者用信念写成，这类作品始于某种感觉而非始于确知。你们在阅读时对这一点的体会和作者在写作时的完全一样——也许不完全一样——但也差不多。我可以按照这个原则来区分小说：用信念写成的小说和用技巧写出的小说。不过我区分诗歌更为容易。

现在我觉得——我突然觉得——我讲的这三种信念，自我信念、爱的信念和艺术信念，全都和对上帝的信念紧密相关，因为相信上帝是你为了获得未来而同他分享的一种关系。

与此相似的还有国家信念。任何人都会感到这种信念。我去过一个地方，在那儿我几乎一起床出门就会撞上一种人，他们觉得要讨好国际主义就不得不说点儿国家和国家主义的坏话。他们的隐喻全被弄混了。他们认为既然法国人、英国人和美国人可以在同一个台上坐下来共事荣誉，那天下就肯定不该有国家这种东西。这种错误的想法产生于我们都知道的一个根源。我倒想对任何人都这么说："瞧！首先我应该是一个人。我也希望你是个人，这样只要你喜欢，我俩就可以形成一种人际关系。我们可以拉对方的鼻子——做各种各样的事情。但你首先得有个人，才会有人际关系。你首先得有一个个国家，然后才会有这些国家按其意愿开始的国际关系。"

我想用另一个比喻来说明这点。如果我是个画家，我希望用我的调色板，我想把调色板拿在手上或放在椅子上，调色板上的颜料都各自分开，互不掺杂。然后我要在画布上进行调色。画布是艺术品所在的地方，是我们进行征服的地方。但我们希望国家都各自独立，互不相混，像我们能够做到的那样尽量分开，这样在我们的思想、艺术和其他方面，我们就可以做我们喜欢做的事情。

但我要回顾一下。这儿有四种信念，四种我们知道差不多是因为诗的熏陶而形成的信念。第一种是自我信念，它是一种你因为不能证明你知道而不愿对别人说起的知识。在你彻底领悟那种知识之前你会对它只字不提。第二种是爱的信念，它和自我信念一样害羞。它知道自己不能表白，只有等待结果来说明。第三种是我们作为社会之一员互相分享的国家信念，不管是先来还是后到，我们全都共同分享这个信念，以求创造这个国家的未来。我们没法告诉某些人我们坚信的是什么，这一方面是因为他们愚蠢得不能理解，一方面是因为（可以自豪地说）我们对这信念还不甚了解，所以不能解释。但无论如何这信念都一定会实现，等我们对它有更多的了解，等我们能拿出点什么来加之证明，我们将会对它加以讨论。然后是存在于每件艺术品中的文学信念，请注意，我说的不是凭技巧创作的艺术品，而是真正的艺术品；这种信念坚信事物之存在，会和你一样表达但甚至比你希望你能够表达的还多，并且会出人意外地到达一个你只是曾经凭某种激情预感到的目标。最后还有我们与上帝分享的那种关系，为了相信未来——相信灵魂的未来。

在阿默斯特学院校友会上的讲话

1930 年 11 月 15 日

致锡德尼·考克斯

嘿，锡德尼！

你开始不听话了。恐怕你是不愿再让自己过多地受我影响。

我现在更加确信我不希望过于认真地去探究诗人的内心。我也许会乐意用开玩笑的方式扬言在允许的范围内去探究一下他的人品。在我的诗以及我写给像你这种人的信中，我从来都避免把我内心的隐秘之处暴露给过度的好奇心。题目必须完全用除我之外的支撑物来支撑，而且在某种程度上必须树立成一个目标。题目必须是目标。不厌其详地讲述陈年往事毫无用处。对你写我的那本较大的书①，我不喜欢的就是它伸入了我不希望你伸入的范围。想法对我来说就是想法。例如你从我的生活中去寻找《雇工之死》的观点就显得很笨。请相信我，那里边没什么观点。你要那样理解我，就活该上我的当。关于你认为你已同我签订的那份合同，我想给你说说我的意见。我始终关心的东西唯有客观的想法。我的大多数想法都存在于我的诗中。但我总有一些想法是在

---

① 指考克斯撰写的《荡白桦树的人：罗伯特·弗罗斯特写照》一书的手稿，该书在考克斯死后于1957年出版；考克斯写的较小的一本书是《罗伯特·弗罗斯特：有独到见解的普通人》（1929）。

讲话时冒出来的，我曾担心永远也不会利用它们，因为我实在懒于写散文体的东西。我想它们大多是些与我的教学和授课内容有关的想法。那是我曾希望你能够进入的范围。我曾经想过，要是那不会过多地耽误你自己的事情，你也许会乐意为了我俩去搜集它们。但我历来不重视人物批评，在任何诗人的生平和作品中，我都把这类东西减少到最低限度。有实质内容的艺术和智慧会因它而发热。你谈到了谢尔利^①。他意味着两三首好诗——其中一首堪称杰作^②。他精心设计并使那几首诗脱离了他的体系^③，而我不会把它们再放回他的体系，不管是它们原来所在的地方还是别的什么地方。我这话说得很极端。但我在很大程度上就是这个意思。过分主观地对待一位艺术家已使之客观的作品，那就是对那位艺术家的无礼，就是要使他一生都自信已使之优雅的东西变得难看。

让我们看看吉尔克里斯特那本书^④。我非常想看看书中谈及我的地方。

你永远的朋友 R.F.

于阿默斯特

（约）1932 年 4 月 19 日

---

① 詹姆斯·谢尔利（1596—1666），英国剧作家，著有剧本 35 部。

② 《平等主义者——死神》。

③ "体系"指谢尔利的戏剧。谢尔利传世的几首诗均出自他的剧本，如《最后的征服者》出自假面剧《丘比德与死神》（1653），《平等主义者——死神》则出自《埃阿斯与尤利西斯之争》（1659）。

④ 玛丽·吉尔克里斯特著《诗歌写作：给青年作家的建议》（霍顿·米夫林公司 1932 年出版）。

关于《白桦树》

（年迈的知晓者）：邪恶之水会涌来。你的方舟就要启航，在最后一刻你允许我留一种植物于方舟传种。（如果是动物就得留一对，不然就没法传种。）好吧，就留一种树——白桦树。别问我为何在劫难之时，为何像这样含混不清。我的理由有可能牵强附会，言不由衷。但要是我必须为我的选择辩护，我会说我选它是因为它的清晰和隐秘。

《美国诗人五十家自选集》

1933 年

致威尔伯特·斯诺 [1]

亲爱的比尔:

　　我特别喜欢《饿鲨》《一月雪融》和《波涛曲》之类的抒情诗和十四行诗。但请你不用生气,那些与人与事作对的诗,如《一个印第安拓荒者》《乔纳森·科之歌》《福音传教士》《遗产》以及《洪水》[2] 等,相对说来就不太合我的口味。我必须体谅你的政治鼓动家姿态。要是你像我一样认为其实任何人都没毛病,那你就不会是你了。与其说我们是坏种,不如说我们是些可悲的人。在此我不禁想到在《父与子》中,屠格涅夫以巴扎洛夫的死来保持主人公与对手之间的平衡是多么合理。他完全做到了不偏不倚。我从来都不大喜欢听到一个妻子对丈夫怀有敌意,或是丈夫同妻子反目成仇。夫妻之间相互了如指掌,他们不会变得冷漠。他们所缺少的,他们可能缺少的,就是不偏不倚。这种事使我生气可能是因为它不合习俗礼仪。但要是习俗礼仪对我这么重要,那我干吗不给人家回信,干吗不答谢人家赠书呢?这点我待会儿再给你说。现在我要同你先了结刚才的话题。你的《福音传

---

① 诗人、韦斯利恩大学(康涅狄格州)英语教授,弗罗斯特的好朋友。

② 均为斯诺的诗集《新英格兰》(1932)中的诗。

教士》使我没大费工夫就想到了辛克莱·刘易斯①和我们五十年前经常唱的一首歌：

> 哦，上帝哟，我感到很悲伤，
>
> 因我还没还已过期半年的老账。

只有在这种情况下

> 它来自一个头发花白的推销员，
>
> 那推销员在这儿转悠了整个夏天。

正如乔治·梅瑞狄斯所说，我们这些姑娘往往无须福音传教士和旅行推销员来引诱："我们是被心中虚假的激情引入歧途。"②

　　但在此我要与你的信条发生冲突，就在不到一个星期前我还在公开场合说，诗中的一切就像是高空秋千表演。这正好说明了为什么大学里最接近诗歌和艺术的东西一般说来就只有露天运动会。古希腊人肯定同意我这个看法，不然他们就不会同时在一个地方上演戏剧和举行运动会。

　　你在整本书里的表演令我感到满意。你是个成功的诗人，这点毫无疑问。我很高兴能成为你的读者，同时也为能不时得到一

---

　　① 刘易斯在其长篇小说《埃尔默·坎特里》（1927）中刻画了一个虚伪的福音传教士。

　　② 梅瑞狄斯《爱之坟墓》一诗最末三行为："……上帝知道，人生悲剧 / 用不着反派角色！激情会编织情节: / 我们是被心中虚假的激情引入歧途。"

本赠书而感到骄傲。

这下我该回头来说我为何没有一收到书就向你致谢的原因。不错，我是上次圣诞节收到这本书的，不是吗？当时我想，如果我把一封感谢信作为下一个圣诞节送给你的礼物，那应该是一个好主意。唉！要是我能忍受你整整一年对我的误解甚至严厉谴责，我本来是可以把那个主意付诸实现的。

尘土归于尘土，血中盐归于海中盐。说不定哪天我会忍不住剽窃这句话。但要是我真的剽窃，那肯定不会是在无意中，因为这句话的出处已深深地刻在我的记忆里。

爱你们的 R.F.

（约）1933 年 5 月 16 日

致莱斯利·弗罗斯特·弗朗西斯

亲爱的莱斯利:

　　做那样一件工作的难处就在于你每时每刻都不能忘记你是在代表我们弗罗斯特家族说话，而不仅仅是代表你自己说话。我承认，由于我曾受到一位艾略特在美国的门徒的恶意侮辱，在过去的一两年中，我好几次在公开场合谈到艾略特时都忘了我的尊严。我是说我表现出了一种敌意，一种我倒想认为与我引以为自豪的身份不相称的敌意。但愿你在这方面能比我做得更好。大多数情况下应该只讲不评，或只是偶尔在一种反语式的掩护下，或在话要讲完之时显得轻描淡写并不怀恶意地评判两句。差不多就照他们通常自我描述的那样去描述他们。记住你是我的女儿，你是在坎布里奇说话，而艾略特的姐姐谢菲尔德夫人又是我念哈佛时我那位英语老师的妻子，她很有可能会听到你说的话。别显出任何敌意。说话务必三思。对待任何活人都别太认真。

　　现在让我给你讲一些新诗运动的情况，在你已不得不听到的所有谈论中，这些情况你也许已理解或也许还没有理解。

　　埃兹拉·庞德是那场运动的原动力，他无论如何都该因那场运动的成就而受到赞扬。我们去英国那年他正开始与传统诗人分道扬镳。他的 $\Delta\tilde{\omega}\rho\iota\alpha$（《多丽娅》）一诗在一次诗歌比赛中获得了第二名，获得第一名的是鲁珀特·布鲁克的《尘土》。《多丽娅》或多或少都是一个有意的新开端。这首诗获得第二名使它广为人知。

庞德首先想到的是音韵格律总让你使用过多的词汇，甚至为了均匀而使用次要的形象。当时他和他的朋友弗林特、H.D. 和阿尔丁顿爱玩一种互相改诗的游戏，看他们能不能减少一首诗的字数。庞德有次写信告诉我，说约翰·古尔德·弗莱彻不能写自由诗，因为他不能理解自由诗的目的，那就是自由诗在遣词用字上不是要更多的自由，而是要更少的自由。

庞德很早就开始谈论不要格律的节奏。

我想你可以在里德最新的那本书①中读到他关于"内在形式"之原理的充分陈述，即若让主题自由发挥而不考虑任何外在形式，那主题本身就可以表现为形式。别的一切都注定有两种强制力，外在的和内在的，精神的和社会的，个人的和民族的。我想做个好人，但这还不够，这个国家说我必须做个好人。万事万物不仅有形式而且得依照形式。但据庞德—艾略特—理查兹②—里德艺术学派的观点，这万事万物中诗歌得除外。对我来说，我倒可以像满足于打网球不要球网那样满足于写诗不受形式的约束。我认为在这两种情况下，我都可以展现我的活力、机敏和认真的天性。这就是我。记住你现在是在替他们说话，评价他们一定要公正。但不管你怎样评价，都一定要公正地把庞德视为伟大的创新者。

他也是第一个意象主义诗人——尽管我相信我们的朋友

---

① 指赫伯特·里德所著《现代诗中的形式》（1932）一书。

② 艾弗·阿姆斯特朗·理查兹（1893—1979），英国文学评论家。

T.E.休姆赢得了这个名声。意象主义诗人与一般小诗人相比，不过就是坚持用更清晰、更强烈、更不混乱、更少一知半解的意象（主要是视觉意象）。这就其本身而言肯定没错。奇怪的是他们的现代性和心理特征，他们没有更多地谈到听觉意象和其他意象——甚至没谈到动感意象。

庞德的精练自然会剥去诗的连接组织。别担心上下文的连贯——它们会自己照料自己——你只消抓住诗的要点。这种精练可使表达方式具有一种非常古老的《旧约》风格。

这种追求精练和简略的愿望已使影射、暗示、含蓄、隐晦成了诗本身的一个目标。所有的诗历来都是说出一点而暗示其余。那么为何要让它说出一点呢？为什么不能让它暗示一切呢？哈特·克莱恩在这点上已不遗余力。[①] 他们的毫无节制有一个理由，那就是的确许多诗因过于直露而平淡无味。我猜想格特鲁德·斯泰因也已加入了鼓励暗示派诗人的行列。她有趣的东西不多，但都很有影响。我从报上读到有人挑黑人演员来演唱她撰写台本的歌剧[②]，因为黑人演员不像白人演员那样需要更多地了解他们在唱些什么。那可以说是一篇并无恶意的报告。"城堡的高墙送走了钟声"[③]一诗常被省略暗示派诗人作为其理由。那是一首无可指责的好诗。但愿有人能写得同它更接近。杰拉德·曼利·霍

---

① 克莱恩（1899—1932）因未实现其艺术抱负而投海自尽。

② 《三幕剧中的四圣徒》，1934年2月8日首演于康涅狄格州的哈特福德，随后在纽约和芝加哥上演多次。

③ 无名氏所作之无名诗，通常被标题为《伴娘来了》或《新娘的早晨》，常见于各英诗选本前几首中。

普金斯的晦涩和累赘比他们的《圣经》①还有过之而无不及。霍普金斯还算优秀。他的朋友罗伯特·布里奇斯曾非常公正地评判过他的弱点。他那首写"所有杂色物"的诗②虽然还不错，但令我失望的是，诗写得那么短也未能紧扣杂色之物。现附寄佩斯这首长诗③给你作为进一步的例证。有天上午我在学校教堂里成功地朗读了《序歌》④。为朗读此诗我不得不练习了一种方式。大多数学生都笑了，但也有一些假装不明白那首诗在说什么。照此同样的方式，一个十岁的孩子也可以在听朗读弥尔顿的《失乐园》时获得真正的乐趣。只要那孩子是真实的，他就会获得。我们必须抑制我们的故弄玄虚。尤其不要心怀恶意。

从庞德到艾略特之流都一直靠炫耀学问来求得殊荣。庞德炫耀他的古法语，艾略特则卖弄四十种语言。他们爱旁征博引，可你试试看能不能把他们的引文放回原来的出处。庞德虽引征不确，但的确很有学问。艾略特则更是博古通今。莫里斯·休利特⑤曾依靠庞德提供有关中世纪的史料。叶芝也曾依赖他提供素材，而且不只是素材。叶芝晚期的表现风格是庞德教给他的。意识到这点的人并不多。叶芝最后一本书的序言中有段提及庞德的话意味深长。

---

① 指詹姆斯一世钦定本《圣经》。

② 指霍普金斯的《杂色之美》，参见《英诗金库》第398首。

③ 指法国诗人圣琼·佩斯（1887—1975）于1924年发表的长诗《阿纳巴斯》（*Anabase*，又译《征讨》），艾略特翻译的英文版出版于1930年。

④ 《序歌》是惠蒂埃第一本诗集（1849）里的一首诗。诗人在诗中说：他的诗虽不能与斯宾塞和锡德尼美妙的诗相比，但他能凭他对专制主义的仇恨和对人民疾苦的同情来弥补他艺术上的不足。

⑤ 莫里斯·休利特（1861—1923），英国历史小说家及诗人。

最终我们会谈到谁意味着最杰出，是庞德还是艾略特。艾略特一直在写皈依宗教和扬弃被战争败坏的世界这样一种阵痛。那似乎很深刻。但我不懂。《荒原》——真个儿你外祖母的曾外祖母！我怀疑是否凡以前没被和平荒废的都叫战争给荒废了。

务必为美国争取一切。庞德、艾略特和斯泰因虽久居国外，但他们都是美国人。

你亲爱的爸爸

又及：你应该注意到艾略特翻译这两行诗：

> 这诗就是我给那群小伙子朗读的，
> 奥登是他们中刚入伍的新兵。

注意艾略特在《圣灰星期三》中是怎样误引莎士比亚这行诗的："Desiring this man's art and that man's scope"①。

如果他是故意的，那他为什么呢？是要替莎士比亚润色还是仅仅为了更现代而对他进行一点儿有趣的歪曲？《圣灰星期三》应该说是浸透了宗教精神——在去罗马之前的最后阶段。

阅后将此信寄回。

1934 年

---

① 《莎士比亚十四行诗》第 29 首第 7 行。艾略特将此行中的 art（技艺）改为了 gift（天赋）。

致《我们喜欢的书》

一、《奥德赛》自行入选，因在所有传奇作品中，它流传最久，品味最高。帕尔默的英译本 [①] 无疑是最好的。根据劳伦斯 [②] 在他自己的译本序言中对原著作者的记述，更像原作者的译者显然是帕尔默，而不是劳伦斯。我能喜欢的译本只有十分之一。

二、《鲁滨孙漂流记》绝不会完全从我脑海中消失。我从不厌倦别人给我描述有限何以能在无限中获得安适。

三、《瓦尔登湖》有一种同样迷人的东西。鲁滨孙被风浪抛离人世，梭罗则自己避开人世。他俩都找到了自足。就主题而言，没有任何散文体作家比得上这两本书的作者幸运。我更喜欢我用叙事体写的散文。在《瓦尔登湖》中我看到了这种文体，它始终都接近诗的高度。

四、《爱伦·坡小说集》。该书包括了短篇小说所能提供的全

[①] 乔治·赫伯特·帕尔默（1845—1933），美国学者，哈佛大学教授。他翻译的《奥德赛》于 1884 年出版。

[②] 托马斯·爱德华·劳伦斯（1888—1935），英国作家、考古学家、军人及外交家。他一战时期率领阿拉伯部落抗击土耳其军队的壮举使他享有"阿拉伯的劳伦斯"之盛名。他翻译的《奥德赛》于 1932 年出版，译者署名为托马斯·爱德华·肖。

部种类：超自然小说、恐怖小说、科幻小说、幽默小说和侦探小说（我也许对每一种都只该说有品质）。

五、《牛津英诗选》。

六、昂特迈耶编的《现代英美诗选》。五、六二书全面包容了我们这个种族的诗。按实际行数计算，十行诗中我喜欢的有两行半——百分之二十五。就眼下看来这似乎并非一个不适当的比例。

七、《最后的莫希干人》会永远为我们提供回想北美印第安人的途径。

八、《岑达堡的囚徒》[1]无疑是现代畅销书中最优秀的一本。

九、《丛林故事》（上卷）。只要我能又找到一个孩子听我朗读，我就会把该书又读一遍。

十、《爱默生诗文集》——不管从散文、诗歌还是从书信中，你都会感受到理想主义的狂喜。

《我们喜欢的书》[2]马萨诸塞州图书馆协会

于基韦斯特

1934 年 12 月 18 日，1936

---

[1] 安东尼·霍普·霍金斯爵士（1863—1933）写的一部小说（1894），作者所用的笔名是"安东尼·霍普"。

[2] 此书全名为《我们喜欢的书：对同一征询的六十二种答复》（爱德华·威克斯编辑并写序，波士顿马萨诸塞州图书馆协会 1936 年版）。该征询内容为："请选出十本你认为可在任一公共图书馆找到的书，并说出挑选理由，选书不包括《圣经》、莎士比亚的作品、各类词典、百科全书以及一般参考书。"

致《阿默斯特学生报》的信 [①]

　　同学们对我的年岁表示关切，这使我非常非常感激。但六十岁可是人生中一个挺不错的年岁。它并不算很老，还可以大有作为。如今人们可以健康地活到九十岁，应该相信有这种幸事。

　　不过说到年岁，同学们大概常听人说我们生活的这个年代特别糟糕。我不能容忍这种说法。我们不可能知道这个年代是人类历史上最糟的年代。阿诺德曾声称前一个年代最糟。华兹华斯则说最糟的是再前一个年代。文学史上每个年代都有人这样称。我说他们声称这份荣誉属于他们的年代。他们当然也声称荣誉属于他们。一个人若认为自己是被上帝调动的最邪恶的力量打败，那他真是厚颜无耻。

　　人世间的所有年代都很糟糕——至少比天国糟糕多了。要它们不糟，那人世倒满可以一下子变成天堂而且胜过天堂。如果一个人能有一番从六岁到三万岁的人生经历，那他就可以有把握地说：这世界显然是这样一个地方，要在这儿拯救你的灵魂在任何年代都同样困难。不管进步可以被用来意味什么，它都不可意味要把这世界变成一个更容易拯救你灵魂的地方——要是你不喜欢

_____

　　① 对阿默斯特学院学生给他的生日贺卡之回复。

听见公开提到你的灵魂，你可以说你的体面、你的诚实。

各个年代也许会有点变化。一个也许会比另一个更糟糕一点。但是你不可能吃透你所处的年代，从而对其作出精确的评价。实际上吃年代那样大的东西简直和吞一头驴同样危险。看看有多少尝试过的人还撑得要死。这一撑使他们的头脑和肢体再也没法恢复原状。他们再也拿不起任何精巧细微的东西。他们再也不能用笔。他们不得不使用打字机。而且他们总是痛苦地张着嘴。他们可以写大部大部毫无形式可言的长篇小说，大块大块在痛苦呼喊的原始的真实，那就是他们所能写的全部。

幸运的是我们不必去了解这年代到底有多糟。总有一些我们无须涉及这年代有多好或多糟便可以去做的事情。毕竟世上还有这么多好的东西，这就允许形式的存在和形式的创造。不仅允许形式，而且呼唤形式。我们这些人因受自然界云烟翻滚之形式的启迪而被推到了高处。自然在我们心中达到其形式的顶点，并通过我们超越其自身。当我们疑虑时，总会有形式伴我们继续前进。当然，获得越少形式的人会陷入越大的痛苦。我想这一定会使我们的信念保持正确方向。也许艺术家和诗人应该最充分地感受到这种信心。但感觉到它并靠它生存实际上是每一个人的明智之举。同样幸运的是，没有任何形式比我们轻易创造的那些较小的形式更有趣味，更容易移植，更令人欣慰而且更能持久，如缭绕的炊烟、我们无须任何人协助的个人心愿、一只篮子、一封信、一座花园、一个房间、一缕思绪、一幅画或一首诗。为这些我们用不着结成帮派就能展示。

背景是从我们所在之处渐渐隐入黑暗混沌的巨大混乱，而任何人为的秩序和集中的小小图样都映在那背景上。与那相比这应该是多么地更令人满意？只要我们不是长篇小说家或经济学家，我们就不会担心眼下的混乱；我们会借助一种仪器来观察它或着手限制它。这在一定程度上是因为我们担心它也许并非我们和我们民主—共和—社会—共产—无政府主义政党之混合所能应付的。但更多的是因为我们喜欢它，我们生于它，我们生来就习惯它，我们有希望它存在的实际理由。对我来说，任何我肯定其存在的小小形式都是俗话所说的意外赚头，所以我应该认为它真不知比一无所有多多少。但如果我是个柏拉图主义者，我想我就不得不认为，与万事万物相比它真不知少多少。

《阿默斯特学生报》

1935 年 3 月 25 日

序罗宾逊的《贾斯帕王》[①]

后人可能会注意到（也可能注意不到）我们这个时代曾疯狂地追求创新的新路。那条创新的老路已行不通了。科学让我们想到肯定会有些创新的新路子。那些已试过的路子主要是靠减少和消除。以写诗为例，有人试过不用标点符号。有人试过不用大写字母。有人试过不用调整音韵节奏的格律。有人试过只用视觉意象而不用其他任何意象，于是为了掩饰明确的听觉意象之全部丧失，为了掩饰那些一直构成诗歌更重要的一半的充满激情的语音语调之全部丧失，一种单调的高声吟诵法不得不以保留。有人在"纯诗"的幌子下试过不要内容。有人试过不要警句格言，不要承上启下，不要逻辑条理。有人甚至试过不要本事。有个人曾向我承认，他一直被迫故意忘记他曾知晓的东西。为了证明进步，他在诗艺上进行了一次倒退运动。有人试过早生早产，嫩得像亚洲人未等牛犊落地就端上餐桌的小牛肉。有人试过无情无义，狠得像下层社会为了几张钞票就会杀人。人们已经试过了这

---

① 埃德温·阿林顿·罗宾逊（1869—1935），美国诗人，曾三次获得普利策诗歌奖，《贾斯帕王》是他创作的多部长诗中的最后一部，由弗罗斯特作序，于1935年在纽约出版。

么多新的路子，还有什么留给我们呢？仍然还有路可走。虽说诗的限制历来都非常严厉，但希望在于总有想法一直在冒出。

罗宾逊始终满足于走创新的老路。我记得曾同他谈起过这个话题。一个人会怎样突然发现他与众不同，当他最初发现这点叫他会怎样感受？一开始这也许会令他感到惊恐，就像他的宗教信仰与众不同会令马丁·路德感到惊恐一样。世上有种人非常愿意与众不同。可对不仅愿意而且担心与众不同的人，我们该说什么呢？他们怎么能肯定自己的与众不同不是因为精神错乱、行为古怪、发育不全或缺乏才智呢？有两种恐惧会追随我们的一生。是害怕我们在某个至少和我自己一样了解我们自己的人的眼中不值得重视。这是对上帝的恐惧。另一种是对人类的恐惧——害怕人们不理解我们，害怕他们会中断与我们的联系。

我们先是在婴儿时代建立了目光之间的联系。我们认出他们是我们的同类，我们可以和他们一道做同样的事情。接着我们注意到看得见的嘴唇动作——对他们的微笑报以微笑。然后凭尝试和出错，我们小心翼翼地比较看不见的口腔和咽喉肌肉。它们是一样的，可以发出同样的声音。我们仍然彼此一致。到此时一切都顺当。但随后疑惑开始滋生。人们一直说在艺术上得到承认是最重要的。可更适当的说法是保持一致是最重要的。头脑必须说服头脑，它只能弄直和弯曲同样的细丝；心灵必须说服心灵，它只能发出同样的永恒之光。除了白痴之外，谁也不想在任何事上打破这种一致。所有的一切都令人心满意足，生活在这种怕打破一致的恐惧中有百利而无一弊。

那些实验家们提倡的最新尝试是要把诗作为向这个反乌托邦

的国家表示不满的工具。如我所说，他们的大部分实验靠的都是减除法。这次可能得靠增加一种当今诗歌所缺乏的要素。现在必须分清何为悲哀何为不满。不满也许比悲哀更实用。我读到过一种从莫斯科来的主日学校的宣传册，上面说契诃夫对他家乡社会肮脏愚昧之不满已使全俄国同样的不满情绪完全消失。他们正在庆祝这一事件。上世纪一些伟大的俄国人的不满已经给了俄罗斯一场革命。他们在美国的追随者的不满很可能也会给我们一点什么，如果不是一场革命，至少也是点能减少不满的津贴。我们必须容许他们过最丑陋的生活，千万不要禁止他们，因为我们珍惜自己宽容大度的名声。

最近我听一位年轻人说："虽然我们曾认为文学作品不该有内容，但现在我们确信它应该充满宣传内容。"这是错上加错，我对他说。不但是错上加错而且是知错犯错。但他稍加思索后又恢复了镇静："当然也可以把艺术性看作好东西，但它得尽快行动。"得多快？我问他。不过过分轻率地取笑年轻人是很危险的。这场实验显然已经开始。不满肯定是一种力量，而且就要被发泄出来。我们对我们的梦想家们一定要非常温和。眼下他们看上去也许会像是纠察队员或执法委员会委员。我们不该在意他们看上去像什么，只要他们写出真正的诗。

但就我个人来说，我不喜欢不满。我发现不管它们是哪里出版的，我都总是轻轻地把它们放到一边。我喜欢的是悲哀，而且喜欢它们具有罗宾逊式的深沉。尽管我猜想请求也没用，但要是小说散文愿意接受这过分的请求，那我倒认为我们也许会满足于把不满限制在小说散文中，而允许诗歌流着泪去走它自己的路。

在无数另一类痛苦者中，罗宾逊是伤心者中的伤心王子。他用以工作的真诚全是悲哀。他维护诗椎心泣血、歌其极悲的神圣权利。让刁钻小人去动肝火吧。我深知去何处寻找忧思。一点浅薄的烦躁不满可能也是人之常情，但在他把我们投入其中的深深的悲哀中，这种不满会被忘得干干净净。

不满是急躁的一种形式。悲哀是耐心的一种形式。法律也许会要求我们放弃耐心，就像它已要求我们放弃了黄金 ① 一样。因为凭着放弃耐心并加入到对邪恶之堡发起最后总攻的急躁之中，我们就有希望结束对耐心的需要。将来不会有任何需要我们去容忍的事情。那完美的日子只有待全社会的统一行动。而这种统一只消再有两三次体面的大选即可完成。同样也有人要求我们放弃勇气，把胆怯当作一种美德，看这样是否就能结束战争，结束对勇气的需要。请为了科学而放弃宗教，把未知领域的旮旯角落都打扫干净，这样我们也就不再需要宗教（宗教只是对我们未知的事进行安慰）。但要是出了什么差错呢？要是邪恶挡住了围攻，战争并没被消除，而且依然存在一些未知的事物，那结果会怎样呢？我们自行解除武装会使我们的处境比以往任何时候都糟。华尔街、国际联盟或梵蒂冈最近提出的忠告中没有任何东西会使我放弃我拥有的坚韧不拔的悲哀。

我与罗宾逊相识是很多年前的事了，那是在波士顿公地 ② 附

---

① 美国于 1933 年废除货币金本位制时要求公民将金币金条都交给政府（1975 年以后美国公民又可合法拥有黄金）。

② 参见弗罗斯特诗集《集外诗》第 5 首《清朗而且更冷》之脚注。

近的一个地方，后来我们喜欢管那儿叫"喝苦啤酒的地方"，因为那天有苦啤酒，不过没有苦味。当时我俩可以坐在那里观看周围交织着不满和尝试的混乱情景。时间已过去太久，我已不记得谁说了些什么，但那次会谈的感觉是，我俩都不在乎一个改革者或实验家名声有多坏，只要他能给予我们真正的诗。至于我们自己，我们都不愿自己的诗被读是因为读者认为我们是根据某种理论在写诗。我们不相信任何一首诗会因为它所根据的理论而流传。就说英语诗可以被看作是由长短音步构成的这一理论吧。有人不理睬长短音步也一直在写诗。真正重要的是诗歌本身。我当时最大的野心是能有几首诗被收入某部诗选集而且将来也难以被剔除，能有一些不能删减的诗同罗宾逊的诗被收在一起而且超过他的份额。

四十年来，罗宾逊和每一位诗人都在一词一句地对某种是某种东西的东西进行尽可能接近的描写。任何诗人要想有一丝一毫地像他，就必须像他那样对精神现实进行最逼真的描述。如果诗选集是按诗行的重要性而不是按首行来编索引，那罗宾逊的许多诗都会在索引里出现好几次。索引应该照这样来编。这种编法可能的唯一缺点就是编者不能是临时雇佣工，而且他必须在知道要用那些诗行来编索引之前就已经自愿地记住了它们。一首值得注意的诗在索引中多次出现只会增加读者查到它的机会。

我坐下来与之谈诗的第一位诗人是埃兹拉·庞德。那是1913年在伦敦的时候。如果我没记错的话，我们谈论的第一个诗人就是埃德温·阿林顿·罗宾逊。我那时刚从美国去伦敦，而且已读过了《下游的小镇》。从那本诗集开始，我已慢慢地读过了罗宾逊在此前二十年间写的诗和他此后二十年来的诗①。

我记得当时和庞德一起笑谈《米尼弗·契维》中的第四个"想"字：

　　米尼弗想呀，想呀，想呀，
　　老想着金钱财富。②

照当时评论家的好话来说，三个"想"字本来已"足矣"。如果他只用了三个也不会有任何人抱怨。第四个"想"字造就了过度的诗味。趣味也从第四个"想"字开始。就在同庞德会谈的时候，我荣幸地被我们舆论界的朋友领出去引见给了梅·辛克莱小姐，由于她在《圣火》③中对青年诗人和新诗人所表示的同情，她当时已成了在艺术上保护这些人的专家。

那个"想"字重复的意义不仅仅在于次数。那里边有最后一个"想"字突然冒出来的方式，那种玩弄诗节形态的方式，那种轻而易举就把诗的障碍化为有利因素的方式。恶作剧就在其中。

　　一个人有点儿害怕地
　　停下来说那肯定是他干的——④

---

① 《下游的小镇》出版于1910年。
② 引自罗宾逊的《米尼弗·契维》一诗。
③ 梅·辛克莱（1863—1946），英国小说家及评论家，曾评论过罗宾逊的诗，她的小说《圣火》出版于1904年。
④ 引自罗宾逊的《弗拉蒙德》一诗。

一个和罗宾逊一样悲哀的人。对那些认识罗宾逊的人来说，他的死①令人悲哀，但更令人悲哀的是他早已让我们的耳朵听惯了的他一生的诗。然而我得说，他大受称赞的克制就完全在于他从不让悲哀能走多远就走多远。而悲哀走多远，理性和信心也走多远，绝不多走一步。也许是审美情趣设置了那个界限。但幽默是一种更坚实的依靠。

> 曾有一个人整夜站在那里
> 每时每刻都在期盼某种东西。②

我知道那个人想要老王科尔的什么。他想要他心中的隐秘。他就是那个站在一首诗末尾的朋友，随时准备用热情的双手抓住你，拽着你一个趔趄跨过最后一个标点符号，让你说出你并没打算说的话。"我对这首诗完全理解，但请告诉我它后面是什么。"提这种冒昧的问题只会碰一鼻子灰。那回答肯定是，"要是我想让你知道，那我早就在诗中告诉你了。"

我们早年还读到过罗宾逊的这几行诗：

> 我们玩的那些个
> 把一天的每分每秒注满酒杯
> 的游戏是从头到尾阅读灵魂。③

---

① 罗宾逊死于 1935 年 4 月 6 日。
② 引自罗宾逊的《老王科尔》一诗。
③ 引自罗宾逊的十四行诗《亲爱的朋友》。

他在诗中提到过克拉布[1]那种难驾驭的技巧[2]。他自己的技巧是一种幸运的技巧。他的主题是不幸本身，但他的技巧是幸运的，如同它是调侃的。对那些忍痛看他痛苦的人来说，这技巧中便有那种给予安慰的意图。哪怕冒得罪那些缺乏幽默感的诗人的危险（因为的确有这种诗人），我在这里也要说：他的艺术已超越了调侃，因为它富于幽默感。

风格乃人格。但毋宁说风格是作家诗人自己采用的方式。为了让读者高兴或仅仅是为了让读者容忍，这种方式几乎都有严格的规定。如果它表面上是严肃的，那它肯定有内在的幽默。如果它表面上是幽默的，那它肯定有内在的严肃。严肃性和幽默感谁缺了谁都不行。罗宾逊在他写汤姆·胡德[3]的那首十四行诗中也是这么认为的。马克·吐温受的一种折磨就是老担心他藏在幽默下的严肃性会被人忽略。正是那种担心诱使他写了两三部不加掩饰的严肃作品。

《米尼弗·契维》是很久以前的作品了。但我说的那丝幽默这么多年来仍在不断闪现。昨天我在谈话中还在引用《磨坊》。罗宾逊能让诗中的说话像在剧中一样。《约翰·戈勒姆》中的说话方式多有想象力！他的语言艺术在引号之间达到了顶峰。

磨坊主的妻子已等了很久。

茶水已凉。炉火已熄灭。

---

① 乔治·克拉布（1754—1832），英国诗人。

② 《乔治·克拉布》第 6—8 行为："从他平凡的卓越和难驾驭的技艺／仍留下一些时髦没法消灭的东西，／尽管岁月已使他头顶的桂冠稀疏。"

③ 指英国幽默作家及画家小托马斯·胡德（1835—1874）。

可他的离去也许并无不妥，

他说的话也没什么不对劲儿。

"现在不会再有磨坊主了。"

这是她听他说的唯一一句话。[①]

"现在不会再有磨坊主了。"这也许是一项不利于加工者（我们现在封给他们的尊称）的新政法令。但不是，它具有更广泛的适用性。它是对所有用生命或资金进行投资的人的恶意嘲笑。市场会变化，会留给他们满满一仓库开不动的电车。如果我二十岁时献身于宗教，可二十五年后宗教不再时兴，那时我四十五岁，已不能胜任其他任何工作，而且因为太老已学不会其他技艺。不得不把高尚的艺术、宗教或实业生涯当成赌博，这似乎是不道德的。但实际上我们没有选择的余地，除非有个既英明又强大的政府能承担起责任：使我们免于这种赌博，或保证我们不再遭受我们曾遭受的损失。

《弗拉德先生的酒会》中那种有节制的伤感正是该诗的残忍之处。我们应该记住有几个月亮在倾听。两个，就像在火星上一样。一个也不能减。一个也不能添（"别添了，先生，这就够了"[②]）。一个月亮（尽管是月亮而不是太阳）也许会使忧愁过于袒露。多于两个月亮又会完全驱散忧愁，使之荡然无存。感情的把握必须恰到好处。

---

① 引自罗宾逊的《磨坊》一诗。

② 《弗拉德先生的酒会》第42行。

他慢慢地将酒壶放到脚边，
非常小心，深知万物多易碎，
当他确信酒壶已在地上放稳，
确信它没像无常的人生那样
立不稳脚跟——

　　幽默在此再次闪现。其实它在你也许看不到的地方也没消失，如在《麦捆》①结尾处那些金发姑娘炫目的光彩中。在一个总是暗无天日的世界里也允许有几个晴天。

啊，弗拉德先生，又见获月，
我们也许已见不到它几回了。
那只鸟老在飞，诗人总这样说，
而你我以前也在这里这样说过。
为那只鸟干杯。

　　在这声调侃的祝酒词中，诗超越了诗。
　　罗宾逊已经去了他在美国文学中拥有的位置，他在我们中间的位置已变得空空荡荡。我们为此悲痛，但有所节制，毕竟他的一生曾在语言的欢乐中畅饮。这么说并非不恰当。谁也不能悲叹。

------

　　①　参阅《麦捆》末四行："上千个金色的麦捆躺在地里／静静地闪光，但不会躺得太久——／仿佛上千个金发灿灿的姑娘／会从她们睡眠的地方起身离去。"

上帝那不可思议的慷慨，竟把

那家伙塑造得像我们中的一个。①

成就中总是交织着这样的悲哀和这样的欢欣。我不会去追寻
他悲哀的源头。他知道怎样禁止越界。在一种不是为谋求帮助和
安慰的悲哀中，通常都有一种实实在在的满足。给我们一些无法
消除的悲哀吧②——一些我们没法对付的悲哀——一些明确无误
的绝对的悲哀。然后演戏吧。演戏是唯一的手段。演戏是唯一的
手段。德行尽在"仿佛"之中。③

仿佛最后的日子

正在消失，所有的战争都已结束。④

仿佛战争已结束。仿佛，仿佛！

1935 年

---

① 参阅《鼠》："每次当他让自己被人看见 / 我们都可怜他，鄙视他，或悲叹 /
上帝那不可思议的慷慨 / 竟把那么卑鄙的家伙塑造得像我们中的一个——"

② 引自埃德温·马卡姆（1852—1940）所作《一个扛锄的人》，此诗曾一度
广为流传。

③ 参阅莎士比亚《哈姆莱特》第 2 幕第 2 场第 604—605 行："演戏是唯一的手
段，我要借此把国王的内心刺探。"另参阅《皆大欢喜》第 5 幕第 4 场第 98—103 行：
"我知道一次连七个法官都断不了的争执，但当争执双方自己相遇时，其中一位想到
了'如果'这个词，就像'如果你是那样说的，那我也是那样说的'；结果他们握手
言欢，成了兄弟。你的'如果'是唯一的和事佬，德行多在这'如果'之中。"

④ 引自罗宾逊《黑暗的山峦》一诗第 7—8 行。

序萨拉·克莱格霍恩的《六十年》①

平安，平安！我们在一场"小猫抢窝"的游戏中四处寻求平安。我首先在一些可敬的人名中找到了安全感——当我想到一些人时，我说的是那些我能确信坚守在其岗位上的人。我就像那个正在去邪恶城堡的恰尔德·罗兰②，我需要有让我一想起来就感到愉快的人。根据当今各种流传的说法，反对我们的人居然比支持我们的人更多。

> 我所听到的也许是事实：
> 人世是一片野蛮的荒原
> 遍地都是暴力和欺骗。③

---

① 萨拉·克莱格霍恩（1876—1959），美国女诗人，出版有诗集《画像与声明》（1917）、《和平与自由》（1945），《六十年》是她写的一部自传，由弗罗斯特作序，于1936年出版。另参见本书末《作者年表》1920年条。

② 恰尔德·罗兰是亚瑟王的儿子。英国诗人罗伯特·布朗宁（1812—1889）以他为主人公写有叙事诗《恰尔德·罗兰来到邪恶城堡》（1855），而"恰尔德·罗兰来到邪恶城堡"语出莎士比亚《李尔王》第3幕第4场第182行。

③ 参阅爱默生《采浆果》第1—3行，爱默生的第3行原为："遍地都是欺骗与暴力。"

不可低估敌人的相对力量，但也不能对其过高估计。我认为这就是格兰特[①]作为了不起的将军的一条经验。在一场战役中，我们有必要始终想到在紧急情况下我们能召集到哪些人。在北方的佛蒙特州，我们受到三位了不起的女士的关心，三位住在河谷上游的真诚的女士，三位与所有的消夏者不同、你可以靠她们来使佛蒙特忠于其冬天的女士。其中一位聪明而且是个小说家，另一位玄妙而且是个散文家，第三位圣洁而且是个诗人。[②]这本书就是关于她们三人的故事，但主要是关于那位诗人的故事（迷人而自然的故事）。这是她自己讲述的她的一生，她似乎没意识到这一生之美，但这种无意识本身就是一种美。

这位圣女和诗人也是个改革家。她有首诗写在工厂干活儿的孩子能透过窗户看见老板们在打高尔夫球。[③]这种呼唤正义的诗中最短的一行，也比我们那些激进的男子汉在好几个革命大气压的重压下压在一起的全部小说散文更有爆炸力。这种改革家必须和其他改革家一道得到承认。为什么不呢？我们有些人已习惯说我们不能容忍改革家。但我们想说的并不是那个意思，除非那改革家同时又是个老爱改变信仰去实施什么拯救灵魂或国家之最新计划的人。我们上次听说这种人大概是两三个新潮以前的事了，

---

① 格兰特（1822—1885），美国南北战争时期北军著名将领，美国第18任总统（1869—1877）。

② 小说家指多萝西·坎菲尔德·费希尔（1879—1958）；散文家指泽芬林·汉弗莱·法恩斯托克（1874—1956）；"圣洁诗人"指萨拉·克莱格霍恩。

③ 《高尔夫球场》（《纽约论坛报》，1915）："高尔夫球场离工厂那么近／几乎每天／干活儿的孩子都能看到窗外／打高尔夫的男人。"

当时他作为超艺术家一定要我们加入他那些荒诞的聚会，沾染他那些小小的恶习。现在他又来我们的家门口不客气地问——你该不是想说你不爱上帝吧！或你该不是想说你不爱人类吧！——你难道不相信公开忏悔对灵魂有好处？——你难道不相信某某人是为人类的事业而牺牲？——让我来唤醒你人性中善良的一面。——你难道从来不思考任何事情？

我不知道是什么使这如此恼人，除非它真是那么傲慢地对我们的现状视而不见，真不知道也许多年来我们一直都紧张地要在上帝和魔鬼之间做出抉择，要在富人和穷人（一种人的贪婪和另一种人的贪婪）之间做出抉择，要在隐瞒病情和把病告诉医生之间做出抉择——啊，要在无数注定会永远对立的一对对事物间做出抉择。对，它不是我们反对的那种改革家。甚至不是那种改变信仰者。改变信仰者也自有其理由。它是幼稚无知，是狂妄自负，是在精神上欺骗我们的极度的贪婪。我们都有过这种会伤害自尊的企图，而且我们一回想起来就感到害怕。我就有过四个，其中一个在前不久还可以为一出喜剧提供一个场景。但一个把她的一生都用来追求其志向之平稳进程的改革家不应该被人讨厌。与此相反，她值得我向她寻求友谊，如蒙允许，亲人般的情谊。如人们可能看见的一样，我们都会为这种情谊感到自豪。

就在 1932 年民主党大选获胜之后，有位黑人妇女来我家为南方的一所黑人学校募捐，我趁机同她谈起了那次选举。

"我们黑人不太喜欢民主党重新上台执政。"她说。

"你们肯定用不着再怕他们了！"

"我可不能说对他们我们就不怕了。你们也许认为他们捣不了什么鬼。可有些小花样外人是看不出来的。"

她是个穷人，衣着很寒碜，但她把两只手腕一碰，用一种哀婉动人的声音说：

"这边一铐，那边一铐，我们还不知道是怎么回事就又重新当了奴隶。"

"不会的，只要萨拉·克莱格霍恩住在佛蒙特州的曼彻斯特。"我这样回答她。然后我给她解释说萨拉·克莱格霍恩就像 1861 年的废奴主义者。她最好的一首诗写的就是一个曾带领一批又一批奴隶逃往北方的黑人妇女。[①] 许多人满不在乎地议论，说既然我们一直都容忍工人甚至童工像奴隶般地干活，那我们满可以容忍黑奴制。但她极富理性地反驳说：既然我们已经废除了黑奴制，那么从逻辑上说，我们就一定要废除其他任何奴隶制度。她是彻底的废奴主义者。她对种族歧视和其他许多可耻的行径都深恶痛绝。有时候我真想问她，她是不是一心要让这个世界最终变得完美。

我认识她吗？

"是的，我跟她很熟。"我肯定地回答。

我回家之前还在佛罗里达州大沼泽地国家公园对一大群白鹭夸耀，说我认识北方的一位女士，她靠给报社写信（见第 110 页）[②]，做了比其他任何人都更多的工作，从而免除了加在它们的青春美丽之上的可怕的年度弥诺斯税。这次我不知道我给它们留下了什么印象。水中离我最近的那只白鹭只是局促地直起身子，

---

① 歌谣《哈丽雅特·塔布曼》。

② 在《六十年》一书该页中，克莱格霍恩谈论了给报社编辑写信能解决多少实际问题。

退向了那片大沼泽地的深处，就像我去银行贷款时不理睬我的银行职员似的。事实是我还不认识另外一两个也做了相当贡献的人。我认为如果有机会，我有权利也谈谈他们。

你们多少已知道了萨拉·克莱格霍恩行善的广度（从漆黑到雪白），而这听起来行善者很像是个极端主义者——而且一般来说是个新英格兰人。但你只消读读她的书，就会发现她并非出生在新英格兰，而且也不是完全的新英格兰血统。

我们不可能都是法官。通常一名法官肯定要对付一千名单方律师，但他总是不偏不倚地坐在那里，直到控辩双方经历完除了干掉对方的一切，直到审判经历完除了宣读判决的一切。一名哲学家也许会担心一种按其逻辑推论会毁灭一切的趋势，但等他从混乱中发现会与这种趋势相撞并互相抵消的逆向趋势时，他的担心就会停止。一些庞大得吓人的方程式之解析结果往往只是零等于零。人们通常爱问：那种因各人只照料各人的事而产生的传统失败趋势现在怎么样了？哦，要是我没记错的话，它撞上了一种因彼此都爱照料别人的事而产生的失败趋势。那位哲学家会因他能用主要力量去遏制矛盾的事物而感到自豪。矛盾是支撑他头脑的一根支柱的两端。他会因再次注意到事物的两端而得到极大的乐趣。但对萨拉·克莱格霍恩这样一位圣女和改革家来说，最重要的并不是抓住事物的两端，而是抓住正确的一端。她不得不有偏心，甚至还有一点儿严厉。我曾经听一个教会人士说，如果要让人类进步，她就是我们最需要的那种人。好吧，她就在我们眼前，她整个一生的故事，从她需要善良仁慈的孩提时代的第一个黎明开始。

1936 年

致路易斯·昂特迈耶

亲爱的路易斯：

　　早在九月我就发誓说在我身体完全康复之前不写信了。但现在我开始觉得，如果我要等到那时，说不定我会永远等下去。所以我现在又开始给你写信，不过是在床上写。

　　别以为我始终都在北边。我一直都在南下北上。我一口气辞掉了在阿默斯特学院的全部工作。我把哈佛的事留给了那个英国人①，把美国文学艺术学会的事留给了费尔普斯②。我解除了全部有薪聘约。从那一刻起我成了另外一个人。我终于恍然大悟，这些年来我不知不觉且越来越深地陷入的那一切并不是我选择和喜欢的生活。让带状疱疹替我打破这符咒真使我如释重负！我的朋友们谁也不支持我退缩。他们可能是不忍心看我丧失勇敢精神。这会使他们感到失望。他们为此向上帝祈祷，于是上帝保佑我，

---

　　① 指英国诗人约翰·梅斯菲尔德（1878—1967），他在弗罗斯特写这封信的前一个星期取代弗罗斯特，在哈佛大学三百周年校庆（1936年9月18日）典礼上朗诵了诗歌。弗罗斯特应聘于当年2月开始担任哈佛大学1936年度诺顿诗歌讲席教授。

　　② 威廉·莱昂·费尔普斯（1865—1943），美国作家及评论家，耶鲁大学英语教授。

让我头脑中适于理想的地方充满了小号铅弹，而以前谁都看出我那个地方已丧失能力。与你在布雷德洛夫见面时我脸上已露出过极痛苦的表情，但那时我的疱疹还没发出来。等它发出来时我又误以为是天花，既然如此我最好就别张扬，因为我不想引起大家恐慌。带状疱疹的确是种痼疾。我以前几乎没注意过它。我想这是因为那是人家的痛苦，与我自己无关。我这并不是说对人家的痛苦无动于衷就很人道。要是上次大选我投了票的话，那结果就会证明我错了。我看投票支持罗斯利斯①的人有一半是乐于接受他的恩惠，而另一半则是那些很乐意给予恩惠的人。现在全国的气氛是仁慈博爱。高贵的仁慈博爱——我不想消除他们的这种气氛。我愿意丢开它去进行一番哲学上的观察：当世人们正起劲地在继续争论达尔文的进化、生存价值和弱者遭殃等比喻时，一个参加争论的犹太流亡者又炮制了国家像家庭的比喻，想以此来使世人忘掉前面的比喻，并给我们一个赖以生存的象征，这不是一件颇有诗意的怪事吗？马克思有力量不被流行的比喻吓倒。生活就像战斗。但如此说来生活也像掩体。显而易见，为了使生活成为一个坚固的掩体，我们现在正要去战死在疆场。比喻之典范是最为盛行的家庭。人们曾发现，在达尔文式比喻最盛行的时期，像萧和巴特勒②那样的作家也不遗余力地说连家庭内部也是斗争，

---

① 指富兰克林·罗斯福总统。英语 Rosiness（罗斯利斯）有光明、希望等含义，与 Roosevelt（罗斯福）读音相近。

② 指爱尔兰剧作家乔治·萧伯纳（1856—1950）和英国作家塞缪尔·巴特勒（1835—1902）。

可能还是最残酷的斗争。对风靡一时的流行比喻，我们都是些马屁精。了不起的是利用比喻的人。每个比喻依照他的能力而来，又依照他的需要而去。除非你们都变成好爹好妈的乖孩子！我不打算让交替变换的比喻来折磨我。你会注意到这种交替肯定来得相当突然。从一个比喻到另一个比喻完全没逻辑步骤。它们之间没有逻辑联系。

这倒会使我想到拉里和约瑟夫。不管感恩节你们在哪里过，我都希望你和埃丝特①同他们在一起，而且你要细心地照料他们很长时间，别让他们听得太多，看得太多，做得太多，或是对他们要求太严厉。我们不懂的东西不会伤害我们。如果我能以我自己为例的话，以我的年龄来说我懂得太多了。我能随口告诉你共产主义者同法西斯分子的区别，甚至告诉你纳粹分子和法西斯分子有什么不同。过分敏锐的辨别力已使我对我不想与之为伍的人感到愤怒。

还有许多话要说，但得等我身体好些的时候。

你永远的朋友罗伯特

1936 年 11 月 25 日

---

① 拉里和约瑟夫是昂特迈耶的养子，埃丝特是他的第三任妻子。

新英格兰怎么样啦？

朋友们，一九三七届毕业班的同学们，新英格兰——也许经历过一次作为"西部保留地"的迁移①，两次来自威斯康星的迁移，四次来自加利福尼亚（就像我）的迁移——但依然是新英格兰。

我从不甘愿放弃我拥有过的喜好。我年轻时喜欢过的诗人我今天依然喜欢，与我后来喜欢上的诗人一样。对我来说喜新并不会导致厌旧。我爱进行辩护……对任何想消除我这种怀旧之情的人。最近我就为新英格兰进行了大量的辩护……

人们爱问我，"新英格兰怎么样啦？"我二十年前出版过一本似乎与新英格兰有点关系的小书。它以一种让我受点痛苦的方式赢得了赞赏。它被形容为一本关于一个颓废迷惘的社会的书。②

一位著名的评论家③（我可以说出他的名字——他眼下正在

---

① 1786 年，当康涅狄格州将其西部属地交给合众国时，把位于今俄亥俄州东北角的一片土地留作了州的"西部保留地"。1800 年，康州把"西部保留地"的管辖权转给联邦政府，该保留地随即成为当时刚建立的俄亥俄准州之一部分。

② 参阅艾米·洛威尔发表在 1915 年 2 月 20 日《新共和》周刊上的对《波士顿以北》的评论："弗罗斯特先生的书揭露了一种弊病，这种弊病正在腐蚀我们新英格兰最有活力的东西，至少在其乡村社区情况是如此。"

③ 弗罗斯特在一个笔记本中列出的《新英格兰怎么样啦？》这一标题下，把这种看法归之于英国小说家及评论家福特·马多克思·福特（1873—1939），福特晚年大部分时间都生活在美国。

这个国家做客）说过："欧洲信天主教的农民用几百年就可让自己获得新生。新英格兰的新教徒、清教徒农民在三百年内就已干枯并被风吹散。"此话的第一个错误当然就是"农民"这个措辞。其余的错误我们将会考虑。

前不久我偶然翻开了一本关于墨西哥的书，书中一些民族已取代了墨西哥原有其他民族的情况，与新英格兰的情况非常相似。"一些更有生气、更有魄力且更为机敏的移民已把新英格兰挤开。"某位在那儿访问了一个夏天的人这样说。

可能你们一直在读一本非常漂亮的书，书名叫作《新英格兰的繁荣》，作者是我的一个朋友。我对这本书只有一点遗憾，那就是尾章会使人稍稍联想到施本格勒的历史观[①]——联想到衰落……范·威克·布鲁克斯[②]的下一本书准备取名为《繁荣的晚期》（我想到那个时候我们将会进一步衰落）……

新英格兰过去是什么样？它曾是这片大陆上第一个小小的国家，一个使这片大陆有希望成为一个讲英语的国家的小小的国家。……在最初的上百年间，它被迫从英格兰迁来——它被迫迁来而且被迫发展到了某种程度——几乎成了一个以波士顿为其首都的国家……船只，等等[③]……在弗吉尼亚的那些人注意到了这个小国的迅速发展……那里有波士顿，有非常漂亮的建筑，

---

① 施本格勒（1880—1936），德国哲学家，认为任何文化都要经历成长和衰亡的周期。著有《西方的衰落》等书。

② 布鲁克斯（1886—1963），美国作家及评论家，所著《新英格兰的繁荣》（1936）曾获普利策奖，《新英格兰：繁荣的晚期》出版于 1940 年。

③ 这份讲话记录稿未经弗罗斯特审核，省略之处乃记录遗漏。

艺术。他们想抢窃那些清教徒的艺术品……如果戏剧是在书里他们也不介意——科顿·马瑟 [①] 有一部初版的莎士比亚作品对开本——你可以在波士顿读一出戏。在波士顿出现律师之前早就有了许多银匠。现在人们把这些事全都忘了。

我应该说说另一件我们已忘记的关于新英格兰的事。它曾是我们的自由的进口港。我们把当年来那里的一些人叫作反英分子。新英格兰当时就是那样。它现在怎么样啦，问这话的人是同情我们还是嘲笑我们？

我不知道你们会多么努力去维护属于你们的东西。你们比我年轻几十岁，我想年长一些的人更爱紧紧地抓住他们已将其融入自己生命的那些东西不放。当所有事物都失去意义时，正如所发生的那样，规矩瓦解，准则……但诗的全部作用就是让字词重新获得生命，就是让字词重新具有它们曾具有的意义。让我给你们举一两个例子，政治和宗教方面的。我今天进场的时候，听到我前排有人说了两个词，一句话中间的两个词——我不知道前后说的是什么。那两个词是"神圣权利"。两个源远流长的词，两个有一段光辉历史的词，两个那么多人轻而易举就可以抛弃的词。它们已经在人们的谈笑声中失去了意义。但我在抛弃它们之前倒想……说到政府，我们有两种东西：我们有管理者和被管理者。我们有两种反应……它的第一种反应是针对它自己。它的第二种反应是针对被管者的同意。同意？不知要同意什么，同意从何而来。我们这个国家已有过这样的管理者，他们脑子里压根儿就没

---

① 科顿·马瑟（1663—1728），波士顿教士，著有《美洲志异》等书。

有用得着人家同意的东西——有一位老是把耳朵朝着下面，想听出人民要同意什么。

1897 年我坐在大学教室里，听有个人花了一节课的大部分时间来取笑我们生而自由平等这一表述。其实这可以不费吹灰之力。让我们来试试。人人曾生而自由并同样滑稽可笑。在你们笑够之前，让我们来看看另一种表述。四百年前只有乡巴佬才滑稽可笑……可现在，现在连当国王的也滑稽可笑。我们已走过了一条漫长的道路。

我今天听到战胜恐惧这种说法，而且我们总是轻蔑地谈到某个老家伙，一个惧怕上帝的人。惧怕？把恐惧从你脑子里赶出去吧！上帝算什么东西，你居然怕他？……一个人在信仰的间歇中可以忘掉上帝。一个人可以忘掉上帝去谈论他心目中最高贵的东西……我没法想象一个诚实的人会不怕他在某个像他一样了解他自己的人的心目中显得毫无价值。那个人可能是上帝，可能是别的什么人，也可能是某个你不愿说出其名字的人。

我不会轻而易举地放弃新英格兰。我不会放弃我一直都喜欢的字词语句。我渴望更新它们。我要设法使它们获得新生。

另一种说法——好忌妒的上帝……我听说在格林尼治村有两个词被弃用了——恐惧和忌妒，而且这使格林尼治村异常兴奋。可忌妒是什么？忌妒是被爱者对爱者提出的要求。这要求就是爱者应忠实于被爱者。上帝的要求就是你应该忠实于他，而且同样忠实于你自己……忠实这个词对我依然存在。

现在再说新英格兰……它怎么样了？这答案没必要从一本局限于新英格兰的文学书中去寻找。那个曾经存在过的小小的国家奉献了它自己，就像弗吉尼亚奉献它自己一样，向西，融进了那个它看见正在来临的伟大的国家，从而帮助了美国。所以我们中任何人都不是严格意义上的新英格兰人。不管我们是哪个州的作家，不管我们是哪个州的政治家，我们首先都是美国人，美国政治家，美国作家。

新英格兰给予美国最多的东西就是我正在谈论的东西：一种对意义的执着——执着地要净化字词，直到它们又重新具有它们应该具有的意义。清教主义曾经就完全有这种意义：净化字词，使字词及其意义获得新生。正是这点使他们来到了美洲，也正是这点使他们一直相信这……的现实……他们曾看出这儿有一种不难表述的意义。

你可以推理说事物都已失去意义，你可以管那叫理想破灭。你可以从"惧怕上帝"和"人人平等"这种说法中感到理想破灭。然后你可以形成一种乔治·桑塔雅那①式的宗教信仰。是他让你看到这世间除幻象之外便一无所有，而且幻象可以只是一种和另一种——你尚未意识到的幻象和你以后会意识到的幻象……但无论如何你都应该理所当然地继续，因为没有证明，一切都是幻象。你会成为一个可悲的人……

有人会同情失去了崇拜对象的人……可谁更痛苦呢，是失去了崇拜对象的人，还是那个被失去的崇拜对象？……你们必须不停地从你们喜欢的事物中去寻找真实性……过去的巫术是一种幻

---

① 桑塔雅那（1863—1952），西班牙哲学家、文学家，批判实在论代表人物之一，曾长期侨居美国，在哈佛大学任教多年（1889—1912），著有《理性生活》《存在的领域》和小说《最后的清教徒》等。

象，不是吗？而现在的工业主义就是幻象，新政也是幻象……只要稍稍借助于桑塔雅那，你可以把一切都变成幻象。桑塔雅那在其哲学中直言不讳地宣称：世间有两种幻象，两种疯狂，一种是正常的疯狂，一种是变态的疯狂。

让我再谈一件事：祈祷。我想给你们朗读一首诗，一首来自十八世纪的诗，按理说到今天它早就该寿终正寝了：

> 地上最有力量的是雄狮，
>
> 它的眼珠像烧红的煤，它
>
> 朝向敌人的胸膛像铁壁；
>
> 天上最有力量的是雄鹰；
>
> 海中最有力量的是巨鲸，
>
> 它迎着风浪，劈波前进。
>
> 但无论在天上还是地下，
>
> 无论在海面还是在水底，
>
> 最有力量的是祈祷的人：
>
> 只要把信念寄托于圣座，
>
> 要求会满足，愿望会实现，
>
> 伸手敲门门就会大开。[1]

在奥伯林学院毕业典礼上的讲话

1937 年 6 月 8 日

---

[1] 引自英国诗人克里斯托弗·斯马特（1722—1771）的《大卫王颂歌》。

贫穷与诗

我给出了一个题目，但这个题目你们从没听说过；所以我今天可以想讲什么就讲什么——或想读什么就读什么。我今天主要是朗读。

我一直都在想一个小小的问题。我通常都或多或少地暗中在替我也许能称为"我的人民"的人辩护。我不是说美国人民——我从不在外国人面前替美国辩护。但当我说我的人民，可以说我是指一个阶层，指我所属于的普通百姓。我有一本书完全是写他们，所以我管那本书叫"写人的书"。但当我四处奔走，所见所闻主要局限在各大学之时，我发现每当涉及我的人民，总有人会说出或暗示出某种我不喜欢的东西。有次我赶了老远的路去看我的一两个小作品上演①，好像它们真是戏剧似的。它们是很短的剧，短得没法演，但它们都包含了一些极富戏剧性的内容。全部演员都很有教养，他们认为要在舞台上表现我诗中那三个人物，方法就是让他们走路都一蹦一跳的，好像他们是在泥疙瘩上行走。其中有一位男演员——演出结束后我不知该对他说什么。其实我憋了一肚子话，于是我想我也许

---

① 《雇工之死》和《家庭墓地》曾于 1915 年在波士顿上演。

可以这样说：

"他们和我们完全一样。事实上，"我说——我真不知道怎样说才能让他明白——"事实上，那对夫妻都上过大学。"

我想他以后演他们时再不会一蹦一跳的了。当时我冲他发了点儿脾气，但那是我必须对他说的话，因为有那么些不上大学的人走路也不是一蹦一跳的。

有二十多年我一直生活在乡下，那时我的邻居都是乡下人。他们中有些人受过教育，有些则没有，但他们全都一模一样。我童年时曾生活在我祖父家里，当时他们刚搬到马萨诸塞州的工业城市劳伦斯。我祖父是太平洋纺织厂的一名监工。他们是从新罕布什尔州的金斯顿搬到劳伦斯的，金斯顿就在埃克塞特附近。

前不久我读了一本书，书名叫《一个无产者的历程》，作者是一个叫弗雷特·比尔的家伙。他在劳伦斯的家比我当年还穷。我也陷入过贫穷，因为我不知道如何界定贫穷（我这可不是在自夸）。他们家每况愈下，所以他十四岁便进工厂做工，他干活的两家工厂正是我当年干过活的那两家。他用一个无产者的口吻谈他自己，显然他已变得激进。对我来说那是本很有趣的书，因为它提到了工厂里一些工人和监工的名字——那些人我都认识。他比我晚生二十年。我俩都记得农场，记得我回去过的那个地区。有一天我完全离开了那一切。

他用无产者这个词来形容他和劳伦斯的一个大人物。那个大人物名叫伍德，是伍德纺织厂的老板——一个与比尔·海伍德作对的大人物，在1910年至1911年发生在劳伦斯的那场大罢工中，海伍德就是这个伍德的对手①，我想是那么回事。照我对无产者这个词的用法，伍德倒是个真正的无产者。虽说"船上厨师的儿子"②是骂人的话，他却真是一个船上厨师的儿子——我说的是字面意思——他父亲是一条葡萄牙轮船上的厨子。他在新贝德福德长大，后来成了所有毛纺厂的头儿；他领导的那个组织叫什么毛纺业联合会，或诸如此类的名称。

接下来他就倒霉了，虽说此前他一直资助穷人，尽其所能为他的雇员做好事——甚至为他们在工厂里安装了自动扶梯。他摊上了一次大罢工而且结果很糟。他失去了人们对他的爱戴，后来便自杀了。他是个真正的无产者，因为他是从社会底层爬上来的。

那个自称为无产者的弗雷德·比尔现在是新罕布什尔的一个庄园主。准确地说与庄园主还有点儿不同，因为他对欧洲农民的生活一无所知。他还认为自己与汉尼巴尔·哈姆林有亲戚关系，哈姆林是林肯总统首届任期内的副总统——这话已扯远了。在佛蒙特州和新罕布什尔州，一个人不管多有教养或多么卑微，差不多都保持着同样的地位。我们这些人倒有点儿像喷泉，总稀里糊涂地往上冒。

与很有钱的人见面我往往得鼓鼓勇气。我记得有一次面对一小群这样的人，就在离费城不足一千英里的地方。我去见那些人

---

① 威廉·海伍德（1869—1928），美国劳工领袖，世界产业工人联盟的创始人，曾协助组织 1912 年冬季马萨诸塞州劳伦斯市的罢工，反对纺织厂老板们在答应缩短工时之后降低工资。那次罢工以胜利结束。

② 水手骂人用语，意为混蛋、蠢货。

是为了帮我一个做慈善工作的朋友。她告诉我一定要争取到我必须与之交谈的那群姑娘，因为她们每个人至少都有百万家产，我可以对她们苛刻些。我知道她们全都在帮助她的慈善事业，所以你们可以理解我当时的心情。我在那儿如坐针毡。我把下面这句话当作了我的经文：

"上帝所分开的，人不可将其聚拢。"①

正如俗话所说的，让富人离穷人远点儿，就算是为了我。对，那正是我当时的感觉。

我认为我总是站在一个艺术家的立场。"你就写过穷人。"她们说。我对此没置是否，早知道那句话会惹出什么是非，我就不说了。我说那句话可不是为了摆脱穷人，因为我写诗需要他们。

诗对贫穷抱什么姿态呢？我想，如果回顾一下全部历史，你们就会发现——也许是伪善，也许是矫饰——诗从来都歌颂贫穷。这也许是虚伪的，因为财富总被说成酸葡萄——有很多这样的诗。有时候我想，英国是个很适合艺术家待的地方，因为那里有一个比这儿的任何阶层都更贫穷的阶层，一个艺术家在穷困潦倒时可隐身于其中。白菜、面包、干酪和不加奶的茶——他可以得到这些。他可以抛开亲友而去得到这些。我这并不是说贫穷不该被铲除。对这种事我一无所知。

可贫穷与诗有什么关系呢？我知道，有次为了辩护我还差点儿发誓。《圣经》里说，你们会想到《圣经》里说你总有穷人相

---

① 《新约·马太福音》第19章第6节云："上帝所聚拢的，人不可将其分开。"弗罗斯特在这里反其意而用之。

伴，我并不认为这句话不是《圣经》里说的①，但这话的意思是："为了耶稣基督，暂时忘掉穷人吧。"世间除了贫穷外还有那么多美好的东西。我颂扬过贫穷，谈论过贫穷之美及其对艺术的作用，但除此之外还有别的东西。我在此不想过多地强调贫穷。我只提出关系这个小小的问题，并给你们做一些提示，因为我要冒险朗读关于人的诗——我不敢说他们是富人还是穷人。

今年夏天我到过佛蒙特州一个最穷的地方。在那儿我见到一位非常年迈的女士，但她却好像领不到救济金，原因是她有幢很小的房子。她倒没费多少思量就把房子卖了，因为那房子值不了几个钱。她把卖房子所得的钱全都用来还了债。但即便那样她也不能领到救济金，因为人家有她卖了幢房子的记录。人家认为她是故意卖掉房子，为的是能领到救济金——这是发生在这个腐败社会中的一件非常腐败的事情。老太太的处境很奇特：她有一名雇工，雇工的年龄大约只有她年龄的一半。他作为她的雇工外出挣钱来养活他们。她从他挣的钱中拿出一部分来付他的工资。

接下来我就该给你们讲讲我自己的一次慈善行为。我并不经常行善，只是偶尔为之。冬天快来的时候我又去了那个地方。那名雇工弄到了一座被学校长期废置的活动房子，并把它移到了一口老井边的一个旧地窖坑上。他们刚开始住在那里。那房子就像站在鸡窝里的一只母鸡，因为它下面的地基还没垒上。当时它给人的感觉是冷飕飕的，于是我说：

———————————

① "你们总有穷人相伴"见于《马太福音》第 26 章第 11 节、《马可福音》第 14 章第 7 节和《约翰福音》第 12 章第 8 节。

"你们最好把下边的地基墙垒上。"

那老太太说:"他会垒的,只要他一弄到这笔钱。"

我说:"他可以借到这笔钱,我想你们明白,"一阵不安之后,"而且我不会马上叫他干活儿抵债。"

他窘迫地低下了头,老太太说:"詹姆斯很在乎别人怎样看他。"

你们当然知道,要说可怜什么的,这里边啥也没有。我想这故事有点儿打动你们,就在中间那段,像是挺有趣的——一个人听说这种事不会不有种复杂的感情。那是一个曾非常出名的村庄的末日。我不想讲得更多了,我怕有朝一日你们会碰巧经过那里。我讲这些是想说明我们处在危险之中,如果我们总认为世间最重要的东西是仁慈。仁慈会起作用,但它是次要的。你们最应该关注的东西是公正,因为你们在人生搏斗中所要求的东西就是公正。

前不久有个小伙子带着诗来找我。谁才是可怜的人呢?他找到我就大谈人世间的仁慈——所有仁慈的东西都已消失,因为更仁慈的时代在将来。我任他随便谈,完全按他自己的思路。那没有什么不好。最后他终于掏出了带来的诗。

于是我问:"你是为仁慈而来?"

他打量了我一眼,回答说:"不,先生,我只想要公正。"

你们看,他们的确比你们想象的更勇敢。我对他说:"我想也是如此。"

在我公正地对待他之后——碰巧那天我对他的诗评价不高——我本可以出于怜悯把他送回家交给他母亲。这里边当然有仁慈。仁慈无处不在。但当今之日人们对谁是可怜虫完全辨别不清，所以我忍不住要说，在我的贫穷的人民中没有几只这样的可怜虫。

现在让我给你们朗读几首诗。让我首先朗读那首关于我和劳伦斯的毛纺厂的诗。这首诗名叫《孤独的罢工者》。当一个罢工者没什么，但不是一个孤独的罢工者。你们也许会认为我可能与我那些激进的朋友拉上了关系，但问题是我就是个孤独的罢工者；要是我管它叫"集体罢工者"，那就是另一回事了。对我来说这只是方式，并非什么大不了的事情。奇怪的是弗雷德·比尔那本书的第一部分几乎和这首诗一样，不过我这首诗是在几年前写的。

（朗读《孤独的罢工者》）

接下来这首诗是那两个短剧中的一个：《雇工之死》。有朝一日我要在这中间写出另一种与此相似的诗——恐怕那就会少一点单纯，多一点论理性和权威性。写《波士顿以北》那本"写人的书"的时候，我非常坦诚率真——毫无言外之意。从某种意义上说，现在毕竟是个可悲的年代。

（朗读《雇工之死》）

读这首诗的可忧之处，我是说危险之处，就是你们肯定会认为那个丈夫太严厉。那样就会毁了这首诗。那是人们所犯的错误：他们认为那个丈夫太不近人情。而我们的全部想法都集中在这上面。

我当时考虑的是那名雇工的亲戚。我想那种关系在整个美国非常普遍。我们曾在一座名叫维克特里的小镇停车——你们那样发音，叫维克特里——而不是叫维克托里。那座小镇在全盛时期居民也不多，现在则几乎成了一座荒镇。我记得几年前有位老人把它说成是"世界的尽头"。今年夏天我们曾在那儿停车问路，想问那条路是否还能往前走。它看上去就像到那儿为止。一个男人兴致勃勃地走到汽车跟前——仿佛他少有机会与人交往似的。他原来是个和蔼可亲的人，知道的事挺多。他说那地方以前是个商贸中心，他曾在那儿开过一家商店和磨坊。他希望能有什么使小镇恢复其往日的繁荣——水果交易或诸如此类的事情。我问他姓什么，他告诉了我。于是我说：

"这可是佛蒙特一个古老的姓氏。"

"不，先生，这姓应归纽约州。"

我说："对啦，华盛顿有个著名的法官就姓这个姓。"

他说："一点儿不错，他是我堂兄。"

你绝不知道什么时候会和这样一个人交谈。他其貌不扬，但他知道的事情和你我知道的一样多。那次遭遇对我是个永远的惊奇。我想要指出的是，对任何事情都不能随意概括，你不可四处走走就随便发议论。

你们都接受那些不起作用的妇女社团。我那些老于世故的朋友总爱开它们的玩笑。我想那些妇女社团并不知道它们在我一些朋友的眼中是多么微不足道。他们想到这些社团差不多就像想到扶轮社①一样——我这是在向你们出卖他们。等我再见到他们时，

---

① 扶轮社，1905年创建于芝加哥的一个由工商界人士和自由职业者组成的群众性服务社团，现已改名为"扶轮国际"，分会遍布很多国家。

我想要告诉他们我在"特雷哈特"①的所见所闻（向导管那座城市叫特雷哈特，我爱学点方言，但我从来不用）。对，我去过特雷哈特。以前我只了解新罕布什尔州那些卑微的农民，近年我已走过了一些地方。在当地的妇女俱乐部对我进行宣判之前，也就是在我为她们朗读诗之前，她们问我想看看什么。我说我倒想见一见尤金·德布斯②（我想这会把她们吓得半死。她们都是些银行家的太太和诸如此类的人物）。她们用非常遗憾的目光互相看了一眼，然后说：

"啊，你应该见见他。可你知道，他病得很厉害。"

我说："我并不想去惊扰他。我想惊扰的是你们。"

她们不解地说："惊扰我们？"

我说："我认为他是社会的敌人。"

她们说："嗨，我们也这样认为。"

我说："我想他毁了你们的城市。"

她们说："不错，他造成了很大的损害。可他是个非常好的人。我们还一直在为他唱赞美诗哩。"

看，就在那里，你们又一次看到了你们想在任何地方看到的融为一体的宽宏大量和慷慨仁慈——就在特雷哈特，在糟糕的中西部。我有个朋友爱取笑说："东部是东部，西部是西部，但中西部却是恐怖。"这种看法不值一驳。你们千万不可以偏概全。

在来这儿的火车上，一个就快在耶鲁大学取得博士学位的小

---

① 指印第安纳州城市特雷霍特。

② 尤金·德布斯（1855—1926），美国劳工领袖，生于特雷霍特市。

伙子对我说：

"选集是这世界上最糟糕的东西。你并不想读选集，是吧？"

我说："这种说法我听过很多次了。我并不想和你的导师们发生矛盾。"

可怜的家伙。要是选集糟糕，那么所有的评论也都糟糕，因为选集就是一种评论形式。你们要接近莎士比亚的十四行诗，最佳途径就是通过读帕尔格雷夫和奎勒-库奇[①]选编的那些莎诗。这是个无须多言的例子。选集也许糟糕，但从另一方面看，它们也挺好。穷人也许不幸，但从另一方面看，他们也许很幸运。

让我再为你们读首诗。这是我最新的一本书，它比我以前写的任何东西都更富时代气息。这里边有首短诗叫《山丘上的土拨鼠》。要知道，为这本书我今年过了段有趣的日子。因为我写了这本书，一家有名的报纸把我叫作"反革命分子"[②]，我原不知道是谁写的那篇文章。但我被叫作一个加了些定语的"反革命分子"——在这个头衔前边有几个形容词。在纽约演讲的时候我站起来说：

"但愿我能认为管我叫'反革命分子'的那个人今天也在场。我倒想称他为'廉价商品柜革命分子'。"

我并无什么恶意。我只有一点恶意。事后我听说他明白我说的是什么意思。某个掮客，某个半激进分子当时就坐在听众

---

① 二人分别为《英诗金库》和《牛津英诗选》（1900）的编选者。

② 参见1936年8月11日《新群众》周刊上罗尔夫·汉弗莱斯对《山外有山》（1936）的评论。

中。我还是当心为好，因为他有幽默感，他明白"廉价商品柜革命分子"是什么意思。我还是当心为好，我说不定会收到颗炸弹。我告诉他的朋友我也有幽默感，因为我知道炸弹是什么意思。我们在家里已把这事给忘了，一次快过节的时候，我们收到一个盒子。我从没收到过用盒子装的东西。不过我对此并没去多想。我正准备打开盒子，这时我注意到我的名字是用印刷体写的。有些人喜欢这样写字，艺术家们就喜欢，你们知道。然后我发现盒子左上角没有名字。盒子上没有寄件人的姓名地址。我对我妻子说：

"你不认为我们最好把它退给邮递员吗？"

她说："得啦，我们可不想叫全镇的人都知道这事。"

于是我说："我看拆包装纸时得小心些，免得盒子里的杰克^①蹦出来，如果里边真有个杰克的话。"

我小心翼翼地拆掉包装纸。里边是个雪茄盒。真是奇怪，封口已被动过，固定盒盖的是一枚很大的平头钉。我不喜欢那枚平头钉的模样。我说：

"好吧，反正已没有退路，那就索性看看里边到底装的什么。我们把它拿到院子里去，以免这幢房子被炸塌。"

（我们这些反革命分子相信房产的作用）我们到了院子里。我结结实实地往盒子上捆了一块大石头，为的是增加它的重量。然后我面向一棵大树往后退了一段距离，接着便把那盒子猛地扔向大树——结果是院子里撒了一地的雪茄烟！所以不管要落到我

---

① 盒子里的杰克，是一种玩偶盒中的玩偶，盒盖打开时可自行跳起。

头上的是什么，它现在都还没有落下来。

（朗读《山丘上的土拨鼠》）

我想朗读一首所谓的哲理诗来结束今天的演讲。这首诗叫作
《泥泞时节的两个流浪汉》。现在乡间小道已不多见，泥泞时节
正在逝去。我们过去被烂泥封在家里的时候比大雪封门的时候还
多。往日泥泞时节带给我们的欢愉几乎已一去不返。当我们第一
次去另一个农场的时候，我们曾帮忙把一个人从烂泥中拖出。但
这已成了对那些好时光的回忆。

（朗读《泥泞时节的两个流浪汉》）

最后一节正是我想读给你们听的。这节诗与年代无关。它
是一个非常普通的道理：做任何事都要把你的需要和爱好结合起
来。我并不是说我们做到了这点。有个人曾非常贴切地说：

"你这话的意思当然是指极乐的境界。"

那是拯救你灵魂的一种方式；我们几乎还没达到那种境
界。这只是因为我们还没有使爱好与需要完全结合；我们差不多
已做到这点。把你的爱好和需要结合在一起，这就是做任何事情
的目标。

在哈弗福德学院的演讲
1937 年 10 月 25 日

诗人在大学里的近亲

千万别以为我很看重诗人在大学里有没有亲戚朋友。我想一个诗人可能会过很长一段时间穷日子，他可能很晚才确信他是个诗人。但当那一切结束后，当他攻读文凭的岁月过去后，我想他偶尔会回首往事，想知道在大学时谁离他最近，对他最亲。

当然，如果我们把谁说成是哪个系的话，对他最亲的往往都会是英语系。但这也不尽然，英语系会因年老而变得多情，因为历史悠久的英语系往往会过分宽容。诗人往往会被娇惯得难以面对编辑，被这种过分的宽容娇惯。教师们认为自己领工资是为了喜欢年轻作家，他们每年都不得不喜欢那么多。编辑们认为自己领薪金是为了讨厌文坛新手。从喜爱你们的教师到讨厌你们的编辑之间，有一条巨大的鸿沟需要填平。编辑们尤其讨厌诗歌，因为他们不知对它如何处置。这是一个很实在的理由。有时候我会收到一封信，一封很友好的信，写信的编辑认识我，而且想为诗歌做点贡献。他会问我，手边有其他编辑都不想要的长诗吗？这说明了编辑们之间互相是什么看法。

英语系也许是诗人最忠实可靠的朋友。但我现在讲的是近亲同类。谁在年龄和职业上与诗人最亲近呢？诗人环顾英语系，看到各种类型的老师。有一类你们也许会叫作照本宣科者。那类人对一个作家来说当然是毫无意义。有一类老师是作为代言人在讲授文学。这就是说，他们对诗感兴趣是因为诗代表产生它的那个时代。如果那是个愚钝的时代，它产生的就是愚钝的诗；如果那是个堕落的时代，它产生的就是堕落的诗；而如果那是个不可理解的时代，它产生的就该是不可理解的诗。那是另一种关注，我想它跟诗人没有关系。诗人不应该被它干扰。接下来当然就有那种通用的评论方式。那种方式对诗人来说非常危险——它总为诗歌堆砌太多的评语。对诗人来说，评论的最佳形式是诗歌选集。选集里都是纯粹的范例。我年轻时总被告知别去管什么选集。你们现在倒满可以说，别去管所有那些对诗的见解，因为选集就是最好的见解。选集是评论的一种好形式，就是因为它是纯粹的范例。但从评论去接近诗歌是危险的。那不是，在很大程度上不是，青年诗人的要旨。

让我们抛开英语系来看看社会经济系。这个系应对我们大量当代诗的堕落负责。诗人主要关注的是做好某件事情。社经系的兴趣则在于对人们有用，对世界有益。诗人必须始终都更喜欢把某事做好，而不是对什么人有用。如果他的兴趣在于对人有用，那他就会不复存在。把那种事留给社经系去做吧——只要社经系还会继续办下去。

现在让我们来看一眼科学。科学也许比大部分学科都更接近诗人，因为纯粹的科学就是实现，就是创造，不然它就什么也不是。即便与年轻人在一起，它也期盼有见识的东西，有独创性的东西。但科学与英语系并不相容，而且已对它造成了极大的伤害。它已经引进了科学的评论方法。最近我对一位用科学方法研

究文学的人 [①] 说：

"我认为在所有文学作品中，诗最少有旁征博引的倾向。"

"正好相反，"他想了片刻后回答说，"诗就是用引文构成的编织物。你们根据读过的所有书写出诗行，而我的任务就是跟在你们后面追溯那些诗行的出处！"

那次谈话后我整整半年没有提笔。它把我赶进了一种我也许可以叫作上当受骗的境地。这就是科学对艺术的非法入侵。

自四十岁以后，我一直很偏爱哲学系——但你们要知道，这种偏爱只是消除了我的所有偏见，即我对哲学课的欣赏。我会告诉你们这是为什么。我认为年轻人有悟性。他们脑子里不时会闪现思想的火花。这就像傍晚时分星出现时一样。他们已闪出了光芒。他们已拥有了那种属于青春的东西。只有当生命的夜晚降临之后，你们才会看到排列形式，看到各个星座。而那些星座就是哲学。让年轻人过早地学哲学，那就像是强迫小孩子过早地学数学。我们现在想要系统和轮廓都操之过急。等你们到四十岁的时候就会充分理解并完全相信。那时候光芒已闪过，星星已出来。你会看到全部星座——整个星空。

你们瞧，我说诗人的成长是通过思想火花的闪现。看法和悟性可创造诗，而那都属于崭露头角的诗人——脱颖而出的诗人。我想随着年龄的增长，诗人们会渐渐消失在哲学之中——如果他们不消失在别处的话。他们会消失在智慧中。也许这是种不错的

---

① 文学批评家约翰·利文斯通·洛斯（1867—1945），著有《通往上都之路》等。

消失方法。

　　我给你们讲个故事，好让你们明白这点。我有个了不起的朋友曾是一所大学的校长[①]，他现在已去世了。几年前他来看我时对诗歌还怀着一种孩子般的兴趣，一种天真的兴趣。而他当年就是怀着这种兴趣接触诗歌的。他从来都把写诗看成比赛。他是威尔士人。他父亲曾住在纽约州的尤蒂卡市，在那儿一边做陶器一边写诗。他对诗歌最早的记忆就是在一次文学比赛快结束的时候，他和父亲坐在一起听宣布诗歌奖得主的情景。那个评判员是位年迈的威尔士人，被专门从威尔士请来颁奖。诗歌一等奖被授予某首诗，那位年迈的评判员宣布："请这首诗的作者起身领奖。"我朋友的父亲应声站了起来。那就是我那位朋友对诗的第一印象。比赛。胜利！欢呼！

　　后来有一年夏天，他代表一支乡村棒球队去比赛，结果被几个大学生看中，并被带回他们学院而且得到一笔奖学金。我想我可以说，在后来的四年中他一直是该学院棒球队的投手，而且四年中只输过两场比赛。从那儿他又到了波士顿职业队，大约一年后他便成了这个国家最出色的投手。只用了一年。后来他对自己说："这一行结束得早——不能干许多年——但不管怎样总还有诗，诗和这差不多。我要回去学诗。"于是他重返大学又读了一些学位——最后成了一所大学的校长。他那次来看我就完全怀着

---

　　① 爱德华·摩根·刘易斯（1872—1936），生于威尔士，1896年至1900年是全国职业棒球联盟波士顿队的投手，1901年在美国职业棒球联盟波士顿队效力，随后回母校威廉斯学院任教，1927年成为新罕布什尔大学校长。

那种兴致。

喏，别以为我不知道大学体育课的所有毛病。但我想到大学体育课时从来都只怀着一腔深情。要是一个人太理智，整天都为他身边的运动员们忧心忡忡，那他绝不会写诗。如果他想写，也只能写出评论。他对诗的接近就像一种近似值，永远也触不到诗的疆域。正如你们都知道的一样，诗是属于年轻人的。大多数诗人在十五岁到二十五岁之间就已形成了他们的个人风格。那正是你们在学院和研究生院的这段时间。你们必须在这十年间形成风格，否则就永远休想。这一点和体育才能非常相像。它们非常接近。

当我看见一些年轻人在体育方面表现得那么优异时，我并不生他们的气。我只是忌妒他们。我希望我那些学写作的小伙子也能表现得像他们一样优秀。我希望这些小伙子别再对运动员们心怀不满——别去打扰他们，而且自己也在艺术上有所表现。请记住，你们不能以年龄为理由原谅自己。看法和悟性。你们必须拥有形式——表演形式。这种形式本身难以形容，但它就像体育形式那样可以被感知。在体育运动中去拥有形式，感觉形式——然后通过类比在诗中去感觉形式。一个人可以在这两方面去创造形式，等待形式。如我所说，要是一个人整天都对他周围的体育运动吹毛求疵，那他绝不会写诗。他将去写评论——为《新共和》周刊写评论！

当一个人回头审视他自己的诗时，他唯一的评论就是他是否拥有了形式。他当初落笔时是绞尽脑汁还是文思如泉涌？你不可能回到一局网球把它重新赛一遍，除非你有正当理由。但你可以回到一首诗对它进行润色——但你必须用与当初一样的形式。然而写诗的巨大乐趣还在于被主题带走的那个过程。那就像是你叉开双腿站在主题之上，而主题匍匐在你胯下，捆主题的绳子被砍断，于是它上升，你便骑在了它身上。你根据主题自身的运动调整自己。那就是诗。

我已经用了这么多比喻来说明我的感觉。保持住运动的主题就有点儿像是走滚筒。另一方面，一首短诗就像是投手投向击球员的五六个球。那里边有个小小的体系——一小组投出的球，一小组句子。你创造了那一小组，其结果就是诗——或长或短的诗。当爱伦·坡说所有诗都是短诗时，他的意思是说一首长诗不过是一系列短诗的组合 [1]——你可以抽出每首短诗。你可以说出它写于什么时候。我就夸过海口说我能说出它是写于清晨还是写于深夜——是带着清晨的宁静还是深夜的陶醉！当然，如果一首诗是为了使人不安而写，那情况就不同了。我能够理解那种诗，即使——虽然我也会被弄得不安。但我要求的只是被感动。

在普林斯顿大学的演讲
1937 年 10 月 26 日

---

① 参见爱伦·坡的《创作哲学》第 10 段和《诗歌原理》第 1—3 段。

致罗伯特·P.T.科芬 [①]

亲爱的科芬：

我真倒霉，此时偏偏在这遥远的南方，所以我没法请你帮助我。我想在你到巴尔的摩讲学之前，不会有任何事叫你朝我这个方向哪怕是走一半的路程[②]。我倒可以不惧寒冷冒险北上，但我肯定不能北上那么远，因为我已经以怕冷为由拒绝了一些人的讲台和餐桌，我若北上他们会觉得我出尔反尔。一旦你让我开始讲你碰巧记起的诗歌学会的事，那就会有许多话要说。我那些演讲糟糕透了。我渴望尽可能地晚一些让演讲成为我文学生涯的组成部分，为此我把它们留在脑海里打转，就像云在天上打转一样。久久地注视它们，你会看出一个近似形式变成另一个近似形式。尽管我确信它们不该被允许搬上讲台，但我仍然带着它们登台，而且不对听众说声抱歉，就像在客厅里闲聊或在教室里讲课不说抱歉那样。对我来说，它们的主要价值在于当我情不自禁地用一首诗打断它们时，我从它们中偶然获得的东西。它们一直是我原始

---

① 科芬（1892—1953），缅因州诗人及小说家，他曾向弗罗斯特索讨后者于1937年4月1日在美国诗歌学会年度聚餐会上的讲话稿。

② 弗罗斯特写此信时是在佛罗里达州的盖恩斯维尔市。

素材的内核，使它们保持原始一直是我的本能。然而它们不可能长久保持它们的状态。有朝一日它们会失去其流动性，哪怕我用来搅动它们的勺子变成水晶。于是一种乐趣将会结束，我将不得不另找一种乐趣来取代其位置（很可能是网球，或是锄地）。当我接受哈佛大学的邀请，答应在口头演讲之后交给他们书面的演讲稿时，[①] 我想我是准备让它们凝固的。我心中仍然有种厌写散文的情绪。我允许自己写的最接近散文的东西就是为罗宾逊的《贾斯帕王》写的那篇序。那篇序言几乎言必称我，以致你可能会怀疑把该文用于他是牵强附会。其实情况并非如此。我和罗宾逊的思想在某一点上非常接近。他应该信赖我不辞辛劳地代表他说话，尤其是谈诗歌艺术。我俩只是在世界之邪恶这一点上有分歧。他形成了悲哀的气质。而我既不是乐观者也不是悲观者。我两边都没投票。如果那里边真有一种全面错位，就像穿背心时一开始就扣错了第一颗纽扣，结果最上边的那个空扣眼儿和最下边那颗无扣眼儿可钻的纽扣相隔老远，根本没希望扣在一起，如果上帝真让这种情况出现，我也不想去追究上帝是在开玩笑还是在恶作剧（反正这两种说法实际上是说的一回事）。另外我并非罗宾逊曾是的柏拉图主义者。我说的柏拉图主义者是指那种相信世间万事万物皆是天上某种原型之不完美的摹本的人。你拥有的女人只是天上或别人床上某个女人的不完美的摹本。这世上许多最了不起的东西——也许是全部——都被列在了那凭空想出来的一边。

---

① 与惯常做法不同，弗罗斯特并未出版他"诺顿讲座"的讲稿，而且所有记录资料均下落不明。

我像哲人似的反对让我从事的职业拥有一个伊索尔达，让我的业余爱好拥有另一个伊索尔达①，这一点你也许已从《泥泞时节的两个流浪汉》一诗中作出了推论。你会看出那是在何处使我挨上了但丁的贝雅特丽齐那个主题。那是我的错。且容我不颂扬一丝一毫的扬扬自得。我会以适当的谦恭界定一种差异。一个真正高尚的柏拉图主义者应该像罗宾逊那样打一辈子光棍儿，从开始的不情愿到后来使任何女人都陷入不知不觉就被利用的境地。

不过你并没有要求我区别我自已和罗宾逊。我是出于自卫才偶然为《贾斯帕王》那篇序言进行了一番补充说明。你索讨的是我对我最近那些讲话的任何记忆。我也许能一点一点地回忆起它们中的一些——给我点时间。我在纽约那次到底讲的什么？题目是不是"二者都或二者都不"？你想让我看看你记的笔记吗？时间来得及吗？我打算今晚就把此信发出作为开始，如果你说行，我以后再设法多告诉你一些。我在哈佛讲的一个题目是"智慧要紧吗"。我是讲艺术中的智慧。比如说我那么意气用事地曲解贝雅特丽齐要紧吗？如果这值得你听，你可以听到更多。另一个题目是"语言的新生"。莫莉·科拉姆②一直在说这世界已衰老，人类已疲惫，语言已陈旧。我的整个演讲都是对她那种失败主义的

----

① 分别指爱尔兰的伊索尔达和布列塔尼的伊索尔达，在古老的传说中，她俩分别是特里斯特拉姆（亚瑟王的圆桌骑士之一）的情人和妻子。罗宾逊曾以此为题材于1927年写出叙事长诗《特里斯特拉姆》，并因此获得该年度普利策诗歌奖。

② 莫莉·科拉姆（1885—1957），爱尔兰作家及教师，著有《来自这些根》（1937）等。她丈夫即爱尔兰诗人帕德里克·科拉姆（1881—1972），他们于1914年移居美国。

回击，不过我非常小心地没提她的名字——你对她也不要指名道姓。诗永远都是语言的新生。诗就是那种使我们永不疲惫的东西。诗就是那种使世界永不衰老的东西。有些无独创性的人想让我们堕落到他们那种无力创新的地步，可就连他们自己的功利诗也证明了他们的虚伪。他们虽然挺沉，但还没沉到我们不能把他们举起来扔掉的程度。

好啦，好啦，好啦——

你真诚的罗伯特·弗罗斯特

于盖恩斯维尔

1938 年 2 月 24 日

诗运动的轨迹

　　抽象对哲学家来说是老生常谈，但它在当代艺术家手中却还像是一种新鲜玩意儿。我们为何不能有自己选择的任何一种诗所固有的特性呢？我们在理念上可以有。可要是我们在实践中不能有，那它也难有结果。我们的生命向往那种特性。

　　如果诗仅仅是一种声调的话，让我们假定只有人文学者才关心这种声调有多纯正。这声调是矿石中的金子。那么我们只把金子淘出，而将其他可有可无的东西摒弃；直到我们发现写诗的宗旨是要让每首诗都尽可能发出不同的声调，而要做到这点，现有的元音、辅音、标点、句法、词汇、句型和格律并不够用。我们还需要借助于语境——意义——题材。这对于声调之变化是莫大的帮助。词汇能造成的变化三言两语就可讲清。格律的变化也同样——尤其在英语中，因为英语诗歌实际上只有两种格律，即严谨的抑扬格和不严谨的抑扬格。古代诗人有许多格律，但如果他们仅依靠格律来形成旋律，那他们的格律仍然不够用。看我们的弹性节奏①派诗人为避免单调而使劲从一个音步中略去一个短音，

---

　　① 英国诗人霍普金斯为他独特的诗歌节奏发明的一个术语，这种节奏不像传统诗那样依靠规则的音节和重音单位，而是依靠不那么规则但更强烈更精练的措辞。

那可真叫惨不忍睹。其实要让源自充满激情且富于意义的声调之旋律穿越因受限制而呆板的格律，其可能性可谓无穷无尽。我们可以后退一步，把诗仅仅看成又一种有意义要表达的艺术，不管它纯正还是不纯正。也许纯正更好，因为更深远，来自更丰富的经历。

这下就有了我们要谈的这种野性。让我们再假设这种野性和声调一样，理应成为诗不可或缺的要素，那么一种野性的旋律就可以是诗。于是我们要解决的问题就是像现代抽象派艺术家那样使这种野性保持纯洁，使之成为一种野而不狂的野性。我们爱偏离正道，爱陶醉于漫无目标的联想，像充满活力的蚱蜢在炎热的下午东蹦西跳，从一个偶然的启示跳向另一个偶然的启示。只有主题能让我们镇静下来。我们先前的困惑是：在格律这种一成不变的框架之中，一首诗怎么能获得一种变化的旋律。同先前的困惑一样，我们现在的困惑是：一首诗何以能既具有野性，同时又有一个要实现的主题。

若让一首诗自己来说明这点，那应该是一件令人愉快的事。一首诗自有其运动轨迹。它始于欢欣，终于智慧。这条轨迹对爱情也是一样。谁也不可能真正相信那种强烈的感情会在一个地方静止不动。它始于欢欣，它喜欢冲动，随着第一行写出它就开始设定方向，然后经历一连串的偶然和侥幸，最终到达生命中的一片净土——那片净土不必很大，不必像各教派学派立脚的地盘那么大，但应在与混乱相对的片刻清净之中。它有结局。它有一种虽说意外但却早已在原始情绪的第一意象中就注定了的结局——结局的确是来自情绪。若它的最佳部分早就被想到并被刻意保留到最后，那它就是首伪诗，而不是真正的诗。诗应该在运动过程中发现自己的名字，并发现最精彩的部分就在最后的某个语句中等着它——在某个同时包含了智慧和悲伤的语句之中，在某个酒歌般悲喜交融的语句之中。

诗人没有眼泪，读者亦不会流泪。诗人没有惊喜，读者亦不会惊喜。对我而言，最初的欢欣就在突然回想起我此前不知自己所知的某事或某物的惊喜之中。我会身在某处，处于某种状态，仿佛我是从云中钻出或是从地面高高升起，心中怀着一种因认出早已淡忘的事物而感到的喜悦，其余的一切接踵而来。意想不到的惊喜一点点地增加。最有助于我实现目的的印象似乎总是那些我当初获得时未加留心因而没有记录下来的印象，而结果是我们总像巨人似的把经历抛到前方去铺我们未来的路，以防有朝一日我们也许会想另觅一条实现目的的路，超越以往的经历去什么地方。那条路也许更有魅力，因为它不会笔直得单调乏味。我们总喜欢一根漂亮拐杖的直中有曲。现代精密仪器正在被用来使东西弯曲，就像过去人们凭眼睛和手工所做的一样。

较之非逻辑的野性，我知道怎么会有一种更逻辑的野性。但这种逻辑是后来才有的，是在行动之后，在回忆之时才有的。它必须是被感觉到，而不是像预言那样被预见到。不管对诗人还是对读者，它都必须是一种启示，或一连串启示。因为情况应该是这样：素材在任何时间空间都必须有最充分的自由在这种逻辑中运动，并在其中建立各种关系，包括先前的关系，以及除类同之外的一切关系。我们爱空谈自由。因为我们十六岁之前没有离开学校的自由，我们就认为我们的学校自由。我已经放弃了我的民主偏见，现在我乐意让下层民众自由地被上层阶级全面照管。政治自由于我可有可无。我可以把它送给左邻右舍。我要替自己保留的就是我运用素材的自由，我身心状态随时能响应我所经历过的大混乱之召唤的自由。

学者和艺术家相聚时往往会恼于说不清他们之间的差别。他们都凭其学识立业，但我认为两者间最大的差别就在于他们获取知识的方式。学者总是沿设计好的逻辑路线谨慎而周密地获取知识，诗人的方式则可谓潇洒，总是随缘凑巧地从书里书外获取。他们并不刻意附着于什么，而是让愿意附着于他们的东西来附着他们，就像在旷野中行走时芒刺附着于他们身上那样。诗人并不把求知作为必修课，甚至不作为选修课。这第二类知识更适合凭借艺术才智随心所欲地去获取。可以这么说，学者能用其获取知识的那种条理告诉你他的所识所知；艺术家则肯定会夸耀，说他能从某个在时空上都先有的条理中取出其不可分割的某一部分，然后放进一个甚至于与之无关的新条理中。

如果激进主义就是被一些青年皈依者误认为的独创性，那我可能早就不止一次地皈依它了。独创性和进取心是我为自己的国家祈求的东西。对我自己而言，独创性只需是一首诗运动轨迹之新颖，而这条轨迹即我上文所描述的轨迹——从欢欣到智慧。这条轨迹对爱情也是一样。像热炉子上的冰块，诗必须经历它自己的融化过程。一首诗完成之后可以被修饰润色，但不可绞尽脑汁地拼凑而成。一首诗只要能自己运动并带着诗人和它一道行进，它最珍贵的特性就将永远保持。它将会让人百读不厌，就像金属

永远保持其香味。它永远都不会失去它在运动过程中意外呈现的
意蕴。

1939 年版《诗合集》序言

于波士顿

1939 年 1 月 11 日

获金质勋章之受奖词

"你想到过获奖吗？"最近有人用担心的口气问我，大概是怕我在这把年纪还没想过这事。我不知道我过去想过什么，除非我想的是自尊乃人生之最高奖赏。只要坚信自己的真理和真诚，约翰·班扬之类的圣人蹲监坐牢也泰然自若。但有许多罪犯对坐牢也满不在乎。关键的问题就是自信。与这种罪犯相对的是那种狂妄自大者。只要世人继续看重他们，他们就毫不在乎自己怎样看自己。明智而健全的人大概都生存在自我承认和社会承认之间。他们无须在言辞上过分妥协便可调整自己。

但作为一名艺术家，不管他里里外外是多么顺畅，他肯定常常都会感到他不得不主要依靠自我评价来获得安慰。整整二十年世人对他不闻不问，接下来二十年世人又对他推崇备至。他不得不承担起裁决的责任：裁决世人什么时候错了。他难免会希望有个像上帝或时间那样更公正的第三者来做出最终裁决。

> 用你的裁决嘲笑我们的裁决的时间，
> 你是唯一一个主持公道的法官。①

---

① 引自美国诗人及翻译家托马斯·威廉·帕森斯（1819—1892）的《咏但丁塑像》。

科学家在这方面似乎比艺术家更有利，因为他们有一个更大的上诉法院。某颗行星在其轨道上发生摄动。某位科学家用名誉担保可于某夜某时在天球上某点发现那个引起摄动的天体。于是所有的天文望远镜都对准那个方向，果不其然，引起摄动的天体像粒铜纽扣正在那个点闪烁。那位科学家知道他的优秀无须用语言来认定。他有一副头脑，他有若干仪器；他的头脑适于探究宇宙的本质，他的仪器则是他头脑的扩展和延伸。一名工程师的情况也是如此。他设计出两条坑道，相向掘进并在大山中部会合，从而连成一条隧道。两条坑道慢慢接近，一边的工人已能听到另一边的工人挥镐挖掘的声音。突然一道镐光闪过，岩壁上探出一张人脸。这证明那位工程师的计算无误。他知道他有一副头脑。那副头脑适于探究宇宙的本质。

　　我应该遗憾地承认，艺术家压根儿就没有这种明确的检验标准。他只能寄希望于他的工作会被证明适于探究人的本质。这枚勋章超越了我的自我评价，也超越了别人对我的评判。我想说你们授予我的这枚勋章并不表示我适于探究宇宙的本质，而只表示我适于在某个小范围内探究美国人的本质——也许我的意思应该是探究美国人的特性。我相信你们今天会乐意迁就我，让我以此为由接受这枚勋章。但无论这枚勋章表示什么或不表示什么，我都把它视为一项殊荣。

在全美文学艺术学会[①] 的致辞

1939 年 1 月 18 日

---

　　①　参见《作者年表》1930 年条及其脚注。另参见 1939 年条。

游览须知

和我一样关心布雷德洛夫[①]之前途的人大概会同意我的看法：要使它不致沦为仅仅是进行常规英语教育甚至鼓励文学野心的避暑场所，我们就应该对它进行一次早就该进行的重新定位。我们去那个地方不是为了修改文稿或润饰作品。大作家的杰作绝不是修改润饰出来的。我们去那儿也不是为了寻找出版商或托人帮忙寻找出版商。把手稿带到布雷德洛夫本身就是出版。

一名作家可能会过一段长期闭门写作而无人问津的生活。但只要持之以恒，他的作品早晚会被人读到。当他的作品引起读者的兴趣时，他很可能已经增加了责任，因为此时他不仅要评判自己，还必须评判他的评判者。公众长期以来都不接受他，现在突然又接受他了。那么公众什么时候是正确的呢？当他已具有决定性的影响力时，他为什么还会因别的影响力而烦心呢？这答案就是这份游览须知中的一条。我们都知道，对一名作者来说，最大的幸运就是以这样或那样的形式出版作品。

不可否认，最好的形式是由一家有声望的出版社出书，而且

---

① 指作者协助文友于1921年创办的一个暑期英语写作讲习所，又称布雷德洛夫作家研讨会，每年夏天在佛蒙特的里普顿举行。

由那家出版社承担费用。第二好的方式还是由有声望的出版社出书，但由作者自己承担费用。这两种形式是出版物的最高级和次高级。但此外还有几种较低的级别，其中之一就是布雷德洛夫研讨会选编的文集。千万别忘了，有许多好诗也从没超越过次高级出版物，而且有些还只是发表在不付一分稿酬的报纸上。编这样的文选出书本不是布雷德洛夫讲习所原来的计划，现在也不是这个团体的主要工作。它只是附加给我们的一个项目，作为对谦虚的一种奖励。

既然如此，布雷德洛夫就该被视为佛蒙特的这样一个地方，一个作家可以在那里试验他对读者的影响。如同在外面一样，他在那里也必须勇敢地面对严厉而具体的批评。他会得到充分的而且也许绰绰有余的经过深思熟虑的赞赏和非难。他会有助于使"喜欢"和"不喜欢"之类的评论术语完全过时。他会听到与所有参加者的不利条件相比较的许多实例。手帕比不过小刀，因为它会被小刀割破；小刀比不过石头，因为它会被石头弄钝；石头比不过手帕，因为它会被手帕覆盖；我们都玩过这种简单的循环游戏。如同它必须的那样，这种循环总是结束在裁判做出判定的地方。可文学不是职业拳击赛，其中没有击倒对方这等快事。

但与在外面不一样的是，一个作家在布雷德洛夫将有机会超越这种吹毛求疵，得到比认可示意（如目光、声调、姿态）更明确的合格证明。许多言辞往往也只是认可示意。在布雷德洛夫，他将有可能赢得发自内心的喜爱。

我一直都羡慕科学家在这方面比艺术家有利，他们除了自我评价和他人的评判之外，还有第三种合格证明。根据一颗行星在其轨道上发生的摄动，某位科学家准确地预言某夜某时在天球上某点将会发现另一颗行星。于是所有的天文望远镜都对准那一点，那颗新的行星果然就在那里出现。这证明那位科学家计算无误。他知道自己很优秀，适于探究宇宙的本质。时下人们正在谈论一出八十年代的戏，那出戏中有一个挖胡萨克隧道①的场景。一位工程师用三角测量法测绘了胡萨克山，决定从山的两边同时开挖，让两条相向掘进的隧道在大山中部连接。在最后时刻，那位工程师站在一条隧道里的工人中间，等着听另一条隧道里工人挖掘的声音。突然一柄镐头在眼前一闪，岩壁上探出一个人的面孔。这证明那位工程师计算无误。他知道他是一名合格的工程师。他适于探究宇宙的本质。

我喜欢这样认为，一位诗人若赢得了读者发自内心的喜爱，他就像科学家和工程师那样得到了第三种确认。这证明他的诗节奏和谐，意蕴深远。他适于探究人类的本质。他已经找到了知心朋友，这些朋友甚至会为他稍稍作弊，故意对他的缺点视而不见，只要那些缺点不太引人注目。人生不可无友。若不是为了寻找高情远致的朋友，我们干吗要拥有翅膀？

序《布雷德洛夫文选》

1939 年

---

① 马萨诸塞州西部穿越胡萨克山的一铁路隧道，全长 7.6 千米，于 1875 年建成。

序《此乃吾之精华》中的自选诗

从我的诗中很难看出我的个人经历，能看出的只是它们均出自同一个人的手笔，素材均来自波士顿以北同一个笼统的地区，诗中的援引均出自同一些书，尤其是这些书绝大部分都用英语写成，除少量希腊语和拉丁语著作外，没有一本用其他语言写成的书。这些与所发生的相符。为说明这些诗并没按时间顺序编排，我可以指出有两三首诗会使人联想到我小时候在旧金山度过的十年，另有几首实际上是奥运会①期间在加利福尼亚写的。有些诗则写于英国的比肯斯菲尔德和雷顿，从1912年至1915年间，我曾在那里经营农场，或准确地说是种一块小小的菜园子。我最初的两本书是由苏格兰人和英格兰人在英国出版的，为我一生中的这个开端，我永远对他们怀着感激之情。这些也与所发生的相符。我去英国时手边已有编那两本集子的材料，另有的材料也够编大半本书。此前我已在美国的杂志上发表过诗，但数量不多，而且与杂志打交道的相对失败使我当时从未动过出书的念头。也许是在异国他乡冒险的勇气才使我把求助对象从杂志编辑转到了出版商身上。

---

① 指1932年洛杉矶奥运会。

这次我选编这组诗①很像我当年选编第一本集子《少年的心愿》和第二本集子《波士顿以北》，回顾多年的积累，看我能为某一种意向找到多少首诗。这种先有意向的选法也许显得不甚合理，但在事后来接受命运的给予应该说并无什么不妥。当时的乐趣就在于想发现我的成败是否早已由上天决定②，是否我一直做得比我所知道的更好③。换句话说，人们是否能从这组显然是选得比较随便的诗中看出任何更宏大的构思，哪怕是最粗糙的构思，看出任何一点连续性，或看出任何一个图形的碎片。由于没法学会如何去获得信念，我早在年轻时就放弃了它们。然而我也许不可能一直没有信念。它们也许曾分门别类地从信念堆冒出。如果它们不是信念，那么就是些与生俱来的偏见和偏好。我用《少年的心愿》中的三十首诗连成了一条曲线，一条逃离人群又回归人群的曲线。我用《波士顿以北》中的一组诗对人进行了描绘，并表示我已经原谅了作为人的他们。现在选编的这组诗将展示我对乡村生活的偏好。它从旧金山一座农场的后院开始。这并不说明我对城市有什么偏见。我喜欢好几座大城市。这仅仅是对乡下事的一种偏好。我特别喜爱的用具（除笔之外）是斧子和镰刀，它们

---

① 为《此乃吾之精华》所选的十六首诗是：《熟悉乡下事之必要》《请进》《袭击》《雪夜林边停歇》《关于一棵横在路上的树》《一堆木柴》《固执的回归》《埃姆斯伯里的蓝绶带》《泥泞时节的两个流浪汉》《春日祈祷》《割草》《山丘上的土拨鼠》《晴日在灌木林边小坐》《沙丘》《士兵》和《彻底奉献》。

② 参阅《哈姆莱特》第5幕第2场第9—10行："……那会让我们知晓／我的成败得失均由天意决定。"

③ 参阅爱默生《问题》一诗第23行："他做得比他所知道的更好。"（"他"指米开朗琪罗，该诗第24行为："有知觉的石头渐渐变成了美。"）

除了在和平时期用作工具外，都曾被用作战时的武器。匈牙利人民曾在科苏特率领下挥着镰刀奔赴战场，试图从奥地利人手中夺回独立，而古代战车的车轴两端也曾被加长成为镰刀。我在三首诗中颂扬了斧子，一首中赞美了镰刀。

《此乃吾之精华》1942 年版

于佛蒙特州里普顿

1942 年 7 月 26 日

序《雇工之死》①

伯内特先生邀我为自己的诗写序，那意思无疑是要我把这首诗与"劳资关系"之类的事联系起来，从而使之具有时代感。我总是乐意给予我的诗每一种虽无必要但尚可接受的帮助。这首诗中描写的雇工如今已为数不多，不足以让经济系和社会系去进行统计。不过我倒喜欢这样认为，革命之所以发生至少在一定程度上是因为他的缘故。最后请允许我申明，写这首诗的时候作者压根儿没有上述想法。顺便提个醒，这是一首素体诗，而不是自由诗。

1942 年 10 月

---

① 这篇序言是为教科书《美国当代作家》而作，该书编者惠特·伯内特和查尔斯·斯莱特金后来决定自己写篇序言，弗罗斯特的序生前不曾发表。

始终如一的信念

评论界似乎有这样一种说法：易懂之作不值一评，难懂之作不必费神。这言下之意是说，文学批评应鼓励的是：不可太易，不可太难，不难不易，适可而止。但稍稍回顾一下历史，我倒更坚信另一番见识。《伊利亚特》《奥德赛》和《埃涅阿斯纪》都通俗易懂。《炼狱篇》据说难懂。《雅歌》也难懂。而且近来一些作品已打破了难懂的所有纪录。有些谜一般的作品表示它们也许值得我们费一番脑筋。不过在我看来，把难和易作为文学批评的标准似乎都不大管用。

编织物肯定是种值得重视的东西。好的编织物甚至可以和绘画一样用来装饰大雅之堂的墙壁，不过必须承认这有冒充艺术品之嫌。对编织物来说还有一段学徒时期，若在此期间材料编不成任何织物，那也没什么关系。织物上也许会出现形式重复造成的刮痕。但形式是一个整体！别这么耸人听闻！他第一本书的书名就叫《残片》[①]。趁还没把编织物视为目的本身之前，艺术家必须长大并长得粗壮一些。

---

① 这段文字是在暗讽哈佛大学的洛斯教授。参见弗罗斯特诗集《集外诗》中的《洛斯教授显然认定》。

我发现自己对诗歌还有过不少谈论，但其中最主要的是谈隐喻，即指东说西，以此述彼，隐秘的欢欣。诗简直就是由隐喻构成。哲学也是这样——就此而言，科学也是如此，如果它愿接受一个朋友善意的贬低的话。每首诗在其本质上都是一个新的隐喻，不然就什么也不是。从某种意义上说，所有的诗都是同一个古老的隐喻。

　　不论长短，每一首按格律写成的诗都是一种信念，对一条道路的信念，意志必须沿这条路一步一步去实现一个个承诺，直到有个圆满的结局，这时它将接受评判，看它最初的意向一路上是在猛烈地消耗还是在慢慢地消失；不管是对艺术、政治、教育、宗教、实业、爱情或婚姻而言，还是对一件作品或一种生涯而论，猛烈的消耗都与被保存同义。

　　若对判断感到愤慨，我们在宣判之后也可以谈论。世人怎么能知道我们想做什么事这种如此隐秘的事呢？回答是世人敢于知道。人的行为动机并非像所宣判的那样维也纳式①。凭互相关心对方的事而聚到一起当然是一种群居本能。是群居本能，而不是性本能。②我们必须受到保护，以免变得异乎常人。社会主义的美妙之处就在于它要消灭那种老是叫你别管闲事的个性。泰伦斯的回答则是：天下人的事都是我的事。③没有比这更明显的证据了，

---

　　① 指弗洛伊德所认为的性本能冲动是行为的基本原因。

　　② 参见赫伯特·里德的《现代诗之形式》（1932）："除性本能之外还有许多本能，如果说有哪种本能比另一种更成问题，我认为那很可能就是群居本能。"

　　③ 参见古罗马喜剧作家泰伦斯（约公元前 185—前 159）的《自责者》一剧第 77 行："我是人，所以我认为人类的事于我均非闲事。"

没有比这更明显的动机了，没有比这更明显的任何东西了。这个登峰造极的承诺实际上已同意外人可以知道我们想做什么，甚至比我们自己知道得更早而且更清楚。实际上有诗人说过，我把灵魂交给了这些表现形式。说这话之后他也许得花一年时间来承认他只是用二流诗人的小聪明出卖了灵魂，并原谅与他为敌的批评家没有听他那些意思相反的誓言和断言。他曾有任何要坚持的信念吗？他曾坚持过那个信念吗？他用了适当的措辞吗？你当时没法弄清楚，除非你先弄清楚是为什么信念那些措辞才算适当。每首诗都是这个巨大困境的一个缩影，都是意志勇敢地面对陌生障碍物时的一个形象。

让我们以白宫的总统为例。要探究他意向之实现，我们可能得退回他还是个脚跟不稳的年轻政治家的时候，退回他在我们政治制度中的两党间做出抉择的时候。当时他也许停下来犹豫了片刻，希望能发现一个更接近其理想的第三党；但他只犹豫了片刻，因为他讲究实效。事实上很有可能他对做出这一抉择的重要性几乎没有印象，以致他是让他的亲戚朋友替他做出了他的第一个承诺。不管怎样那只是一个小小的许诺，就像一个小小的吻。他几乎不可能记得做出那个抉择在多大程度上应归功于他自己。任何人迈出第一步时通常都不会去计算。可现在再来看他，一国之首脑，整天陷在那么纷繁复杂的责任和义务之中，以致他有时会发一通令人敬畏的脾气。他倒满可以试试写一首六节诗 [①]。

[①] 一种最为复杂的诗体，由六节六行诗和结尾的一节三行诗构成。但丁、彼特拉克、庞德及艾略特都用这种诗体写过诗。

或者说他也许是个虔诚的人，在基督教青年会的联谊会上被一位年长的朋友轻而易举地交给了一个著名的教会，接下来他发现他在一所神学院，再接下来就是在星期日的布道坛上与天使抗争，以期获得准许对教义进行自我辩护式的解释。这时他当初的意向呢？至少他曾有过把意向藏在心里而不是拎在手上的时候，所以他本来应该坚持到底而不该中途妥协。在他宣布他能够坚持什么之前，他本可以走很长一段路。他开始时有自由可浪费。现在他不得不承认他一天比一天更不自由。但这是他的勇气自讨的苦头。如果他当初是去北极探险或是去登珠穆朗玛峰，结局也会和今天一样。我们关心并担心的是：他的工作是在履行诺言还是在逢场作戏。

我因一个草率且不必要的许诺受到了一种宽容的嘲笑。我做出那个许诺是在我写《雪夜林边停歇》第 2 节第 1 行之时。我当时太得意了，没有在意我会招惹什么麻烦。不过既然我并未改变初衷，那个疏忽也并不要紧。

诗人写诗就像是跳绳，应尽可能多地创造下一跳的机会。如果他自己绊住了，绳子也就停了。与我们同一语族的诗人都受过选用两种格律的教育，这两种格律就是严谨的抑扬格和不严谨的抑扬格（不算后者的各种变化形式）。他可在六音步以内写任何挺短的诗行。他可以用或长或短的诗行构成任何形式的诗节，就像赫里克写《咏黄水仙》①那样。这并不是说他可以漫无目的。他的目的当然应是一种非他采用的形式便不能表达的特殊情绪。但

---

① 参阅《英诗金库》第 110 首。

它还不是一种与它所要造成的结果有关的思想；据此所能知道的一点是：它总是胆怯地逃避预期的表露。这就好像布莱克所说[1]，提前表露爱情会使爱在铸模被浇满之前就停止流淌，结果铸件会变成废品。一首诗的新颖之处就在于它尚未被考虑成形就被付诸诗行，同时诗行也可能被随之付诸音乐。诗是包含着一种思想的激情，而读者为领悟那种思想会焦急地等待一会儿。写诗动笔前的唯一要求就是内在情绪，那种至少能让诗人哪怕是牵强附会地写下一两个字的内在情绪。这就好比穿针时线头最前端那一截肉眼几乎看不见的细丝，它必须最先穿过针眼。诗人必须为那种准确的预感而欣喜若狂。这并不意味有什么神秘。当两个熟悉的朋友在大街上迎面走近时，他俩都会提前体验到擦肩而过时两人互相抛给对方的打趣话。

也许在内在情绪和有声的想象（声音之意象）之间有什么东西，它会决定诗人对格律和诗行长度做出的第一个许诺。

假定他已写出"逢时运不济，又遭世人白眼"[2] 这一诗行，那他就已经表明他必须遵守他在主题和形式两个方面都已做出的几乎相等的承诺。剩下的就是如何让这两个方面齐头并进。在主题方面他已宣布他将坠向地狱，但他并没向任何人吐露他是否会从地狱回来，或要往下坠多远才回来，也没说他会凭借哪些突出的

---

[1] 参阅威廉·布莱克（1757—1827）《爱的秘密》一诗，在奎勒-库奇编的《牛津英诗选》中，这首诗第一行为："千万别试图说出你的爱。"（在另一版本中此行作："千万别费心说出你的爱。"）

[2] 《莎士比亚十四行诗》第29首第1行。

岩石① 踏上归路。在形式方面他有可能写成素体诗。不过又写了两行之后，他已经押上了韵，再写三行之后，他已经写出了一个诗节。到这个时候，最初的要求已成了自我约束，诗将凭这种值得大加赞赏的自我约束写下去。这种此前没有的更严厉的要求现在开始了。不知这两种要求者也不知其中之一。他很有主见的承诺现在又往下履行了三四步。在我们看来，他无疑是一开始就出于习惯，一心要把它写成十四行诗：他假装有更大的自由而无任何追求目标也不管用。他已经一口气做出了他大部分的许诺。他要我们与他一道感觉的唯一悬念在主题之中。比如说他可以到达一个肯定会令他感到意外也会让我们吃惊的深度。不过他对这首诗该写多长实际上已经没有了发言权。现在所担心的只是他到底是写够十四行还是凑足十四行——是前后顺理成章还是首尾穿凿附会——是有足够的面包等黄油还是有够多的黄油等面包。事实上，他写完十二行后也不知道最末两行将怎样写。

这种情况乃至更糟的情况便是十四行诗体老被人怀疑的原因，也是使许多人转而去写自由诗甚至写小说的原因。许多四行诗就是从倾覆的十四行诗中打捞的碎片。多布森就坦率地承认他曾在动笔之后把一种诗体变成了另一种诗体："我本想写一首颂歌，/ 结果却写成了一首十四行诗。"② 不过他颠倒了通常那种由难

────────────

① 参阅丁尼生《亚瑟王之死》第49—51行："他一步步朝下走去 / 凭借蜿蜒的小路和突出的岩石 / 最后来到了波光粼粼的湖边"。

② 引自英国诗人亨利·奥斯汀·多布森（1840—1924）的《古瓶之瓶口》第1—2行。

变易的秩序。而且他的意志薄弱比大多数人都有个更好的借口，那就是诗中的罗丝①。

耶利米的真挚历来都被人质疑，其原因似乎就是他的哀歌②之哀伤之情受到了他那种用22个字母组成22个诗节的形式的抑制。希伯来语的字母表一直沿用来自古埃及语的22个字母，所以22这个数实际上就意味着形式。

但今天又有人像古人一样怀疑法律和秩序（共产主义者就盼望一种没有法律而有秩序的社会形式，愿上帝保佑这种善心）。对正常人来说，怀疑那样的形式肯定显得幼稚。字典里的字词就是一种规定，你要么充分利用，要么悄悄待在一边不要吱声。杜撰新词不受鼓励。我们要玩文字就得查字典。我们可以让字词起作用。语言形式是如此支离破碎又如此分散，以致在它与字词结合之前几乎就像不存在的幽灵。不应该认为形式和字词是在对立中相遇，而应该认为它们是在创造中相逢。单独评价形式或字词都没有意义。惠特曼说肉体就是灵魂，我们明白他这种夸张可能包含的意思。

现在是说出那意思的时候了。心智在婴儿时期就是巨人，在摇篮中就具有比他所知道的更多的远见卓识，他早已像抛玩具一样把生活之路抛在他前面的各个方向——给他的那些玩具就是所谓的材料。它们是词汇、语法、韵律和日志，而不管他想去什么

---

① 《古瓶之瓶口》一诗中出现的女人。

② 指《旧约》第25卷《耶利米哀歌》，这卷书的内容是哀悼耶路撒冷城之毁灭。全书共五首哀歌，前四首形式结构呆板，用希伯来字母为序的离合诗体写成（西方的离合诗大致相当于我国的藏头诗）。

地方，他要找不到由这些材料构成的踏脚石就太糟糕了。他踏上的道路会很曲折，但却曲中有直，就像他在灌木林中砍来作为一种标志的拐杖。他将受到的评判就是根据他是否被这个弯或那个拐抛离了他的大方向。

大学师生或研究者也许不会放过抓住这些不设防的诗行的机会，对不起，如果我破例指出你通常应该为我指出的什么。某些人也许会觉得奇怪，这么多年来我一直坚持写格律诗，可直到昨天才明白这是因为我迷恋于我所颂扬的这种不变的信念。在正常人看来这应该很幸运，因为过早过多的发现往往会产生停滞的危险。假如我当初欣喜过度，从而厌腻了去弄明白 treason-rea-son-season 这组押韵词在《不情愿》一诗的末节中几乎可以详尽无遗地暗示出所有可能的结果，那有谁会相信我愿用这组词呢？对我而言，使我面对谐韵细节的并不是任何一本音韵词典。可以这样说，自从我开始把单词看成无数语句的句尾（正如 -ly, -ing, -ation 是无数单词的词尾），谐韵就不再那么费力了。留一点东西等年长一些再学。即使我们从没上过一天学校，到四十岁时我们的大部分天真也会失去。

致正常人

十四行

> 在我们相当于一个郡的某个州
> 有一座我欣赏的地区学校校舍，
> 而且我最欣赏的是校舍的位置。
> 照我看来，在落基山脉这一侧，

很少有公共机构建筑比它更高——
它高出海平面足足有两千英尺。
因为男女生合校它有两个入口。
但两道入口门似乎都紧紧关闭，
关闭的还有与门相配套的窗户，
这仿佛是说纯粹的知识是魔鬼，
这所学校从此以后将不再上课，
除非为忏悔者，他们在门阶上
就座，就像匍匐在神恩的脚下
为他们缺乏沉思默想进行补赎。

1946 年 10 月号

在罗克代尔街犹太教堂的 "布道"

我来这儿是作为一种特邀布道者与赖克特拉比[①]交换。他已在我们佛蒙特州里普顿的小教堂进行过两三次布道。我这是第二次站在这个布道坛上,我上一次讲的题目是:以友谊的名义并以超越友谊的慈爱的名义。

赖克特拉比告诉我,他拟用的引题经文是"你们不可空手拜见上帝"[②],我想他会提到这只丰裕角[③],这只正在为我们提供所需之物的丰裕角。所以我也被要求提供一点东西,像它那样随便提供一点东西。它不大会使我想到佛蒙特。它提供的许多东西我们在佛蒙特都不能种植。但它也有点儿像佛蒙特。每年的这个时候,我们那儿也会有一些它提供的东西。

我最近有几点与宗教有关的奇特体验,我现在就准备给你们讲讲。有位古代的拉丁诗人,一个名叫恩尼乌斯[④]的罗马诗人说,

---

① 维克托·伊曼纽尔·赖克特(1897—1990)是弗罗斯特在佛蒙特州里普顿那个家的邻居(与弗罗斯特农场相距不足一英里)和多年的好朋友,从1938年到1962年一直在俄亥俄州辛辛那提的罗克代尔街犹太教堂担任拉比。

② 语出《旧约·申命记》第16章第16节。

③ 丰裕角是富饶的象征,是希腊罗马神话中诸多神祇的标志。

④ 昆图斯·恩尼乌斯(约公元前239—前169),古罗马诗人,著有史诗《编年纪》(现存残卷六百余行)。

勇气并非所有美德中最首要的东西。有时候我几乎觉得勇气是美德中最首要的。他说那只是第二美德，勇气，胆略。最首要的美德是智慧。他说智慧比勇气难得。许多邪恶之人也很勇敢，他用拉丁语说。许多邪恶之人也很勇敢——这我们知道。但如果他们坏透了，我们就很难称赞他们，你们知道，尽管他们很勇敢。有时候你会忘记他们具有那种第二美德，你会对他们深恶痛绝，以致忘记他们至少还具有勇气。但智慧比勇气更重要。

在我看来，现在教会又重新重视某种超越智慧的东西。那是心灵对一种超越智慧的智慧的极度向往。许多人都有那种使他们应付日常事务的智慧，你知道，足够的智慧，足以应付生活，应付战争，应付战争时期的相残以及和平时期的相争。当然他们都是站在各自的一方，而且都应付得够好。但要是他们非常虔诚，他们就会不停地，在内心深处，他们就会因惧怕上帝而不停地微微颤抖。我们说惧怕上帝，通常就是指某人担心他的智慧，他自己的智慧，他所具有的人类的智慧，在上帝看来不大值得接受。我总听见人们说"值得接受"这个词——那只丰裕角给予我们的"值得接受"，再比如说我的布道"值得接受"。总是担心其智慧不大值得接受，我认为那就是对上帝的恐惧，而这种恐惧总是伴随着虔诚的人。

另一点体验与一位来自印度的人有关，他现在生活在这个国家，成功地生活在这个国家，一个成功人士——一个讨厌我们的成功人士。他的智慧跟我们的智慧不同，始终都不同。我跟他握过手。从某种意义上说我们是朋友。尽管我们有分歧，但我们可以是朋友。为什么呢？因为我知道，也许他也知道——我希望他知道——永远都应该想到某种超越我们智慧的东西，某种在我们之上的东西，它可使我的智慧和他的智慧都毫无意义。

我经常被这个智慧世界的冲突所触动，非宗教层面上的冲突，在我和你们大部分时间生活的那个层面。

前不久我在马萨诸塞州坎布里奇的朋友家做客。那天的女主人来自南方。我对她非常了解。她是从密西西比州搬来的。她丈夫是个著名的改革家，非常著名，一个开明的思想家。她自己也是个改革者。那天跟我们一起的还有位男士，他父亲的画像就挂在墙上———一幅小小的画像———身着军装。

我对情况不太了解，但我问："他是谁？"

那个当儿子的回答："他曾是联邦军黑人部队的司令官。"

你们也许知道，指挥黑人部队的军官一被抓住就被处死———一抓住就吊死。那是很久以前的事了。我们没有哀悼什么的。他显然活过来了。他没有被吊死。

再说这位从南方来的女士，这位改革者，这世界上那些新运动的头面人物都是她的朋友。我对她说："这下我总算把你俩聚到我想让你们相聚的地方了。现在我想知道，在南北战争时上帝站在哪方。女士优先，请女主人说。"那位来自南方的女士，请听好，她父亲曾是位教堂主管———是南方监理会①一名好战的会督，曾作为会督站在南方一边战斗———你们知道曾有人那样做。

我问："在南北战争时上帝站在哪方？"

要知道，我们当时是有点儿轻视智慧，所以她大声回答：

_____

　　①　1844年在美国南方建立的一基督教教派，后于1939年同美以美会和美普会联合组成卫理公会。

"我父亲当年是卫理公会的会督，南方的，而一名会督应该知道，他认为上帝站在南方一边。"

于是我说："那就没什么说的了！"

我没有给另外那个人说话的机会！但你们知道，那是正确的做法。我们对那事都更了解。但至少我们都知道，在那种冲突的智慧之上——在那两种冲突的智慧之上——是上帝的智慧。

几天前我听另一个人讲话时非常生气，我听他说他站在天使一边。他知道他站在天使一边，而且你们也能看出他知道这点。他当时正在布道——和我现在一样。他始终在讲他知道他站在天使一边，三番五次地讲。事后我对他说："在我看来，也许应该由上帝来说你是否站在他一边。"这就是我们虔诚恭顺的意义之所在。

我们知道得不是很清楚！我们会利用我们所知道的尽量去知道得更清楚，于是我们来教堂就有了某种目的，我们祈祷就有了某种目的。我们都为此而祈祷！

你们祈求的祝福就是要上帝通过某种方式让你们感觉到：也许你们在他眼中值得接受。

再说非宗教的层面——我对美国很有信心，我相信美利坚合众国。但有天晚上我同一个快活的年轻人坐在一起，他说他弄不懂美国。他在这个国家受的教育，获得了博士学位，最近获得的，于是我问他在历史、经济和社会学方面都做了些什么。询问的结果是他并不完全了解美国。那没关系——他的智慧同我的智慧对立。他完全缺乏信心，而我却坚信不疑。但在我们俩之上，是那种超越智慧的智慧。

这儿有一句话——它可以作为我今天的引题经文——与另一段

和宗教有关的体验相联系，我也许可以叫它"亵渎信仰的体验"，差不多可以这么叫——这句话是："无人可问他'汝欲行何事？'"[①]没有人可以质问上帝："你想干什么？你认为你在干什么？"这是我们的谦恭。这是我们的谦卑。这是我们的祈求。请接受我们——

所以我们在他的智慧之下。我们当然在他的智慧之下。这是他的仁慈。我对美国充满信心。那个年轻人对美国缺乏信心。

另一段小小的体验与战争有关。有一个人，一个老妇人，被派来告诉我一名年轻医生在巴丹半岛阵亡的消息。那个女人已六十岁，既能干又自信。她完全知道上帝应该做什么。她告诉我那个消息时不停地重复"那个年轻的医生"——好像那一点对她特别重要——她一再重复那一点，仿佛天下只有医生是好人似的——她不停地说："我恨这样！我恨这样！"那等于是在说："上帝呀，你在干什么？你认为你在干什么，杀死那样的小伙子？"

亵渎信仰。那比无神论还糟。我们有信心——足够的信心——必须有信心——日复一日——直至永远。我们必须这样。但得始终保持谦恭，别冒昧地质问上帝："现在你在干什么？你认为你在干什么？"

阿门。

于俄亥俄州辛辛那提
罗克代尔街犹太教堂
1946 年 10 月 10 日

---

① 语出《旧约·但以理书》第 4 章第 35 节。

谈忠诚 [1]

查尔斯·科尔 [2]、乔治·惠彻和我刚从一所新成立的学院 [3] 回来，我们去那儿为它的第一任院长举行了就职典礼。我们之所以去凑热闹，是因为那所新学院是我们阿默斯特学院培育出的一株幼苗。对我来说，这次典礼的主要内容就是查尔斯·科尔所回顾的阿默斯特学院创业的历史，就是他对那所建在佛蒙特一座山上的新学院之白手起家与一百多年前阿默斯特学院之白手起家所进行的类比。近来我总是竖起耳朵在倾听任何关于民主的事情，而我所知道的美国最民主的事就是白手起家的创业。

我不知道别的国家有没有能与我们相比的创业模式，但这样的白手起家总令我感动——不管是一个企业的白手起家还是一个人的艰苦创业。我爱从《时报》和《论坛报》的讣告栏中读他们的经历。

---

① 本文是弗罗斯特在阿默斯特学院校友会上的演讲稿，由时任该院英语教授的美国学者乔治·弗里斯比·惠彻（1889—1954）根据记录整理，经弗罗斯特校订。

② 查尔斯·伍尔西·科尔（1906—1960），美国教育家、外交家，曾任美国驻智利大使，从1946年至1960年担任阿默斯特学院第12任院长。

③ 指创办于1946年的马尔伯勒学院（又译万宝路学院），该学院是一所私立文科大学，位于美国佛蒙特州马尔伯勒镇。

就在同一个地方，在马尔伯勒学院，我们的同胞朋友——我们的佛蒙特庄园女主人——多萝西·坎菲尔德·费希尔试图用另外的措辞来为民主下定义。她总是坚持认为，不管马萨诸塞州怎么样，也不管新罕布什尔州怎么样，至少佛蒙特州历来都是个无等级差别的社会。她的证据是，该州一号长官奇滕登州长的太太总是亲自下厨，而她却总是等饭菜做好后才和来自纽黑文和波士顿的客人一道坐下来享用。多萝西·坎菲尔德还坚持说，那是佛蒙特惯有的生活方式。我只是个冒牌的佛蒙特人，所以我对那种方式不了解（把我叫作冒牌货的是里德·鲍威尔。他有次说我只是个冒牌的佛蒙特人。我实际上是加利福尼亚人）。

我在这儿是怀着一种双重忠诚。而我想结合那所新创办的学院谈谈这种忠诚。那里有个人正在开创一种他要忠于的新事业。而那个开创者，那位刚刚就职的院长，就是本院的毕业生，我想是1917届的，名叫沃尔特·亨德里克。他是个邦德奖获得者。1917年他的演说获得邦德奖时我就坐在这个台上，他当时演说的题目是"对教育的探索"，从那个时候起他就开始了创建某种他要忠于的新的东西。

你们往往对忠诚感到疑惑。外面有些人辨不清忠诚这个词的含义，所以他们老用忠诚这个词制造混乱。比如说，他们用爱默生和罗伊斯①来证明，你可以像本尼迪克·阿诺德②或阿伦·伯

---

① 乔赛亚·罗伊斯（1855—1916），美国哲学家，绝对唯心主义之代表，著有《现代哲学的精神》（1892）、《忠诚的哲学》（1908）等。

② 本尼迪克·阿诺德（1741—1801），美国独立战争时期的大陆军将领，后因私通英军逃往英国。

尔 ① 那么个忠诚法，而你仍然是个忠诚的人。去忠于别的什么，那就是他们的全部意思。上月或前月《哈泼斯月刊》上那篇头版文章 ② 也想要证明这点。多年前我在这儿就听过一次持那种论调的演说，把忠诚的含义全弄混了，说什么有对化学的忠诚、对物理的忠诚、对地理的忠诚、对历史的忠诚，只是附带着可以有对阿默斯特学院的忠诚，至于对美国的忠诚就更是附带的了。可这种论调的唯一障碍是，美利坚合众国比化学、物理或历史更有权利要求你的忠诚。

这种论调中最令人困惑的是要你忠于即将出现在你面前的下一个对象。

> 内心深处确知
> 当半神半人离去，
> 诸神便会来临。③

爱默生是最初的叛逆者——头号叛徒。但你们必须问问自己（不用借助语义学的解释），"对一个普通人而言，比如说对我而言，忠诚到底意味着什么？"

前几天有位编辑向我提了个问题。他问："你怎样看待美国

---

① 阿伦·伯尔（1756—1836），美国政治家，杰弗逊总统第一任期（1801—1805）时的美国副总统，1807 年被控叛国罪，无罪宣判后离美赴欧。

② 指美国历史学家亨利·斯蒂尔·康马杰（1902—1998）发表于《哈泼斯月刊》1947 年 9 月号上的《谁忠实于美国？》一文。

③ 爱默生《把一切献给爱》一诗的最末三行。

中不溜趣味的文学之现状？"那对我来说是个新鲜俚语。我已经有点儿赶不上趟了，因为长期住在乡下。我以前从没听说过"中不溜趣味"。其实他想问的是："你这个老混蛋，你自己那些中不溜趣味的东西现在怎么样了？"我相信那里边肯定有种酸溜溜的东西。但我马上就想到了利用它的方法，不是在这儿，是在诗中，在作品中。你可以把它写成这样：

> 高雅的趣味，低俗的趣味，
> 中不溜的趣味再加没趣味。

这样就为下一首诗写好了副歌。

> 高雅的趣味，低俗的趣味，
> 中不溜的趣味再加没趣味。

那么，什么是中不溜趣味对忠诚的态度呢？我们已经有了高雅趣味的态度——就是我刚才讲的——罗伊斯和爱默生的态度。那就是不要忠于你的情感，而要忠于你受到的诱惑。你应该感兴趣的是下一个对象——让我看看下一个是什么——谁是下一个秋水伊人？

> 内心深处确知
> 当半神半人离去，
> 四分之一神会来临。

爱默生说的是诸神会来临，说的是百分之百的神，可要知道，我们对此并不确知。他所说的这种忠诚可以是一个卖国贼的忠诚。那也是对下一个对象的忠诚。可我自己可怜的中不溜趣味，或低俗趣味——不存在没有趣味，我不承认这点——对忠诚是什么态度呢？……顺便说说，我读过一首诗，我打算哪天要就这首诗写点什么。它好像是这样开始的。它写的是汉诺①抓住的那个土著姑娘——我不想给你们讲太多的史学学问，只讲讲汉诺和他的水手们在非洲海岸抓住的那个姑娘，当他们沿黄金海岸航行到沃尔特河河口外的时候。这是波利比乌斯②那些古老记载中的一段。诗应该是这样开始的：

> 她虽没有脑门子但却有头脑，
> 她希望那些水手能把她放掉；
> 她不喜欢水手，不喜欢男人，
> 他们不得不将她关进了木牢。

我只是随口背几句。接下来水手们发现她是那么不可改造，或随便你们用什么词儿，最后也都厌了。我想她当时又抓又咬，所以他们就活剥了她的皮，并把她的皮带回迦太基挂起来祭阿斯塔蒂③。

---

① 汉诺（约公元前五世纪），迦太基航海家。

② 波利比乌斯（约公元前205—前123），古希腊历史学家，著有《通史》40卷。

③ 阿斯塔蒂，古闪米特人神话中司生育和爱情的女神。

好啦，还是来说我的忠诚问题。有人问一位母亲她儿子在什么行道谋事，她骄傲地回答："在知识界。"那就是高雅趣味。谁也躲不开它——它无处不在。有一天我翻开《哥伦比亚百科全书》查"土豆"这个词条——我不知道你们是否了解那部大书——不过我想查"土豆"却无意间翻到了"诗"[①]这个条目。你们知道我写诗吧？我以前从没读到过诗的定义，所以我停下来读那个条目。而这就是我读到的。（同样的高雅趣味。我真想知道是谁写的。我希望在我兴趣消失前逮住他。他那样写好像是故意要让我难堪似的。）他说："诗主要的东西是音韵和措辞，意义是诗非本质的东西，而且许多人认为意义有害无益。"我这是凭记忆引用的。

好吧，当多萝西·坎菲尔德谈到佛蒙特有个无等级差别的社会时，你们和我都知道如何掩饰那种差别——使之或多或少显得无等级。但趣味上的等级差别无论如何也是显而易见的：高雅趣味、低俗趣味、中不溜趣味和没趣味。而我对忠诚的态度，不管它属于哪个等级——我想大概介乎于中不溜和低俗之间——正好就是她为佛蒙特感到骄傲的那种明白无误的态度。比如说，我就为佛蒙特赢得那场百年争执而感到高兴：佛蒙特终于确定了新罕布什尔无权对梅里马克河靠佛蒙特这一侧的海港（我们或许应该说河港）征税。为确定这点经历了一百年的争执，甚至到现在两州之州界也每隔七年就要巡行勘定一次，以使那种感情保持公

---

① 英语potato（土豆）和poem（诗）前两个字母相同，所以这两个词条在词典中的位置相距不远。

开。对你们来说，那就是民族感情！那就是爱国之心！那就是沿河两岸人民的忠诚。

加利福尼亚一位高级官员，一位级别很高的官员，我想就是最高那位，曾把我视为背叛了故乡的游子——他问我："你当初为何要离开加利福尼亚呢？"我对他说："那时候我还很小。我是哭喊着被带走的。"那样说恰到好处。我当时处境尴尬，但我还是体面地脱了身。

而此时此刻，我看见又有一个人正盯着我。他来自达特茅斯 ①。而且他正在纳闷，想知道我要是回达特茅斯怎样才能把这一切解释清楚。我记得有一次，就是我来这儿的头几次当中的一次，那是多年前了，是 1916 年，一位这里的老师，我后来的同事，他冲我说："从达特茅斯来！我见过的达特茅斯人统统都该被枪毙。"我们开始时就那样。当时我正处在过渡阶段——这是生活中的问题之———一种忠诚和另一种忠诚之间的过渡，一种依附和一种吸引之间的过渡。

你怎么从一种依附转而去追随一种吸引呢？那对你来说应该很痛苦，应该很痛苦，只要你为人忠实。那不会很轻松。你们不应该照爱默生说的那种方式高高兴兴轻轻松松地改变忠诚。他实际上也并没那样做。不过我知道有人照他的劝告那样做了。我所说的这种忠诚——我不知道你们是否允许我用我写的诗来说明这点——我写过很多与此有关的诗；我很年轻的时候就写过这么一节，在此我冒昧给你们读读。

---

① 指作者就读并工作过的达特茅斯学院，在新罕布什尔州的汉诺威。

唉，识时知趣地顺水行舟，

　体体面面地服从理智，

不管是爱情或季节到头，

　都听从天命，接受现实，

不知这样做在世人心中

　何时才不被看成一种叛逆？ ①

　　哪怕是一个季节——与夏天告别的痛苦——我也注定要经
受，还有人、地方、友谊等等，离别真是一种甜蜜的痛苦。我下
面要朗读的一首诗就不得不忍受这种分离，忍受与一种依附断绝
关系从而形成另一种依附关系所付出的代价。然后我将再朗读两
首短诗来结束今天的讲话，来跟大家告别。

　　（弗罗斯特先生随之背诵了《彻底奉献》，他称这首诗为"用
十几行素体诗写成的一部合众国历史"。）

　　我认为这就是忠诚的全部含义。最近我越来越多地思考这
个问题。天下万物都有所归属，同时又有其归属物；既有所依附
又有其依附物。你们有归属，我也有归属。我现在评判人就是看
他对其归属对象的忠诚。我不喜欢在背后议论大人物，但我真想
把一些大人物叫作卖国贼，尽管你们中有人也许不喜欢听我那么
叫。那些身居高位的人。我确实不能滥用他们的名字。但我至少
可以提一提与我同名的罗伯特·李，他从没去华盛顿讨好过那些
曾打败他的人。他一心只管做他分内的事。那也是他战败后所做

---

　　①　参见弗罗斯特诗集《少年的心愿》最末一首《不情愿》末节。

的唯一的事①。

你们最后都必须问问自己：如果你所忠于的对象变了，你的忠诚还能保持多久。

（最后，弗罗斯特先生朗诵了《后退一步》，并评说道："我的许多诗中都有对阿默斯特的回忆。这一首会使人想到那次发大洪水的时候，当时打算来看皮斯先生②的就职典礼，但却没能到达这里。"接着他朗诵了《各司其职》，解释说："我写这首诗是怀着绝对的超然……你们不能用弗洛伊德的眼光到诗中去寻找什么正在吞噬我的东西。这写的是一只蚂蚁，一只我在佛罗里达见过的蚂蚁。"他朗诵的最后一首诗是《值得注意的小点》，他说："这首诗中倒有我的一点敌意——深埋的敌意，你们知道。有人说我用不着谈论政治，说政治会夺去我的光彩。"）

在阿默斯特学院校友会午餐会上

1948 年 6 月 19 日

① 罗伯特·李将军战败投降后不久即被任命为位于弗吉尼亚州列克星敦的华盛顿学院院长，他担任此职直到他逝世（1870），此后该学院改名为华盛顿及李学院。

② 阿瑟·斯坦利·皮斯（1881—1964），原阿默斯特学院院长，当时任哈佛大学拉丁语系主任。

一条想象的深谷 ①

如今在伦敦出书已完全不同于我 1913 年在那里或在任何地方出我第一本书时的情况——那已是半辈子以前，两次世界大战以前的事了。必须承认，吉卜林早在 1913 年就说过，我因自己的异乡方言而毫无希望地被阻隔在了旧世界之外。②但我当时把他的话当耳边风。我的蓬勃朝气不沾灰心丧气，就像鸭子油光的羽毛不沾水一样。仅仅是被阻隔在外并非什么大不了的问题。关键问题是在一个良辰春宵把那个与我同宗同源的侵入者阻隔在外的是一道什么样的障碍？是亨利·L. 门肯，一个美国人加朋友，使我猛然有了一种民族差异感。要是我敢于认真看看他的大作 ③ 在美语和英语之间划出的那条鸿沟，那么与有教养的人相比，我可卖弄的学问也许就很贫乏，我那片荒原也许就很狭窄。

---

① 参见柯尔律治《忽必烈汗》第 12 行："可是哟，那条想象的深谷……"

② 参阅吉卜林《一个美国人》第 37—44 行："不合时宜，尖声尖调，/ 亚洲人似的嬉笑冷笑 / 会在他受到的冷遇之中 / 再添上旧世界的反感。他将如何说清他的意思，如何走近 / 你的栅栏，或如何要求有分量的辩护——/ 一个被异乡方言阻隔 / 且没有带任何翻译的兄弟？"

③ 指美国作家、学者亨利·路易斯·门肯（1880—1956）描述美国英语和英国英语之差异的著作《美国语》（*The American Language*，1919）。

我真希望爱德华·托马斯（那个英国诗人）此时能在我身边，和我一道从总体上来思考鸿沟，就像当年我俩在莱丁顿和里顿的小路上一边漫步一边交谈，把太阳追得精疲力竭那样。我想问他这世界是不是真的分成了许多部分，各部分之间的隔离是不是和各部分的联系一样重要。难道人们真迫切要求分隔？可现在哪怕是想写封信去问，我也不知道他的门牌号。也许有许多住宅都没有门牌号了。所以我只好请格洛斯特的杰克·海恩斯 [1] 坦率地告诉我，是不是自那个夜晚之后，人们所说的那条鸿沟就真的变得越来越宽；记得那个夜晚，为了证明我们谈及的蕨类植物之全球分布性，他硬把我拽上一个小山崖，划燃火柴让我看一丛他早就知道长在那儿的铁角蕨。

老天爷知道（我们在新英格兰还这么说），在可以预见的艰难时期内，除了偶像崇拜之外，我将不遗余力地使大不列颠和美国保持在能互相说话，或至少能互相喊话的距离之内。我自己也许并不想成为英雄，但我或许能劝说我们这个种族的某位马克·库尔提乌斯 [2] 替我跳进广场上的深渊，让它像人们所希望的那样合拢。虽说希望渺茫，但我无论如何也要谋求人们的支持，以期双方都愿意牺牲大部分词汇，只留下很有限的一小部分，而我们可以就这一小部分达成协议，让它们在英国和美国都

---

[1] 英国律师及业余植物研究者。

[2] 古罗马传说中的一位英雄。相传公元前 362 年罗马大广场突然裂开了一道深渊，神谕宣布只有将罗马最珍贵的宝物投入其中方可使深渊合拢，于是库尔提乌斯全身披挂纵马跃入深渊，深渊随即合拢。

表示同样的意思；只是这份协议得有个附加条款，即我必须进入词汇管理委员会，以保证我能把一些自己特别喜欢的词留作私用，例如用"江湖骗术"来说"太邪门儿的处方"，用"牛耕式读法"①来说"一种更科学的视读"②（如果科学真是要发展人的属性），用"执拗"来说"流行于殖民地时期的只用一个重音的旧式读音法"。另外还有一些不错的词汇，在抛弃它们之前我得同艾弗·布朗③商量商量。比如说看能否用 sursanure④ 来形容我受到残酷无情的批评后创伤愈合的方式。

想把这条鸿沟完全填平，以致沟两边的受益者都感到不自在，这也超越了我的理想主义。那边的母国几乎不会否认，她已因美国的独立而在好几个方面受益。祝愿她受益更多。对我自己而言，远隔重洋兴许会赋予我异国情调之魅力，我可不想失去这种机会，虽说魅力这个字眼也许太大。假定美语和英语的差异已大得像现代英语和乔叟时代或伊丽莎白时代英语之间的差异一样，那么显而易见，用不着我费脑筋，我的诗单凭是美国诗就会自动地被提高到需由专家诠注的档次。它也许会因有注释词表而引人注目。它也许被人研究。

我肯定不会毅然把隔开这两个国家的大西洋排干，以免太平

---

① 参见弗罗斯特诗集《诗全集·尾声》最末一首《从水平到水平》相关注释。

② 针对"视觉诗"而言，尤其针对 20 世纪某些只能看不能读的视觉诗（如肯明斯的《孤叶飘零》和《蝗虫》）。

③ 艾弗·布朗（1891—1974），英国记者及作家，主要写戏剧，也编过"说词解字"之类的书，其中包括《刺耳的字》（1942）。

④ 治好外伤但没治好内伤。

洋的水位升得太高，它沿岸港市的码头难以适应这变化。

但出于对这条鸿沟的敬意，我不可以把心中想的都和盘托出。我并不怀疑它令人敬畏的实际存在。可我仍然开始纳闷：它会不会只是一条由诗和俚语造成的"想象的深谷"。

如果这是个问题，福玻斯曾回答（而且他的声音传进我战栗的耳朵）[①]，我可以支持你柯尔律治式的狂想。这种语言隔膜主要是因为比喻造成的词义转移，而你每天都在竭尽全力在这种转移中扮演角色，结果把你最亲密的朋友拒之门外，其实你可以"始终把她当成异乡人来款待"[②]——当成带着新鲜腔调的异乡人。那种新鲜腔调听起来往往会像是偏离了母语，变成了一种新的方言。但它基本上是在同一范围内来回移动，就像蚱蜢蹦跳一天之后仍在老地方一样。而即便它是一种词义转移，那也是一连串朝同一方向的词义转移，它只是一种正常的精巧比喻，你完全可以指望与它保持沟通，或很快建立起沟通。你们是两个酷爱自由的民族，你们是那么习惯于不受约束，以致你们都没有兴趣多谈论谈论你们不受的是什么约束。你们的骄傲就在于你们敢于过分随便，不管是对语言，对朋友，还是对习俗。当然，必须承认，词语一开始就在那儿，而且稳稳当当、舒舒服服地待在其原位，但词趣只能随着词语的活动而产生，只有把词语当作其多种偏移的

① 参阅弥尔顿《黎西达斯——悼友人溺于爱尔兰海峡》（1638）第76—78行："……但无须赞誉，/ 福玻斯回答，他的声音传进我战栗的耳朵；/ 名望不是生长于尘世的花草……"

② 参阅《弥撒准备式》倒数第2行，那位无名氏诗人在此行中提及基督时说："我们只把他当成异乡人来款待。"（奎勒-库奇编《牛津英诗选》）。

出发点时才会产生词趣。这种玩法中存在危险。但要是有人被这种激动弄得稀里糊涂，就把它归因于根据圣马太所说来证明福音书中章节之真实，不过神谕总是模棱两可的。请记住，世界的未来也许就靠你们不断地学习对方的俏皮话和比喻。

序英国版《理性假面剧》

1948 年

序《世界诗歌精华》中的自选诗

如果我佯称知道我哪些诗写得最好，那将是一种很虚伪的装腔作势。在我完成这次选诗一小时后，我做出的任何选择都将变得意义不大或毫无意义。在新的每个月中我都可能弄出点全新的东西。等到我朋友惠特·伯内特编完他能想到的所有文选那一天，也许我过去写的诗差不多全都会被收入。毕竟就像我那七八本诗集中所选的诗一样，我已出版的诗就代表着一种相当严格的精选。但近来我一直满怀深情地在重温一些旧作，并发现有些诗值得引起人们更多的注意，所以既然允许我自荐几首①，就让我趁此机会为它们提名。

《世界诗歌精华》

1950 年

---

① 弗罗斯特的自荐诗为:《熟悉乡下事之必要》《山》《未走之路》《磨轮》《彻底奉献》和《后退一步》。

诗与学校

没人告诉过孩子们，为什么诗在校内比在校外显得更重要。他们肯定为此感到纳闷。

让诗留在学校的权威人士可分为两类：一类是为诗感到担心的人，一类是对诗特别爱好的人。他们不难区分。

学校的建立是基于字母和数字之发明。各校门上方的铭文应该是 ABC 和一二三的和谐。教育的其他部分都是技艺训练，在我看来并不适于学校。

上学的主要原因是要去获取那种为生活准备的印象：世间有本与万事都挨边的书。

我们上大学是为了再有一次机会学会读书，如果我们在中学还没学会读书的话。一旦我们学会了读书，相信其余的知识对我们来说均可无师自通。

读一首诗（不管是散文诗还是格律诗）的方法就是读其他所有诗的方法。我们可以从任何一首诗开始读。读第一首诗往往都是懵懵懂懂地闯入。我们会读得一知半解（而读诗之关键就是要理解透彻），但不妨接着读第二首。读完第二首不妨再接着读第三首、第四首、第五首，然后不妨又重读第一首，或重读第二首，如果先翻到第二首的话。因为读诗并不需要按什么顺序，就像诗不需要仔细研究一样。我曾下过决心，读任何书都绝不去穿凿任何一点该书作者无意要表达的意思。精益求精并非直线增高，而是一种环形拓宽。我们的直觉应像条转圈的狗安静下来，使我们在诗中犹如在家中，完全从容不迫地去思考如何理解所读的诗。诗中有暗示时知道如何用心去领悟，诗中无暗示时懂得不要去牵强附会，这样的人对诗就容易正确理解。他们的读法最为精细完美。

我们在学校之所以要学写作，主要是因为学习写作可使我们成为更合格的读者。

差不多人人都几乎有过这种体验：一首诗就是在心有所悟之瞬间被抓住的一缕思绪。

也有过这种体验：表现精巧的思想措辞不可太华丽。

还有过这种体验：天下有种东西叫"拥有片刻"。当你拥有片刻时能理解那片刻是件了不起的事情。

若能理解卡图卢斯的 mens animi① 是什么意思，那也很了不起。若能理解诗和被视为诗的散文是语言的更新，那也很了不起。

---

① 参阅卡图卢斯《歌集》第 65 首第 4 行。弗罗斯特曾多次谈论并翻译这个拉丁措辞。1950 年他在凯尼恩学院的一次讲话中说："mens—头脑，animus—心智，明白吗……我认为这正是我们今天要谈论的。条理—mens 就是条理—mens，我野性的条理……看，这就是我对心智之进取心的译法……那就是 animus，那就是冒险精神，那就是打破形式的心智。"1957 年弗罗斯特在哈佛大学说："诗乃心之所悟。我相信那就是卡图卢斯的 mens animi 所表达的意思。诗的背景较复杂，就像许多英语名字。诗是思想感觉到的东西。诗是对万事万物或笑或哭的东西，就像它运动时那样——就像它使你理解到的一样。与混乱相对的片刻清静……"

情感可通过比喻使字词暂时离开其原位，但通常的情况是最终将其移到新的位置。习俗、形式和言词都不得不有规律地或无规律地从精神实质上被更新。这就是真正的激进之信条。

激情之流必须被拦住并被规矩控制在理智磨坊堤内，不能任其奔涌咆哮如脱缰之马。若不用规矩堵住堤坝所有细孔而只留一个出口，激情之力量很快就会耗尽。须知情感应该慢慢流出。

更好的读者，没错，还要更好的作家，如果可能的话。不可否认，许多三流作家之所以三流并非因为批评和赞赏的语言（且不说胡言乱语）始终把他们置于三流位置。不幸的时代很快就要来临，我们在那个时代将没有任何乐趣，那时我们的头脑将被抽干，只剩下一些抽象概念。最有教养的人将是那种按正常速度使之成熟的人。已抹上了调味品但还没有烘干。沉淀的茭粉不得不被小心地慢慢搅动。动脉血管若无救助将很快硬化。实际上太多的当代诗都用评价语言写成。它们在精神上已过分吹毛求疵，所以已容不得另外的批评。

而这种千篇一律的言论不过是学生作文中"我不喜欢这，我不喜欢那"的翻版，这会导致美学上的清教主义。"看在上帝分上，"一位老师对学生说，"请写出点变化，写写你们既不喜欢又不讨厌的东西。"这时一个大胆的学生问天下是否可能有那样的东西，于是他被告知他那门功课不及格。

消遣作品是针对语言情节而言：针对小说、戏剧、场景、片段和插曲。

实践一门艺术比谈论它更有益。天下最让人心静的事莫过于写作。

从前我们被要求趁年轻学会写作，以便我们将来有话要说时知道怎样说。如今学写作或会话的全部目的就是学会有话要说。

我们的目标是说某种的确是某种东西的东西。有位老师曾说那是某种既令人信服又令人兴奋的东西，他说令人信服和令人兴奋时都加重了语气。我们若是没做到，同学们的惩罚往往比老师的更严厉，他们会针对我们保持沉默或互使眼色。

对任何想继续做有人情味的读者（即人本主义者）的人来说，上大学的危险之一就是他将成为一名专家，当他对美的东西进行抨击（用爪和喙）时将不会再感到恐惧。

对于感觉，当今的另一危险就是习惯于读翻译作品。神形兼备的译诗非常少见，这应该说是一种警告。当然有些译文在适当的时候有用，但还远远没有被驯化成译入语。对自信者来说，读翻译作品时总会有一种挥之不去的遗憾。

书即将进入上流社会之际只在一个地方还被人平安无事地阅读，那最后一个地方通常就是大学一年级英语课课堂。有人仍然认为那些大学一年级新生不会全都成为学者。

最合格的读者往往愿意并能够控制自己的阅读速度，以便他能听清字行和语句在脑子里发出的声音。他经常读的诗已用其音韵节奏减慢了他的阅读速度。

只用眼睛的读者是没有文化的读者。只为这种读者写作的作家是没有文化的作家，因为既然他并不担心他的读者的读法有多糟，那他也用不着担心自己写得有多糟。

一心只想正文、全神贯注于正文是阅读之关键。然而总有一缕也会"考虑"正文占优势的思绪分开。这缕因外力作用而在正文上方与之平行的思绪可形成注释，我们之所以讨厌别人替我们加注，就是因为我们想得到自己加注的乐趣。

ABC 是 letters（字母）。一二三是 numbers（数字）。诗之不同于散文是因为诗以 numbers（韵律）论 letters（文学）。Numbers（韵文）是诗的绰号。诗在格律的框架上表现戏剧性语言的节奏。符合标准的地图都会有自己的比例尺。

若为消遣而去打不要球网的网球，我还不如写写自由诗。

《大西洋月刊》

1951 年 6 月号

谈赫维·艾伦[①]的诗

　　真正的作诗之道总是从虚多于实到实多于虚。以抒情诗开始者也许有望以史诗结束，只要不被死亡或麻烦事中断。说到纯诗，有人似乎想说那就是纯粹虚而无实的诗。但这在理论上是一种荒唐的夸张。天下何曾有过任何一种虚而无实的东西？也许有人为标新立异进行过尝试，但其结果（要是有结果的话）与其说具有美学意义不如说具有科学意义。这种概念应归于物理范畴，在回旋加速器中虚无可变成某种可感知的东西。如果那东西无害倒也十分有趣。我们所知的最确凿的事实是：精神的量表不是分为虚无、较少、较多和最多四个刻度，而始终都只分为较少、较多和最多三个等级。无所有则无所为。只有重量能增加重量。最透明的翅膀也须有负载方能传播花粉。诗不可没有负载。

　　只要不被死亡或麻烦事中断，作为抒情诗开始者也可望作为史诗结束者。这一真谛最有力的例证莫过于赫维·艾伦这些精美

---

　　① 威廉·赫维·艾伦（1889—1949），美国诗人、传记作家、历史小说家，著有诗集《贝珠与古金》（1921）、自传体小说《扑向战火》（1926）、人物传记《以色拉费：爱伦·坡的生平和时代》（1926），以及长篇历史传奇小说《叛逆的安东尼》（1933）等。

的诗和他后来那本享誉全球并被翻译成多种文字的书①。那本书是部小说，但只有诗人才能写出那样的小说，它的名声和诗一道传扬。毋庸置疑，它完全可以被看作在他所有诗之上的又一首诗，比他所有诗加起来还长的一首诗。那是部史诗，它伪装成小说问世是为了逃过我们现代社会对史诗的偏见。赫维·艾伦当然会希望此书被视为他写诗生涯中不可或缺的部分。若非如此，恐怕他在极乐世界也不会快乐。

为一本未出版的诗集
所写的序言之未完稿
1951 年（？　）

---

① 指《叛逆的安东尼》，这部以欧洲多姿多彩的拿破仑时代为背景，以个人传奇式冒险经历为题材，并有大量性生活描写的小说在初版两年内就销售了 50 万册，后被翻译成多种语言。

塔夫茨学院 ① 的读诗会

三十七年前，查尔斯·费伊教授邀我在塔夫茨学院全美优等生联谊会上读诗，从此我便开始了这种经历：在公开场合读诗，到各大学寻求批评和经济资助。那次我为他朗诵了三首诗，此后便不时来塔夫茨学院朗诵。他当时在塔夫茨的角色就像今天约翰·霍姆斯教授和哈罗德·布兰查德教授在这儿的特殊角色一样，都愿意拿我这个活着的吟游诗人来大学生中冒险。过去和现在都没人谈起过这样做的目的：也许是想检验这些年轻人应该具有的评判能力——他们在对过去那些已盖棺定论的名作之长期艰苦的研读中所获得的评判能力；或只是想让他们在一种高智力的层次上乐一乐，不过并不给予拿学位所需的学分——也可以说是让他们有一种短暂而快活的冒险经历。我们都应该多多感谢塔夫茨学院，感谢它开创了这个当时多少有点出格的先例。

《塔夫茨周报》

1952 年 10 月 11 日

---

① 在波士顿以北 8 千米处的梅德福城，现已改为塔夫茨大学。

流传的歌谣

"普通民众所喜爱的平凡的歌谣，不可能取悦不了那些尚未被其矫情或无知弄得毫无乐趣的人。"[①]

这是艾迪生两百多年前的断言，大概也是弗兰德斯夫人[②]今天要表达的意思。我们不得不喜欢歌谣，否则便会被认为是艾迪生说的那种人。民歌民谣属于没受过教育的民众，其精神，而且可能就是所有诗歌的精神，最妥善地保存在没受过教育的民众之中——他们将其保存在心里，使之历经风雨而变得成熟。就像空树洞巢中的鸟鸣声年年不息一样，民歌民谣以口传声教的方式代代相传。但这并不能成为我们不该为了娱乐或研究去搜集一些标本并编汇成书的理由。我们有权满足我们的好奇心，有权知道当我们转过背去的时候，它们又发生了一些什么样的变化。我们不可能影响它们作为一个物种的存在，既不会使之增加，也不会使之灭绝。我们所做的任何事都不会造成这种后果。为了不让鲑鱼

---

① 引自英国作家约塞夫·艾迪生（1672—1719）于1711年在其主办的《旁观者》上发表的评论英格兰古代民谣《切维山追猎》的一篇文章。

② 海伦·哈特尼斯·弗兰德斯（1890—1972），美国佛蒙特州作家，曾花30年时间在新英格兰地区收集整理民歌民谣，编成《新英格兰移民歌谣集》（1953）。

绝种，人们不得不小心地捕捞，甚至不得不将它们捞上来囚于池中人工繁殖，然后再放养回它们自己的小河小溪。但歌谣不同。恰尔德[①]曾经猎取过它们，弗兰德斯夫人也曾猎取它们，而它们虽说不上俯拾皆是，但至少有生命力保持足够的数量。你不会看到这本书里已变成铅字的歌谣重返故乡去改动曾把它们唱出的那些歌手的版本。我们的任何资助恩惠都不会使其放弃用"fee"这个词来押韵，用"百合花般的手"来形容美，用"领主郡主"来称天知道万里大洋之外三百年民主之后的什么人。它们的歌手应一致为这加冕典礼和就职典礼碰巧在这得体的 1953 年同时举行[②]而感到同样的激动。

为促进这刚开创的事业我再说两句。

在为歌谣配上曲调之前，嗓子和耳朵对它们会不知所措。这也许是区别于真正的诗的真正的歌谣的定义。歌谣不会或不该为自己提供发声方式。因为曲调依赖于音乐之音乐——写好的乐谱。歌谣若不被唱就只是半成品，弗兰德斯夫人对此知道得很清楚。如同她搜集歌谣一样，她也一直在以同样的努力招募歌手，以期把这些歌谣搬上舞台。看到歌谣可能会降到卑微的地位，但对适当的人来说却仍然是诗，这总是一件有趣的事情。歌谣在韵律、句法、逻辑、意识诸方面也许都有瑕疵。它

---

① 弗朗西斯·詹姆斯·恰尔德（1825—1896），美国学者、教育家、哈佛大学教授，曾先后编纂八卷本《英格兰苏格兰歌谣集》（1857—1858）和五卷本《英格兰苏格兰流行歌谣集》（1883—1898）。

② 指英国女王伊丽莎白二世的加冕典礼和美国第 34 任总统艾森豪威尔的就职典礼。

也许会显得结构松散，支离破碎，但那只是在声音与感情脱离的时候。

《新英格兰移民歌谣集》序言

1953 年

必备条件

　　大约六十年前，一位青年读者在读一首诗时陷入了极度的烦恼，因为他读不懂该诗的最后一节，尽管其他三节都清晰易懂。今天看来，有趣的是他当时摆脱烦恼的方式。他只是让那首诗去自己照料自己。如果他再次见到它，他也许会对它进行照料。他想他不再急于读懂那首诗，就像那首诗也不急于让人读懂一样。

　　他本来也可以去大学求教。但他当时刚刚离开大学，为的是要提高自己的智力，如果他有智力的话。或许他可以去趟亚洲，因为那首诗充满了亚洲情调。他曾怀疑诗中藏有一种完整的宗教信仰，一种与他浸染于其中的宗教信仰不同的宗教信仰。可当时他要旅行只能靠两条腿，所以他必须等海面结冰时借道白令海峡，而那样从东方去西方恐怕得花一个时代，就像印第安人从西方来东方花了一个时代一样。

　　那首诗名叫《大梵天》①，他曾用抑扬顿挫的声调朗读下面这些他容易读懂的诗行：

---

　　① 指美国思想家、超验主义诗人爱默生（1803—1882）发表于1857年的《大梵天》一诗。"大梵天"是印度教三大神之首，为创造之神，众生之本。

他们飞离我时我就是其翅翼，

凡弃我而去者皆因考虑欠妥。

我既是怀疑者又是那个怀疑，

我也是婆罗门唱的那曲圣歌。

这节诗非常漂亮。他当然是把大梵天理解成上帝——不是《旧约》或《新约》中的那个上帝，但也差不多。虽然他不是什么自由主义者，但他曾为自己能容忍大思想家们的异端邪说而感到自豪。在那个时期，他总有可能被某种似是而非的思想利用，有人甚至听他说过他希望人们长久地坚持异端邪说，以便他有足够的时间去告发他们。

领悟别人的比喻和自己用比喻一样令人陶醉。他当时正为自己的理解始终与诗的本意保持一致而激动万分，而且心里正在想"了不起的家伙""我是多么出色啊"，可就在这时灾难降临了。下边依然是《大梵天》中的一节：

诸神对我的所在会苦苦追寻，

为此徒然希冀者还有七圣贤，①

可是你哟，善之温顺的情人，

你会找到我并转身不理上天。

读到这儿他两眼发黑，仿佛头上挨了一棒，只感到一阵昏晕。我记得他当时曾愤怒地质问：是否任何人都有权利那样说

----

① 印度教之七圣，相传为神之子，《吠陀经》的作者。

话。不过他并非像他假装的那样茫然不知所措。他没有再回头去研究那首诗，或说他没有再在那首诗上花更多的时间。他的潜意识告诉他，只要那首诗继续存在，待他有朝一日具备理解它的条件时，他会悄悄地回头重新读它。这一切都是因为他不想得到那种错误的帮助。若被剥夺了自己读懂一首诗的机会，一个人的心情会很沉重。读就事论事的序言就像大考前的填鸭式夜读。太迟了，太迟了！一边读诗一边看脚注无异于临渴掘井。任何后来的解释都会像解释笑话一样令人扫兴。被人引导着读诗会把诗降到知识见闻的档次。他当时深信缪斯终将会酬谢他，因为他把她的一些精华留待来日以期豁然贯通。

要接近那首诗必须由远而近，甚至从几代人之前就出发。他应该从各个方向各条战线逼近那首诗，就像一支军队的各个师团同时逼近一个战场。

读一首诗时不妨考虑到其他所有诗。我们读完 A 不妨接着读 B（我们总得从什么地方开始：我们从 A 诗中所得也许会很少）。我们读完 B 不妨接着读 C，读完 C 不妨接着读 D，然后不妨又回头读 A 并从中获得更多的东西。我们的目的不是进展，而是拓展。关键是要置身于诗歌之中，在那儿我们会发现，它们像星星一样相互保持着一定的距离。

如果他坚持避开大学，坚持不去亚洲（他在那个年龄时讨厌被当众发现他在培养自己的智力），也许有朝一日大学、亚洲，甚至泰姬·马哈尔陵①都会自动来找他，带着理解那首诗和理解

①　即泰姬陵，在印度北部名城阿格拉，系 17 世纪莫卧儿帝国皇帝沙·贾汗为其妃蒙塔兹·马哈尔建造的陵墓。

其他许多疑惑的必备条件。

好吧，事情果真是那样。因为这个故事有个幸运的结局。不到五十年之后，当那首诗又重新出现在他眼前时，他发现自己除了其中的两行之外已能全部理解。他对复数形式"诸神"是诗的惯用法这种解释还不太满意。这些神是提坦神还是 Yidags，或抛开这种想法，是奥林匹斯山诸神？——哦，不！不是奥林匹斯山诸神。但现在他识破了蒙在"善之温顺的情人"上那层具有基督教色彩的伪装。他的温顺想必就是对野心和欲望的彻底超脱，因为只有这种超脱才能使人在生存之环形路上得到拯救。至于那个值得"你转身不理上天"的"我"，当然就是指的涅槃——天地间唯一有点实在的虚空。这时他已变得非常挑剔，所以没把生存之环形路说成轮回。他是个坚定的象征主义者。

《旧作新编》序言
1954 年

致日本诗人

如果我不在我出生的城市旧金山转机，那朝向你们的一次飞行就将跨越三千英里陆地和六千英里海洋。是诗使你们想到了我，也是诗使我想到了你们。我们在艺术中互相追求。但我们都不愿在互相追求中失去我们的目标。我们必须时时记住，一个诗人之存在就在于他与其他任何诗人都不同。他不能成为任何人的翻版。我们之间的分歧必须保留，哪怕这些分歧有时会变得非常尖锐甚至血腥。我不会每看见一座大钟的时间与我表上的时间不一致就调我的表。我们必须勇敢，但首先必须勇敢地面对我们的不同之处，这样方能看到这些不同之处取得真正的成就。我在学习方面从来都反应迟钝，但明白这些道理并没花费我度过的八十个春秋。很久以前就有种直觉告诉我，我首先得有民族性，然后才会有世界性。我首先得有个性，然后才可望有非常有趣的社会性。对世界而言，首先得有一个个界线明确的国家，然后才会有值得夸耀的国与国之间的感情。你们也许比我更具有世界性。我真希望我有足够的世界性，能用日语来谈论你们中有些人的文字让我感受到的友谊。我真希望我能读原文的日本诗，那些我即便是读译文也令我赞赏的诗。

1954 年

谈诗的理解

　　最近我一直在考虑许多问题，因为最近我去过许多地方。我每到一个地方都得讲点什么。因此我也想了许多。近来我想得最多的，我想是与人们对诗的理解有关的事——他们怎样理解任何一件作品，尤其是怎样理解一首诗呢？

　　我认为一首诗就是一种谐戏。我有个一位论派①的朋友，一个了不起的朋友，我刚读过他写的一篇布道词，其中谈到"上帝的傻气"。上帝的傻气！上帝的可笑之处，要知道，上帝也开玩笑。我还刚读过一篇写爱因斯坦老人最后岁月的文章，那位作者了解他的科学，而且也曾了解他的哲学，须知爱因斯坦是大科学家中的一位大哲学家。文章说爱因斯坦生活的每一分钟都充满了笑声，他调笑某个哲学论点，调笑上帝和相对论，或调笑牛顿的某种局限。他与牛顿的小小分歧引起过许多笑声。他有一个说法曾公开发表，我们大家都读到过"饶了我吧，牛顿。饶了我吧，牛顿"。当然，如果凡事之顶峰都是谐戏——连上帝也开玩笑——那么诗到达一定高度也就成了一种谐戏，成了一种难以理解的东西。正因为如此你们才需要受这么多教育——为了正确地

---

　　① 基督教一派别，认为上帝只有一体，反对三位一体之说。

理解诗。

　　我曾想过，要是我某个晚上再来，我倒想谈谈清教主义——谈谈在希腊正教、罗马天主教、早期天主教、后期天主教以及在新英格兰的清教主义——完全凭我的记忆谈，不讲我这堆书里的东西。我也是个读过一点书的人。你们看得出我几乎随便讲什么都用不着翻书。我的书总是乱七八糟的，所以当我偶然发现一本我一直在找的书时，它对我来说总是很新鲜。（众笑）《快乐之夜》——我有二十年没见过那本书了。我得把它取下来读读。但我不能根据它作一次演讲。我会来这儿随便聊，就像人们说的那样，即兴而谈，谈谈清教主义以及它产生的那首最伟大的诗——《科玛斯》。我知道，你们认为我会讲别的什么。我可以讲讲清教徒并没后悔吗？要知道，清教主义温和了一点，变成了上帝一位论派。我已经发现它正在变温和。（众笑）改天我得来讲讲这个问题。

　　但这件事我以前曾在这里讲过。我记得我曾在一两个地方引用过这句话，而且它总是浮现在我的脑际：这些事都是用比喻讲的，所以恶人听不明白，因此他们不能得救。①这句话在《新约》中讲了两遍。②它似乎太严厉，不符合民主原则，不是吗？而且它听起来也很难懂。我有个好朋友就从我的诗中得出结论，说我很难懂——我的思想很难懂。但完全不是这么回事。因为你们要

---

　　①　参见弗罗斯特诗集《绒毛绣线菊》第4首《指令》倒数第4行及其注释。

　　②　实际上讲了三遍，先后见于《马太福音》第13章第11—13节、《马可福音》第4章第11—12节和《路加福音》第8章第9—10节。

知道,《新约》中还说:除非你们变成小孩。① 那意思是说教授们也许听不懂这句话。它太简单而且太傻气,所以只有小孩才能听懂。我们总是挖空心思——绞尽脑汁地去理解——而这正是危险之所在。现在且把上帝的傻气看成有待解决的问题。你们必须处于一种非常放松的精神状态。那是你们从读儿歌童谣开始多年来与诗接触应具有的心态——从容不迫。而且你们还必须知道,诗可以任你随心把玩——诗是诗人说的话——就像我说的话:我可以按我的方式说,而你在很大程度上可以按你自己的方式去理解——那样有利于交谈。你用不着去反驳它。而这几乎可以成为一种习惯。我在达特茅斯学院就讲过:差不多可以养成不反驳任何人的习惯。只需说:"让人家把要说的话说完,然后你可以按自己的方式去理解。"

这就解决了一个问题:谁有权随心所欲地把玩我的诗——就是那些能按自己的方式去理解它们的正常人。我的诗中有许多摇摆不定的东西。里边有某种机敏,某种确定的东西,但它在其锚位上漂摇,在其确定的锚链上漂摇。而这当然就是它的趣味所在。当然,关于这个问题我经历过许多,你们会在学生中听到一种普遍的嘲笑,意思是说老师无权继续讲诗,无权带上一点他们自己的见解。这可能是错的,可能完全错了。这是个非要分出非对就错的问题。你们从小到大受的就是这种教育,非理解正确就是理解错误,于是进进出出,反复琢磨——要弄清一首诗的真正

---

① 《新约·马太福音》第18章第3节云:"除非你们转变,变成小孩,否则你们将进不了天国。"

含义。可你们要知道，有一种故意蒙骗人的诗——有人就会那样写，他是在对读者进行戏弄。他这是往读者眼里撒沙子。回到先前的比喻，那就是把玩笑开过头了，这样谐戏就成了谐谑。跟读者开玩笑可以，但要戏弄读者就走得太远了。这是我始终关心的一个问题。

我该开始谈谈我的一些诗了。要知道，进门时我曾想我应该带别人的诗来。我应该带雪莱的诗，带弥尔顿的诗，或者带另外某个诗人的诗。我老是讲自己的诗，你们知道，这只是因为人们想听我怎样讲它们。他们也许比我更懂得如何评说我的诗。他们想听我自己说只是出于好奇心。（众笑）他们想知道的只是与我的诗有关的联想。

要知道，读诗最重要的一点，最深奥的一点，就在于你是否高声朗读，而且一定得读新一点的东西。我这一辈子都在高声读诗，也许是吧。我曾精于此道。我曾是个爱琅琅吟诵的人。我在学校里朗诵诗，然后又开始这样四处朗诵，越来越多。我朗读的次数真是不少。这里有一个问题，当我独自在家或当着什么人朗读一首新诗，我往往会被自己的感情弄得不能自已，这时我该怎样掩饰呢？我该怎样表露呢？我从不表露，我总是竭力掩饰——不过这样几乎会使我中断朗读。对啦，那从来不是什么伤感之情？——从来不是！这很奇怪。你可以杀死你想杀的所有婴儿，但那绝不会使我哭泣。那种感情与炸弹或诸如此类的事无关。那永远都是崇高——崇高的英雄品质。瞧，始终都是它使我几乎诵不成声。始终都是。不过我现在已非常习惯朗读我的诗了。那始终是一种与高尚有关的东西，与精神之高尚有关。

我刚才稍稍想到了爱因斯坦。因为我刚读过一篇写他的文章，那篇文章差点儿感动得我掉泪。我不能给你们朗读那篇文章——恐怕不能——用不着假装我老眼昏花，也用不着以灯光太暗或别的什么事做借口。但我可以说说它感动我的事。曾经有一本书，而这个国家有许许多多教授——一些著名的自由主义者——这些教授曾威胁一个出版商，说要是他不停印那本书，他们就不再买他印的课本。他们是些著名的自由主义者。其中一位是著名的赤色分子，你们差不多都会认为他是。他过去经常去莫斯科，而且回来后总爱说俄国人是唯一懂得怎样对待他那种伟人的人民。（众笑）但他必须属于这个现代化的自由世界，就是他指挥了那场对麦克米兰出版公司的攻击。他是那些扬言要焚书的人之一。他们想烧掉那本书，这时爱因斯坦老人碰巧提到了这件事，非常偶然，你们要知道，他并没提那本书的书名，不过根据对它的描述你们会知道是哪本书。他没提那家出版公司的名字，也没指名道姓地说那伙要烧书的人。他只是说：那是多么美妙的一本书啊！我书架上就有那书。简直和唐纳利的《消失的大西岛》一样美妙。那是另一本美妙的书。另外还有两本说莎士比亚作品的作者不是莎士比亚的书。[1] 这么多年后来这番精确严谨是为什么呢？爱因斯坦老人对此——那本美妙的书——开了个玩笑。多美妙啊！而且可怕——他颇动感情地说："要压制一本书

---

[1] 伊格内修斯·唐纳利（1831—1901）的《用密码写成的巨著》（1888）和《戏中和墓碑上的密码》（1899）二书都试图证明莎士比亚戏剧的真正作者是弗兰西斯·培根。

是多可怕呀!"这话真让我感动。好啦,这事就讲到这儿。不过你们几乎可以根据你们对事物的领会有多深来评判自己。你们会认为爱因斯坦写那番话是出于怜悯。但我觉得那远远超出怜悯——那就是崇高。

怜悯这个词如今已被评论界用得令人生厌,就像逃避这个词被用得走了味一样。"为什么孩子们要看电视?"我最近读到这个问题。他们为什么要看电视呢?某著名大学心理系的一位心理学家已发现,上中产阶级(这个阶级当然不存在)家庭的孩子若被管教得太严,他们就会看更多的电影。瞧,这是件复杂的事。至于下中产阶级(这也不存在)家庭的孩子,他们看电影的时候比上中产阶级家庭的孩子稍稍多些,但他们看电影也同样有个是否被管教得太严的问题。(众笑)你们也许会说,哇,好家伙!(众笑)当然,我这样谈到"逃避"这个词使我想到了这点。这整个问题就是个逃避问题。我过去对这个问题进行过谈论。那是很久以前的事了,我谈论过逃避,并且曾宣称生命是一种对追求者的追求者的追求者的追求 ①。你们知道,一个人追求另外某个人,而他又把另外某人追求,可这位现代心理学家却似乎认为人人都在逃避某人或某种东西。所以你是在从一个逃避者的逃避者的逃避者那里逃开,直到你逃进地狱。(众笑)但怜悯——逃避——这个词是批评界的陈词滥调。我记得我曾经对一位当教授的朋友说,差不多五十年前吧——不,四十年前;不,是三十年前——当时我说这个词令我生厌,我不想再听见它了,可我那位

---

① 参见弗罗斯特诗集《在林间空地》第 7 首《逃避现实者——绝不是》。

朋友说:"你将不得不听。"我果然还在听。

好吧,我现在开始读诗,先朗读一首短诗。除了一两首之外,我今晚不打算对我朗读的诗作详细的评述。我就读这首吧,要知道,这是我刚才谈到的事——独立战争。它是一种逃避呢还是一种追求?对民族性的追求——没比这更简单的了。压根儿不是逃避。有人这样理解,有人那样理解。托马斯·潘恩曾把它理解为一场世界革命的开始。他理解错了。那不是什么世界革命,而是对民族性的追求。想成为某个民族,某个我们觉得我们已成为的民族。托马斯·潘恩是最先看到这点的人之一——他曾把这片大陆说成某种东西,某种具有国家之类意义的东西。我这首诗就是关于那场独立战争。(朗读《彻底奉献》)

这就是那整个过程——对我们必须属于那种已属于我们的东西之意识。就是这么回事。我们已理解了它的大部分。它就像一份声明那样简单。的确有趣,要知道,那是一种追求,朴实无华,未载入史册,正在慢慢地向西部拓展,但依然未载入史册,依然朴实无华,尚未繁荣昌盛——将会被载入史册,将会繁荣昌盛。瞧,一种朦胧的愿望,和创造它的一切一样朦胧。不是对任何东西的逃避。追求,追求。而且那种追求属于这块土地上最优秀的人民。瞧,就那么回事。这首诗就谈到这里。

现在让我们来看另一首。这首诗中没什么含糊不明的东西。照我先前所说的那个意思,这首诗里没多少可供你随心把玩的。我就来读读这首小诗。我得读一些旧诗,一些熟悉的诗,为你们中的某些人,因为我听到过人们对这首诗的一些说法。(朗读《雪夜林边停歇》)

喏，你们看，你首先得对你所读的诗留下个深刻印象，你得有这个能力：获得深刻的印象，就像挨了一拳，但又不是，获得客观的印象。然后嘛，然后就是你对所读之诗的主观意向。这么说吧，我一读拉丁语作品就会有一种不断的期待，期待要么被我证明其正确要么被我修正的意义。瞧，要么被验证，要么被修正。我读拉丁语作品从来都是这样，不然我就是个硬译死译的译者。我不得不对原作有那么一点儿不恭，但这是对读诗而言。这下你就可以开始按你的方式来理解了。你差不多可以这么说，在一首诗中，你总会发现它从某个地方就开始另有所指，开始与你的理解有点儿一致，开始使你有所领悟。而如果你对此深信不疑——当然，那也许就不是同一回事了。我知道别人读我的诗也按这种方式。我就听另外一个人对我说过一番和这相同的话，瞧，我也许不能坚持我自己的本意——当时不能。我心想，等这一完我就去把诗重写一遍。（众笑）我的意识流会去重写一遍。我自己没事。我星期六听他那么说星期天就没事了。我曾好多次想起这事。有人对我的诗理解有偏差，但我依然如故。我会继续写诗，不管有人对我说什么，我应该相信我知道我与他们的分歧所在，如果有那么些分歧的话。

还是来说这首小诗，你们看它非常单纯，和我所写的一样——夜晚、大雪、树林、黑暗、雪花飘落在树间，要知道，这里有点儿诗的夸张（"观赏这片白雪覆盖的林子"）。林子被覆盖了吗？盖了多厚？瞧，你们想知道。千万别问我。（众笑）要知道，老有人这么问我。（众笑）我一直都让人家说——某个应该更明白的人——有人把我诗中的这行引述成"在一年中最最寒冷的夜晚"。瞧，那可是带着温度计去的。（众笑）还是"在一年中最最黑暗的夜晚"更好——这样诗味更浓些。别去想为什么。我也不知道。也许更傻气。这又说到傻气了。得有一分傻气或三分傻气，但后来诗中又说"这树林真美，隐秘而幽深"，所以我这要是在读另外某个人的诗，我就会开始纳闷他居心何在。注意，并非他是什么意思，而是他居心何在。

> 这树林真美，隐秘而幽深，
> 只可惜我还有诺言要履行，
> 安歇前还要走漫长的路程。

的确有许多事情都是以那种方式发生的。人们纷纷来问我要履行的是什么诺言，于是我也加入了他们的行列。让他们说他们想说的，然后我按自己的方式理解。我记得我曾就此问题对一个委员会说——一个学生委员会——我说，诺言也许可以分为两类：一类是我自己为自己许下的诺言，一类是我的祖先为我许下的诺言，也就是人们认为的社会契约。（众笑）哈，我当初写这首诗时想到过这点吗？你们比我更清楚。我只是不得不说点什么。就姑妄听之吧。（众笑）他们按他们的方式理解，我按我的方式理解。不过我最后还说了一句——在一定程度上是想自圆其说；我说：这行诗是什么意思呢？"这树林真美，隐秘而幽深。"这就等于是说我也许能应付。就那么回事。那是最好的脱身之道——如果你不得不脱身的话。

现在来看另一首旧诗，那么我得把这首丢开。这样做有什么寓意呢？它的美学寓意是：更上一层楼只会更好，不会更糟，你不可守着一首诗细细咀嚼，慢慢消化，只消从中又品出一点诗味——在诗路上又更进一步。"我们的灵魂中有更纯洁的火焰。"你们知道我改天会来讲这题目。"我们的灵魂中有更纯洁的火焰。"这是科玛斯那伙了不起的人——那伙反清教教徒——圣公会教徒的最佳声明，它也是个最精彩的题目。我们将在这儿坐一通宵，那将是更愉快的一夜。我好像叫他们吃惊了。有点儿让他们吃惊。① 等着吧，你们将听到我讲这个题目。改天我会来让你们真正地大吃一惊，我将追溯希腊正教——阿提斯② 以及诸如此类的事。

现在来看这首诗。它写的就是库克博士所说的墙。它与我年轻时春天要做的一件事有关。那时候我在认认真真地当农民，每年我们都不得不重新垒石墙。今天你们已不再干这种活儿了。你们只消拉道铁丝网就算了事。我们过去却经常垒墙。现在你要是看见一道漂漂亮亮的墙，那你就知道墙内的地属于纽约的某个律师（众笑）——而不是属于某个真正的农民。这首诗写的就是春天垒墙的事，但它当然也和各种各样的事情有关，为了自圆其说，我已经让它和某些事有关。我已经把它说得更好——不止一次，以不同的方式，为了好玩——仅是为了让它有傻气。（朗读《补墙》）

喏，你们可能知道，最先给我谈这首诗的人当时正在成为

---

① 此话似乎是对陪同他出席演讲会的库克博士说的（库克博士是米德尔伯里学院教授，弗罗斯特的朋友及研究者）。

② 阿提斯，弗里吉尼（小亚细亚中西部一古国）人崇拜的主宰自然之神。

罗林斯学院的院长（正在改造罗林斯学院），他当时拉住我的双手告诉我，说我已写出了一首真正超越国界的诗。只是为了逗逗他，我问："你是怎么知道的？"我说我认为我对墙两边的人不偏不倚——只能算超越了墙界。"哦，不，"他说，"我能看出你站在哪边。"于是我说："我越是说我，我就越是在指别人。"（众笑）这是客观事实，我告诉他。这就是我们当时谈论这首诗的方式，开玩笑。大玩笑也就是从那时候起头的。但最近一次谈这首诗时我却说了这样一番话：我让诗中出现了一个人，他既是垒墙者又是毁墙者，他划出边界又打破边界。那就是人类。人类的生命和生活都是由细胞构成的。我肌体内每隔七年就换一轮新的细胞，我所有的细胞壁都被改变。我身体内是由细胞构成的，而外面的生活也由细胞构成。连共产主义者也有细胞。①（众笑）这就是我最近对这首诗的评说。

现在让我们丢开这些评说，那都是诗歌本身之外的东西。我常常感到悲哀，因为我总发现有人别有用心地曲解这首诗，以某种方式强奸这首诗，尤其是当他们用某种我知道他们无处不用的理论的时候。瞧，这是一首很随意的诗，就像我的书房那般随意。我不希望它井井有条。我生来就不是那样的人。而联想也是一种很随意的东西，它不受控制，联想之美从来都是你在不知不觉之间获得的某种东西。如果你刻意要去想出点什么，研究出点什么，琢磨出点什么，结果往往会是收效甚微。你们要知道，如果那样的话，我以前从没想到过的东西也不会钻进我的脑子，如果我时

---

① 细胞喻政党的支部，一语双关。

时刻刻都为应急而刻意为之，读书谈话都老想着要去获得某种我从没想到过的东西，那我就完了。我就会不想再写下去了。

你们常在教室里听课，如果那只是要你们全盘接受，你们总应该感到不愉快。应该有点儿不愉快——这就是那种情绪：等不到明天我就会知道怎样处理，你们知道，要是我被人糊弄的话。我在达特茅斯学院讲过这点，讲得不多，我可以在这儿再谈谈。我记得我小时候的事。我小时候不究细节。我想当时我母亲被进化论弄得有几分忧虑——不很严重——她是个非常虔诚的基督徒，凡与基督教挨边的事她都深信不疑，所以她也是个长老会教友加一位论派信徒再加斯维登堡新教会会员。（众笑）她没什么毛病，可就是被进化论弄得有点忧心忡忡，并以为我也为此烦恼，但我已经够大了，于是我有一天对她说：我看不出这有什么关系。我不知道当时我有多大——上中学了吧，是在上中学。我说我看不出那有什么不同。"你认为上帝造人用的是泥土，而那种新思想认为上帝造人用的是准备好的泥土。"（众笑）你瞧，你仍然拥有上帝——并没有什么令人不安的。对那种事你不得不说点什么——就这么一回事——对斯芬克斯。那就是斯芬克斯存在的理由。说这种话你也用不着镇定自若。当你说点什么时那感觉很美妙——当你能与它针锋相对时。我们中有些人总比另一些人反应更迟钝。长期以来我就缺乏某些东西。比如说诽谤的意向：你们对诽谤想说点什么？我觉得在 1932 年 [①] 以前，或者说大约在 1932 年以前，

---

① 此处的诽谤多指美国政客间为抬高自己而对对手进行的诋毁，1932 年是美国的大选年，当时角逐的双方是民主党的罗斯福和共和党的胡佛。

我从没听说过这个字眼儿。那时我不习惯于想到诽谤。可如今诽谤已蔚然成风。所以每当我听见说某人的某事，不管那人属于我们这边、另外一边还是任何一边，我都会掉头而去；我心想："天知道那里边有多少是诽谤。"这样我也避免了被某人因诽谤人家而获得的伟大感动得掉泪，要知道，对半真半假的东西你可以置之不理。近来我也一直在遭受这种东西，始终都在遭受——对我来说这始终都是每日新闻——某人澄清某事，而且是为我澄清。

好啦，现在我得为你们读几首诗了，在这个范围内我是迷信的。你们要知道，宗教信仰是一回事，迷信是另一回事。我总喜欢从我的新书中挑一些诗来朗读，不过你们别抱太大的希望，因为我的新书只是用旧书中的诗编成。（众笑）但我进行过选择。让我们来看看我在这书里翻到了哪首。我就给你们读这一首——今晚灯光很好，谢谢。这一首叫《指令》。我会朗读得慢一些，你们直接理解好了。不过要知道，理解这首诗充满了风险，里边有许多弯路岔道。（朗读《指令》）

我看见旁边这页上是首小诗，一首奇特的小诗：《致一位古人》——古人，古人。（朗读《致一位古人》）这首诗与考古有关。不大被人引用。接着再来一首，又是一首人们熟悉的。（朗读《荒野》）

你们瞧，我更喜欢这样一首接一首地朗读，而不愿进一步对它们加以评论。不过评论它们是某些人的工作。我加点评说只是为了好玩儿。

现在我们换换口味。看我在这本小书中翻到了什么。（朗读《不情愿》）这是我早期的一首诗。

我还想为你们读首早期诗。我想这首是我念哈佛时在英语写作课上交的作业。（众笑）诗名叫《花丛》。它写的是这样一个主题——又一个会让你们非常厌倦的主题——合作性。这是一个杜撰的字眼儿——合作性。但如今你随处都能看到它。仿佛谁也没对它进行过思考似的。有人说："你知道为什么人在人群中吗？因为他们孤独。"孤独问题——奥本海默①似乎认为他是天底下唯一一个因思想深刻而孤独的人——我曾经不能承受的一种东西。这就是我上世纪九十年代在思索的问题。这就是我现在也许还会思索的问题，如果我又出去帮着割草晒草的话。"有一次我去翻晒已被割下的牧草，／有人早在清晨的露水中将其割倒。"我也许应该说明，过去我们通常是用镰刀割草——比现在用得多。现在我们只是偶尔用镰刀。那时通常会有个小伙子或别的什么人——某个像我这样到处走的家伙——去地里翻草，把草抖开，让阳光晒透。在有露的清晨割草更为轻松，但割下的湿草必须得翻开。我们管那叫——那个字眼儿叫"翻晒"。我曾经又去翻晒过一次牧草。（朗读《花丛》）

瞧，在九十年代——在我生命的早期——我是从两个方面来说这问题的。当时我被接受了，可今天我却为此招致麻烦。有人认为我并不相信合作。我并不喜欢这个字眼儿。这真叫人不愉快。但随后又发生了一件有趣的事，那就是我不断地碰到这样一个问题：你这是什么姿态？瞧，你这是什么姿态？你以为你

---

① 奥本海默（1904—1967），美国物理学家，曾主持并领导美国的原子弹研制工作，后因反对试制氢弹而被解职（1949）。

是谁？瞧，现在这句话问得更妙了：你到底以为你是谁？（众笑）这么问的确更妙。那意思就是说你知道你没什么了不起。但当你问话的时候，你又是什么姿态呢？叶芝在什么地方说过，你可以在七种姿态中任选一种。只有七种可选的姿态——你选哪一种呢？你是摆出副高人一等或好为人师的架子呢，还是摆出副诸如——一个农民，或一个平民的姿态？选任何一种都会令人作呕。像那样一种装腔作势。要是你选择了一种姿态，可你又担心你没摆脱叶芝说的那七种，那你怎么办呢？我看唯一的办法就是去自杀。摆脱这种框框。想想只有七种姿态可选择，那不是挺可怕吗？而我在这首诗中涉及了这点。"不是为了引起我们对他的注意……不是为我们……昂首怒放。"这些字句使我一生获益匪浅。让某人某物去成功去兴旺，"不是为我们／也不是为了引起我们对他的注意。"这倒不是因为忸怩害羞。"而是因为清晨河边那纯粹的欢娱。"瞧。这就是最高雅的姿态，完全摆脱了装模作样："清晨河边那纯粹的欢娱。"作为一首诗，蝴蝶和我受到了启示，这你们也知道："那只蝴蝶和我自己／仍然从那个清晨得到了一种启示。"这就好像我当时就注意到了诗的一切，好像我当时就考虑到了一切。其实我没有。由此可见，你是先了解诗，然后才领悟诗。让我看看我们还有多少时间。

我应该给你们读一首有特色的诗，可以吗？这本小书——我不习惯读它。这儿还有一本。让我稍稍看看。我想就读这首：《保罗的妻子》。这是关于伐木区的。你们也许会有兴趣听我讲段往事，我出过一本名叫《波士顿以北》的书，我很喜欢那个书名——它得来十分侥幸。很多年很多年以前，我曾在《波士顿环球报》的广告栏中看到过这个短语。后来我在远方见到《波士顿环球报》时便想起了它。当时我在英国，有天我忽然记起该报的广告栏中曾一再出现这个短语，我过去很有兴趣读广告栏——现在也读——于是"波士顿以北"这个短语一下子从我脑海中冒了出来——就是这个书名。于是我收拢了十来首诗——大概是十五首①，我想是的——那些诗并不是围绕这个书名写的，其实我写它们的时候并没围绕任何特定的主题。它们散布在我的抒情诗中，是我在二十年间零零星星写出来的一些素体诗。然后，突然之间，怀着某种要把它们编成一个集子的念头，一个非常朦胧的念头，我把它们收在了一起——把它们扫到了一堆。它们并非一个不可分割的整体。然后我把这个书名给了它们。正如我以前写它们就没围绕任何书名或任何主题一样——当时我拒绝了围绕这个书名写出更多同类诗的要求。曾有朋友要求我继续写，出版商也敦促我接着写，但我拒绝了再写与这个书名有关的诗。然后我就把这事整个地给忘了，现在，最近回头一看，我还写过那类诗。这些年来我仍然在零零星星地写。所以我现在打算，作为我的文学消遣——我打算再出版一本《波士顿以北》，书名下标明是"增补卷"，在原来的十五首上再加十五首，新旧各半，就像驴背上的两个驮筐。《保罗的妻子》就是新增的一首。原来我继续在写这类诗，可我写的时候不曾想到这点。新写的已超过十五首。不过我会设法平衡——让新旧两部分分量相当。多一点可以使我

①　弗罗斯特诗集中《波士顿以北》为16首，其中《美好时分》是1915年美国版增补的。

有选择的余地。

新增部分较重要的一首就是我刚才为你们朗读的《指令》，还有一首叫《科阿斯的女巫》，那首诗太长，今晚没时间读了。另外还有好几首——和这首差不多。（朗读《保罗的妻子》）

好，再读一两首短诗。我带来了这本小书，它用的字号比我其他书小得多，我看起来有点儿吃力。我从没认真看过它。它印得很精美，但对我的视力来说，字号实在太小了。（朗读《熟悉黑夜》）

要知道，有多少东西都像那样被塞进一个小小的空间。"有只发亮的钟衬映着天幕，/宣称这时辰既没错也不正确。"我都记不清是哪一年了，只记得有位朋友在读过亨利·亚当斯和其他历史学家的书后不停地说："这年头不对劲。这年头不对劲。"没有哪个年头对劲。的确没有哪个年头对劲。它们全都不正常。全都不正常。

让我看看我是否能想到另外的东西。（朗读《选择某种像星星的东西》）

我这儿还带来了一首新诗——一册新书——很小的一册，售价一美分。从来没在书店出售过。我想我该读读这首，然后再读一首小抒情诗。这首诗是关于一条狗，诗名叫《又一瞬间》。（朗读《又一瞬间》）

就是这样了。这下我该朗读一首旧诗，这是库克博士要求我朗诵的。（朗读《请进》）

在布雷德洛夫英语学校的演讲

1955 年 6 月 30 日

诗人得照顾好自己 [①]

诗人得照顾好自己。只要诗人还存在于世上，我不知除了大学校园外他们还能找到什么更好的地方度过其青春岁月。诗人得照顾好自己。如今大学里发生的许多事都对他们这类人不利。但各个大学都有青年诗人在勉强度日。英语系也许有点过分倾向于把他们当未来的学者对待，仿佛他们最终都将成为和他们老师一样的学者似的。中学毕业之后，他们被允许像普通男女一样读书的场合就只有大学一年级的英语课，诸如哈佛的新生英语课和其他一些大学的英语基础课。学校当局在对待这点的态度上暴露了他们的意向。他们相信他们的一刀切政策有益于未来的年轻学者，他们相信他们不是在损害未来的年轻商人。他们至少可以把奖学金的重点放到那些未来的年轻商人身上，因为那些人毕业后可以在其后半生不断地为学校捐献资金。我们不得不承认，如今

[①] 此文在弗罗斯特生前未曾发表。存于达特茅斯学院图书馆的《诗人得照顾好自己》的打字稿有一页封面，上有弗罗斯特对其秘书凯瑟琳·莫里森的一段口授："说我应对教育制度给艺术造成的损害负责，这真是滑天下之大稽——我一生上中学、大学的时间加起来也只有六年，此后除了不时在各大学任教并成为它们慷慨资助的对象外，我与它们再没有什么关系。要这样一个人对那种事负责，这真是史无前例的奇闻。"

大学里没有足够的诗人和其他艺术家值得人们重视。即便有那么一些，如我所说，他们也得自己照顾自己。如果他向往的是今后写史诗，那他也许可以少一分担心。

我以上所说的在一定程度上就是分析过多的危险。我很高兴地得知，老师们已为他们的学生在讨论和提问时缺乏首创性而感到遗憾。我个人也为他们缺乏首创性而感到遗憾，遗憾他们缺乏能让我吃惊、令我震撼或把我逗乐的想法。我是说那种就像Meccano[①]结构之巧妙的奇妙构思和绕口令般的妙语。他们在自己的学生出版物上倒往往有最佳表现，因为那里没有老师去规范他们的离经叛道和奇思狂想。

我认为，无论在学校、在社会，还是在书中，人们都不会不感到习惯上诗人被寄予了什么希望。常规惯例肯定会在什么地方发生冲突，而发生在学校与发生在别处都是一样。假如在学校有点选择的余地，我们就会更幸运些。由于时间久远，现在已很难说清当年学校对我们这类人有没有过什么要求，如果有的话，我的创作又受到了多大限制。我不知道没有读者我能忍受多久或不能忍受多久。

我在某人的提醒下才意识到，我与常规惯例的冲突也许一直都具有讽刺性，因为我始终都超脱于学校、社会、艺术、政治，甚至于生活本身。比如美国政治生活中的惯例之一就是，我们应该怀着某种近乎爱国热情的感情属于此党或彼党。没人能指责我对民主党的忽即忽离不够具有讽刺性。在教育方面的情况也是如

---

① 由成套金属或塑料构件、螺栓、螺帽及工具构成的儿童装拆组合玩具。

此。我想我公开的秘密就是：在人生这个搏斗场上，我应该和对手拥有同样多的现实。我总希望，我正在希望，人人都知晓我和我的艺术，而且尽可能有一种与我的主张一致的影响。但永远都有这种可能性，他们更多地会按他们的主张而不是我的主张，所以我将继续写作。

1955 年（？）

美好的一天，精彩的一天 [①]

　　与其说美国人爱参加棒球比赛，不如说美国人爱观看棒球比赛。此说是对是错？咦，就说今天这几千名来这儿看球而不是打球的人吧，他们在体壮身轻的年月里也许都玩过棒球，他们都使自己充满了那种亲身体验的记忆（即我们农民过去叫作动感形象的东西），所以他们都没法安安静静地坐下来。当三垒手博耶 [②] 飞身接住那两个看来不可能接住的球时，当他接住那两个也许本可以使全国联盟 [③] 扭转败局的球时（一个地滚球，一个平直球），我们并没有立刻欢呼喝彩，席卷看台的是一阵惊叫，仿佛我们浑身的肌肉都有那种运动感觉。而当贝拉 [④] 没有手套保护的指尖抓住那个擦棒球时，我们全都本能地往后一缩，仿佛那球是砸在我们指尖上似的。

　　至于那些女士，虽说她们是作为男人的亲密朋友来到现场，

但就连她们中的许多人也有投球手的胳膊和击球手的目光。她们中许多人也许宁要一个小棒球也不要一个大南瓜。你若不戴上手套休想"接"住她们。[①] 即便我想象外场一野餐布旁某女士张开双臂去接一个高飞球，仿佛要接住一个从天而降的男天使似的，我也肯定没有丝毫对女士们不恭的意思。幸运的是那球没砸进她同样张开的嘴巴，不然那也许会有损于她的美貌。她压根儿没接住那个球。

我怎么会懂得这一切？我有什么资格来谈棒球？难道你不知道，诗人雷蒙德·霍尔登曾在《纽约客》周刊上写过关于我当投球手的文章？——不过我作为投手参加的最后一场比赛是在新罕布什尔州塞勒姆镇罗金厄姆公园的场地上进行的，当时那块场地还没被修成赛马场。如果真要说我在全明星比赛中亮过相的话，那是在佛蒙特州的布雷德洛夫——不过我当时是名替补投手，而且赛的是一场我瞧不起的软式棒球，那就像看风景一样。另外，我曾在威廉斯学院和赫赫有名的投球手爱德华·刘易斯一道接受荣誉学位，人们也许记得而且在记录中也能查到，他多年前曾是全国职业联盟的最佳投手。他获学位当然不是因为他当投手。我也不是因为这个。他获学位是因为他在任新罕布什尔大学校长和马萨诸塞农学院院长期间工作成绩显著。他曾告诉过我他如何让投出的球听话的秘密，要让球听话当然是在他手臂听使唤的时候。在外行听来这也许近乎迷信，但他说他能抬高球前方的空气垫，从而让球随心所欲地滑过对方的球棒。我今天为全国联盟下

---

① 此句一语双关，亦可读成："你要是没两下子甭想把她们弄到手"。

了笔十美分的小注，这也许就是因为我与他之间的伟大友谊。他
是威尔士人，在纽约州的尤蒂卡市长大，他曾跟随他爱写诗的父
亲去参加诗歌音乐比赛，因此他就像我在英国时的另一位威尔士
朋友爱德华·托马斯一样，一开始就把写诗视为一种必须获胜的
竞赛。我特别喜欢的球队曾是芝加哥队，因为在全国职业联盟拥
有的球队中，芝加哥队所在的城市似乎离我的出生地圣弗朗西斯
科最近。我已经克服了那种偏爱。但我仍然想去看看他们的老队
长安森[①]，我童年时代心目中的英雄，是否在他应该属于的库珀斯
敦的名人堂[②]。

请允许我在这番自吹自擂中再添上一笔，说说我曾向我的同
行克兰伯格[③]许下的一个诺言，一个我尚未履行的诺言；我曾夸
口说有朝一日我要写出一首史诗，记述被大个儿鲁思[④]击飞的那
个球，那个球飞到天上再也没落下来，而是像一颗卫星在围绕地
球旋转。我很早以前就有了这个构思，早在科学家们想到人造卫
星之前。我原来曾打算这样开始：

　　　　十秒钟之后那球还在空中飘飞，

　　　　人们都以为它有希望落在 N 位[⑤]。

---

①　阿德里安·康斯坦丁·安森（绰号"队长"，1852—1922），一垒手，
1876 年至 1897 年在全国职业棒球联盟芝加哥俱乐部效力，1939 年被选入名人堂。

②　全称为"美国棒球名人纪念堂"，在纽约州奥齐戈县的库珀斯敦。

③　艾尔弗雷德·克兰伯格（1883—1966），美国诗人及剧作家。

④　乔治·赫尔曼·鲁思（1895—1948），美国著名职业棒球运动员，是首批
被选入"棒球名人堂"的五人之一。

⑤　指棒球比赛时中外场手所在之位，即球场的最远端。

当然，要使这首诗能和《击球手凯西》①相提并论，还需要下很大的功夫。

换句话说，真正的棒球运动是我们全体美国人命中注定的运动。对我而言，在美国最让人感到自在的时候就是观看这样一场棒球赛：在这个国家的首都，在克拉克·格里菲斯这块宝石般的场地②，在这样日丽风和的一天，而且由我支持的球队获胜。那位曾效仿乔治·华盛顿把一枚银币抛过波托马克河（在不宽之处）的沃尔特·约翰逊③就曾在这里叱咤风云，那位爱说话的斯特里特④也曾在这里接住那个从华盛顿纪念碑顶上像出膛子弹般急速飞下的棒球。而此时此刻在同一个地方，我聘请的顾问、来自布法罗的著名象征主义艺术家霍华德·施米特⑤就陪在我身边，帮我回忆一些棒球术语，并为我解释一些偶然情况的象征意义。譬如说当炮手队的坦普尔⑥最先上场热身一连投了两个侧飞球时，

---

① 《击球手凯西》是美国诗人 E.L. 塞耶写的一首幽默讽刺歌谣，1888 年 6 月 3 日发表于《旧金山观察家报》，该诗记述了马德维尔队因其天才击手三击不中被罚出局而导致该队戏剧性失败的故事。

② 指华盛顿特区的格里菲斯体育场，1911 年至 1960 年为参议员队的主场；克拉克·格里菲斯（绰号"老狐狸"，1869—1955）曾是参议员棒球队的投手，后来成了该队的经理和老板，该体育场即以他的姓命名。

③ 沃尔特·佩里·约翰逊（绰号"大火车"，1887—1946），1907 年至 1927 年为参议员队的投手。

④ 查尔斯·埃瓦德·斯特里特（绰号"饶舌者"，1882—1951），棒球接手，先后在全国棒球联盟（1904—1912）和美国棒球联盟（1931）效力，并两度出任俱乐部经理（1929—1933、1938）。

⑤ 弗罗斯特的朋友，住在纽约州布法罗市以南 16 千米处的汉堡镇。

⑥ 约翰·埃利斯·坦普尔（绰号"约翰尼"），辛辛那提炮手队的二垒手。

我就从我的顾问口中知晓了这样做的意思或寓意，那是说我们凡做一事之前都要预先安排做做另一件事，而且此事的难度得远远大于我们将做的事的难度。

　　后来我又问霍华德，当球飞向看台时观众非但不惊慌地躲闪，反而拼命争抢并允许最终争得者将其据为己有，那又象征着什么呢，但这次他却叫我闭嘴；看来我和他之间有种误会。他接受我的聘请是口头成交的，他并没想把他说成是一个在高层次或中层次意义上的 symbolist，这可以作为大学课堂上讲双关语时的一个实例，他原来是伊尔耶运河尽头某个地方乐队里一名普普通通的 cymbalist①。我俩都是老实人。正如我不想被人误以为是真正的体育行家一样，他也不想被误以为是一个真正的大学教授。他最大的愿望就是当看到本垒打时能和人群一道呐喊欢呼。他知道哪些是今天最得人心的安打。果不其然，四个最佳安打正是众望所归，完成它们的球员分别是穆夏尔、威廉斯、梅斯和曼特尔。人群为此疯狂了四次。霍华德若是把他那副钹带来，他这段故事也许就会显得更真实。我看出对意义我还得自己去当心。这件事的意义就在于我俩之间没有书面合同。寓意往往都应该表现成白纸黑字。

　　过去我看比赛只看球员不看裁判。即使看也只是把他看作敌人，因为他不偏袒我支持的球队。我也许并不希望看到啤酒瓶砸向他，以致他不得不被警察簇拥着退场。但我仍然一想到他就满腔愤慨，就像民主党在三十年代向最高法院表示的愤慨，以及其

---

① 在英语中，symbolist（象征主义艺术家）和 cymbalist（乐队钹手）读音相同。

他党在我国历史上的其他决定性时刻向最高法院表示的愤慨。但现在我心理已成熟，偏见已消除，我早把棒球场上的裁判看作了公正的化身，他作为法官孤独地在场上接受观众和球员的评判，如果他被怀疑有丝毫的不公正或者说有丝毫不公正的可能性，那他用不了一个星期就会永远从球场上消失。我曾被他的孤独所感动，也曾因想到场上有五名裁判因而那种孤独会有所减轻而感到高兴，棒球裁判可谓五位一体，e pluribus unum①。我从司法部高层获悉，有些法官就把棒球裁判视为效仿的楷模。这种公正今天在我眼前又一次得到了证明，人们可以信赖那位也许是在波士顿附近长大的主裁判对属于美国职业棒球联盟的波士顿红袜队既没有偏袒也没有歧视。为了他可能对最高法院产生的有利影响，请允许我赞美这位裁判。对他来说公正也会遭受同样的尴尬。我就看见一名击球员在三击不中被判出局后仍明显地逗留在场内对他说些什么。我没听见那名击球手所说的内容。最难接受为公正的是那第三个好球②。

尽管场外观众有那么点儿参加野餐会的倾向，尽管场内的搏杀可能不如世界职业棒球锦标赛③那样拼命，但今天仍不失为精彩的一天。精彩，精彩，两队旗鼓相当，势均力敌。双方各完成了十一个安打和两个本垒打，而且都没有一次失误。今天天气、场面和比赛都很理想。精彩当然是最重要的，无论在竞技、

---

① 拉丁语：合众为一。美国国玺及部分钱币上的铭文。

② 指棒球比赛中投手投出而击球手未挥棒时由裁判判定的好球。

③ 即美国两大职业棒球联赛之冠军队的决赛，于每年秋季举行。

艺术和战斗中，都应该充分展示人的能力。在大学里，艺术家和棒球、网球及橄榄球选手都同样获得文学士学位，因此他们之间的关系最为密切。这也是我如此强调大学里的体育课一定要避免堕落的原因。体育运动接近于文化精神。至少希腊人曾经这么认为。公正几乎和精彩一样重要。不管在战争中还是在和平时，向对手表现公正都被认为是出于高贵天性之高贵行为。第三重要者我肯定不会忘了说勇气，因为没有它就没有精彩和公正。至于第四重要者，如果其重要性堪与前三者相提并论的话，那我得说是知识，那种我们取之不完、汲之不尽的纯粹的知识，那种我们要用时总抱怨不够的知识。

如我所说，我觉得在美国最自在的事就是看一场棒球赛，不管它是在公园里还是空地上举行。除此之外我不知情。也不敢去知情。

《体育画报》

1956 年 7 月 23 日

成熟不是目的

　　成熟不是目的，例外的情况也许只出现在你上学的时候，因为那时你听到的一切可能会使你以为一切的一切都是为了在受完教育之前变得成熟老练。可莎士比亚曾说：人就像欧楂果一样，还没等到半熟就会烂掉。[①] 过分成熟的社会意识会把我们全都变成爱管闲事的社会干预者。不过我这是一下笔就走题了。我的主题不是谈教育而是谈诗，谈一个人写诗得需多么年轻或需保持多么年轻。我所指摘的也并非一般的学校，而只是那些糟糕的学校，那些我们得趁其壮大之前对其采取某种行动的学校。我的理由是学校和诗已几乎浑为一体。多少个世纪以来，诗一直是学校很关切的东西。学校里很大一部分阅读一直都是而且现在仍是诗歌；科学和哲学的所有思想方法也都来自诗的比喻。总之，诗人和学者有那么多共同之处，而且彼此融洽，相安无事，以致人们往往会感到迷惑，不知从何入手区分他们。他们占有的材料似乎也一样——也许稍有区别的是获取方式的不同和使用方式的不同。面面俱到是学者的致命伤，他们凡事都要剖毫析芒、穷根究底。他们怀着一种评估意识致力于别人指派和自己指派的工作，

---

①　参见《皆大欢喜》第 3 幕第 2 场第 119—120 行。

凡有所得必想到评估所得之价值。他们的求知欲也许过于旺盛。诗人的直觉却总是避开或甩掉他们用不上的知识。他们最可利用的知识都是在不知不觉间获得。某种东西提醒他们，不管决心多大，意志多坚，单凭决心意志只能写出平庸之作。他们的危险在于为诗而诗，因韵害意。他们的深邃应是蓝天那样轻灵的深邃。

但是我认为，我刚才打算把那种特征（即不以成熟为目的）给予诗人是一个错误。无可否认，那种特征同样也属于作曲家、音乐家和将军，有人告诉我它还属于数学家和科学家。而且它很可能也属于学者。可尽管如此，我所知晓的诗人全都是在四十岁以前就给人留下了印象，而四十岁正是本书入选的限制年龄。统计表明，这些入选者写的抒情诗已达到了他们可能达到的高度。也许会像马修·阿诺德在哪本书里抱怨的那样（我用不着说明哪本书，因为我不是学者），等世人开始赏识他们的时候，他们可能已经不再是诗人。但我有理由相信，他们在未来更理智的岁月里会继续写诗并逐渐成为优秀诗人。为了我祖国的缘故，我倒希望他们中有一两位晚年时能写史诗。一部好的史诗可以为我们的历史增色添辉。兰多在写抒情诗方面超越了年龄的局限，为我们树立了一个保持青春激情的榜样。

成熟将会来临。我们都要成熟。但关键是要让成熟与写诗无关。年轻人的诗是双唇间呼出的生命，为了保持生命力，双唇必须学会坚毅而不僵硬。我曾在同一个客厅里看见过两副面孔——一副是希腊雕塑中的青春少年，一副是现代绘画中的成年男子。他们都很高贵。那成年男子实际上和青春少年一样，并不因他年长而显得逊色。入选本书的诗人有许多是我的朋友，而且已为我们许多人所熟知，他们已无须拼命把诗写得更好，只需等着看他们的诗更为世人赏识。

在这一点上读者将比他们经受更大的考验。这世界上有两类诗人，一类诗人写诗是因为他们觉得写诗是个好主意，而另一类诗人写诗则是出于对缪斯的狂恋，他们经不住写诗的诱惑，那就像和缪斯一道私奔似的。现在读者可以抓住机会，看自己能否在没有评论家指导的情况下区分这两类诗人。应该说存在某种区分这两者的办法，就像人们有办法区分清晨的兴奋和半夜的激动一样。任何对成熟与不成熟的区分都毫无必要，除非那是作为一种预防措施。如果学校最终把让少男少女成熟作为办学方针，那我们也许就有必要不再上学，或至少经常逃学，宁肯在校外慢慢地成熟，也不愿进一个烤炉或者染缸。可那样似乎就太糟糕了，因为我们大多数人都喜欢学校并希望上学。

正如我经常说的那样，一两千所普普通通的大学，一两千所大学的师生和因他们而存在的一两千座小镇，使我们的诗拥有了这个世界上最好的诗歌读者。我满怀希望并充满信心：这本书将会到达他们手里——进入他们心中。

序《英美新诗人》
1957年

序锡德尼·考克斯的《荡白桦树的人》

　　这应该是一本好书。读过此书手稿的人都这样认为。作者对我的了解可能比对他自己的了解还更透彻，所以他在本书中对他自己的描述很有可能反比对我的描述更差。我相信这样写对我有利。我知道他的本意就是如此。虽说我也有缺点弱点，但我总是更乐意听到我被人喜欢而不是被人讨厌。有一次我不得不告诉锡德尼，给我讲那些他不得不采取措施使我免受其伤害的敌人并不能使我感到丝毫高兴。可以说我已多次偷看过这本书，为的是要保证我与作者之间发生的事能展现得几乎和我俩的通信中展现的一样。请允许我顺便提一笔，我写给他的那些信现由达特茅斯学院图书馆收藏。要是我也保存下一些他写给我的美妙的信，那该有多好！可我从来不善于收藏信件，也不善于收藏其他任何东西。他的信最能展示他的才华。当然，最能展示他才华的地方还有课堂。他是一名出色的教师。他就是真诚和坦率。他曾为《新共和》周刊写过一篇关于我真诚的文章。我知道这点是因为那标题中就有真诚。[1]也许我俩兴趣上的差异大于思想上的差异。但我们曾勇敢地互相面对，互相支持，就像一墩同花顺中紧挨着的

---

　　① 《罗伯特·弗罗斯特的真诚》（1917 年 8 月 25 日）。

两张纸牌。我是个名副其实的平等主义者，因为我总设法同与我平等的人共度我的大部分时间。他起初似乎曾为此感到担心，生怕我会不像他需要我那样需要他。他对我非常尊敬。而且他对这种事也比我认真。这并不是说他缺乏幽默感。他喜欢听有趣的故事，所以我相信他也许会喜欢听我回忆一下我俩最初相识的过程。那是在1911年的一天晚上，新罕布什尔州普利茅斯镇的一所学校正在举办舞会，都在那儿旁观的我俩作为陌生人彼此相遇了；我俩都是教师，他在一所学校，我在另一所。当时我并不知道他是谁，只觉得他看上去太年轻。他也不知道我是谁，似乎只是觉得我看上去太老。在谈到他得赶回去批改的学生作文时我出言不慎，结果使他非常生气，以致他背着我去打听我是不是因为酗酒才在那么一把年纪还没有更大的出息。那年我三十七岁，正在普利茅斯师范学校教心理学。那天晚上之后，有一阵子他在街上也不屑于跟我说话。但他那股认真劲儿倒激起了我的顽皮劲儿，于是我决心偏要交他这个朋友。他终于原谅了我，但那绝非他不得不原谅我的最后一次。他曾专心于写这本书。想必他当时只有我一半的年龄。他去世时年龄是我的三分之二。他正要迎头赶来。他没能走完自己的路就撒手而去。可他曾下过决心要做了不起的事情。我曾一心愿他在文学上取得成功，我希望此书就是他成功的证明。

《荡白桦树的人》

1957年

致韩国诗人 [①]

　　由于大韩民族所遭受的不幸，我现在常常惦记着韩国。我非常高兴见到你们的女诗人毛允淑，并亲耳听她用流利的英语告诉我：尽管发生了那一切，你们仍然有诗人和诗在安慰你们，鼓舞你们。在我看来，诗及其他艺术是一个国家赖以生存的主要东西。艺术比其他任何东西都更能标志一个民族的特性。艺术可以使人们心灵相通，这种作用在语言不通的民族之间尤为明显。语言隔阂与个性和独创性有很大关系，所以我们也许并不想看到它被完全消除。我们必须满足于通过译员和翻译家的努力，这种障碍或多或少可以被克服。我们必须记住，一个人可以不是诗人但却具有民族性，但一个人不具有民族性就不能成为诗人。毛允淑

---

　　① 《韩国时报》（在汉城出版的一份英语报纸）在发表此信时还附有弗罗斯特写给毛允淑的一封短信："亲爱的毛小姐：如果没有你美好的访问，我就不可能想到给我从未见过面而且了解得那么少的韩国诗人们写附寄来的这样一封短信。我叫不出他们的名字。我也没法引用他们的诗。所以我表达的同情只能非常笼统。你也许明白，在这种情况下，该信所具有的政治意义很可能会远远多于它文学上的意义。要是我们能有一个全球和平时代该有多好，那样我们的彼此来往就不会具有任何非艺术的色彩，就像你这次来美国访问一样。罗伯特·弗罗斯特。"毛允淑此前曾应美国国务院邀请在美国进行了为期五个月的观光访问，其间她在波士顿拜访了弗罗斯特。

的来访使我真希望自己能用韩语读你们的诗，就像她能用英语读我们的诗一样。我以缪斯的名义祝福你们，不管缪斯在韩国是以什么名义掌管你们的诗。

《韩国时报》
1957 年 3 月 21 日

当今美国什么最令你担心？^①

担心这个词对我不适用。我感兴趣的是加强并提高美国的中学教育。我想做的一件小事是在中学设置教授职位。你一旦获得该职位便可终身拥有。此举可提高中学教师的地位。眼下他们的地位尚不够高。我首先想设置的是数学教授。其余职位各校可酌情设置。我不想看到钱都撒向大学，我希望看到为中学教师做点实事。

《绅士》月刊
1958 年 2 月号

---

① 《绅士》月刊以《知识精英回答关键问题／当今美国什么最令你担心？》为题辟出"论坛"，迪安·布雷利斯在该"论坛"前言中写道："在一个以智力衡量民族兴衰的时代，一个民族若要着眼于未来，其永不枯竭的力量就是其思想能力。此刻正在马萨诸塞州那座不大的坎布里奇城中进行的思维活动很可能将决定美国的存亡……《绅士》月刊向这个知识中心的一些智者提问，请他们说出当今美国最令他们担心的是什么——以帮助制定美利坚民族的生存规划。"

梅里尔·穆尔 ①

　　不管是否谐韵合拍，那都是一种充满了诗意的生活。他颇有效果的治疗似乎就是根据诗通万事的原则。他也许已经写了太多的他以为是十四行诗的东西。不过他也许认为还不够多。路易斯·昂特迈耶曾说，也许有朝一日他单凭诗的 numbers（数量）就可功成名遂，因为 numbers（韵文）毕竟是诗的旧称。可以预料，他那些一挥而就并且从不返工的数以千计的诗篇终将被人一股脑儿地接受。昂特迈耶已为这项令人钦佩的工作开了个头。他和其他钦佩者，如约翰·克罗·兰塞姆、达布勒·菲茨、威廉·卡洛斯·威廉斯和西奥多·莫里森，已用他们明察秋毫的目光看到了林中之树。他曾是约翰·兰塞姆在范德比尔特大学当教授时的得意门生之一。

　　作为一名认真的医生和严肃的艺术家，他并不想被人轻视；可他身上还有一点儿捣蛋鬼的习气，而那也是他巨大魅力的一部分。他不苟言笑。他第一次约我去看一个病人，事实上那也是我和他第一次相识，是在三十年前圣博托尔夫俱乐部的一次

---

① 梅里尔·穆尔（1903—1957），美国精神病学家，曾在哈佛大学医学院任教，同时也是一名诗人，出版过多种十四行诗集。

盛大聚会结束之后。当时他非但没问我他是否能像个乡下青年那样送我回家，反而一开口就问他是否能借用我一下，要我深更半夜陪他去看一名女患者。她若能在深夜那个特殊的时辰同我谈谈文学，那将对她有极大的好处。我随口应了一句。于是他简单地告诉我，那名年轻的女患者想再试一位医生，看能不能治好她不会写作的毛病。这病听起来是没法治。他难道就不能直接叫那姑娘乖乖听话？作为最后一招，他可能会的。但我现在认为，他与其叫那姑娘听话，不如叫她勇敢。除了诗歌之外，他也给人勇气。如同那些飞上蓝天冲破音障的小伙子一样，对于那些甘愿认为英雄主义已过时的灰心丧气者，他也是一种鞭策力量。

正是在佛罗里达州萨尼伯尔岛游览期间，他想出了那个绝妙的主意，用他的双手在海滩上挖出了成吨的贝壳，然后运回北方让他那些精神病患者去挑选分类。我真希望你们能听到他灌制的那张唱片，讲这种美妙运动的神奇疗效。很可能他曾认为，对他留下的这些诗进行挑选分类也会对我们有同样的好处。不管怎样，我知道他不会介意我这么说。

如果忘记了他是一个诗人，那任何赞美对他来说都毫无意义。他一生痴迷于诗歌。他一说起诗歌就会朗诵。我记得有天傍晚和他一道开车出去兜风，他居然一边在车辆行人中迂回穿行，一边从头至尾背诵了《欢乐的人》和《幽思的人》[①]，这样还意犹未尽，接着他用几乎同样轻柔、甜蜜、欢快的声调又背诵了《复

①　弥尔顿的两首名诗。

仇之歌》①。另一天晚上他为我唱了由某人谱曲的欧玛尔②的四行诗。又一天晚上，在一家有歌舞表演的餐馆，他为我和在场的所有人唱了一曲关于世界大战的长长的歌谣（那是他作为美军上校在中国期间学来的），当晚用尤克里里琴为他伴奏的是一个英俊的南太平洋岛民，意大利籍，来自南波士顿。要不是因为皮特里洛③那些规矩，那名琴手本来可以自弹自唱。梅里尔的演唱非常成功，他就像一个吟游诗人。

有一次我到斯宽特姆④去找他。他当时正在海里游泳，就在从这儿到欧洲之间的什么位置。我可能不得不等了他一两个小时。他是个了不起的游泳好手。他在大西洋中和在诗海中一样勇敢。如我所说，他既给人诗歌又给人勇气。他是个战士诗人，是个真正的提尔泰奥斯⑤。

《哈佛大学医学院校友会会刊》

1958 年 2 月

---

① 即丁尼生的《复仇：舰队之歌》。

② 指波斯诗人欧玛尔·哈亚姆（约 1048—约 1122）的四行诗（即鲁拜体或柔巴依诗）。

③ 指美国劳工领袖詹姆斯·西泽·皮特里洛（1892—1984），他在 1940 年至 1958 年期间任美国音乐家联合会主席。

④ 在尼庞西特河口伸入波士顿港湾的一半岛状狭长地带。

⑤ 古希腊诗人，其诗多写战争。

美国政府诉埃兹拉·庞德案 [1]

一个政府能公正地对待这样一个案子，我在此首先向它表示钦佩。除当事人埃兹拉·庞德和他忠实的妻子外，我们许多人似乎都有望感到宽慰。庞德在全世界有无数的崇拜者，他们会因听到庞德有望获得自由的消息而高兴。最近他们就他和他的处境发表了一系列声明，[2] 我在此为这些声明再添上一两页。我既为公众的利益说话，也同样为庞德本人的利益说话。而且我尤其觉得我有权代表我的朋友阿奇博尔德·麦克利什、欧内斯特·海明威和T.S.艾略特说话。我们都不能忍受让庞德在他目前所在的地方终其一生给我们带来的耻辱。那将给美国文学留下一个极其悲哀的故事。他的自负使他犯了非常严重的判断错误，但他坚持说那是

---

① 1943 年 7 月，侨居意大利的庞德（1885—1972）因替轴心国作广播宣传而受到缺席指控，被控犯有叛国罪。他于 1945 年 11 月被押送回美国，1946 年 2 月被查明因精神错乱不宜受审，后一直被关押在华盛顿特区圣伊丽莎白联邦精神病院，1958 年 4 月法庭决定撤销对他的起诉。

② 由威廉·范奥康纳编的《埃兹拉·庞德个案资料汇编》（1959）收有这些声明（由麦克利什收集），声明者包括艾略特、海明威、麦克利什、奥登、范怀克·布鲁克斯、约翰·多斯·帕索斯、罗伯特·菲茨杰拉德、玛丽安娜·穆尔、卡尔·桑德堡、艾伦·泰特和达格·哈马舍尔德。

出于爱国——出于对美国的爱。他从来不承认他曾叛国投敌，就像国内一些对美国感到绝望的作家不承认倒向敌人一样。我憎恶这种荒谬的说法，而且只能把这种胡言乱语视为精神错乱的证明。而精神错乱正是我们现在所考虑的。在此我以奥弗霍尔泽博士[①]的声明作为依据，该声明说埃兹拉·庞德并非危险得不能在其妻的照料下享有自由，同时其精神病的确严重得不能接受审判——一种非常精确的鉴别。

瑟曼·阿诺德[②]令人钦佩地提出了对一个病人关押太久的问题，想看看能否把他不能恢复到适于受审的健康程度归咎于长期关押。从法律上也许能找到有助于解决这个问题的判例，但我倒认为解决这问题必须更多地依靠宽宏大量，而不是依靠逻辑论证，而且我所指望的也主要是宽宏大量。我能理解司法部为何对此案一直犹豫不决，因为它怕自己显得对一个大诗人比对一个小老百姓更为公正。部门越大，它做出决定所需的时间也许就得越长。

由瑟曼·阿诺德在法庭宣读
1958 年 4 月 18 日

---

① 温弗雷德·奥弗霍尔泽（1892—1964），美国精神病学家，曾长期担任美国精神病学的学会主席，圣伊丽莎白联邦精神病院院长。

② 瑟曼·阿诺德（1891—1969），耶鲁大学法学院教授，华盛顿特区一名特立独行的律师。

有感于被任命为国会图书馆顾问 [1]

　　若我不就美国政府对诗歌的任何关注及时表示谢意，那人们会怎样议论我呢？我之所以毫不犹豫地接受这项任命有一个原因，那就是诗乃我追求的目标，美国政府亦是我追求的目标。另一个原因（如果需要的话）可能就更与个人有关，更为自私了。作为一名诗人被委以一个公职，置身于这个国家的首都，置身于这个国家的管理者中间，对这种荣誉我远远不是无动于衷。我一直这样想也一直这样说：我最希望的事也许就是让我的邻里乡亲把我选到华盛顿来。我一直怀着钦佩之意羡慕来自我投票的那个州的参议员的生活，比如弗兰德斯和艾肯 [2] 的生活，但既然我没有希望像他们那样被支持者从下边选来，那么我可以满足于像这样从上边选来。我也许能找到一种方式，在这种我喜欢叫作政治的事业中发挥某种小小的作用。我父亲当年倒真是雄心勃勃地想代表加利福尼亚州成为国会议员，可惜他死得早，他与华盛顿最

---

　　① 此任命于 1958 年 5 月 21 日在国会图书馆举行的一次新闻发布会上宣布。
　　② 拉尔夫·爱德华·弗兰德斯（1880—1970），机械工程师，1946 年至 1958 年任美国国会佛蒙特州参议员；乔治·戴维·艾肯（1892—1984），农场主，任参议员时间为 1940 年至 1950 年、1956 年至 1975 年。

密切的联系就是一本写罗斯克兰斯将军的小书①，这本书现藏国会图书馆，而我就要成为这座图书馆的顾问。我自己对国家事务的爱好会因我将在这儿履行的这份象征性的小小职责而得到充分的满足。我保证。

我从小受的教育使我并不怀疑似乎使许多学者和艺术家都受到伤害的政治。而且我也不怀疑大型企业。当然也不怀疑小型企业。在我时来运转很久之前我就曾公开表示，我愿意接受凡事都必须接受的市场检验。

我从不相信我们疏远政治家或让政治家疏远我们是不可避免的。有些政治家不仅有教养而且非常能干。可怜的不安往往是表现在当他们匆匆把我们交给他们的女眷去照料的时候。我们对他们的同情不管怎么说都多于他们对我们的同情。我们对他们的理解多于他们对我们的理解。我们对他们所起作用的了解也多于他们对我们所起作用的了解。我们被认为拥有语言，我们应该乐意和他们一起使用语言。我从不赞成普遍存在的艺术与政治格格不入的偏见，因为那种对立势必会使艺术家太矫揉造作。我不是柏拉图主义者，我不同意柏拉图的应由哲学家当统治者的观点。在诗人应受压制这一点上我也不同意他。②诗人应该比哲学家更适合当统治者。至少诗与政府之伟大和高贵还有点关系。但我绝不轻视哲学。我从小受的教育使我既不怀疑政治也不怀疑哲学。我

---

① 《威廉·斯塔克·罗斯克兰斯的一生及其公益服务》（旧金山：民主党议员选举委员会，1880）是一本为竞选而写的自传。罗斯克兰斯（1819—1896）曾任美国陆军少将，1881年至1885年任美国众议员。

② 以上观点均见于柏拉图的《理想国》。

对进取心都一视同仁。一个伟大的时代应该有伟大的政治家、伟大的军事家、伟大的艺术家和伟大的企业家。如今整个民族对一项伟大的事业似乎是万众一心。历史上我们有过两次这样全民意气风发的时代。

美国的首都应该是一个所有雄心抱负在竞争中融合成一股力量的地方。我只是在说应该是，而没说已经是。不过我们会得寸进尺。有人曾想过美国劳工在华盛顿享有代表性的那一天终将到来。我这个小小的立足点很有可能会使无产阶级觉得有设置一个诗歌部的必要。我的办公室将仅仅是一个向所有人开放的顾问办公室。我想连政治家们也有可能来向我咨询下一步该怎么办。

1958 年 5 月（？）

这条路 [①]

这应该就是那条小路。"走啊，走啊，沿小路向前，快活地抓住那道栅栏。"这条有节奏的路，一里路需走许多步；一行诗需要许多音步，在我们的语言中，通常一行诗少则两音步，多则五音步。音步的节拍是韵律，而心跳的节拍是节奏。心跳之或快或慢可防止音步一成不变地走向打油诗。你们对此也许没有意识，但这就是你们大家从读儿歌的时候开始，穿过书本和自然走过来的路，一路上采集星星点点的神秘而真实的美，而不管那种美多么绚丽，它们都会紧紧地依附于你，就像你假日到野外玩耍时粘在你衣服上的叶芒果刺。你们用不着为留住这些纪念品而犯愁。它们会紧紧抱住你们不放。

有时候抱住你不放的会是一整首诗，如果那首诗够短的话。我听说有位小姑娘就曾被这本书里的一首诗缠住不放，以致她一

---

① 为一本拟为青少年读者选编的《弗罗斯特诗选》所作的序，该选本计划编入的诗包括：《探询的表情》《白桦树》《牧场》《花丛》《雪尘》《收落叶》《雪夜林边停歇》《觅鸟，在冬日黄昏》《春潭》《蓝蝴蝶日》《山丘上的土拨鼠》《逃遁》《漫天黄金》《一段聊天的时间》《蓝浆果》《一只小鸟》《曾被击倒》《圣诞树》《美好时分》《空前的一步》《熟悉乡下事之必要》《一株幼小的白桦》《野葡萄》和《割草》。

定要匆匆回家背给她妈妈听。她妈妈说："哦，亲爱的，我背这首诗的时候你还没出世哩。"小姑娘回嘴道："那你以前为什么不告诉我呢？"但有时候使我们觉得意味无穷的也许是一些诗的片段。我们可能会在最想不到的时候突然回想起它们。我们必须记住，据说诗被发明出来就是为了帮助我们加强记忆。可以说诗是人所能拥有的最难忘的语言体验。任何绘画都不可能产生光源。任何诗歌都不可能完全解释清自己。所以我在此试着用散文语言对诗做一番说明。

我差不多可以希望把我引文中的"栅栏"改拼成"风格"①，这样我就可以用它说明诗的飘逸，诗的优雅。这条路可以像小鸟从一棵树飞到另一棵树那样翩然，或像松鼠从一棵树跃向另一棵树那样轻盈，都不接触地面。它也许会像我在这本书中走的路那样空灵，靠一种我无须做出解释的内在逻辑，它就从《白桦树》延伸到了《野葡萄》。前一首诗中的白桦树是我在新罕布什尔州塞勒姆镇上中学时在学校附近荡过的树。后一首诗中那株白桦树则是一个小姑娘荡过的树，当时她的体重还不足以把树压弯到地面。大约八十年后她给我讲了她小时候荡树的事，并请求我为了小姑娘们把它写成诗，以便和另一首写白桦树的诗相配，因为她一口咬定另一首诗是为男孩子们写的。她说话的时候攥紧了拳头，她当年不得不久久吊在树上的痛苦还记忆犹新。我不得不为她写了那首诗，因为她是当年第一个发表我作品的编辑。她的

---

① 英语 stile（只许行人通过而不许车辆和大牲口通过的栅栏）和 style（风格）只相差一个字母，读音完全相同。

名字叫苏珊·海斯·沃德①。那首诗是我今生第一件奉命写出的作品。她是第一位发表我作品的人，除非我能把劳伦斯中学那位毕业班学生也算上，因为他在我们中学校刊上发表我处女作的时间比她正式发表我作品的时间还早三年②。他的名字是欧内斯特·朱厄特。

这条路也许像在这本书里一样是从树到树。但有朝一日在另一本书中，它也许会是从尼卡西沃③到里普顿，"只要它在我心中正好是那样"。

未发表过的序言

1958年夏

---

① 苏珊·海斯·沃德曾为《独立》周刊文学编辑，《独立》周刊曾发表过不少弗罗斯特的早期诗歌。

② 《伤心之夜》于1890年发表在《劳伦斯中学校刊》上。

③ 加利福尼亚州马林县一小镇，弗罗斯特童年时曾去过那里。

序《波士顿以北》扩编版

《波士顿以北》（我希望它能说明）不是作为一本书或朝着一本书的方向写成的。它是受维吉尔《牧歌》的启发，以一种田园诗的形式零零星星写出来的一些单独的诗。最早写出的一首是关于尤利乌斯·恺撒①，那一年我正在读写埃涅阿斯和梅利波乌斯②的那些诗作，幸运的是（我这样认为）当时我并没有枉费心机地去尝试把维吉尔的六音步扬抑抑格诗体英语化。后来重读旧作时，这些诗自动汇聚到一起并自己在《波士顿环球报》的房地产广告栏中找到了一个书名。它们是和我那些种类繁多的短诗一道陆续写出来的。它们也是那些短诗通过筛选之后剩下来的。公众对这本书的欢迎程度似乎是要求有一个续集。当时我脑子好像并无进一步的打算。甚至有人向我建议时我还嘲笑过这种想法。但后来的结果自然而然地表明，我肯定会写出第二本《波士顿以北》，甚至写出第三本，就像当年我写第一本时那样在无意之间写出。只是最近我才想到最好把后来写的加入第一本书，让它们在同一个书名下成为一体。它们中有一部分稍稍更接近独幕剧，

---

① 参阅弗罗斯特诗集《集外诗》第3首《梦遇恺撒》。
② 维吉尔《牧歌》第一曲中的一个牧人。

而不是更接近于牧歌，但它们似乎具有某种共性，所以我不想去
找一个更好的书名。我喜欢这书名所表示的位置。

未发表过的手稿

1958 年（？ ）

多萝西·坎菲尔德

多萝西·坎菲尔德是佛蒙特州高贵的女主人，[1] 正如我们都崇敬的另一位女性堪称美国高贵的女主人一样。但坎菲尔德不仅仅只是一个女主人。我被介绍与她相识时她的身份是一名了不起的小说家，已出版了一本书叫《希尔斯伯勒的人们》[2]，介绍我们认识的是她的出版商艾尔弗雷德·哈考特，此人也是我的出版商。可以说她最喜欢做的事就是用散文体或对话体写小说，除非有什么对众人都有益的事要她去做。她来自四面八方，自西来自遥远的堪萨斯，自东则来自更远的法兰西。她由一位四处漂泊的母亲养大，她母亲曾在巴黎和纽约追求过艺术。我想她是在哥伦比亚大学获得的古法语博士学位。然而发生于她的一切或她所经历的一切汇集到一起却展现出了另外一面——就像餐巾从餐巾环中取出展开那样——她完全是个佛蒙特人。我不知她是否曾意识到这点，但就连她写的那些她曾生活于其中的巴斯克人[3]，在我读来也像是佛蒙特人。她写巴斯克人魔法故事中的那些人物很可能就是

---

① 参见本书《谈忠诚》第 3 段。

② 坎菲尔德的短篇小说集《希尔斯伯勒的人们》出版于 1915 年。

③ 第一次世界大战期间坎菲尔德曾在法国的巴斯克地区做过救济工作；她在短篇小说集《巴斯克人》（1931）中利用了那段经历。

伊桑·艾伦的那帮格林山兄弟①。

她的善行恩惠不局限在佛蒙特州（我想她还是每月读书会编委会的委员之一②）。但对她的善行感受最深的当然是佛蒙特全州上下。她使佛蒙特成了一个福利州。我记得她曾说，清教徒所谓的共和政体实际上和福利州完全是一回事。她伟大的善良天性使她不过多地去考虑教义信条，不过在从康涅狄格和罗得岛迁来的其他新教教派中，她显然为佛蒙特的一位圣公会前辈感到骄傲。

艾尔弗雷德·哈考特使我们两家成了近邻，③也许他也想到我家原在的怀特山脉和她家所在的格林山脉就像邻居一样。我们一家受她的恩惠颇多。我们经常想念她。就在几天前，我刚从大学回来的外孙女④就她决心献身于慈善事业征询我的意见。我给她讲了一则寓言，企图说明一生有所建树似乎更好。但她没被我说服。她最后说的一句话是："难道像多萝西·坎菲尔德那样有一个行善的理想还不够好？"

《纪念多萝西·坎菲尔德·费希尔》

1958 年

----

① 伊桑·艾伦（1738—1789），美国独立战争时期格林山兄弟会的首领，曾率领佛蒙特民兵攻克英军的泰孔德罗加要塞。

② 坎菲尔德从 1926 年起直到逝世（1957）一直担任每月读书会编委会委员。

③ 参见《作者年表》1920 年条。

④ 玛乔丽的女儿玛乔丽·罗宾·弗拉泽。

"最有意义的书"

我一生中对我最有意义的书是：

一、《旧约》。

二、荷马的《奥德赛》。

三、卡图卢斯的《歌集》。

四、爱德华·吉本的《罗马帝国衰亡史》。

五、约翰·L.史蒂文斯[①]的《尤卡坦之旅纪事》。

《芝加哥论坛报》

1958 年 11 月 30 日

---

　① 约翰·劳埃德·史蒂文斯（1805—1852），美国探险家，早期考察玛雅文化遗址的重要考察者之一。

关于诗艺的对话

威瑟斯[①] 弗罗斯特先生,我曾经听你说,诗要流传就必须有种娓娓动听的音调。

弗罗斯特 若非如此,它就不能给人留下深刻的印象。它就不容易被人记住……易读易记对诗来说非常重要,所有的诗,不管是你在街头听到的歌谣,还是你无须刻意去记就能记住的莎士比亚的诗行。我说的只是要容易记。就像你假日到野外游玩时粘在你身上的草芒一样,诗行也应在你脑海中萦绕不去。你用不着刻意去记住它们。要知道,这是由于它们的表达方式,一种顽皮或诸如此类的东西。

沃 伦[②] 好吧,我相信你说得对,生动性是好诗的基本品质。那可以使韵律和节奏的叙述达到激动人心的时间点——一点一点地——在一首诗中,难道不是?

弗罗斯特 正是如此。

沃 伦 我倒想听听你用你的方式来说说,韵律怎么是这种情况——怎么是生动性之一部分。

---

① 肯尼·威瑟斯,霍尔特、莱因哈特及温斯顿出版公司的编辑。

② 罗伯特·佩恩·沃伦(1905—1989),美国诗人、小说家。

弗罗斯特 韵律似乎是写诗的基础——在所有的语言中，心的跳动，心潮的起伏，似乎是写所有诗的基础——某种韵律。

沃 伦 与韵律形成对照的节奏旋律，这本身不就是进入诗中的生动性？

弗罗斯特 从那两种东西中产生出我们所谓的曲调，而这种曲调与另一种音乐的曲调不同。它本身就是一种音乐。如果人们说这诗容易变成——容易谱上曲子，我想它就不是一首好诗。要是它有自己的表达方式，它就应该对谱曲配乐有一种抵抗性。

布鲁克斯[①] 对，诗中有某种抵抗性和独特性，所以你压根儿不能把它变成别的什么东西。这么说是要强调这个问题，但我的确想把它说清楚，如果我自己能说清楚的话。你是否会说，即使韵律是以人的脉搏跳动或某种自然节奏为基础，它对诗人来说也仍然是某种必须与之竞争、与之战斗、与之搏击的东西。难道不可以直接表达其节奏——嗒—哒，嗒—哒，嗒—哒，嗒—哒。

弗罗斯特 不可以，你那样表达就只会写出打油诗。而要想避免写成打油诗，你就得让诗中有足够的戏剧性意义，让另一种东西来打破这种单调的打油诗节奏。而它自己肯定不会打破自己。

　　我多年前曾说过，这使我想到驴和驴车；因为有时候

---

　　① 文学批评家克林斯·布鲁克斯，他与沃伦合著有《认识诗歌》（1938）、《认识小说》（1943）和其他一些评论著作。

车被牵引绳拉着，有时候则被制动绳拽着。你看它从来都是这么回事。一个人总是在既做这又做那——总是一会儿把东西往回拽，一会儿又往前推——来来回回，反反复复……我为此费了好些年脑筋，试图让人们明白我的意思。人们说到各种自由诗时老爱用"节奏"这个词；可我的天哪，要是节奏不依附于某种使它跳动的东西——某种它使其波动的东西——那它有什么用呢？要知道，节奏必须使韵律波动。

布鲁克斯　这不正是某些诗人的缺陷——说一个的确写过些好诗的诗人吧，我看韦切尔·林赛就过分依赖打油诗的节奏[①]——那种……

弗罗斯特　那种单调的节奏，是的。而且你们知道，当他有点什么别的节奏时，他总认为他应该在书页边加个注释。你们注意了吗？

布鲁克斯　是的，告诉你怎样朗读。

弗罗斯特　"此句用洪亮的声调。"他会告诉你。可你没必要在空白处提示这点。

布鲁克斯　对，声调应在字里行间。

弗罗斯特　它应该在含义之中。这就是你必须领悟含义的原因，因为不懂含义你就不知道该怎样朗读。含义可使你露出引人注目的表情，而你必须得有表情。

---

　　① 韦切尔·林赛（1879—1931）曾把美国爵士乐和黑人民歌的节奏引入他的诗中，并爱在其诗集书页空白处注明某行诗或某些字句的朗读方法或乐器伴奏方法。

"你所言所道乃一桶老掉牙的谎言！"① 这是乔叟的诗。你们怎么说"一桶老掉牙的谎言"？你今天也能听见人们这么说话——一字不差。这也是乔叟的诗流传至今的原因。字音皆妙，随便你读他哪首诗：

> 既然已逃离了爱神②，我心宽体胖，
>
> 我不再去想被他囚禁时如何消瘦；
>
> 既已自由，我看他不如一粒豌豆。③

这也是乔叟的诗。简直和现代人说话一样。我听乡下人说话，不管是英国人还是美国人，都爱用同样的表情方式。就这样说吧——就说"表情"。

你一说话就会有表情。有些人的表情比另一些人丰富些。小孩儿说话的表情就很丰富：有些只是显得有点儿像平铺直叙，但有些孩子说话时浑身都在动——有些小女孩连裙子都在动。表现力由此产生。单凭言辞是不够的。

当然，在有言辞之前就有了表达——呻吟抱怨以及诸如此类的表达都是后来才变成言词的。它们中有些还没完全变成言辞，如"呀""哟""哎"和我们所有的呻吟。就我自己来说，有时我就爱对某件我想避免但未能避免的事哼哼两声。

---

① 引自《坎特伯雷故事集·巴斯妇的故事开场语》第 302 行。

② 指丘比特，故下文人称用"他"。

③ 引自《无情的美女：三行体回旋诗》第 27—29 行。

沃　伦　从呻吟到十四行诗是一条直线。

弗罗斯特　对，正是如此。

沃　伦　这么说你是在辨别最细微的意义和总体意义，被感觉到的总体意义。是这样吗？

弗罗斯特　那是你的总体导向，总体上的意义。

沃　伦　那是你的导向和你的最后结果。

弗罗斯特　对，是你的最后结果。而且你还要知道，有趣的是你用于写作的语气会预示最后结果。瞧，可以说它就是那样开始的，以一种会预示最后结果的说话方式开始的。那种事情有一种逻辑性。

　　　　有个人曾说，要成为写作大师你用不着等待语气。那也许就像已步入晚年的勃朗宁一样。你会逐渐变成一个艺术鉴赏家，而不再是一个诗人。他早已在某个时候丢掉了他的语气。他不得不当一个大师。我们不想成为大师。

沃　伦　换句话说，你甚至不想成为某首诗的大师，这样说对吧？你动笔之前就会从语气出发转而去探究语气，是这样吗？

布鲁克斯　一首诗就是一次发现……

弗罗斯特　对，完全正确。你是在进行一次小小的探险航行。而这里边有种逻辑。你最终肯定会到达什么地方。而且你能说出你是否在路上丢失了那种逻辑。如果你丢了，你那首诗也丢了。

沃　伦　是的。

弗罗斯特　回顾一下这些年来的整个诗坛。你们会发现，许多人以为他们在写自由诗，其实他们一直在写老派的抑扬格。许多惠特曼式的诗如此，许多大师级的诗也是这样，他们从没摆脱过素体诗——素体诗的音调。

所以我说的这种东西就有了用武之地——韵律含义双双依附于它——于是我们就有了一首诗。

庞德过去爱说你必须从诗中除掉所有格律——根除格律。你那样做也许能写出真正的自由诗，可我并不想要任何一首那样的诗。

沃　伦　对啦，这事你还可以从另一个方面来说。我想温特斯[①]曾说过这样的话：在所有优秀的自由诗后面——我说的也许不是他的原话，但我认为他说的是这个意思——所有优秀的自由诗后面都有格律诗的影子。

弗罗斯特　言之有理。要知道，如果没有多年的格律诗功底，自由诗会自由得一无是处。影子是存在的，因为那就是使自由诗还有点魅力的东西。你们瞧，我对自由诗有点儿严厉——太严厉了，我知道。

布鲁克斯　弗罗斯特先生，你对垮掉派诗人的活动和用爵士乐节奏来吟诗也同样严厉吗？那不是让太多音乐——让太多的并非主流的音乐进入诗了吗？

弗罗斯特　是的，绝对是的。该死！真该死！

这位就是明天要同我会谈的人（来自伦敦的 A.P. 赫伯特），要知道，他们已告诉我他抱有些什么偏见，想看能不能激我对他说点什么。他赞成吊死犯罪儿童。那可是最有趣

---

① 伊沃尔·温特斯（1900—1968），美国诗人及评论家。

的偏见。我敢说他肯定赞成把写自由诗的人都吊死。我可没有他那么严厉。

让我们这么说吧，散文和诗都同样可以使思想具有诗情画意，而自由诗则处于你想处于的这两者之间，在散文和诗之间。我喜欢有保留地说，我可以这样为诗意下定义：诗意就是在翻译时从散文和诗中消失的东西。那是指语言被弯曲（或随你用诸如此类的什么词）过程中的某种东西——话被讲的方式，你说话的方式。

沃　伦　最有条理的见解，柯尔律治式的最有条理的见解。

弗罗斯特　是的，对此我很极端。

你们知道，我因说过一句话而得罪了一些人，那句话就是我宁愿打没球网的网球也不愿写自由诗。我需要那儿有点什么——有点别的东西——某种使我有所约束的东西，某种能让我赋予一种旋律的东西；没有一点儿约束我简直不知如何下笔——除非当时我正好有心情写散文，可你们知道，我很少写那种东西。不过这就扯远了……

布鲁克斯　说到旋律，叶芝曾说过，他动笔写一首诗时脑子里总会有一点儿旋律。

弗罗斯特　叶芝说过很多话，我同他谈论过这个问题。他说他最讨厌的就是把他的诗谱成歌曲。那是喧宾夺主。谱的曲子并不是他耳朵里所听到的曲调。他说的可能是另一回事……如果他说的真是旋律，这似乎与他的诗不太吻合，不是吗？

彭斯脑子里肯定有古老的音乐——古老的歌谣——他就是根据那些旋律写诗。但我并不认为叶芝也这样，我不知道他那么说是什么意思。但如果他真是说一种旋律……我有一种旋律，但它并不是那两种东西混合而成的旋律。某种东西会长出来——它不是那两种东西的任何一种。它既不是韵律也不是节奏，它是因你施压于那两种东西而产生的一种旋律——要知道，这就像你弹拨琴弦一样。"嘣"！

沃　伦　嘣。

弗罗斯特　一声接一声的"嘣"。我不知道他是什么意思。我想他肯定是指我们所指的：当你一声声拨弦时，你得根据随之开始产生的某种东西的效果。那就是他所意指的。当你写诗的时候肯定会有一种独一性。你不会把两种东西叠在一起——合在一起。诗不是像那样合成的，不是。

布鲁克斯　对，写诗是在种树，不是在砌墙。

沃　伦　根据那种占主导地位的语气来栽种——对吧？——你曾把它说成是诗的种子。

弗罗斯特　对。

沃　伦　旋律就是在探求其逻辑性的语气，这样说对吗？多少是这么回事吧？

弗罗斯特　完全正确，完全正确。很高兴我们所见略同。是的，你们知道，我动笔写一首诗时并不知道其结尾——我不想让一首我能分辨的诗朝着一个已设定好的结局——一个句子——写下去。那是在玩花样。你必须高高兴兴地去发现你的结局。

布鲁克斯　这是一种非常精确的表述方式，"高高兴兴地去发现你的结局"。不然雕饰的痕迹就会太明显。你一英里外就能看见。

弗罗斯特　一英里外。

我经常说诗的另一个定义是天亮——当你在写诗的时候，它是你朦朦胧胧感到的一缕晨晖，如果最后真的天亮了，它将随着阳光的射出而消失。这种天亮的感觉——这种天亮的新鲜感——你在真正天亮之前并没去仔细考虑过，你并没把它写成散文然后再翻译成诗。那就令人厌恶了！……

我自己还注意到一种情况，那就是我不能把某些单词连在一起，有时候不能，因为它们连在一起没法读音。这与一个元音撞上另一个元音的方式，与一个音节撞上另一个音节的方式有关。除此之外我就不知道了——我不喜欢过多地推敲它。我不明白这是怎么回事，但我改动过一些诗行，因为字里行间有种东西我的耳朵不能接受。我想那与元音和辅音有关。

你们知道我有时候想些什么：口腔和喉咙就像这样，这儿有些声音，可你不能直接从这个音连到那个音：你必须像这样连，这样。口腔得在里边进行这种连接。我不明白。

但你们要知道，我并不想让任何科学介入这事。诗就是诗——用不着反复实验。你用不着修改它，只要你顺利——只要你走运——只要你，心情愉快。

好吧，我们已谈了不少，而且很有趣。我并不经常像这样坐下来与人谈诗。有时候在讲台上我会谈点这方面的事情，这你们都知道。我过去比现在上台演讲的时候更多。过去我认为我不得不告诉人们该如何读诗。后来我决定不说了，因为那种事无论如何也是在于他们。他们都读过《鹅妈妈的歌谣》①和诸如此类的东西。你们不认为你该让他们被迫依靠他们的《鹅妈妈的歌谣》吗？这样他们都会具有那书中有趣的想法，因为《鹅妈妈的歌谣》非常深刻，你们听：

小猫哟，小猫，你去过哪里？
我去过伦敦，去看加冕典礼！

有一点不合常理：

小猫哟，你在伦敦见到什么？
除了家里能见的没什么稀奇，
和在纳什维尔②这家中一样
我看见椅子下边跑过只耗子。

很深刻。但它开头的方式很巧妙，你要是没有点眼光，必定看不出它的寓意。"我看见椅子下边跑过只耗子。"我觉得这句话意味深长，一辈子都觉得。

沃　伦　这是首不错的歌谣。

弗罗斯特　你瞧，它可使你产生乡土本位的观念。你可以好好待在家里而又什么都能看见。我认为属于诗的另一样东西是独

---

① 《鹅妈妈的歌谣》（又名《摇篮曲》）是本儿歌童谣集，1819年在波士顿出版，作者署名为托马斯·弗利特。

② 美国田纳西州首府。

特的观察力，你们不这样认为？始终都属于诗，具体细微的
洞察。人们说"天下无新事"，可天天都有新东西。比如说
几天前我谈到女人——当时她们老打扰我，以致我离开了几
位我本想与之交谈的小伙子；她们以为我是累了什么的。最
后我对她们发作了，我说："女人宁愿小心照顾你也不愿留
心你在想什么。"

沃　伦　这可是对好女人的评价。

弗罗斯特　然后我温和下来对她们说："亲爱的，这就是我们男人
喜欢你们的原因。因为你们使我们懂得，我们想些什么其实
并不重要。"你们瞧，这就是一种独特的观察。

沃　伦　是呀，就诗而言，对世间万象的细致观察永远都是一种
提神剂。哪怕对一片树叶、一束阳光或任何一样什么东西稍
稍改变一下观察角度，你都会获得一种新的启示。

弗罗斯特　对一种特征之细致入微的观察，对某种在生长的东西
之细致入微的观察。你会了解它——某种有生命的东西——
怎样生长。

　　　　　　　　　　与克林斯·布鲁克斯、罗伯特·沃伦
　　　　　　　　　　和肯尼·威瑟斯的谈话记录
　　　　　　　　　　1959 年

关于爱默生 [①]

我乐意接受对我的所有这类敬重。我今天在这儿是出于对爱默生和梭罗的敬重。在这个愉快而光荣的时刻，我当然希望使我自己能尽可能多地与爱默生有点关系。就看看我能否做到不叫大家扫兴。你们也许有兴趣知道，此时此刻我的口袋里就揣有爱默生最初出版的一本小诗集。他的第一本诗集是在英国出版的，和我的第一本诗集一样。我得到他这本书是由于弗雷德·梅尔彻 [②] 的关系，此人非常热衷于收集书籍之类的东西。

我认为我一直都有这个想法，希望有朝一日在诗中说出我心目中四个美国伟人的名字：军事家及政治家乔治·华盛顿、政治思想家托马斯·杰斐逊、殉道者及拯救者亚伯拉罕·林肯，以及诗人拉尔夫·沃尔多·爱默生。我选择这四个名字是因为它们正驰誉天下。它们不仅仅是享誉美国。爱默生一直都被誉为诗人哲学家或哲学家诗人，而这两者都是我最喜爱的。

我有些朋友因我被指责为爱默生的追随者而感到不安，因为

---

① 本文为弗罗斯特于 1958 年 10 月 8 日在美国艺术和科学研究院的演讲稿，当日该研究院授予弗罗斯特"爱默生—梭罗奖章"。

② 弗雷德里克·格雷沙姆·梅尔彻（1879—1963），《出版者周刊》合作编辑（1918—1958）。

那意味着一个乐观的一元论者，而在一元论者看来，邪恶并不存在，即使存在也必定成不了气候。爱默生在谈到魔鬼时引用了彭斯的一行诗[①]，仿佛魔鬼真能改恶从善似的。悲观的二元论是唯一的正统。问题是正统真的就必不可少？

我自己的非正统有一段不寻常的渊源。我母亲是个长老会教友。我的父系祖先来美国已有三百年历史，但我母亲是刚从苏格兰来的一名长老会教友。她年轻时人们正时兴读爱默生和爱伦·坡，就像我们今天时兴读圣琼·佩斯或读艾略特一样。读爱默生使她变成了一个一位论派信徒。那时大概就是我来到这个世界的时候，所以我认为我一开始就是个所谓的长老会教友加一位论派信徒。我当时处于变化期。我母亲继续读爱默生，读他的《代表人物》，一直读到那篇《神秘主义者斯维登堡》，而这又使她成了一名斯维登堡新教会会员。我想我就是在这三种宗教信仰中成长起来的。我不知当时我是否在那三个教派的教堂都接受了洗礼。但正如你们所意识到的一样，这一切在很大程度上都受惠于爱默生。这一切都与爱默生有密切关系。我很早就开始接触到了他那些简洁的文句。在那篇写神秘主义者的文章中，他借斯维登堡的口说，在最高一层的天堂里凡事都不是争论的结果。那里人人都投票，但每个人投票的方式都与今天俄国的投票方式相同。只是在第二层天堂事情才由议会制辩论决定，因此我们有两党制或像法国那样的多党政治制度。

---

① 爱默生在其《代表人物》第 3 篇《神秘主义者斯维登堡》中引用了罗伯特·彭斯《致魔鬼》中的一行："哦，但愿你考虑一下再改正！"

我开始考虑我自己的语言在一定程度上也与爱默生有关。他说："若砍掉这些字句，它们就会流血。"[①]虽说我还没谦逊到想成为他的追随者的地步，但在这点上他的确让我服了。而且他这种影响至今尚未完全消失。因为《莫纳德诺克山》中关于我们古老的说话方式那一段，他差点儿使我成了一个反对精通词汇的人。他把对新罕布什尔乡下人的褒贬混为一体。作为一个废奴主义者，他反对新罕布什尔人的政治主张。当时那里有百分之四十的人都是同情南方并维护州权的民主党人。他们的确很不光彩，我的亲戚们也包括在内。

　　　　创造了新罕布什尔的上帝

　　　　也讥笑那片高地上

　　　　小小的人——

　　如果能允许我插入一段回忆的话，我的朋友艾米·洛威尔也不太习惯那里的人。她曾对我说："我放弃新罕布什尔了。"究竟为什么呢？她没法忍受那地方的人。那地方的人有什么毛病呢？"到你自己的书中去找答案吧。"[②]他们的确不同于其他新英格兰人，或者说在皮尔斯[③]时代不同于其他新英格兰人。

---

　　①　参阅《代表人物》第 4 篇《怀疑主义者蒙田》："若砍掉这些字句，它们就会流血，因为它们有血管有生命。"

　　②　参阅弗罗斯特诗集《新罕布什尔》第 219—226 行。

　　③　富兰克林·皮尔斯（1804—1869），美国民主党政治家，1853 年至 1857 年任美国第 14 任总统。

但还是让我们回头来看看《莫纳德诺克山》一诗中冒出来的那种说话方式，那种他和我都曾欣赏的说话方式：

> 但你该学我们古老的说话方式，
>
> 那些语言大师都可以教你。
>
> 八十个或者一百个字眼，
>
> 字字都能提供有声的意义。
>
> 它们起码能勉强凑合着
>
> 让政治家表达其激情和技艺。
>
> 让客店火炉边的三流诗人
>
> 挥霍你未被引用的欢喜，
>
> 虽说这种语言未传出山区，
>
> 但乡巴佬讲起来却游刃有余。
>
> 嬉怒笑骂皆尖酸刻薄，
>
> 字字都像子弹飞向靶子，
>
> 绝妙的咒骂，绝妙的奚落，
>
> 绝不会错过等着听的耳朵。

八十或一百个字眼，这比我朋友理查兹的八百个基本词汇[①]还少七百。我过去常常爬上运板材（用来订制木箱的木板）的

---

① 艾弗·阿姆斯特朗·理查兹（1893—1979），英国文学评论家及语言学家，研究并倡导"基础英语"（即"英美科学商务国际英语"），一种只利用八百五十个英语基本词汇的理论上的世界语。

大车，津津有味地听赶车人熟练地运用他那有限的一百个字眼。这样做当然得担风险，因为你很可能因太喜欢那种生动的表达而完全沉湎于其中。我过去一直都偏爱那种绝妙的骂人话，认为那是最美的修辞手段。我们念书时被告诫别学那种说话方式，因为它的遣词造句太雷同。它依靠的是说话人声调的变化和说话时的情境。

我第一次与约翰·厄斯金[①]见面时就同他谈论过这个话题：用小词构成的短句往往会雷同得令人生厌，结果起码也需要用各种方式大声说出或需要用心灵的耳朵，霍拉旭[②]。我把爱默生的散文和韵文都作为我的例证。只要用词生动，作品就不会令人生厌。

在几年前写的一篇序文[③]中，为表达我对读诗时被注释打断的反感，我发现自己又一次求助于爱默生。我曾希望读诗也能完全陶醉。我最初读《大梵天》一诗时有许多不理解的地方，但我读懂的地方也不少，那使我相信待有朝一日我读了更多的书并有了更多的经历之后，我将回过来重读那首诗：果不其然，我后来没有借助辞典或百科全书就完全读懂了那首诗，只有一两行还须进一步斟酌。正是我经年累月的丰富经历使我探明了下面这两行诗的奥秘：

> 可是你哟，善之温顺的情人，
>
> 你会找到我并转身不理上天。

---

① 指美国教育家、音乐家及小说家约翰·厄斯金（1879—1951）。

② 参见莎士比亚《哈姆莱特》第 1 幕第 2 场第 186 行。当霍拉旭问哈姆莱特何以见到他父亲时，后者回答说："用我心灵的眼睛，霍拉旭。"

③ 指弗罗斯特的诗选集《旧作新编》（1954）之序文《必备条件》。

当初使我感到困惑的就是"善之温顺的情人"这一措辞所具有的基督教色彩[1]。我不喜欢故弄玄虚的晦涩，但却非常喜欢我必须花时间去弄懂的微言大义。我不想被人剥夺自己去融会贯通的乐趣。当看出莎士比亚是如何用"其方位可测但价值鲜为人知"[2]的北极星来界定科学时，对我来说那真是一个得意的时刻。由于无法形容的价值，它会把一些该回家和一些不该回家的都指引回家。就让心理学家去注意他不得不多么地徒劳无益吧。

　　关于对自由的焦虑，我多半得归因于爱默生而不是其他任何人。当我第一次听说外国人取笑我们这里为自由者的土地和勇敢者的家园时，我受到了深深的伤害。难道我们还没获得自由？难道不存在自由这种东西？好吧，爱默生说上帝

　　　　在剥夺一个人的自由之前
　　　　将首先剥夺天上的太阳。[3]

这里边有我想要的自由之声。

　　别管在什么时候或以何种方式，反正爱默生消除了我那种本来也许会成型的观念，即真理会使我自由的观念。我的真理将使你成为我的奴隶。他并不想要皈依者和追随者。他是个一位论派信徒。我总公开宣称自由不过是背离——出发——抛弃什么，欲

---

[1]　参阅本书《必备条件》一文末段。

[2]　《莎士比亚十四行诗》第 116 首（"我不承认两颗真诚相爱的心／会有什么阻止其结合的障碍"）之第 8 行。

[3]　参见《一八五七年七月四日在康科德市政厅唱的颂歌》末节。

更新的勇敢者之勇敢的开始。我们可以不要自由。但对我们并不想要的东西，让我们不要欺骗自己。自由是比法则更超前的一步，就像眼下的飞机甚至汽车。让我们瞧吧，法则会很快追上来。

　　爱默生为我们提供了获取自由的准则：放弃一种依附是为了一种诱惑，放弃一种国民性是为了另一种国民性，放弃一种爱是为了另一种爱。如果你非要挣脱

> 内心深处确知
> 当半神半人离去，
> 诸神便会来临。①

我见它曾在《哈泼斯月刊》上引出过一篇文章，文章是想证明，在这样一个时代背叛我们的民主制度是正当行为。但我不相信许诺给我们的背叛的报偿。那里边有种像是过分超验的东西。凡事都有限度。让我们不谈社会主义。我觉得下面这种诗行像是政治的延伸：

> 马斯基塔奎河，有力的小精灵，
> 会把燧石陶片变成闪光的宝石；
> 听见它歌唱的人们将摆脱不幸，
> 它蜿蜒之处就是最美好的日子。
>
> 我那更清澈的小河也这般流淌，

---

① 爱默生《把一切献给爱》一诗的最末三行。

饮过小河水的人们将不再干渴；

　　黑暗绝不会弄污它平静的波光，

　　悠悠岁月像绵绵雨滴滴进小河。①

　　让我自己理解，我已渐渐开始看出，爱默生在《把一切献给爱》中所要表达的意义就是"把一切献给意义"。最无约束的自由就是我们坚持意义的自由。

　　斯坦贝克喜欢讲的那类故事中总会有一个因在多次罢工中与警察搏斗而被打得有点痴呆的劳工主人公，他在劳工总部深受众人爱戴，被人视为当今与暴政不共戴天的最伟大的英雄。我看他所怨愤的是生产装配线。他能让生产线有点意义的唯一方式就是将其捣毁。他对它大打出手。不可能有谁给过他那种自由。他把夺取视为他的权利。他不是什么自由人。他是个享有特权的人。人唯一不可被剥夺的权利就是按你自己的方式去毁灭。值得为之而生的也值得为之去死，值得为之成功的也值得为之失败。

　　如果你地下室里已堆满你用来写博士论文的毫无价值的破纸片，而它们似乎又不会自动燃烧，那就趁早摆脱吧，而且别宣称什么叛逆。你失去的不过是一张博士学位证书和圈子内的那点尊重。可即便你获得那张证书恐怕也难以引起世人的注意。你必须做的一切不过是有所作为，不管你用什么方式。唯一应受指责的物质性就是使你迷失于素材之中的写实主义，它使你自己都弄不清楚你的素材意味着什么。

―――――――――

　　①　爱默生《两条河》一诗的末节。

曾有个年轻人来向我抱怨他所在大学的哲学系。"那里没一个哲学家。我简直受不了。"他实际上是在抱怨他的处境。他当时身处一个他觉得不真实的地方。但我并不了解他，所以我没有谈论那件事。我同意他所在的大学没有哲学家的说法——其实这世上一个时代很难有两个哲学家并存——我劝他离开，去别的什么地方。他不愿当一个逃避者。我告诉他《圣经》说："要表现得像个男子汉。"①"是吗？"他问，"我能去什么地方呢？"嗨，几乎任何地方都能去，堪察加半岛、马达加斯加、巴西。几年后我受政府委托为一桩公务去里约热内卢，结果发现他在里约大学教育系干得不错。我对他负有很大的责任，因为是我让他像那样消失的。他走后我感到良心不安，于是给他去过信，可整整两年都没得到他的回音。不过这故事总算有个幸运的结尾。他的离去并不是自杀。上个圣诞节他给我寄来了一张明信片，告诉我他在去复活节岛的途中登上了胡安-费尔南德斯群岛中的鲁滨逊·克鲁索岛，那一直都是他有必要去看看的地方。我下次再听到他的消息时他应该是在智利了，他将受聘去那里帮助重建两所大学。两所！而且都是综合性大学！

我自己并不具有颠覆性，我想我如此同情颠覆分子、叛逆分子、逃亡分子和激进分子都是因为我受爱默生的影响太深。我并不在乎这些人有多么极端，只要他们不去投靠俄国人。过去我总希望有这样一个人在我隔壁的教室上课，那样我就会有艰巨的任务要完成，即警告我班上的学生别去听他的课。

---

① 参见《旧约·撒母耳记上》第 4 章第 9 节、《新约·哥林多前书》第 16 章第 13 节。

我乐意欺骗自己，也欺骗其他一些喜爱任何一个我所喜爱的诗人的人。我听人们说，你越是爱一个人，就越容易看到他的缺点。真是胡说。爱是盲目的，而且应该继续盲目。但我在讲话中从来不掩饰我不满爱默生对待不忠行为的宽容态度。他并没了解或者说忽略了他的布莱克斯通①。不忠对被抛弃者而言是一回事，对开小差的人则是另一回事。如果缺乏忠诚，你的伙伴可以不经陪审团审判就一枪把你崩掉。而你却是活该。你为了实现理想尽可以被迫倒戈反水，但你别指望你背叛的偶像会与你吻别。我们都不想看上去像个白痴，是吧？爱默生对待邪恶也许太柏拉图式了。他认为邪恶不过是 Tò μὴ ὄυ②，可以像丢烟头那样轻易丢掉。他在被我称为西方世界最优秀的那首诗中说：

单元和宇宙一片浑圆。③

据此可以写出另一首诗，其大意是在理想中那是一个圆，但实际上那个圆成了个椭圆。作为圆它有一个中心——善。作为椭圆它却有两个中心——善与恶。因此一元论与二元论相对。

爱默生是一位论派有两方面的原因，一是他太理智，所以不信迷信，二是他极不擅长而且极不喜欢讲故事，所以他不喜欢流言蜚语和有辱宗教的美丽传说④。没有迷信，宗教对世人就不会有

① 威廉·布莱克斯通（1723—1780），英国法学家，著有《英国法释义》。
② 无足轻重的东西。
③ 爱默生《鸟列》一诗第22行。
④ 恐指处女马利亚因圣灵而怀孕并生耶稣的故事。

吸引力。他们最终通常会成为可恶的不可知论者。只有靠迷信和最美丽的传说才能形成三位一体论。圣灵下降进入人类肉身是精神冒险的第一步。

但即使爱默生没给我们留下任何别的东西，他也将比华盛顿纪念碑更长久地被人纪念，因为他用他的诗行为康科德纪念碑增辉，而那是些有史以来写士兵写得最好的诗行：

> 就在这座跨越洪水的拱桥旁边
>
> 他们的旗帜曾迎四月的风飘扬，
>
> 就在这里，严阵以待的庄稼汉
>
> 打响了那震撼这个世界的一枪。①

连温泉关②也不曾受到过比这更美的赞颂。我并非圣地兄弟会会员，但有两样东西我绝非偶然发现不可动摇，一是刻在石头上的这首诗，二是从华盛顿拉菲德花园越过白宫望见的那座高塔③。

《代达罗斯季刊》

1959 年秋季号

---

① 《一八三六年四月十九日在康科德纪念碑落成典礼上唱的赞歌》之第一节。

② 从色萨利进入希腊腹地之一小山隘，希罗多罗在其《历史》卷七中将其作为公元前 480 年波希战争一战场加以赞颂，当时波斯国王薛西斯一世率大军入侵希腊，扼守温泉关的三百斯巴达战士因寡不敌众而全部阵亡。

③ 指华盛顿纪念碑。

人类的未来 ^①

使我感兴趣的当然是"挑战"这个词——未来对预言家的挑战——而我就是那个预言家。我要给你们说说未来——我并不是要主张什么样的未来，而是要告诉你们未来是什么样。

这种长期存在的挑战——这种巨大的挑战——便是人类的独创性对其法律、秩序和政府的质疑。而这种质疑将永远是挑战——人类的活力、勇气和独创性对其法律和秩序的挑战。这就意味着我闭上眼睛展望未来也能看见一对政府争着要成为那个时代的冠军——看那个时代最终以谁的名字命名，比如说在当今这个时代，相争的就是我们和俄国人。不幸的是我们自己一直没有个适当的国名。我所有的南美朋友都反对我们把自己称为America^②——我们将不得不称我们自己为"us"，以便和"Russ"^③押韵。

---

① 此文特为"人类的未来"专题论坛撰写，该论坛由约瑟夫·E.西格伦姆父子公司为纪念其位于纽约市花园大道375号的西格伦姆大楼落成而出资发起，参加该论坛的其他人包括伯特兰·罗素、朱利安·赫胥黎、阿什利·蒙塔古和赫尔曼·马勒。

② 因为America这个名称既指美国又指美洲。

③ "us"意为"我们"，但这两个字母（大写）也是美国国名的缩写；"Russ"意为俄国人。

除此之外，这两个成对的政权之间总会有一个争论点，上帝是个伟大的提供者，因为他会提供这个争论点。从古至今每个时代都有过一场争端，一场事关重大的争端，一场生死攸关的争端，就像当年波斯与希腊、罗马与迦太基，以及基督教世界与伊斯兰世界的争端一样。我们会看到当今时代的一场重大争端。我不能容忍谩骂任何敌人；我喜欢有一个明智的对手，一个值得与之较量的对手。

　　下一个问题，我们将会成为另一种人吗？我们这个时代的年轻人，这些研究人类学并听人类学家讲课的年轻人，认为既然从猴子到我们之间是一段有趣的距离，那么从我们到超人也肯定只有另一段有趣的过程。那将是所有脱衣舞者尽情表演的时日，瞧，人人都可以画出他自己的连环漫画。关于这点还是让我来告诉你们吧——我恰好知道什么会发生或什么不会发生。我们的自我意识已到了尽头——我们的前方将不会再有什么。我们的生命已到达了一个自我意识停止发展的阶段。

　　前不久我见到一份列有人类有过的全部思想的清单——我想是在芝加哥出版的。清单上所列的思想不会超过一两百。我找进化这个字眼，它果然列在其中。我又找发展这个词，或它的本义词生长，但却发现清单上没有。显而易见，发展或生长在芝加哥不成其为思想，不过我认为是进化顶了发展的名。只是进化这个词有种迷惑人的怪味，它会使你认为它将永远延续。但所有的发展或生长都是有限的——生命之树有限，就像枫树或橡树——它们都有一定的高度，它们都有一定的生长期。我们的生命之树，那棵乾坤树，早已长大。但它绝不会因为已停止长高就轰然倒下。它将继续开花结果，秋枯春荣——我想它还会活上一亿年或两亿年，或者你们喜欢认为的随便多少年。我预见到它将继续保持现状，继续产生出一连串双重性，就像性别的双重性。对它来说将永远有两党以某种方式存在。我希望这棵树是自株传粉——我想我以前不曾考虑到这点——不需要另外一棵树长在它旁边，它本身就具有我要求的所有二重性，善良与邪恶，两种性，一种是善，另一种是恶。

但愿年轻人能免除照料未来的责任。我们前方将不会再有什么。这棵乾坤树已经长成。

接下来我想说说另一件事，说说那个提供重大争端的神。他是个浪费之神，巨大的浪费。浪费的另一种说法叫慷慨，那种既不总是专注于我们的自身利益又不太急于寻求一个更完美世界的慷慨。我们把奠酒泼向他作为我们分享或参与的浪费的一种标志。把酒泼在地上是一种浪费，把酒喝进肚里则是加倍的浪费。但一切都是出于自身利益的慷慨和娱乐。

不过我想对此我已经说得够多了。我脑子里有许多细节，但我不想对这事说得太多。关键是挑战将永远存在于人的独创性和他的法律、秩序和政府之间。有时候我认为科学家们已使他们自己感到害怕，因为他们那么有独创性，他们可能会害怕他们不受自己约束。其实他们用不着担心，政府有关部门会照料他们。

《人类的未来》

1959 年

人类的未来

（未发表稿）

　　"挑战"似乎就是那个词，那个我以前从未在散文和诗中使用过的词。不过我相信我还没忘记它的意思。始终都存在未来对预言家的挑战，因为我这么想。现在巨大而无休止的挑战就是人的蓬勃活力和独创性对他自己的政府的挑战，他的速度对交通警察的挑战。我们之所以成为一个井然有序的社会，仅仅是因为我们分派一些人去当法律的制定者和法律的实施者（一种将军和律师的混合体），让他们牢牢控制局势，同时任凭我们其他的人去当科学家、哲学家和诗人，去进行科学发现和社会改革，只要我们能起提神醒脑的作用。科学的挑战是最可怕的，但哲学的挑战也历来都可怕。所以哲学家们历来都不得不被毒死或被绑在火刑柱上烧死。占优势的一方是国家政权的捍卫者，当然也就是那位首席执行者。为了简短也为了这次集会①的目的，就让我们把他称作国王。

　　科学对政府的挑战爱采用这种形式：先问你对我们的最新发明打算怎么办？你想把它用作武器或工具或兼而用之？如果你

对它不理睬，我们将带着它去别处让你的竞争者试用。即便你禁止，我们也将那样去做。

科学对我们这类无足轻重的知识分子的挑战爱采用这种形式：问你们打算对我们的最新发明说点什么？你们将怎样看待我们同俄国人竞争登月？当然是带着懊恼。你应该不愿看到失败。对失败无动于衷的人无可救药。你们不是那种坏人。我们的登月竞争失败肯定会比在墨尔本奥运会的失败更令你们痛苦。你们似乎因我们把一车车新名称燃料倒进你们家地窖的煤库而感到惊恐和困惑。对我们的难题说点什么呀！你们必须学会跟斯芬克斯顶嘴。真不好意思，自上世纪达尔文、斯宾塞和赫胥黎帮你们的忙后，你们知识界几乎一直无所作为，而我们偏在这时又带着我们的新玩意儿撞上了你们。不过我认为你们会和上次一样受到国王的社论撰写人、专栏作家和时事评论员的照顾。请别忘了你们曾受到何等的帮助，怎样被提醒你们需要做的一切就是把旧观念换成新思想，因为旧观念认为上帝造人用的是泥土，而新思想认为上帝造人用的是准备好的泥土。

现在科学似乎正准备问我们，对我们自己已经掌握的进一步的进化，我们打算做些什么呢？这是伟大的达尔文时代留下的一点工作。学生们都知道，从猴子到我们之间的进化过程短得多么有趣。所以从我们到超人的进化过程也不应该太长。我们已让实验师们做好准备而且乐意关注这个问题。我们随时都可以委托他们开始瞎糊弄，让基因受辐射以培育突变体，或让卵子人工授精以实现人种改良，直到他们使我们有所进展，把我们弄成某个委员会或基金会赞许的东西。但现在人家是要求我预言。而我闭上眼睛也能看见未来的人们依然为爱为钱而成双成对，也许只是迷信得任他们的方向朝向了那种被神秘的卡尔·马克思叫作历史必然而我却喜欢称为情欲使然的社会，朝向了那种他们不会为之争论的趣味。我预见到凡有人工授精的社会都只会是趣味低俗的社会。

　　既然我有心情遵嘱预言，那我干吗不索性说个痛快。我刚才所言听起来可能会让人误以为科学就是一切。科学并非一切，但它几乎无处不在。为了我们对这颗星球的控制，它以家政学的形式进入我们的生活；为了让我们赢得战争，它用其飞机炸弹等致命武器介入我们的死亡；仅仅为了荣誉，它又以纯科学的形式进入我们的心灵；而在这最后一方面，它也许可以被比作纯诗和神秘主义。它是人类最大的雄心。它是让虚无变成物质的电荷[①]。它是我们的意义之证明。对我来说它不可能有太大的帮助或起太大的作用。它还不成其为它自己的法律。它隶属于国王。而从来都没有过科学家国王而且将来也不会有，就像不会有哲学家国王一样（最接近诗人国王的是亨利八世，因为他在诗人斯克尔顿[②]的指导下粗通诗艺）。科学是一份财产。它属于国王统治下的我们。而对我们最好的说明是自古以来关于人的学问，是那本最有价值又最无价值的书。眼下正在发生的科学也许会在那本书中添上心理学的一页，就像最近在化学元素周期表中添上一种难以捕捉的

---

　　①　此说似乎与弗罗斯特多次提到的回旋加速器有关。参见本书《谈赫维·艾伦的诗》第一段。

　　②　约翰·斯克尔顿（1460？—1529），英国诗人，亨利八世当王子时曾跟他学诗。

元素一样。作为关于人的学问之一部分，科学应该珍惜其高贵性和重要性。我看见在麻省理工学院、加州理工学院和凯斯理工学院这类学府中，它正在开始或已经开始采取行动，所以那里的学生在研究回旋加速器之余也有时间去听听人文学科的大课：关于苏格拉底及其学生阿尔基比阿德斯和克里提阿斯，关于塔列朗和他的维也纳和平，关于《白鲸》的象征意义。

从亚拉腊山峰顶可俯瞰普雷沃吕谷，"那里有愚昧的军队在昏暗中争斗"①。多少有点愚昧。只有那个将军或国王堪称伟大，他能在尚未充分地获得他希望的情报之前就先于国会采取行动。我看见在今后一万年中的日日夜夜，总会有两个国家在争当他们那个时代的冠军，看那个时代最终以哪国国王的名字来命名。为此曾有过希腊同波斯之争、罗马共和国与迦太基之争、罗马帝国与全世界之争。后来还有过殖民扩张时期的英国与欧洲大陆之争。可以相信，神秘主义者卡尔·马克思所谓的历史必然会带来一系列我们将永远争论的重大问题。但愿那些争端像今日我们与俄国之间的争端一样实在。但愿那些争端不会太卑鄙。

用一种想法来结束这次预言会怎么样呢？如果我们被认为已成熟到能控制我们进一步进化的程度，为什么这种成熟不能立即制止我们进一步进化呢？只要我们的现状并不存在太大的问题。自从人开始使人堕落，国家开始使国家堕落，这场自由争论一直都很热闹。我总忍不住认为，我们也许是那棵会停止自身生长的乾坤树之一部分。我们熟悉的任何树都会在一定时候停止其生长

---

① 马修·阿诺德《多佛尔海滩》之末行。

或被停止生长。那棵乾坤树不会因其不能长得更高而倒下。我看见它每个时代都结出一种占主导地位的文明。它的时代就像它的开花结果期，每个时期都自有其荣耀。我们被告诫在展望未来时不要太野心勃勃。我们必须取消礼拜日。我们必须废除名为慷慨实为浪费的进贡，必须停止时不时地把奠酒泼在地上或是喝进肚里，后者是加倍的浪费。燔祭一旦被烧肯定会变成灰烬，再也不宜被摆上餐桌。

1959 年

《巴黎评论》采访录
采访人：里夏尔·普瓦里耶 [①]

弗罗斯特 我只在书写板 [②] 上写作。我这一辈子从来都没用过书
　　桌。我用各种各样的东西。我甚至在鞋底上写过。

采访者 你为什么从不喜欢用书桌呢？是因为你经常迁移，居无
　　定所吗？

弗罗斯特 我很年轻的时候就没有书桌。我从来没有过专门的写
　　作间。

采访者 现在坎布里奇基本上是你的根据地了吧？

弗罗斯特 在冬天是的。但我每年差不多有五个月住在佛蒙特的
　　里普顿。我在那儿过夏天。但这里是我的办公室和事务所。

采访者 你在佛蒙特的住所离布雷德洛夫写作学校很近，不
　　是吗？

弗罗斯特 三英里。不算太近，这我知道。我离学校有段距离，
　　下山后还要沿一条侧路走一截。他们总把我与它连在一起，

----

　　① 　进行这次采访时普瓦里耶正在哈佛大学任教。

　　② 　架在椅子扶手之间用于书写的木板。弗罗斯特自制的书写板外侧厚约五六
英寸，可向内形成一便于书写的斜面。

其实我并不经常去那儿。我每年为学校讲演一次，为作家研讨会讲演一次。差不多就去那么两次。

采访者　你曾是那所学校的创办人之一，是吗？

弗罗斯特　他们那样说。我想我同发起作家研讨会的关系更为密切些。有次我非常随便地对他们的校长说："你干吗不趁放假期间利用这地方举行个小小的聚会呢？"我当时并没想到要办成常年性的——无须付钱，什么都不用，只是邀请一些文学界人士来聚上一两个星期。反正学校的炊事人员还在那儿。但后来他们把它搞成了每年一度的例会。

采访者　你从 1912 年到 1915 年住在英国的时候，想过你可能会留在那里吗？

弗罗斯特　不，没想过，我去那儿就是想过一段时间穷日子，除此没别的打算。我没想过要在那儿出书。当时我在美国也没向任何出版社寄过书稿。那年我三十八岁，是吧？大概是的。那时候我以为要出书得通过杂志的赏识。当时我同杂志的关系不太顺。除了偶尔给我寄张支票，没有哪家杂志注意过我。所以我并没想到我很快就会出书。不过我去英国时带着三本书稿，够编三本诗集的诗稿——《少年的心愿》《波士顿以北》，还有下一个集子的部分散页稿。

采访者　你在英国是怎样与庞德相识的。

弗罗斯特　通过弗兰克·弗林特的介绍。就是那个早期意象派诗人及翻译家。他是庞德的朋友，属于他们那个小圈子。他在一家书店碰见我，开口就问："美国人？"我说："是的。你怎么知道？"他说："鞋。"那家书店就是哈罗德·芒罗的

"诗歌书店"①，当时刚刚开张。他说："诗？"我说："我相信
预兆。"于是他说："你可能认识你的美国老乡埃兹拉·庞
德。"我说："我从没听说过他。"当时我的确没听说过庞德。
我对文学杂志只是随便翻翻——我从不认真读杂志——那些
闲聊文章，你知道，我从来都不去留意。于是他说："我会
告诉他你在这里。"后来我就收到了庞德寄来的请柬。但在
那之后的两三个月里我都没有用它。

采访者　他在你的书——《少年的心愿》——出版之前就把它读了，
对吧？那是怎么回事呢？

弗罗斯特　当时书稿已交到出版商手里，但在我见到庞德时还没
有出版。我见到庞德是在他寄出请柬三四个月之后。我不大
喜欢那张请柬。

采访者　请柬上写些什么？

弗罗斯特　只写了"有时会客"。恰如庞德的风格。所以我觉得
那并非一种很热情的邀请。后来有一天我正好经过肯辛顿的
丘奇沃克茶楼②，于是我掏出那张请柬进去找他。我发现他在
那儿，他开始有点不高兴，说我没早一些去找他，以他那种
庞德式方式。然后他说："弗林特告诉我你出了一本书。"我
说："哦，我大概是要出本书。"他说："这么说你还没见到
书？"我说："还没有。"他说："我们这就去讨一本，你看怎

---

①　哈罗德·芒罗（1879—1932），英国诗人及编辑，1913年开办"诗歌书
店"，旨在促进诗歌作品的销售和阅读，该书店出版过"乔治时代诗选"丛书和
《诗歌与戏剧》。

②　在伦敦海德公园附近，是早期意象派诗人经常聚会的地方。

样？"他急于成为评论那本书的第一人。说到庞德，那是你最该谈的一面：他凡事都想占先。他也没先打个电话过去看人家会怎样忙乎。他心里急切表面却很平静。我们步行过去找到了我的出版人。他得到了那本书。他甚至没让我看一眼就把书放进了口袋。我俩回到他的住处。他说："你不会介意我们喜欢这本书吧？"他说话已带英国口音，稍稍带一点。我说："哦，那你就开始喜欢吧。"可不一会儿他就开始嘲笑书中的某处，于是我说我知道那是什么地方，那正是庞德应该嘲笑的东西。过了不久他说："你最好回家去吧，我要开始写评论了。"结果那本书我连碰都没碰一下。我两手空空回家，而他留下了那本书。我只是见过那本书在他手里。

采访者　大概是他写了第一篇表示赞许的重要评论，是吧？

弗罗斯特　是的。那篇评论发表在芝加哥出版的《形势》杂志上，但对远在英国的我没多大帮助。那里也很快开始了对该书的评论，书一出来就开始了。我想在英国评论那本书的人多半都不知道芝加哥这边已有过评论。从他们的文章中看不出他们知道这点。不过他那篇评论与我后来开始出名还是有些关系。我一直都觉得他让我经历的那些——那些奇遇有点传奇性。你知道他在那边有一种复杂的、非常奇特的身份。他是叶芝、许弗和另外好些人的朋友。

采访者　你认识许弗吗？

弗罗斯特　认识，是他引见的。还有叶芝，也是他引见的。

采访者　你在英国时同叶芝见面的时候多吗？

弗罗斯特　哦，很少，差不多总是和他一道——我想每次都是。

采访者　当你离开伦敦住到格洛斯特郡一座农场上去时，你觉得你是要选择与你在伦敦发现的那种文学小团体作对吗？

弗罗斯特　不，我的选择甚至同我去英国也没关系。那时候我的选择几乎都是无意识的。我当时并不知道文学界有没有我的位置，所以我不会去选择什么位置。要知道，我天生不属于任何派别，我本能地反对把我混同于那些——你管他们叫什么来着？——他们曾把自己称为乔治派诗人、爱德华派诗人或诸如此类的什么派诗人，反正就是爱德华·马什感兴趣的那伙人。我理解他在他那本书①里谈到我，但我从没见过他。

采访者　你在伦敦结识的那些文人中拉帮结派的风气很甚吗？

弗罗斯特　哦，是的。那边的情况很有趣。我想这边的情况也一样。我不明白。我不"属于"这边。但他们会说："嗨，他就是那个替那些人写家常事的家伙，替那些人。你们美国真有像那样的人吗？"仿佛那是一类人似的，你知道。就说梅斯菲尔德②吧——他们并不知道他属于这派，但却说："嗨，他就是写这种东西的那个家伙，我相信他是，为那些人写。"

采访者　那些年你最好的朋友是爱德华·托马斯吧？

弗罗斯特　对——他与他那个年龄的任何人都不同。他和我一样独来独往。当时谁也不知道他写诗。他是从军参战后才开始

---

①　爱德华·霍华德·马什爵士（1872—1953），英国博学家、翻译家、艺术赞助人，乔治诗派即由他资助，长期在政府部门任职，当过张伯伦、丘吉尔等首相的私人秘书。"那本书"指他于1939年出版的《若干人物》，该书主要叙述马什本人的经历，涉及他交往过的作家、诗人和政治家。

②　约翰·梅斯菲尔德（1878—1967），英国诗人。

写诗的，而且他开始写诗同我与他的交往有关。我们开始成为挚友。对，我本能地反感属于那些派别中的任何一个。我从来都有朋友，但都是分散的，在那边的朋友也是分散的。要知道，我本来可以……庞德每星期都要同弗林特、阿尔丁顿和 H.D. 聚会一下午，我想休姆有一段时间也去参加过。休姆起初与他们是一伙的。他们每星期聚到一起互相改诗。

采访者　你偶尔见到过休姆？是在他们改诗的时候吗？或者说你不打扰他们吗？

弗罗斯特　我认识休姆，而且跟他很熟。但我从不去参加他们那种聚会。有次我问庞德："你们聚会干什么？"他说："互相改写对方的诗。"我说："为什么呢？"他说："挤出原诗中的水分。"我说："听上去像是玩一种室内游戏，我可是个严肃的艺术家。"——开开玩笑，你知道的。他当时笑了，从此再也没邀请过我。

采访者　这些个人交往，你在英国时与庞德、与爱德华·托马斯、与你所谓的乔治派诗人的交往——跟你个人风格的确立毫无关系，是吧？毕竟你当时已写出了差不多够编你前三本诗集的诗稿。

弗罗斯特　你应该说两本半。亨廷顿图书馆[①]收藏有一些想必是我写于十九世纪九十年代的诗稿。如今仍在出版的我的第一首诗写于 1890 年。它仍在出版，我这是随便说说。

采访者　不在《少年的心愿》中——我想那本书里最早的诗写于

---

① 在加利福尼亚的圣马力诺城。

1894 年。

弗罗斯特　对，它不在那本书中。我最先得稿费的那首诗收在那本书里。但我最早变成铅字的那首诗才是我写的第一首诗。我直到 1890 年才开始写散文或诗歌。在那之前我只用拉丁语和希腊语写些格言警句。

采访者　有些早期的评论家，像加尼特和庞德，多次在谈论拉丁诗和希腊诗时都提到你的诗。你读过许多经典作品？

弗罗斯特　要说拉丁和希腊作品，也许比庞德读得多。

采访者　你曾经不是教过拉丁语吗？

弗罗斯特　不错。在我离开大学后又重返大学之时，我想要是我坚持教希腊语、拉丁语和哲学，我可能还吃得消。那些年我就教这几门课。

采访者　浪漫派诗人的作品你读得多吗？尤其是华兹华斯的诗？

弗罗斯特　是啊，这方面你不可能抓住我什么破绽。我读各种各样的东西。前几天有几位天主教神父问我关于读书的问题，我对他们说："但愿你们通晓'catholic'这个词的词义，我的阅读兴趣非常 catholic[①]。"

采访者　当年你母亲爱为你朗读哪类作品？

弗罗斯特　这我恐怕没法告诉你。各种各样的作品，不是很多，但也不少[②]。她当时工作很劳累——她要养活我们全家。她出生在苏格兰，但却在俄亥俄的哥伦布市长大。她在哥伦布

[①]　catholic 这个形容词有"天主教的""广泛的"等多种词义。

[②]　参见《作者年表》1883 年条。

当过七年教师——教数学。在我父亲离开哈佛而未去加利福尼亚之前，她和他在一起教过一年书。你知道那时候的人中学毕业就开始教中学。我就有过那种没上过大学的老师。我有过两个知名的女老师，教我拉丁语和希腊语，她们都没上过大学。她们还教过弗雷德·鲁宾逊。教过我的老师也教过他。就是弗里茨·鲁宾逊，那个老学者①。我母亲当时就像那样。十八岁就开始在中学教书，大约二十五岁结婚。我是不久前才把这些情况凑到一起，发现她当年也曾和我一样四处漂泊。她结婚的日期和诸如此类的情况我是在宾夕法尼亚查到的，在宾夕法尼亚的刘易斯敦。

采访者　你母亲在马萨诸塞的劳伦斯市办过一所私立学校，是吧？

弗罗斯特　是的，她办过，在劳伦斯附近。她有过一所私立学校。我还在那所学校教过书哩，我也在其他一些学校教过书。每当我觉得喜欢春天的时候，我就爱走出去，到一些乡村学校教书。

采访者　那时候你多大了？

弗罗斯特　啊，就在我离开达特茅斯学院之后，大概是1893年、1894年吧，那时我二十岁。每当我厌倦了城市，我就到乡下去过春天，到一所学校教一学期书。我想我去过两三次，到同一所学校。一所很小的学校，只有十二名学生，大约十二名学生，都是些光着脚的孩子。我还在劳伦斯的报社干过活。要知道，我干那行可算是子承父业、子承母业。当时

---

①　弗雷德·诺里斯·鲁宾逊（1871—1966），美国著名凯尔特语言文化专家、乔叟研究专家和哈佛大学教授。

我并不知道我想靠做什么来谋生。在学校教教书，在报社打打工，在农场上干干活，那是我自己的新开端。不过我的确像我父母那样在报社认真干过。我在一家报社当过一阵子编辑——一家周报——后来又在一家日报。我看劳伦斯现在都还有那家报纸。

采访者　当你开始写诗的时候，你心里有没有你非常钦佩的诗人？

弗罗斯特　我当时反对那种理论，反对史蒂文森那种你应该模仿什么人的看法。[①] 那种看法给美国教育造成的损害比什么理论都大。

采访者　你感到过你与别的任何诗人有相似之处吗？

弗罗斯特　这一点我得让别的什么人来告诉我。我不可能知道。

采访者　但举个例说，当你读罗宾逊或斯蒂文斯的诗时，你发现有任何东西似曾相识，就像你自己诗中的东西吗？

弗罗斯特　你说华莱士·斯蒂文斯？他成名可是在我之后。

采访者　我是说当你读他的诗时，你是否觉得有任何——

弗罗斯特　你想说任何相似之处？哦，你不能那样说。不能。有一次他对我说："你总写大问题。"于是我说："你老写小玩意儿。"结果他送我下一本书时便在扉页上写道："再奉上些小玩意儿。"你应该相信这点。的的确确，我与他没有任何相似之处。我们曾是朋友。哦，天哪，相距甚远。我不知道你会把谁与我扯到一起。

---

①　英国作家罗伯特·路易斯·史蒂文森在其《回忆与写照》第 4 章《一份校园杂志》中写道："我就这样一直模仿黑兹利特、兰姆和华兹华斯，模仿托马斯·布朗爵士和笛福，模仿霍桑、蒙田、波德莱尔和奥伯曼。"

采访者 嗯，我有次听你说过，罗伯特·洛威尔曾试图把你和福克纳扯到一起，他告诉你说你很像福克纳。

弗罗斯特 我那样说过吗？

采访者 不，你是说罗伯特·洛威尔对你说你很像福克纳。

弗罗斯特 啊，你知道罗伯特·洛威尔曾说过什么吗？他说："我叔叔用的方言——新英格兰方言，《比格罗诗稿》①——简直可以同彭斯的方言媲美，是吧？"我说："罗伯特！彭斯用的不是方言，苏格兰语不是一种方言。那是一种语言。"不过他老爱说点什么，这个罗伯特，只是为了说着好玩。

采访者 那么我这样认为，你读诗的时候从不曾意识到有什么你特别偏爱的诗行？

弗罗斯特 哦，我总是整首整首地读。我的一个出发点往往是一本诗选集。我会发现一个我欣赏的诗人，于是我会想，好哇，里边肯定有他的不少诗。某位过去的诗人——比如说谢尔利，"我们的血缘和门第的荣耀"②——那种极好的诗。我想找到更多。一无所获。只有那么一两首，仅此而已。我记得过去有些学生和我对同样的一些诗感兴趣。我还记得有天布劳尔在另一个老师的班上，当时他是阿默斯特学院的学生——鲁本·布劳尔，后来当了哈佛大学亚当斯楼③的总监。

---

① 詹姆斯·拉塞尔·洛威尔（1819—1891）的《比格罗诗稿》（第一辑1848年、第二辑1867年）是用新英格兰方言写成的一组讽刺诗体书信。

② 英国诗人、剧作家詹姆斯·谢尔利（1596—1666）的《平等主义者——死神》首行。

③ 哈佛大学一研究生公寓，其总监通常由德高望重的教授担任。

我记得我当时问："谁愿意为我朗读这首诗呢？"那是爱德华兹早年的作品《当早该睡觉时我走向我无遮盖的床》。结果他朗读得非常好，以至我说："我给你一个终身 A。"那是我们互相开玩笑的方式。我从没让他正式到我班上听课。在阿默斯特学院我常到其他班讲课，所以很早就注意到了他。老天作证，他的声音与那些诗行完全吻合，他把那首很难读的诗朗读得那么自然，尤其是那古老的引语——"失去忠实的朋友是爱的新生。"[1] 我的阅读面很广，[2] 这大概就是你们能说的。我一直被人追问。我不像过去在德国受教育的那些人那样读得很仔细。我不是那种人。我讨厌那种你应该读全集的说法。但有时我也做大量查阅工作，读很多的书。

采访者　你在英国时曾发现自己不知不觉地去读庞德正在读的那种诗吗？

弗罗斯特　没有。当时庞德正在读中世纪法国吟游诗人的诗。

采访者　你们互相谈起过任何特别的诗人吗？

弗罗斯特　那时候，我刚与他结识的时候，他欣赏罗宾逊和德拉·梅尔。他无论如何也早已结束了对德拉·梅尔的欣赏，而且我认为他把罗宾逊也抛到一边去了。当时我们只谈到了两三首小诗。有几个星期我跟着他四处转悠。他的行为方式把我给迷住了。他对他不喜欢的人有点粗暴，就像威利·惠

---

① 参阅英国诗人、剧作家、作曲家理查德·爱德华兹（1525—1566）的《当早该睡觉时我走向我无遮盖的床》（又名《爱的愤怒》）一诗第 1 行和第 8 行。

② 比如说爱德华兹的这首诗在包括《牛津英诗选》的一般选本中都难见到。

斯勒那样。我曾认为他受过惠斯勒的影响。他们形成了那种法国式拳击风格。那时他们经常故意伤害人。

采访者　彬彬有礼地伤害。

弗罗斯特　对。你知道那首歌，那首下流小调："他们用脚进行拳击……"除了别的一些事，庞德还领我去看那些放荡不羁的文化人集聚的地方。

采访者　当时那种地方很多吗？

弗罗斯特　我从没见过那么多，从没见过。他带我去餐馆或诸如此类的场所。有次在一家餐馆他还给我露了手柔道。把我摔了个四脚朝天。

采访者　他真那么厉害？

弗罗斯特　当时我毫无防备。其实我跟他一样强壮。他说："我让你看看。我让你看看。站起来。"于是我站起来向他伸出一只手。

　　　　他突然抓住我的手腕来了个肩扛式反摔，结果我翻过他的头顶落地。

采访者　你当时怎么想？

弗罗斯特　哦，那没什么要紧的。当时餐馆里所有人都站了起来。他过去常常说他是个网球运动员。不过我从未在网球场上与他交过手。后来他带我去了所有那类地方，去那种地方的人都爱研究不读词首 H 的诗人①或诸如此类的东西。不像是"垮掉的一代"，不怎么像。我记得在一个地方他们让一个

————————————

① 拉丁语系的语言（如法语、西班牙语）中词首 H 不发音。

诗人进来的情景，那人在《英国评论》上发表过一首写阿佛洛狄忒的诗，写他在莱瑟赫德①怎样与阿佛洛狄忒相遇。他当时正走进来，他是个挖土工。我已记不得他的名字，因为后来再也没听说过他——他也许一直在继续写诗而且出了诗集。但他当时的确是个挖土工。进来时骑自行车用的裤腿夹也没取下来。那是在一个午后茶会上。人人都以一种快活的方式露出恐惧的神情。恐惧，社会恐惧。要知道，那是个身强体壮、膀阔腰圆的家伙，脖子晒得通红，就像约翰·L.刘易斯②那类人。但他当时是个诗人。后来我看到了庞德凭空造就出来的那些诗人。庞德认为他能做到这点。随便找个什么也没写过的人他也能把他造就成诗人。我们不该谈论这些。

采访者　我想知道你对这种文章有何反应，比如说卡尔·夏皮罗③最近在《纽约时报书评副刊》上发表的那篇重要文章，那文章之所以颂扬你大概是因为你没像庞德和艾略特那样犯"现代主义"的错误。

弗罗斯特　是找我的电话吗？请稍等片刻。你别动！

弗罗斯特　刚才我们谈到哪儿啦？啊，是的，你在努力追问我。

采访者　我没有追问你。我只是——

弗罗斯特　哦，你说卡尔·夏皮罗那篇文章。是呀，那不是挺有

---

① 英格兰南部萨里郡一小城。

② 约翰·卢埃林·刘易斯（1880—1969），美国著名劳工领袖。

③ 卡尔·夏皮罗（1913—2000），美国诗人、评论家，1945年度普利策诗歌奖获得者，担任过国会图书馆诗歌顾问和《诗刊》编辑。

趣吗？人们是那么经常地问我——我一直四处走动，你知道，去西边，到处走——所以经常有人问我："何为现代派诗人？"我通常总是避而不答，但几天前我说了："一个现代派诗人必须对现代人说话，不管他自己活在什么时代。这也许是形容现代派诗人的一种方式。只要他活在这世上而且对现代人说话，现代派诗人这称号会使他更加现代。"

采访者　是呀，不过是以他们自己的方式说话。在许多人看来，似乎艾略特和庞德所依据的诗歌传统不同于你所遵循的传统。

弗罗斯特　不错。我认为艾略特的诗并不像庞德的诗走得那么远。在我看来庞德很像中世纪法国的吟游诗人，比吟游诗人还像吟游诗人，或者说是几个吟游诗人的混合体，是贝特朗·德博和阿尔诺·达尼埃尔的混合。我从不读那种东西。我不懂古法语。我不喜欢我没学过的语言。我不爱读翻译过来的东西。说到但丁我爱说些令人讨厌的话，令人不愉快的话。不过庞德，他应该懂古法语。

采访者　庞德通晓好几种语言，是吧？

弗罗斯特　这我可不了解。有位在宾夕法尼亚大学教过他的老师住在佛罗里达。他有次对我说："庞德？我教过他拉丁语，而他从来弄不清静词变位和动词变词的区别。"他非常讨厌他。那个老人，还在讨厌庞德。（突然大笑起来）这就是庞德树敌的诀窍。

采访者　你收到过庞德的信吗？现在你与他有通信联系吗？

弗罗斯特　没有。去年我把他弄出监狱后他给我来过两封信。非常有趣的两封短信，不过它们还令人满意。

采访者　为释放他的事你去华盛顿找过哪些人？

弗罗斯特　就找了司法部长。找他就把问题解决了。此前我跟阿
　　　　奇①一道去找过两次人，结果没解决任何问题，我想那是因
　　　　为我们找的人都属于反对党。我不属于任何党派。

采访者　是的，但你被取名为罗伯特·李不正是因为你父亲在内
　　　　战时期是个坚定的民主党人吗？这使你勉强也算得上是个民
　　　　主党人，难道不是？

弗罗斯特　是呀，我是个民主党人。我生来就是个民主党人——
　　　　所以自1896年以后就一直不满②。有人曾对我说："是民主党
　　　　人或共和党人有什么区别呢？"好啦，当我们失败之后，当
　　　　阿奇认为我们失败之后，我继续想办法，一个人想办法，我
　　　　径直走进司法部长的办公室说："我来是要看看你们对埃兹
　　　　拉·庞德是什么态度。"当时办公室里的两个人异口同声地
　　　　说："我们的态度就是你的态度。放他出来。"就那么回事，
　　　　问题就那样解决了。于是我说："这个星期？"他们说："你
　　　　说这个星期就这个星期吧。你去找个律师，我们到时不会提
　　　　出反对意见。"就这样，因为他们是共和党人，所以我反而
　　　　去找那个相当左倾的瑟曼·阿诺德，与他交朋友，聘他为我
　　　　当律师。那天晚上我熬了一夜，给法庭写了一份申诉，但后

---

　　① 阿奇博尔德·麦克利什（1892—1982），美国诗人、剧作家，曾任国会图
书馆馆长（1939—1944）、助理国务卿（1944—1945）、哈佛大学教授（1949—
1962）。

　　② 从1896年到这次采访进行时的1960年，美国十任总统中有七人是共和
党人。

来我把它扔了，到了早晨，就在我离开市中心之前，我又写了一份，更短的一份，就是后来宣读的那份声明。埃兹拉在一封短信中感谢我说："谢谢你所做的。应安排一次短短的会谈。"然后用大号字体签名。后来他又给我写了一封信，一封更令人愉快的信。

采访者　他去意大利之前你见过他吗？

弗罗斯特　没有，没有。我不想在他面前神气活现。我想让他觉得他什么也不欠我。可实际上他对我有那么一点感激之情。他情况不是很好，这你知道。他们有些人并不想……算了，这事说起来让人难过。他是个诗人，对此我从不怀疑。我们一直都是朋友，但我并不喜欢他在战争期间的所作所为。他做的事我只是间接听说，所以我不曾过细地加以评判。但事情听上去相当严重，他那样下赌注太愚蠢了，但任何时候任何人摔了那样的跟头，我都不会老是去揭人家的伤疤。

采访者　我已经问了好多关于你的诗和别人的诗的关系问题，但除此之外当然还有许多与文学无关的事也同样重要。比如说你一直都对科学很感兴趣。

弗罗斯特　是呀，你总会受到你所处时代科学的影响，是吧？有人就曾提到我书里到处都写到天文学。

采访者　就像《有文化的农夫和金星》？

弗罗斯特　对，但它贯穿了我的书，到处都有。许多首诗——我能说出二十首写到天文学的诗。前几天有人提到："为什么一直没人看出你对天文学是那么感兴趣呢？"你可以说这是一种爱好。我最早读的那些书当中有一本叫《我们在无限空间的位置》，作者是一位名叫普罗克特①的英国天文学家，著名天文学家。那是本著名的老书。我在一首诗中提到过它，我用了该书"我们在无限空间的位置"这个表达，那想必是我一开始读书时就读到的书，那时我十三四岁，刚刚开始阅读书籍。同时读的还有《苏格兰酋长》②。我还记得我开始从头至尾把一本书读完的那年。我曾有个妹妹，她读任何书都要从头至尾读完，各种各样的书，任何人写的书——当时她还很小，智力早熟。我、我被——他们为了我的健康老把我赶到户外。

采访者　既然我们在考虑科学和文学，那么我想知道，你对麻省理工学院正在着手开设一系列文学课程是否有什么看法？

弗罗斯特　我想他们最好还是多关心他们的高等数学和高科技。纯科学。他们知道我这么认为。我并不想过多地评论他们。但你明白情况是这样的：科学是人类最大的冒险。想洞察物质的冒险，想探究物质宇宙的冒险。但这种冒险精神是我们的财富，是人类的一份财富，而对人类最好的说明就是关于人的学问。也许那些科学家想提醒他们的学生：人文知识可以说明在进行科学冒险的人，而科学对人的说明却贡献甚微，只有很少一点。也许在心理学方面或与此相似的什么方面，但都会少得可怜。所以，为了提醒他们的学生意识到这些，现在那些科学家们便让学生有一半的时间学习人文课

---

① 理查德·安东尼·普罗克特（1837—1888）。

② 英国女作家简·波特（1776—1850）于1810年出版的一部长篇历史小说，故事以苏格兰民族英雄威廉·华莱士的一生为背景。

程。而这样做似乎有点不必要。他们会一直为我们和纯科学操心。他们最好还是尽可能地全身心投入他们自己的学科。他们开始设置人文学科时我正好在那儿，而且当时我就表露了我的一丝疑虑。那是一天晚上，我和康普顿① 在一起——他和我并排坐在主席台上。我当着听众的面掉头问他："我们一直都——我们在纯科学方面一直都有所不足，是吧？"他说："也许——恐怕我们是有所不足。"于是我说："我认为还是多关注纯科学为好。"那都是几年前的事。

采访者　你刚才提到心理学。你曾经就教过心理学，不是吗？

弗罗斯特　那是件很轻松的工作。我可以教心理学。要知道，我还被邀请参加过一个精神病专家小组哩，那可就认真多了。不过我去那所师范学院教心理学是为了消除他们的一些谬见，诸如心理学与他们的课堂教学有直接联系，以及若让学生懂得一定的心理学，他们就可以对一个教学班进行催眠等等。他们当时就是那么认为的。

采访者　你不是曾一度对威廉·詹姆斯很感兴趣吗？

弗罗斯特　对，那是把我吸引回哈佛的部分原因。但我在哈佛时他一直不在学校。我选过桑塔亚那和罗伊斯的课，那帮哲学家的课我都选，明斯特伯格，还有乔治·赫伯特·帕默，那个喜欢诗的老帕默。他们的课我都听。但我是在等詹姆斯，最后我失去了兴趣。

_____

① 卡尔·泰勒·康普顿（1887—1954），物理学家，1930 年至 1948 年任麻省理工学院院长。

采访者　当时桑塔亚那也使你很感兴趣吧？

弗罗斯特　不，不是特别感兴趣。好吧，是的。当时我总想知道
　　他真正想说什么，要探索什么领域，会得出什么结论。对此
　　我关注了好些年。我与他没有私交。我在哈佛时与任何人都
　　没有私交。我当时是那种——我那时爱独来独往。但我钦
　　佩他。他口才很好——他的课值得一听，正如他的书值得一
　　读。但我当时总纳闷他到底想说什么。多年后我才在他书中
　　发现，他认为一切都是虚幻。两种虚幻，真实的虚幻和虚幻
　　的虚幻。而我判定虚幻的虚幻应该是真实，因为负负得正。

采访者　既然除了你感兴趣的诗外，我们已谈到了别的事情，那
　　我们也许可以稍稍涉及点政治。我记得有天晚上你提到亨
　　利·华莱士 ① 不知怎地和你那首名为《早防，早防》的诗扯
　　到了一起。

弗罗斯特　人们对这种事总爱夸张。我朗读那首诗时亨利·华莱
　　士的确是在华盛顿，就坐在第一排。当我朗读完最后一节，
　　就是"最好买些友谊守候在身旁——这样便可以死得体面风
　　光——有总比没好。早防，早防！"我补充了一句："要不
　　然别的什么人就会防你了。"他当时微微一笑，他妻子也露
　　出微笑。他俩都坐在我能看清的第一排。

采访者　噢，你可没有新政派的名声。

弗罗斯特　他们认为我不是新政派。不过实际上我的确不拥护新

---

① 亨利·华莱士（1888—1965），美国农业学家及政治家，当过副总统
（1941—1945）。

政，你知道，这一点很清楚。在《雇工之死》一诗中，那是我很久很久以前写的诗，早在实施新政以前，我在那首诗中用两种方式给家下了定义。一种应该是男人的方式："家就是在你不得不进去的时候，/ 他们不得不让你进去的地方。"这是那个丈夫对家的感觉。而那个妻子却说："我倒想把家叫作 / 某种不一定非要值得享有才享有的东西。"那就是新政，女性看它的方式，母亲的方式。你不一定非要值得你母亲的爱。但你必须值得你父亲的爱。他的爱更难得到。一个是共和党人，一个是民主党人。在孩子眼中父亲总是共和党人，而母亲总是民主党人。很少有人注意到那第二种爱，因为他们始终只注意到父亲的尖刻，父亲的严厉。

采访者　你刚才说的那首诗经常被收入选集，而我想知道的是：你是否觉得你那些最经常被收入选集的诗最能代表你。

弗罗斯特　当有人挖出我一首新诗时我总会感到高兴。我不知道哪些诗最能代表我。如人们所说，我把这事交给上天去决定。

采访者　有些诗我很少在选集中见到，例如《仆人们的仆人》《它的极限》或《被骚扰的花》。比如前几天我就注意到，在昂特迈耶编的你的诗选集中，这些诗都被删去了。很奇怪，是不是？

弗罗斯特　这个吗，他有他自己的选择。我从不对他说一个字，从不对他提要求。我记得他说只有罗宾逊提过一次要求。罗宾逊曾对他说："如果你想让一个老人高兴，你就别漏掉了我那首《弗拉德先生的酒会》。"那的确是首好诗。

采访者　你发现你有哪个方面的诗一直没被收入过选集吗？

弗罗斯特　对此我恐怕不知道。就说《被骚扰的花》吧，从来都没人碰它？不——我想它被人碰过，马西森的选本[①]里就有它。那个选本是他为牛津大学出版社编的。

采访者　不错，但它在任何选你作品的选集中都极少出现。它好像不合某些人对你的预想。另一首被忽略的诗，一首特别好的诗，就是《下种》。

弗罗斯特　那是——当然是。人们总漏掉那种东西，因为他们总看不出那里边有我。唯一注意到这首诗的人是我在宾州大学的老朋友科尼利厄斯·韦安特。他曾说："我知道那首诗写的什么。"

采访者　你在公开场合朗读过那首诗吗？

弗罗斯特　没有，我犯不着朗读那些诗。对，是有那么一些诗。我不会在外边对任何人朗读《被骚扰的花》。这倒不是因为我怕他们，而是因为我不希望那些诗被大声朗读。我书中有些诗我羞于念出声，它们更为……我更希望它们被人默读。有个女人曾问我："你那首《被骚扰的花》是什么意思呢？"我说："女人的性冷淡。"结果她掉头走开了。

采访者　莱昂内尔·特里林[②]在你八十五岁生日宴会上的讲话中强调了你诗中基调较阴暗的部分，而公众认为你的诗就是像《白桦树》那类最常见于各选本的诗，你觉得特里林的讲话是要纠正公众的臆断吗？

---

①　指 F.O. 马西森编的《牛津美国诗选》（1950）。

②　莱昂内尔·特里林（1905—1975），美国评论家，当时是哥伦比亚大学英语教授。

弗罗斯特　我不知道——我该在他讲话后把我的书浏览一遍，这样我就会纳闷他为什么没有早些看出这点，因为你要知道，我书中有很多基调阴暗的诗，充满了阴暗。

采访者　你不认为他想象他是在纠正某种无知——某种对你作品的普遍误解吗？

弗罗斯特　是他自己产生了误解。他是在承认他产生了误解，不是吗？他是在说他理解我时遇到了什么麻烦。像是在坦白，不过非常有趣。

采访者　的确如此，但你的许多崇拜者并不反对他强调你诗中的"阴暗"或"恐怖"。

弗罗斯特　是吗？唔，那天晚上他使我感到有点意外。他就站在我身边讲话，他讲完后我不得不马上站起来。生日聚会。那使我感到意外——不是感到伤心，但我当时的第一个念头是他在抨击我。当他后来把我比作索福克勒斯和 D.H. 劳伦斯时，我又感到大惑不解。要知道，那两个人与我有什么关系呢？也许我会喜欢被比作索福克勒斯，可把我比作劳伦斯就令我茫然了，叫我完全摸不着头脑。不过那没关系。他讲完后我得马上站起来朗读诗，所以我有点发蒙，不知道该读什么诗来证明他所说的。问题就在这儿——他说的我一点儿不熟悉，因为我没读过他的文章。他的东西我读得不多。我不爱读评论。你看这屋里没有一本杂志。

采访者　当你在《党派评论》上读到他对那种说法的论证时，你对他那次讲话的感觉好些了吧？

弗罗斯特　我读到的是他的辩护。非常巧妙，非常有趣。真佩服他。他是个非常——有头脑的人。但我通常很少读杂志上的文章。你先前提到的夏皮罗那篇文章我就没读过。他所说的对我来说还很新鲜。他是我的朋友吗？

采访者　哦，是的。他是你的朋友，但他像你的许多朋友一样，他情愿在你身上看到某种比你的好朋友所看到的更质朴的东西。那就有点像 J. 唐纳德·亚当斯为保护你而愤然著文反驳特里林一样，亚当斯的文章也见于《纽约时报书评副刊》，只是亚当斯对你的理解也不太透彻。

弗罗斯特　夏皮罗都说些什么？

采访者　他说大多数现代诗都晦涩难懂，庞德和艾略特的诗尤其隐晦，但你的诗却并非如此。

弗罗斯特　啊，我并不想叫人读不懂。我喜欢开开玩笑——哦，要知道，谁都喜欢玩玩文字游戏。但不是以那种故意跟人过不去的方式，那种晦涩朦胧的方式。

采访者　你诗歌的难点也许在于你所强调的那种音调的变化。你曾有意或无意地说过，你正是依靠音调变化使你说的每句话都具有双重意义。

弗罗斯特　是呀，你可以那么做。可以取消我以前说过的每一句话，几乎全部。说意思相反的话——那是在一首诗中。对与你很亲近的人说反话。他们知道你在说什么。这种指东说西，这种语意双关——全都可以归于"暗示"这个词。对你信得过的人你可以用暗示的方式说话。若别人误会了你的暗示，没领会你的暗示，那会导致家庭破裂。作为一个心理学家，你会看到这种事发生。我不明白。不，别……你别……

别以为我……瞧，我这辈子并没有过一种文学家的生活。那些文学家，他们实际上总是在不停工作，试图用他们的作品描述自己，理解自己，认识自己。我不做那种事情。我不想太多地认识我自己。那个夏皮罗认为我并不难懂，知道这点我觉得非常有趣。那也没什么。我这一生从不写评论，从不写论文。我始终都不愿写论文。那些写评论文章的人全都是文学家。我没有时间，因为我并不致力于文学，你知道。我也不是个农夫，那不是我的姿态。不过我经营过农场，我总是松松垮垮地消磨时光。我同别人一道行走，同别人一道生活。我喜欢高谈阔论。但我没有过一种很书卷气的生活，我同那帮人的关系从来不很密切。我现在是美国诗歌学会的副主席，不，是名誉主席。偶尔才去那里一趟。我希望他们好。我希望那些基金会理解他们，照应他们。

采访者　说到基金会，既然大企业总被文学当作嘲笑平庸的目标，你为什么还认为人家应该对文学慷慨解囊呢？

弗罗斯特　他们没争相解囊才是稀奇事，因为企业家多半上过大学，都被灌了半脑子的诗。他们在大学里读到的任何语言有一半都是诗体。只消想想这点。所以他们对文学有一种敬意，他们可能并不介意我们对他们的嘲谑。他们那种人担心的是我们没有足够的想象力——他们所担心的是我们的现行制度缺乏想象力。如果我们有足够的想象力，我们就能胜过俄国人。我想说："也许当年我们用艾米莉·狄金森就能赢得内战。"可那时我们甚至不知道她活在这世上。可怜的女人。

采访者　有人说现在真正的诗歌奖比真正的诗人还多，你同意这种说法吗？

弗罗斯特　我不了解情况。我不想对此加以判定。他们这样做很好——他们对我们感兴趣真让人高兴，用他们的基金。你不知道那将产生什么结果。你知道，实际上牺牲和风险意识是世界上最大的一种刺激因素。你把这种意识全取消了——把它给抹掉了，认为当诗人没有任何风险，那我敢说你的虔诚之心会失去大半。他们写诗仅仅是为了——为了追求刺激。就像那些在天上冲破音障的人一样，完全一样。有次当着四五百位妇女的面，有人公开问我是怎样挤出时间写诗的。我说："我悄悄地告诉你们——既然你们只有五百人，而且全都是女士——我像小偷一样偷一点时间，像男子汉一样抢一点时间——而且我还讨一点时间。"听起来我好像一直是个乞丐，但我从来不是有意识地要当乞丐。我一直身不由己……我一直是各大学和类似机构的受惠者。而这就是美国方式的优点之一，我从来用不着对任何给我钱的人说声感谢。那些大学在中间担待了。诗一直都是个乞丐。大学里的学者们也一直是乞丐，不过他们从来都是委托他们的校长出面替他们乞讨。

采访者　我刚才暗示说，也许给予诗人的奖赏数额远远超过了其作品值得受奖的诗人的数量。你不认为在这种情况下平庸之作必然会被拔高吗？你不认为这会使人们更难辨认真正的佳作吗？如果有佳作问世的话。

弗罗斯特　要知道，有人曾这么问过我，而我当时的回答是：我从不知道一个人需要多少不利条件才能在这世上有所作为。

对此你也不知道如何估量。任何心理学家都没法告诉你谁需要被抽一鞭或谁需要被踢一脚才能赢得比赛。就写诗而言，我认为这一直是我最重要的东西，而且我想知道是否别人也这么想。我把一首诗看成是一场竞技，把诗人看作身怀绝技的人，就像是运动员。他是竞技者。在一首诗中你能展现的技艺可谓多种多样。你会涉及形象，涉及始终都在变化的音调。要知道，当我有三四个诗节时，我的兴趣总是在于句子在诗节中的组合方式。我不愿让句式在诗节中毫无变化。每首诗都像这样：某种技艺的成功展示。有人说过，除了是别的什么外，诗尤其是智慧的结晶。它也许深藏在什么地方——智慧的结晶。诗中必须得有智慧。而许多矫揉造作的诗基本上没考虑这点，压根儿就没有智慧的火花。另一点需要说的是，每一种想法，不管有没有诗意，都是一种联想的技艺。有人在探望临死前的吉本时说：他照旧是同一个吉本，依然能和从前的吉本相提并论。所有想法都是一种联想的技艺：眼前的某物某事使你想到另外某种东西，某种你此前几乎不知道你知道的东西。将眼前的东西和想到的东西放到一起。彼此完全吻合。

采访者　你能举个例说明这种——你所谓的这种——联想的技艺是怎样起作用的吗？

弗罗斯特　好吧，我的一出假面剧①就取决于那样的一种联想。

　　上帝说："约伯，那只是为了做给魔鬼看看。"约伯闻言露

---

① 指《理性假面剧》一诗，以下引文出自该诗。

出困惑的神情，还显得有点痛苦。于是上帝问："你介意吗？""不，不，"他连忙回答，"不。"用那种声调，你知道，用那种声调说"不"和接下来的一番话。那种声调是关键，你说那个"不"的方式。我注意到了那点——那就是使我写出那段的动力——正是那种动力造就了那段。

采访者　你的另一出假面剧——《仁慈假面剧》——也有与此相似的动力吗？

弗罗斯特　我注意到有史以来把仁慈完全作为主题的第一卷书就是《约拿书》。虽说《圣经》开始的什么地方有过这样的对话——亚伯拉罕问上帝："要是所多玛城中有十个好人，你会饶恕那座城吗？"上帝说："为了那十个好人我也不毁掉那城。"①——但在《约拿书》里有种比那更糟的情况。约拿奉上帝之命去尼尼微城预言该城的毁灭——而约拿知道上帝会让他的预言不应验。他不可能相信上帝不仁慈。对上帝你什么都可以相信，但就是不能相信他不仁慈。于是他逃跑了——结果被一头鲸吞下。②那是该书的要点。可没人注意到。人们都忽略了这点。

采访者　弗罗斯特先生，在众多宗教团体中，你为什么认为只有耶稣会和犹太教最能接受你那两出假面剧呢？

弗罗斯特　你问这点非常有趣——那是真的。其他有些缺乏权威的较小的教派，你知道，他们不懂。他们很容易认为那里边

---

① 参见《旧约·创世记》第 18 章第 32 节。

② 参见《旧约·约拿书》第 1 章。

有离经叛道的东西——他们在发展过程中和他们的前辈一道清除掉的东西。可你知道，那里边压根儿没有离经叛道。它们不是离经叛道的。它们非常符合教义，非常正统，两首诗都是。可你会怎样评说这点呢？这对我来说也非常有趣，要知道，那些拉比对我一直很好。耶稣会的人也是这样，全国各地的都是。我前不久还在堪萨斯城和他们一起待过。瞧，两首假面剧诗都是充满了正统的教义。其中一首围绕这样一种观念：善与恶互相衬托。在堪萨斯城我还以此为题给他们写了个对句，像我通常那样即席吟就："因善恶互相衬托形成对比 / 它们才天长地久永远延续。"

采访者 "即席"吟诗和"按时写诗"该有几分相似吧？我认识一个年轻诗人，他声称每天从早晨六点到上午九点他都能写诗，大概是上课之前的那段时间。

弗罗斯特 这个嘛，各人有各人的写作方式。我不知道那样按时写是什么滋味。当我开始有点儿诗兴时，我可不想等——你知道……我写最早一首诗是在放学后回家的路上，我开始写那首诗——那是三月里的一天——我写了整整一下午，结果没赶上我祖母家的晚餐。我写完了那首诗，但马上就把它烧了，要知道，马上就烧了。是什么使它开始呢？是什么使它烧掉呢？人们对写诗有那么多说法，关于他们付出了什么，关于写诗是多么痛苦，我真惊讶那有多虚伪。人们经常引用我这段话："作者没有眼泪，读者也不会流泪。作者没有惊喜，读者也不会惊喜。"但我还说过另一段话，对悲怨进行过区别：无论多么悲痛也不抱怨，悲而不怨。我，或者任何人，怎么能因付出太多痛苦的东西得到快乐呢？他们怎么能呢？除了我写作时获得的极度快乐，我还想表达什么呢？那整个过程就是竞技，是技艺的展示，联想的技艺。为什么批评家们不谈谈这些——什么技艺会以那种方式写出那点，什么技艺会重现那事，或那事为何因此而被想到？他们为什么不谈谈这些呢？评分。你得像竞技者一样得到评分。他们说不，但你必须得到评分，在方方面面——神学、政治学、天文学、历史学，以及你周围的乡村生活。

采访者　你对垮掉派诗人的技艺怎么看呢？我说的是以你的故乡旧金山为大本营的那批诗人。

弗罗斯特　他们以旧金山为大本营？有人说我在堪萨斯城见过他们，很多，都聚在听众的后排。他们对我说："看到那边黑乎乎的一片了吗？那就是他们。"的确，我对他们还不太了解。我正等着他们写出些我能读懂的东西。越槽越好。要知道，不管怎么说我喜欢那样。就像你对某人说："说点什么吧，说点什么吧。"于是他说："我燃烧。"

采访者　年轻诗人们给你写信吗？

弗罗斯特　是的，有些——不多，因为我没有反应。我不回信，也不做诸如此类的事。但我收到一些信，我还会见他们，同他们交谈。我收到过一些书。我不知道都写些什么。有本书听起来也许不错，"呀，该死！"那本书的名字叫《呀，该死》。就因为那声"呀"，你知道，你这样发那声"呀"，《呀，该死》。那里边可能有点名堂。

采访者　现在大多数书名都很古怪。有本书叫《嚎叫》，还有本叫

《汽油》。①

弗罗斯特　嗯，《汽油》？那本书我翻过一下，语言很随便。上次
　　　　路过芝加哥的时候，我在一本杂志上读到他们九个人的一个
　　　　专辑。他们都是旧金山人。不过事后我什么都说不出来，无
　　　　论怎样都说不出来。任何人写出任何可怕的东西我都感到高
　　　　兴。我可以习惯它。我们全都像那样。你不得不学会欣赏很
　　　　多你并不喜欢的东西。我随时等着有人说出惊世骇俗的话。
　　　　我就想说："打住吧，已经够久了，我现在该离开去说说你
　　　　了，你不走吗？明天可别反悔。"有趣的世界。

采访者　当你看到一首你可能收到的新诗时，通常是什么使你想
　　　　把它读完或不想读它？

弗罗斯特　就是技艺这东西，技艺的展示，联想的技艺——读不
　　　　读它就在于此。我决定读不读一首诗有一种方法，一种立竿
　　　　见影的方法，那就看它押不押韵。我只消看一眼就知道了。
　　　　押韵词总是成对，是吧？而平庸的诗人十之八九都配不好这
　　　　对同韵词，总是先来一个凑合，接着来个好词，然后又凑合
　　　　一个，接着再来个好词。这就是技艺的范畴，这是我的死标
　　　　准。我真希望自己辨不出两个词中他先想到哪一个。可即使
　　　　他要点花招，把好一点儿的词放在前边来糊弄我，我也一眼
　　　　就能看出来。这都属于技艺的范畴。他们可以去皈依他们想
　　　　属于的任何哲学学派，斯宾诺莎派或叔本华派，那完全不关

_____

① 指艾伦·金斯伯格的《嚎叫及其他诗》（1956）和格雷戈里·柯索的《汽
油》（1958）。

我的事。前几天我读爱伦·坡的书，发现他把一个笛卡尔派哲学家叫作……泼剌—剌—剌……

采访者　你曾见过迪伦·托马斯[①]的手稿，他总是先把一首诗要用的押韵词写出来，然后再回过头来依韵写诗。那显然不是你所说的那种技艺，对吧？

弗罗斯特　瞧，那简直糟透了。写诗时你的思路应该朝前运动，带着你一路上获得的力量感，去实现某种你感觉到而不是考虑好的目的。一首诗开始了。是什么在引导我们——那是什么呢？年轻人想知道那是什么，不是吗？但我告诉他们，那就像你觉得你在酝酿一个玩笑。你在街上看到迎面走过来一个人，一个你习惯和他开开玩笑的熟人，于是你觉得某种想法在你心中产生，某种你与他迎面经过时你要说出的想法。他也会同样产生某种想法。这些想法从何而来呢？一个想法从哪里产生呢？总有什么会帮你这个忙。要知道，正是迎面走来的那个人给了你 animus[②]，当年轻人想知道什么是灵感时，我告诉他们那多半就是 animus。

《巴黎评论》季刊

1960 年夏—秋季号

----

①　迪伦·托马斯（又译狄兰·托马斯，1914—1953），英国诗人，代表作为《死亡与出场》（1946），托马斯写诗很注重押韵，其诗以适于朗诵闻名，1950 年至 1953 年曾三度赴美国举行诗歌朗诵会。

②　参见本书《诗与学校》中关于卡图卢斯《歌集》第 65 首第 4 行的注释。

一个诗人的童年

　　我对旧金山最早的一段记忆充满了政治色彩。我忘不了越过海湾去奥克兰送我父亲上火车的情形，他当时是作为一名代表去参加1879年辛辛那提民主党全国代表大会，以帮助提名汉考克为总统候选人。那时我们是民主党人，而且是很狂热的一类。我记得父亲得知汉考克竞选失败时的那种失望，当汉考克作为当选总统加菲尔德的朋友和战友去参加后者的就职典礼并在台上与他公开握手时，父亲的失望就更大了。

　　四年之后，也就是我九岁那年，我身穿制服参加了那场游遍旧金山全城的火炬大游行，而我当时认为是那场游行决定了格罗弗·克利夫兰当选为美国总统。游行开始时我坐在一辆消防车上，消防车由许多男人用一根环形的粗绳拉动，后来人家决定坐在车上的最好是个女孩儿，于是我被人抱下来手持火炬在绳圈中央步行。那场运动是那么严肃，无论如何也容不得我有半点虚荣心。如我所说，在那些日子里我们是民主党人。

　　我父亲当时是民主党市委员会的主席，那时我身体不太好，没有上学，很多时候父亲都带着我进城去他的办公室。他还带着我乘一辆轻便马车到处拉选票，用一把花一美元买来的小榔头把他的招贴钉在各家酒馆的镶板上。我经常作为他的信差去市政厅和民主党领袖巴克利的办公室，巴克利是我的好朋友。我在酒馆柜台上免费吃午餐。我那时不饮酒。

我当然还记得最初的几次地震。但在那场大地震发生之前我早已离开了。我还记得伍德沃德游乐园和园中的动物，记得克利夫饭店和下边海豹的尖叫。难道我不曾以这两个地方为题作诗？[①] 我真希望在我不得不为你们朗诵《曾临太平洋》之前，我能说服你们自己先读一读那首诗。我曾认为在我们的历史进程中太平洋将比大西洋更重要，克服这种想法花了我很多很多的时间。但愿我真的摆脱了这种想法。我是在1885年我父亲死后离开西海岸的（我父亲威廉·普雷斯科特·弗罗斯特生前是《邮报》和《公报》的编辑，这两家报纸早已停刊）。就在离去六七年之后，我写出了如下诗行：

> 欧洲可能会沉没，沉没卷起的波涛
> 会死在我们的海岸可我们不会哀悼。
> 我们的城市会安然不动地继续睡觉。
>
> 我们的脸不会或者说不该朝向那边。
> 我们的未来在西边，在另一个海岸。

其余的部分我已记不得了。但愿我能重新把它写出。那首诗从没发表过。从那之后已发生了许多可驳斥我的事。但很难说——

---

① 《在伍德沃德游乐园》和《曾临太平洋》。

记忆中只有田园诗般的政治活动。其中也许有过腐败。林肯·斯蒂芬斯^①这样说。回首往事，我能看出腐败大概是从何而入的。

罗伯特·弗罗斯特

于马萨诸塞州坎布里奇

1960 年 10 月 6 日

---

① 林肯·斯蒂芬斯（1866—1936），美国新闻记者及演说家，以揭露企业家收买政治家的黑幕而著称，著有《城市的耻辱》（1906）、《自传》（1931）等。

新英格兰的献礼 [1]

当一个事件正在发生时，我们当然难以判断其重要性。但等将来回顾今天的时候，像这样一次选举，这样一个就职典礼，就很可能被视为我们合众国历史上，甚至整个基督教世界历史上的一个转折点 [2]。它是一次一劳永逸的巨大飞跃。教会里里外外的改革就此完成。过去的所有痛苦和对抗就此结束。我们合众国的开创者不言而喻地得到承认：他们基本上没错，安全就在于诸多不受世俗法律强制的教派和教义 [3]。我之所以这样说是因为我与那些开创者中的四位有神交，我说的是斯图尔特 [4] 为其画过肖像的四位，他们被记录在案的言辞中就有这个意思，他们就是被祀奉在马萨诸塞北海岸一座殿堂中的华盛顿、杰斐逊、亚当斯和麦迪逊。

　　得多平静的一个时刻才可以超过

---

　　① 此标题是应肯尼迪—约翰逊就职典礼委员会的建议而拟定的，目的是为了与沃尔特·普雷斯科特·韦布的《西南部的献礼》一文相映衬，该文亦印在就职典礼程序表上。

　　② 约翰·F.肯尼迪是第一位当选为美国总统的天主教徒。

　　③ 美国宪法第一修正案（即《权利法案》）第一条中规定："国会不得制定任何涉及宗教之建立或禁止信教自由的法律……"

　　④ G.C.斯图尔特（1775—1828），美国著名肖像画家。

那个会永远让全世界激动的时刻。

在那个平静的时候也许没人注意

人类的命运已连在一起不可分割。①

　　有人曾这样谈到罗马城创建七百六十三年后的第一个圣诞。这也是我们在第一次选举一百八十年后用投票确认的我们的圣诞礼物。

　　这个就职典礼可能是新年的又一份礼物，一种更为坚定的新年的决心，决心用一种更强大的力量确保我们更为稳定的社会安全。在做出决定的时刻总会还有一些需要做出的决定，而我们恰好看不出那些决定从何做出或如何做出。我们满怀信心地期待我们年轻的领导人让我们看到从何并如何做出那些决定。我们可以再稍稍激发我们的意志，去赢得方方面面的胜利，不论是体育、科学还是艺术。

我们迄今还拥有奥运会，

可奥林匹克精神在何方？

更高贵和更勇敢的精神，

这两条经验为何被遗忘？

　　我们以前曾奉献过自己，现在我们也许得再次自我奉献。我已听到有绝望的共和党人说我们也许需要受被侵略的惩罚。我们的革命曾经是：

---

　　①　引自新西兰诗人艾尔弗雷德·多梅特（1811—1887）的《圣诞颂歌》（1837）倒数第 2 节。多梅特曾任新西兰第 4 任总理（1862—1863）。

我们的彻底奉献

在我们属于这土地前她已属于我们。
在我们成为她的人民之前，她属于
我们已有一百多年。在马萨诸塞，
在弗吉尼亚，她早就是我们的土地，
可那时我们属于英国，是殖民地居民，
那时我们所拥有的尚未把我们拥有，
我们如今不再拥有的却拥有我们。
我们保留的某种东西一直使我们软弱
直到我们发现正是我们自己没有把
自己彻底奉献给我们赖以生存的土地，
于是我们立刻在奉献中获得了拯救。
（这奉献的行动就是战争的伟绩。）
我们不过如此，但我们彻底奉献自我，
献身于这片正在向西部拓展的土地，
不过她依然朴实无华，未载入史册，
她过去是这样，将来也定会如此。①

约翰·肯尼迪和林登·约翰逊之

就职典礼的程序表

1961 年

---

① 应肯尼迪的要求，弗罗斯特将此行中的助动词 would 改成了 will。

欧内斯特·海明威 [①]

　　海明威对待生活既苛刻又慷慨。他对待自己亦苛刻而慷慨。他意外地饮弹身亡，一如他豪放不羁、无所畏惧的行为方式。如果此时可以说"庆幸"二字，那我们庆幸他给了自己时间使自己伟大。他的叙述风格对我们的长篇小说和短篇小说施加了决定性影响。我还记得他小说的魅力曾使我逢人就想朗读他那篇《杀人者》。他是我将会怀念的一个朋友。这个国家因失去他而哀痛。

《纽约时报》

1961 年 7 月 3 日

---

　　① 此文在海明威自杀后和其他悼念文章一起以《作家和评论家评价作品》为总标题发表于 1961 年 7 月 3 日的《纽约时报》。

关于《选择某种像星星的东西》

我对自己的诗从不厚此薄彼，就像母亲对她的孩子们没有偏心一样。但你们选中的《选择某种像星星的东西》是一首我想说说的诗。

我似乎认为这首诗的结尾颇具贺拉斯风格。另外我喜欢 staid 一词的两种拼写方式，因为那是在玩字眼。而且我喜欢在此把科学和精神结合在一起——就像我在我的新书①中刻意去做的那样。

可除此之外还有一些我更感兴趣的东西，而且我希望我们都感兴趣。

《诗人之精粹》

1962 年

---

① 指弗罗斯特于 1962 年 3 月出版的新诗集《在林间空地》。

威廉·福克纳 [①]

　　我得赞赏他作为一个美国人为我们在世界上赢得的地位。我读过他那部"白痴讲的故事" [②]，我赞赏其阴暗的辉煌就如同我赞赏他从中取其书名的莎士比亚的那个段落。他的幽默具有一种恐怖的特质，就像他在乔克托印第安人及其黑奴的故事 [③]，甚至短篇《夕阳》中所展示的一样。我俩之间的交往甚少，最值得我回忆的大概就是我女儿和我在巴西里约热内卢为他送行的情景，当时他正准备回密西西比参加他女儿的婚礼。我真希望当初对他有更多的了解。六十五岁对一个男人来说还很年轻，他不该这么年轻就丢下工作离开人世。

1962 年 7 月

---

　　① 根据凯瑟琳·莫里森按弗罗斯特的口授所做记录之手稿。此文也许是在福克纳离世（1962 年 7 月 6 日）后弗罗斯特寄往密西西比州牛津城的信。迄今尚未发现此文有发表的文本。

　　② 《喧哗与骚动》（1929）之书名取自《麦克白》第 5 幕第 5 场："生命不过是走动的影子……/ 不过是白痴讲的故事, / 充满喧哗与骚动, / 没有丝毫意义。"

　　③ 指福克纳的短篇小说《一种公正》。

关于冷战

亲爱的海涅曼先生：[①]

你们杂志的刊名[②]使我感到一阵阵良心不安，因为我不曾像应该的那样关心过是谁在治理我们的县。我本应该遵嘱为你们写篇论文，但写论文似乎是我力所不能及的事。我讨厌一场长期互相仇视的冷战，一场不用流血来使之缓和的冷战，但它也许应该被视为一种拖延方式，直到我们查明是否真的存在一种大得非要拼个你死我活的分歧。我们因害怕我们认为会造成的恐怖而犹豫不决。我还是孩子时偶尔有过这种时候：和另一个我极端厌恶的孩子同住一屋。那曾使我的日子充满了忧郁。但至此我几乎已写出了我要告诉你我不能写的那篇文章。我现在能做的似乎就只有

[①] 詹姆斯·H.海涅曼。此信曾被收入一个以"必须赢得这场冷战"为题的非正式论坛的论文集。

[②] 该杂志是纽约州的一份官方出版物。

写诗和讲话。此信是我口授的。抱歉。

你忠诚的

罗伯特·弗罗斯特

《县政府杂志》

1962 年 12 月号

谈铺张——一次演讲

　　我想我首先应该说的就是这种奢侈：在这么华丽的一个大厅①，坐在松软的扶手椅中，什么也不做，只是听我演讲。真享受啊！我管这叫享受。

　　虽说我也算个佛蒙特人或者说新英格兰人，可我的经历使我从不相信"省一分钱就是赚一分钱"的古训。省钱是小气，可花钱却是慷慨，要知道，花钱是件了不起的事——瞧，就像这样。这可不是花小钱就能办到的。这里边一点儿没有小家子气。

　　我很喜欢一种说法——这说法《圣经》里有，诗中也有——他们说："我可不是来自卑微的小城。"② 这话说得很豪迈，是不是？——像旧金山、波士顿那样，不是"卑微的小城"。人们爱贬低我们美丽的城市，而我来往这些城市间时总要想到，住在城里的多少人都应该说——"我可不是住在卑微的小城"。多好啊！"我可不是住在卑微的小城。"（真有趣，我居然在讲这些）

　　我刚才在想——当然，我今天主要是来为你们读诗——可你要知道，我刚才在想宇宙的铺张。一个多么铺张的宇宙

---

① 弗罗斯特是在达特茅斯学院新落成的霍普金斯中心举行的这次演讲。

② 参见《新约·使徒行传》第21章第39节中保罗谈及其故乡大树城的那段话。

啊！而据我们所知，宇宙中最铺张的东西就是人类——要知道，宇宙中最铺张浪费的就是人类——尤其是在人类最昌盛的时期。多么令人振奋啊，太阳以及天地间的一切。用一架天文望远镜随意仰望，你便可知道为了创造微不足道的我们，宇宙付出了多大的消耗。那景象会叫你叹为观止，会让你心中充满敬畏之情。

从很多方面来看，诗也是一种铺张。它是人们感到疑惑的一种东西。它有什么必要呢？答案是没必要——没特别的必要。这就是说，它首先是一种铺张。

要知道，我始终都乐于顶着教授的名徜徉于大学校园，乐于人们对我感到迷惑：我在干什么呢——我到底做没做点什么事情呢？（你应该乐于让人家去迷惑。在这点上我不会替自己辩护）人们有时候问我："诗有什么作用呢？"你们有些人今晚可能也会想："诗的目的是什么呢？它有价值吗？"

当我撞见一个男人正在读我的诗时，他往往都会乐呵呵地抬起头来对我说："我妻子可是你的一个诗迷。"瞧，男人把读诗的原因推到女人身上。最近我弄明白了，有一种对诗的迁就——男人对诗的迁就——在很大程度上就像男人对女人的迁就。要知道，我们诗人爱说女人统治世界。那是个很妙的说法。我们也爱说诗歌统治世界。有一首诗是这样说的：

> 我们是音乐的创造者，
> 　我们是耽于幻想的梦想家……
> 是失去世界者和抛弃世界者，

诗人是诸如此类的人。我们是未来的"创造者"。

> 我们曾叹息着建起尼尼微，
>
> 　我们曾欢笑着筑起通天塔；
>
> 然后又将其推倒，为了向
>
> 　旧世界预言新世界的价值；

——你们瞧——

> 因为每个时代都是个垂死的梦想，
>
> 也是一个即将来临的憧憬。①

这是个大胆的断言，是吧？一个夸张的断言。

但不管怎么说，我把宇宙也看成一种夸张，整个宇宙。那是你想象它的方式：巨大的、巨大的、巨大的耗费——人人都试图让它表示某种它本身并不表示的意思。

不过诗所要求的只是得到女人们得到的那种迁就。要知道，我认为女人，女士们，也许是中间人，是我们派到男人中的大使。她们使男人习惯于诗。这真是件奇怪的事，写诗的男人远远多于女人，历史上的男诗人不胜枚举，可女诗人却屈指可数。女人处在与格的位置。诗总是给予她们，为了她们。然后才通过她

---

① 以上引用的诗行分别是英国诗人阿瑟·威廉·埃德加·奥肖内西（1844—1881）的《颂歌》一诗第1—2行、第5行和第19—24行。

们为男人和男人的事务（谁都知道那种会引起争论的说法：说到底实际上是女人统治世界，要知道，统治一切）。

我并不是在进行什么辩护。我只是想到了诗的一种比喻——那是一种隐喻，不是吗？你们知道有各种各样的隐喻——但有一种你们从不曾听人提到过，那就是一种铺张，一种过分的夸张。瞧，这就是一首过分夸张的狂想曲，我是说刚才那首小诗。它要夸张到什么程度才算过分呢？你能理解它吗？有些人不能。而有时候它会是一种痛苦的过分夸张，就像许多人都用它写出过小说的那段莎士比亚名言：生命是白痴讲的故事，没有丝毫意义。要知道，那是种过分夸张——痛苦的过分夸张。

人们会使你受到约束。你可以说些悲伤的、悲观的、愤世嫉俗的话，而他们可以忘了考虑诗的过分夸张——你并不是所有时候都那样说话。那并不是你宣扬的一种教义。你会厌恶任何一个希望你要么悲观要么乐观的人。生活并不是这么回事，压根儿不是这么回事。你快活或你不快活吗？你为什么快活或不快活呢？要知道，你没有权利发问。

那种过分夸张就在于"它有时候似乎是那样"。瞧，这可以是一个很好的书店："它有时候似乎是那样。"或者说："你要知道就好了。"你们可以把这也印在一本书的封面上。"要是我能告诉你就好了，"要知道，"我的忧伤无人能分担也无法消除。"可你却那样唠唠叨叨地在述说忧伤。

这些事我也是一步一步才想到的。最近我一直在想，政治活动也是一种过分夸张，一种对不满的过分夸张。而诗是对忧愁的过分夸张。不满是一种可以消除的东西，而忧愁却没药可治。你只有怀着一种快乐的悲哀接受忧愁。你们知道有人爱说借酒浇愁——说酒能消愁。那支歌里唱，"使你快乐"，那支校园歌曲唱，"使你快乐，使你悲伤……悲伤……"那支老歌。那些歌谣多深刻啊！

所以我认为那会诱使我朗读一段夸张。我想我这里就有一段。让我看看。这是我的出版商特意用大号字替我印的。我记得有人曾把它举出来作为某种学说，某种据认为它应该包含的学说。它以这样一种人开始：

他曾经以为他独自拥有这世界，

瞧，只消这一行就可以是一整首诗。

他曾经以为他独自拥有这世界，

这是他那天的感觉。

因为他能够引起的所有的回声
都是从某道藏在树林中的峭壁
越过湖面传回的他自己的声音。
有天早晨从那碎石遍地的湖滩
他竟对生命大喊，它所需要的
不是它自己的爱被复制并送回，
而是对等的爱，非模仿的回应。

瞧，这就是生命中缺乏的一种极为重要的东西。

> 不是它自己的爱被复制并送回，
> 而是对等的爱，非模仿的回应。
> 但他的呼喊没有产生任何结果，
> 除非他的声音具体化：那声音
> 撞在湖对岸那道峭壁的斜坡上，
> 然后在远处溅起一大团水花，
> 但在够它游过湖来的时间之后，
> 当它游近之时，它并非一个人，
> 并非除了他之外的另外一个人，
> 而是一头巨鹿威风凛凛地出现，
> 让被弄皱的一湖清水朝上汹涌，
> 上岸时则像一道瀑布向下倾泻，
> 然后迈蹄跌跌撞撞地穿过乱石，
> 闯进灌木丛——而那就是一切。

你们看，那就是他从他的渴望中得到的一切（要知道，有人曾狠狠地抨击这首诗，说它未能满足我们天性中或什么中最高贵的部分）。他压根儿没见到那部分。他得到的只是这种美丽的东西，不是吗？所以：

> 除非他的声音具体化：那声音
> 撞在湖对岸那道峭壁的斜坡上，

然后在远处溅起一大团水花，

但在够它游过湖来的时间之后，

当它游近之时，它并非一个人，

我想诗中这个人曾期望它是。

当它游近之时，它并非一个人，

并非除了他之外的另外一个人，

而是一头巨鹿威风凛凛地出现，

让被弄皱的一湖清水朝上汹涌，

要知道，他从中并没有获得什么。

闯进灌木丛——而那就是一切。①

不过这仅仅是作为我今天话题的一种拓展。要知道，我平时谈话并不提及我自己的诗——平时就谈谈政治什么的。

那么今天我们就多想想铺张或夸张，让我往回看看——就是这首，这首的题目叫《鸟的歌声绝不该一成不变》。瞧，这是另一种过分夸张的口气：

他经常宣称而且可能还相信

_____

① 以上讲解的是弗罗斯特诗集《见证树》中的第 10 首诗《它的极限》。

瞧，这首行一开始就毫无节制，不是吗？

　　他经常宣称

——要知道，目空一切地——

　　　　　　　　而且可能还相信
　　房前屋后园子里的所有小鸟
　　由于整天都听见夏娃的声音，
　　所以早用她意味深长的腔调
　　为它们的歌声添了一种意味。
　　不可否认，当呼声笑声高扬，
　　让那么柔和生动的意味飘飞，
　　只能对鸟儿产生不多的影响。
　　尽管如此，她已在鸟的歌中。
　　而且她融入鸟儿歌声的声息
　　已经在树林里存留了那么久，
　　所以它也许永远都不会消逝。
　　鸟儿的歌声绝不该一成不变。
　　这就是她来帮助鸟儿的因缘。

要知道，人们过去惯常用夸张的手法来描写女人的眉毛。那是本
分——是诗的一种本分。
　　现在我能看出有些人的理解跟不上。没关系，我不会把你们

指出来的。我这么说是十拿九稳。关于这种情况，我可以根据他们的表情看出他们的麻烦。我想是诗中的过分夸张使他们感到困惑。现在我给你们读一首"鹅妈妈的歌谣"——另一种过分夸张。

> 有个家伙家里空空如也，
> 所以强盗便去他家打劫；

——瞧，这当然是一种过分夸张。

> 有个家伙家里空空如也，
> 所以强盗便去他家打劫；
> 他一溜烟爬到烟囱顶上，
> 强盗想他已成瓮中之鳖。
>
> 但他从烟囱另一边爬下，
> 所以强盗们没能找到他；
> 他十五天跑了十四英里，
> 而且绝没回头张望一下。

瞧，夸张就这么回事。要是你的理解还跟不上，请不用勉强。这样我就可以继续让你们听到我写过的每一种诗，差不多每一种诗。要知道，诗中永远都有这种夸张的成分。那就像甩响鞭。你听到了吗？你还在听吗？你听懂了吗？或是这一鞭抽断了你的思路吗？

前边写鸟的那首诗在于感情，我现在要读的这首在于思想——这是我最近的一首诗，完全是另一种情调：

从不曾有过虚无，

——它这样开始——

有的永远是思想。
但当最初被注意时
它正好突然爆发
从而具有了分量。
它曾处于一种
原子一体的状态。
物质开始被创造——
确切地说是圆满，
一体而且尚未与
碰撞与对偶相关。

明白吗？那是种笼统的说法。"碰撞与对偶"——那都需要两种东西。

万事万物都在其中，
每一单个的事物
都在等待着

完全无保留地

从氢中带给人类。

它是仅有的树，

它将永远是树，

树干树枝和树根

小得那么可爱。

而这一切之本质

是那么地超小，

小得使我们的眼睛

看不见它的外表

从而使得虚无

成为整棵乾坤树。

从入而出

再进入存在！

于是那画面出现

几乎近于虚无

只有思想的力量。①

我的夸张在此可能又进了一步，进而说出人们认为生命是原子相撞的结果，而不是让原子结合的原因。瞧，关于这点那里边有某种东西，某种用极度夸张的方式说出的东西。

接下来——哦，接下来让我看看——另一首。这首诗有部分

---

① 这首诗即弗罗斯特诗集《在林间空地》中的第10首《无无歌》。

是在达特茅斯学院写的，那是在 1892 年，当时我没把它写完。我保留了其中的两行，后来它们就扩展成了这首诗。你们能够想象我写的什么。我是在写太平洋海岸——克利夫饭店外那片海岸，我小时候去过那里。

> 破碎的海水发出朦胧的喧嚣。
> 巨浪洪波升涨一潮高过一潮，
> 一心想要对海岸来一番洗劫，
> 大海对陆地从未曾这般发泄。
> 天上乌云低垂令人毛骨悚然，
> 像黑色的乱发被风吹到眼前。
> 人们难以看出海边悬崖峭壁
> 有大陆支撑，而海岸则像是
> 幸运地有悬崖峭壁作为后盾；
> 似乎怀着恶意的夜正在来临，
> 那不仅是黑夜而且是个时代，
> 有人最好想到洪水就要到来。
> 这儿将有比海啸更大的灾难，
> 在上帝说出熄灭那光明之前。①

这首诗就这样，你们瞧，全都一样夸张。有些也许比另一些夸张得更厉害。

---

① 参阅弗罗斯特诗集《西流的小河》第 12 首《曾临太平洋》及相关注释。

而有时候这种夸张完全是在调侃：

我曾经有一头奶牛跳过了月亮，

这首诗叫作《大胜前夕写于沮丧之中》①。

我曾经有一头奶牛跳过了月亮，
不是跳向月亮，而是跳了过去。
我不知什么使她如此精神失常，
因为她吃的一直都是红花苜蓿。

那是我教母古斯在世时的事情。
但虽说我们今天比当年更愚蠢，
虽说人人都灌足了苏打矿泉水，
我们依然没能追上我那头奶牛。

你们看，完全是一回事。

要知道，在批评家看来，我诗中的败笔就在于我能欣赏某种——啥，某种荒唐的夸张，还有放纵。放纵，尤其是当某首诗富于幽默时（我也可以给你们读点别外的诗。它们一点儿也不幽默，但我仍然能欣赏）。一点儿严肃的放纵——我不知道他们管这叫什么，抽象派艺术或诸如此类的玩意儿。可你们知道我跟不上那种新潮。你们看，我有点儿悲伤。人到了一定年纪就会赶不

① 参阅弗罗斯特诗集《在林间空地》中这首诗及相关注释。

上趟。你们别太同情我。

那么，就来听听这段：

> 但上帝自己降入
> 肉体之中就是要
> 作为一个证明：
> 最完美的功德
> 在于实实在在的
> 冒险精神。①

瞧，这完全是哲理。夸张到了极限。

而大家可以看出，这种极度夸张并不意味着不真实。例如有个人对我说——一个好朋友对我说："你能在《新约》中发现的最重要的话《旧约》中也有。"你们也许能根据他说的这句话猜出他是谁。

于是我说："最重要的话是哪句呢？"

"哟，"他说，"像爱你自己一样爱你的邻居。"②

我说："不错，这句话倒是《旧约》《新约》中都有。"然后我故意逗他，我说："但这句话还不够好。"

他说："这句话怎么啦？"

---

① 见弗罗斯特诗集《在林间空地》序诗，另参阅《在林间空地》第14首《基蒂霍克》第2部。

② 参见《旧约·利未记》第19章第18节、《新约·马太福音》第19章第19节等处。

"还应该说像恨你自己一样恨你的邻居。"

他说："你恨你自己吗？"

"我要不恨自己我就不会信教了。"你们瞧，我俩有过一场争论——那种争论。

总有些人不能领悟你的意思。随他们去吧。让他们误入歧途吧。叫狼把他们吃掉吧。要知道，这意思《圣经》里就说了两遍——我在一首诗中也曾引用过，对，我想是在什么地方引用过①——《圣经》里说过两遍："这些事都是用比喻讲的。"——就是用我正在给你们讲这些事的方式，瞧，用比喻表示的夸张——"所以恶人听不明白，因此他们不能得救。"这话说得很霸道，一点不符合民主原则——就像马修·阿诺德一首十四行诗②的口吻，阿诺德在那首诗中说，只有那些付出一切、竭尽全力的人才能"获得，艰难地获得，永生"。瞧，不是人人都能获得永生，获得永生的只是那些人——少数竭尽全力、历尽艰险、付出一切、为他们身体力行的事业不惜用他们美好的生命作为赌注的人。瞧，多豪迈的气势："用你美好的生命作为赌注。"不管你做什么，这都是最重要的："以你美好的生命孤注一掷。"要知道，只有那些做到了这点的人，他说，才能"艰难地获得永生"——他们差点儿也得不到，瞧——"艰难地获得永生"。

我喜欢见到你们，喜欢让你们中有些人感到迷惑。我们与诗打交道是为了什么呢？就是为了以某种方式寻觅知音——不是为

———————————

① 参见弗罗斯特诗集《绒毛绣线菊》第4首《指令》一诗倒数第4行及其脚注。

② 《永生》。

了批评，也不是为了赞赏，只是为了互相对诗有一种共识。

现在我不打算再讲这些了，不过让我读一首别人写的夸张的诗，另外一个人的，不是我的。请看这首诗多么华丽——不是我的诗：

> 穿越过茫茫的卡斯比荒原
> 　　旅行者去追寻那只不死鸟①，
> 凭着它撒在荒野树林的宝石，
> 　　凭着有宝石装饰的绿色羽毛；
>
> 他们披星戴月走了很远很远，
> 　　最后终于站在了那火葬堆边，
> 随着血红色的火光冲天而起，
> 　　那易冲动的鸟忘了它的祖先。

瞧，有点儿意思，是不是？

> 那堆灰烬像红葡萄酒般闪光，
> 　　像推罗人用骨螺紫染的酒囊，
> 而那只飞鸟的脚爪和颚骨
> 　　都被涂上了一层痛苦的金光。

———————

① 传说中生活在阿拉伯沙漠中的一种美丽而孤独的鸟，每五百年自焚为烬，再从灰烬中复活，如此循环永生。

景象那么美，光彩那么艳，
　　　那些旅行者

——就是那些追寻不死鸟的人——

　　　那些旅行者，那些贸易商人
　　　放下货物，垂下双手和目光，
　　　满足于亲眼见证那个场景。①

这是别人的诗，但这是又一个例子——一首华丽、浓艳而铺张
的诗。

　　接下来再看另一种诗——也不是我写的。我给你们读两节，
也许读三节，请注意领略这两三节诗的含义。注意它随一种激情
改变旋律——我想你们也许会管那种激情叫宗教热情。这是一首
古老的诗——很古老的诗。请听：

　　　如果国王，我们至高无上的主人，
　　　竟纡尊降贵，想不请自来，
　　　说："明晚我要来你们家做客。"
　　　那我们应该怎么办呢？
　　　我们会怎样手忙脚乱，大声吆喝：

---

　　① 弗罗斯特引英国诗人阿瑟·克里斯托弗·本森（1862—1925）《不死鸟》
一诗，引文略有改动。

> "所有的人都干活，谁也别闲着！
> 快在大厅里摆上西班牙餐桌，
> 让桌上摆满山珍海味蔬菜瓜果。"

这里我略过一些，接下来是：

> 这样我们便可把一位国王款待，
> 而且我们这样做实在应该，
> 因为向人间的君王表示敬意，
> 对臣民来说是天经地义的事；
> 虽说我们付出了很大的代价，
> 但只要他高兴这些都不在话下。

接下来注意听这点，听这样的夸张：

> 但要是来做客的是天国的君王，

注意，我们已经说过了人间君王来做客的情形。

> 但要是来做客的是天国的君王，
> 一切都会乌七八糟，杂乱无章；
> 我们会继续沉迷于我们的罪孽，
> 基督会找不到一家客店安歇。
> 我们会始终把他当成路人，

让他像过去一样在马槽里安身。①

这简直是放纵——可以这么说。

再来看一首奇怪的诗。你们可能会说这首诗不好，因为它使你感到很沮丧（其实不然。这是首好诗。它会使你受到鼓舞）。不过就让某位诗人这么写吧：

> 或赐福或降灾，以两种心情，
>> 上帝这般创造人的灵魂；
> 不管是天使爸爸还是护士妈妈
>> 都不能改变上帝的作品。

> 一种灵魂将会像星星一样，
>> 将乐于为一个人增色添辉；
> 另一种灵魂则会使人减色，
>> 谁也不可能取消上帝所为。②

我也使这首诗减了一点色，是吧。

这下让我们回过头来从总体上看看我的诗——看我那儿有没有点别的东西。没有？有？这点很难说。我想接下来我只是朗读这些诗——先读一些短诗，读一些我早年的作品，中间我会插入

---

① 这首诗名为《弥撒准备式》，见于奎勒-库奇选编的《牛津英诗选》，作者匿名。弗罗斯特在此朗读的是该诗第 1—8 行和第 19—30 行中的部分诗行。

② 参见英国诗人阿瑟·威廉·埃德加·奥肖内西的《命运》。

一些新作。我第一次当众朗诵诗是在塔夫茨学院 [①]，那是在 1915
年，朗诵的第一首诗就是这首《未走之路》：

　　　　金色的树林中有两条岔路，
　　　　可惜我不能沿着两条路行走；
　　　　我久久地站在那分岔的地方，
　　　　极目眺望其中一条路的尽头，
　　　　直到它转弯，消失在树林深处。

　　　　然后我毅然踏上了另一条路，
　　　　这条路也许更值得我向往，
　　　　因为它荒草丛生，人迹罕至；
　　　　不过说到其冷清与荒凉，
　　　　两条路几乎是一模一样。

　　　　那天早晨两条路都铺满落叶，
　　　　落叶上都没有被践踏的痕迹。
　　　　唉，我把第一条路留给将来！
　　　　但我知道人世间阡陌纵横，
　　　　我不知将来能否再回到那里。

　　　　我将会一边叹息一边叙说，
　　　　在某个地方，在很久很久以后：

---

　　①　参见本书《塔夫茨学院的读诗会》。

曾有两条小路在树林中分手，

我选了一条人迹稀少的行走，

结果后来的一切都截然不同。

这是一首旧作——接下来我再读一首旧作《雪夜林边停歇》。你们会发现，这首诗的情调大不一样，它的语气很随便：

我想我知道这树林是谁的。

虽然主人的茅屋远在村里；

他不会看见我在这儿停歇

观赏这片白雪覆盖的林子。

想必我的小马会暗自纳闷：

怎么不见农舍就停步不前？

在树林与冰冻的湖泊之间，

在一年中最最黑暗的夜晚。

小马轻轻抖摇颈上的缰铃，

仿佛是想问是否把路走错。

林中万籁俱寂，了无回声，

只有柔风轻拂，雪花飘落。

这树林真美，隐秘而幽深，

只可惜我还有诺言要履行，

安歇前还要走漫长的路程，

安歇前还要走漫长的路程。

好啦——今晚我不再用夸张这个字眼了。我发誓不再用了。要知道，有时候你讲话就是要避开一个字眼。你一旦开始用它就再也没法避开它，有时候就是这样。

但接下来我要读一首新作。（不过请注意，有人认为刚才那首诗是首问题诗。我当年写它时并无此意，但有人认为它是首问题诗。瞧，通过类比，你可以对任何一首诗的意思牵强附会。有人说这两行的意思是——"这树林真美，隐秘而幽深，／只可惜我还有诺言要履行"——有人说这两行的意思是：这世界"真美"，生活"真美，隐秘而幽深"，但我必须得去天国了。瞧，这成了一首死亡诗。你们不会想到这点吧？你们不应该想到。随那些人去认为吧。）接下来是首新作。《离去！》这首诗名叫《离去！》。诗节很短，小诗节：

> 现在我要离开
> 这荒凉的人世，
> 我的鞋和袜子
> 并不使脚难受。
>
> 我把知交好友
> 留在身后城里。
> 任其一醉方休，
> 然后躺下休息。

诸君切莫以为

我是去向黑暗，

就像亚当夏娃

被驱赶出乐园。

忘掉那神话吧。

此番我弃尘世

既无佳人相伴

亦非被人所驱。

要是我没弄错，

那我只有服从

一支歌的召唤：[①]

我——定要——离去！

我也许会回来，

假如我从死亡

所学到的东西

令我失望的话。

这首诗意思很清楚。他们没多少牵强附会的余地。

　　然后呢——就读碰巧翻到的这首，这与任何事都没什么特别

---

① 参阅弗罗斯特诗集《在林间空地》第2首《离去！》此行的相关注释。

的联系——《逃避现实者——绝不是》（这些诗是我的一些近作）
《逃避现实者——绝不是》。

> 他不是逃避者，过去现在都没逃避。
> 没人见过他边蹒跚而行边回头张望。
> 他的恐惧不是在身后而是在他身边，
> 身边的恐惧使他笔直的道路也许会
> 显得弯弯曲曲，但实际上仍然笔直。
> 他义无反顾地向前。他是个追求者。
> 他追求一个追求者，而那追求者又
> 把另一位已遥遥领先的追求者追求。
> 凡追求他的人都将发现他是追求者。
> 他的生命永远是一种对追求的追求。
> 只有未来也正是未来创造他的现在。
> 所有一切都是一串永无止境的追求。

生活就是一串永无止境的追求。

接下来——接下来我随便读一首——这首诗写的是我乡下住
宅前的那条路——它的标题是《永远了结》——过去那条穿越乡
间的路要经过好几户人家，后来除我家之外都搬走了。

> 我所拥有的许多
> 都是欠昔日的路人，
> 因为他们的来来往往

开辟了这条路径，
今天我欠他们更多，
因为他们都已离去，

而且不会再回来
责怪我走得太慢，
让他们飞驰的马车
把我吓得躲到路边。
他们已找到别的地方
为匆忙和别的财产。

他们把这路留给我，
让我独行默默无语，
也许只对着一棵树
在心头自言自语：
"这条路得到一件
你的树叶做的外衣。"

"不久后因缺乏阳光，
这景象会变得凄凉，
外衣将会变成白色，
但披这般轻薄的衣裳
树叶会在一层雪下
显示出它们的形状。"

　　　　接着时令进入冬季，
　　　　直到我也不再出门
　　　　到雪地上留下脚印，
　　　　那时只有些野兽，
　　　　胆小或狡猾的野兽
　　　　代表我去踏出脚印。

这首诗同前边的另一首情调一致。

　　那么……让我看看……真奇怪，有时候我觉得我想给你们读
某首诗，但随后我又觉得我不想读了。这儿又有一首悲观的诗，
如果你们愿意这么认为的话——《希望之风险》。这首诗是写春
天里我们家的果园。

　　　　恰好就是在那里，
　　　　在果园与果园之间，
　　　　在光秃秃的果园
　　　　与青翠的果园之间，

　　　　每当果园里花蕾
　　　　竞相绽放、满园
　　　　一片洁白的时候，
　　　　便是我们最怕的时候。

　　　　因为在这个地方，
　　　　老天最容易变脸，

> 它会不惜一切代价
>
> 来一夜风霜严寒。

我写这首诗就是要这种单调的节奏，就是这样。

接下来——啊，这首。难以解释的命运——机缘运气——你总是伴随着它们。这首诗名叫《役马》。

> 驾一辆极易散架的马车，
> 携一盏总是点不亮的提灯，
> 赶一匹不堪重负的役马，
> 我俩穿越黑暗无边的树林。
>
> 一个人突然从树林里钻出
> 不由分说就把马头抓住，
> 随之把刀伸向马的肋骨，
> 不慌不忙地叫马一命呜呼。
>
> 随着一根车辕折断的声响
> 那笨重的畜生倒在地上。
> 透过那黑暗无边的树林
> 黑夜吸入一口含恶意的风。
>
> 作为一对无论在何时何地
> 都绝对服从命运的夫妻，
> 对任何不得不归因之事

都最不愿将其归因于仇恨，

所以我们认为那杀马之人
或某位他必须服从的主
是希望我俩从车上下来
徒步去走完我们剩下的路。

接下来我读这首——《又一瞬间》①。

我推开房门，以便我最后一眼
会被引出书本，引到屋子外边。

这是我的习惯，每晚的最后一个动作，将从书本上抬起的目光投
向屋外——

我说在我闭上眼睛睡觉之前
我倒想看看天狼星会怎样用它
警觉的眼睛注视这若非留待
解释也是留待以后探究的一切。
但我刚刚把房门推开一条缝
我那位难对付的客人就穿过
我拨门闩的腿溜进了屋里。

---

① 参阅弗罗斯特诗集《在林间空地》第 6 首《又一瞬间》及相关注释。

它看上去并不是天上的神犬，
而是人世间一条普通的跟车狗；
它被现代交通工具的速度甩下，
现在来找人收容——我被感动，
成了一个比以前更爱狗的人。
它像一口袋骨头摊在地板上。
它为自己的不幸发出两声悲叹，
然后脑袋扭向尾巴蜷缩成一堆，
好像决意要同这世界一刀两断。
我把清水和食物放到它跟前。
它转动一只眼睛向我表示感谢
（或者那也许只是礼貌的表现），
但它甚至没有抬一抬它的下巴。
它结实的尾巴砰砰地拍打地板，
仿佛在向我哀求，"请别再给我，
我不能解释——至少今晚不能。"
我能清楚地看见它的满脸愁容。
于是我用收留的口吻对它说：
"哦，老伙计，达尔马提亚·格斯，
你说得不错，这没什么可商量。
别强迫自己告诉我你在想什么，
不管是因被主人遗弃的悲哀，
还是因自己逃离主人的忧伤。
一切都可以等到明天天亮。

同时你千万别觉得过意不去，
谁也没义务向我吐露心中秘密。"
那完全是一段单方面的对白，
而且我不能确信是在跟狗说话。
我困惑地止住话头，但却仍然
浮想联翩：我正式为它取名为
格斯，即达尔马提亚·格斯，
我开始让自己的生活适应它的
生活，为它提供所必需的物品
并陪它进行一英里赛跑练习。

第二天早晨我起床的时候
它已在门口等着我放它出去，
它的表情像在说："我已来过。
如果我现在必须返回什么地方
或去得更远，你千万别伤心。"
我打开了房门，它离我而去。
这下我要稍稍品尝一下悲痛，
这悲痛都因为狗的生命太短，
最多只有我们人类的四分之一。
它也许本该是梦中的一个幽灵，
尽管它的尾巴那么确凿无疑
并那么猛烈地拍打过我的地板。
此后我一直觉得事情太奇怪，

我甚至可以说，我不愿过分

坚持要使人相信它就是天狼星，

（记住我曾冒昧地叫它格斯）

那颗星哟，那颗天上最亮的星，

不是一颗流星，而是一个化身，

它前一天晚上来人世过了一夜，

用行动向我表示它并不怨我

曾那么长期地依靠它，然而

却不曾以它为题写过一首诗。

它想表达的可能只是一个象征，

或是一丝暗示，一道光线，

一种我应该去探寻但不一定

非得要说找到的内在含义。

　　我想为你们读一首难读的诗，只读其中一部分。这首诗在我的新书里，我这儿有一册我能看清的大号字版本。我刚才还以为我会……可这些书不会在那儿，不会。这是首素体诗。你们对我很了解，知道我只写素体诗和有韵诗。（你们要知道，我写过一首自由诗，而且保存了下来。我曾觉得它挺不错。有天晚上一位女士问我："弗罗斯特先生，今晚你方方面面都讲到了。你是什么样的人呢，是保守派还是激进派？于是我非常真诚非常真挚非常真切地看着她说：

年轻时我根本就不敢激进，

生怕年迈时我会变得保守。

那是我唯一的自由诗。)

　　这首诗是素体诗，它的标题以及它微不足道的看法便是你们要理解的——《当非你莫属且形势需要时，你要想不当国王真是太难》。你们并不知道——这首诗在一定程度上涉及政治，会令一些人不满——但你们可能并不知道我影射的是何人，也许吧，也许你们知道。不过这点也并不新鲜。

> 国王对他的儿子说："这已令我厌烦！
> 王国是你的了，随你怎么处置。
> 我今晚就逃走。给，拿好这王冠。"
>
> 但王子及时地缩回了他的双手，
> 避开了他不知他想不想要的王冠。
> 于是王冠坠下，珠宝撒了一地。
> 王子一边拾地上的珠宝一边回答：
> "父亲，我观望已久，我不喜欢这
> 王国的模样。我要和你一起逃走。"
>
> 父子二人就这样放弃了王位
> 并化装成平民双双逃离了王宫。

这就是说他们并不是普通人。

可他俩没走多远夜幕便降临，
于是在路边荒草丛生的斜坡上
精疲力竭的他俩坐下来看星星。
望着他希望属于他自己的那颗——
猎户座的 β 星、γ 星或 α 星，
前国王说："远方那颗星的冷漠
使我非常担心我只能听天由命：
我不一定认为已逃脱了我的职责，
因为当非你莫属且形势需要时，
你要想避开不当国王真是太难。
你看当年尤利乌斯·恺撒有多难。
他简直没法阻止自己称王称帝，
结果只好被布鲁图的匕首阻止。
不当国王只对华盛顿才稍显容易。
你将看到，我那顶王冠会追上我，
它会像个铁环在我们身后滚来。"

"让我们别迷信，父亲，"王子说，
"我们本该把王冠带出来典当。"

"说得对，"前国王说，"我们需要钱。
你看这主意怎么样：你将你老爸
带到某个市场上的奴隶拍卖场，
标个价把他卖给什么人当奴隶？

卖我的钱应该够你做一门生意——
或够你坐下来写诗，若你想当诗人。
不过别让老爸告诉你该做什么。"

前国王站到了市场上的奴隶摊位，
试图卖个相当于一万美金的价钱。
第一个买主过来问他有何能耐，

不对，这一行应该读成：

对第一个过来问他有何能耐的买主，
他大模大样地回答："让我告诉你，
我知道天下许多东西的本质。
我知道最好的食物，我知道
最好的珠宝，我知道最好的马，
我还知道男人和女人的奥秘。"

那宦官笑着说："知道得可真不少。
但这儿钱也不少。谁是卖主？
这个无赖？

他是在说王子。

好吧。你跟我来。

你现在去上都① 到御膳房帮厨。
我先要试试你在厨房的本事，
因为你刚才最先说的是食物。
好像你说最好的就是本质奥秘。"

"因为我是罗兹奖学金获得者。
我曾在罗得岛上念过大学。"

这奴隶在见习期间一直洗盘子。
但有天他终于得到了掌厨的机会，
因为那天大厨师感到忧心忡忡
（那厨师和国王一样喜怒无常）。
那顿菜赢得了赴宴者的满堂喝彩，
于是君王询问那天掌勺儿的是谁。

"一个外乡人，他声称通晓奥秘，
不仅是对菜肴，而且事事都知，
包括珠宝马匹女人美酒和歌赋。"
君王大悦，说："让我们的奴隶
也像我们这样大吃一顿。听好，
哈曼，他现在受我们欢迎。"

有天一位商人进王宫来卖珍珠，

---

① 参阅弗罗斯特诗集《在林间空地》中这首诗的相关注释。

一粒小珍珠他开口要价一千，
一粒大珍珠他却只索价五百。
君王坐在那里犹豫不定，他爱
一粒珍珠之硕大，另一粒之珍贵
（他似乎一直觉得只能买一粒）。
直到从篷特或别处来的使节
开始蹭脚，仿佛在恭敬地暗示，
"哦，陛下，照我们看来，你
不是在选珍珠，而是战争与和平。
我们焦急地等你做出高贵的决定。"
当时若非有人想到了掌灯的奴隶
并把他唤来结束了君王的犹豫，
谁也没法估计协约国之间的关系
将会恶化到什么样的地步。
那个奴隶说："这粒小的价值连城，
但这粒大的一钱不值。把它砸开。
我用脑袋担保，你会发现它是空的。
让我来"——他用脚把大珍珠踩裂
并让大家看里边有只活的蛀船虫。

"但请说说你怎么会知道。"大流士问。

"这个嘛，凭我对珍珠本质的了解。
我告诉过你们我知道珠宝的本质。
不过今天这事其实谁都能猜出，

因为这粒珍珠摸起来像皮肤有体温，
所以里边肯定包有什么活的东西。"

"给他再来一桌丰盛的宴席。"

随后的日子又是盛宴接着盛宴，
直到有一天君王感到忧心忡忡，
（这君王和大厨师一样喜怒无常，
但以前没人注意到这之间的联系）
他私下召见那位当过国王的奴隶。
"你说你知道所有人的奥秘，
而且还知道万事万物的本质。
请大胆直言，给我说说我自己。
什么使我烦恼？我为何不高兴？"

"你没待在属于你的地方。你
并非王家血统。你父亲是个厨子。"
"欺君可是死罪。"

　　　　　"这你可以去问你母亲。"

他母亲很不喜欢他提问的方式，
但她说："是的，改天我会告诉你。
你有权知道你自己的血统家世。
你当国王全是因为你的母后，
而这也不寻常。有那么多国王

都娶过在街头乞讨的贫家少女。
你母后的家人——"

　　　　　　　他没有再听下去，
而是匆匆赶回去对他的奴隶说，
如果他把他处死，那不是因为
他说谎，而是因为他说出了真相。
"至少你该因玩弄巫术而被处死。
但你若告诉我底细我就饶了你。
你怎么会知道我出身血统的秘密？"

"若你是个龙种凤生的真命天子，
那凭我替你做的所有那些事情，
你本该封我个你们的什么维齐尔，
或是赐给我贵族的头衔和领地。
但你能想到给我的就只有吃的。
我替你挑过一匹马叫平安三号，
是平安一号生的平安二号的马驹，
以保证它能驮着你平安逃离
你有意要输掉的任何一场战斗。
你可以输掉所有的战斗和战争，
你可以输掉亚洲、非洲和欧洲，
但没人能抓住你，你总能活下来。
你在摩苏尔全军覆没。但结果呢？
你虽是孤家寡人，但仍平安归来。

这不是真的？可我得到的奖赏呢？
这次固然是一台通宵达旦的豪宴，
但还是吃的。你满脑子只有吃的。
而只有厨师的儿子才会只想吃的。
所以我知道你父亲肯定是个厨师。
我敢打赌，作为一国之君，你替
你的人民想的就是给他们吃的。"

但国王反问："难道我没在书中读过
最适合君王的行为就是给予？"

"可不仅仅是给食物，还有特性。
君王必须让他的人民具有特性。"

"他们得吃饱了肚子才谈得上特性。"

"你真不可救药。"奴隶说。

> "我想是的。
我在你面前很自卑。"大流士说。

我就读到这儿。后边还有一半呢。剩下的你们自己去看吧，看最
后结局如何——看那个厨师是怎样又重新当了国王，而那个国王
则希望自己被处死。我想今晚你们已经让我尽兴了——或再让我
朗读一两首短诗。

哦——瞧，我的许多诗中都有文学批评——许多诗中。可你

们要知道，我不会承认这点。我努力要掩饰这点。我的许多诗中都有政治，就像刚才那首——它充满了政治意味。当然，我是从《一千零一夜》中借来的这个故事，故事梗概。但它充满了政治意味。要知道，我是故意使它有倾向，使它有更多的倾向。瞧，我知道自己有过失什么的。

但现在听这首：《选择某种像星星的东西》。

啊，

——这是在对天上的一颗星说话——

啊，星哟，视野里最美的星，
我们承认高悬的你有权高傲，
对一些阴晦而卑微的乌云——
我本来还想说说沉沉黑夜，
但正是黑暗衬托出你的光明。
高傲同某种神秘性相称。
但你矜持得完全沉默不语，
我们就不能允许，不能答应。
说点什么吧，让我们铭记，
让我们孤独之时能反复诵吟。
说点什么吧！星说："我燃烧。"
可请你说说用的是什么温度。
谈谈华氏温度，讲讲摄氏温度。

请用我们能够听懂的语言。

告诉我们你由什么元素构成。

星给我们的帮助会出奇地少，

但最终会告诉我们某些事情。

星永恒不变像济慈说的隐士，

从不屈尊降低它的身份，

它对这儿的我们会有点要求。

它会要求我们保持一点高度，

因此当有时候民众被左右，

把赞美或指责弄得太过分，

我们可选择某种像星星的东西，

保持对它的信仰并被它信任。

而我说那颗星可以指《一千零一夜》，或指卡图卢斯，或指《圣经》中的某句话，或指某种遥远的东西，或指某种在远方树林里的东西，尤其是当我投错票的时候（要知道，我们今天还在谈这事。我们曾多少次以这样或那样的方式错误地投票）。

然后请注意这样的个人情绪，不多的个人情绪。你们知道这整首诗的真正诱因吗？或者说可能的诱因吗？就以这行为例，"高傲同某种神秘性相称。"瞧，你们知道我从何得到这行诗吗？是从我想理解当代诗人的长期努力中。你们看，让他们去神秘吧。那是我的宽宏大量——就叫它宽宏大量吧。只要我相信他们对他们自己还意味着点什么，我的宽宏大量就没有错。

现在听这样一首小诗——你们会发现我的感情是多么不同：

夜里她总得把一盏灯点燃
放在阁楼上她的床边。
这使她常从噩梦中惊醒，
但却便于上帝守护她的灵魂。
笼罩她的黑暗被赶跑，
但我仍然日夜被黑暗笼罩，
如我所料，在我的前面
还有最浓的黑暗令我胆寒。

让我就以这阴沉的曲调结尾。晚安。

在达特茅斯学院的演讲
1962 年 11 月 27 日

作者年表

作者年表

1874

3月26日生于加利福尼亚的圣弗朗西斯科（旧金山），伊莎贝尔·穆迪和小威廉·普雷斯科特·弗罗斯特的第一个孩子，照南部邦联将军罗伯特·E.李的名字取名为罗伯特·李·弗罗斯特（母亲于1844年生于苏格兰阿洛瓦市，其父是一名商船船长，在她出生后不久去世；她在祖父母家长大，祖父去世后于1856年来到美国俄亥俄州哥伦布市投靠她发迹的叔叔。父亲于1850年生于新罕布什尔州的金斯顿，是新英格兰一个古老农家的独生子，南北战争时期，只有十几岁的他离家出走参加了李将军指挥的北弗吉尼亚军团，随军至费城，然后被俘并被遣返回家。哈佛大学毕业后，他在宾夕法尼亚州的刘易斯敦与伊莎贝尔·穆迪相识，当时他俩都在那里教书；他俩于1873年3月结婚，婚后不久便移居旧金山，他找到了一份当记者的工作）。

1875

父亲成为《旧金山每日晚邮报》的本地新闻编辑主任，该报由社会改良家亨利·乔治主编，亨利·乔治是弗罗斯特家的朋友（母亲今后将为该报写书评和诗歌）。

1876

春天随母亲去东部，当时母亲正怀着另一个孩子，并因父亲酗酒赌博而心烦意乱。妹妹珍妮·弗洛伦斯于 6 月 25 日在马萨诸塞州劳伦斯市祖父母家出生。秋天在俄亥俄州哥伦布市的亲戚家度过。11 月末同母亲、妹妹一道回旧金山，同行的有母亲的老朋友布兰奇·兰金（布兰奇阿姨），她将在他们家寄居四年。父亲在六日竞走比赛中击败著名竞走运动员丹·奥利里后，被确诊患有肺痨。

1877—1878

住阿伯茨福德旅馆（在旧金山生活的年头中，全家将经常在公寓和旅馆之间搬迁）。接受母亲的宗教启蒙，听她读《圣经》中的故事，开始上斯维登堡新教会教堂的主日学校。父亲变得苛刻而暴躁。

1879

上了一天幼儿园，但因严重的神经性胃痛没有再上。

1880

父亲被选为代表去辛辛那提参加民主党全国代表大会（该大会提名温菲尔德·S.汉考克将军为总统候选人），为参加议员竞选的威廉·斯塔克·罗斯克兰斯将军写自传[①]。夏天祖父母来访。弗罗斯特上公立小学一年级，但很快就因胃病复发而退学，

---

① 威廉·斯塔克·罗斯克兰斯（1819—1898）曾任美国陆军少将，1881 年至 1885 年任美国众议员。

该学年剩余的课程由母亲在家补上；常随母亲逛旧金山，了解该城的地理和历史。陪父亲参加旧金山的竞选活动。虽罗斯克兰斯竞选议员成功，但父亲却因汉考克在大选中败给共和党议员詹姆斯·A.加菲尔德[①]而感到沮丧。

1881

弗罗斯特就读小学二年级。在母亲做礼拜的斯维登堡新教会教堂受洗礼。

1882

2月因胃病复发再度退学，继续在家接受教育。随母亲和妹妹到布兰奇阿姨家做客（布兰奇阿姨当时已结婚，住在旧金山以北的纳帕河谷）。

1883

喜欢听母亲讲圣女贞德以及《圣经》、神话和童话中人物的故事；母亲还为他朗读莎士比亚、爱伦·坡和乔治·麦克唐纳[②]的作品（今后还将为他朗读《汤姆·布朗求学记》[③]的章节以

---

① 詹姆斯·艾伯拉姆·加菲尔德（1831—1881）于1881年3月4日就任美国第20任总统，7月2日遇刺，9月19日不治身亡，由副总统切斯特·艾伦·阿瑟（1829—1886）继任。

② 乔治·麦克唐纳（1824—1905），英国作家，尤以写童话著称，其著名童话有《北风背后》《公主和妖怪》等。

③ 英国小说家托马斯·休斯（1822—1896）的著名长篇小说。

及爱默生、彭斯、华兹华斯、拜伦、丁尼生和朗费罗的作品）。有时独自一人时听见有说话声，母亲说他和她一样天生就有"超凡的听觉"和"预见力"。夏季全家到索萨利托参加波希米亚俱乐部夏令营活动（父亲是该俱乐部会员）。弗罗斯特惊恐地目睹父亲在旧金山湾长距离游泳。父亲健康恶化，仍继续酗酒。

1884

独斗两个男孩以证明勇气，其后被居住区一少年帮接收。短期当报童。与妹妹珍妮一道在纳帕谷布兰奇阿姨家做客六个星期。满腔热情地为父亲的竞选活动跑腿，父亲当时已辞掉报社的工作，正以民主党候选人身份竞选市收税官。父亲竞选失败，非常沮丧；由于健康恶化，他已难找工作而且也难以胜任工作。母亲出版童话《水晶国》。

1885

5月5日父亲死于肺结核，支付花费后只给家里留下八美元。祖父寄钱接济，全家携父亲遗体到马萨诸塞州劳伦斯市安葬。全家寄居在祖父母家，曾在毛纺厂当监工的祖父当时已退休，祖母曾是当地妇女参政运动的领袖。弗罗斯特和珍妮不喜欢祖父母严厉而苛刻的管教，都很思念加利福尼亚。全家于夏天到新罕布什尔州阿默斯特镇，住在叔祖母萨拉·弗罗斯特和她丈夫本杰明·S.梅瑟的农场上。弗罗斯特喜欢住在梅瑟家并喜欢帮他们采浆果，但当学校秋季开学后他不喜欢当地的老师。全家重返劳伦斯市租公寓居住。参加学校编班测验并被编到三年级，而珍妮却取得了上四年级的资格。亨利·乔治①在东北部巡回演讲期间访问他家。

1886

全家搬到邻近的新罕布什尔州塞勒姆迪波，母亲开始在当地的学校教五年级至八年级。弗罗斯特和珍妮双双升入五年级。学会削木器，打棒球，与查利·皮博迪成为好朋友，查利教他爬白桦树，掏鸟窝，设陷阱捕捉动物。短期在鞋厂干活儿，然后开始在房东洛伦·贝利开的鞋店里做鞋跟。向店里的成年男人学拳击。热恋上查利的妹妹萨布拉·皮博特并给她写信。秋季返校。

1887

母亲继续为他读文学作品，如司各特的《老祖父的故事》、珀西的《英诗辑古》和《莪相诗集》②等；与此同时弗罗斯特开始喜欢自己阅读，最先读的是简·波特的《苏格兰酋长》。在母亲教的班上学习地理、算术、历史、语法和阅读。背熟菲茨-格林·哈勒克的《马尔科·博扎里斯》一诗。

----

① 亨利·乔治（1839—1897），美国经济学家及社会改良家，代表作有《进步与贫穷》《土地问题》和《社会问题》等。

② 《莪相诗集》又名《莪相作品集》（1765），是苏格兰诗人及翻译家詹姆斯·麦克菲森（1736—1796）根据凯尔特人古老的传说和歌谣写成的作品，但麦克菲森声称这些作品出自公元三世纪苏格兰（或爱尔兰）吟游诗人莪相之手，自己只是将其翻译成了现代英语。

1888

6月通过劳伦斯中学的入学考试。与珍妮一道乘火车往返于劳伦斯市和塞勒姆迪波。注册上"古典课程"（大学预备课程），包括拉丁语、希腊史、罗马史和代数。一些家长抱怨他母亲课堂纪律松懈，偏袒要上中学的学生，母亲被迫从塞勒姆迪波地区学校辞职，弗罗斯特为此感到愤怒。

1889

以全班第一名的成绩结束该学年，第一次取得比珍妮更优秀的成绩。读库珀的《皮袜子故事集》、玛丽·哈特韦尔·卡瑟伍德的《多拉德传奇》和普雷斯科特的《墨西哥征服史》，从而对印第安人的历史和传说产生强烈兴趣。在贝利的农场上干活儿，学会磨镰刀和割草。返劳伦斯中学，开始修希腊语、拉丁语、欧洲历史和几何；与高年级学生卡尔·伯勒尔成为朋友，伯勒尔使他开始接触植物学、天文学和进化论，还使他开始接触美国幽默作家阿蒂默斯·沃德、乔希·比林斯、P.V.纳斯比和马克·吐温的作品。

1890

母亲在邻近的马萨诸塞州梅休因镇谋到一份教职，随后全家于2月迁回劳伦斯市。在母亲的帮助下，弗罗斯特靠帮《青春伴侣》周刊推销征订而挣得了一台天文望远镜。观察天体，使用劳伦斯市公共图书馆的天体图。处女作《伤心之夜》一诗发表在《劳伦斯中学校刊》4月号上，该诗情节取材于普雷斯科特的《墨西哥征服史》；第二首诗《浪花之歌》发表在《校刊》5月号上。参加学校的辩论社。以全班第一的成绩结束该学年。暑期全家到缅因州欧申帕克的饭店打工，弗罗斯特在那儿学会打网球。秋季开始修希腊语和拉丁语作文课。

1891

通过哈佛大学入学预考，预考科目有希腊语、拉丁语、希腊史、罗马史、代数、几何以及英国文学。当选为1891—1892学年度的《校刊》主编。在《校刊》5月号上发表诗作《梦遇凯撒》。成绩继续位居全班第一。暑期在新罕布什尔州坎洛比湖畔的农场上干了三星期零活。到布雷思韦特毛纺厂干活，每星期上班六天，每天干十一个小时，直到仲夏时节工人迫使厂方星期六下午放假。秋季认识并爱上同校同学埃莉诺·米里娅姆·怀特（1872年生）。为《校刊》写数篇社论和文章，参加校橄榄球队担任右边锋。12月珍妮因伤寒而住院治疗并被迫退学。

1892

因助手们未能完成其分担的工作而辞去《校刊》主编职务。开始广泛地读诗，向埃莉诺·怀特赠送埃米莉·狄金森的书（1890年初版《诗集》）和爱德华·罗兰·西尔的书。在毕业典礼上与埃莉诺一道作为毕业生代表发表告别演说，他的告别演说题为《一块已揭幕的反省纪念碑》。作为班级诗人为毕业典礼写《毕业赞歌》，因学业成绩优异而受奖。暑期在劳伦斯市的毛纺厂当助理办事员。与埃莉诺订婚，私下互相交换戒指作为爱的信物。靠祖父母的资助进达特茅斯学院，没上哈佛有两个原因：一是因为达特茅斯学院学费更便宜，二是因为祖父母把他父亲的坏习惯归咎于上哈佛。修希腊语、拉丁语和数学等课程。购帕尔格雷夫编的《英诗金库》，独自精读英语抒情诗。因厌倦大学生活而焦躁不安，12 月底离开达特茅斯学院。

1893

在梅休因学校接手母亲难以管束的八年级班，任教数星期并鞭笞学生数名。辞去教职去帮助埃莉诺的母亲和她体弱多病的妹妹埃达；在塞勒姆替她们找到房子，整个夏天与她们住在一起。4 月埃莉诺从纽约州坎顿的圣劳伦斯大学回家，弗罗斯特试图劝她退学同他结婚，但她于 9 月返回学校。到劳伦斯市的阿林顿毛纺厂干活，工作是换天花板弧光灯里的灯丝。与母亲和妹妹住在劳伦斯市的一套公寓里，空余时间研读莎士比亚。遭年初被他鞭笞过的数名学生痛打。

1894

2 月辞去毛纺厂的工作。开始在塞勒姆小学教一年级至六年级。得知《独立》杂志将发表他的诗作《我的蝴蝶：一曲哀歌》并将付他十五美元稿酬。开始与《独立》杂志社文学编辑苏珊·海斯·沃德的长期通信联系，写信告诉她说他特别喜爱的四部诗作是济慈的《许佩里翁》、雪莱的《普罗米修斯》、丁尼生的《亚瑟王之死》和布朗宁的《扫罗》。试图说服埃莉诺马上同他结婚，但没成功。夏天极不愉快地干些零活，深信埃莉诺已同另一个男人订婚。让当地印刷商印了两小册《暮光》，内收他的诗《暮光》《我的蝴蝶：一曲哀歌》《消夏》《瀑布》和《一个没有历史意义的地方》。秋季到圣劳伦斯大学将其中一册送给埃莉诺，但埃莉诺冷淡的接纳使他陷入绝望；毁掉自己的一册，然后回家。仍然心烦意乱，决定去弗吉尼亚州和北卡罗莱纳州交界处的迪斯默尔沼泽地。11月6日离开劳伦斯，乘火车和船到达弗吉尼亚州的诺福克城，然后沿马车道步行数英里于夜晚进入沼泽。在运河闸口遇上一群船工，他们同意带他穿过沼泽去北卡罗莱纳州的伊丽莎白城。随船过阿尔伯马尔海湾到达大西洋边的纳格斯黑德。返程时凭着偷搭货运列车从伊丽莎白城到达巴尔的摩。疲惫不堪且担惊受怕，写信叫母亲寄来路费后于11月30日返回劳伦斯。得知《我的蝴蝶：一曲哀歌》已于11月8日在《独立》周刊上发表（将继续在该周刊上发表诗作）。

1895

为劳伦斯市的《美国人日报》和《哨兵报》当记者。在母亲和妹妹开办的私立学校辅导学生。在新罕布什尔州的奥西皮山租一小屋以便接近埃莉诺，埃莉诺已从圣劳伦斯大学毕业，正和她当肖像画家的姐姐利昂娜·怀特·哈维一起过夏天。辅导两名学生，这两名学生与他同住数周。返回马萨诸塞为母亲的私立学校寻找更合适的校址，埃莉诺从秋季开始在该校上课。弗罗斯特在塞勒姆地区学校教书。12月19日在劳伦斯市与埃莉诺·怀特结婚，婚礼由斯维登堡新教会牧师主持。

1896

携埃莉诺与母亲和妹妹同住。继续写诗,但感觉写得不够好(写信对沃德说:"我担心我不是个诗人,或只是个一般人难以理解的诗人")。受神经失调和胃痛的折磨。携埃莉诺到新罕布什尔州阿伦斯敦度延期的蜜月,其间在他们的中学朋友卡尔·伯勒尔家附近租一小屋居住。在伯勒尔的影响下,弗罗斯特恢复了对植物学的兴趣,频频到乡下尝试采集植物标本并津津有味地阅读威廉·斯塔尔·达纳夫人写的《如何辨认野花》。伯勒尔在一家制箱厂干活时严重受伤,弗罗斯特为之惊愕。返回劳伦斯市,帮助把母亲的学校搬进黑弗里尔街一幢房子;弗罗斯特和埃莉诺住楼上的一套房间。教母亲学校年龄稍长的学生。儿子埃利奥特于9月25日出生。因在争吵中殴打一名房客被罚款十美元。

1897

在4月30日的《波士顿晚纪录报》上发表《希腊》一诗,写该诗的灵感来自第一次希土战争。携妻儿在马萨诸塞州埃姆斯伯里镇度夏天。通过哈佛大学入学考试,考试科目有希腊语、拉丁语、古代史、英语、法语和物理学。带着向祖父借来的钱进入哈佛大学读一年级。住进坎布里奇一单人房间,在北坎布里奇一夜校兼职工作。修德语、拉丁语和英语写作等课程。深秋时埃莉诺、埃利奥特和岳母来坎布里奇,搬入一较大公寓与他们同住。

1898

因学业成绩优秀获休厄尔奖学金。在马萨诸塞州埃姆斯伯里镇度暑假。染风寒并感胸痛，医生认为可能是肺结核。秋季返哈佛，再次怀孕的埃莉诺留在劳伦斯。修希腊语、拉丁语和哲学，授课导师有乔治·赫伯特·帕尔默、乔治·桑塔亚纳和胡戈·明斯特伯格，后者指定威廉·詹姆斯的《心理学简明教程》为教科书。（弗罗斯特后来谈及詹姆斯时说："我在哈佛念书时，给我启发最大的是一位我从没听过他讲课的老师。"）每星期回劳伦斯一次，看望埃莉诺并教母亲私立学校的夜班。

1899

继续修主选学科并旁听纳撒尼尔·谢勒主讲的历史地理学。胸痛及寒战复发，加之担心埃莉诺的妊娠和母亲的健康，故于3月31日从哈佛退学。女儿莱斯利于4月28日出生。医生警告说案头工作可能会损害他的健康，于是在祖父的经济资助下开始办家禽饲养场。在马萨诸塞的梅休因租一带仓房的农舍，买两百个蛋进行孵化。坚持让母亲看大夫，得知她已癌症晚期；她来梅休因与他们同住。

1900

乐于照料小鸡。儿子埃利奥特于7月8日死于霍乱并葬于劳伦斯。埃莉诺极度抑郁。弗罗斯特的健康越来越差，胸痛的复发以及发烧和经常性的噩梦使他担心自己患有肺结核。母亲进新罕布什尔州的佩纳库克疗养院。弗罗斯特搬入祖父在新罕布什尔州的德里为他买的占地三十英亩的农场，祖父还安排让卡尔·伯勒尔及其祖父乔纳森·伊斯门搬来帮忙干农场杂活。母亲于11月2

日死于癌症，葬于劳伦斯。

1901

尽管心情抑郁仍坚持晚上写诗，春天来临时心情开始好转。和伯勒尔一道调查当地野生植物，经常把莱斯利带在身边。初读梭罗的《瓦尔登湖》。祖父威廉·普雷斯科特·弗罗斯特于7月10日去世，其遗嘱规定给予弗罗斯特五百美元年金和德里农场十年的使用权，十年后年金将增至八百美元，而且弗罗斯特将获得农场的拥有权。

1902

春天伯勒尔在其祖父死后离去，弗罗斯特担负起了农场的大部分工作。向老朋友欧内斯特·朱厄尔借钱扩大家禽饲养规模。儿子卡罗尔于5月27日出生。

1903

2月在《东部家禽饲养者》杂志上发表短篇小说《自闭式产蛋箱》（1803至1905年期间将在该杂志和《农场家禽报》上发表十一篇小说和文章）。3月携全家到纽约市度假，其间数次拜访报刊编辑，但未能使他们对他的诗产生兴趣。女儿伊尔玛于6月27日出生。

1904

晚上继续在餐桌上写诗。喜欢与邻居拿破仑·圭亚交往，加深与家禽饲养者约翰·霍尔的友谊。

1905

女儿玛乔丽于 3 月 28 日出生。

1906

到德里的平克顿中学当兼职教师，教授英语语言文学课。3月在德里的《企业报》上发表《花丛》一诗。为减轻他日益加剧的枯草热，8 月到新罕布什尔北部怀特山脉中的贝塞尔汉姆。住在约翰及玛丽·林奇夫妇家，并与他们成为朋友。成为平克顿中学专职教师。用十四行诗体继续写诗。

1907—1908

为平克顿中学纪念朗费罗诞辰 100 周年集会写《晚期的吟游诗人》一诗。3月染上肺炎，整个春季学期都在病中。女儿埃莉诺·贝蒂纳于 1907 年 6 月 18 日出生，21 日夭亡。1907 年 8 月携全家到新罕布什尔州的贝塞尔汉姆，在林奇家做客六个星期（1908 年将再度去做客）。继续在平克顿中学教书；他的学生约翰·巴特利特将成为他终生的朋友并与他长期通信。继续在晚上写诗。

1909

新罕布什尔州公共教育总监亨利·C.莫里森在视察平克顿中学时对弗罗斯特印象深刻，安排弗罗斯特在该州数次教师会上介绍其教学方法。《进入自我》一诗发表在 5 月的《新英格兰杂志》上。卖掉剩余的家禽，把家从农场搬至附近德里村的一套公寓。携家人野营旅行，沿途观察野生植物，一直到佛蒙特州的威洛比湖。指导学生办文学杂志《平克顿评论家》。

1910

指导学生排演五个戏剧（马洛的《浮士德博士的悲剧》、弥尔顿的《科玛斯》、谢里丹的《情敌》、叶芝的《心愿之乡》和《胡利恒的凯瑟琳》）。为平克顿中学修订英语课程授课提纲，强调一种自由会话式的教学风格。（在提纲中写道："本英语课程之总目标含两个部分：一是让本校学生受到名著佳作的影响，二是使他们习惯于欣赏优秀的语言。"）岳父埃德温·怀特在弗罗斯特家做客时于5月26日去世。8月全家在贝塞尔汉姆度假。

1911

接受州立师范学校邀请到该校任教，搬家至普利茅斯。讲教育学和心理学；指定的阅读书籍有裴斯泰洛齐、罗素和柏拉图的著作，以及威廉·詹姆斯的《心理学简明教程》和《与教师谈心理学并与学生谈人生理想》。与普利茅斯中学的年轻教师锡德尼·考克斯交上朋友（今后的岁月里将经常给他写信）。11月卖掉德里农场。将十七首诗装订成册作为圣诞礼物寄给《独立》杂志社文学编辑苏珊·海斯·沃德。（写信告诉她："这代表的……并非你久久等待的迟延的进步，而只是我在振作之前有必要坚持的原地踏步。进步将于明年开始。"）圣诞节期间去纽约市沃德家拜访。旅途中读亨利·柏格森的《创造进化论》。

1912

决定去英国侨居几年，全身心投入创作。辞去教职，8月23日携家人从波士顿乘船赴英国。在伦敦逗留数星期，然后在伦敦以北20英里处的白金汉郡比肯斯菲尔德租一小屋居住。10月编《少年的心愿》手稿并将其送交伦敦的戴维·纳特出版公司，该公司同意出版这本诗集。

1913

1月在肯辛顿参加哈罗德·芒罗的"诗歌书店"开店仪式时结识诗人弗兰克·S.弗林特，后者把他介绍给埃兹拉·庞德。《少年的心愿》于4月1日出版，庞德、弗林特和诺曼·道格拉斯分别在《诗刊》《诗歌与戏剧》和《英格兰评论》上给予好评。通过庞德认识理查德·阿尔丁顿、希尔达·杜利特尔、福特·赫尔曼·许弗（即福特·马多克斯·福特）、梅·辛克莱、欧内斯特·里斯和威廉·巴特勒·叶芝（叶芝对庞德说《少年的心愿》是"很久以来在美国写出的最好的诗"）。弗罗斯特与休姆和弗林特会面讨论诗歌写作；开始在写给美国朋友约翰·巴特利特和锡德尼·考克斯的一系列信中记录下关于"无规则的重音与格律中有规律的节奏相交错的意义之音"的想法。在致巴特利特的信中说："有一种叫'受到尊重'的成功，而这种成功是靠不住的。它是指一种由少数被认为懂行的评论家吹出来的成功。但若要真正达到以诗人的身份独立于世的境地，我必须走出这个圈子去面对成千上万买我书的普通读者。我也许没有能力做到这点，但我坚信这样做会有益处——在这一点上你不必为我担心。我想成为一个雅俗共赏的诗人。我不能像我的准朋友庞德那样，以成为那帮高雅之士的鱼子酱而沾沾自喜。我想向外伸展，而如果这事凭细心思量便可做成，那我会伸展出去的。"与庞德的友谊开始紧张（"他说我必须写点更像自由诗的东西，不然他将让我饱受无人问津之苦。他真的那样威胁我"）。携家人到苏格兰度假。继续与伦敦的文人交往，结识沃尔特·德拉·梅尔、鲁珀特·布鲁克、劳伦斯·比尼恩、W. H. 戴维斯、威尔弗里德·吉布森、拉塞尔斯·阿伯克龙比和罗伯特·布里奇斯，每周到休姆和叶芝家参加聚会。与散文家及评论家爱德华·托马斯建立起亲密的友谊。

1914

全家搬进格洛斯特郡迪莫克附近的一幢旧宅，以接近朋友吉布森和阿伯克龙比。《波士顿以北》于 3 月 15 日由戴维·纳特出版公司出版，《民族》《展望》《泰晤士报文学副刊》《蓓尔美尔晚报》《英格兰评论》《文人》《每日新闻》以及其他报刊都纷纷给予好评。经常与托马斯在一起并鼓励他写诗。与格洛斯特郡律师及业余植物研究者约翰·W.海恩斯成为朋友。8 月一战爆发后被当地人怀疑为间谍，为此觉得好笑。冬天搬入阿伯克龙比家以节省开支。得知纽约的亨利·霍尔特出版公司将在美国出版他的诗集。决定返回美国，向朋友借钱凑路费。担心庞德发表在《诗刊》的关于《波士顿以北》的评论会使美国人把他看作庞德的"美国流亡作家小集团"之一员。

1915

2月13日携家人和爱德华·托马斯十五岁的儿子默文（他要去新罕布什尔州拜访朋友）从利物浦乘船离开英国。2月23日到达纽约，得知《波士顿以北》已于2月20日由亨利·霍尔特公司出版。只身留在纽约，家人则北上去新罕布什尔州贝塞尔汉姆的约翰·林奇农场。会见霍尔特公司编辑阿尔弗雷德·哈考特和《新共和》周刊诸编辑，该刊刚发表了《雇工之死》和艾米·洛威尔写的一篇称赞《波士顿以北》的评论。看望妹妹珍妮，她当时在宾夕法尼亚教书，精神日渐烦闷；说服她去上大学（她将于1918年在密歇根大学获得文科学士学位）。北上至波士顿，会见评论家及文选编纂家威廉·斯坦利·布雷思韦特、《大西洋月刊》编辑埃勒里·塞奇威克、诗人艾米·洛威尔和约翰·古尔德·弗莱彻。在贝塞尔汉姆与家人团聚。《少年的心愿》于4月由亨利·霍尔特公司出版；弗罗斯特惊于好评如潮。在新罕布什尔州弗朗科尼亚买农场。5月在波士顿作家俱乐部讲话时大为紧张，但在塔夫茨学院朗诵诗时却从容多了，那天他朗诵了《白桦树》《未走之路》和《树声》。结识他赞赏的诗人埃德温·阿林顿·罗宾逊和诗人、评论家及文选编纂家路易斯·昂特迈耶，后者与阿伯克龙比有通信联系，后来成了弗罗斯特的终身密友。6月搬进位于弗朗科尼亚的农场。于架在椅子扶手间的自制书写板上写诗。得知《波士顿以北》销路很好。送孩子们上公立学校（自离开普利茅斯后他们一直在家接受教育）。9月到《哈泼斯月刊》编辑部拜访威廉·迪安·豪威尔斯。怀有身孕且心脏衰弱的埃莉诺患重病，弗罗斯特惊恐万分；埃莉诺流产后身体渐渐康复。

1916

在马萨诸塞、新罕布什尔、宾夕法尼亚诸州及纽约市演讲和读诗。在哈佛大学朗诵《火堆》和《斧柄》。当选为全美文学艺术学会会员。到纽约为《山间低地》签名售书，该书由霍尔特公司于11月27日出版。接受阿默斯特学院院长亚历山大·米克尔约翰的邀请，到该院授课一学期，薪金为两千美元。

1917

1月搬家至马萨诸塞州阿默斯特镇。开始讲授"诗歌欣赏"和"莎士比亚之前的戏剧"两门课程。独幕剧《出路》发表于《七艺》月刊。继续举行演讲会和诗朗诵会。赴法国参战的爱德华·托马斯于4月9日在阿拉斯之战中被德军炮弹炸死，弗罗斯特闻讯极度悲痛，但令人欣慰的是他成功地使托马斯的诗集在美国出版。接受阿默斯特学院关于延长聘任期的提议。携家人回弗朗科尼亚过夏天。女儿莱斯利入韦尔斯利学院。弗罗斯特的《雪》赢得《诗刊》一百美元奖金。

1918

在纽约的一次由昂特迈耶举行的聚会上结识韦切尔·林赛、萨拉·蒂斯代尔和詹姆斯·奥本海姆。接受阿默斯特学院授予的荣誉文学硕士学位；重新被任命为英语教授，教学任务被限制在每年的第一学期。莱斯利读完大学一年级后便离校到一家飞机制造厂参加战时工作，弗罗斯特为此欣然。在弗朗科尼亚过夏天。在全国流行病时间染上严重流感，一病数月。

1919

2 月 24 日在马萨诸塞北安普敦参加阿默斯特学院学生排演的他的独幕剧《出路》的首演式。当选为新英格兰诗歌俱乐部主席。在纽约逗留期间（莱斯利现在纽约巴纳德学院念书）结识里奇利·托伦斯和帕德里克·科拉姆并与他们成为朋友。4 月携家人回弗朗科尼亚。秋季学期继续在阿默斯特学院举行演讲会和诗歌朗诵会。

1920

因与米克尔约翰院长意见不合于 2 月辞去在阿默斯特学院的教职（弗罗斯特认为米克尔约翰在道德观念上过于开放），把更多的时间用于写诗。3 月 31 日获悉数年来一直有偏执狂症状的妹妹珍妮因扰乱治安于 25 日在缅因州的波特兰市被捕，并被一名主治医生宣布为精神病患者。前往波特兰把珍妮送进位于奥古斯塔的缅因州州立精神病院（将不断地去医院探望她）。卖掉在弗朗科尼亚的地产，在佛蒙特州的南夏福茨伯里购置农场，靠近朋友萨拉·克莱格霍恩和多萝西·坎菲尔德·费希尔两家。10 月携全家搬进十八世纪建的农舍（"石屋"），与儿子卡罗尔共同制订种植苹果的计划。开始担任亨利·霍尔特出版公司的顾问编辑，月薪一百美元。偶尔前往纽约，通常有埃莉诺陪伴。

1921

继续进行演讲和诗朗诵，现在每次至少收一百美元外加费用。3 月作为"驻校诗人"在加拿大安大略省金斯顿市女王大学逗留一星期。同卡罗尔一道种植苹果园和松树林。喜欢驾驶轻便马车。7月在佛蒙特州里普顿新成立的布雷德洛夫英语写作学校朗诵诗，开始了与这所学校的长期交往。接受密歇根大学提供的为期一年的五千美元研究员基金，随后于10月携家人搬到密歇根州的安阿伯（玛乔丽留在本宁顿上中学）。虽然校方没给他安排具体的工作，但仍觉日程表被学生求教、非正式演讲和外出就餐排满。

1922

帮助学生成功地安排了一次诗人系列讲座，主讲的诗人包括帕德里克·科拉姆、卡尔·桑德堡、路易斯·昂特迈耶、艾米·洛威尔和韦切尔·林赛。获密歇根大学荣誉文科硕士学位。被佛蒙特州妇女俱乐部联盟命名为佛蒙特桂冠诗人。回南夏福茨伯里。同孩子们在格林山中沿崎岖小路步行65英里，然后又沿较平坦的路步行50英里，此时才感觉跟不上孩子们的速度。在密歇根大学的研究员职位又延长一年。访问南方，11月在得克萨斯、路易斯安那和密苏里诸州演讲。回安阿伯时已精疲力竭且身体欠安。在南夏福茨伯里农场过圣诞节。

1923

2月初返安阿伯。邀请哈姆林·加兰、多萝西·坎菲尔德·费希尔和昂特迈耶来校当客座讲师。《诗选集》于3月15日由亨利·霍尔特公司出版。再次染上流感。被佛蒙特大学授予荣誉文学博士学位。在米克尔约翰被院董事会免去院长职务之后，应邀重返阿默斯特学院当英语教授。教哲学判断和英语阅读两门课程，阅读课主要选读麦尔维尔、梭罗、爱默生、吉本和其他作家的著作。当丹麦物理学家尼尔斯·玻尔于 10 月来阿默斯特演讲时，弗罗斯特与他讨论量子论。儿子卡罗尔于 11 月 3 日同莉莲·拉巴特结婚，将南夏福茨伯里农场作为结婚礼物送给卡罗尔。配有 J.J. 兰克斯[①]木刻插图的《新罕布什尔》于 11 月 15 日由亨利·霍尔特公司出版。

1924

5 月《新罕布什尔》获普利策奖。前往马萨诸塞的皮茨菲尔德帮助准备开办书店的莱斯利和玛乔丽。接受米德尔伯里学院和耶鲁大学授予的荣誉文学博士学位。7 月在布雷德洛夫英语学校逗留一星期。孙子威廉·普雷斯科特·弗罗斯特（卡罗尔和莉莲的儿子）于 10 月 15 日出生。通知阿默斯特学院他已接受密歇根大学的终身聘任，成为该校无教学义务的文学研究员（任期从 1925 年秋季开始）。

1925

3 月 26 日在纽约市出席朋友们为他举行的五十岁生日宴会（弗罗斯特认为自己生于 1875 年），这些朋友包括昂特迈耶、多萝西·坎菲尔德·费希尔、弗雷德里克·梅尔彻、威拉·凯瑟、艾丽塔和卡尔·范多伦、埃莉诺·怀利和威尔伯·L.克罗斯。5 月为《基督教科学箴言报》撰写悼念并赞美艾米·洛威尔的文

---

① 朱利叶斯·约翰·兰克斯（1884—1960），美国版画家、插画家。

章。不顾埃莉诺担心孩子们的健康，和全家异地分隔，仍于9月下旬去安阿伯开始他在密歇根大学的任职。继续外出读诗和演讲，经常拖着病体疲惫不堪地回家。12月在皮茨菲尔德与埃莉诺会合，当时玛乔丽正因肺炎、心包感染、慢性阑尾炎和神经衰弱等多种疾病住院治疗。

1926

在阿默斯特逗留两周并在布林莫尔联合学院演讲之后，于1月下旬返回安阿伯。春天埃莉诺、玛乔丽和伊尔玛来安阿伯与他团聚，当时伊尔玛已离开纽约艺术学校。当阿默斯特学院院长乔治·丹尼尔·奥尔兹于5月访问安阿伯时，弗罗斯特接受了他的提议：以兼职英语教授的身份重新加盟该学院，年薪为五千美元，不承担正式的教学任务。接受鲍登学院授予的荣誉文学博士学位（今后将继续接受各种荣誉学位）。回到南夏福茨伯里的农场。参加布雷德洛夫作家研讨会首届年会。继续在夏末枯草热流行季节到弗朗科尼亚度一年一次的短期休假。女儿伊尔玛于10月15日在弗朗科尼亚与约翰·佩因·科恩结婚，弗罗斯特为之欣然。在韦斯利恩大学逗留两星期，其间举行演讲并会见学生。

1927

1月搬到阿默斯特，在学院教课十周后前往密歇根大学、达特茅斯学院和鲍登学院做短期停留。在佛蒙特州北本宁顿租房过夏天。外孙杰克（伊尔玛和约翰·科恩的儿子）出世。携埃莉诺和玛乔丽到巴尔的摩，玛乔丽进那里的约翰斯·霍普金斯医院接受为期十周的治疗。弗罗斯特和埃莉诺一道返回阿默斯特。

1928

与霍尔特出版公司重新签约，规定每本书销售 5000 册后版税从 15% 增至 20%，每本书的预付稿费为两千美元，另外在今后五年内每月获得二百五十美元报酬。惊于在堪萨斯农场上生活不幸福的伊尔玛带着孩子回来；约翰·科恩很快随之而至。为他们在北本宁顿买下一座小农场。8 月 4 日携埃莉诺和玛乔丽乘船去法国。在法国北部的塞夫勒将玛乔丽留给多萝西·费希尔的朋友照料，然后同疲惫不堪、心情抑郁的埃莉诺一道去英国。在格洛斯特郡与约翰·W.海恩斯共度一段时间，重返他们当年同爱德华·托马斯一道漫游过的地方。在伦敦会见老朋友。只身前往都柏林拜访帕德里克·科拉姆和乔治·拉塞尔（笔名"Æ"）并看望叶芝。在伦敦哈罗德·芒罗的书店朗诵诗，在去苏格兰访友之前初次与 T.S. 艾略特相遇。11 月末返回美国。得知已于 9 月同詹姆斯·德怀特·弗朗西斯结婚的莱斯利生活不幸福并正在考虑离婚。配有 J.J. 兰克斯木刻插图的《西流的小河》于 11 月 19 日由霍尔特公司出版，该公司还出了一个《诗选集》的扩充版本。

1929

允许玛乔丽开始读约翰斯·霍普金斯医院的护士学校。住在北本宁顿对新购"溪谷农场"上的施工进行监督，该农场仍位于南夏福茨伯里，与"石屋"相距 1 英里，占地 150 英亩。外孙女埃莉诺·弗罗斯特·弗朗西斯（莱斯利与德怀特·弗朗西斯的第

一个孩子）出世。8 月出席布雷德洛夫作家研讨会。妹妹珍妮于
9 月 7 日在缅因州奥古斯塔的精神病院去世；弗罗斯特和卡罗尔
安排并参加了她的葬礼，她被安葬在马萨诸塞的劳伦斯。弗罗斯
特和埃莉诺搬进"溪谷"农舍。

1930

《诗合集》于 11 月由霍尔特公司出版。当选为美国文学艺术
学会① 会员。12 月和埃莉诺一道去巴尔的摩看望因肺结核住院治
疗的玛乔丽。

1931

与医生商量决定送玛乔丽去科罗拉多州博尔德县他朋友约
翰·巴特利特家附近的疗养院。在纽约社会研究新学校举行六场
演讲，继续在其他大学露面。6 月《诗合集》获普利策奖。赴长
岛蒙托克角，外孙女莱斯利·李、弗朗西斯（莱斯利的第二个女
儿）于 6 月 20 日在那里出世（随后莱斯利与德怀特·弗朗西斯
离婚已成定局）。夏天到博尔德看望玛乔丽，并在丹佛大学和科
罗拉多大学演讲。与埃莉诺一道赴加利福尼亚的蒙罗维亚，卡罗
尔一家因莉莲患肺结核早已搬到该地。在旧金山逗留；试图找到
童年时去过的地方。返回南夏福茨伯里。12 月接受全美文学艺术
学会授予的拉塞尔·洛伊尼斯诗歌奖。

---

　　① 美国文学艺术学会是全美文学艺术学会的核心圈子，后者有会员 250 名，
前者只有 50 名，是一个荣誉性组织。

1932

2月搬入在阿默斯特购置的新居。和埃莉诺一道去博尔德会见玛乔丽的未婚夫考古系学生威拉德·弗雷泽，然后携玛乔丽前往加利福尼亚蒙罗维亚看望卡罗尔一家。8月在洛杉矶观看奥运会。在数所大学演讲。10月回南夏福茨伯里。在波士顿圣博托尔夫俱乐部出席为 T.S.艾略特举行的宴会；对艾略特看轻罗伯特·彭斯和其他苏格兰诗人感到不快。

1933

继续频繁演讲以挣外快支付孩子们的费用。埃莉诺到得克萨斯与他团聚，他于4月末的十一天内在得克萨斯举行了十场演讲和朗诵会。玛乔丽于6月3日在蒙大拿州的比灵斯同威拉德·弗雷泽结婚；弗罗斯特因过度疲劳未能去参加婚礼。

1934

外孙女玛乔丽·罗宾·弗雷泽于3月16日出生。得知玛乔丽患严重的产褥热后，弗罗斯特和埃莉诺于4月去比灵斯。安排玛乔丽飞往明尼苏达州罗切斯特市，进梅奥诊所。尽管接受了精心的血清注射和多次输血，玛乔丽仍神志不清并于5月2日死亡。在比灵斯安葬女儿后，弗罗斯特携埃莉诺、威拉德和襁褓中的罗宾返回阿默斯特；在致昂特迈耶的信中说："我们中最高贵的一位死了，她把我们的心也带走了。"罗宾被留在"石屋"家中由莉莲照料至秋天（莉莲的肺结核已痊愈）。心情抑郁、疲惫不堪的埃莉诺11月初发作严重的心绞痛。遵照医嘱，弗罗斯特和埃莉诺于 12 月初前往佛罗里达州基韦斯特，不久后卡罗尔一家来基韦斯特与他们团聚。

1935

会见也在基韦斯特逗留的华莱士·斯蒂文斯。在迈阿密大学演讲。3 月下旬携埃莉诺回北方。4 月埃德温·阿林顿·罗宾逊去世后，弗罗斯特答应为他的最后一本书《贾斯帕王》作序。赴博尔德在落基山作家会议上演讲，以便埃莉诺有机会见到外孙女罗宾。应威特·宾纳邀请在新墨西哥州圣菲市发表演说。11 月在佐治亚州迪凯特城的阿格尼丝·斯科特学院演讲，这是他在该院多次演讲的第一次。携埃莉诺在佛罗里达州科科纳特树林 ① 租房过冬天，圣诞节时卡罗尔和莱斯利两家南下与他们团聚。

1936

自费出版玛乔丽的一本小诗集《弗朗科尼亚》。再次在迈阿密冬季文学短训班演讲，并在那里与伯纳德·德沃托成为朋友。2 月末携埃莉诺从佛罗里达到坎布里奇，开始任哈佛大学的诺顿英语教授。一连举行六次以《语言之更新》为题的系列讲座，每次听众逾千。与西奥多·莫里森和他的妻子凯瑟琳成为亲密朋友，西奥多是哈佛大学助教并担任布雷德洛夫作家研讨会主管，凯瑟琳则在他讲演之后在他们家主持接待。《山外有山》于 5 月

---

① 在迈阿密南郊。

20日由霍尔特公司出版并被每月读书会选中。8月下旬饱受带状疱疹之苦，以致没能写完计划在哈佛大学秋季典礼上朗读的两首诗。和埃莉诺一起在得克萨斯州圣安东尼奥过冬，节日期间威拉德、罗宾以及莱斯利和卡罗尔两家来与他们团聚。

1937

3月返阿默斯特。《山外有山》获普利策奖。当选为美国哲学学会会员。继续四处演说并获奖。枯草热季节到佛蒙特州的康科德科勒斯度假，此前他已在那里买了两幢房子。10月初埃莉诺在马萨诸塞州斯普林菲尔德接受乳腺癌手术；弗罗斯特在致昂特迈耶的信中说，她"一直都是我每一篇作品中没说出来的那一半"。在埃莉诺的体力慢慢恢复后，弗罗斯特和她一起到佛罗里达州盖恩斯维尔过冬，儿孙们再次前往与他们团聚。

1938

3月20日埃莉诺在盖恩斯维尔死于心力衰竭。弗罗斯特身心崩溃，未能参加火葬仪式。在盖恩斯维尔逗留至4月中旬，其间有朋友赫维·艾伦和路易斯·昂特迈耶前来探望。安排于4月22日在他经常读诗的阿默斯特学院约翰逊教堂举行追悼仪式。继续演讲。6月辞掉在阿默斯特学院的任职，卖掉在阿默斯特的房子，返回南夏福茨伯里。被选入哈佛大学管理委员会。接受凯瑟琳·莫里森的邀请，与她一块去位于佛蒙特州西多佛的纳撒尼尔·塞奇家的度假住宅。向凯瑟琳·莫里森求婚遭拒绝。出席布雷德洛夫作家研讨会，在会上表现出来的情绪不稳定引起注意。喜于凯瑟琳·莫里森答应作为受雇秘书替他工作，负责安排他的演讲日程（她将在弗罗斯特的余生中一直担任这个角色）。10月搬入在波士顿的公寓。在弗罗斯特威胁要与亨利·霍尔特公司分手之后，该公司与他重新签约，保证他所有的书都抽20％的版税，并把他的顾问津贴提高到每月三百美元。

1939

1月18日在纽约接受全美文学艺术学会授予的金质奖。赴基韦斯特，莫里森夫妇来该岛陪伴他两星期。造访赫维·艾伦在科科纳特树林的庄园。卡罗尔一家到基韦斯特在他附近过冬。弗罗斯特第一次乘飞机，与保罗和玛丽·恩格尔夫妇到古巴短暂逗留。以《诗运动的轨迹》一文为序的《诗合集》扩充版于2月17日由霍尔特公司出版。2月下旬从佛罗里达返回波士顿。继续马不停蹄地在东部、中西部和落基山脉诸州^①巡回演讲和朗诵。5月接受哈佛大学为期两年的爱默生基金，担任哈佛的诗歌研究员。决定买下位于佛蒙特州里普顿的霍默·诺布尔农场，从该农场可步行去布雷德洛夫。指定他在二十年代就认识的劳伦斯·汤普森为他的"正式"传记作者，条件是传记只能在他死后出版。开始每星期在哈佛大学亚当斯楼讲授诗歌课程。12月遭受严重的铅中毒。

---

① 指落基山脉两侧的蒙大拿、爱达荷、怀俄明、内华达、犹他、科罗拉多、亚利桑那和新墨西哥等州。

1940

接受痔切除手术。由凯瑟琳·莫里森陪同赴基韦斯特,凯瑟琳在基韦斯特逗留两星期,直到汤普森赶来。在基韦斯特请华莱士·斯蒂文斯吃饭,到南迈阿密拜访赫维·艾伦。健康有所好转后于 3 月中旬返回波士顿。5 月筹划在南迈阿密艾伦家附近买五英亩地。搬进霍默·诺布尔农场过夏天,自己占用小木屋,莫里森夫妇则住进主楼。10 月初莉莲接受手术时弗罗斯特去南夏福茨伯里看儿子卡罗尔和十五岁的孙子普雷斯科特。自母亲埃莉诺去世后,卡罗尔由来已久的抑郁和猜疑变得越发严重,甚至想到自杀;弗罗斯特努力说服他打消轻生的念头。回到波士顿时以为危机已经结束,听到卡罗尔于 10 月 9 日用猎枪自杀的消息后大为震惊。立即返回南夏福茨伯里安排葬礼并陪伴普雷斯科特(正是他发现了父亲的尸体)。在致昂特迈耶的信中谈到卡罗尔时说:"我总是用错误的方法对待他。我试过许多种方法,但每种方法都是错的。"

1941

去南迈阿密过冬天,在他买的那块地上种植橘树林(果林中实际上种有葡萄柚、芒果、枇杷和香蕉等)。同海德·考克斯成为亲密朋友。3 月搬入在坎布里奇购买的布鲁斯特街 35 号新居(除每年夏天住霍默·诺布尔农场、冬天住南迈阿密之外,余生将一直住在那里)。3 月 26 日他生日那天参观莱斯利在华盛顿国会图书馆举行的他的作品展览,同时在那儿发表题为《诗人在民主国家的作用》的讲话,接受哈佛大学提供的三千美元美国文明研究员基金，任务是在哈佛的七座学生公寓与学生进行非正式会谈。在哈佛朗诵《今天这一课》一诗。继续频繁地四处演讲。与莉莲和普雷斯科特一道在旧本宁顿第一公理会教堂墓地内购买的家族墓区安葬卡罗尔和埃莉诺的骨灰。12月在威廉和玛丽学院朗诵三首尚未发表的诗，包括《彻底奉献》。

1942

在南迈阿密的宅地上建两座用预制件装配的小屋，并将其命名为"笔松居"。题献给凯瑟琳·莫里森（感谢她为此书所做的工作）的《见证树》一书于4月23日由霍尔特公司出版，两个月内售出10,000册。

1943

自得其乐地在"笔松居"和霍默·诺布尔农场栽培植物。继续外出演讲，不过战争已使邀请减少。《见证树》于5月获普利策奖，弗罗斯特成为第一个四次获得普利策的人。被达特茅斯学院聘为乔治·蒂克纳人文学科研究员，津贴为两千五百美元，外加五百美元费用，任务包括从星期五下午到星期天下午进行非正式讲学并向学生提建议。喜于由朋友雷·纳什收集的他的作品和手稿在达特茅斯隆重展出。12月因患严重肺炎住院治疗。

1944

携凯瑟琳·莫里森到"笔松居"过冬（莉莲和正在上迈阿密大学的普雷斯科特当年的其余时间都住在那里）。在中西部各州巡回演讲，但发现战时交通不便。继续参加布雷德洛夫作家研讨会。得知伊尔玛表现出与珍妮相似的精神不稳定的征兆并且已同约翰·科恩分居。

1945

在基韦斯特会见约翰·杜威。《理性假面剧》于 3 月 26 日由霍尔特公司出版。自 1938 年辞掉在阿默斯特学院的任职以来第一次在该学院朗读诗歌。夏天写《仁慈假面剧》。作为蒂克纳研究员重返达特茅斯学院，每学期花数周时间指导限额参加的短期专题研修班。

1946

安排伊尔玛和她六岁的儿子哈罗德到里普顿过夏天（她十九岁的儿子杰克在军队服役）。由于她的精神状态恶化，弗罗斯特已很难为她找到满意的住所；就她的病情请教他的朋友、诗人兼精神病医生梅里尔·穆尔。以他近期写的《始终如一的信念》一文为序，现代书库出版社出版了一个《诗合集》版本。

1947

在马萨诸塞州的阿克顿为伊尔玛和哈罗德买房子。3 月赴加利福尼亚伯克利城接受他的第 17 个荣誉学位。在旧金山出席盛大的生日聚会，重游童年时待过的地方，看望已快满一百岁的布兰奇阿姨。在南加利福尼亚演讲，然后于 4 月回家。5 月初在坎布里奇喜于 T.S. 艾略特的突然来访。《绒毛绣线菊》于 5 月 28 日由霍尔特公司出版；弗罗斯特急切地等待评论，读过《时代》周刊上的批评文章后感到胸臂疼痛。得知伊尔玛的病情进一步恶化，为哈罗德担心。与外孙杰克（现已退伍）和梅里尔·穆尔商量，两人均建议进行治疗，弗罗斯特随后于 8 月将伊尔玛送进位于康科德的新罕布什尔州州立精神病院。《仁慈假面剧》于 11 月由霍尔特公司出版。

1948

喜欢在达特茅斯学院工作，但感情上觉得同阿默斯特学院更亲近，遂于 11 月接受该院邀请作为辛普森文学演讲者返回该院，年薪为三千五百美元，任务包括每年为全院举办一次讲座，每学期举办一个月非正式专题研讨班和研讨会，另外巡视各教学班（将持续这份任职直到逝世）。

1949

怒于首届"波林根诗歌奖"被评给埃兹拉·庞德，当时庞德因在第二次世界大战期间替意大利做广播宣传而被控犯有叛国罪并被关押在一家精神病院。大喜于由霍尔特公司于 5 月 30 日出版的《弗罗斯特诗全集》受到好评并且畅销。

1950

美国参议院通过决议在弗罗斯特七十五岁生日（实际上为七十六岁生日）那天向他致敬。开始与达特茅斯学院四年级学生埃德华·康纳里·莱瑟姆的友谊（莱瑟姆后来成了弗罗斯特遗作的编辑者）。10 月在凯尼恩学院参加为他举行的讨论会。

1951

继续外出演讲并读诗。由于视力衰退，现在经常背诵诗歌，包括背诵其他诗人的诗歌。切除右脸上方的癌性脂瘤。

1952

1月6日在汉诺威参加老朋友锡德尼·考克斯的葬礼。8月23日莱斯利同退休外交官及教师约瑟夫·W.巴兰坦结婚。

1953

3月被授予美国诗人协会研究员职位，获得一笔五千美元的薪俸。12月下旬因面部皮肤癌复发再次接受手术。

1954

应朋友舍曼·亚当斯（原新罕布什尔州州长，当时任艾森豪威尔总统的白宫办公厅主任）之邀到白宫做客。参加一系列八十岁生日庆祝活动（他现在已发现自己是出生于1874年），包括霍尔特公司在纽约华道夫饭店为他举行的宴会和老朋友在阿默斯特为他举行的宴会。霍尔特公司出版他的新诗选《旧作新编》，限量印行650册。莱斯利说服他应该为国家效力，以代表身份携莱斯利赴巴西参加于8月4日至19日在圣保罗举行的世界作家代表大会。在圣保罗和里约热内卢对热情的听众演讲并朗诵诗，然后经由秘鲁首都利马返回美国。

1955—1956

佛蒙特州州议会于1955年5月将坐落在里普顿的山命名为

弗罗斯特山。弗罗斯特让人将他接受 26 个荣誉学位时获得的 26 块垂布（学位袍披肩布）拼缝成"百衲被"。继续外出读诗。

1957

弗罗斯特 、艾略特和海明威在麦克利什起草的信上签名，要求司法部长赫伯特·布劳内尔撤销对埃兹拉·庞德的叛国罪指控。在国务院的支持下，弗罗斯特由劳伦斯·汤普森陪同前往英国进行"友好访问"。在伦敦大学朗诵诗，然后前往剑桥、达勒姆和曼彻斯特等地。在伦敦见到外孙女莱斯利·李·弗朗西斯。被牛津大学和剑桥大学授予荣誉文学博士学位，成为（继朗费罗和詹姆斯·拉塞尔·洛威尔之后）在同一年接受这两所大学荣誉学位的第三个美国人。重游他于 1914 年至 1915 年生活过的格洛斯特郡迪莫克地区。会见 W.H. 奥登、E.M. 福斯特、斯蒂芬·斯彭德、C. 戴·刘易斯和格雷厄姆·格林。在伦敦英语民族协会出席为他举行的宴会。艾略特在祝酒时称弗罗斯特为在世的"最卓越、最杰出的"英美诗人，并说："我认为诗中有两种乡土感情。一种乡土感情使其诗只能被有相同背景的人接受，对那些人来说诗歌意义非凡。而另一种乡土感情则可以被全世界的人接受，那就是但丁对佛罗伦萨的感情、莎士比亚对沃里克郡的感情、歌德对莱茵兰的感情、弗罗斯特对新英格兰的感情。他具有那种普遍性。"弗罗斯特参观他从 1912 年至 1914 年在比肯斯菲尔德住过的"孟加拉小屋"。前往爱尔兰首都都柏林，在那儿接受国立大学授予的荣誉学位。6 月 20 日返回美国。开始积极参与使庞德获释的行动，7 月和 10 月两度赴华盛顿与麦克利什和司法部副部长威廉·P. 罗杰斯讨论此事。

1958

2 月 27 日应艾森豪威尔总统邀请到白宫做客。在出席由艾森豪威尔做东的宴会前与舍曼·亚当斯和当时已升任司法部长的罗杰斯讨论庞德一案。4 月 14 日再次会见罗杰斯,被告知政府准备撤销对庞德的指控。起草用于 4 月 18 日法庭听证会的支持释放庞德的声明,该听证会最后决定撤销对庞德的起诉(庞德于 5 月 7 日从联邦精神病院获释)。弗罗斯特于 5 月被任命为国会图书馆诗歌顾问。接受美国艺术和科学研究院授予的"爱默生—梭罗奖章",发表题为《关于爱默生》的讲话。

1959

3 月预言参议员约翰·F. 肯尼迪将赢得 1960 年总统大选。出席在华道夫饭店为他举行的八十五岁生日宴会,在宴会上听到莱昂内尔·特里林对他作品的评价。在宴会后背诵他的诗歌之前,弗罗斯特承认特里林的讲话使他感到不安。(特里林在讲话中说:"他在诗中想象的世界是一个可怕的世界……我常常觉得《望不远也看不深》是我们这个时代最完美的一首诗,请你们读读这首诗,看除了被感觉到的空寂之外,是否还有什么东西在向你发出警告。")被任命为任期三年的国会图书馆语言文学荣誉顾问。

1960

继续在阿默斯特学院和布雷德洛夫英语学校授课并频繁外出

演讲。在参议院小组委员会作有利于通过一项建立国家文化研究院的议案的证明。国会通过授予弗罗斯特金质奖章的议案，以表彰他的诗歌成就。很高兴当选总统约翰·F. 肯尼迪邀请他参加就职典礼。

1961

为 1 月 20 日举行的总统就职典礼创作新诗，但那天耀眼的阳光使他没法朗读，结果只背诵了旧作《彻底奉献》。在国务院支持下于 3 月由汤普森陪同访问以色列和希腊。在希伯来大学演讲，参观耶路撒冷城，包括约旦占领的城东旧区（过境事宜由美国领事馆办理）。在雅典举行三场演讲并登雅典卫城。从雅典前往伦敦，出席美国大使戴维·布鲁斯为他举行的聚会。感觉不适和疲惫，缩短行程并返回美国。5 月 1 日享受在国务院礼堂演讲的乐趣，他的朋友内政部长斯图尔特·尤德尔当场把他介绍给由大使、参议员、将军和部长组成的听众。佛蒙特州州议会命名弗罗斯特为"佛蒙特州桂冠诗人"。

1962

1 月在马萨诸塞州劳伦斯市出席"罗伯特·李·弗罗斯特小学"落成典礼。2 月患严重肺炎，在南迈阿密住院治疗。诗集《在林间空地》于 3 月 26 日他生日那天由霍尔特、莱因哈特及温斯顿公司出版。赴白宫接受由肯尼迪总统亲自颁发的国会于 1960 年决定授予他的那枚金质奖章，然后出席有 200 多名客人参加的生日宴会；在宴会上致辞的人包括最高法院首席法官厄尔·沃伦、诗人罗伯特·佩恩·沃伦、伊利诺伊州州长阿德莱·斯蒂文森、大法官费利克斯·弗兰克福特和诗人及评论家马克·范多伦。应肯尼迪总统的邀请，作为由国务院发起的文化交流活动项目之一于8月下旬出访苏联，随行者有朋友、摩根图书馆馆长小弗雷德里克·B.亚当斯和年轻的俄罗斯文学教授富兰克林·D.里夫，后者作为他的翻译。在彼得格勒和莫斯科的公开场合朗读诗，会见诗人安娜·阿赫玛托娃、叶夫盖尼·叶夫图申科、安德烈·沃兹涅先斯基以及《新世界》文学月刊著名编辑及诗人安德烈·特瓦尔多夫斯基。前往格鲁吉亚黑海之滨的度假胜地加格拉会见苏联部长会议主席赫鲁晓夫。因生病且疲倦，弗罗斯特虚弱得不能离开客房，结果赫鲁晓夫登门看望他；他俩交谈了九十分钟。疲惫不堪地返回美国，到达时告诉新闻界赫鲁晓夫"说我们自由得没法打仗"，此言引起了一场使他和肯尼迪的友谊受到损害的争论。四处巡回演讲和读诗。得知有位匿名者捐资三百五十万美元在阿默斯特修建罗伯特·弗罗斯特图书馆。于10月古巴导弹危机期间在国会图书馆参加全国诗歌节，承认赫鲁晓夫并未说过他告诉新闻界的那句话。12月2日在波士顿福特厅论坛发表讲话。12月3日经凯瑟琳·莫里森劝说进波士顿彼得·本特·布里格姆医院接受观察和化验。12月10日接受前列腺手术，医生在他的前列腺和膀胱均发现恶性肿瘤。12月23日出现肺栓塞。

1963

1月3日获悉他已获得"波林根诗歌奖"，该年度评奖委员会成员包括约翰·霍尔·惠洛克、艾伦·泰特、路易丝·博根、理查德·埃伯哈德和罗伯特·洛威尔。1月7日再次出现肺栓塞。神志依然清醒，医生允许探视。1月29日凌晨去世。亲朋好友的追悼仪式于1月31日在哈佛校园内的阿普顿教堂举行，公众的追悼仪式于2月17日在阿默斯特学院约翰逊教堂举行。骨灰于6月16日安葬在旧本宁顿弗罗斯特家族墓区。墓碑上镌刻有《今天这一课》最末一行："我与这世界有过一场情人间的争吵"。

汉译文学名著

第一辑书目（30种）

伊索寓言	〔古希腊〕伊索著　王焕生译
一千零一夜	李唯中译
托尔梅斯河的拉撒路	〔西〕佚名著　盛力译
培根随笔全集	〔英〕弗朗西斯·培根著　李家真译注
伯爵家书	〔英〕切斯特菲尔德著　杨士虎译
弃儿汤姆·琼斯史	〔英〕亨利·菲尔丁著　张谷若译
少年维特的烦恼	〔德〕歌德著　杨武能译
傲慢与偏见	〔英〕简·奥斯丁著　张玲、张扬译
红与黑	〔法〕斯当达著　罗新璋译
欧也妮·葛朗台 高老头	〔法〕巴尔扎克著　傅雷译
普希金诗选	〔俄〕普希金著　刘文飞译
巴黎圣母院	〔法〕雨果著　潘丽珍译
大卫·考坡菲	〔英〕查尔斯·狄更斯著　张谷若译
双城记	〔英〕查尔斯·狄更斯著　张玲、张扬译
呼啸山庄	〔英〕爱米丽·勃朗特著　张玲、张扬译
猎人笔记	〔俄〕屠格涅夫著　力冈译
恶之花	〔法〕夏尔·波德莱尔著　郭宏安译
茶花女	〔法〕小仲马著　郑克鲁译
战争与和平	〔俄〕列夫·托尔斯泰著　张捷译
德伯家的苔丝	〔英〕托马斯·哈代著　张谷若译
伤心之家	〔爱尔兰〕萧伯纳著　张谷若译
尼尔斯骑鹅旅行记	〔瑞典〕塞尔玛·拉格洛夫著　石琴娥译
泰戈尔诗集：新月集·飞鸟集	〔印〕泰戈尔著　郑振铎译
生命与希望之歌	〔尼加拉瓜〕鲁文·达里奥著　赵振江译
孤寂深渊	〔英〕拉德克利夫·霍尔著　张玲、张扬译
泪与笑	〔黎巴嫩〕纪伯伦著　李唯中译
血的婚礼——加西亚·洛尔迦戏剧选	
	〔西〕费德里科·加西亚·洛尔迦著　赵振江译
小王子	〔法〕圣埃克苏佩里著　郑克鲁译
鼠疫	〔法〕阿尔贝·加缪著　李玉民译
局外人	〔法〕阿尔贝·加缪著　李玉民译

第二辑书目（30 种）

枕草子	〔日〕清少纳言著	周作人译
尼伯龙人之歌	佚名著	安书祉译
萨迦选集		石琴娥等译
亚瑟王之死	〔英〕托马斯·马洛礼著	黄素封译
呆厮国志	〔英〕亚历山大·蒲柏著	李家真译注
波斯人信札	〔法〕孟德斯鸠著	梁守锵译
东方来信——蒙太古夫人书信集	〔英〕蒙太古夫人著	冯环译
忏悔录	〔法〕卢梭著	李平沤译
阴谋与爱情	〔德〕席勒著	杨武能译
雪莱抒情诗选	〔英〕雪莱著	杨熙龄译
幻灭	〔法〕巴尔扎克著	傅雷译
雨果诗选	〔法〕雨果著	程曾厚译
爱伦·坡短篇小说全集	〔美〕爱伦·坡著	曹明伦译
名利场	〔英〕萨克雷著	杨必译
游美札记	〔英〕查尔斯·狄更斯著	张谷若译
巴黎的忧郁	〔法〕夏尔·波德莱尔著	郭宏安译
卡拉马佐夫兄弟	〔俄〕陀思妥耶夫斯基著	徐振亚·冯增义译
安娜·卡列尼娜	〔俄〕列夫·托尔斯泰著	力冈译
还乡	〔英〕托马斯·哈代著	张谷若译
无名的裘德	〔英〕托马斯·哈代著	张谷若译
快乐王子——王尔德童话全集	〔英〕奥斯卡·王尔德著	李家真译
理想丈夫	〔英〕奥斯卡·王尔德著	许渊冲译
莎乐美 文德美夫人的扇子	〔英〕奥斯卡·王尔德著	许渊冲译
原来如此的故事	〔英〕吉卜林著	曹明伦译
缎子鞋	〔法〕保尔·克洛岱尔著	余中先译
昨日世界：一个欧洲人的回忆	〔奥〕斯蒂芬·茨威格著	史行果译
先知 沙与沫	〔黎巴嫩〕纪伯伦著	李唯中译
诉讼	〔奥〕弗兰茨·卡夫卡著	章国锋译
老人与海	〔美〕欧内斯特·海明威著	吴钧燮译
烦恼的冬天	〔美〕约翰·斯坦贝克著	吴钧燮译

第三辑书目（40种）

埃达	〔冰岛〕佚名著　石琴娥、斯文译
徒然草	〔日〕吉田兼好著　王以铸译
乌托邦	〔英〕托马斯·莫尔著　戴镏龄译
罗密欧与朱丽叶	〔英〕莎士比亚著　朱生豪译
李尔王	〔英〕莎士比亚著　朱生豪译
大洋国	〔英〕哈林顿著　何新译
论批评　云鬟劫	〔英〕亚历山大·蒲柏著　李家真译注
论人	〔英〕亚历山大·蒲柏著　李家真译注
亲和力	〔德〕歌德著　高中甫译
大尉的女儿	〔俄〕普希金著　刘文飞译
悲惨世界	〔法〕雨果著　潘丽珍译
安徒生童话与故事全集	〔丹麦〕安徒生著　石琴娥译
死魂灵	〔俄〕果戈理著　郑海凌译
瓦尔登湖	〔美〕亨利·大卫·梭罗著　李家真译注
罪与罚	〔俄〕陀思妥耶夫斯基著　力冈、袁亚楠译
生活之路	〔俄〕列夫·托尔斯泰著　王志耕译
小妇人	〔美〕路易莎·梅·奥尔科特著　贾辉丰译
生命之用	〔英〕约翰·卢伯克著　曹明伦译
哈代中短篇小说选	〔英〕托马斯·哈代著　张玲、张扬译
卡斯特桥市长	〔英〕托马斯·哈代著　张玲、张扬译
一生	〔法〕莫泊桑著　盛澄华译
莫泊桑短篇小说选	〔法〕莫泊桑著　柳鸣九译
多利安·格雷的画像	〔英〕奥斯卡·王尔德著　李家真译注
苹果车——政治狂想曲	〔英〕萧伯纳著　老舍译
伊坦·弗洛美	〔美〕伊迪斯·华尔顿著　吕叔湘译
施尼茨勒中短篇小说选	〔奥〕阿图尔·施尼茨勒著　高中甫译
约翰·克利斯朵夫	〔法〕罗曼·罗兰著　傅雷译
童年	〔苏联〕高尔基著　郭家申译
在人间	〔苏联〕高尔基著　郭家申译
我的大学	〔苏联〕高尔基著　郭家申译

地粮	〔法〕安德烈·纪德著	盛澄华译
在底层的人们	〔墨〕马里亚诺·阿苏埃拉著	吴广孝译
啊，拓荒者	〔美〕薇拉·凯瑟著	曹明伦译
云雀之歌	〔美〕薇拉·凯瑟著	曹明伦译
我的安东妮亚	〔美〕薇拉·凯瑟著	曹明伦译
绿山墙的安妮	〔加〕露西·莫德·蒙哥马利著	马爱农译
远方的花园——希梅内斯诗选	〔西〕胡安·拉蒙·希梅内斯著	赵振江译
城堡	〔奥〕弗兰茨·卡夫卡著	赵蓉恒译
飘	〔美〕玛格丽特·米切尔著	傅东华译
愤怒的葡萄	〔美〕约翰·斯坦贝克著	胡仲持译

第四辑书目（30种）

伊戈尔出征记		李锡胤译
莎士比亚诗歌全集——十四行诗及其他	〔英〕莎士比亚著	曹明伦译
伏尔泰小说选	〔法〕伏尔泰著	傅雷译
海上劳工	〔法〕雨果著	许钧译
海华沙之歌	〔美〕朗费罗著	王科一译
远大前程	〔英〕查尔斯·狄更斯著	王科一译
当代英雄	〔俄〕莱蒙托夫著	吕绍宗译
夏洛蒂·勃朗特书信	〔英〕夏洛蒂·勃朗特著	杨静远译
缅因森林	〔美〕梭罗著	李家真译注
鳕鱼海岬	〔美〕梭罗著	李家真译注
黑骏马	〔英〕安娜·休厄尔著	马爱农译
地下室手记	〔俄〕陀思妥耶夫斯基著	刘文飞译
复活	〔俄〕列夫·托尔斯泰著	力冈译
乌有乡消息	〔英〕威廉·莫里斯著	黄嘉德译
生命之乐	〔英〕约翰·卢伯克著	曹明伦译
都德短篇小说选	〔法〕都德著	柳鸣九译
无足轻重的女人	〔英〕奥斯卡·王尔德著	许渊冲译
巴杜亚公爵夫人	〔英〕奥斯卡·王尔德著	许渊冲译
美之陨落：王尔德书信集	〔英〕奥斯卡·王尔德著	孙宜学译
名人传	〔法〕罗曼·罗兰著	傅雷译
伪币制造者	〔法〕安德烈·纪德著	盛澄华译
弗罗斯特诗全集	〔美〕弗罗斯特著	曹明伦译

弗罗斯特文集　　　　　　　　　　　　〔美〕弗罗斯特著　曹明伦译
卡斯蒂利亚的田野：马查多诗选　〔西〕安东尼奥·马查多著　赵振江译
人类群星闪耀时：十四幅历史人物画像
　　　　　　　　　〔奥〕斯蒂芬·茨威格著　高中甫、潘子立译
被折断的翅膀：纪伯伦中短篇小说选　　〔黎巴嫩〕纪伯伦著　李唯中译
蓝色的火焰：纪伯伦爱情书简　　　　　〔黎巴嫩〕纪伯伦著　薛庆国译
失踪者　　　　　　　　　　〔奥〕弗兰茨·卡夫卡著　徐纪贵译
获而一无所获　　　　　　〔美〕欧内斯特·海明威著　曹明伦译
第一人　　　　　　　　　　〔法〕阿尔贝·加缪著　闫素伟译

图书在版编目(CIP)数据

弗罗斯特文集/(美)弗罗斯特著;曹明伦译.—北京:
商务印书馆,2023
(汉译世界文学名著丛书)
ISBN 978-7-100-22994-4

Ⅰ.①弗…　Ⅱ.①弗…②曹…　Ⅲ.①文学—作品
综合集—美国—现代　Ⅳ.①I712.15

中国国家版本馆 CIP 数据核字(2023)第 194109 号

汉译世界文学名著丛书
弗罗斯特文集
〔美〕弗罗斯特　著
曹明伦　译

商 务 印 书 馆 出 版
(北京王府井大街36号　邮政编码100710)
商 务 印 书 馆 发 行
北 京 通 州 皇 家 印 刷 厂 印 刷
ISBN 978-7-100-22994-4

2023 年 12 月第 1 版　　开本 850×1168　1/32
2023 年 12 月北京第 1 次印刷　　印张 19¾ 插页 1
定价:90.00 元